UN263068

ハヤカワ・ミステリ

REGINALD HILL

死の笑話集

DEATH'S JEST-BOOK

レジナルド・ヒル
松下　祥子訳

TOKYO
HAYAKAWA
BOOKS

A HAYAKAWA
POCKET MYSTERY BOOK

日本語版翻訳権独占
早　川　書　房

© 2004 Hayakawa Publishing, Inc.

DEATH'S JEST-BOOK
by
REGINALD HILL
Copyright © 2002 by
REGINALD HILL
Translated by
SACHIKO MATSUSHITA
First published 2004 in Japan by
HAYAKAWA PUBLISHING, INC.
This book is published in Japan by
arrangement with
A.P. WATT LIMITED
through THE ENGLISH AGENCY (JAPAN) LTD.

決して面倒をかけないジュリアに
ありがとう

本書十三部の各扉の木版画はハンス・ホルバイン（息子）の『死の舞踏』から、各章冒頭の装飾文字は同じ画家の『死のアルファベット』から借用した。

いいかね、死は生よりも〝笑話〟に近いから
慣れてしまってすぐ軽蔑が増す。
この知恵を身につけたのは解剖学のおかげだ。
——T・L・ベドウズ『B・W・プロクターにあてた詩』

……太った男はソネットを書けない
——T・L・ベドウズ『花嫁の悲劇』第一幕第二場

編集部より

本書はダルジール警視シリーズの前作『死者との対話』の続篇にあたります。『死者との対話』の結末に関する描写が多く含まれていますので、未読のかたはご注意下さい。

死の笑話集

装幀　勝呂　忠

登場人物

アンディ・ダルジール……中部ヨークシャー警察の警視
ピーター・パスコー…………同主任警部
エドガー・ウィールド………同部長刑事
ハット・ボウラー……………同刑事
シャーリー・ノヴェロ………同刑事
エリー…………………………パスコーの妻
ロージー………………………パスコーとエリーの娘
キャップ・マーヴェル………ダルジールの恋人
エドウィン
　・ディッグウィード……ウィールドの恋人
ライ・ポモーナ………………中部ヨークシャー州立図書館職員
フラニー・ルート……………中部ヨークシャー大学の研究生
チャーリー・ペン……………作家
リー・ルバンスキー…………男娼
マーカス
　・ベルチェインバー……弁護士
スタンリー・ローズ…………南部ヨークシャー警察の警部

第1部　医者

想像上の場面

『数ある中で――トマス・ラヴル・ベドウズを求めて』より抜粋

サム・ジョンソン（文学修士、博士）著（第一稿）

グロスタシャー州クリフトン、一八〇八年六月

「よし、そうだ。頭を押さえろ、頭を押さえろ。ほらほら、後ろのやつは肩で押せ。こっちへ来い、むすめ《ガール》。来るんだ、むすめ《ガール》」

　こう大声で指示を出している人物は五十がらみの大柄な男で、髪は短く刈り込み、威厳たっぷりの顔をして、広々した階段のなかほどに立っている。数段下にいる百姓は、ふんばるあまりふだんの赤ら顔をさらに深紅に染め、綱引き合戦で最後尾をつとめるかのように反り身になって、渾身の力をこめて綱を引く。綱の先は大きな茶色の雌牛の首に巻きついている。

　動物の後ろでは、不安げな顔の従僕が励ますように両手をひらひらさせる。階下の大理石敷きのホールでは女中頭と執事がひどく非難がましい表情で見守る一方、階上では山ほどシーツを抱えたメイドが二人、規律をすっかり忘れ、またとない見もの、ことに従僕の困惑ぶりに顔を輝かせ、踊り場の手すりから身を乗り出す。

　メイド二人にはさまれて、まじめな顔の幼い少年が金めっきを施した錬鉄製の桟を両手でつかみ、熱のこもった、だが驚いてはいない目でこの光景を観察する。

「押すんだ、さあ、押せ。嚙みつきやせん！」大柄な男は怒鳴る。

　従僕は命令されて従うのに慣れていて、おそらくはメイ

ドの視線も意識しているのだろう、一歩進み出ると、手を牛の尻の左右にあてて前かがみになる。

圧力に刺激されたのか、牛は尻尾を上げ、排便する。その不快な奔流をまともに胸に受け、従僕はあおむけに転がる。メイドたちは甲高い笑い声を上げ、少年はなんともおもしろいものを見たとにんまりする。すると、牛はどっと噴出したおかげで元気が湧いたかのように、階段を自分からずんずん昇っていき、あまり足早なので、百姓と大柄な男はおろおろと踊り場に退却しようとする。

階下では、執事と女中頭が糞まみれになった従僕に怪我はないかと確かめる。それから、女は怒りに顔を曇らせて急いで階段を上がり、それを見たメイドたちはそそくさと逃げ出す。

「ドクター・ベドウズ！」彼女は叫ぶ。「こんなこと、黙って見ているわけにまいりません」

「まあまあ、ミセス・ジョーンズ」大柄な男は言う。「女主人の健康を考えれば、箒と塵取りでちょっと仕事をするくらい、いやとは言えんだろう？　さあ、連れていくんだ、ジョージ」

百姓は今ではすっかりおとなしくなった雌牛を引いて、踊り場を寝室の半開きのドアまで連れていく。男はあとに続き、少年がそのすぐ後ろについていく。

女中頭のミセス・ジョーンズは医師の非難に言い返す言葉が見つからず、攻撃方法を変える。

「病室は子供が入るような場所ではありません」彼女は宣言する。「この子の母親になんと言われるか？」

「この子の母親なら、マダム、良識をそなえ、義務を心得た女だから、父親がいちばんよくわかっている、と言うだろうよ」医師は冷笑的に言う。「子供の目は事実をありのままに見てとる。老婆のたわごとが子供に恐怖を植えつけるのだ。うちの息子はもう、一人前の医学生でもどぶに飛び込むほどの光景を落ち着き払って見てきた。こいつが父親の跡を継ごうというなら、いい経験になるはずだ。おいで、トム」

そう言いながら、彼は少年の手を取り、牛と百姓の前を通って、寝室のドアをあける。

近代的に風通しよく設計された広い部屋だが、窓にどっしりしたカーテンが掛かっていて暗く、細い蠟燭一本が点されているだけだ。その光で巨大な四角いベッドに横たわる人の顔が見える。女だ。年老いて、頰はこけ、目は閉じ、蠟のように青白い肌、生命のしるしはなにも見えない。枕元に黒衣のやせた男がひざまずいており、ドアがあくと顔を上げ、ゆっくり立ち上がる。

「遅すぎたな、ベドウズ」彼は言う。「彼女はもう造物主のみもとへ行ってしまった」

「それがそっちの専門家としての意見かね、司祭《パードレ》?」医師は言う。「まあ、見てみよう」

彼は窓辺に行き、カーテンをあけて、夏の陽射しをすっかり部屋に入れる。その光の中に立って、彼は老女を見下ろし、片手をその首に軽くあてる。

それから後ろを向き、呼びかける。「ジョージ、尻込みするな。連れてこい」

百姓は牛を連れて進み出る。

司祭は叫ぶ。「やめろ、ベドウズ、見苦しい。なんてことをするんだ! 彼女はやすらかに、天使とともにある」

医師は彼を無視する。百姓に助けられ、息子のまばたきもせず見張った目に見守られて、彼は牛の頭をベッドの動かぬ人物の上に持っていく。それから牛の腹を軽く打つと、牛は口をあけ、草のにおいのする息をふうっと女の顔にまっすぐ吹きかける。一回、二回、三回、これを続ける。三回目には、牛は長い濡れた舌で青白い顔をぺろりと舐める。

女は目をあける。

天使か、イエス様か、あるいは神様ご自身の言いようのない栄光が目に入ると期待していたのかもしれない。ところが、ぼんやりした目に映るのはぱっくりあいた大口と、その上に広がった鼻の穴。そのまた上には鋭い角が二本。

彼女は悲鳴を上げ、がばと起き上がる。

牛はしりぞき、医師は女の肩に腕をまわしてやる。

「お帰りなさい、奥さん。すこし栄養のあるものを食べますか?」

目から曇りが消え、顔から驚愕の色が薄れて、女は弱々しくうなずく。医師は彼女の頭をそっと枕にのせてやる。

「ベッツィを連れ出してくれ、ジョージ」ベドウズは言う。

「彼女の仕事はすんだ」

それから、彼は息子に向かって言う。「こういうことだ、トム。司祭は奇跡を説教する。われわれのようにありきたりの人間は奇跡を実行しなければならない。ミセス・ジョーンズ、きみの女主人に栄養のあるスープをすこし差し上げてくれないかね」


グロスタシャー州クリフトン、一八〇八年十二月

別の寝室、別のベッド、別の人物がじっと横たわっている。胸の上で腕を交差させ、見えぬ目が天井を見つめる。だが、これは病気と衰弱で死んだかと思われた老女ではない。彼女は神の慈悲と医師の看病のかいあってまだ生きているが、今、父のほうのトマス・ベドウズは、たった四十八歳、生前と変わらず頑健で強情な様子を見せながら、老患者を追い抜いて墓に入ってしまった。

女が二人、ベッドのわきに立っている。一人は悲しみに顔じゅうしわが刻まれ、夫よりむしろ棺に入れられてよさそうなほどやつれて見える。やや年上のもう一人は、遺された妻の腰に腕をまわして慰める。

「そんなに身も世もなく悲しむのはおよしなさい、アン」彼女は言う。「子供たちのことがあるでしょう。今はあなたがあの子たちの力とならなければ。そうしたら、子供たちもあなたの力になってくれる」

「子供たち……ええ、子供たちね」アン・ベドウズは放心したように言う。「教えなくちゃ……ここに来させて、お別れをさせなくちゃ……」

「みんな来させることはないわ」女は優しく言う。「トムを代表にさせなさい。あの子は年のわりにしっかりしているし、ほかの子たちにどう話せばいいかわかるでしょう。連れてきましょうか、妹よ？」

「ええ、お願い、それがいちばんだと思うなら……」

「でもまず、あの人の目……目を閉じてあげたほうがいいんじゃない？」

二人はしっかり前を凝視している顔を見下ろす。

「司祭様がやってみたけれど、まぶたを下げることができなかったの」アンは言った。「あの人、男盛りで、元気いっぱいで……目に見える世界を離れて、目に見えない世界へ行く気にまだなれなかったのよ……」

「大きな痛手だわ、あなたにとって、わたしたちみんなにとって、ブリストルの貧しい人たちにとって、それに科学の世界にとってもね。すこし気持ちを落ち着けなさい、妹よ、そうしたら、トムを連れてきます」

彼女は部屋を出たが、遠くまで行く必要はない。トマス・ラヴル・ベドウズ少年は階段のてっぺんにすわり、本を読んでいる。

「トム、いっしょに来てちょうだい」彼女は言う。

少年は顔を上げ、微笑する。彼はマライア伯母が好きだ。外の世界では、彼女はミス・エッジワース、有名小説家だ。いつかぼくも本を書きたい、と彼が言ったとき、彼女はからかったりせず、まじめにこう言った。「もちろんよ、トム、そうでなきゃ、あのおとうさまの息子とはいえないもの」

それに、彼女は彼に物語を聞かせてくれる。いい話で、しっかり構成されているが、彼がもう物語に求めるようになっている色彩や興奮にはやや欠ける。だが、それはかまわない。彼がそんな話を弟と妹たちに伝えて聞かせるときには、悪い夢を見るような要素をたっぷり加えてやればいいのだから。

彼は立ち上がり、伯母の手を取る。

「おとうさんはよくなったの？」彼は訊く。

「いいえ、トム。でも、おとうさまはよい場所にいらっしゃるわ」彼女は言う。「わたしたちのもとを離れたのよ、トム、天国に行かれたの。あなたはおかあさまを慰めてあげなければね」

少年は眉をひそめるが、なにも言わず、マライア伯母に導かれて寝室に入る。

「ああ、トム、トム」母親はすすり泣き、少年を強く抱きしめるので、彼はほとんど息もできない。しかし、母親の胸に頭を押しつけられるあいだじゅう、彼の目はベッドの上の動かぬ姿に釘づけになっている。

伯母はすすり泣く女から少年を引き離して言う。「さあ、おとうさまにさようならをおっしゃい、トム。この次におとうさまにお会いするのは、ここよりよい世界ですよ」

少年は枕元へ行く。しばらく立ったまま、かっと見張った目を同じくらいまばたきせずに見下ろしている。それから、死者の唇にキスしようとするようにかがみ込む。

しかし、キスするのではなく、息を吐く。一回、二回、三回、しだいに強く、温かい息を青ざめた口と開いた鼻の穴めがけて吹きつける。

「トム！」伯母は叫ぶ。「何をしているの？」

「生き返らせるの」少年は振り返りもせずに答える。

また息を吹きかける。少年の態度からそれまでの自信が薄れていく。父親の右手をつかみ、反応はないかと指を握りしめる。そのあいだずっと、息を吹きかけるのをやめない。顔が赤くなり、長距離競走の終わりに必死になってテープを目ざす走者のようだ。

伯母はさっと前に進み出る。

「トム、やめなさい。おかあさまが心配しているわ。トム！」

彼女は少年をつかむ。彼は抵抗する。今では息を吐くかわりに叫んでいる。彼女は全力を振るって少年を死体から引き離さなければならない。母親はこぶしを口にあてて立っている。思いがけぬ展開に呆然として声も出ない。

少年は伯母の手で寝室から引きずり出され、踊り場を通って階段の下へ連れていかれる。叫び声はだんだん薄れて消えていく。暗い荒地で聞こえたフクロウの甲高い声が、耳から消えたずっとあとまで頭の中で響き続けて心をかき乱すように。

「牛を連れてきて……牛を連れてきて……牛を連れてきて……」

第2部　強盗

手紙1　12月15日（土）受領。
P・P（ピーター・パスコー）

ケンブリッジ大学
セント・ゴドリックス学寮
財務官公舎《クエスターズ・ロジング》にて
十二月十四日金曜日

親愛なるミスター・パスコー、

ケンブリッジ！　セント・ゴドリックス学寮！　クエスターズ・ロジング！

ぼくもひとかどの名士？　英国刑罰制度の更生力を宣伝するコマーシャルの主役？

でも、誰だ、こいつは、と思っているでしょう？　あるいは、あなたの名高い繊細な勘でもうわかってしまったかな？

何にせよ、推測は終わりにして、この長くなりそうな手紙の最後を見る手間を省いてあげましょう。

ぼくは希望《ホープ》という名前の村に生まれました。これでもし、オーストラリアの失　望　湖《レイク・デイサポイントメント》で溺れ死ぬようなことになったら、ぼくの十字架形の墓石にはこう刻まれるだろう、と思って、よく一人で笑ったものでしたよ。

フランシス・ゼイヴィア・ルート
ここに眠る
希望に生まれ
失意に死す

ええ、ぼくですよ、ミスター・パスコー。あなたが刑務所にぶちこんで、いわゆる人生の最良の年月を塀の中で過ごした男から手紙を受け取ったとなると、自然とどういう反応が起きるかは見当がつきますから、まずは安心してもらいましょう。

これは脅迫状ではありません！

それどころか、これは安心させる手紙です。

こんなものを書くとは夢にも思いませんでしたが、ここ一年の出来事であなたがまだ不安を抱えていることが明確になりましたからね。ぼくも同じです。ことに、ぼくの人生はまったく思いがけずいい方向に向かいましたから。あのきたない、狭苦しいフラットに住んであくせく働くかわりに、今ぼくは豪華なクエスターズ・ロジングでのんびりしている。押し込みでもやったんだろうと思われるかもしれないので、プログラムを同封します。ロマン派ゴシック派研究会（略してＲＡＧＳ《ぼろきれ》！）の年次学会です。参加者リストにぼくの名前が入っています。土曜日の朝九時のところを見てくれれば、そこにもぼくの名前があります。突然、ぼくには未来ができた。友達ができた。絶望を逃れて希望に戻る道が見つかった。どうやら、結局は失望《ディサポイントメント》の冷たい水に向かっているんじゃないらしく思えてきました。

ところで、ぼくはこのちょっとした冗談を、新しい友達の一人である欧州議会議員リンダ・ルーピンに披露しましたよ、彼女が〈第三思考運動〉の創設者フレール《修道士》・ジャックに紹介してくれたときにね。

それはぼくたちがアベイ・デュ・サン・グラール――ジャックが著名な一員であるコルネリウス派の修道院――の敷地内に立っていたときのことでした。敷地はひらけていて、うねうねと流れる小川のほかにはなんの境界線もありません。川のむこうは第一次世界大戦の軍人墓地で、白い十字架が列をなして低い丘の上までずっと続き、だんだん小さくなって、いちばん遠くのものはリンダとぼくが銀鎖につけて首に下げている半インチの十字架くらいにしか見えません。

リンダは大声で笑いました。人は見かけによらぬもの（それはあなたが誰よりもよくご存じですよね？）。リンダにこれほどユーモア感覚があるとわかったのは、ぼくたちの関係を大きく一歩前進させました。ジャックもにやりとしました。ただ、フレール・ディーリック——ボズウェルなみの地位を自負してジャックにくっついている一種の書記——だけは、こういう場所ではしゃぐとはなにごとかといわんばかりに口を結んでいましたがね。彼はやせこけているので、頭巾をかぶった死神みたいに見えますが、実際にはフランドル人特有の冷淡さが喉まで詰まっている男です。さいわいジャックのほうは、長身、金髪、スキーのインストラクターみたいな見事な体つきだというのに、ガリア人らしい活気があり、しかも頑固なほど英国びいきです。

リンダは言いました。「じゃ、あなたをオーストラリアのもうちょっと南のほうへ連れていって始末しましょうか、フラン。恩寵湖《レイク・グレイス》というのがあるはずよ。神の恩寵のうちに死ぬ、それが〈第三思考〉のポイントじゃない、修道士さん？」

運動を冗談にまでおとしめられたのにディーリックはかちんときたのですが、口を出すより早く、ジャックがにっこりして言いました。「イギリス人はこれだから大好きだ。なんでも冗談にしてしまう。深刻なことほど冗談にする。まったくうれしいほど子供じみている。いや、言葉が違うな。子供のようだ。あなたがたはヨーロッパじゅうでいちばん子供のような国民だ。それがあなたがたの力であり、救いともなりうる。イギリスの偉大な詩人ワーズワースは、子供時代は猶予期間《グレイス》だと知っていた。成長する少年には監獄の闇が迫ってくる（ワーズワースの詩「不滅を暗示するもの」の一節）。素直な心情の尊さ（キーツの言葉）を理解するのは子供だけです」

ロマン派詩人をごっちゃにしているぞ、ジャック、とぼくは思い、同時に、監獄の闇というのはあてつけだろうかと思いました。まあ、そんなことはないでしょう。聞くところでは、ジャック自身が華やかな過去の持ち主だそうだから、他人を批判する立場にはないし、どっちみち、彼はそういうタイプの男ではありません。

でも、服役記録なんてものにこう敏感になるのはおかしいですね。このごろでは、前科者だというのを売り物にして稼ぎまくっている前科者がいることは知っています。ああいうのを見ると、あなたや同僚はきっとすごくしゃくにさわるでしょう。でも、ぼくはそういうんじゃありません。ぼくはただ、塀の中で過ごした時間を忘れて、ふつうの人生を送りたい、いわば自分の庭を耕したい（自分のことに精を出す。ヴォルテールの言葉）というだけです。

それをぼくはずいぶんうまくやっていました。最終的には文字通り、庭師としてね。ところが、ぼくが防衛とプライバシーのためにそれまでに築いた垣根を破ってあなたが飛び込んできた。

一度でも二度でもない、三度も。

最初は、あなたの愛する奥さんをわずらわせたという疑い！

次は、あなた本人につきまとったという言い立て!!

そして最後は、ぼくが残虐な連続殺人事件に関わったという言いがかり!!!

これが、ぼくが今こうして手紙を書いているおもな理由です。二人で腹を割って話し合うべきときが来た、と思います。非難の応酬をしようというのではなくて、話し合った結果、二人がそれぞれの人生を続けていけるように、ということです。あなたは、自分も愛する家族ももうぼくに害を及ぼされないと確信を持てる。ぼくは、こうして人生がぐんといい方向に向かっているのだから、またしても庭の新芽があなたの足に踏みにじられる可能性を心配することはないと安心できる。

ぼくたちに必要なのは、完全にオープンになることだけだと思います。監獄の闇が迫りくる前にはみんなが持っている、子供のような正直さに戻ること。そうすれば、あなたにこう信じてもらえるかもしれません。ぼくはヨークシャーのバスティーユともいうべきチャペル・サイク刑務所にいたあいだ、親愛なる旧友ミスター・ダルジールとミスター・パスコーに復讐しようなどと想像をたくましくしたことは一度もないとね。復讐は確かに研究しましたが、文学の世界のことだけで、ぼくの賢い師であり愛する友人であったサム・ジョンソンに指導されてです。

ご存じのとおり、サムは死に、彼を殺した男も——地獄に堕ちろ——死にました。もちろん、チャーリー・ペンの説に耳を傾けるなら別ですがね。疑り屋のチャーリー！

人を信頼せず、なにも信じない。

でも、チャーリーですら、サムが死んでしまったことは否定できません。彼は死んだのです。

それを知ると、この世がどれだけ乾ききった燃え殻かわかる（ジョン・ダンの詩、「世界の構造」の一節）。

彼が亡くなったとは毎日悲しく感じます。とくに、ぼくの人生がこう劇的に上り調子になったことに彼の死が大きく貢献しているのですからなおさらです。不思議ですよね、悲劇が勝利の先がけとなるのは。この場合は二つの悲劇です。もしサムの学生だったあの気の毒な青年が夏にシェフィールドで過量服用で死ななければ、サムが中部ヨークシャーに越してくることはなかったでしょう。そして、もしサムが中部ヨークシャーに越してこなければ、あの極悪非道のワードマンの犠牲者の一人となることもなかったでしょう。そして、それがなければ、ぼくがこうして神の《ゴッズ》家（どうも哲人たちはセント・ゴドリックスをこう呼んでいるらしい！）の豪奢な部屋を楽しみ、成功を約束されることもなかったわけです。


しかし、あなたと太ったお友達の話に戻りましょう。

あなたがたに深い好意を感じたとか、お二人がぼくにしたことを感謝していたというのではありません。あなたがたのことを考えたとすれば、いつも伝統的な枠にはめて考えていました——いい警官、悪い警官。睾丸を蹴りつける膝、泣いてすがる肩。もちろん二人とも怪物ですが、安定した社会には欠かせない種類の怪物です。われわれの門番となり、われわれがベッドで安全に眠れるようにしてくれる獣なのですから。

ただし、刑務所の中は別です。あそこでは、あなたがたはわれわれを守れない。

ミスター・ダルジール——睾丸つぶしの膝——なら、おまえたちの保護などしていられない、とでも言うでしょう。しかし、ミスター・パスコー——濡れた肩——あなたは違う。初めて会ってからの長い年月のあいだに、あなたに関して見聞きしたことから判断すれば、あなたはたんに役割を演じるだけの人ではないと思います。

現行の刑罰制度に疑問を持っているでしょう。それどころか、このぎしぎしときしむ古びた社会の多くの点に疑問を持っているのではないかな。ただし、キャリア警察官だから、それをはっきり口に出すのはむずかしい。もっとも、奥様はそれで引っ込むことはありませんね。ミセス・パスコー。ずっと昔、ホーム・コールトラム・カレッジでぼくが若くのんきな学生だったころには、ミズ・ソーパーという名前でした（シリーズ第二作『殺人のすすめ』参照）。あなたがたが結婚なさったと聞いて、どんなにうれしかったか！　そういうニュースが届くと、チャペル・サイクの湿った灰色の壁にさえ、すこし温かみと色が染み込んできます。天国で結ばれたように思える夫婦というのがいるものですよね？　マリリンとアーサー、ウッディとミア、チャールズとダイアナ……

はいはい、いつもうまくいくとはかぎりませんね。でも、この人たちの結婚もそれぞれ当初は、運がついてきた、いい感じだ、というものを持っていたし、サバイバルという点では、あなたがたの結婚は規則を成り立たせる例外というやつのようです。おめでとう！

しかしさっきも言ったように、塀の中では、あなたみたいに親切に心配してくれる警官さえ、ぼくみたいに若くて傷つきやすい囚人の権利を守るためにできることはあまりない。

だから、たとえ復讐を計画したかったとしても、そんな時間はなかったのです。

サバイバルの道を見つけるのに忙しくて。

もちろん、助けが必要だ、それはすぐに悟りました。

刑務所の中で、一人で生き延びることはできない。

よくご存じのとおり、ぼくは無防備ではありません。ぼくのおもな武器は舌です。舌を振るう余地さえあれば、たいていの窮地から逃げ出してみせます。

でも、意地悪な囚人の一人がぼくの腕を後ろ手にねじり上げ、もう一人がぼくの口にペニスを突っ込んでいるとすれば、舌を動かしてもこちらの損になるばかりです。

ぼくが拘置所でいっしょになった男は、もしぼくがサイクに送られたらこういう運命が待っていると、かなりうれしそうに教えてくれたものです。美男、金髪、青い目でほっそりした体の青年は、あそこですごく歓迎してもらえるぞ、と彼は言い、苦い笑いを漏らして、自分もかつては美男で金髪で青い目の青年だった、とつけ加えました。

傷だらけ、頬はこけ、鼻はつぶれ、歯は茶色くなったその顔を見ると、なかなか信じられませんでしたが、声音にどこか納得《コンヴィクション》させるものがありました。判事の声は有罪《コンヴィ》判決《クシヨン》を宣言し、次に彼と会ったのは、いっしょにチャペル・サイクに着いたときでした。

彼は刑務所生活には慣れていて、序列のあまりにも下のほうにいる男だから、保護者にする価値はないとすぐわかったのですが、それでも、新入りとして便所掃除をやらされるあいだに、ここの社会がどう成り立っているのか、この男から聞けることはどんな細かいこともすっかり搾り出してしまいました。

親分は十年つとめているポルチャードという男でした。ファースト・ネームはマシュー、囚人仲間のあいだではメイトで通っていましたが、生まれつき愛想がいいからではありません。見たところはぱっとせず、やせこけて頭は禿げているし、顔は真っ白で、皮膚の下に頭蓋骨が透けて見えるみたいです。でも、彼に地位があることは確実にわかりました。〝団欒〟時間中、〝パーラー〟と呼ばれる団欒室は混み合うのに、彼はいつも一人でテーブル一つを占領するのです。そこにすわって、眉根を寄せてチェス盤をにらみます（だから詰み《メイト》、というわけ）。小さな本をじっくり見ながら、ときには駒を動かす前にメモを書きつけたりします。ときどき、誰かがマグに入れた紅茶を運んできます。もし彼と話がしたければ、テーブルから二フィートくらい離れてじっとたたずみ、彼が目を向けてくれるのを辛抱強く待つのです。ごくたまに、こういう相手がなにかとりわけ興味あることを言うと、椅子を持ってきてすわれと言われます。

ポルチャードはセックスをやらない、とぼくの〝友達〟は教えてくれました。でも、彼の副官たちはいつも新人をさがしていて、もし彼が許可を出せば、ぼくは尻を突き出してお国を思うしかない（「脚を開いてお国を思う」は夫との性行為を耐えるレイディ・ヒリンドンの言葉）、というのです。

でも短期で考えるなら、いちばん危険なのはブリロ・ブライトみたいなフリーランサーだ、と彼はさらに言いました。あなたは彼と双子の弟デンドーに会ったことがあるかもしれません。二人とも、どこであんな名前をつけられたんだか。もっとも、ブリロは綿入れ張りの独房《パッディド・セル》にしばらく入れられたあとでそういう名前になったらしい（ブリロ・パッドですよ！）と噂に聞きました。ブリロは刺青を入れていました。禿げ頭全体と突き出た額にかけて鷲が翼を広げて、鉤爪が眼窩を囲んでいるというもの。それで顔の美しさが増すと、あるとき思い込んだんでしょう。それはそうかもしれないが、確実に増したのは、本職の武装強盗をやったとき、誰だかわかってしまう確率のほうです。きっとそれで人生三十数年の半分を刑務所で過ごすはめになったんだ。比較すれば、弟のデンドーのほうは知的でしたが、それも比較すればのこと。彼は予想のつかない、凶暴な悪人でした。ポルチャードと関わりなく、独立して存在する囚人はブライト兄弟だけでした。表面上はみんな仲よくしていましたが、実際には、兄弟はあまりにも不安定なので、ポルチャードは正面切って争う危険を冒したくなかったのです。だから、二人はマン島みたいな存在でした。沖合いに離れ、本土と密接な関係はあるが、いろんな面で独自の法律を持ち、思うままにやっている。

　そして、おいしい新入りをつまみ食いするのは、ブリロとデンドーにとっては、親分の怒りを買わずに自分たちの独立ぶりを見せつける方法なのです。

　生き延びるために、ぼくはポルチャードの保護下に入る道を見つけなければなりませんでした。それも、彼の子分たちの股の下には入らずにね。同性間の親密な関係に異論はありませんが、話を聞いたり、状況を観察したりするうち、刑務所で中央見開きページのアイドルにされるのを許せば、グラビア写真のへその真ん中にホッチキスの針を刺されるのと同じで、囚人社会の底辺に釘づけにされて動けなくなるとわかっていたのです。

　まず第一に、ぼくはちょっかいを出すべき相手ではないというのを示しておかなければならない。それで、計画を立てました。

　二日後、デンドーとブリロがシャワー室に入るのを待って、あとに続きました。

ブリロはまるで自分の縄張りに鶏が迷い込んできたのを見つけた狐みたいな目つきでぼくを見ました。

ぼくはタオルをフックに掛け、シャワーの下に入りました。片手にシャンプーのプラスチック・ボトルを持って。

ブリロは弟になにか言って笑わせ、それからこちらに近づいてきました。あんな大男にしてはぱっとしない一物でしたが、期待にわくわくしているのは、見ればわかりました。

「やあ、お嬢ちゃん」彼は言いました。「背中を流してあげようか？」

ぼくはシャンプー・ボトルのキャップを取って言いました。「あんた、そうやって頭に鶏をすわらせてるのは、脳ミソが実は炒り卵だとみんなに知らせるためなのか？」

彼はこれを理解するのにしばらくかかりましたが、やがて怒りに目が大きく飛び出し、おかげでこっちの標的エリアが倍に広がりました。

彼が飛びかかってくるなり、ぼくはボトルを上げ、中に入れておいたトイレ掃除用の漂白剤をその目めがけて噴射してやりました。

彼は悲鳴を上げ、目をこすり始めたので、ぼくは威勢よく立ったペニスの皮のむけた先にも一発ひっかけてやった。すると、彼はもう手のやり場がわからなくなった。ぼくはかがんで左足首をすくい、さっと下がった。彼はひっくり返り、頭を激しく壁にぶつけたので、タイルにひびが入るほどだった。

これがほんの数秒のことでした。デンドーはそのあいだ、まったく信じられないという様子で立ちすくんでいたのですが、ようやく近づこうとしました。ぼくがシャンプー・ボトルを振ってみせると、足を止めました。

ぼくは言いました。「その脳たりんを医者に連れていくか、白い杖を買ってやるか、二つに一つだな」

それからタオルを取って退却しました。

親愛なるミスター・パスコー、ぼくはあなたにこの身を預けているんだとおわかりでしょう。攻撃と傷害致死を自白しているんですから。実は、ブリロはあんなに鈍い《シック》

（「厚い」の意味もある）男のくせに頭蓋骨は驚くほど薄っぺらだったんです。あの怪我が原因で脳膜炎になったあげく、診断の手遅れで、彼は死んでしまいました。これだけ時間がたっていても、たぶん捜査はできるでしょう。もっとも、サイクの人たちがあなたをほめたたえるとは思えませんがね。当時かれらはいちおうのことはしたのですが、弟のデンドーはこういう状況にあってさえ、司法当局に協力するのが耐えられず、看守の一人が死んだ兄を侮辱したというのでかっとなり、相手の顎の骨を折ってしまったのです。

　これで彼はいなくなり、ぼくはほんとにほっとしました。もちろん、囚人たちはみな事の真相を知っていましたが、サイクではポルチャードの決定がないかぎり、誰も告げ口はしないし、ブリロの死は刑務所側の怠慢による過失という面もややあるので、警察はさっさと彼も事件も葬ってしまおうと、ろくな捜査をしませんでした。

　これが第一段階でした。おそらくはポルチャードもブライト兄弟がいなくなって残念に思ってはいなかったでしょうが、デンドーに恩を売ろうというやつらはまだ大勢いましたから、親分の保護が必要なことに変わりはありませんでした。

　そこで、第二段階へ。

　次にパーラーに集まったとき、ぼくは彼のテーブルに近づき、陳情に適切と判断しておいた距離をとって立ちました。

　彼はぼくを完全に無視し、げじげじ眉毛の下から見上げることさえしません。部屋のほかの部分では話し声や動きがありましたが、それでいて、人が形だけなにかしているときの妙にしんとした非現実的な雰囲気が漂っているのです。

　彼が次の手を考えているあいだ、ぼくはチェス盤をじっと見ていました。明らかに彼はクイーンの前のポーンがまず二目進むオーソドックスな序盤戦形から始め、スラヴ・ディフェンスの変形で応戦したところでした。一人試合というのは、一流のチェス・プレーヤーが基礎技能を磨いておくためにする一種のエクササイズですが、もちろん真価を問われるのは、自分と同等かそれより上級のプレーヤーを相手にしたとき、予測のつかない動きにその技能で対抗できるかどうかです。

二十分もたったはずです。団欒時間が残りあと五分というころ、彼はようやく駒を進めました。

それから、まだ顔を上げないまま、彼は言いました。

「なんだ?」

ぼくは進み出て、黒のビショップを取り上げ、彼のナイトを取りました。

部屋はしんと静まり返りました。

ビショップで取れるようにナイトを残しておいたのは、もちろん罠でした。彼は自分でその罠を仕掛けたので、自分は落ちなかった。ぼくが落ちたのです。ここで彼に知る必要ができました。ぼくはまったくの無能からそんなことをしたのか、それとも、それなりの思惑があってそうしたのか?

すくなくとも、彼がそれを知りたがっていればいいと、ぼくは思いました。

たっぷり一分たつと、まだ顔を上げずに、彼は言いました。「椅子」

椅子が脚の後ろに押しつけられたので、ぼくはすわりました。

彼は団欒時間の残りずっと、盤面を研究していました。

ベルが鳴って、みんな監房に戻る時間が来ると、彼は初めてぼくの顔を見て言いました。「明日」

こうして、ぼくは刑務所生活の最初の、いちばん危険な段階を抜け出したんです、ミスター・パスコー。もしぼくがのんびりすわって、あなたへの復讐計画を練っていたのなら、この時期までにはおそらくレイプされ、たぶん手か足を切り落とされ、確実にみんなの臆病犬に仕立てられて、好きなように蹴飛ばされ、辱められていたでしょう。いいえ、ぼくは実務的になって、持てる力のかぎりで現状に立ち向かわなければならなかった。今もそうしているんです。はっきり言わせてもらいましょう。絶えず肩越しに振り返って、そこにあなたがいるのではないか、あなた自身の恐怖に駆られてぼくを追いかけてきたのではないかとびくびくするのは、もうごめんです。

いつの日か、ぼくたち二人とも悟るかもしれませんよ、恐ろしいと思うものから逃げるのは、愛するものを追いかけるのとあまり違わないとね。もしそんな日が来たら、そのときには、ミスター・パスコー、ぼくはあなたの顔を見て、さしのべられた手を取り、あなたが言うのを聞くでしょう。「

「こんちくしょう《ジーザス・ブラディ・クライスト》！」ピーター・パスコーは言った。

「ええ、そういう季節だってことはわかってるわよ」エリー・パスコーは言った。

朝食のテーブルの反対側にすわり、明らかに中身はクリスマス・カードだとわかる封筒が散らばっているのを、熱のない目で眺めている。「でも、過激派のユダヤ人煽動家を非難するのはフェアなことかしら、西欧資本主義が彼の誕生日とされる日を利用してらくに儲けようと決めたからって？」

「生意気な野郎め！」パスコーは怒鳴った。

「あら、あてっこなのね」エリーは言った。「オーケー。バッキンガム宮殿から、女王は新年の叙勲リストであなたを女公爵に叙することになりました、というお知らせ。違う？　じゃ、降参」

「いまいましいルートのやつからだ。なんと、ケンブリッジにいるとさ！」

「いまいましいルート？　つまり、フラニー・ルート？　学生の？　短篇作家の？」

「いや、前科者のルートだ。サイコ犯罪者の」

「ああ、そのルート。で、なんて言ってきたの？」

「よくわからない。あの野郎、ぼくを赦すと言ってるみたいだ」

「あら、いいわね」エリーはあくびをした。「すくなくとも、こんなくだらないカードよりはおもしろいわよ。彼、ケンブリッジで何してるの？」

「〈十九世紀ロマン派研究〉の学会に出ている」パスコーは手紙に同封されていたプログラムを見て言った。

「たいしたもんだわ」エリーは言った。「成功してるのね」

「彼が出席してるのは、サム・ジョンソンのためだけだ」パスコーは見下すように言った。「これだ。今朝九時。ミスター・フランシス・ルート（文学修士）は故ドクター・サム・ジョンソンの論文〝『死の笑話集』の笑いを求めて〟を代読する。いかにもおもしろそうじゃないか。いったい、どういう意味だ？」

「『死の笑話集』？　あなた、トマス・ラヴル・ベドウズはおぼえているでしょう、サムが死んだとき研究していた？　『死の笑話集』はベドウズが生涯書いては直し、書いては直ししていた戯曲なの。読んだことはないけど、かなりゴシックな作品みたい。復讐悲劇よ」

「復讐か。なるほど」

「ありもしない関連性を見つけないでよ、ピーター。じゃ、その手紙を見せて」

「まだ読み終わっていない。何ページとなく続くんだ」

「それなら、読み終わったぶんを渡して。それに、残りを読むのに時間をとられすぎないようにね。時間とうちの娘は人を待たず、よ」

かつて、仕事のない土曜日といえば、遅起きしてベッドで朝食、あるいは、すごく運がよければ、ベッドでもっとおいしいものにありつけたこともあった。だが、それは娘のロージーが音楽の才能を発見する前のことだった。

ちゃんとした専門家がこの発見を認めてくれるのかどうか、パスコーにはわからない。音痴ではないが、彼の音楽的判断力では、今も彼女のクラリネットから聞こえてくるつまずきがちな調子はずれの音が、幼年時代のベニー・グッドマンが鳴らした音とほぼ同じか、それともこれよりよく《グッド》なることはないのか、決められなかった。

だが、それがわかるまで、ロージーはできるだけいい先生についてレッスンを受けなければならない。その先生というのは、中部ヨークシャー・シンフォニエッタのミズ・アリシア・ウィンターシャインで、いかに優秀な人物かは、授業に割ける時間が（それも別の女の子が演奏家の道をあきらめて乗馬に興味を移してしまったからようやく取れたのだが）土曜日の朝九時だけ、という事実が証明していた。

というわけで、ベッドの朝食その他にはおさらばだ。

だが、男はたとえ自分の家の主人ではないとしても、自分の頭だけはまだ自分のものだ。それで、パスコーはもう一枚のトーストにバターを塗ると、ルートの手紙の残りを読み始めた。

手紙1、続き

中断して失礼！

邪魔が入ったんです。ポーターが何人も連なって、シバの女王が長期公式訪問に出るときくらいの荷物を運んで入ってきた。その後ろには小柄でほっそりしたスポーツ選手のような体格の男がいました。豊かな金髪がよく日焼けした肌に映えて白いくらいに見える。本のカバーにある写真で見ていた顔だったので、即座にカリフォルニア州サンタ・アポロニア大学（本人に言わせれば、加州サン・ポル大）のドワイト・S・ドゥアデン教授とわかりました。クエスターズ・ロジングをぼくとシェアするとわかって、彼はちょっとむっとしたようでした。ぼくは慎ましく、小さいほうの寝室を選んでいたのに。

（ぼくがゴッズのクエスター——それが何なのかはともかく——ではなく、たんに学会のあいだその部屋に臨時に泊まっているだけだというのは、きっともう見当がついたでしょうね。クエスターご本人はギリシャ文化愛好家団体を率いて、豪華客船でエーゲ海を周遊中とか。こういう種類の仕事に、ぼくは不思議と興味を惹かれる！）

ドゥアデン教授とその荷物のほとんどは、ようやく彼の寝室に消えました。あの荷物をすっかりほどくつもりなら、かなりの時間がかかるでしょうから、手紙を続けます。

どこまでいったんでしたっけ？　ああ、そうだ、かなり退屈な哲学的脱線になりそうな危険を帯びた話の途中でした。じゃあ、元のように事実を述べることにしましょう。

翌日、ぼくはポルチャードと引き分けました。その気になれば負かせたのじゃないかと思いますが、誓って言い切るつもりはありません。どのみち、まずは引き分けから始めるのがいちばんのようでした。

その後、ぼくらは毎日対戦しました。最初、彼はいつも白でしたが、三度目の引き分けのあと、彼が盤を回したので、それからは白黒交互にやるようになりました。六度目のゲームでぼくが勝ちました。部屋には一瞬、慰霊祭の戦没者記念碑的静寂がおとずれましたが、犠牲者を思い出すというよりは、これから出る犠牲者を期待する静寂でした。監房に戻ろうとすると、それまでの二週間ほど、ずいぶん友好的になっていた男たちが、ぼくから離れていきました。ぼくは気にかけませんでした。かれらはポルチャードをドブネズミの王と考え、ぼくは彼をグランド・マスターと考えていたのです。こちらを負かすほどの力のない相手と対戦するのはつまらないし、まして、力はあるが、おびえて負かそうとしない相手ではなおさらだ。ぼくの長期サバイバル計画は、平等な関係を築くことにかかっている。と、思ったのですが、思い違いかもしれない、ともわかっていました。その晩、ぼくはベルイマンの映画「第七の封印」のあのシーン、騎士が死神を相手にチェスをするところに自分がいるという夢を見ました。汗びっしょりで目を覚まし、恐ろしい間違いをしでかしたと思いました。

しかし、翌日、彼は盤を用意してすわっていましたから、ぼくは正しかったとわかりました。

あとは、彼に気づかせず、勝たせてやる方法を見つけるだけです。

だが、すぐにやってはだめだ、と思いました。それではあからさまにすぎるし、彼にしてみれば、ぼくがわざと負けようとしているのをつかまえるなんて、連勝よりいやなことでしょう。それで、ぼくはふだんのようにプレーしながら、先の計画を立てました。すると、ポルチャードはいつもより三倍も早く駒を動かしてきたのです。盤をよく見ると、ぼくが勝たないように気を遣うことはないとわかりました。あれだけ一人で練習してきただけあって、彼は優れた防御型プレーヤーとなっていました。そりゃ、自分が考案した序盤の手を我慢して攻撃しないでいれば、そうなるに決まっています。ところが、この野郎、ぼくのプレーの詳細をすっかり吸収してしまい、突然、全面攻撃に出たのですから、ぼくは不利になりました。

彼の猛攻撃にあって、へこたれるのは簡単だったでしょうが、ぼくはそうしませんでした。右へ左へ、隙をつき、来るものをかわし、とうとうキングを手放したときには、正々堂々と戦って彼がぼくを負かしたと、二人ともわかっていました。

彼は駒を並べ直しながらにっこりしました。暗い水たまりのさざなみみたいに。

「チェス、戦争、仕事」彼は言いました。「みんなおんなじだ。相手にこっちだと思わせておいて、あっちへ行く」

悪くはない戦略でしょうね、プロの犯罪者なら。

そのあと、ぼくはもう試合結果を心配しなくなりました。これでまたみんなが友達として近づいてきましたが、ぼくはクールに構えていました。ぼくは同等の人間として受け入れてもらいたかったが、ひいきされているとうらやまれるのはいやだったからです。チェスはもちろん、何事もうまく手を打てば、懲役期間の終点まで最高に心地よく乗っていける切符を手に入れられるとわかっていました。

しかし、喧騒、悪臭、超満員、鉄格子のはまった十九世紀の建物でいくら心地よくしたところで、ここが監獄であることに変わりはない。

そこで、次の計画にエネルギーを注入することにしました。つまり、転出許可を取ることです。

どうして復讐計画を練るなんていう贅沢な暇がなかったか、これでおわかりでしょう！　ぼくは微妙な綱渡りをやらなければなりませんでした。一方ではポルチャードの友達でいながら、同時に充分改心したという評判をとって、楽な開放刑務所に移る許可を得ようというのです。時の権力者は、これだけ否定的な証拠ばかりというのに、なおも教育と徳行とのあいだに相関関係があると、かわいいくらい信じ込んでいるので、ぼくは公開大学《オープン・ユニヴァーシティー》（通信教育の大学）に入り、社会学的要素の強いコースを選んで学位を取りました。それなら、市民としての責任感を取り戻したと、時の権力者に印象づけるのにいちばん好都合だというわけです。それに、なんといっても楽勝コースでした。どのボタンを押せば、提出した小論文を指導教官がほめちぎるか、ちょっとでも頭のあるやつなら十分であたりをつけられる。ふわふわした左寄りの意見で泡を立てておいて、貧困や社会問題の統計で固めれば、目的達成。もっとも、旧態依然としたサッチャー主義者なら、およそ見当違いだと考えるでしょうがね。これがかたづくと、ぼくは同じ方向で修士課程の勉強を始めました。修士論文のテーマは罪と罰。これで、市民としての自覚をあらたにした人間だというところを、さんざんひけらかすことができました。でも、死ぬほど退屈だった！

　いっしょにいる囚人たちの真実を教師たちに話してやればよかったんですがね。その真実とは、かれらのほとんどにとって、犯罪はあたりまえの仕事にすぎない、ということ。ただし、ほかの仕事と違って失業問題はありません。刑務所を再訓練の機会を与える場所として扱うのは無意味だ。かれらは失業中ではなく、一時休業中と考えているんですから。あれだけ公金があるのなら、その金でかれらを海外旅行に出してやって、食中毒かレジオネラ菌にでもやられるのを期待したほうがましだ。でも、そんな理論を打ち出しても、名前の後ろに文字をくっつける役には立たないとわかっていたので、社会化と更生というつものたわごとをちびちび繰り出して、時満ちると、ぼくはフランシス・ルート、修士《MA》になりました。

　でも、ぼくはまだサイクにいました。このころにはもうバトリンズへ行く道をさえぎるものはないはずだと思っていたのですが。バトリンズ（イギリス各地の海浜地にある宿泊施設チェーンで、集団の娯楽を提供する）というのは、機知のある囚人たちがバトラーズ・ロウにつけたあだ名です。ヨークシャーでいちばん新しく、いちばん贅沢な設備を整えた開放刑務所バトラーズ・ロウはピーク地方の端にあります。

　どうしてその方向にちっとも進めないのか、理解できませんでした。そりゃ、ポルチャードとチェスはするが、ぼくは彼の手下というんじゃない。そこで、看守の一人を言葉巧みに手なずけ、ぼくになら秘密を打ち明けてもいいような気分にさせると、このことを持ち出してみました。

「チェスをやるからって、いつまでも黒星ばかりよこすのはおかしいよ」ぼくは抗議しました。

　彼はためらってから言いました。「まあ、あんたに黒星をやってるのは、われわれじゃないかもしれないぜ」

それだけでしたが、それで充分でした。

ぼくが移転にならないようにしているのは、ポルチャードだったんです。

この建物、いやおそらくはサイク全体で、チェス盤を前に彼をたっぷり楽しませられる唯一の男を、彼は失いたくなかった。そこで看守に向かって、あいつがいなくなったら自分は、ひいてはみんなが、非常に不幸になるぞ、と言ってやるだけでよかったのです。

これを変える方法はなさそうだったので、反撃に出る方法を見つけなければなりませんでした。

ぼくのコーナーに強力な打者が必要です。でも、どこからさがしてくればいい？

刑務所長は政界の社会改良家に急襲されないよう、後ろを守るのに忙しくて、個々のケースには関わっていられないし、牧師は古くさい酒飲み坊主で、アルコールに助けられた愛想のよさで、デンドー・ブライトまでよく言うような男でした。そのデンドーは、ありがたいことに、どこか遠くの厳重監禁施設に移されてしまいました。

そうすると、残るは刑務所の精神科医です。こいつは陽気な小男で、ボンカーズ（いかれている）という、こっちが不安になるようなあだ名で呼ばれ、よほど頭がおかしくないかぎり、あんなやつには相談に行かないものだ、とされていました。しかし、そのとき法務省の査察があり、一時的に食堂のメニューが改善されると同時に、なにやら醜聞がらみで、ボンカーズは笑顔のまま永久にいなくなることになりました。

それからまもなく、刑務所じゅうで耳とほかのものがそば立ちました。新しい精神科医が決まり、しかも女だというんですから！

ドゥアデン教授にまた邪魔されました。

最初にぼくを見たときの彼の反応を、ぼくは誤って解釈していました。クエスターズ・ロジングをシェアするとわかって幻滅したのではなく、自分が会ったこともなければ、名前を聞いたこともない人物とシェアするとわかって困惑したのです。

イギリス人ならこういう話題はさりげなく避けるでしょうし、アメリカ人にも持ってまわった言い方をするやからはいるでしょうが、教授はストレート・パンチを決めるという方針の人でした。

「で、きみはどこで働いているんだね？」彼は訊いてきました。

「中部ヨークシャー大学です」ぼくは答えました。

「ほう。で、このごろきみの部を運営しているのは誰だったかな？」

「ミスター・ダンスタンです」ぼくは言いました。

「ダンスタン？」彼は戸惑った表情になりました。「すると、中世文学のトニー・ダンスタンかな？」

「いいえ、園芸部長のジャック・ダンスタンです」ぼくは言いました。

驚きがおさまると、教授はすっかりおもしろがったので、ぼくは隠し立てすることはないと思い、説明しました。ぼくがサム・ジョンソンの弟子で、サムが園芸部の仕事を世話してくれたこと、ぼくはサムの学生であるだけでなく親友でもあったので、彼の姉のとりなしで、彼の死後、著作権代理人となったこと。

「サムはこの学会で論文を発表することになっていました」ぼくはしめくくりに言いました。「それで、プログラム委員会がぼくに連絡をくれ、彼の論文を代わりに読んでくれないかと言ってきたとき、彼の恩に報いるために承諾しなければと感じたんです。きっと、あちこちの書類上で彼の名前がぼくの名前に取り替えられて、それでぼくがクエスターズ・ロジングになんか来ることになったんでしょう」

教授は「ああ、きっとそうだな」と言いましたが、本心ではサム本人だって自分のルームメートになるほど偉くはないと思っていたみたいです。

実のところ、この点はぼくにも不思議でしたが、見当はついたと思います。プログラムに、セント・ゴドリックス学監サー・ジャスティニアン・アルバコアにとりわけ感謝する、彼の援助によりわれわれは学寮に滞在を許された、とあります。この名前には聞き覚えがある。ゴシック精神を研究した『ネペンテス（古代伝承にある苦痛や憂さを忘れさせる薬）を求めて』を書いたJ・C・アルバコアと同一人物だろうか？　この本はきっとご存じでしょう。ぼくは読んだことはないのですが、サム・ジョンソンの書斎で、ソファの折れた脚を支える下敷きになっているのをよく見かけました。サムはこの男をすごく憎んでいたんです。サムの話では、アルバコアが『ネペンテス』を執筆しているあいだ、ずいぶん助けてやったのに、こいつは感謝するどころか、サムがやっていたベドウズ研究を盗んでいった！　サムはあるとき、あまり人に知られていない、しかも関連のない二つの古文書コレクションを調べたのですが、誰かが自分より先に同じことをしていたとわかって、怪しみ始めたのでした。結局、アルバコアもベドウズの評伝に取り組んでおり、二〇〇三年、TLBの生誕二百年の年に出版される予定だとわかりました。しかも、その後アルバコアの出版社はこの分野を先に占領してしまおうと、二〇〇二年末に出版を決めたという話が伝わってきたので、亡くなる直前にサムは火を吐くほど怒っていました。

　ぼくはドワイトに対して、自分はサムの著作権代理人だと言いましたが、これは正確ではありません。事実は、たぶんお聞きでしょうが、こうです。サムの義姉で唯一の相続人である欧州議会議員のリンダ・ルーピンが、寛大な精神を発揮して、サムの研究をぼくに譲ろうと決めたのです。サムの書いた伝記を出版する契約だった出版社はこれをあまり喜ばなかった、と聞いても驚きませんよね。

　出版社側の見解はわかります。だいたい、ぼくは何者だ？　文学界ではまったく名もない人間です。ただ、この分野にほかの本がなければ、ぼくの〝彩り豊かな〟過去は宣伝に使えるのではないかと、販売部は考えました。しかし、アルバコアの本がもう〝決定版〟の伝記と喧伝されていましたから、出版社ではサムのやり残した仕事をぼくに継がせるのは盗人に追い銭だと判断しました。

で、すまないな、サムが狙っていた大著を出す話はなしになった、というわけです。

　しかし、かれらは代案を出してきました。

　ベドウズの生涯はごくわずかしか記録されていないので、

サムは原稿のところどころに「想像上の場面」とはっきり銘打ったものを混ぜていました。これは、彼が草稿の前書きで説明しているように、実際に起きたことを詳しく述べたものではありません。知られている事実に基づいた部分もありますが、ほかはたんなる想像による推測で、ベドウズという人物を読者の心に生き生きと甦らせるための方便です。サムがこの本を仕上げていれば、おそらくその多くが全面的に書き直されたり、削除されたりしていただろうと思います。

出版社はぼくに尋ねました。本格的な文学評論を大部分カットして、「想像上の場面」をさらにいくつかこしらえ、セックスとバイオレンスをたっぷり加えて味をつけ、ここ数年すごく売れているタイプの大衆向け伝記本に仕立てる、というのはどうかな？

しばらく考えてみてくれと言われましたが、時間は必要ありませんでした。

失せろ、と言ってやりました。恩あるサムに対して、そんなことはできません。

ところが、なんて不当な仕打ちだと地団太踏んでいたとき、この学会でサムの代理をつとめるようにという招待が来たのです。

ぼくはこれを額面どおりに受け取りました。つまり、プログラム委員会はこれを立派な同僚への手向けとし、同時にプログラムを組み直す手間を省く、ということです。それでも、ぼくがありきたりの講師たちのように学生寮に突っ込まれるのでなく、ドワイト・ドゥアデンといっしょにクエスターズ・ロジングで豪華にやっているのはなぜか、その理由の説明にはなりません。ほかに動機があるはずだ。アルバコアの名前を見て以来、彼はサムのベドウズ研究資料を奪うため、甘言でぼくを丸め込もうと期待しているのではないかと思うようになりました。

ぼくの妄想かもしれない。しかし、学問の森には猛禽類がうようよしている、といつもサムは言っていました。まあ、学会の実行委員たちに実際に会えば、もっとよく判断できるでしょう。歓迎レセプションと概論セッションまであと十五分です。

ええと、どこまで行ったんでしたっけ？　ああ、そうだ、新入りの女性精神科医の話だった。彼女の名前は、信じがたいですが、アマリリス・ハシーンというんです！　木陰でアマリリスと戯れる（ミルトンの詩「リシダス」の一節）というのは、ご記憶でしょうが、詩を書くかわりにすることとして、ミルトンがいちばん非清教徒的な想像力を駆使して考えついた行動でした。ぼくが知っているのは、これがクリスマスのころたまに見かける派手な肉厚の花だということだけです。まあ、そういう水準で考えると、ミズ・ハシーンは名前に負けない女性で、セックスに飢えた囚人たちは彼女を早めのクリスマス・プレゼントと見なしていました。ポルチャードの上級子分の一人など、こう言っていましたよ。「ああいう女にセックスの空想をすっかりぶちまけられるとはな、『女が上』（ナンシー・フライディ著、一九九三年。現代女性の性的空想を論じた本）を開いてマスをかくよりいけるぜ」

みんなが心理的問題を抱えるようになりました。でも、ミズ・ハシーンはばかではなかった。彼女がチャペル・サイクの顧問医の仕事に就いたのは、投獄された者の心理に関する本の材料を集めるためでした。それで名前の後ろにさらに文字が連なり、銀行にはもっと金が入るのを期待してのことです。（本は『暗い独房』という題で昨年出版されました。いい書評がたくさん出ましたよ。そうそう、ぼくは一九三〜二〇七ページに登場する〝四人XR〟です。）彼女はすぐにマスかき男《ワンカーズ》と金になる男《バンカーズ》をより分けました。ポルチャードの副官が、自分は棄てられたのにぼくが週二回のセッションを受けていると文句をつけたとき、ぼくはにっこりして言いました。「ああいう手合いには、自分が助けになっていると感じさせてやらなきゃだめだ。あんたがやったみたいに、軟骨をひらめかせて、一かきやってくれないかと彼女に頼むってのとは違うよ！」これにはポルチャードすらにやりとして、それ以後、セッションから戻るたび、ぼくは彼女の下着の中への道のりをどこまで進んだかと、卑猥な質問の集中攻撃を浴びることになりました。

正直なところ、実現できないことではなかったと思いますが、トライすらしませんでした。たとえ成功したところで、何を手に入れられますか？

ソプラノの歓喜の叫びが二つ三つ（ああいう状況では膝を震わせてすばやく一発やるのがせいぜい）、そのあとは性交後の悲しみの終曲部《コーダ》が何年も続くかもしれない！

ぼくは現実的にならざるをえませんでした。たとえアマリリスが誘惑に負けて木陰で戯れることになったとしても、サイクの門を出て明るい光の中に足を踏み出し、将来のキャリアや幸福な結婚のことを考えたら恥ずかしさにぞっとして、今後ぼくから非難されるのを前もって防ごうと、ぼくを危険な妄想家だということにしてしまうでしょう。

（これはシニカルすぎる考えだと思いますか？　まあ、先を読んでください！）

それで、ぼくは彼女が精神科医としてぼくから何を求めているのかを突き止め、それを間違いなく彼女に与えることを目標にしました。

そこにはまた別の危険がありました。彼女が本当に求めていたのは、ぼくという人間が作動する仕組みを明確にすることです。困ったことに、それはぼくにとっても魅力のある課題だったのです。

自分がほかの人たちとすっかり同じではない、というのは前から知っていましたが、その違和感が正確にどういう性質のものかはわかりません。欠落に根ざしているのか、存在に根ざしているのか？　ぼくはほかの人たちに欠けたものを持っているのか、それとも、ほかの人たちが持っているものがぼくには欠けているのか？

言い換えれば、ぼくは死すべき人間のあいだにある神なのか、それともたんに羊の群の中の狼にすぎないのか？

彼女の前にすべてをさらけ出し、その不可思議にもつれたものを彼女がプロの技術でどうほどいていくかを見てみたい、という誘惑は強力でした。しかし、危険のほうが大きかった。もしぼくが不治の反社会的人間だという結論が出たらどうする？

それで残念ながら、分析のために完全に正直になる楽しみは、自分の自由を犠牲にせず、懐を犠牲にして相談料が払えるようになるまではお預けにせざるをえませんでした。

そのかわり、ぼくは力を尽くして、アマリリスがぼくら双方に都合のいいことを見つけ出すよう仕向けました——すなわち、彼女の本に興味深いパラグラフを提供する、ややひびの入った人格です。

楽しい遊びでした。ぼくの過去についてチェックできる事実は気をつけて手を加えずにおきました。でも、そのあとは創作の時間です。竜巻に巻き込まれたあとで、カンザスの白黒の世界からオズの派手なカラーの世界に足を踏み出すドロシーみたいなものでした。こういう精神科医のご多分に漏れず、彼女はぼくの子供時代にこだわりましたから、ぼくは親愛なる親父に関してばかげた話をでっち上げて楽しみました。実際には、親父はぼくがごく幼いころにぼくの人生から消えてしまったので、なんの記憶もないのですが。その話の大部分は彼女の本に載っています。ぼくはあの短篇コンテストに優勝する前から、フィクションに才能があると自覚していたんですよ。

しかし同時に、アマリリスはそうそう人に騙されない抜け目のない女だとも、ぼくは強く意識していました。ぼくの狙いは彼女を助けているように見せつつ自分を助けることだと、彼女にはお見通しだと思わずにはいられませんでした。それで、チェスをやるときと同じように、いろいろと違うレベルでプレーする必要がありました。

まだいくつもセッションを重ねないうちに、ぼくはすっかり主導権を握ったと感じ始めました。

すると、彼女はぼくを驚かせました。序盤に、こう訊いてきたのです。「あなたをサイクに入れた責任者について、どう感じますか?」

「ぼくのほかにですか?」ぼくは言いました。

これはうまい答えのように思えましたが、彼女はあたかも「吐いてしまいなさいよ!」とでも言うように、にやりとしただけでした。

それで、ぼくは微笑を返して言いました。「つまり、ぼくを逮捕して有罪にもっていった警察官、ということですか?」

「その人たちが責任者だと、あなたが思うならね」彼女は言いました。

「なにも感じませんね」ぼくは言いました。「実のところ、裁判がすんでから、かれらのことなんかほとんど考えていません」

「じゃ、復讐を思うことはないの？　夜中にあれこれ空想をめぐらすこともない？」

おかしなことになりました。それまで何週間も、嘘や中途半端な真実ばかり彼女に与えてきたのに、こうしてありのままを、なんのごまかしもなく話すと、信じるものかというようなにやにや笑いが返ってくるだけなんですから。

「言ったとおりです」ぼくはきっぱり断言しました。「復讐を考えて眠れなくなったことも、起きているあいだに頭を悩ませたこともありません。胸に手をあて、聖書にキスし、親父の墓にかけて誓います」

その一語一語が本当でした。今でも気持ちは変わっていません。

「それなら、あなたが博士論文用に提案した題材はどうやって説明するつもり？」彼女は訊きました。

これには、二つの理由で息を呑みました。

第一に、ぼくが提案した論文の題材が何か、いったいどうやって彼女は知ったのか？

そして第二に、ぼくはそれをどう説明すればいいのか？

『イギリスの戯曲における復讐のテーマ』。

ひょっとして、ぼくは理性的人間らしく冷静沈着に自分の将来を計画していると思っていたのに、そのあいだじゅう、心の奥深くには敵意に満ちた腹黒い復讐の女神がいて、あなたとミスター・ダルジールへの復讐に執着していたのか？

まあ、それからずいぶん考える時間があったので、今では胸に手をあて、完全に正直に宣言できますが、論文の題材を選んだとき、あなたのことも、ミスター・ダルジールのことも、まったく頭に浮かびませんでした。

前に書いたように、ぼくは学士号と修士号を取るために社会学のたわごとをこれでもかこれでもかと出してみせるばかりで、涙が出るほど退屈していたのです。なにかほかのものがほしかった。本物の情熱を持った本物の人間に関することをやりたかった。それには社会学から文学――ことに戯曲――に転向しなければならないとわかっていました。かつて、英文学の先生がこう言っていたのをおぼえていました。戯曲には、行動の動機になるものが三つある――愛、野心、復讐。中でもっとも偉大なのは復讐だ。そこで、ぼくはエリザベス朝（一五五八～一六〇三年）とジェイムズ朝（一六〇三～一六二五年）の作品を読み始め、すぐに先生の言ったとおりだったと悟りました。ドラマにエネルギーを与えるという意味では、復讐がいちばんです。愛は人の心を動かし、野心は人を行動に駆り立てますが、復讐は爆発する！　これで題材は決まりました。でも、これは芸術的、学問的、自己目的的な選択であって、ぼく自身の状況というような外的なこととはなんの関係もありませんでした。

でも、これがフロイトの眼鏡でものを見るアマリリスの目にどんなふうに映るかはわかりました。

ぼくは反論しようと口を開きましたが、それはまずい戦略だと判断し、かわりにこう言いました。「思ってもみなかったな。なんてことだ。ぼくの考えでは……いやあ、まさかねえ！」

びっくり仰天しているところを見せつけよう、と思いました。彼女には、自分が完全に力を握ったと思わせておく。

そのあいだずっと、ぼくは脳をフル回転させ、彼女がどうやってぼくの提案のことを知ったのか、考えていました。彼女に話したことはなかった。それどころか、提案は先週ようやくまとめ、シェフィールド大学の公開講座部あてに送り出したばかりで、まだ返事も来ていない……

それだ！　彼女の夫だ。夫が大学の教師だというのは、噂に聞いていました。彼女がサイクに来ているのだから、きっとヨークシャーのどこかの大学でしょう。彼の専門分野は彼女と同じだと思い込んでいましたが、そうでなくたって不思議はない。

これが当たっているなら……でも、まずは確かめることです。

単刀直入がいちばん簡単でした。

ぼくは言いました。「すると、ご主人があなたにぼくの応募のことを教えたんでしょうね？　で、あなたは彼にぼくのことをあれこれ教えている。おかしいですね。医者は患者のカルテを公表しないとか、司祭は信徒の告白を口外しないとかいうふつうのルールが、服役囚には適用されないんですか？」

釣り針なら彼女はなんとか逃れたかもしれないが、これは水に落とした手榴弾でした。

彼女は最善を尽くしたものの、最初から腹を上にしてあがくことになりました。

「いいえ、そんなよこしまなことじゃないのよ」彼女は言い、例のぽってりした唇に〝おたがい世慣れた人間どうしじゃないの〟の微笑をちらと浮かべました。「人生につきもののちょっとした偶然よ。わたしの夫のジェイは、たまたまあそこの英文科にいるの。それで、たまたまああいうことを担当する委員会の委員長をつとめていて、チャペル・サイクにいる人から応募があったと、たまたま口にしたものだから……」

あなたのような熟練の尋問者なら、あちこちに言い逃れの徴候が見えるのを簡単に認めたでしょう。〝たまたま〟が多すぎる。彼女はここを出たら家に帰って、にやけたご亭主を相手に、獄中のクライアントが打ち明けるおかしな話をおしゃべりの種にする、それをなんとか隠そうとしていたんです。専門職の守秘義務もなにもあったものじゃない。きっと、ぼくたちが心の奥底まで開いてみせた告白からつまみ出した逸話で、ディナー・パーティーの会話を盛り上げているんだ。そう気がつくと、ぼくはしんそこ腹が立ちましたが、そういえば、ぼくが個人的に彼女に話したことの大部分は作り話だったとすぐに思い出しました。開いてみせたのは、心の奥底というよりケツの穴だ。

ぼくは言いました。「そうか、それは便利だ。じゃ、ぼくの応募がどうなったか、こっそり教えてくれませんか？ぼくのところに直接返答が来るのはいつになるのかわからない。そのことで、監察官と一言話してみようかと思っていたんですよ。彼はいつも囚人の権利を守れと騒いでいますからね」

これで彼女には考えるべきことができました。ここの主任監察官であるロード・スレルケルドはよくご存じでしょう。たぶん彼はごろごろ腹《ランブルタミー》氏（ダルジールのこと）の仇敵だろうな。なにしろ、警察か刑務所関係者の職権濫用を摘発して、上院で振りかざしてみせるのがなにより好きという、弱者にやたらと同情するので悪名高い人物ですからね。

彼女は知恵を振り絞って答えました。「まあ、わたしに答えられることではないけれど、委員会ではあなたの提案の内容にすごく感心しているみたい。ことにジェイはあなたを入れたがっているわ……もちろん、ほかの条件が同じだとして……」

ああ、アマリリス、きみが木陰で楽しむものの一つにチェスも入っているのか？　ぼくはそう思い、彼女の言葉を解釈しながら、微笑を押し隠しました。うちのジェイは喜んであなたの味方になるけれど、もし自分の妻に関してあなたがつまらない苦情を言い立てているとなると、それもむずかしい……

「それはご親切に」ぼくは言いました。「ご主人がぼくの担任になるようなチャンスはありますかね？」

「ああ、いいえ」彼女はあわてて言いました。「彼は来学期から、母校で教えることになったの。だから、こちらにはいなくなるのよ。でも、同僚のドクター・ジョンソンがとても積極的に興味を示していて……」

それが、サムの名前を耳にした初めでしたが、その瞬間に悟りをひらいたどころか、ぼくは事態を自分に有利な方向に押し進めることばかり考えていました。

「で、あなたはぼくの博士論文の試案をたまたま知ったわけですよね。それがぼくのどういう面を示していると思いますか？」ぼくは訊きました。「ぼくをここに入れたとされる人たちに対して、ぼくがひそかに復讐を狙っていると、本気で思うんですか？」

「それはたぶん、言い方が強すぎるでしょうね」彼女は言いました。「あなたが強い復讐心を持った性格だとは思いません。多少の恨みを感じないのはおかしいけれど、論文にこういう題材を選んだのは、そんな感情を昇華した結果でしょう。言い換えれば、精神的外傷《トラウマ》の一部というより、癒される過程の一部ということ」

こいつは《リーダーズ・ダイジェスト》の心理学だな、とぼくは内心で大喜びしました。これこそ、ぼくの将来を決定する間抜けたちに与えたい単純明快な餌でした。

「そうすると、ドクター、ぼくが博士論文の題材にああいうものを選んだことと、それがシェフィールド大学で受け入れられたこととで、ぼくはバトラーズ・ロウに移転させてもらえますかね？　だって、指導教官からあまり離れたところにいるわけにはいかないでしょう？」

「それはそうね」彼女はうなずき、メモに書きつけました。「筋の通った話だわ」

それはイエスという意味だとぼくは解釈し、確かにそのとおりになりました。もっとも、ぼくがバトリンズに移転になったのは、博士論文試案が受諾されるより前のことです。というわけで、ぼくはあそこで初めてサムと出会いました。あとになって思ったのですが、彼がサイクに来て、あの中にいるぼくを見たり、においを嗅いだりすることがなくてよかった。バトリンズに着くと最初に、刑務所の悪臭を持ち込んだな、と言われました。自分では気づかなくても、ほかの連中は嗅ぎつけるのです。その後、新しい移転者が来ると、ぼくもそのにおいに気づくようになりました。

においの喚起力というのは奇妙なものですね！　一嗅ぎで、がちゃんがちゃんと閉まるドア、混み合った監房、便器の始末、絶え間ない恐怖を即座に思い出すのです。ええ、ポルチャードのチェスの相手をつとめていてさえ、毎日が恐怖でした――サディスティックな看守、頭のおかしいやつが暴れる、質の悪いコカイン、新しいドブネズミの王が台頭してきてポルチャードの王座を奪う――毎日、どんな恐ろしい変化があるかわからないのです。だから、あのにおいはぼくがバトリンズでいい子にしているための強力な動機となりました。ここはベウラの地（旧約聖書で、輝かしい未来を象徴する土地としてのエルサレムのこと）だ。毎日、ぼくらは川のむこうに約束の地を見ることができる。

ここから追い出され、サイクへ戻されるようなことをするのは阿呆だけだ。

ぼくは当時そんな阿呆ではなかったし、今もそうではありません。

ぼくが刑務所生活で更生したと信じるのはあなたにはむずかしいでしょうが、二度と塀の中へ戻る危険は冒せないとぼくが決意を固めたことは、きっと理解していただけるでしょう。

ですから、脅迫も復讐もありません。復讐など、たとえ挑発されたって考えもしません——あなたがこれまでやや挑発的だったことは、ご自分でも認めざるをえないでしょう、ミスター・パスコー。

ぼくが人生に求めるものなら、単純で正直な方法で——あるいはすくなくとも、そんなふうに見える方法で——手に入れられるんだ、学問の森ではね！ まわりを眺める——この手紙を書いている部屋の古いオーク材の鏡板、その蜂蜜色の深みが暖炉の光を返し、燃える火がきりりとした冬の日の寒さを追い払っている。淡い日光が窓の外の静かな中庭を満たす。

さっき書いたように、ほんの二時間ほど前に到着したばかりですし、ここでは週末を過ごすだけなのですが、この場所に足を踏み入れた瞬間、これはぼくの求めるものにすごく近い、とわかりました。だから、あなたに手紙を書いているんですよ、ミスター・パスコー。ぼくらのあいだに垂れ込める暗雲を一掃できればいいと、しばらく前から考えていたのですが、今ではそれが不可欠だとわかりました。ぼくの利己的な理由はもちろん、あなたの心の平安を確かなものにするためにもね。

もうたっぷり話したかな？ そうかもしれないし、まだ充分ではないかもしれない。あとで確かめます。でも、出かける時間だ。あと五分で学会の開会セッションが始まるんです。ドワイトはもう時計を指さし、片手で飲むジェスチャーをしてみせてから出ていきました。

新入りが遅刻してはまずい。門衛所のそばにポストがあるので、行きがけにこれを出します。もうあなたに手紙は書きません、ミスター・パスコー。これでぼくらのあいだの誤解は取り払われたと期待します。過去は冥界、過去は低地の町々、後ろを振り返れば大災難に見舞われる（ギリシャ神話で、オルフェウスは妻を冥界から救い出そうとしたが、途中で振り返ったため失敗した。旧約聖書で、低地の町ソドムとゴモラが神に滅ぼされたとき、逃げたロトの妻は後ろを振り返ったため塩の柱になった）。ぼくの目はしっかり未来を見つめています。

正直なところ、ちょっと緊張していますが、わくわくしてもいます。

これはこれからのぼくの人生の第一歩になるかもしれない。
幸運を祈ってくださいよ！
あなたとご家族が楽しいクリスマスを過ごされますよう！

フラニー・ルート

エリー・パスコーは読むのが速いので、やがて夫が読んでは捨てた紙を次々拾い、最後の一枚は彼が落とす前に指からひっさらっていった。

パスコーは彼女が読み終えるまで見守り、それから言った。「で、どう思う？」

「まあ、自分の判断が正しかったとわかるのはいつも気持ちのいいものよね」

「きみの判断というのは、裁判所の判断と同じく、ルートは心のねじまがった、道徳観念の欠けた異常人格者だってこと？」

「判事はそんなことを言ったの？　わたし、聞き落としてたみたい。彼は殺人の従犯として有罪になったんだと思ってたけど。どのみち、さっき言った判断というのは、チャーリー・ペンとわたしが《ガゼット》の短篇コンクールで彼に最優秀賞を贈ると決めたことよ。彼、すごく読ませるものを書くでしょう?」

「そうかい? ぼくはガスのメーターを読むほうがいいがな」

「十人十色。でも、認めてあげなくちゃ。彼は与えられた機会を最大限利用している」

「そいつはたいていの犯罪の定義に使えるな」

「犯罪なんて、どこにも出てこなかったわ」

「ブリロを殺したのは犯罪じゃないのか?」

「ピーター、悪いのはフランじゃなく、彼をあそこに入れた制度のほうよ」

「ハシーンをゆすって、バトリンズへ行けるようにしたことは? それに、リンダ・ルーピンを丸め込んで保護者にさせたことは? 彼女、かわいそうに、しっかり目を見開いていていないと、ヨーロッパ政界のうまい汁をいつのまにかあいつに吸い尽くされてしまうぞ」

「ハシーンはプロらしからぬ振る舞いをしたようだから、自分が悪いのよ。いかれリンダ《ルーピー》なら、何が降りかかろうと当然。それに、心配なんかしてやらなくたって、自分の面倒くらい自分でみられるでしょ。ほかの人の面倒をみるのにエネルギーを無駄にしていないのは確かだもの」

パスコーは微笑した。リンダ・ルーピンに同情させようとしても無理なのはわかっていた。彼女は保守党所属の欧州議会議員で、左翼フェミニスト的傾向の人間にとってはことのほか嫌悪の対象なのだ。そのルーピンが故サム・ジョンソンの義姉であり、唯一の相続人だという事実は、エリーにとってはショックだったが、明らかにフラニー・ルートにとっては舞い込んだ好機であり、彼はそれを両手でしっかりつかんだのだった。

「それに、あなたちょっとパラノイアなんじゃない?」エリーは続けた。「彼は自分の力でしっかりやっているとあなたに教えているだけじゃないの。どうして恨みを抱いているなんて思うの?」

「犯罪者が自分の力でしっかりやっているときは、犯罪がからんでいる」パスコーはぶつぶつ言った。

「かもしれない。でも、犯罪の才能を合法的に生かすのに、学問の世界ほどいい分野はないんじゃない？」エリーは言った。処女小説の出版が決まり、公式に創作者と認められて以来、彼女は大学講師だったかつての自分の存在を見下して思い返すようになっていた。「どっちみち、彼は社会に対して借りを返したわけでしょ。それに、そもそもあなたがあんなふうに遠慮会釈なく追いかけたりしなければ、彼がまたあなたの目にとまるってこともなかったはずよ」

これはあまりに不当な非難だったから、パスコーは息を呑んでもよかったが、エリーといっしょに暮らしているおかげで、彼はほぼ恒久的に息を切らしているのだった。

彼は穏やかに言った。「ぼくが最初に彼を掘り出してきたのは、誰かがきみを脅迫していて、彼が犯人候補者として可能だったからというだけだ」

「ええ、じゃ、そのほかのときは？ ピート、認めなさいよ、あなたはフラニー・ルートが相手だといつも無理を承知でかかっていった。どうして？ なにか特別気にさわるところがあるに違いないわ」

「べつに。あいつが無気味だってことを除けばね。それは認めるだろう？ 認めない？ オーケー、じゃ、見方を変えよう。ぼくにこんなふうに手紙を書いてよこすって、ちょっとおかしいと思わないか？」

「あなたはまるでこれが脅迫状だといわんばかり」エリーは言った。「彼がこんなに気を遣って、脅迫状ではないと言ってるのに！ これ以上、彼は何を言わなきゃならないの？」

「暗い道で男が近づいてきて」パスコーは言った。「きみの前に立ちふさがり、いかにも安心させるように〝いいんだ、あんたをレイプするつもりはないから〟と言ったら、どのくらい安心する？」

「その男が、ボウラー青年が救援に駆けつけたときのディック・ディーみたいに、素っ裸でナイフを振りまわしているよりは、だいぶ安心するわね。ところで、彼はどんな具合？」

「木曜日に会ったときは元気そうに見えたよ。来週の半ばまでには仕事に戻れるようだ。もしこの週末に力を使いすぎなければね」

「力を使って何をするの？」

「どうやら、彼の恋人ライ・ポモーナが感謝のしるしに、彼をピーク地方のどこかすてきにロマンチックなホテルに連れていって、長めの週末を過ごそうと誘ってきたらしい。木曜日にはその話ばかりだった。まあ、これであいつはすっかり回復するか、潰れるか、どっちかだな」

「心の中に永久に青春の部分を持っているって、すてきでしょうね」エリーは言った。「でも、彼がよくなってよかった。彼女のほうはどうなの？」

「奇妙なことに、このまえ見かけたときは、彼女のほうが彼よりずっと具合が悪そうだった」

「どうして奇妙なの？」

「だって、頭蓋骨骨折で病院に担ぎ込まれたのは彼のほうだぜ、忘れちゃいないだろう？」

「で、彼女はあやうくレイプされて殺されるところだったのよ」エリーは言い返した。


二人はワードマン事件として知られるようになった事件の劇的なクライマックスをそれぞれに思い出して、黙り込んだ（前作『死者との対話』参照）。州立図書館の参考図書部長だったディック・ディーは、助手のライ・ポモーナを人里離れた田舎のコテッジに誘い出したのだった。彼女にすっかり熱を上げていたハット・ボウラー刑事はそれを知るなり救助に飛び出していき、パスコーとダルジールがすぐにあとを追った。ボウラーが到着すると、ライとディーはどちらも裸で血にまみれ、命がけで格闘していた。それからもみ合いになり、ハットはなんとかディーが振りまわしていたナイフを取り上げ、相手を刺し殺したが、自身も頭に重傷を負った。次に現場に駆けつけたパスコーは青年が怪我で死ぬのではないかと心配した。その不安には彼の罪悪感も加わっていた。容疑者リストの中に、彼の落ち着いた人生行路をふたたび乱しにきた男——フラニー・ルート——の名前があったために、気を取られて捜査がおろそかになっていたからだった。

あのときルートを犯人と考えたのは間違いだった。今、彼は過剰に反応しているのかもしれない。エリーは確かにそうだと思った。

彼女は攻撃に戻った。

「フランの話に戻るけど」彼女は言った。「クリスマスは慰めと喜びの季節よ。まあ、テレビのコマーシャルはそう言い募ってる。空間的にも時間的にも遠くにいる人に連絡する季節。だからいまいましいカードがこんなに来るのよ。ところで、カードの封を切るのを手伝ってよね。誤った記録や人間関係を正す季節。ルートがそうしたいと思ったからって、何がおかしいの？ ことに、運が上向きになってきたときなんだし」

「オーケー、降参するよ」パスコーは言った。「ルートの赦しは受け入れる。でも、あいつにクリスマス・カードなんか送らないからな。まったく、こんなでかいのが来てる、見ろよ」

彼があけた封筒には、どこかの古大家の作品の複製を印刷したカードが入っていた。描かれているのは羊泥棒の一群みたいだった。いかにもぎょっとした様子なのは理解できる。見上げた先には警察ヘリコプターのスポットライトらしき光、それが女ばかりのジャズ・バンドに囲まれているのだから。

「で、ジッパーよりキスを三つってのは、いったい何者だ？」彼はカードを開いて訊いた。「ジッパーなんてやつにはカードを送らないよな？ 送らないと思いたいね」

「ジッパー。聞き覚えがあるわね。ええと……」

エリーは封筒を返して見直した。「いやだ。これ、ロージーあてだわ。ジッパーって、休暇のあいだにロージーが仲よくなった男の子よ。両親はぎんぎんの保守党支持者なの。これ、封をし直さなきゃ。さもないと、彼女、あたしたちを人権裁判所に訴えるわ」

「どうして捨てちまわないんだ？ うちの娘を不適当な連中とつきあわせるわけにはいかないだろう？」

エリーは彼の皮肉を無視して言った。「彼女の初めてのラブレターですもの。女の子にとっては大事なものなのよ。あの子のところに持っていって、コートを着なさいと言ってくるわ。あなたは自分あてのファンレターをひとまず置いておけるなら、車をスタートさせたらどう？　寒い朝だとどうなるか、わかってるじゃないの。もうちょっとよく手入れしたほうがいいわよ」

これはあまりにも不当な非難で、反乱を起こすに充分だった。パスコーの車が夜はたいてい外で凍っているのは、エリーの古ぼけた車が早い者勝ちならぬ早い者は守られるの原則に従って、だいたいいつも車庫を占領しているからなのだ。

彼は言った。「そっちのポンコツがそうびしっと整備されているんなら、きみがロージーを連れていったらどうなんだ？」

「だめ。十時にエストーティランドでダフネとコーヒーを飲む約束なの。それから二人で決死の覚悟でクリスマスの買い物の大半をすませる。交換したいなら別だけど？」

「きみとダフネを？　悪くはないかなあ……ごめん！　でも、ロージーはミス・ウィンターシャインをエストーティランドと交換したがるかもしれないぜ」

エストーティランドは巨大なR&Rコンプレックスで（R&Rは娯楽《レクリエーション》と小売《リーテイル》の略であり、そのコンセプトを発展させたカナダ人のエストーティ兄弟、ローリーとランディのイニシャルでもある）、南部ヨークシャーと中部ヨークシャーの境界にわたる郊外の再開発地に建てられている。エストーティランドでは、男でも女でも子供でも、穏当に求めるものならなんでも手に入る、とエストーティ兄弟は誇っている。こういう場所に望めるかぎりユーザー・フレンドリーで、小売店のフロアのほかにクラブやスポーツ施設もあり、〈ジュニア・ジャンボ・バーガー・バー〉とそれに付随する遊び場は子供のパーティー会場としてたいへんな人気を呼んでいた。

「あの子は天才少女を目ざしているんだから、天才になってもらいます」エリーは言った。自分とそっくりな娘の策略にはよく通じていた。「支度させるわ」

エリーは出ていった。パスコーはトーストの残りを口に押し込み、コーヒーを飲み干すと、ルートの手紙をポケットに入れ、車へ向かった。

予想どおり、スタートをいやがる態度は彼自身の態度に劣らず、朝の咳込みは彼の咳よりよほどひどかった。三度目か四度目の発作の最中に、ロージーが助手席に乗り込んできた。しばらく黙ってすわっていたが、それから気高く耐える殉教者の声で言った。「ママと行くときは、遅れたことないのに」

「不思議だな」パスコーは言った。「ぼくの経験とは正反対だ。やった！」

ゴホゴホがパシャパシャに変わり、それからリズミカルなガラガラに変わると、ようやく内燃機関がまともに働き出す音らしきものになった。

「じゃ、どっちが遅いか競争だ」パスコーは言った。

ミズ・ウィンターシャインはセント・マーガレット・ストリートに住んでいるので、困ったことに主要道路を市の中心部へ向かわなければならない。初めはまずまず進んでいたが、やがて交通は渋滞してきた。

「まずいな」パスコーは言った。「サッカーの試合でもやってるんじゃないだろうな？」

「クリスマスの買い物よ」ロージーは言った。「もっとうんと早く出なきゃだめって、ママは言ってた」

「もっとうんと早い時間には、きみは支度ができていなかったろう」パスコーは言い返した。もっとも、そう指摘して点を稼げるのは、ロージーが車に乗り込んできたとき、彼がエンジンを響かせて家の前で待機していたならだ。

ゆるゆるとながら動いていた車の流れはしだいに這うようになり、とうとう止まってしまった。

ロージーはなにも言わなかったが、母親ゆずりで、鼻の筋肉をほとんど目につかないくらい動かして、〝だから言ったでしょ〟とわからせる能力を身につけていた。

「よし」パスコーは言った。「じゃ、ママにはできない離れ技だ」

彼は後部座席に手を伸ばし、磁石つきの点滅灯をつかむと、窓をあけて屋根にばしっとくっつけ、左側に空いているバス専用車線に車を乗り入れた。

サイレンを響かせ、ライトをちかちかさせて、彼は動かない車の列を尻目に疾走した。

事態のこういう展開にロージーは大喜びで、耳から耳まで口をあけてにっこりし、渋滞した車の中にいる人たちに向かって激しく手を振った。

「お願いなんだけどさ」パスコーは言った。「女王様の行列のまねはよしてくれよ。死にかけている子供が急いで病院へ運ばれるところか、さもなきゃ危険な犯罪者が刑務所へ連れていかれるところだってふりをしてくれ」

曲がり角の聖マーガレット教会の時計を彼はやや自己満足して眺めた。セント・マーガレット・ストリートに入ったとき、まだ定刻五分前だった。先生の家の付近の駐車スペースはいっぱいだったから、彼は教会の前の〈霊柩車専用〉部分に乗り入れ、サイレンを切ると、ロージーに言った。「ほらね。まだ早い」

彼女は父親にすばやくキスして言った。「ありがとう、パパ。最高」

「うん。でも、もう一つお願いだ。ママには話さないでくれよ。じゃ、あと一時間したらまた会おう」

パスコーは歩道を走っていくロージーを見送った。彼女はテラスハウスの玄関へ続く石段のてっぺんまで行くと立ち止まり、彼に手を振ってから中へ消えた。

彼は座席でゆったりした。これからどうしようか？　買い物客のせいで道があれほど混んでいるのだから、家に帰ってもしかたない。ほとんど即座に戻らなければならなくなる。まだ結婚式にも葬式にも早すぎる時間だから、ここで待っていればいいだろう。なにか読み物があればいいのだが。新聞を持ってくるんだった。あるいは本か。

手元にあるのはフラニー・ルートの手紙だけだった。

彼はそれをポケットから取り出し、また最初から読み直した。

あの野郎、どういうつもりだ？　彼は読みながら思った。

頭の中で、あの青白い楕円形の顔、黒っぽい、まばたきしない目を思い描いた。あの目はなぜかいつも同情と嘲笑を同時にあらわしている。目の持ち主がたとえパスコーの頭を殴りつけていようと、手首を切って浴槽に横たわっていようと、たんにいい天気ですねと述べていようと同じだ。

ルートとの関係において、パスコーに非難の余地はあるだろうか？　捜査の一環として彼を合法的に尋問したとき、必要以上に責め立てるようなところがあっただろうか？　ない！　彼は怒って自分に言った。責め立てているのはむこうのほうだ。執着しているのはルートだ。だいたい、どうしてルートのことで心配なんかしているんだ？　今この瞬間にも、あの野郎は演壇に立って、『死の笑話集』に関する故サム・ジョンソンの論文を読み上げているはずだろう。

「しゃっくりに見舞われればいいんだ！」パスコーは言い、慈悲心が欠けていると叱りたいなら叱ってみろといわんばかりに教会をにらみつけた。

　すると、彼はルートの黒っぽい、まばたきしない目を見つめていた。

　ルートは教会のわきの歩行路に立っていた。風雨にさらされた白い大理石製の大きな十字架形の墓石の陰になっている。距離は三、四十フィートあるだろうが、同情を含んだ嘲笑の表情はクローズアップで見たように鮮明だった。

　教会の時計が九時を鳴らし始めた。鐘の音が二つ聞こえるあいだ、二人はにらみ合った。

　それからパスコーは車のドアをあけようとしたが、しなびたイチイの木のすぐ前に駐車していたので、助手席側へ移ってから外へ出なければならなかった。

　まっすぐ立って教会のほうを見たとき、時計の九つ目の鐘が鳴った。

　墓地はがらんとしていた。門から中に入り、急いで歩行路を歩いて白い十字架を通り越し、教会の裏手まで行った。なにもない。誰もいない。

　彼は十字架まで戻り、地面を調べた。草にはまだ朝の霜がついて、足跡は一つもなかった。

　彼は目を上げ、十字架に刻まれた文字を見た。

　アーサー・トリービーなる人物の墓だった。彼は九十二歳で、大勢の家族と友人たちに惜しまれつつ、この涙の谷間を去った。トリービー自身が自分の残していく空虚を思って選んだのか、慰めとなる聖句が刻まれていた。

〝見よ、わたしは世の終わりまで、いつもあなたがたとともにいる〟。

　パスコーはそれを読み、ぶるっと体を震わせた。もう一度人けのない墓地を見渡し、急いで自分の車に戻ってほっとした。

E

その同じ土曜日の朝、もうすこし早い時間に、ハット・ボウラー刑事は夢から覚めた。

　彼は頭に重傷を負って、公式にはまだ休んでいるのだが、あの事件以来、またワードマンの血まみれのぬらぬらした裸体と取っ組み合っているという毒々しい悪夢に眠りを妨げられることがしばしばだった。現実と違って、夢では彼はいつも負け、無力に横たわった彼の上に立ちはだかった相手は重いクリスタルの器を繰り返し叩きつける。彼は意識を失っていき、ライ・ポモーナの絶望的な悲鳴が割れた頭の中にこだまする。汗がしみてよじれたシーツにくるまって目を覚ますと、自分自身の苦痛と恐怖だけでなく、あの悲鳴の記憶を闇の中から引きずってきたことに気づくのだった。

今朝、彼はまたよじれたシーツの中で目を覚まし、ライの呼び声を思い出したが、今回、その記憶に恐怖や苦痛はなく、あるのは愛と歓喜だけだった。

夢の中で、彼はホテルのベッドに横たわっていた。燃える焼印のように熱い体、それを包む思慮という冷えびえした荒野。ライに手の内を見せて、それなりの結論に達するか、拒否されるか、試してみなかった彼は賢かったのか、愚かだったのか。悩んでいるとドアがあき、つぎの瞬間、柔らかい裸体が彼の体に温かく押しつけられ、耳にささやく声がした。「機会均等がありがたいわ、ね?」そのあと、彼女はなにも言わず、ただ最後に言葉のない、だがなんとも雄弁な叫びが、二人の情熱的な結合のクライマックスに聞こえたのだった。

夢のそんな甘い記憶に彼は軽く唸り、リラックスしてまたあの幸福な眠りに戻ろうと、広々したベッドで寝返りを打った。そして、がばと飛び起き、すっかり目を覚ました。

彼女がいた。彼はまだ夢を見ているのか、さもなければ……

彼女の腕がからまってきて、彼の体をベッドに引き戻した。

「頭の具合はどう?」彼女はささやいた。

「わからない。妄想してるみたいだ」

「じゃ、また二人で妄想しない?」

もしこれが夢なら、喜んで永久に眠り続けたかった。あとで、二人は体をからみ合わせたまま、周囲の物音に耳を傾けた。ホテルが一日の活動を始めた。外の鳥たちも、こんな暗い朝には人間より遅く、ようやく起き出してきた。

「あれはなに?」彼女は言った。

「ゴシキヒワ」

「あれは?」

「ヤドリギツグミ」

「わたしより知識のある男の人って好き」彼女は言った。

「おなかすいてる?」

「何を考えてる?」

「ソーセージ、ベーコン、卵。まず手始めにね」

彼女は転がって彼から離れると、枕元の電話をダイアルした。

彼女がイギリス式朝食二人前を彼の部屋に届けるよう注文するのを、彼は聞いていた。

「恥ってものはないのか？」彼は訊いた。

「そんなもの、持ち合わせてなくてよかったわ」彼女は言った。「それとも、ゆうべあなたはわたしを驚かすつもりだったの？」

彼は首を振って言った。「ううん。ごめん。望んではいたんだ、そうさ、ずっと前からね！　でも、勇気が出なくて……」

「どうして？」彼女は好奇心を示して言った。「引っ込み思案のヴァージンてタイプだとは思わなかったけど、ハッ卜」

「そうかい？　まあ、ふつうは……いや、経験豊富ってほどじゃないけど……でも、たいていは気にならないんだ、その、断わられたってね。負けるときもあれば勝つときもある、そんな感じさ。でも、きみが相手だと、あんまり押したらすべてを失ってしまうんじゃないかと、ひどくこわくなった。きみがほんとにぼくに惚れてるのか、確かめなきゃいられなかったんだ」

「女の子がロマンチックなカントリー・ホテルでいっしょに三泊するよう取り計らったのに、まだ確信が持てないの？」彼女は信じられないという顔で言った。

「ああ、うん、そりゃ……でも、来てみたら、きみは別々の部屋を予約してあった」

「もしものときの安全策よ……どっちみち、あなたはそのきっかけをとらえて、がっかりした顔をして、〝あれ、ほんとに二部屋いる？〟とか言えばよかったのに」

「うん、がっかりしたのは確かだ」彼はにやりとして言った。「もし勤務中だったら、出ていって、にやにや顔の人間を片っ端から十人逮捕して、幸福なのは有罪だと言ってやったところだ。だから、がっかりした、それは本当さ。でも、すごく驚いたとは言えない」

「どういうこと？」

「ここ数週間、きみはぼくのことを心配して面倒をみてくれたし、いっしょにいて楽しかったし、それはみんなそのとおりだよ。でも、いつもなにか限界があるっていう感じがした。その、ここまではかまわないけど、ここから先は一歩も踏み込んじゃだめ、みたいな。こんな言い方でわかる？」

彼女は眉根を寄せ、真剣に聞いていた。

彼女は言った。「わたしがわざとじらしていたと思うの？」

「それは頭をよぎった」彼は認めた。「でも、きみのスタイルじゃないと思った。もっとも、二週間くらい前、すごくうまくいってるって感じのときがあっただろ……おぼえてる？　で、今夜こそ！　と思ったら、きみは頭痛がすると断わった。なんだよ、頭痛だって！　とぼくは思った。独創性のない言い訳もいいところだ！」

「あなた、正直でない人間とつきあいすぎよ、ハット」彼女は言った。「わたしが頭痛がすると言ったら、そのとおりの意味なの。じゃ、あなたが初めてその気になったときにわたしがベッドに飛び込まなかったから……どう思ったの？　この数週間、あなたは何を考えていたの、ハット？」

彼はいったん目をそらしたが、次には彼女の目をまっすぐ見据えて言った。「ときどき思ったんだ。きみはただあのときのことで感謝しているだけかもしれないってね。それが限界、感謝の念から出てくるものが限界で、それ以上はないのかもしれないって。まあ、それを永久に我慢しているつもりはなかったけど、きみにはっきりそう言わせる勇気もまだなかった。だから、きみがつきあってるのはそういう意気地のないマスかき野郎なのさ」

「意気地なしはいいとして、マスをかくのはもうやめられるんじゃない、おまわりさん？」彼女は言い、彼をさらに引き寄せた。「愛してるわ、ハット。これからは、わたしのそばにいて安全よ」

いかに機会均等の時代とはいえ、なんだかおかしな言い方だとハットには思えたが、文句をつけるつもりはなかった。彼女の腕の中にいると、実際、なんでも来いという気がする。たとえ猛り狂って暴れまわる巨漢アンディ・ダルジールが向かってこようとかまうものか。そんなふうに思えるのなら、彼女がそう言うのも当然かもしれなかった。

荒涼とした景色に大吹雪が吹き荒れ、雷が鳴り、狼が吠える。遠くに動きが見える。渦巻く雪が分かれ、それがしだいにはっきり見えてくる。馬だ。三頭が橇を曳いてくる。近づくにしたがって、乗っている人の姿が見える。男と女と子供二人。みんな笑顔だ。荒れる嵐の轟音がやみ、かわりにプロコフィエフの〝トロイカ〟の音楽が響いてくると、視点が移動し、たてがみを振り立てる馬の頭のむこうに大小の塔が見える。白い平原から小さな都市が現われ出たようだ。その上に北極光のように明るい弧を描いて〈エストーティランド〉の名前が見える。

「クリスマスはエストーティランドから始まります」英米

混じったアクセントで神のような声が言う。「ここエストーティランドでは、お買い物《ショッピング》があまり楽しいので、疲れて倒れる《ドロッピング》こともありません。それに、お忘れなく、エストーティランドは午前八時から午後十時まで、日曜日は一日中あいています。さあ、子供たちはママとパパに頼んで、橇に馬をつないでもらったら、明日は一番に出かけましょう。でも、気をつけて。二度とおうちに帰りたくなくなるかもしれませんよ！」

音楽がクライマックスに達すると、さっきの橇はほかのたくさんの橇がなす幅の広い矢の矢尻となって、みんなを輝く都へ率いていく。

「くだらん」アンディ・ダルジールは自宅の居間のドアのところから言った。

「アンディ。入ってきた音が聞こえなかったわ」

「驚かないね、そうやかましくちゃ。キスをくれるのか、それとも、お気に入りのコマーシャルを見逃したくないのか？」

彼はソファの上に屈み込んで唇を押しつけた。キャップ・マーヴェルほど喜んでくれる、そのうえめげない相手でなければ、キスというより打撃だと感じたかもしれない。

コマーシャルの時間が終わり、イーボーTV（イーボーはヨークシャーのラテン語形容詞）の夕方のショーの司会者が深々と肘掛椅子に沈み込んでいる姿が映し出された。

「はい、それでは次の話題です」彼は言った。「今日のゲストはたくさんの顔を持った人物です。弁護士、社会運動家、慈善活動家、歴史家でもある。マーカス・ベルチェインバーさんです」

画面が変わり、中年初期という年かっこうの男が映し出された。体にぴったり合ったディナー・ジャケットを着て、司会者の横で同じ椅子にすわっているが、ふかふかの椅子で姿勢が崩れることもなく、ぴしっとした様子だ。落ち着いた灰色の目、顔は理想化された古代ローマの元老議員を思わせ、やや白髪の混じった髪はあまり見事に刈られているので、床屋の技というより、一流彫刻家ののみが削り出したかのようだ。人が完全に信頼を置きたくなる紳士だった。

ダルジールは唇でおならの音を出した。

「この部分、見てもかまわない？」キャップは言った。

「飲み物を持ってこよう」巨漢は言い、台所へ向かった。

彼とキャップ・マーヴェルは同棲しているのではないが、関係が熟して鍵を交換したので、今ではダルジールにとって家に帰る楽しみがふえた。明かりがつき、暖炉に火が燃え、キャップが彼のソファにすわっている、あるいは彼のベッドに寝ているかもしれないのだから。彼女は自分も同じ気持ちだと言ってくれたが、彼がキャップのフラットに入る特権を行使するときはごく気をつけていた。一度、暖炉の前の敷物の上で素っ裸で寝ていて、泊まり客だった社会運動家の修道女の悲鳴に起こされたことがあったからだ。

居間からは司会者の声が彼の耳に届いた。

「円卓会主催の恵まれぬ子供たちのクリスマス・パーティーは、今年はあなたが担当されているわけですが、マーカス、そのことをもっとうかがう前に、あなたが一役買った、おとなも子供も楽しめるもう一つのイベントについて話しましょう。これからの数週間、わたしたちはエルスカー埋蔵品を見ることができます。たいていの人にとっては、これが最後のチャンスでしょう。ご存じない方のためにご説明すると、マーカスの肩書きの一つに中部ヨークシャー考古学協会会長というのがあります。ローマ占領時代のヨークシャーに関して、彼は国内で、いや国際的にと申しましょうか、わが国有数の専門家と認められているんです」

「いやあ、それほどじゃありませんが」ベルチェインバーは言った。故リチャード・バートンの声に似ているとほめられたこともある、深みのある声だった。

「この埋蔵品をめぐる長い話を追ってこなかった方がひょっとするとまだおられるかもしれませんので、簡単にその背景を教えていただけますか？」

「もちろんです。エルスカー埋蔵品は、おそらくヨークシャーでもっとも貴重な歴史上の宝物でしょう。もっとも、厳密に言いますと――ここが、一年ほど前に起きた問題の核心なんですが――これはヨークシャー州ではなく、エルスカー家に属すものなのです。初代エルスカー男爵は薔薇戦争（一四五五〜八五年）の終わりごろ、この国の勢力者の一人として台頭してきました。一族はその後三世紀にわたって栄えましたが、もともと保守的な人々だったため、産業革命についていけず、ヴィクトリア朝の半ばころには没落してしまいました。所有していた土地の大部分は、のちに鉱物や石炭がたっぷりあるとわかったのですが、借金を返すために、農地としての安い値段で売られてしまいました。

一八七二年、八代目の男爵がわずかに残った敷地の沼地から水を抜こうとしていたときのことです。石炭を見つけるつもりだったのでしょうが、無駄な望みであることは、資格のある地質学者なら誰にでもわかったはずです。しかしそのとき、労働者が銅製の櫃を引き上げたのです。

あけると、中にはおもに四世紀のローマのコインがたくさん入っていました。それに、もっと重要なのは、さまざまな装飾品が数々入っていたことです。この国で作られたケルトのデザインのものから、地中海のもの、東洋のものまでありました。ことに見事なのは、二匹の蛇がからみ合った形の金色の宝冠で――」

「ああ、はい」司会者が割って入った。テレビのパーソナリティーのつねで、画面に長いこと映っていないと、自分が存在しなくなると恐れているのだ。「蛇宝冠という名前で知られるようになったものですね？　どこかの山賊《ブリガンド》の女王のものだったとされているんじゃありませんか？」

「ブリガンティーズ族（古代ブリテンの土着民族）の女王です、ちょっと違いますね」ベルチェインバーは相手を立ててつぶやくように言った。「これはカーティマンデュア女王で、カラクタカスをローマ人に渡した人物です（ローマ帝国に征服されつつあった紀元一世紀ころのブリテンで、ブリガンティーズ族はローマと和平条約を結んだ。ローマに抵抗するトライノヴァンティーズ族のカラクタカス王は敗戦後ブリガンティーズ族を頼ろうとしたが、カーティマンデュア女王は彼をローマ側に引き渡した）。しかし、彼女とこの冠とのつながりははっきりしていません。歴史学的調査の結果というより、感傷的なヴィクトリア朝の人たちが恐ろしい裏切りの物語を喜んだ結果ではないでしょうかね。キリスト教社会では、蛇は裏切りと欺瞞に結びつけられています。しかしケルト芸術では、蛇が象徴するものは非常に違って……」

「ええ、もちろんです」司会者は言った。「非常に違っている。はい。しかし、この埋蔵品ですが、これはどこから来たものなんですか？　見つけたものは見つけた人のもの、という単純な問題なんですか?」

「法律では、単純な問題なんてものは存在しませんよ」ベルチェインバーは微笑して言った。

「まったくそのとおりだぜ、この野郎」ダルジールは台所でつぶやいた。

「学者の仮説では、この埋蔵品はおそらく、高い地位にあり、各地を旅したローマの役人が収集したものではないかとされています。この人物は、五世紀初めころにローマの支配が崩れたとき、自分で選んだことか偶然かはわかりませんが、ブリテンに取り残された。法律上の大きな問題は、果たしてこの櫃は持ち主が平和な時期が来るまで宝を隠しておこうと考えて、故意に埋めたものなのか——その場合は所有者不明の埋蔵物として、国王に帰属します——あるいは、たんに損失したか廃棄されたものなのか——その場合は地主に帰属します。エルスカー家にとっては幸運なことに、この件はかれらの得になるように解決がつきました。沼地の水抜きをさらに進めたところ、車輪のある乗り物の遺物が発見されたため、櫃はどこかへ運ばれる途上、事故か闇討ちにでもあって、車がひっくり返り、沼に沈んでしまったと考えられたのです」

「すると、問題なくエルスカー家のものになったわけですね? でも、そんなに金に困っていた人たちが、どうしてすぐに売ってしまわなかったんでしょう?」司会者は訊いた。

「いいことも悪いことも、まとめて来るものでしてね。ちょうどこのころ、跡取り息子が大金持ちのアメリカ人女性を射止めたので、埋蔵品は銀行の金庫にしまって、将来困窮した場合に備えた……」

「その場合が今、やって来たと」司会者は調整室からプロデューサーが〝いいかげんにまとめてさっさと進めろ〟のサインを送っているのを見て、割り込んだ。

ダルジールも明らかに同感だった。彼は飲み物を持って戻ってくると、ソファのキャップの隣にすわり、こわい顔で画面をにらみつけていたが、これはふつうラグビーで勝っているウェールズ・チームに向かって見せるだけの激しい憎悪の表情だった。

「それで、ロード・エルスカーは埋蔵品を売りに出した」司会者はギャロップで進んだ。「これまでのところ、最高の申し出はアメリカから来ていて、大英博物館はそれに匹敵する値段で買うチャンスを与えられているが、宝くじから割り当てられた援助金と国民から募金で集めた金を合わせても、目標にははるかにおよばない。それで、これが最後ということもあり、またあなたの率いるヨークシャー考古学協会の助言、というより圧力に押されたこともあって、エルスカー家は埋蔵品を巡回展覧会に出すことに同意した。入場料からの利益はすべて〈われわれの埋蔵品を守ろう〉基金に加えられる、というわけですね。うまくいくでしょうか？」

ベルチェインバーは希望を持っているらしいことを言った。キャップ・マーヴェルはせせら笑った。

「見込みゼロ」彼女は言った。「あれだけ開きがあっちゃ、ヨークシャーの住民全員が五回見にいったって、まだ足りない！　お金の計算のできない弁護士って、初めて見たわ！」

「それはいい」司会者は言った。「さあ、それじゃ、文化的イベントに目のないみなさん、ご家族連れでどうぞ。みなさんの祖先が暗黒時代に遣ったお金や、そのお金で手に入れた品物が見られます。埋蔵品の展覧会は、元日までブラッドフォード、続いて一月二十五日金曜日まではシェフィールドで開かれ、その後中部ヨークシャーに移ります。お見逃しなく！　さてと、それではクリスマス・パーティーですが。今年は子供たち何人が参加する予定ですか、マーカス？」

ダルジールは立ち上がって言った。「もう一杯飲むかい？」

「まだこれにほとんど口もつけていないわ」キャップは言い、リモコンを取り上げて音を消した。「でも、ヒントはわかる。ほかのチャンネルでやってるフリースタイル・レスリングでも見たいの？」

「いいや。ただ、あの糞野郎ベルチャーの声ならしょっちゅう聞かされているから、わたしの家の居間にまで入り込ませたくない、というだけだ」ダルジールは言った。

「つまり、彼は犯罪者の弁護人をつとめて、かなりうまくやってるってこと?」

「うまいどころじゃない」ダルジールは厳しい声音で言った。「あいつは法律を折れそうになるまでねじ曲げる。この州の悪者のトップの連中は全員があいつの客だ。わたしが今夜遅くなったのは、リンフォード事件の唯一の証人が脅されたからだが、リンフォードの弁護人は誰だと思う?」

「それじゃ、弁護士で紳士で学者で慈善家のマーカス・ベルチェインバーが、あっちこっちで証人を脅してまわってるっていうの?」

「まさか。だが、リンフォードの父親のウォリーに、あの証人と縁を切らないかぎり、事件は絶望的だと言ったのはあいつに決まってる。まあ、実際にはなにも起きなかったから、若いのが気を鎮めるよう、ウィールディを残してきた」

「ああ、部長刑事ね。彼は気を鎮めてあげるのがうまいの?」

「ああ。冷静にならないんなら、一晩泊まってやるぞと言う。だいたいそれでかたがつくんだ」

ダルジールは政治的に正しくないことを言う人間だが、それがポストモダンな皮肉なのか、有史以前の無礼な言いぐさなのか、キャップには判断のつかないことがあったから、彼女はテレビの音を戻した。

「ずいぶんおしゃれをしていますね、マーカス」司会者は言っていた。「今夜はナイトクラブですか?」

ベルチェインバーはげんなりしたような軽い微笑を浮かべた。法廷では、検察側の証人が矛盾したり、意味をなさないことを言ったりしたとき、それを強調するのによくこの微笑が使われる。「これから車でリーズへ行って、北部法律家協会の晩餐会に出席するんです」

「じゃ、あまり飲みすぎないようにしてくださいよ。さもないと、自分で自分を弁護することになる」

「その場合は、愚かなクライアントを引き受けたというべきでしょうね」ベルチェインバーは言った。「でも、ご心配なく。今夜はあちらに泊まる予定ですから」

「冗談ですよ！　では、楽しんできてください。今日はわざわざこの番組にお越しいただいてありがとうございました。みなさん、マーカス・ベルチェインバーさんでした！」

ベルチェインバーは椅子の深みからくらくらと立ち上がった。司会者はまっすぐ立つのに一苦労だったが、二人は握手し、それから弁護士は熱のこもった拍手に送られて出ていった。

「見た目のいい男だわ」キャップは挑発するように言った。

「水責め椅子（昔、口やかましい女を縛りつけて棒の先に吊るし、池に沈めた）にくくりつけてやったら、もっといい男に見える」ダルジールは言った。

「それに、あのディナー・ジャケット、見た？　カットがいい。おなかの出っ張りをすっかり隠して、まったくきつそうに見えない。今度彼に会ったら、どこの仕立て屋を使ってるのか、ぜひ訊いてみるのね」

これは挑発が過ぎた。

「よし。わざわざここまで失礼なことを言いにきたんなら、さっさと自分の豪華フラットに帰ってくれ。それにしても、どうしてここに来たんだ？」

彼女は彼を見てにやりと笑い、グラスの縁に舌を走らせた。

「ええ、あなたがクリスマスに何がほしいか、ちょっと寄って確かめてみようと思ったの」彼女はけだるそうに言った。

「考えるのに三十秒は必要だ」ダルジールは言った。「だが、靴下に詰めたミカンならごめんだぞ。それはとりあえず言っておく」

D

エドガー・ウィールド部長刑事はいい気分だった。古いが美しく手入れされたトライアンフ・サンダーバードにまたがると、必要もないのにエンジン音をクレシェンドで響かせ、中部ヨークシャー警察本部に別れを告げた。制服の巡査が二人、駐車場に入ってきたが、道をあけて立ち、部長刑事が出ていくのを敬意をもって見送った。後輩の同僚ほとんどにとって、彼はいまだに謎の男だったが、彼がM一号線の中央分離帯を時速百マイルで飛ばしながら生きた鶏を食いちぎる年老いたロック歌手だと考えるにせよ、あるいはイーンデールの奥深くに住む服装倒錯者集団の〝婦人〟団長だという噂を信じるにせよ、そんな憶測をめぐらしていること、および／あるいは、それを愉快がっていることは、すこしでも表にあらわしてはいけない。ダルジールはもっとあからさまに恐ろしい人物だし、パスコーはベルベットの手袋に鉄の指を隠しているが、ウィールドは夢にまで出てくる顔の持ち主だった。

　長い一日だったが、最終的に実りはあった。時間切れ寸前に、容疑者がとうとうウィールドの容赦ない尋問と表情の読めない顔の圧力に負けて自白した。そのあと署を出ようとしたとき、ダルジールが別の仕事を投げてよこした。リンフォード事件の証人オズ・カーンワスに会って、彼の玄関先に来て死人の話をした大柄な男は、住所を間違えた葬儀屋だっただけだと言って安心させろ、というものだった。青年は明るくなり、ウィールドはその夜、パトカーがときどき見回りに来るよう取り計らってやった。それから署に戻り、レザーに着替えてバイクにまたがり、ようやく帰途についたのだった。愛するパートナーのエドウィン・ディッグウィードと二人で過ごす、犯罪とは無縁の日曜日の楽しみが待っていた。特別なことはしない。せいぜい、地元のパブ〈モリス〉亭に行くくらいだろう。あるいはイーン川沿いの散歩か。谷間は冬のさなかにも美しさが損なわれることはない。さもなければ、エンスクーム・オールド・ホールへ行って、かつて彼が薬品会社の研究実験所から〝救出〟してきた小さなキヌザルのモンテが寒さの中でどうしているか、様子を見てきてもいい。

毎日見て、毎日喜ばせてくれるものは美しい、とかなんとか。パスコーの台詞の一つだ。彼の言葉は右から左へ出ていってしまうことが多いのだが、これは耳に残っていた。思い出すと、ウィールドは迷信深く、〝おれはすごく幸運な男だ〟という考えが頭の中でその言葉に加わらないように気をつけた。

彼は信号で止まった。まっすぐ前に、チャーター公園の西側境界線に沿った道路が誘うように伸びていた。公園は都市の肺だ。中部ヨークシャーは美しい田園に恵まれ、簡単に出かけられて、誰の好みにも適した場所がたっぷりあるが、だからといって、都市の創設者たちは肺の供給を惜しみはしなかった。長年のあいだに、感傷的なところのない目がしばしばこういう貴重な緑の土地を物欲しげに眺めたが、ヨークシャー人特有の金銭欲も、もう一つの特徴である〝おれのものはおれのもの、誰にも渡すものか〟という断固とした態度にははるかにおよばなかった。どこの開発業者がどうやってみても、土地の一エーカー、土の一すくい、草の一本ですら、チャーター公園の永久所有者——納税市民——の手からもぎ取ることはできなかった。というわけで、公園に沿った道路はまっすぐで広く、一マイル以上も伸びているから、パワフルなマシンに乗った男は時速百マイル出してみたくなる。もっとも、生きた鶏を消化するほどの時間はなさそうだったが。

ウィールドはそんな誘惑が心に浮かぶにまかせた。危険はなかった。何年ものあいだに誘惑に抵抗する力が強くなっていたから、たいていの男なら負けてしまうほどの媚薬でも彼は飲み干せるのだった。

信号が青に変わり、エンジンが唸った。だが、それは老いたライオンの唸りだった。その気になればあのカモシカを追いかけて倒せるが、どっちかというと草むらに寝そべってのんびり昼寝でもするほうがいい。

部長刑事は落ち着いた合法的スピードで前進した。

ゆっくり走っていたおかげで目についたのだ。公園に沿って長く続く駐車場で、人が誘拐されようとしていた。

シナノキの長い並木で主要道路から隔てられた駐車場は、車道に並行した大通りといっていいほどだ。昼間、公園を訪れる人々はここに一列に車をとめていく。夏の夜なら混んでいることもあるが、冬のさなかでは、たまに若い愛か老いた欲望を宣伝するごとく湯気に窓を曇らせた車があるだけで、たいした動きはない。だが、通りがかりにウィールドは、男が車をゆっくり走らせながら、少年を引きずり込もうとしているところを見かけたのだった。

彼はぐいとブレーキを踏み、レーサーのようにバイクを横滑りさせると、体勢を立て直し、二本のシナノキの隙間を通り抜けようとしたが、ベンチでふさがっていたので、隣の隙間へマシンを向け直して入っていった。平たい砂利敷きの地面でタイヤの摩擦力が弱まり、倒れそうになったサンダーバードをまっすぐにするのでしばらく時間を取った。このあいだずっと、彼はホーンを鳴らして自分の接近をやかましく警告していた。予防は治療より望ましい。誘拐された子供を乗せた車を追って、町なかの道路で高速のカーチェースなど演じたくはなかった。

効果はあった。先を見ると、少年が地面に大の字になり、誘拐者の車は土煙を上げて勢いよく走り去っていった。その土煙に加えて、車はライトを消していたので、ナンバープレートを読み取ることはできなかった。

彼は少年のそばに寄った。少年は半身を起こしてすわった姿勢になっていた。十歳か、もうすこし上、十二歳というところか。大きな黒い瞳、カールした黒い髪、青白い細面。倒れたときに片手に擦り傷をこしらえ、それを洗って痛みを和らげようと、手を口にあてていた。おびえたというより、怒った表情だった。

「大丈夫か?」ウィールドはバイクを降りて訊いた。

「うん、なんでもない」

言葉の訛りはこのあたりの町の人間のものだった。少年が立ち上がろうとしたので、ウィールドは言った。「待て。

どこにも痛みはないか？」

「うん。手を怪我しただけ」

「本当か？　よし。じゃあ、そっと立てよ」

ウィールドは少年の腕を取って立たせてやった。

少年は顔をしかめて立ち、それからちゃんと動くところを見せようとでもいうように、手足をかわるがわる動かした。

「よかった」ウィールドは言い、レザーの内側に手を入れて携帯電話を出した。

「何してんの？」少年は強い口調で訊いた。

「きみをつかまえようとしたやつが見つかればと思って。どんな車だったか気がついたか？　モンテゴみたいに見えたけど」

「だめ。いやその、気がつかなかった。どうだっていいじゃない。忘れてよ。もういなくなっちゃったんだから」

ずいぶん冷静沈着な若者だ。

「きみは忘れればいいさ。だが、あいつはまたやろうとするかもしれないからな」

「何を？」

「誰かを誘拐する」

「ああ……うん……」

少年は薄手のウィンドブレーカーのポケットに深く手を突っ込み、肩を丸めて歩き出した。よるべのない浮浪児のように見えた。

「おい、どこへ行くんだ？」ウィールドは言った。

「それがどうしたんだよ？」

「心配だというだけだ」ウィールドは言った。「なあ、ショックを受けたばかりだろう。夜のこんな時間にこんなところをうろついてちゃいけない。後ろに乗れよ、送ってってやるから」

少年はあれこれ考えるように彼を見た。

「送ってくって、どこへ？」少年は言った。

ウィールドは考えた。家へ送ってやろうというのは、いい手ではないかもしれない。家にいやなことが待っているから、少年はこんなに遅く外をうろついているのではないか。そのあたりを探り出すには、こちらが警察官であることを明らかにせず、軽く友達のようにおしゃべりをするのがいちばんだろう。彼は携帯電話をしまった。車はもうとっくに消えてしまったし、彼に報告できることは何がある？　たぶんダークブルーのモンテゴだというくらいだ。

「コーヒーかコークでもどうだい？」彼は言った。

「オーケー」少年は言った。「いいよ。〈タークス〉を知ってる？」

「聞いたことはある」ウィールドは言った。「じゃ、乗ってくれ。名前は？」

「リー」少年は言い、片脚を振り上げて後部座席にまたがった。「あんたは？」

「マックと呼んでくれればいい。つかまってろよ」

少年は助言を無視して、よりどころが必要になるなどとは思いもよらない様子でぶらりとすわっていた。ウィールドはなにも言わず、ぐっと加速して駐車場を走り、シナノキがぼやけて見えるほどスピードを上げてから、ブレーキをかけてさっと曲がり、木のあいだを抜けて主要道路に入った。少年の腕がみぞおちにからまり、しっかり締めつけてくると、彼はにやりとした。

カフェテリア〈タークス〉は中央駅の陰にある。むさくるしいの一歩手前程度のつまらない店だが、遅くまであいているという長所があった。駅のスナックバーが夕方早く閉まってしまうので、食いはぐれた乗客がまわってくるだろうという理屈なのだ。実際には、常連客——永久客といったほうがいいくらいだ——はぼろぼろのパーカを着て、コーヒー・マグを前に背を丸め、電車に乗ってどこかへ行こうなどと考えたこともないような孤独な男たちのようだった。生命があるらしく見える唯一の人物は、それもいやいやながら客の注文を聞くのがせいいっぱいなのだが、店の名前となっているトルコ人《ターク》、不機嫌でむっつりした店主だった。こんなコーヒーじゃ、トルコがヨーロッパ連合に加盟できないのも、人権条約がないのも当然だ、とウィールドは思いながら、少年がコークを飲み、ねっとりしたチーズケーキをがつがつ食べるのを見守った。

「それで、リー」彼は言った。「あそこで、何があったんだ？」

少年は彼を見た。さっきウィールドがヘルメットを取って、その醜い顔をすっかりさらしたときには、少年は持って生まれた礼儀か、持って生まれた無関心かを示しただけだったが、今、彼の目つきは鋭くなっていた。

「なんにも。ちょっと言い争っただけ」

「車の男は知った相手だったのか？」

「それでどういう違いがある？」

「頭のおかしいやつが車で子供を誘拐してまわってるのと、家庭内の問題との違いになるかもしれない」

少年は肩をすくめ、またケーキを一口もぐもぐ食べると、それをコークで流し込んでから言った。「あんた、何が目当てなんだ？」

「どういう意味だ？」

「こんなことにかかりあってさ」

「知らん顔で通り過ぎればよかったってことか？」

「まあね。たいていの人はそうする」

「わたしはそうしなかった」

「わかったよ、でも、おしゃべりだの、これだの——」彼はチーズケーキの最後の一切れをのせたフォークを振り、それからぱくりと食べた。「なんのためなんだ？　あんた、慈善家かなんかなの？」

「ああ」ウィールドは言った。「ケーキをもう一つ買って、きみの魂を救ってやろう」

少年はこれをおもしろがった。笑うと年齢が下がって、最初の見積もりくらいの幼さに見える。一方、利口な受け答えをすると、同じだけ年齢が上がって見えるのだった。

「オーケー」彼は言った。「コークもね」

ウィールドはカウンターに行った。チーズケーキは栄養学上の規則のすべてに違反しているように見えたが、あの子は太ったほうがいいのだからかまわない。気をつけろよ、エドガー、と彼はからかうように自分を戒めた。おふくろみたいな考え方をしている！　そう思って、ついハム・サンドイッチを買ってしまった。エドウィンは彼が予想よりさらに遅く帰ってきたといって怒るだろう。それに、ぴかぴかの台所に〝おぞましい職員食堂の習慣〟を持ち込んで平穏を乱したとなると、もっと悪い。

席に戻ると、少年はサンドイッチを見て大げさに顔をしかめて言った。「それ、食う気？　あいつ、ここまで生きてたどり着けなかった不法入国者の死体を使ってるんだぜ」

「覚悟して食うよ」ウィールドは言った。「さてと。それじゃ、きみの魂だがね」

「とうの昔に売っ払っちゃったよ。あんた、何してんの？」

「え？」

「仕事は何なの？　じゃ、当ててみようか……」

彼はウィールドの左手を取り、てのひらに自分の人差指をそっと走らせた。

「なるほど、労務者じゃないな、マック」彼は言った。

「脳外科医でもない」

ウィールドはついびくっとその手を引っ込め、少年はにやりと笑った。

こいつ、おれの正体を見破った、とウィールドは思った。ほんの二分でおれの核心をついた。どうしてこんな年の子がこんなに鋭いんだ？　おれはいったいどういう信号を送り出しているんだ？　おれはこの子にマックと呼べなどと言った！　なぜだ？　ウィールドではおかしく聞こえるから？　おれをエドガーと呼ぶのはエドウィンだけだから？　いい理由だ。おれはあれ以来、誰からもマックと呼ばれていない……

マックとはマキューマザーンを短くしたものだった。ウィールドの愛するH・ライダー・ハガードの小説に登場するヒーロー、アラン・クオーターメインが原住民から与えられた名前だ。〝目をあけて眠る者〟という意味で、ずっと昔別れた恋人がウィールドにつけたあだ名だった。その後、誰もその名前を口にしたことはなかったが、数年前、一人の青年がごくわずかなあいだ、彼の人生に入ってきて……

彼はその関係の悲劇的な結末の記憶を頭から追い出した。ここにいるのは青年ではない、子供だ。ありがたいことに、おれは子供に惹かれたことはない。そろそろ話を終わらせて、エンスクームの家庭的平和と安全に戻ったほうがいい。

彼はコーヒーを飲み干し、椅子を引いて言った。「オーケー、じゃ、きみの魂を救うのはやめて、かわりに体を無事に家まで届けてやろう」

「家？　いやだよ、まだ夜も更けてないのに」

「外をぶらついて見知らぬ男とけんかを始めるような子供は、もう帰る時間だ」

「ああ、そのとおりだ、今夜は見知らぬ男についてるよ。どっちみち、あんたのあの古ぼけたタイムマシンに乗せられるのはどうもな。どこへ連れていかれるか、わかったもんじゃない」

また知ったようなにやにや顔。もう持ってまわった態度はよそう。

ウィールドは紙入れを取り出し、警察の身分証明を出した。

「きみを家に連れていくか、拘置所に入れて、家がどこなのか調べ出すか、どっちかだ」

少年はたいして気にする様子もなく、身分証明をしげしげ見た。

彼は言った。「逮捕するの？」

「逮捕なんかしない。きみが無事に家に帰るのを確認したいだけだ。未成年だから、住所を自分から教えないなら、それを調べ出すのはわたしの仕事だ」

「未成年？」

少年は尻ポケットに手を伸ばし、分厚く札の詰まった札入れを引き出すと、中からぼろぼろの紙を一枚出し、ウィールドに渡した。それは出生証明書のコピーで、見ると、ここにいる人物はリー・ルバンスキー、この市で十九年前に生まれたとあった。

「十九歳なのか？」ウィールドは言った。ばかだったと思った。こいつの態度から即座にわかってしかるべきだったのに……だが、このごろの子供はおとなびた振る舞いをするし……いや、おれが警官の目でこの子をしっかり見ていなかったのか……

「うん。いつだってパブで追い出されそうになるから、これを持ってるんだ。じゃ、おれを家まで送り届ける必要はないよな、マック。それとも、部長刑事と呼んだほうがいいのかな？　あんたが家庭内問題とか言ったときに見当をつければよかったんだ。でも、あんたさ……ふつうに見えたから。わかるだろ？」

彼はこびるように微笑した。

今、ウィールドには状況がはっきり見えた。彼は言った。「あの車……男はきみを引きずり込もうとしていたんじゃない、押し出そうとしていたんだな」

リーは言った。「そのとおり。このごろはもう、公園ではやらないんだ、高級になったもんでね。でも、暇だったからぶらぶらしてたら、あの男が……まあ、大丈夫そうに見えたし、値段はそれでいいって言った。でも、前金として半分しかよこさないで、事がすんだらあとの半分を窓から投げた。驚きやしなかったさ、そういうやつは多いんだ。やるまでは出し渋って、やったあとはさっさとずらかろうとする。でも、その金を拾ってみたら、二十ポンド足りなかったから、おれは走る車のドアをあけて……まあ、あとは見てのとおりさ」

「ああ、あとは見せてもらった。どうしてわたしにこんな話をするんだ、リー？」

「あんたがわざわざあのモンテゴをさがしたりしないようにと思ってね。つかまえて、おれのもらうべき金を取ってきてくれるってんなら別だけどさ。でも、まるで勘違いしていたって、同僚に知られたくはないだろう？　あのときあんたが何を考えていたのか、想像もつかないな」彼はにやにやして言った。

「わたしもだ」ウィールドは言った。「きみが困ったことになっていると思ったんだ。まあ、困ったことになっているのは確かだだな、リー。だが、それは承知だろう。今、きみに話をしてもしょうがないが、いつか話し相手が必要になったら……」

彼は名前と仕事用の電話番号が印刷してある名刺を若者に渡した。

「ああ、ありがとう」リーは言った。こんな反応は期待していなかったとでもいうように、驚いた表情だった。「やっぱり慈善家だったわけか、マック」

「部長刑事」

「失礼。マック部長刑事。なあ、急ぐことはないだろ。今度はおれがおごるよ。チーズケーキはどうだい、悪くないぜ。あの不法入国者ハムの毒消しになるかも」

「遠慮するよ、リー。わたしには帰る家がある」

「運がいいな」

あまりにうらやましげな言い方だったので、ウィールドはまたすわってしまいそうになった。だがそのとき、長いまつげの下から抜け目のない目が光っているのに気がついた。

「じゃあな、リー」彼は言った。「元気でいろよ」

「うん」

外に出ると、ウィールドはほっとしてサンダーバードにまたがった。危険を回避できた。

〈タークス〉の汚れた窓を透して、少年がまだテーブルに着いているのが見えた。気の利いたことを言って感心させる相手はもういない。だが、なぜか前にもましてよるべのない浮浪児のように見えた。

できるだけ音を立てないようにして、ウィールドはバイクを加速し、夜の闇に消えた。

第3部　騎士

ケンブリッジ大学
セント・ゴドリックス学寮
財務官公舎《クエスターズ・ロジング》にて
十二月十五日土曜日

親愛なるミスター・パスコー、

正直いって、またあなたをわずらわすつもりなんかなかったんですが、どうしても誰かに聞いてもらいたいことがいろいろ起きていて、なぜかわかりませんが、話し相手ならあなただと思えたんです。

手紙2　12月17日（月）受領。
P・P

お話ししましょう。

ぼくは歓迎レセプションに出ました。研究員社交室はもうシェリーをちびちびやっている学会参加者でいっぱいでした。どうやら、こういうイベントで無料の酒には限りがあって、慣れた人たちは真っ先に泉に駆けつけるらしい。

参加者は大まかに二つのグループに分けられます。一つは上級の人たち。すでに評判を確立していて、おもに自分の縄張りを守り、ほかのやつらを蹴落とすのが目的で来ているドワイトのような学者です。

第二のグループは出世を目論む若い人たちです。こういう会合に出て点を稼ごうと、みんな必死だ。論文を発表する人もいれば、発表後の討論で名を挙げようという人もいます。

なにげなく見れば、ぼくは後者のグループに入るでしょうが、一つ大きな違いがありました——かれらはみんな、低いほうとはいえ、もう学界の梯子に足をかけているのです。

もちろん、あなたほどの観察力はないので、ぼくはこのすべてを一目で見てとったわけではありません。でも、見たこと聞いたことをかつてサム・ジョンソンが教えてくれたこととつなげて考えました。それにもっと最近では、チャーリー・ペンがさらに風刺をきかせて学問の世界を描いてくれました。ぼくが初めて彼のいう〝宴会〟に出ることになったと聞いたときです。

「これはおぼえておけよ」彼は言いました。「出会った学者は飼いならされたおとなしい家畜に見えるかもしれないが、本能からいっても、訓練からいっても、そいつは食《アン》人種《スロボファガス》だ。メニューにほかに何があるにせよ、きみが食われるのは確かだ！」

食人種《アンスロボファガス》。チャーリーはこういう言葉が大好きだ。ぼくらは今でもパロノメイニアをやるんですよ、彼にとっては悲しい思い出につながるものでしょうに。

さて、何の話だったかな？

ああ、そうだ。前もってそういう警告を受けていたので――それに、そんな準備なしにチャペル・サイクに投げ込まれた経験もすませていましたしね――ぼくはこの新しい世界で充分生き延びていけるだろうと感じました。でも、そんな努力すら必要なかった。サイクではぼくはドブネズミの王を見つけ出して、彼の役に立ってやらなければなりませんでしたが、ここゴッズではむこうからぼくをさがしに来たんです。

ドアから中に入ったばかりのあたりで、ぼくは不安げに立っていました。混雑した部屋の中で知った顔といえば、ドワイト・ドゥアデンだけです。彼はプランタジネット家（十二～十四世紀の英国王家）の人間みたいな細長い顔の男と話をしていました。男の豊かな金髪はゆさゆさ揺れ、シャンプーのコマーシャルで一財産築けそうです。ドゥアデンはぼくを目にとめ、男になにか言いました。すると、相手は即座に会話をやめ、振り返って、いいカモを見つけた別荘セールスマンみたいな微笑を浮かべると、ぐんぐんぼくのほうに近づいてきました。ドゥアデンもすぐあとに続いてきます。

「ミスター・ルート！」男は言いました。「ようこそ、ようこそ。おいでいただけて、なんともうれしい。光栄です、

「光栄です」

そのアクセントときたら、女王の英語もコックニーに聞こえるほど、物腰態度はアーヴィングとケンブルをかけ合わせたよう（アーヴィングは十九世紀、ケンブルは十八世紀英国の名優）、しかもレニー・マッキントッシュ（アール・ヌーヴォーのデザイナー）の柄のチョッキを着ておそろいのボウタイを締めているとくれば、こいつは自信たっぷりのホモ男だと分類したくなります。しかし、チャーリーの警告がまだ頭に響いていましたから、ぼくは笑い転げたりしませんでした。これは正解でした。ドゥアデンは言ったのです。「フラニー、紹介しよう、学会の主催者、サー・ジャスティニアン・アルバコアだ」

男は片手をものうげに上げて言いました。「称号はなしにしてくれ。読者にとってはJ・C・アルバコア、知り合いのあいだではジャスティニアン、友人のあいだでは簡単にジャスティンだ。ジャスティンと呼んでもらえるでしょうね。きみのことはフラニーと呼ばせてもらっていいかな？」

「無視するような称号がわたしにもあればいいんだが」ドゥアデンは悲しげに言いました。

「そうかね、ドワイト？ それはケンブリッジとアメリカの唯一の共通点だろうな。古いものを愛する。田舎の大学で働いていたときは、称号なんか使おうとしたら石を投げられるところだった。でも、ここゴッズでは古いものや古い伝統のあるものはきわめて貴重とされている。われわれの所有品の中でいちばん大切なのは、『聖ゴドリックの生涯』（十二世紀英国の隠者ゴドリックの伝記）のごく初期の写本だ。ここにいるあいだに、ぜひ見ておくといい、フラニー。いかにも偉そうなおいぼれ教授の群に向かって――「ミスター・ルートをご紹介させてください。われわれの空に輝く新星です。これから明るく燃えると期待できる人物ですよ」

ジャンヌ・ダルク（火刑に処せられた聖女）みたいにね、とぼくは思いました。あるいは、ガイ・フォークス（火薬陰謀事件首謀者。その記念日に彼をかたどった人形を焼く風習がある）か。

この無駄口のあいだじゅう、ぼくはアルバコアの狙いを突き止めようとしていました。ぼくは無邪気な部外者だから、いい部屋を与え、お偉方の前でほめてやりさえすれば、簡単に甘言にのって、サムのまたとない研究資料を手放してしまう、そうしたら自分の本にその内容を加えてから出版できる、本当にそんなふうに考えていたのでしょうか？

ケンブリッジの学寮の学監職という高みから世界を見下ろしていると、下界をうろちょろしているちっぽけな人間をひどく軽蔑する癖がつくのかもしれない。もしそうなら、見くびっていたとすぐにわかるさ、とぼくは内心で見得を切りました。

ところがどっこい、ぼくのほうが彼を見くびっていたと、すぐに悟ることになりました。

レセプション後、みんなは講堂に集まり、そこで正式に学会が始まりました。まず開会の辞に続いて、ドゥアデン教授による基調演説「知っていることを想像する――ロマンティシズムと科学」がありました。

おもしろい内容でした。彼にはアメリカ人独特のドライなウィットがあり（彼はコネチカット出身だが、運命と気管支炎になりやすい体質に導かれてカリフォルニアに移った）、危うい立場に身を置くことなく挑発するのがお手のものでした。ぼくは最前列の予約席にすわり、興味をもって聞きましたが、頭の一部ではまだアルバコアの謎を考えていました。彼は議長役なので、そのときはぼくをいい気にさせる仕事から離れていたのです。

しかし、講演とそれに続く討論が終わり、みんなが自室に散っていくと、ぼくの新しい友達ジャスティンはまたすぐそばに寄ってきて、ぼくの肘に手をかけ、参加者たちの流れからは離れて、中庭へとぼくを導いていきました。

「で、大西洋のむこうから来た友達のことは、どう思った？」彼は言いました。

「あの講演を聞けたのはたいへんな光栄でした」ぼくは熱をこめて言いました。「すごくよくまとまっていたと思います。もっとも、かなりの部分はぼくにはむずかしすぎて、頭に入りませんでしたけど」

ぼくはこの脳たりんを相手にちょっと遊んでみよう、熱心だがあまり頭はよくない学生を演じて、成り行きを見てみようと決めていました。しかし、意外にもその演技に返ってきたのはシニカルな笑いでした。

「いや、そうは思わないな、フラニー」彼はまだくすくす笑いながら言いました。「きみの頭に入らないのはよほど深遠な考えだけだろう」

これはもう単純なおせじには聞こえませんでした。

「は？」ぼくは言いました。「どういう意味か、よくわかりませんが」

「そうかね？　わたしはただ、きみの知的能力に高い敬意を払っていると明らかにしたまでだよ」

ぼくは言いました。「おそれいります。でもぼくのことなどほとんどご存じないでしょう」

「とんでもない。きみとわたしは長い知り合いだし、わたしはきみのやり方に通じている」

彼はぼくを見下ろしました。長身なのです。その目は遠い星のようにきらきらしていました。

すると突然、謎が解けました。

読者にはJ・C。知り合いのあいだではジャスティニアン。友達のあいだではジャスティン。

そして、妻にとってはジェイ。

ぼくは言いました。「アマリリス・ハシーンのご主人ですね」

今思えば、まったく明らかです。たぶん、謎解きが得意な頭を働かせて、あなたはとっくに答えを出していたのじゃありませんか？　でも、この新発見にぼくがどれほど狼狽したかはわかっていただけるでしょう。ことに、ついさっきまであなたのために、ぼくの過去のあの部分をほじくり返していたばかりですからね。この世で意味のないものはない、とフレール・ジャックは説教します。過去は別の国ではない。われわれが旅する迷路の別の部分というだけなのだ。ほかの角度から入り、同じ道に戻ってしまったとしても、驚くことはない。

アルバコアは詳しく説明を始めました。

「家内はきみの可能性を非常に高く評価するようになったんだ、フラニー。たんに学問的な利口さという意味では、きみはどんな相手とでも太刀打ちできるだろうと彼女は言う。だが、それとは別の種類の利口さも彼女は認めた。なんと言っていたかな? 敵を欺く策略を考えつく頭、有利な機会を見逃さない目、臨機応変な考え、鋭い判断、容赦ない実行力。ああ、きみは彼女をすっかり感心させたよ」

ぼくは言いました。「その調子だと、あなたのことも感心させたみたいですね」

「いや」彼はにやりとして言いました。「きみが彼女に見事に羽交い締めを決めたと聞いたときは愉快に思った。だが、あのころわたしは南部ヨークシャーのぞっとする荒地におさらばして母校ゴッズに来ることがもう決まっていたから、サム・ジョンソンが狡猾な服役囚を博士課程の学生として押しつけられたのを笑っただけで、きみのことなど二度と考えもしなかった。ところがその後、気の毒にもサムが死んだという知らせを受けた。葬式に参列することはできなかったが、きみがそこで劇的な役割を演じたことを友達が話してくれたので、おや、そいつは例のなんとかいう青年ではないのか、とわたしは思った。そのうち、ルーピー・リンダがきみをサムの文学上の跡継ぎだか、著作権代理人だかにしたという話が伝わってきた。それで、わたしはアマリリスに昔の調査記録を掘り出してくれと頼んだんだ」

「彼女の本を読めばすんだでしょうに」ぼくは言いました。

彼はぶるっと体を震わせて言いました。「彼女の書き方は耐えられない。題材は全体に退屈だし、彼女の文体はわたしが〝心理学者的野蛮体〟と呼ぶものだ。どのみち、読んでいちばんおもしろいのは、彼女が調査記録の欄外に書き込むことだよ。彼女の判断に誤りがなければ――めったに誤りなどないが――きみはビジネスのできる相手だ」

「ビジネスとは、サム・ジョンソンのベドウズ研究成果の再分配ですね」ぼくは言いました。

「ほらね。思ったとおりだ。柔軟な頭におべっかは必要ない」

「そうですか? じゃ、どうしてこんなにおだてられたのかな?」ぼくは言いました。「クエスターズ・ロジングだの、おせじたらたらでお偉方に紹介されたりだの」

「サンプルだよ」彼は言いました。「たんにサンプルだ。交換交渉に入ったら、相手にこちらの商品を味見してもらわなければならない。いいかね、わたしはきみが差し出せるものを承知しているが、きみはわたしの財布の中身を疑っているかもしれないだろう。さてその中身だが、ほしいと思わないなら、つまらないものにすぎないが、ほしいと思うなら、これ以上は望めない。つまり、これだ――」

彼はサーカスの興行主のように両手を上げ、中庭とそれを囲む建物、さらにもっともっとたくさんを含めた身振りをしました。

「こんなものに興味がないなら、ほかの報奨を見つけなければならないが」彼は続けました。「きみにこうして会って、短期間ながら観察したところでは、わたしは希望を持ち始めたよ。われわれのこの修道院のごとき生活、そこでは知性と五感の要求はつねに満たされ、衝動を抑制する道徳観念は決してよけいな口を出さない。もしこういうものにきみが強く惹かれるのなら、すぐにビジネスに取りかかろうじゃないか。わたしには影響力がある。コネがある。わたしはいろんな人間の弱みを握っている。わたしならきみを学問キャリアの急行コースに乗せてあげられる。文化番組のトーク・ショーに出演させよう、そんなものが望みならね。編集者や出版社を紹介しよう。簡単にいえば、わたしはきみの保護者、指導者となり、必要となるときいつもそばにいてあげられる、ということだ。さて、わたしの判断は正しかったかね？　ビジネスができるかな？」

これでもかというほど率直な話です。徹底的な、制限なしの正直さ。というのはつねに深刻な疑念を呼びます。

同じものをこちらからもすこし出してやって、彼を試してみたほうがいい。

「もしぼくがそういうものをほしいと思うなら」ぼくは言いました。「どうして自分で手に入れてはいけないんです？　あなたも認めているように、ぼくは利口だ。奥様が考えるように、容赦なく人を操る傾向もあるかもしれない。あなたの本はおもにベドウズのヨーロッパでの生活に関して知られているわずかな事実をまとめたものでしょう。それも、サムがあなたの裏切りに気づく前に彼から盗み取ったあれこれの情報で飾り立ててね」

これは効きました。反応はごくかすかなものでしたが、ぼくはサイクでかすかな反応を読み取るのに慣れていました。読み取らなければ、チェスの試合に負ける。あるいは片目をえぐられる。

さらに押しました。

「ところがサムは――それほど興味を持っているところをみると、あなたは当然知っているんでしょうが――いろいろな形の新しい資料をたっぷり突き止めていた。あなたの本が先に出ようと、あとに出ようと、彼の本の陰に隠れてしまうことは確かだった」

ぼくはまた言葉を切りました。

彼は言いました。「で、きみの言わんとするところは……？」

ぼくは言いました。「ぼくの言わんとするところは、つまり、もう手に届くところにあるもののために、なぜ取引しなければならないのか？」

彼は微笑して言いました。「なるほど、きみは自分でサムの本を完成させ、その栄光の照り返しを浴びてしばらくいい気持ちになってから、自分の道を前へ、上へと切り拓いていくつもりなのかね？　できるかもしれない。だが、厳しい道のりだよ。それに、他人の花はすぐにしおれる。わたしの本が陰に隠れるとおっしゃるが、当然ながら、わたしはそうは思わない。もっとも、わたしの本が邪魔になることは確かだろうがね。まあ、まったく未知の水に小舟を漕ぎ出そうという人間を見つけられるんなら、思いどおりやってみるのもいいだろうな、フラニー」

知っていたんだ、この悪党、サムの臆病な出版社が尻に帆かけて逃げ出したってことを知っていたんだ。

彼はぼくの反応を見て、こちらの弱みにつけこんできました。

「ところで、きみの論文はどんな具合だね？　新しい指導教官を見つけたのか？　そうだ、わたしがお役に立とうか？　もっとも、きみはケンブリッジに移ってこなければならなくなるが、高いところを目ざしているなら、高い斜面から稽古を始めたっていいだろう？」

たぶんここで、サタンよ退け！　と言ってやればよかったんでしょう。でも、自分が神のごとくびくともしないという自信なら、かつてホーム・コールトラム・カレッジで、最善の努力を尽くしたにもかかわらず、あなたにつかまってしまったときに消えてなくなっていました。

ですから、軽蔑しないでくださいよ、ぼくは考えてみると答えました。

その晩はそのことばかり考えて、セッションに出席しても気もそぞろ、用意されたビュッフェ式の夕食もほとんど喉を通りませんでした。(明日の晩は学寮で大規模な晩餐会がありますが、今のところ、シェリーは別として、提供されているのは知識欲を満たすもののほうばかりです。)

今こうして手紙を書きながらも、まだそのことを考えています。しつこいというのなら、赦してください。でも、これだけ詳しく、率直に話ができる相手といえば、世界中にあなたしかいないんです。

寝る時間だ。眠れるでしょうか？　刑務所にいたあいだに、どこで、どんな条件下でも眠るこつを身につけたつもりでしたが、今夜は目を閉じるのがむずかしそうです。頭蓋骨の中に小さな蛇がたくさんとぐろを巻いているみたいに、考えが頭の中でうごめいています。ぼくはサムにどれだけ恩義があるのか？　ぼくは自分にどれだけ恩義があるのか？　それに、リンダ・ルーピンとジャスティン・アルバコア、どちらの後援のほうが貴重だろうか？　賢い男はどちらに信頼を置くだろう？

おやすみなさい、ミスター・パスコー。すくなくとも、あなたには安らかな夜となりますよう。ぼくのほうはまだ何時間も目を覚ましたまま、こんなことを考え続けていそうです。ことに、アルバコアのオファーにどう返答すべきか、という問題をね。


考え違いでした！

ぐっすり眠って目を覚ますと、すばらしい朝でした。まばゆい冬の陽射し、風はなく、空気は冷たいといっても、吸い込む一息一息がシャンペンの一杯に変わる程度です。ぼくは早起きし、たっぷりした朝食をすませると、九時のセッションでサムの論文を読む前に、頭をはっきりさせ、神経を鎮めておこうと、散歩に出ました。裏門から学寮を出て、ケム川に沿って、裏手の庭園《ザ・バックス》と呼ばれる場所を堪能しました。裏庭《ザ・バックス》！　その美しさに絶対的自信がなければ、こんな投げやりな呼び方はできません。ああ、ケンブリッジはなんとすばらしいところですよ、ミスター・パスコー。きっとよくご存じでしょうね。もっとも、あなたがライトブルー（ケンブリッジ大学の色）かダークブルー（オックスフォード大学の色）か、おぼえていませんが。ここは若者がその魂を拡張する場所です。いろんなことがありましたが、ぼくはまだ若い気分でいます。

アルバコアは見かけませんでしたが、九時数分前にぼくが講堂に到着すると、彼のウサギ穴みたいな鼻が安堵にひくつくのが見えました。昨夜の〝率直な話〟が弱い腹にこたえて、ぼくが逃げ出したんじゃないかと心配していたに違いない！

彼の計らいでこれは全員出席のセッションとなっていたので、すでに満席でした。彼はぐずぐずせず——きっとあのときぼくがどれほど緊張していたか、ぼく自身よりよく気がついていたんでしょう——簡潔にぼくを紹介すると、サムの悲劇的な死についてはありがたいことに短く、形式的に述べるにとどめてくれました。そのあいだ、ぼくはすわって、亡くなった友人の論文の最初のページを見つめていました。

タイトルは『死の笑話集』の笑いを求めて」というのです。

ぼくは最初のセンテンスを読み——〝さまざまな書簡の中で、ベドウズは彼の戯曲『死の笑話集』を風刺と呼んでいるが、何を風刺したものなのだろうか？〟——印刷された言葉を音に変えて口から出そうとしてみましたが、できませんでした。

やかましい咳が聞こえました。アルバコアでした。彼はすでに最前列の自分の席に戻っていました。そして隣には、サイクのセッションで記憶にあるとおりの大きなスミレ色の目でこちらを見ている彼の妻、アマリリス・ハシーンがいました。

彼女を見たことが引き金になったのか、ようやく保っていた勇気がすっかり崩れ去ってしまいました。

ここで椅子から立ち上がるくらい困難なことは今までにありませんでした。演壇までの数歩を歩くあいだ、ぼくは酔っ払いみたいに見えたに違いない。さいわい、演壇は古めかしい、がっちりしたものでした。さもなければ、ぼくが震えを抑えようと両手でつかまっているあいだ、いっしょになってがたがた震えたでしょう。聴衆はプールの底にすわっていて、さざなみが立ち、きらめく水面を透して、ぼくはなんとかかれらを見ようとしている、そんな感じなのです。見ようと努力すると吐き気がしてきたので、ぼくは目を上げ、講堂の後ろの壁に掛かっている大きな時計を見つめました。目がしだいに焦点を絞り、その針がはっきり見えてきました。きっかり九時。遠くから鐘の音が聞こえてきました。ぼくは目を落としました。プールのような効果はそのままでしたが、ただ後列の真ん中にいる一人の姿だけは別でした。彼はかなりはっきり、ガラス越し程度のゆがみしかなく見えるのです。それでも、これは完全な妄想に違いないと、ぼくにはわかっていました。

だって、それはあなただったんですよ、ミスター・パスコー。あなたがまっすぐぼくを見ていた。数秒間、ぼくらはしっかり目を合わせました。それからあなたは励ますように微笑し、うなずきました。その瞬間、ほかの全員にぴしりと焦点が合いました。ぼくは震えが止まり、あなたは消えてしまった。

おかしいですよね？　こうして手紙を書いているせいで、あなたの存在が潜在意識下で強くなり、必死になって安定を求めるぼくの頭は必要に迫られて、それを外在化させてしまった。

真相が何であれ、緊張は解け、ぼくはまともに発表することができました。

最初にサムのことをすこし話すことすらできました。格別深刻なことは言いませんでしたが。それから『死の笑話集』に関する彼の論文を読みました。この戯曲はご存じですか？　ベドウズはオックスフォードの学生だった、わずか二十一歳のときにこの作品の着想を得たのです。「非常にゴシックな様式の悲劇を考えている。とっておきの題をつけた――〈死の笑話集〉――もちろん、誰も読みはしない」そのとおりに終わりそうなところでしたが、短い人生の最後まで彼はこの作品にこだわっていましたから、彼の天才を分析しようとするなら、これを中心にせざるをえません。

　簡単にいうと、主人公はイズブランドとウルフラムという二人の兄弟です。ミュンスターバーグのメルヴェリック公爵なる人物が、かれらの生得権を奪い、妹を誘惑し、父親を殺した。復讐に燃えた兄弟は、イズブランドは道化、ウルフラムは騎士として、公爵の宮殿に住み込みます。しかし、ウルフラムは公爵に惹きつけられ、親友となってしまい、イズブランドは愕然とします。

　サムの説では、ベドウズの奇妙な人生がああいう常軌を逸した針路を進んだのは、心から愛していた父親が悲劇的に若くして死んだせいだ、というのです。詩人ベドウズはこの非常に力強い人物が残した空虚を埋める道をあれこれさがしたが、その探索の一面を象徴しているのが、サムによれば、ウルフラムが父の殺害者を殺すのでなく、むしろ代理の父に仕立て上げて慰めを得るというところです。不運にも、というのは戯曲全体のまとまりにとってですが、その探索には矛盾する面がたくさんあり、それが次々と前面に出てきて、プロットや全体の調子をずいぶん混乱させてしまうのです。死は、ときには道化《ジェスター》、ときには笑話《ジェスト》、憎い敵であり、魅惑的な友人です。ご記憶でしょうが、キーツはときに〝安らかな死を半分恋焦がれた（「ナイチンゲールに寄せる歌」の一節）〟と言いました。うちのトムはそんな煮え切らない態度はとりません。彼の死に対する情熱は徹底して熱烈なものでした！

　ぼくの学会デビューに戻ります。たいしてどもったりもせずに論文を読み終え、自分のコメントもなんとかすこし加えて、とうとう質疑応答に入りました。まずはアルバコアが手を上げ、ぼくがいいところを見せられるようにと、完璧なバランスをとった質問を出してきました。そのあと、彼はベテランのサーカス興行主みたいにセッションを仕切り、導き、励まし、なだめ、つねにぼくが中心にいるように気をつけてくれました。終わると、声をかけてほしいと願うような人たちがそろって声をかけてきて、よくやったと言ってくれました。ただし、アルバコアは別です。彼はそばにも寄ってきませんでした。ただ、たまに人ごみのむこうに視線をとらえると、友好的な微笑を見せてきましたが。

　彼が何をしているかはわかりました。自分にどれだけのことができるか、見せつけていたのです。

　それに、人の話を聞いたり、自分で質問するうち、ここの組織についていろいろおもしろいことがわかりました。ゴッズでは、学寮長《マスター》というのが親分ですが、現職の学寮長はあまり運営に関わろうとしない役立たずで、実権は副司令官である学監《ディーン》が握っています。（ところで、クエスターというのは、実際には経理部長《バーサー》と呼ばれる人物です。）実はアルバコアは現在、学寮長がシドニー大学で三カ月の研究休暇を過ごしているあいだ、その代理をつとめています。（シドニーですよ、まったく！　イギリスの冬のあいだに！　こいつら、都合をつけるのがほんとにうまい！）帰国すると、彼は任期の最終年に入ります。当然、アルバコアはこの職を狙う競争者の一人ですが、なにしろケンブリッジのこと、型どおりに後継者が選ばれるわけではありません。選挙運動が最高潮に達したとき、大著が出版され、しかも成功すれば、有権者（つまりゴッズの教授《ドン》たち――なんだかマフィアのヴァチカン支部みたいに聞こえるでしょう？）に、アルバコアはまだ学者として業績をあげられる人間だと印象づけられるし、しかも期待にたがわずベストセラーになれば、彼はこのごろの教授《ドン》たちの多くが出たくてうずうずしているメディアの世界の奥の間に、開けゴマで入れるのだというところを見せつけてやれる。

　ああ、この芳醇な甘い香りを嗅げば嗅ぐほど、〝これこそぼくの望む人生だ！〟と思わずにはいられませんでした。読むこと、書くこと、権謀術数、書斎に閉じこもる生活と派手にもてはやされる生活が並行し、それなりの成績を上げれば、冬も太陽の下で過ごせる。

　しかし、こんなに重要な決断を急ぐつもりはありませんでした。あらためてよく考えてみようと、ぼくは会場を抜け出てロジングに戻りました。それには、頭に浮かぶ考えや希望をすっかりあなたに打ち明けるよりいい方法はないと思えたのです。今朝見たあの幻影のように、ほとんどこの部屋の中にあなたがいるみたいに思えるんです。こうして到達した最終決断を、あなたが承認してくださるという感じがします。

この最古の実り豊かな学問の森で、静かな修道院のような、しかし活発な刺激にも欠けない生活をする、それがぼくの望みです。そして、もしサムの研究成果を手放すのがそれを手に入れる唯一の方法なら、彼もきっとぼくにそうさせたいと思ったでしょう。

というわけで、賽は投げられた。これからぶらりと外に出て、この手紙を投函します。そのあとで午後のセッションのどれかに顔を出すとしましょう。もしアルバコアにぶつかっても、ぼくがどう考えているかなんて、毛ほども気づかせません。すくなくとも今夜まで、どきどきしていればいいんだ！

いろいろありがとうございました。

感謝をこめて、

フラニー・ルート

月曜日の朝、パスコーが出かけようとしていたところに郵便が届いた。

　ぜんぶ台所へ持っていき、注意深く三つの山に分けた——彼あて、エリーあて、両者あて（おもにクリスマス・カード）。彼あての山の中に、セント・ゴドリックスの紋章のついた封筒が二通あった。

　エリーは近所の子供たちを車で学校へ送る当番に出ていたので、彼には自由に反応し、行動する余裕があった。最初の一通を破ってあけた。二通とも消印はまったく同じだったから、こちらが最初かどうかはわからなかったが、一ページ目をさっと見ると、前の手紙が終わったところから話が始まっているのが確認できた。


　講堂の後ろのほうに彼自身の幻影が見えたというところに来ると、パスコーはしばらく読むのをやめ、これで自分のことをより多く、あるいはより少なく、不安に思うべきなのかと考えた。より少なくだ、と決めた。いや、より多くかもしれない。彼は読み進んだ。そのあいだ、ルートがそこにいるという視覚的妄想には見舞われなかったが、言葉のあいだからルートの影響力が手を伸ばしてきて、彼を自分の人生に縛りつけようとしているのを感じた。なんのために？　それは明確ではなかった。だが、いい目的のためではない、それだけは絶対に確かだった。

　二通目の手紙が状況をもっとはっきりさせてくれるかもしれない。

　ふしぎと、そちらをあけるのがためらわれ、手に持ったまましばらくすわっていた。手紙は手の中で（と、急にゴシックになった彼の想像力は言った）一分ごとに重くなっていった。

　物音が聞こえて、白昼夢から醒めた。玄関ドアのあく音だった。エリーの声が言った。「ピーター？　まだいるの？」

　これで、ついさっきまで求めていたもの――エリーの良識的反応――が手に入ることになった。

　だが、気がつくと彼は読んだのと読んでいないのと両方の手紙をポケットに突っ込んでいた。

「ああ、いたのね」彼女は台所に入ってきて言った。「もう出かけてると思ったのに。今日はリンフォード事件の公判でしょう？　あんなやつ、ぶちこんで鍵を投げ捨てちゃえばいいのよ」

　ふだんは弱者の味方をするエリーだが、リアム・リンフォードの名前が出ると、すっかり態度が変わって怒りに燃えるのだった。

「心配するな」彼はエリーに言った。「あの悪党ならちゃんと有罪にしてみせる。ロージーはどう？」

「元気いっぱい。今日はキリスト降誕劇のリハーサルだけだもの。ジッパー少年のカードを持っていったわ。あれをミス・マーティンデールに見せて、天使は本当にクラリネットを演奏したんだと証明するんだそうよ。でも、実は男をものにしたぞって友達に自慢したいからに決まってる」

「あ、まずいな。降誕劇か。いつ？　金曜日？　見にいかなきゃいけないよな？」

「当然でしょ」彼女は言った。「伝統固守の態度はどうなったの？　降誕劇は人種を差別するものだから禁止しようっていう陳情があったとき、かんかんになったじゃない？なんて言ったんだった？　〝これを許したら、次はロースト・ターキーにポパドム（インド料理に添える揚げせんべい）を添えろってことになる〟。それが今度は行きたくない、ですって！　あなたは非常に混乱した人物ですわよ、パスコー主任警部」

「そりゃ行きたいさ。神様ご本人から許可が下るよう、アンディおじさんにもう頼んであるくらいだ。ただ、台詞なしの天使役じゃ、ロージーが満足しないんじゃないかと心配になっただけだよ」

「すくなくともミス・マーティンデールは、ティッグを飼葉桶に入れるのはまずいだろうと、もうあの子に納得させたし、クラリネットのソロもあきらめさせてくれるに違いないわ」

「そうだな。でもゆうべあの子は、宿の主人がマリア様に部屋がないと言ったとき、天使たちが降りてきて痛い目にあわせてやらなかったのはおかしいね、と言ってたぜ」

「それは言えてるわね」エリーは言った。「あれだけ力があるのに使わないなんて理屈に合わないと、わたしもいつも思っていたわ」

彼は妻にキスして家を出た。いつもながら彼女は正しい、と思った。おれは非常に混乱した人間だ。これがパスコーだとフラニー・ルートが信じるふりをしている、冷静で、理性的で、考え深い、成熟した人間とは大違いだ。

ポケットの中で、まだ読んでいない手紙がかさばって感じられた。読まずにおいたほうがいいかもしれない。ルートがどういうゲームをやっているつもりにせよ、明らかにプレーヤーは二人必要だ。

だが一方、どうして競争を恐れることがある？ さっきエリーは何と言っていた？ 「あれだけ力があるのに使わないなんて理屈に合わない」

彼は朝の交通の流れをはずれ、静かな脇道に入って車をとめた。

長い長い手紙だった。三分の二ほど読み進んだとき、彼はまだ読んでいなかった朝刊に手を伸ばした。さがしていた記事は中のほうのページに載っていた。

「あの野郎」彼は声に出して言った。手紙を読み終え、車をスタートさせ、Uターンすると、攻撃的な態度で交通の流れにまた入っていった。

手紙3　12月17日（月）受領。
P・P

ケンブリッジ大学
セント・ゴドリックス学寮
十二月十六日日曜日（早朝！）

親愛なるミスター・パスコー、

　こんなにすぐまた！　でも、感情の揺れで計ると、なんと長い時間が過ぎたことか！

　賢い決断を下し、それをあなたに認めてもらったという思いにまだ浮き立った気分で、ぼくはディナーに出席し、行きがけにこのまえの手紙を投函しました。アルバコアは待ち構えていて、ドライ・シェリーかヴェリー・ドライ・シェリーか、どちらがいいかと尋ねてきました。ぼくは独立心を見せつけるため、どちらも断わって、ジンを要求しました。それから、リラックスして楽しみたいと思ったので寛大になり、具体的内容と保護条件によるが、基本的には申し出を受ける、と彼に言ってやりました。

「それはいい」彼は言いました。「フラニー、こんなにうれしいことはないよ。アマリリス、こっちに来て旧交を温めなさい」

　彼女はぼくが論文を発表したあと、会場に残りませんでしたが、今、透けるシルクのイブニングドレスを着て登場しました。男が名声に駆り立てられていることすら忘れるような、襟元を低くカットしたデザインです。彼女は旧友に会ったようにぼくを迎え、唇にキスすると、サイクのほかの囚人たちのことをまるでテニス・クラブの古い知り合いでも話題にしているように、おしゃべりの種にしました。

　すばらしいひとときでした。すべてが――場所、食べ物、ワイン、雰囲気、会話――ぼくの決断の賢さを裏づけてくれました。ぼくはアマリリスとドワイト・ドゥアデンのあいだにすわっていました。参加者に女性が少ないので、男女一人おきにできないのです。（学界は機会均等の世界ですが、なんでも均等とはいきません！）アマリリスの太腿から伝わってくる圧力は偶然というには頻繁すぎ、この幸福な一夜はあらゆる意味でそれにふさわしいクライマックスを迎えるのではないかとぼくは思いました。

おそらくは幸運にも、そんな機会は訪れませんでした。ディナーのあと、アルバコアは数人（いちばん偉い人たちとぼく）を学監公舎《ディーンズ・ロジング》に招きました。アマリリスのほかは全員が男です。彼女はすぐに自室に引っ込み、やがて葉巻が出てくると、香り高い煙が濃く漂い始めました。わくわくするほど古めかしくて、ぼくはおおいに気に入りました。

アルバコアは今ではぼくを弟みたいに扱っていて、ドワイトがロジングの中を見学させてくれと頼むと、彼はぼくの肩に腕をまわし、ぼくら二人が先に立って案内することになりました。

ディーンズ・ロジングは十八世紀初期にもともとの学寮の建物に付随して建て増されたもので、当時は老スターの顔につけた新しい鼻のごとく不自然に目についたでしょう。でも、なんといってもケンブリッジには魔法の力がそなわっています。新しいものを取り込んでは、せっせとその新しさを削り落とし、最後にはすべて時を超えた全体の一部にしてしまうのです。ディーンズ・ロジングは立派な古い建物で、ぼくが大好きな、使い込まれた教会のような感じがあり、クエスターズ・ロジングよりもずっとすばらしい。（学寮長《マスター》の住まいは学寮の敷地内にある草の生えた丘に建ち、川を見下ろすちょっとした大邸宅ですが、いったいどんなすごいものやら？）そこいらじゅうにある家具や彫刻、絵画のたぐいは様式的にごた混ぜというべきでしょうが、この魔法の世界が持つ、すべてを統一する霊気にあうと、そんなふうに思えないのです。

ぼくはこのすべてを欲しました。ジャスティンはぼくのそんな憧れを感じ取り、そのおかげでぼくがますます彼の欲望にしっかり縛りつけられると思ったのでしょう、見学が続くあいだ、さらに力をこめてぼくを引き寄せてきました。

　書斎はぼんやりした宗教的な光に照らされ、ぼくには至聖所に見えました。本の並んだ壁からは、ぼくが学問の聖堂にたきしめる香と考える、あの古い革と紙のすばらしいにおいが漂ってきました。中央には堂々たる古いデスクが鎮座しています。木彫の装飾が施され、型押しした革張りの表面は、ピグミー（ギリシャ伝説上の小人族の人）二人がテニスをやれるほど大きなものでした。

　ドワイトは、おそらく学監の決めた序列で自分がぼくの下にされたことに腹を立てたのか、こう言いました。「こんな薄暗い部屋で、いったいどうやって仕事するんだ？　それに、きみのコンピューターはどこに隠してある？」

「わたしの何だって？」アルバコアは怒った調子で大声を出しました。「コンピューターだって、冗談じゃない！　出版社の人間が、スピードのためにベドウズの本をディスクに入れさせてもらえると助かると言ってきたとき、わたしはこう返事した。〝もちろんだ、充分大きなカラーラ大理石の円盤《ディスク》と、わたしの言葉を彫り込める石碑細工師を用意してくれるならね！〟。キーを押してスクリーン上で手紙を書いて、何が残る？　無だよ！　電子の震えだけ、それも電源が切れたら破壊される。ワープロが産み出した偉大な作品を一つでもいいから見せてくれないか。わたしがペンで書くとき、それはわたしの心臓の上に書かれているんだ。いったん書かれたものは神のゴムでなければ消せないね」

　ドワイトは自宅にコンピューター化されたトイレでもありそうな人間だし、酔っ払っているので、ホストに向かっておまえはばかだとでも言いそうでしたから、ぼくはせっかくのこんな楽しい雰囲気が意見の相違で台無しになってはたいへんと、軽い冗談を試みました。

「神はゴム製品を使うんですか？」ぼくは言いました。「じゃ、マリアの中に入ったときには、破裂しちゃったんだな」

　こういう瀆神的な下品な冗談はハイ・テーブル（教授陣の食卓）でたいそう喜ばれるもののようです。子供が〝ケッ〟とか言うのと同じで、自分が不道徳なことを言っているという、そのことで興奮するんだ、とチャーリー・ペンは言います。確かに効果はあり、みんなそれぞれの表現で愉快がりました。生まれのいいイギリス人は、あの階級独特の、うなずきながらカッカッと高い声を上げる笑い、平民は遠慮なくわっはっはとやかましい笑い、それにドワイトとその他二人のアメリカ人たちはいいななくような派手な笑い。

　そのあと、ドワイトは懐柔的な調子になって、ではジャスティンはどうやって仕事をするのかと尋ねました。アルバコアは自分は時代遅れの反機械化主義者《ラダイト》だと卑下しながら、複雑な、しかし見るからに効率的なカード・インデックス・システムを見せ、引出しをあけて、彼の優美な筆跡でびっしり埋まった何千枚ものフールスカップ（われらがジャスティニアンはA4なんて下品な呼び方はしません！）を披露しました。

「これがきみの今度の本なのか？」ドワイトは言いました。「唯一の原稿？　驚いたな、よく安心して眠れるね」

「きみが考えるよりはよほど安眠できるよ」アルバコアは答えました。「泥棒は手書きした紙になんか興味を示さない。逆に、コンピューターは盗む価値のあるものだし、ディスクもそうだ。それに、手書き原稿なら、ハッカーが入り込んで盗み見たり、内容を二秒でコピーして、わたしのアイデアを先取りすることもない。ドワイト、それに比べたら、電子の言葉は空中に漂っていて誰でも使える。海のむこうの大陸で誰かが咳をすると、こちらは死に至るウイルスをうつされる」

　どうも挑発的なコンピューター擁護論が始まりそうだったので、ぼくは話を逸らそうとしてアルバコアに、彼の本が出たら、ベドウズは英国ロマン派文学の寒い周辺部から暖かい中央部へ、どの程度移動できると思うか、と訊いてみました。

「そんなことはやろうともしていない」彼は切り返しました。「彼を理解するには、イギリスの二流作家としてではなく、ヨーロッパの主要作家として扱わなければいけない、というのがわたしの論だ。彼は――今の時代に実にふさわしいが――立派なヨーロッパ人だった。それに近いといえるのはバイロンだけだ。二人ともヨーロッパを愛した。故郷よりも気候が暖かくて生活費が安上がりだからというだけでなく、その歴史と文化と人々を愛したんだ」

彼はほとんどぼくに向かって演説するように、しばらくこの話を続けました。ぼくらのあいだのちょっとした競争で彼はもう勝ったのだから、脅したり、賄賂をちらつかせたりしたことは忘れて、自分がちゃんとしたベドウズ学者であるところを示したいと思っているかのようでした。

ほかの人たちも喜んで耳を傾けました。広々とした部屋ならではのゆったり大きな革の肘掛椅子にすわり、風船形のグラスからブランデーを飲み、本物のハヴァナ葉巻をぷかぷかやっているので、装飾を施された天井が香り高い煙でほとんど隠れてしまうほどです。ぼくはときどき思うのですが、煙草をたしなむ術が破壊されてしまったのは、二十世紀の無粋な実利主義が与えた少なからざる損害ですね。詩人が言ったように、セックスはセックスでしかないが、いい葉巻は一服になる。

聴衆を飽きさせないうちに（偉大な話者はタイミングを心得ているものです）アルバコアはベドウズについて話すのをやめ、『聖ゴドリックの生涯』の写本を見ないかとみんなを誘いました。すこし前に話に出たこの写本を、彼は客を楽しませるために学寮図書館の金庫から持ち出してきていたのです。たいていの人間にとっては、こんなに美しくて古いものは手に取るだけで充分ですが、ドワイトはアメリカの文明人らしく金に関する羞恥心がないので、すぐに核心に切り込んで言いました。「公開市場では、これはいくらぐらいになるかな？」

アルバコアは微笑して言いました。「いやあ、これはきみの部族全体よりも価値のある真珠（シェイクスピア『オセロ』の一節）だよ、ドワイト。考えてもみろ。聖人の同時代人が書いた伝記の同時代の写本だ。作者は実際にゴドリックをフィンチェイルにある草庵に訪ねたダラムのレジナルド。彼は敬虔と博学の人で、伝統的にその名前と称号を持つ書記は同じく敬虔で博学とされているほどだ。つまり、きみが触れているその本は、聖人本人の手に触れた男の手が触れたものというわけだ。そんなものに誰が値段をつけられる？」

「そうだな」ドワイトは懲りもせずに言いました。「サン

・ポルにいるトリック・ファックマンというディーラーなら、鑑定してくれるだろう」
これにはアルバコアさえ笑い、会話は一般的な話題に変わっていきました。舌から舌へ、水銀のように滑らかに流れ、よい話がよい話に続き、知恵と機知が惜しげもなく繰り出される。今このとき、この場所で、この人たちとともにいる楽しさを与えられているのだと思うと、涙がこみ上げてくるほどでした。

今、死ぬことができるなら、いちばんしあわせかもしれない……（『オセロ』の一節）

永久に居すわっていたいくらいでしたが、すべてのものには自然にあらかじめ定められた終わりがあり、ぼくらは解散しました。何人かは学生寮の部屋へ、ドワイトとぼくは腕を組んで支え合いながら、千鳥足でクエスターズ・ロジングへ。

服を脱ぎ、ベッドに入りましたが、寝つけませんでした。初めは、利益になってしかも楽しい世界が目の前にひらけてきたようなのに興奮したからでした。でも、それから突然、まったく逆の気分に襲われました……〝これより先へは進めないほどの歓喜／これより上へは昇れないほどの愉快から／失意のどん底へ落ちる（ワーズワースの詩「決意と独立」の一節）〟。そんなわけで、わが蛭集めの人（前記の詩に登場する老人）ミスター・パスコー、ぼくは枕を背にして起き上がり、あなたあてにこの手紙を書いているのです。アルバコアの言うなりになったのは正しかったでしょうか？　このまえの手紙では、ぼくはあなたの賛同を確信していました。今では、あなたは強い節操と断固とした道徳観念のある人だから、金に動かされるぼくの態度を軽蔑するに違いないと、同じくらい確信しています。あなたにぼくの側から物事を見てもらうことはすごく大事なのです。ぼくはここでは無知蒙昧な外国人、巨人を相手に孤軍奮闘する小人《ピグミー》です。われわれは必ずしも上に昇る方法を選ぶ自由を与えられない。あなたもきっと、あのとてつもないダルジールとの関係において、そんなふうに感じたことがあるでしょう。自分のキャリアの途上で手にする輝かしい報奨が、こんなやつから与えられるのでなければいいのにと願ったこともあるでしょう。恥を忍ぶ経験を経由して、人は尊厳に至る。ときには卑劣なこともあります。

　ですから、もしぼくがあなたに賛成してくれと頼んでいるように見えるとすれば、それは
　また中断！

　ぼくの手紙は連続ドラマになってきましたね。毎回、はらはらさせて終わる！

　しかも、今回は実にすごい中断なんです。《カジュアルティ》や《ＥＲ》（どちらも病院の救急病棟を舞台にした人気テレビ・ドラマ）のシリーズ最後のエピソードが、夏休みのあと視聴者がまた腹をすかせて戻ってくるようにと、〝次はどうなるか〟の食欲をそそる筋になっている、あれに負けないくらいです。

　しかし、軽薄になってはいけない。これはテレビ・ドラマなんかじゃない、現実です。しかも悲劇だ。

　恐ろしいほどのベルが鳴り響いて、ぼくはぎょっとしました。

　ベッドから飛び出し、あいた窓へ駆け寄りました。サイクにいたとき以来、ぼくは季節にかかわらず、いつも窓をあけて寝るのです。中庭を見ても、なにも見えませんでしたが、右手のほうの遠くから音が聞こえ、しだいにやかましくなってきます。夜の空気にぐいと頭を突き出し、そちらのほうを見ると、中庭の右端をなす建物の暗い輪郭が、もう夜明けのバラ色の空を背景にしてくっきり見えるように思えました。

　ところが、夜明けにはまだ早すぎる時間だし、そっちは北側なのです。

　靴に足を突っ込み、レインコートをはおるなり、ぼくは外に飛び出しました。

　こちらの中庭から隣の中庭へ行ったときに見えた光景といったら！

　ディーンズ・ロジングでした。もう美しい建物ではなく、醜い怪獣がうずくまっているかのようです。一階の窓からは炎が巨大な舌となって繰り出し、がつがつと壁を舐めまわしていました。

　ぼくは急いでそばに行きました。手伝おうという気持ち

は充分ありましたが、何ができるのかわかりません。学寮のこの部分に車が入れるのはゴシック様式のアーチを抜ける道だけなのですが、消防車はそのアーチの下にひっかかった格好で、そこから伸ばしたホースを抱えて消防士たちが立ち働いていました。酸素供給装置をつけた者もいます。ぼくの周囲で、みんないかにも手慣れたプロらしく、てきぱきと動きまわっていました。

「いったいどうなってるんです？」状況を査定しようと、足を止めて建物に目をやった消防士がいたので、ぼくは大声で尋ねました。

「古い建物だ」彼は簡潔に言いました。「木がたくさん使われている。三世紀がかりで乾いてきた。こういう場所は火をつけられるのを待っている焚き火同然だ。あんた、誰だね？」

「ぼくは……」何者だ？　急にわからなくなりました。

「ぼくは学会でここに来ているんです」

「ほう」彼は興味を失って言いました。「あそこに誰がいるのか、知っている人が必要だ」

「知っています」ぼくは急いで言いました。

彼は副消防署長でした。清潔感のある、いい顔をした青年です。

ぼくの知っているかぎりでは、ロジングにいるのはサー・ジャスティニアンとレイディ・アルバコアだけだとぼくは言い、内部を見学したときの記憶から、二人がどのあたりにいそうかを教えました。彼はこのすべてを携帯無線電話で伝えました。話をするあいだ、彼の背後を見ると、火はすでに上の階へまわっていました。ぼくたちは本当に恐ろしい悲劇をまのあたりにしているのだと、だんだん不安が募ってきました。すると無線が入り、アマリリスは無事だという吉報が伝わってきました。しかし、それを聞いた喜びもすぐに薄まってしまいました。ジャスティンの消息がわからないのです。

このころ、雨がざあざあ降り出しました。消防士たちにはさいわいでした。火事を眺めていて風邪で死んではしょうがないと、ぼくは部屋に戻り、また手紙に取りかかりました。眠れそうにないので、書き続けることにしましょう。

またしても考え違いでした！

ぼくは椅子にすわったまま、ドワイトに肩を揺さぶられて目を覚ましました。

ねぼけまなこで彼の顔を見ると、いい知らせでないことがわかりました。

実際、最悪の知らせでした。

ジャスティニアン・アルバコアの遺体が、火の手がいちばん激しかった一階から見つかったというのです。

愕然としました。あの男を好きになる要因はほとんどなかったものの、嘲るような狡猾な人柄に惹かれるところがあったのかもしれません。彼といっしょにこれからやっていくのはちっともかまわないと、昨夜ぼくは思っていたのです。

ドワイトは話をしたがりましたが、ぼくは一人にしてほしいと言いました。

服を着て、外に出ました。殻だけになったディーンズ・ロジングは、沼沢地帯《フェン》らしい小雨の中で静かに湯気を立て、炎の力のものすごさを物語っていました。たたずんでじっと見ていると、あの若いハンサムな消防士が寄ってきて、昨夜の出来事を推理できるかぎりで詳しく教えてくれました。

どうやら、こんなことです。アマリリスは夜中すぎにジャスティンがベッドから出ていこうとしたので目を覚ました。ぼんやりしたまま、どうしたのかと訊くと、階下で物音がしたように思うが、たぶんなんでもないだろうから寝ていなさい、と彼に言われたので、また寝てしまった。しばらくしてまた目を覚ますと、部屋に煙が充満していた。寝室から踊り場に出ると、状況はもっと悪く、階段の下にははっきり炎が見えた。彼女は部屋に戻り、消防署に電話した。それからスラックスをはき、Tシャツと暖かいセーターを数枚重ね着すると、薄化粧して、寝室の窓をあけた。すぐ下には建築的にはまるで不釣り合いな温室がある。ヴィクトリア時代に蘭愛好家の学監がいて、歴史的建築保存条例なんていう規制がなかったころに建てたものだ。彼女は排水管をつたって温室の屋根に降り、そこから、現場に最初に到着した消防士の腕の中に滑り込んだ。

ジャスティンに関しては、推測するしかない。

彼が階段を降りたとき、書斎にはすでに火がまわっていたのだろう。あの中に学寮最大の宝物、ダラムのレジナルド著『聖ゴドリックの生涯』が置いてある、それは彼が個人的に、無謀にも学寮図書館から持ち出してきたものだ、そう考えるあまり、判断が狂ったに違いない。急を告げることもせず、写本を救い出そうと、彼はおそらく部屋に飛び込んだが、熱に押し戻され、煙を吸って気を失い、敷居のところで倒れて死んだ。

ぼくが見た様子と、新しい友人となった消防士が教えてくれたことを合わせると、『生涯』が灰になってしまったのはもちろん、アルバコアが書いていたベドウズの本の原稿一ページ、彼のカード・インデックス・システムのカード一枚すら、あの大火から助からなかったことは明らかでした。

火事の原因については、まだ結論を出せる時期ではありませんが、昨夜ぼくらはみんなで書斎に集まり、ブランデーを飲みながら葉巻を吸っていた、とぼくが告げると、消防士は大きな青い目をきらめかせ、メモ帳に書きつけていました。

学会は当然キャンセルになり、朝のうち、質問に答えたり、供述したりしたあと、ぼくはまたここにすわって、あなたに手紙を書いているんです、ミスター・パスコー、これですこしは考えが明瞭になるかと思ってね。

こんなことを言うと、利己的なやつだと思われるでしょう。でも、ジャスティニアンの死を本当に悲しむ一方、そのずっと下にはほんのわずかながら自己憐憫もあるのです。ぼくの希望もこれですべてついえてしまった。ついゆうべ見ていた、ケンブリッジで輝かしい未来が待っているという夢は消えてしまった。

かわいそうなぼく、そうでしょう？

また邪魔が入りました。今度こそ、最後だと思いたい！

さっき、自己憐憫のセンテンスを書いていたとき、ドワイトが部屋に入ってきて、アメリカ人らしい率直さで言いました。「で、これからどうする計画なんだ、フラニー？」

「計画？」ぼくは苦々しく言いました。「計画には未来が必要ですよ。ぼくにはそんなものがない」

彼は笑って言いました。「よせよ、フラン、めそめそしないでくれ。甲の損は乙のなんとやら……きみには将来性があると思うね。この二日のあいだに聞いたところじゃ、きみはベドウズに関する半分書き上がった本を相続したんだろう。しかも、ゆうべの出来事のおかげで、その分野に障害がなくなった。それで、イギリスの出版社と契約はあるのかね？」

「あ、いいえ」ぼくは言い、状況を説明しました。

「すると、出版社の連中がきみのところに来て、ドクター・ジョンソンがかれらから金を取っていたあいだにやった仕事をよこせと言ってくる可能性はないのか？」

「ええ。実は、権利放棄文書をもらってあるんです。そのほうがいいだろうと……」

「そりゃそうだ！」彼はいかにも賛意をあらわして言いました。「じゃ、今ではきみはその本を好きなように仕上げて、名を上げることができるわけだな？」

ぼくは考えてみました。この悲劇のこういう側面はそれまで頭に浮かびませんでした。まったく、はかり知れぬ神の御心（賛美歌の一節）です！

彼は言いました。「アメリカで出すことは考えたかね？　むこうではベドウズへの関心が高まっている。金もたっぷりあるよ、見るべき場所を知っていればね」

ぼくは言いました。「ほんとですか？　じゃ、見るべき場所がわかればいいんだがな！」

「わたしは知っている」彼は言いました。「うちの大学の出版局はこのところ目を覚ましてきた。わたしがもう何年も前から、成長するか死ぬか、二つに一つだと口を酸っぱくして言ってきた真理をようやく悟ったんだな。そうだ、こうしよう。わたしはこれから荷造りをして、車でロンドンへ上り……」

「下り」ぼくは言いました。

「え？」

「ケンブリッジからだと、ロンドンへ行くのは下りです。そのほかどこでも」

彼はぼくに近づいてきて言いました。「よく聞けよ、フラン。そういう考え方こそ、頭から追い出さなければだめだ。オーケー、ケンブリッジはかつて文化の中心だったろうがね、それは時代劇の時代の話だ。とどまっているものはない。きみがそこから離れなければ、そっちがきみから離れていく。いいかね、わたしは最近ウズベキスタンを訪れたんだが、昔ふうなロマンチックな人間なもので、アラル海を見ておきたいと思った。で、ぼろぼろのベデカー旅行案内書がここだと示す場所へ行ってみると、何があったと思う? なにもなかった。砂漠だけ。ロシア人が長いこと水を吸い上げ続けたせいで、海はもとの半分の大きさに縮んでしまったんだ。その近所で、生まれたときから同じ家に住んでいるという老人と話をすると、彼は玄関のすぐ外のひび割れた固い地面を指さして、子供のころは夏の朝、家から裸で駆け出して、すぐに波間に飛び込んだものだと言った。今じゃなんと二百マイル走らなければならない! ケンブリッジだって同じだ。乾ききっている。近づいてよく見たら、何が見える? 古びた映画のセットだ。昔はいくつかいい作品が生まれたが、今ではカメラもライトも俳優もほかへ移ってしまった。雨ざらしになって朽ちていく映画セットほどみじめなものはない。考えてみろよ、フラン。わたしはあと一時間したら出ていく。いっしょに来てくれると期待するよ」

そのあと、ぼくは頭をはっきりさせるのに散歩が必要でした。また裏庭《ザ・バックス》をぶらぶら歩きました。ただ、今回は古色蒼然とした建物を前とはずいぶん違った目で眺めました。

それで、今度は何が見えたと思います? 美と学識の寺院ではない。人が錨を下ろし、いつまでも上陸休暇を楽しめる平和な港ではない。

いいえ、ぼくはドワイトがうろこを落としてくれた目で見ていました。すると、そこにあるのは映画セットで、雨に打たれてとてつもなくみじめに見えました!

どうしてこれからの人生をこんなみすぼらしい場所で、噂をしたり、文句をたれたり、酒を飲んだりして、無駄にしなければならない？

それで、ぼくは荷物をまとめ――わずかな持ち物は一分でまとまりました――ドワイトを待っているところです。彼もじきに支度ができるでしょう。そうしたら、とうとうこの手紙を中断ではなく、結末へもっていけます。

これでぼくたち二人のあいだの誤解は解けたと思います。いつか将来、またあなたに手紙を書こうという気になるときが来るかもしれません。わかりませんよ。では、年の暮も迫ってきましたから、あらためて、あなたとご家族にメリー・クリスマスとご挨拶させていただきます。

難関を乗り越えて名声《ペル・アルドゥア・アド・アストラ》を目ざしつつあります！

フラニー・ルート

「痛い尻《ソア・ラース》と錆びた尻《ラスティ・バム》」アンディ・ダルジールは言った。

「は？」

「アラル海。なんとまあ、何年も考えたこともなかった。何が頭にひっかかって残るか、わからんもんだな。ほんとに涸れてきているのか？」

「さあ、わかりません、警視」ピーター・パスコーは言った。「でも、それが大事なんですか？ どういう……」

「大事さ、飛び込んだらそこになかったんじゃな」ダルジールは非難がましく言った。「ソア・ラースとラスティ・バム！ ビーニーのやつ、喜んだろうな」

パスコーはエドガー・ウィールドを見たが、そこにも彼と同じ、理解不能という表情しかなかった。

ルートの手紙を犯罪捜査部のミーティングに持ち出すことにしたのは、おもに実務的な決断だった。彼は今まで、午前中のかなりの時間を費やしてルートに関するあれこれの疑問点を調べていて、上からはアンディ・ダルジールの鷲の目、下からはエドガー・ウィールドの猫の目がそれを見逃したはずはなかったから、公式のものにしてしまうのがいちばんだった。しかし、敵が自分から彼の手に身柄を任せてきたという勝ち誇った感覚はしだいに薄れていった。実際、今思い返すと、やや恥ずかしくなった。犯罪捜査とは論理的推理であって、聖戦ではない。それで、彼は冷静で控え目な口調で手紙を紹介し、二人に手渡したのだった。これは憂慮すべき内容だと、ぜひともかれらに同意してもらいたかったが、そんな気持ちは顔に出さなかった（と思いたかった）。

ところが、結果は巨漢が太った預言者みたいにわけのわからない言葉をしゃべり出したのだった！

とりとめのない話は続いた。

「昔、言われたことがあるよ、ビーニーのやつにな。〝ダルジール〟と彼は言った。〝もしわたしが文学に通じた人間を拷問にかけたくなったら、おまえを連れてきて、そいつの目の前で無韻詩を朗誦させてやるね〟。きついことを言う男だった。痛い目にあわせる方法を心得ていたんだ。しかし、それにしても長くて退屈な詩だった！　まあ、だからこそおしまいをおぼえているのかもしれんな。ようやくそこまで行ったのがうれしくてしょうがなかったからだ！」

「なんの詩ですか？」パスコーはこのどろどろの潮に逆らって泳ごうとするのをあきらめ、訊いた。

「言ったろう。ソア・ラースとラスティ・バムだ。きみはきざな幼稚園に行ったくせに、なんにも習わなかったのか？」ダルジールは言ったが、それから寛大になってつけ加えた。「〝ソーラブとラスタム〟というのがほんとの名前だが、みんなソア・ラースとラスティ・バムと呼んでいたんだ。知ってるか？」

パスコーは首を振った。

「知らないのか？　なんだ。まあ、きみが学校に上がったころには、なんでもかんでも現代風になっていたんだろうよ、四文字語だらけで、韻のないやつにな」

「無韻詩は韻を踏みません」パスコーはよけいな口出しをした。

「そのくらいわかっている。だが、韻なんか踏む必要がないんだ、詩らしく聞こえるからな、そうだろう？　ちょっとみじめだ。この詩はほんとにみじめなんだ。ソア・ラースはラスティ・バムを殺し、そのあとで、相手が実は自分の息子だったとわかる。それで彼は遺体のそばにすわって一夜を明かす。どこか砂漠みたいなところだ。コラズミアの荒地、と彼は呼ぶ。そのまわりでは軍隊が軍隊のやることをせっせとやっている。英文学の中でもいちばん悲しい情景の一つだ、とビーニーは言っていた。それに川があってな、オクサスというんだが、これが静々と流れ続ける。まあ、〈オール・マン・リヴァー〉みたいな感じだな」

「それで、アラル海はどこに出てくるんですか？」パスコーは訊いた。

「ここだ」ダルジールは言った。

　彼はポーズをとり、朗誦を始めた。小学生が暗唱するときのようなリズムで、内在する句読点も全体の意味も無視して、行末で声を落として止める。


　………そしてとうとう。

　待ち望んだ波の音が聞こえてくる。

　光り輝く水が大きく開いて彼を迎える。

　水底からは水を浴びたばかりの星々が明るく静かに。

　現われ出てアラル海を照らす（マシュー・アーノルドの詩「ソーラブとラスタム」の一節）。


「ああ、こいつは詩だ、間違いない」彼はしめくくった。

「で、それがこの痛くて《ソア》、錆びた《ラスティ》詩の最後なんですか？」パスコーは言った。「で、ビーニーというのは……？」

「ミスター・ビーンランド、オックスフォード大学修士。チョーク投げではイングランド代表選手になれたな。二十フィート離れたところから投げて、目玉をつぶせるくらいだった。先生はこのアラル海の話を延々としたもんさ、どんなに遠いところにあって、美しくて、神秘的かとね。それが今、このアメリカ人の話じゃ、凋れちまって、観光客が見にいくと、そこにはなにもない。人生みたいだな、ええ？　まったく、人生みたいだ」

「アラル海と人生との類似点《コレスポンデンス》というのは、ぱっと目に飛び込んでくるものではありませんが」パスコーは渋い顔で言った。

「この手にチョークがあれば、ぱっと立ち上がってきみの目に投げつけてやるところだ」巨漢は唸った。「とにかく、書簡《コレスポンデンス》といえば、どうしてわたしはきみに来た手紙なんか読んで、貴重な警察の時間を無駄にしているんだ？」

「それがフラニー・ルートから来たものだからです。そこには脅迫が暗示されているからです。その中で彼はいくつかの犯罪に関わっていたことを認めているからです。それに」パスコーは言った。グラスゴーのエンパイア座に出演したイングランド人の漫談師が、無関心の海の中に自分のギャグが沈んでいくのを見て、必死に観客との接触点を見つけようとあがいているみたいだった。「彼はあなたのことをごろごろ腹《ランブルガッツ》と呼んでいるからです」

しかし、この挑発すら効果はなかった。

「ああ。エキスパートに侮辱されると、親愛を表わす言葉みたいに聞こえるもんだな」巨漢は無関心な顔で言った。

「哲学的でけっこうなことです」パスコーは言った。「でも、脅迫……」

「脅迫？　どこに脅迫がある？　きみはどうだ、ウィールディ？　脅迫が見えるかね？」

部長刑事は詫びるような目をパスコーに向けてから言った。「いえ、そういえるほどのものは」

「そういえるほどのものは、か」ダルジールはからかってまねた。「ぜんぜんありゃしない、という意味だろう！　こいつ、わざわざ何度もこれは脅迫状ではないと言ってるじゃないか。しかも、きみをすごく高く買っているようだから、いずれバレンタイン・カードを送ってきても驚かんな！」

「それも計算のうちなんですよ、わかりませんか？　彼がああだこうだ言っている戯曲『死の笑話集』と同じで、なにもかもぞっとする冗談なんだ。復讐心とは曖昧なものだとかいうところがあるでしょう、兄は公爵とすごく親しくなり、弟は憎しみに胸がいっぱい、あれはルートが自分の感情をわたしに告げているんです」

「いや、違うね。だって、自分はその兄のほうみたいな気持ちだと、彼ははっきり言っているじゃないか。それに、きみは犯罪だ、犯罪だと言うが、どういう犯罪なんだ?」

パスコーは持ってきたファイルを開き、紙を数枚取り出した。

「またコンピューターで遊んでいたのか?」ダルジールは言った。「目がつぶれるぞ」

「ハロルド・ブライト、通称ブリロ」パスコーは言った。「ルートと同じ時期にサイクに入っていた。シャワー室で事故にあい、頭蓋骨骨折。目からアンモニア系の掃除用液剤が検出されたが、理由は明らかにされなかった。治療中に余病を併発し、死亡」

「いなくなってありがたいね」ダルジールは言った。「ブライト兄弟ならおぼえている。逮捕したとき、うちの警官二人が入院する結果になった。一人は早期退職しなければならなかった。デンドーはまだ中にいるのか?」

「いいえ。最後はダラムに送られましたが、先月出所しました」

「じゃ、問題解決だ。あいつにルートの住所を教えてやれ。デンドーがルートをかたづける、それでわれわれはまたデンドーを刑務所に送り込む。一個ぶんの値段で二個手に入るってやつだ」

長年のあいだに、巨漢が冗談を言っているのかどうか、パスコーにはかなりよく判断できるようになっていたが、それでもまだ、口をはさまないほうがよさそうに思える灰色の領域があった。

彼は言った。「しかし、男が一人死んだことはわかっていて、今度はルートの自白が手に入ったんですよ」

「ばかばかしい」ダルジールは言った。「この自白はハンス・アンデルセンが書いたみたいなもんだ。それに、本人が言っているように、どこから目撃者を連れてくる? どっちみち、もしほんとにこいつがやったんなら、勲章を授けられていい。ほかには?」

「ポルチャードがルートと同時期に入っていたこともチェックしました。サイクの看守長は二人がいっしょにチェスをやっていたのをおぼえています」パスコーはぶすっと言った。

「チェスでずるをしたというんで、ルートを挙げるつもりか? メイト・ポルチャードならおぼえている。実に狡猾な野郎だ。もう出たのか?」

すべてに通じているのが仕事のウィールドは言った。

「はい、警視。夏に出所して、元気回復にウェールズの自分の家に行きました」

ポルチャードがありきたりの悪漢と違うのは、チェスが趣味だという点だけではなかった。出所したら暖かいスペインの別荘でのんびり豪奢な暮らしを楽しもうなどとは思わない。彼のお気に入りの隠れ家はウェールズのスノウドニアにある人里離れた農家だった。だが、自分の利益を守るとなると、彼は典型的悪漢らしく行動した。彼がこの農家を購入してまもなく、付属する納屋が火事で焼け落ち、壁にはスプレー・ペイントでメッセージが残されていた。〝イウェールズ語だったが、親切に英訳が添えてあった。〝イングランド人は帰れ。さもないと次は母屋だ〟。数日後、主要なウェールズ独立運動グループの地元リーダーが真夜中に目を覚ますと、部屋に男が三人いた。かれらは武器を持たず、マスクもつけていなかったが、それでほっとするというよりむしろよけいこわくなった。三人は礼儀正しく話をし、彼にグループのメンバー十二、三人の住所のリストを見せた。彼自身の住所がいちばん上にあった。もしミスター・ポルチャードの所有財産にまたなにかあれば、二週間以内にこれらの家は一軒残らずめちゃめちゃになる、と男たちは言って、出ていった。十五分後、庭の物置が爆発し、すごい勢いで燃えて、消防車が到着したときにはとっくに灰の山と化していた。苦情申し立てはなかったが、警察は情報をつかんだ。それを今、ダルジールはこまごまと話し、自分はもうルートに関心を失ったと見せつけているのだった。

だが、パスコーは苛立ちをほとんど隠しもせずに、このしばしば語られる逸話を聞き、それをきっかけにして話題を無理やり元に戻した。

「火事が得意なのはポルチャードだけじゃありません」彼は言った。「ルートが書いているセント・ゴドリックスの火事ですが、ここに新聞記事がいくつかあります。ケンブリッジの火災捜査部にも連絡して、電話をもらうことに……」

「おい、待てよ」ダルジールは言った。「わたしはきみみたいにこの手紙をX線にかけて、毒インクが使われていないか調べちゃいないがね、中身はちゃんと読んだ。放火の自白らしきものはなんにも記憶にないぞ！　なにか見逃したか？　ウィールディ、どうだね？」

部長刑事は首を振った。

「いえ、確かに自白はありません、そういえるほどのものは……」

「またか。そういえるほどのものは！　そういえるほどのものでないんなら、何なんだ？」

パスコーは切れた。

彼は怒って口をはさんだ。「まったく、二人ともどうしたんだ？　顔についてる鼻くらいはっきりしている、あいつはわれわれをからかっているんだ。それがこの手紙の目的ですよ。この手紙がなくたって、なにかおかしいとわかったはずだ。事実を見てください。フラニー・ルートは無名の前科者、庭師として働いている。すると指導教官のサム・ジョンソンが殺され、ルートはジョンソンの姉を丸め込んで、ベドウズに関するほぼ完成した本を横取りする。突然、無名の学生から学界の大物への道がひらける。ただし、一つ邪魔がある——競争だ。アルバコアとやらいう男が同じような本を書いていて、そっちは数カ月早く市場に出ることになっている。ルートはアルバコアに会う。アルバコアは取引をまとめたと考える。ルートを自分側につけ、彼からジョンソンの研究成果を搾り出す。もちろんそのあとは、こんな糞野郎は切って棄てればいい。ところが、この糞野郎には歯があることを彼は知らない」

ダルジールはいかにもあきれた口がふさがらないという様子でその巨大な口をぱっくりあけたまま話を聞いていた

が、とうとう言った。「歯の生えた糞だって！　言ったろう、現代詩なんか読んでいると、そういうのが出てくるんだ！」

パスコーは自分の言葉遣いに関してややうぬぼれていたから、恥ずかしげな顔になったが、それでも話を続けた。

「しかし、どうなったか？　火事が起きて、アルバコアは死に、原稿は煙と消える。偶然か？　そうとは思えない。さっき言ったように、たとえ新聞で読んだだけでも怪しいと思えたはずだ。だが、あいつにはそれだけでは充分じゃない！　わたしに手紙を書いて、いい気味だと勝ち誇って見せるんだ！」

「勝ち誇る？　そんなものは記憶にないぞ。きみはどうだ、ウィールディ？　勝ち誇ったところに行き合わせたかね？　そういえるほどのものは、なんて言ったら、その舌を引っこ抜いて鼻の穴に突っ込んでやるからな！」

ウィールドはその操作を練習しているかのように、舌を出して唇に触れてから言った。「いや……確実に勝ち誇っているといえることはなにも。しかし、もしピートがなにかひっかかるというなら……それに、ルートがずる賢いやつなのは確かですし……」

「ずる賢いといったって、ちゃんと刑務所に送ってやった」ダルジールは満足げに言った。

「それで、刑務所教育の恩恵をこうむった」ウィールドは言った。

これは比喩的な言い方だったが、巨漢は文字通り受け取ったふりをした。

「まあ、悪くは言えんな」彼は言った。「中で教育されたたいていのやつと違って、あいつは社会学者になって出てこなかった。ああいう連中がテレビのトーク番組でしゃべるのは聞きたくない」

主任警部は目をつぶり、ウィールドは急いで言った。

「あの、ケンブリッジの消防の連中がなんと言ってくるか、待ってみたらどうですかね」

ぴったりのタイミングで電話が鳴ったので、パスコーが受話器をさっとつかみ、〝ケンブリッジ〟と口を動かして見せたとき、ウィールドはまったく驚かなかった。

ダルジールとウィールドほど鋭い目の持ち主でなくても、よい知らせでないことは見当がついただろう。

パスコーは言った。「ありがとう。もしほかになにか出てきたら……ええ、すみません。それじゃ」

彼は受話器を置いた。

「それで？」ダルジールは言った。

「怪しいことはなにもありません」パスコーは言った。「かれらにわかるかぎりでは、火元は革張りの肘掛椅子で、おそらく火のついた葉巻の吸殻がクッションの後ろに落ちたのが原因だろう。促進剤らしきものの唯一の痕跡は、破裂したブランデーのデカンターだった」

「ああ、酔っ払った教授たちが大勢で葉巻を吸って、しかも建物はどうせここ五百年に制定された火災条例すべてに違反しているとくれば、問題が起きないほうが不思議だ」ダルジールは言った。「まあ、この一件がかたづいてなによりだったな」

「よしてください」パスコーは言った。「ルートみたいな男が灯油缶を抱えて仕事に入るとは思わないでしょう？　いや、彼は現場にいた。自分でそう言っている。立派な教授陣に混じって葉巻をふかしながらね。きっとそれで思いついたんだ」

「ほう？　透視力がついたのかね、ピーター」巨漢は言った。「犯罪証拠法にそれが加わっていないのが残念だ。ルートの話は今日はこれまで。うちの警官に趣味があるのはかまわんが、やるのは自分の時間内にかぎってもらいたいね」

パスコーは怒って言い返した。「じゃ、おたくの警官が犯罪のいちおうの証拠《プライマ・フェイシー》（反証によって覆されないかぎり、立証にいちおう充分であるとされる証拠）を無視していたら、どう思われますか、警視？」

「プライマ・フェイシー？　そいつは、イタリア人のウェイターが喉を掻き切られ、ルートが手にナイフを持ってそばに立っている、というようなやつか？　ウィールディ、わたしが本部長のためにやっている例の統計だが、どこまで行ったっけか？」

「おしまいまで行きました、警視」

「ほんとか？　やれやれ、半分徹夜でがんばったんだな。

警視というのは楽じゃない。五分したらわたしの部屋に来て、それについてわたしがどう思うか教えてくれ、そうしたら、そう言って豪傑ダン（トリンブル警察本部長のこと）に渡すから。ところで、アイヴァーのやつ、戻ってきてからどんな様子だ？」

　アイヴァーとはシャーリー・ノヴェロ刑事をダルジールが呼ぶときのあだ名だ。彼女は夏のあいだに肩に銃弾を受け、最近ようやくフルタイムの仕事に戻ったばかりだった。

「元気なようです、警視」ウィールドは言った。「機敏ですし、失った時間を取り戻そうと熱心にやっています」

「それはいい。すると、あとはボウラーが戻ってくれば、深刻な人手不足でなく、やや人手不足気味まで回復するな。あいつはいつ始めることになっている？」

「今週です、水曜日だと思います」

「水曜日まで戻らないのか？」ダルジールは信じられないという様子で言った。「まるで大手術でも受けたかと思うじゃないか。じゃ、電話を貸してくれ、目覚ましコールを入れてやる」

　それまで、ダルジールはボウラーを病気休暇から急いで仕事に復帰させようとはしていなかった。回復期の英雄は、一つ間違えばすぐに、過剰な暴力で容疑者を殺した熱血警官にされてしまうと知っていたからだ。だが、調査委員会がボウラーにはまったく過失がなかったとようやく決定したので、事情が変わったのだった。

「無駄ですよ」パスコーは言った。「休養と元気回復の週末を過ごそうと、ミズ・ポモーナがどこかへ連れていったようです。二人は今日の午後まで戻りません」

「え？　恋人と出かけた？　女と寝る元気があるなら、仕事をする元気もあるはずだ、と聖書に書いてある。顔を見るのが楽しみだ。ウィールディ、例の統計、五分後だ、いいな？　そうだ、ピート、わたしは本部長からランチに誘われている。これだけせっせと仕事をしたごほうびだな。運がよければ四時ごろまでは戻らないから、誰かわたしに会いたいというやつがいたら、代わりに会っといてくれ」

「わかりました。ただ、わたしも午後は裁判所です」パスコーは言った。

「ああ、リンフォードの有罪決定だな。心配いらない、あいつなら絶対に逃げられない、尼さんのパンツくらいしっかり縫いつけてある」

「はあ」パスコーは言った。「でも、ベルチェインバーがそれをちょきちょきやろうと待ち構えて……」

「ベルチャーなんぞ気にするな」ダルジールは唸った。「きみの証人、例のカーンワス青年がしっかりしていれば、あいつにはどうにもならない。土曜日にこわい目にあったからって、考えを変えたりしていないだろうな？」

「オズなら厳のごとしです」パスコーは言った。「それに、彼に直接脅しをかけることはできないんです。結婚していない、ガールフレンドもいない、両親は亡くなっている。唯一の近親者はアメリカにいる姉で、彼女はクリスマスに帰国しますが、それも水曜日です。それまでには、うまくいけばすっかりかたづいているでしょう」

「じゃあ、何をぶつくさ言ってるんだ？　ウィールディ、五分後だぞ」

巨漢は出ていった。

パスコーは巨大な尻が揺れながら消えていくのを見送って言った。「ラスティ・バム氏になくてはならない存在になったな、ウィールディ。致命的ミスかもしれないぞ」

「いや、わたしはこう見ているんだ。もし署が火事になって、アンディが一人しか助け出せないとしたら、その肩に担がれて排水管づたいに降りていくのはわたしさ。火事といえば……」

彼はパスコーの目の前のデスクに置いてある手紙を意味ありげに見た。

「きみもぼくが過剰に反応していると思うのか？」

「フラニー・ルートのなにかがひどくきみの気にさわっているんだと思う。それに、彼はそれを承知していて、きみをがたつかせて喜んでいるんだとも思うね」

「じゃ、あいつはこんな告白で……まあ、告白めいたもので、ぼくを挑発しようとしていると思う？」パスコーは希望を持って言った。

「かもしれない。でも、まさにそれだけだよ、挑発。フラニーに関して一つ確実なのは、絶対に自分を危険に追い込まないってことだ」

「じゃあ、きみの助言は……？」

「忘れろ、ピート。あいつならじきに飽きて、新しい友達を操るほうに集中するようになるさ」

「そのとおりかもな」パスコーは陰気に言った。

ウィールドは友達をじっと観察してから言った。「ほかにもなにかあるな？」

「いや。ああ、うん。ばかなことなんだ……なあ、ウィールディ、こんな話をしても、アンディには一言も漏らさないでいてくれるか？」

「ガールスカウトの名誉にかけて」ウィールドは少女っぽく言った。

パスコーはにやりとした。今ではパートナーのエドウィン・ディッグウィードと公然と同棲しているものの、仕事の場では、ウィールドは長年ゲイであることを隠してきた仮面をめったにはずさなかった。だから、彼がこうしてわざとホモっぽいところをちらと見せたことは、聖書や母親の墓にかけて誓った公正証書一ダースよりも力強く、パスコーを安心させてくれた。

彼は言った。「手紙の中で、ルートが立ち上がってサム・ジョンソンの論文を読む、というところがあったのをおぼえているだろう？ 彼が時計を見ると、土曜日の朝九時で、それから目を落とすと……ああ、ここだ……〝あなたでした、ミスター・パスコー。あなたがまっすぐにぼくを見ていたんです〟」

彼は便箋から目を上げ、ウィールドを見た。その目には嘆願の色があまりありありと見えたので、部長刑事は彼の腕に触れ、急いで言った。「ピート、これはきみをひっかけようとしているだけだ。ドイツ人のいう、ドッペルゲンガーというやつさ、きっとチャーリー・ペンから教わったんだろう。子供をこわがらせるような……」

「うん、わかってるよ、ウィールディ。ところがね、このまえの土曜日、ぼくは音楽の稽古に行くロージーをセント・マーガレット・ストリートまで送っていった。教会の前に駐車して帰りを待っていたんだ。そのとき、彼を見た」

「音楽の先生？」

「違うよ、ばかだな！　ルートさ。墓地に立って、まっすぐぼくを見ていた。聖マーガレット教会の時計が九時を打ち始めた。鐘が二つ鳴るあいだ、ぼくは彼を見たんだ。それから、ぼくは車を降りようとした。ようやく外に出たときには、もう彼は消えていた。だけど、確かに見たんだ、ウィールディ。彼の言うとおり、九時に。ぼくはフラニー・ルートを見た！」

思ったより劇的な言い方になってしまった。〝見たと思った〟でも〝見たように想像した〟でもなく、〝見た！〟と簡単明瞭に断言してしまった。彼はいらいらとウィールドの反応を待った。

電話が鳴った。

ウィールドが取り、「はい？」と答え、しばらく話を聞いてから言った。「オーケー、〈タークス〉だな。だが、あと一時間はだめだ」それから受話器を置いた。彼はひとしきり考えにふけっていたから、パスコーは言った。「どうした？」

「え？　ああ、ちょっとした知り合いだ、べつになんでもない」

ふつうなら、こういう曖昧な表現にパスコーは好奇心をそそられるのだが、今日は苛立ちが募っただけだった。

「ルートの話だ」彼は言った。

「ルート？　ああ、そうか。きみは彼を見たと思ったが、彼はケンブリッジにいた。最近、目の検査を受けたか、ピート？　や、そろそろ行く時間だ、アンディがダンに話すことをちゃんと理解しているよう、教え込まなきゃならないからな。ベルチェインバーのほうは幸運を祈るよ。じゃ、あとで」

「どうもありがとう」パスコーは空っぽの空間に向かって言った。「ありもしないものを見るのも悪いが、同時に自分が透明人間に変身して、無視されきってるってのは、もっと悪いな」

それから、まだ笑うことができるとわかって、彼はほっとした。

第4部　新婚夫婦

I

これはハット・ボウラーの人生で、ぶっちぎり、最高の週末だった。二年ほど前の冬、イソヒヨドリがいると聞きつけ、隠れ場所で長時間過ごしたのに鳥は現われず、がっかりして戻ってくると、それがなんと彼のMGのボンネットにとまっていて、しかも、カメラを向けていいショットを三枚撮るまでとどまっていてくれたことがあった。あの週末だってくらべものにならなかった。

セックスだけではない。何をするにしても、二人のあいだに完全な一体感があった。土曜日は完璧な一日だった。

ところが夕食の席で、彼女は皿を押しやって言った。「いやだ、また頭痛だわ」最初、彼は冗談だと思って笑ったが、それからそうでないと気づいて、利己的な失望をずきりと感じた。だが、彼女の顔から血の気が引くのを見ると、失望はすぐに心配に取って代わった。彼女はなんでもないと言って彼を安心させ、薬を飲むと、自室に引っ込むかわりに、すすんで彼のベッドに入り、信頼して一晩中その腕に抱かれて横たわっていたから、これこそセックス以上に力強く愛を確認するものだと彼には思えた。朝になると、しだいに頬に色が戻り、昼食時には彼女はいつものように活発で楽しげな様子になっていた。そしてその晩……尽きせぬ歓喜というものがあるなら、それはその晩の二人のベッドに広がる無辺の宇宙の中にあった。

月曜日の朝、二人は遅くまで部屋を離れず、チェックアウトの時間が来てようやく出ると、車でゆっくり中部ヨークシャーへ戻った。乗っていたのはライのフィエスタだったが——ハットのMGは救出任務遂行の際に負った傷から回復するのに、オーナーよりも長くかかっていた——のろのろ運転なのは車にパワーが欠けるせいではなく、ドライバーにスピードを出す気がないせいだった。歓喜というのは繊細な布でできている、と二人は経験から知っていた。一方、人生はそのみすぼらしい袖の中に切り札を千も隠し持っているから、哀れにも人間は騙されて、いい気持ちで勝利金を掻き入れているあいだにも、破産が待ち構えているのだ。こうして移動している最中はタイムアウトだった。車の中に、かれらはあのホテルの部屋にあった喜ばしい確かさをすべて持ち込んでいたが、この先に何があるかは確かとはいえなかった。ハットの潜在意識のどこかから——そんなものの存在を今までは察知したこともなかったが——ゴシックな幻想がふいに現われた。もし二人が今、狭い山道を走っていて、片側は切り立った岩の壁、反対側は崖っぷちなら、横からステアリングをつかんで崖を飛び出し、いっしょに死んでしまうのがいいかもしれない。さいわいなことに、サンザシの垣根とカブ畑にそれほどの誘引力はなく、妄想に抵抗するのは簡単だったから、彼はそれを胸にとどめておくことにした。何を思ってそう悲観的になっているのだろう？　自分といっしょにいて彼は安全だと、ライは約束してくれたのではなかったか？　彼自身、彼女の安全を守るためには全力を尽くすつもりだった。

ハットは衝動的に身を乗り出し、彼女にキスした。車はあやうくカブ畑に突っ込みそうになった。

「ちょっと」彼女は言った。「警察ではもう交通安全教育をやらなくなったの？」

「やるよ。でも特別免除を受けるやつもいるんだ」

彼女は手を伸ばし、彼の大事なところに触れた。

「で、これが特別免除なの？　待って」

カブ畑が終わり、隣は羊がたくさんいる草原で、そのあいだに轍の跡のついた、草深い小道があった。ライはステアリングを切り、車はでこぼこの小道を二十ヤードほど行ってから、がたんと止まった。

「それじゃ」彼女は言い、シートベルトをはずした。「交通安全のレッスンといきましょう」

その後の道すがら、彼の心は歌う鳥の巣のようで、その声にまぎれて将来の不調和な可能性は一つも耳に届かなかった。世界は完璧で、目の前にはその完璧さを探検する未来が永遠にひらけているばかりだった。

だが、それだけ確信を持てても、旅行が終わり、車がライの住むペッグ・レーンに曲がり込むと、彼は残念に思った。車という繭《まゆ》の中にいると、世界の夜明けのアダムとイヴのように二人きりだと感じられたからだ。だが、神は二人にほほえんでくれたらしい。チャーチ・ヴューのまん前に駐車スペースが見つかったのだ。ここは大きなタウンハウスを改造した建物で、その中にライのフラットがあるのだった。

ハットはライに続いて階段を上がり、彼女がドアに鍵を差し込んだとき、彼女を抱き上げて敷居をまたごうと言ったら、みっともないだろうかと考えた。そんなことはない、だいいち、誰が気にする？　そう決めて、スーツケースを下ろし、一歩踏み出したとき、ドアがぱっとあいた。

彼女の肩がふいにこわばった。その肩越しにハットが目をやると、フラットは泥棒に荒らされていた。

フラットの中はめちゃくちゃだった。必死の捜索で戸棚や引出しから物が取り出され、あちこちに投げ出されたようだが、彼が見たところでは、壊れているのは寝室にある中国の壺だけだった。棚から落ちて、残骸はすぐ下に転がっていた。立ったまま見下ろしていたハットは、そういえばライの寝室に入ったのはこれが最初だと気づいた。だが、これが最後にはならない、と彼はひそかににんまりした。

そのとき、彼女の顔が目に入り、そんな自己満足は消え去った。

彼女は壊れた壺の破片を見つめていた。その顔は壺のまわりに散った細かい白い粉と同じくらい青ざめていた。

「あ、くそ」ハットは言った。

壺に何が入っていたのか、彼には見当がついた。十五歳のとき、ライの双子の兄サージアスは交通事故で死に、同乗していた彼女は頭に怪我をして、治ったときにはその濃い茶色の髪にくっきりと銀の筋が残ったのだった。兄が生きていたあいだ、双子が親しかったことは知っていたが、サージアスが死後もここまで親しい存在だったとは、今までハットは知らなかった。

兄の遺灰の前でライと寝ることに対して自分がどう感じるか、彼にはわからなかった。もっとも、近い将来にその点を試される可能性はあまりなさそうだった。彼は慰めようとライの肩に腕をまわそうとしたが、彼女は一言もなくその腕から抜け出ると、居間に戻ってしまった。

恋人として接することに効果がなかったので、彼は警官らしくしようと決め、必要以上にあちこち触れるなと言ったが、彼女は聞く様子もなく、居間から台所へと動き、引出しや箱、私的な隠し場所などを調べてまわった。

「何を盗られた？」彼は訊いた。

「なんにも」彼女は言った。「見たかぎりじゃね。なんにも盗られていない」

それでも、うれしそうではなかった。考えてみると、彼もそう聞いてうれしくはならなかった。

彼はどこかに見落としはないかと、あたりを見まわした。ふつう真っ先に狙われるテレビやハイファイ機器を彼女は持っていなかった。本はたくさんあって、元どおり棚に戻さないうちはチェックできないが、盗まれそうなものとは思えなかった。彼は居間に戻った。彼女はあの遺灰をいったいどうするつもりだろう？ 引出しからぶちまけられた衣類が灰の上に散らばっていた。ああいうものが下着についていてほしくはないよな、と彼は思った。そんな野卑な考え方は、無残なものばかり目にして頭と体が麻痺しそうになるのを防ぐために、警察官が障壁として使うものだった。

ベッドのわきのテーブルにラップトップが開かれて置いてあった。これがなくなっていないのは不思議だった。高価な機種だし、簡単に持ち運べる。見ると、スタンドバイ・モードになっていた。

「いつもコンピューターをつけっぱなしにしておくの？」

彼は大声で尋ねた。

「いいえ。ええ。たまにね」彼女は居間から答えた。

「で、今回は？」

「おぼえていないわ」

彼はキーボードに無作為に指を走らせ、待った。しばらくすると、機械はメッセージを理解して、目覚め始めた。

スクリーンが鮮明になった。言葉が書いてあった。

〈バイバイ、ローレライ〉

それから、消えた。

振り向くと、ライが部屋に入ってきていた。手に電源コードを持っている。たった今、壁のソケットから引き抜いたのだった。

「どうしてそんなことをしたの？」彼は訊いた。

「だって」彼女は言った。「刑事さんに来てほしいなら、九九九をダイアルするわ」

「それで、九九九をダイアルするつもり？」

彼女は頭の片側をこすった。濃い茶色の髪に銀の筋が輝いている側だった。

「意味がある？」彼女は言った。「あなたたち、もっとめちゃくちゃにしてくれるだけだわ。自分でかたづけて、前よりいい錠前をつければ、それでおしまい」

「きみが決めることだ」彼は言った。押しつけがましくしたくはなかった。「でも、決める前に、まったくなにもなくなっていないのを確かめたほうがいいよ。保険会社は警察の報告書を見なきゃ、クレームを受けてくれないからね」

「言ったでしょ、なにもなくなっちゃいないわ！」彼女は嚙みつくように言った。

「わかった、わかったよ。じゃ、かたづけよう。それとも、まず一杯飲みたい？」

「いいえ」彼女は言った。「いいえ。ね、わたしが自分でかたづけるわ。そのほうがいいの」

「よし、じゃあ、ぼくはコーヒーを……」

「よしてよ、ハット！」彼女は叫んだ。また手を頭に当てていた。「ついこのあいだまで、気を遣いすぎて誘いをかけることすらできなかった、あのハットはどうしちゃったの？　じゃ、はっきり言うわ。わたし、手出しされたくないの、ハット。頭痛がするの、ハット。一人になりたいの、ハット」

もちろん一人になりたいに決まっている。彼は粉々になった壺のほうは見るまいとした。

彼はうなずき、明るく言った。「了解。それじゃ、あとで電話するよ」

「わかったわ」彼女は言った。

彼はドアまで行き、立ったまま錠前を見下ろして言った。「すばらしい週末をありがとう。人生で最高のときだった」

彼女は言った。「わたしもよ。ほんと。すばらしかった」

彼は振り返って彼女を見た。彼女はなんとか微笑したが、顔は青ざめ、目はおちくぼんで隈ができていた。

彼はまた中に入りたくなったが、自分を戒め、抑えた。

「あとで」彼は言った。「あとで話そう」

そして、出ていった。


ウィールド部長刑事は〈タークス〉に近づいていった。彼の明晰で秩序ある頭は、人生のさまざまな領域を水も通さぬ小部屋に別々に隔離しておくのに長いこと慣れていたから、今、自分が何をしているのか、はっきりさせるのに問題はなかった。

彼は中部ヨークシャー警察の警察官で、勤務中、これから十九歳の売春少年《レント・ボーイ》に会いにいくところだ。相手は警察の関心を惹く情報を持っているかもしれない。

彼が一人なのは、このレント・ボーイは登録済み情報提供者ではなく（もしそうなら、どんな会合にも警察官二人の出席が要求される）、たんに一般市民であって、ウィールドだけに話がしたいと言ったからだ。

ここまでは、ごく正常だ。唯一異常なのは、彼がわざわざ自分にこれだけを思い出させなければならないことだった！

そのとき、カフェの窓の汚れたガラス越しに、リーが土曜日の夜と同じテーブルに着いている姿が見えた。学校をさぼった子供みたいに見える。そこで彼は歩調を崩し、また自分に念を押した。

彼が挨拶すると、トルコ人の店主はいつものように喉の奥で唸るような声で挨拶を返し、彼にコーヒーを注いだ。リーの顔はウィールドが入ってきたのを認めた喜びか安堵で明るくなったのだが、部長刑事が席に着いたころには、いつもの抜け目ない、疑念の表情に戻っていた。

「どうだい？」ウィールドは言った。

「元気だよ。どうやら、あのサンドイッチにあたらずにすんだな？」

「みたいだな」

それから沈黙があった。こういうとき、ウィールドは沈黙に加え、意図の読み取れないこわい顔を見せて、状況を自分の得になるようにもっていくこともあるのだが、今日は違った。最終的にどういう点に達するにせよ、おしゃべりをしながらそこへ行く必要があると判断した。あるいは、たんに自分がおしゃべりしたかっただけかもしれない。

彼は言った。「ルバンスキーといったな。どこの名前だ？」

「おふくろの名前さ。ポーランド人だった」

「だった？」

「死んだんだ。おれが六歳のとき」

「気の毒にな」

「そうかい？　どうしてさ？」懐疑を攻撃的にあらわした口調だった。

ウィールドは優しく言った。「どんな年齢でも、おふくろを亡くすのはつらいし、六歳というのはたいていの年齢よりなお悪い。そのことの意味がわかる程度の年でいて、どうやって切り抜けていくかがわかるほどの年ではないからな。その後はどうしたんだ？」

訊く必要はなかった。フラニー・ルートを追うパスコーと同様、彼もその朝、すこし調べたのだ。リー・ルバンスキーには少年犯罪の前科があった。重大なものではない。万引き、シンナー遊び、児童収容施設から逃亡。売春活動についてはなにも出てこなかった。幸運だったか、利口だったか、保護されていたのだろう。少年が初めて施設に入ったとき、良心的なソーシャルワーカーが家族の歴史を簡単にまとめていた。祖父はポーランド人の造船工で、連合運動の活動家だった。やもめで肺が悪く、十五歳の娘を抱えていたルバンスキーは、一九八一年にヤルゼルスキーがワレサとその支持者を追い詰めたとき、刑務所に入れられては生きて出てこられないと思い、また親の束縛がなくなれば娘がどうなるかわからないと心配して、なんとか出国し、船はハル（東ヨークシャーの港町）に着いた。連合王国の官憲が故郷と大幅に違うとは思えなかったから、彼は入国管理の網をすり抜け、ヨークシャーの都市部の濁り水のような社会に入ったが、そこにはポーランドで彼が逃れたものと同じものが待ち受けているだけだとわかった。数ヵ月、あやうい生活を続けたあげく、彼は結核の治療を受けなかったために死んだ。遺された娘は妊娠中で、英語はごく基礎的知識があるだけ、生活の資を稼ぐには売春しかなく、リーがこの厳しい世界に滑り出てきたとき、それが母親の職業だった。

　若い母親はある程度水面に浮上していたので、息子の誕生を正式に登録し、自分は世話焼き国家が提供する最低限の社会保障手当を受け取ることができたが、それから父親ゆずりの官憲を恐れる気持ちに負け、また消えてしまった。リーが学齢に達すると、法律の手が伸びてきたが、不法入国者と決めつけられる前に、彼女は父親と同じ病気にやられ、結局、あとは誰が棺代を払うかという議論しかできなかった。

　息子も予想どおり結核患者だったが、幸運にも早期で、治療することができた。ソーシャルワーカーはその報告書で、この子は母親が避妊せずに客と接触したためにできたのだと推定していたが、その点に関してだけ、リーの断片的な話はウィールドが読んだものと違っていた。

「おふくろは結婚することになっていたんだけど、しなかった。まだ十五歳だったからさ。それで、十六になるまで待たなきゃならなくて、そのうち、おれの親父とのあいだになにかがあったらしくてさ……」

どこかのろくでなしが、ただで寝るために彼女に嘘をついたのか？ それとも、自分はガレージの壁際でやる五ポンドのセックスの産物だと思いながら成長しなくていいようにと、彼女が息子に嘘をついたのか？

何であれ、それは少年にとって、明らかに大事なことだった。いや、少年ではない、青年だ。十九歳の売春夫。役に立つ情報があるといって、彼をここまで引っ張り出した青年だった。

ウィールドは打ち明け話の糸を切ろうと、背筋を伸ばし、時計に目をやった。

「さてと、リー」彼は言った。「わたしは仕事がある。会いたいと言ってきた用事は何なんだ？」

リーはふと傷ついた表情を見せたが、それから抜け目ない訳知り顔になった。

「もうじきあるはずの強奪事件《ハイスト》のことを聞きたいんじゃないかと思ってさ」彼はつとめてさりげなく言った。

「強奪事件《ハイスト》？」ウィールドはこんなハリウッド調の言葉が遣われたのを聞いて、微笑を押し隠した。

「そうだよ。興味ある？」

「もうちょっと教えてもらわないうちはわからないな」ウィールドは言った。「たとえば、何を強奪する？ どこで？ いつ？」

「金曜日。警備会社のヴァン」

「よし。どのヴァンか、決まっているのか？」

「なんだって？」

「気がついていないかもしれないがね、この町の道路は、ラッシュアワーだと警備会社のヴァンだらけになるといっていい」

「ああ、うん、プリーシディアムのヴァンだ」

ややましになった。プリーシディアムは中部ヨークシャーの比較的新しい警備会社だった。警備という成長産業界で、この会社は攻撃的なマーケティングで頭角を現わしてきていた。

ウィールドは積荷の内容、時間、場所について突っ込んで質問したが、リーは肩をすくめただけで、情報源については、確実なことは保証つきだ、と言って、例の訳知り顔を倍もひらめかせたのが唯一の反応だった。

「オーケー、リー」ウィールドは言った。「たいした内容はないが、上司には知らせるよ。ところで、うちのボスは結果を見て支払う主義だ」

「支払う？　なんの話だ？」若者は怒って言った。

「これだけ手間をかけたんだから、なにか見返りを期待しているだろう？」

「手間でなんかない、あんたがゆうべしてくれたことのお返しだよ。お礼なら金を払ったほうがよかったかな？　それとも、なんか別のもの？」

含みは明らかだが、怒りは本物のようだった。

ウィールドは言った。「すまない。誤解していた。こういう仕事をしていると、つい……まあ、その、ただで手に入るものはめったにないから。すまなかった」

「ああ、うん、いいんだ」リーは言った。「それじゃ、よしと。で、きみをつかまえるにはどうすればいい？」

「どうしておれをつかまえたくなる？」

「なにか出てくるかもしれないから。その……強奪事件《ハイスト》のことで」

リーはすこし考えてから言った。「なんかあったら、こっちから連絡するよ、心配すんなって」

ウィールドは言った。「わかった、それでいい」必要になればいつでも、リーに関する情報は手に入ると疑わなかったからだ。「もう行かなきゃだめだ。ありがとう。元気でな」

今回は、窓のそばを通ったとき、カフェの中に目をやらなかった。またあの子の弱さを垣間見る危険を冒したくなかった。今のところ、大事なのはこの情報だけだった。これだけでは漠然としすぎていて、たいして役に立たない。だから、やれと命じられる前に、やれることはやっておこうと決めた。

バイクに乗り、プリーシディアム警備会社のある産業団地へ向かった。

プリーシディアムのボス、モリス・ベリーは肉づきのいい体格で、てのひらは汗ばんでいた。この話を聞いても平然として、金曜日の勤務予定表をコンピューターのスクリーンに出すと、さっと調べてから意見を述べた——その内報が本当なら、相手はことのほか野心のない強盗団に違いない。襲われる危険のある唯一の仕事は、田舎を巡回する賃金配達だけだ。これは田舎に点在するさまざまな小企業に給料袋を届ける仕事で、確かにクリスマスのボーナスが加わっているから、最初に積み込むぶんはいつもより大きな額だが、それでも数十万どころか、せいぜい数万ポンド程度だし、もちろん、一軒配達するごとに額は減っていく。ウィールドは自分でも確かめてみて、その結論に同意するほかなかった。すくなくとも、襲われそうな時間をせばめることはできた。長く待てば待つほど手に入る額が減ることを強盗団は知っているに違いないのだから。ベリーは笑って、どうして悪人どもにそんな知恵があると思うのか、と訊いた。彼の会社の最新鋭のヴァンを襲おうと考えるとは、よほど愚かな連中だ。ヴァンにはどれも最新式追跡装置をつけてあるから、つねに各車の正確な位置がわかる。

ベリーはこれを実際にやってみせた。コンピューター上のヨークシャーの地図のさまざまな位置にヴァンの形のアイコンがちかちかしている。その一つに彼はズームインした。

「ほらね。三号車はA一〇七九号線上にいて、〈狐と雌鶏〉亭に近づいている。もしあの野郎があそこで止まったら、首だ！」

あの野郎は、本人にとってさいわいなことに、そのまま走り過ぎた。ウィールドはこのシステムにすっかり感心し、リーの情報にさらに疑念を抱いた。時計に目をやった。おやおや、もう二時だ。ビールとパイで昼飯にしよう。今ごろならもう、〈黒牡牛〉亭に犯罪捜査部の人間はいないはずだった。

ピーター・パスコーは緊張していた。最初はエリーに、次は巨漢に向かって、リンフォード事件なら問題ないと請け合ったものの、まだ不安があった。その不安の中心にマーカス・ベルチェインバーがいた。彼はヨークシャーの第一級の法律事務所と一般に見なされているシーシュヴァッシュ・バイコーン・アンド・ベルチェインバーの弁護士だった。

誰もが認める事実はこうだった。もし優しい祖母から五歳のときにトフィーを食べさせられたために三十歳で膵臓を悪くしたから祖母を告訴したい、あるいは、配偶者と別れたいが配偶者の財産は手離したくない、というなら、ゾーイ・シーシュヴァッシュに依頼する。もし、いざというとき周囲の人間は損をし、それをこちらのせいにするが、こちらは自分の金を失わずにすむような商業契約書を作成したいなら、ビリー・バイコーンに依頼する。しかし、もしたんに刑務所に入らずにすませたい、というなら、迎えるのはマーカス・ベルチェインバーだった。

彼はもちろんヨークシャー社交界に光彩を添え、信頼できる立派な人士としての魅力を発散していた。ちょっとした知識人であり、ことにローマ時代のブリテンの分野では、専門家に近い地位を確保している。派手なところを見せつける唯一の例にしても、彼は知的ジョークを使った。愛車レクサスにつけたナンバープレートはJUS10だが、これは数字の10を文字のIOと読めば、ラテン語でJus io、訳せば〝ほら、法律だ！〟という心なのだ。

ダルジールには夢があった。「いつかあの野郎は策におぼれる。そうしたらおれはそのきんたまを朝飯に食ってやる」

しかし、巨漢の同僚パスコーは内心で、そんな珍味がメニューに載る可能性はほとんどないと思っていた。黄金のリンゴをあれほど簡単にただで集められる人間が、どうしてクライアントに手を貸していっしょに木を揺さぶる危険など冒すだろう？

そして今日、ベルチェインバーは被告リアム・リンフォードの弁護に出廷する予定だった。

パスコーはこの事件にほとんど初めから関わっていた。あれは十一月のある日の夜遅くだった。二十六歳のタクシー運転手ジョン・ロングストリートは十九歳の妻トレイシー・ロングストリートとハネムーンから帰ってきたところだった。自宅はディープデール団地内にあるスカー・クレズントのフラットだ。フラットのすぐ前の道路際には車がぎっしり並んでいたので、彼は反対側に駐車した。彼が車からスーツケースをおろしていると、新妻は早く新居に入りたくて道路を渡り始めたが、途中で足を止め、振り返って、ハネムーンで力が尽きて、手伝いが必要なのじゃないかと夫に訊いた。

どのくらい力が尽きたのか、すぐに見せてやるよ、と彼が言い返そうとしたとき、車が猛スピードで角を曲がって入ってきて、彼の妻を十フィート上空、三十フィート先へはねとばしたから、彼女はブレーキをかけた車のフロントガラスの上に墜落し、ボンネットを転がってタイヤの下に落ちてしまった。車台が低いために彼女はその下にひっかかり、そのまま道路を二百ヤード引きずられた。それから車はようやく彼女の無残な残骸をふりほどき、加速して夜の闇に消えてしまった。

パスコーが初めてジョン・ロングストリートに会ったのは、四十五分後、市立病院の中だった。担当の医師から、彼は深刻なショック状態だから、話をしても無駄だと忠告された。実際、その忠告を無視してパスコーが隣にすわったとき、ロングストリートがなんとか口から出せる筋の通った言葉といえば「黒い髑髏」だけで、彼はそれを何度となく繰り返すのだった。

しかし、パスコーにはそれで充分だった。ほかに一人、ごく遠くに独立した目撃者がいて、「黄色いスポーツ・タイプ、むちゃくちゃなスピードで走っていた」という意味のことを言ったので、それとこれとを合わせ、彼はウォルター・リンフォードの大邸宅へと向かった。

ウォリー・リンフォードは実業家で、表向きは景気のいい八〇年代に旅行会社で財産を築いたとされているが、犯罪捜査部内部では、立証できる一歩手前とはいえ、彼の本職は犯罪への融資だと知られていた。もちろん、直接金を出すのではない。計画の吟味、申し出の査定、条件の合意、そのすべてが本人から離れたところでなされるのだ。しかも、彼が承認したということは決して書きとめられない、いや、たいていは口にさえされず、軽く一回うなずけば終わりだ。たとえまずいことになっても、ウォリーは影響を受けず、投資の実りを享受する一方で、周辺社会からは立派な人物と尊敬を浴びる。一般市民から見れば、彼は公平な雇用者であり、慈善団体に寄付を惜しまない支援者であり、愛情深い父親だった。

すくなくとも、この最後の点は真実だった。彼には跡継ぎの一人息子がいる。どうやら跡継ぎを得ることだけが彼の望みだったらしい。ふつう、初めて母親になった女は新しい責任からプレッシャーを感じるあまり、セックスに気が進まなくなるものだが、リアムの誕生後、夫婦の寝室から出ていったのはウォリーのほうだった。妻は物静かではにかみがちな若い女で、そんな状態に不平を持つでもなく、なにも言わなかった。ところが五年ほどたって、八〇年代の中部ヨークシャーの町々にのさばってきたフェミニズムのにおいをかなり遅ればせながら嗅ぎつけた彼女が、ある晩、自分の権利を申請しようと夫の部屋に行くと、勤め口はもう埋まっているとわかった。埋めていたのは筋肉質の若い男だった。

離婚調停で、子供の保護権の問題になると、一般に判事は母親に有利な判断をくだす傾向がある。リンフォード夫妻のようなケースでは、それは傾向どころか、ほとんど不可避なことといっていい。

ところが、ウォリーはシーシュヴァッシュ・バイコーン・アンド・ベルチェインバーに頼った。かれらは不可避なことを避けるのが専門だ。それで、リアムは父親一人の保護のもとで成長したのだった。

しかし、息子はちっとも父親が願ったような人物にはならなかった。

無遠慮、不良、粗野。彼は一般市民から、いやそれどころか誰からも、尊敬を勝ち得ようとはしなかった。父親の富をできるだけ食いつぶし、他人の権利や幸福をまったく無視して個人的快楽を追求することが自分の義務だと見なしているようだった。しかも、父親はそんな欠点が目に入らないらしく、息子の考えが間違っていると教えることはなかった。六カ月前、十八歳の誕生日のプレゼントはカナリアのような黄色のランボルギーニ・ディアブロだった。このときまでに、彼はすでにスピード違反で運転免許証に罰点九点をつけられていた。実際、ウォリーが町の有力者であり、何人もの裁判官と親しくしているという事実がなければ、リアムはずっと前に免許を取り消されていただろう、とささやかれていた。

まあ、それはかれらの良心にまかせよう、とパスコーはまっすぐリンフォードの邸宅へ向かいながら思った。彼にとってもっと興味があるのは、リアムが車の美しさを増そうと考え、にやにや笑いを浮かべた黒い髑髏をボンネットにステンシルで描かせていたという事実だった。

リンフォードの家のドライブウェイには車が一台とまっていたが、ポルシェで、ランボルギーニではなかった。ウォリー・リンフォード自身が玄関に現われ、礼儀正しく彼を迎え入れた。リアムは居間にいて、友達のダンカン・ロビンソンと酒を飲んでいた。ロボというあだ名のこの男も、金だけあってほかにはなにもないという両親の息子だった。

パスコーはランボルギーニのことを尋ねた。ああ、車ね、とリアムは答えた。彼はその晩、運転して〈トランパス・クラブ〉へ行き、友人たちに会ってダンスをし、酒を飲んだ。たいした量ではなかったが、帰ろうとして立ち上がったとき、運転の限界量を超したかもしれないと気づいたので、よい市民らしく、親友ロボの車に乗せてもらって帰宅した。調べてくれればいい、ディアブロはまだ〈トランパス〉の駐車場にあるはずだ。

パスコーは電話をかけた。かれらはすわって待った。返事が来た。車はそこになかった。

なんだって！　たいへんだ！　盗まれたんだ、とリアムは宣言した。

それならわたしは五月祭の女王だ（嘘もいいかげんにしろ）、とパスコーは言って、彼を逮捕した。検査すると、彼は酒とコカインを摂取していた。これで車が事故車と確認されれば、彼は長い長いあいだ服役することになる。

ところが、そう簡単にはいかなかった。ロボは熱心にリアムの話はそのとおりだと言ったし、クラブでは、二人がいっしょに出ていく前に、一人が車に乗せてやろうと申し出て、もう一人がそれを受けるやりとりがあったのを聞いたと記憶している人が何人かいた。ディアブロは八十マイル近くも離れた場所で見つかり、すっかり焼けていたが、それでも鑑識は血痕を採取し、それが死んだ若い女の血液と同じだと証明した。だから事故を起こしたのはこの車に間違いなかったが、距離がリアムの話をさらに支持した。彼がそれだけの距離を運転し、車に火をつけたうえ、パスコーが来て彼を逮捕した時間までに家に戻るのは不可能だった。起訴して有罪に持ち込むのは無理だと、公訴局は断固として首を振った。

そのとき、証人が名乗りをあげた。オズ・カーンワスという地元の大学生で、ときどき〈トランパス〉でバーテンとして働いて稼いでいるのだった。彼は裏口の外にある車輪つきの大きなごみ容器にごみを捨てに出たとき、リアムとその友人が駐車場を横切り、それぞれ自分の車に乗り込んで、別々に出ていくのを見た。彼は初めは黙っていた。かかり合いになるのがいやだったし、彼の助けがなくてもリアムは当然の報いを受けるだろうと思ったからだ。だが、リアムがまたクラブに現われて、家に戻った、自由の身だと自慢すると、これがカーンワスにはひっかかり、彼は警察に出頭したのだった。

それまで、ロボは自分の話を変えていなかった。もしリアムが有罪になれば、裁判の経過を狂わせようとした罪でおまえもいっしょにぶち込まれるまで、警察は追及の手をゆるめないとパスコーに言われると、さすがに不安そうだったが、もし正直に話してしまったらウォリー・リンフォードに何をされるか、そちらのほうにもっとおびえているのは明らかだった。加えて、シーシュヴァッシュ・バイコーン・アンド・ベルチェインバー弁護士事務所が弁護に雇われたのを見て、これならリアムが有罪になることはあるまいと、彼はさぞほっとしたに違いなかった。だが、ウォリーが法律上のことに全面的信頼を置いて満足しているとは思えなかったので、パスコーは法廷での拘置手続で証言が記録されるまで、保護のためカーンワスをしっかり見張っているよう、命令を出しておいた。これまでのところ、脅迫らしきものといえば、住所を勘違いした葬儀屋が現われたことだけだった。しかし……

　裁判所の建物の正面入口からマーカス・ベルチェインバーが入ってくるのを見ると、もうじき行動開始だと、パスコーはほっとした。そのとき、ベルチェインバーが一人なのに気づいた。リアムの姿はない。ウォリーもいない。

　くそ、裁判はない！

「ミスター・パスコー、申し訳ありませんが、今日はあなたもわたしも時間の無駄になってしまったようです。若いミスター・リンフォードは病気で出廷できません。たぶん、ロンドンで大流行している新しいインフルエンザ《フルー》・ウイルスの前衛部隊にやられたんじゃないですかね。カンフルーと呼ばれている。カンフーにかけた駄じゃれでしょう。とりついた相手を倒し、無力にしてしまうというのでね。もちろん、必要な医療証明書はあります。失礼、裁判官に通知してこないと」

　ベルチェインバーは詫びるように微笑した。洗練され、教養のある法律の保護者が二人、慇懃に挨拶を交わし合う。どちらも正義の追求という大事な仕事に就いている。

　それでも、裁判所を離れていくパスコーは、バイユー壁掛け（フランスのバイユーにある壁掛けで、ウィリアム征服王の生涯を絵巻物ふうに刺繍してある）よりもしっかり刺し子にされて身動きがとれなくなった気分だった。

W

太っちょアンディは警察本部長とランチ、パスコーはマーカス・ベルチェインバーと死闘の最中だから、〈黒牡牛〉亭はほとんど空っぽだろうとウィールドは予想した。上司の留守をいいことにいつまでもぶらぶらしている下っ端がいても、署内でいちばんこわい顔が一にらみすれば、みんなあわててデスクに駆け戻る。

しかし、彼がバーに入ったとき目にした刑事二人は、まったくあわてる様子を見せなかった。

ハット・ボウラーとシャーリー・ノヴェロが熱心に話し込んでいるのだった。これにはやや驚いた。ボウラーはノヴェロを最強のライバルと見なしているというのがウィールドの印象だったからだ。もっとも、どちらも勤務中に負傷したばかりだったから、相憐れむ話を交換しているのかもしれない。

　彼が近づくと、二人は話をやめた。

「やあ、お帰り」彼は言った。「仕事に戻るのはいつだ？　水曜日じゃなかったか？　ちょっとずつ慣らしていこうってわけか？」

「実は、あなたにお会いできればと思っていたんです、部長刑事」ハットは言った。

「ほう？」ウィールドは言った。「じゃ、まずパイとビールを買ってこよう」

「わたしがおごります」ノヴェロは言った。

　カウンターで待ちながら彼女が見ると、ボウラーは一生懸命ウィールドに話をしていた。ガールフレンドのフラットに帰ってみたら、空き巣狙いにやられていたという話をしているのだろう。さっき、彼はウィールドをさがして入ってきたのだが、部長刑事は昼前に出ていったきりまだ戻っていないと教えると、彼は彼女を相手に話し始めたのだった。腹心の友だからと打ち明けたのではなく、ウィールドに話す前のリハーサルだろうと彼女は見当をつけていた。その話にはもっとなにかありそうだったが、今こうしてお目当ての相手が現われたのだから、きっとすっかり聞かせてもらえるだろうと彼女は思った。

テーブルに戻ると、ボウラーは弁論のクライマックスに達したところだった。

「だからね、チャーリー・ペンに違いないんです！」彼は宣言した。地球が太陽のまわりを回っているという詳細な証明の結論に達したガリレオさながらの熱がこもっていた。

ウィールドはうんざりした様子で彼を見ていた。イタリアの真夏にまた火刑に立ち会うのはうれしくないと思っている働きすぎの宗教裁判官さながらの熱のなさだった。

「どうしてだ？」彼は言った。

「だって、ローレライというのは彼がなんだかんだやっているドイツ文学に出てくるし、彼はぼくとライを憎んでいるし、ああいう風体の人物を見たという……あ、くそ」

「おやおやおや！　なんだね？　負傷勇士会議か？　名誉《パープル》戦傷章《ハート》だらけだ！　わたしには一パイント！」

アンディ・ダルジールがバーのドアから入ってきたのだった。ハロッズ百貨店のサンタクロースも負けそうな愛想を放射しているが、ボウラーは臨界に達した原子炉を前にした科学者のように、その光からびくっとしりぞいた。

どういうわけだ？　彼はぎょっとして自問した。頭を働かせて前もって署に電話し、パスコーは裁判所に出ているし、巨漢は本部長とのランチから夕方まで戻らないだろうと聞いて、それなら〈黒牡牛〉亭で邪魔物なしにウィールドをつかまえられると思ったのに？

ボウラーが考慮に入れなかったのは、警察本部長は刑事よりさらに頭が働くからこそ何万ポンドもよけいに給料をもらっているという事実だった。ダン・トリンブルは経験から、ダルジールとの昼食はいつのまにかハイ・ティー、さらに夕食へと続いていくと知っていたので、秘書にポケベルを鳴らしてくれと頼んでおいたのだった。ベルが鳴ったのはデザートが出てきたのと同時だった。食事はすでに長々しいものになり始めていたが、早めに逃げ出せるなら、クレーム・ブリュレをあきらめるくらいはわずかな代償に思えた。彼は短い電話をかけ、心配そうな表情をつくってから、急用ができて、どうしてもすぐにオフィスに戻らなければならないと、さんざん詫びながら説明した。「きみは急ぐことはないよ、アンディ」彼は立ち上がりながら言った。「デザートを楽しんでくれたまえ。コーヒーといっしょに一杯やるといい。勘定は締めないでおくから」

トリンブルは気前のいい男で、罪の意識からそんな言葉を吐いたのだったが、いかに気前のいい男とはいっても罪の意識は繊細な花で、車に戻る前にしおれ、彼はぎょっとして自問せずにはいられなかった。「わたしは本当にあんなことを言ったのか？」

本部長がいなくなったあと、ダルジールは自分のブレッド・アンド・バター・プディングをかたづけ、本部長のクレーム・ブリュレを味見すると、コメントをつけてさらに二つ注文した。「シェフに伝えてくれ、いい味だが、男一人を満足させる量じゃないとな！」それからスティルトン・チーズをラージ・サイズのポート・ワインで流し込むと、コーヒーが冷えるのもかまわず、どのモルト・ウィスキーを選ぼうかと真剣に考えた。

それでも二時半には帰途についていた。予想よりずいぶん早い時間だった。レストランには本部長の公用車で行ったので、帰りはタクシーだった。せっかく埋まったと思っていた午後が思いがけず空いたのに、仕事場しか行く場所がないとはなさけないと思い、彼は運転手に〈黒牡牛〉亭にまわるよう命じた。

タクシー代を払うと、運転手にはチップをはずんでやり、その額を含めた領収書を受け取った。トリンブルのオフィスに送って払い戻してもらうのだ。それを見たときの（ずいぶんなクレーム・ブリュレと数杯のモルト・ウィスキーを目にとめるのと同時だといいが）本部長の顔を想像すると彼はすっかりうれしくなり、うきうきした気分の余波で、ハット・ボウラーを見つけたとき、あんなに大げさな反応を示したのだった。

「言ったろう、ウィールディ？」彼は続けた。「病院のベッドを出るなり、ガールフレンドのベッドにまっしぐら。

もう活力満々で、仕事に戻る日を待ちきれない！　わたしはそう言ったんじゃなかったか？」

「そういえるほどのことは」ウィールドは言った。かつてはダルジールに毛嫌いされていた若いボウラーが、こうして宮殿のごひいきに格上げされても——その地位を狙うおもなライバルであるノヴェロの前とはいえ——うれしそうでないのをウィールドは目にとめた。ノヴェロはダルジールの飲み物を持ってカウンターから戻っていた。ウィールドの注文をするには順番を待たなければならなかったが、陰気な店主の陽気な《ジョリー》・ジャックはダルジールの姿を目にするなり、パブロフ説の論文が書けそうな条件反射で一パイント注いだのだった。

「また例のそういえるほどうんぬんか、ウィールディ」巨漢は非難がましく言い、椅子に腰を沈めて、ノヴェロからグラスを受け取った。

　彼は暑い一日じゅう液体を口にしていなかったいにしえの地の旅人（シェリーの詩「オジマンディアス」の一節）のように、いっきに半分飲み干してから言った。「ありがとう、アイヴァー。さてと、なんの話だ？」

　ウィールドはためらった。この家宅侵入の報告にはなにかちょっとへんなところがあると、彼はすでに感づき始めていた。青年はガールフレンドと（もしウィールドがしるしを正しく読み取ったとすれば）性的にも情緒的にも大成功のホリデーを過ごしたあと、彼女を家まで送ったところ、フラットが泥棒に荒らされていた。彼は刑事なのだから、ふつうなら当然、犯罪捜査部にすぐさま徹底的に捜査させると約束したところだ。電話一本かければよかったのだから。ところが、ボウラーはそうするかわりに〈黒牡牛〉亭に現われた。さらにおかしなことに、家宅侵入発見からもう二時間くらいはたっているはずだった。

　ほかにもあれこれあり、ウィールドとしては、刑事が自分なりのペースで話を進めるあいだに全貌が見えてくるだろうから、それを待てばいいと思っていた。だが、今では状況が変わっていた。

　彼は言った。「ボウラー刑事はわたしに家宅侵入の報告をしていたところです、警視」

「おう、たいしたもんだ。仕事に就く、休む、仕事に戻る、またたくまのことだ。優秀な刑事とはそうでなくちゃな。じゃ、わたしにも話してくれ」

政治家が収賄を認めるような熱のなさで、ハットはまた話を始めた。

ダルジールはすぐに割り込み、ウィールドがまだコメントしていなかった点を取り上げた。

「で、なにも盗られていなかった。と彼女は言っている。きみは彼女を信じるか？」

「もちろんです」憤慨した声だった。「なんで嘘をついたりしますか？」

「恥ずかしいものかもしれん。バイブレーター。彼女の私生児六人の写真。警官には教えたくないもの。ドラッグ。闇で受け取って国税局には知らせるつもりのない札束。雇用者に知られたくないもの。参考図書室から解放してきた高価な書籍。理由はどうあれ、女はなんで嘘をつくか？才能があるからというだけかもしれん！　どうだ、そのとおりだと思わんかね、アイヴァー？」

シャーリー・ノヴェロは言った。「ご存じのとおり、警視は何につけてもいつも正しいとわたしは思っています」

ダルジールは懐疑的な目つきで彼女を見たが、それから顔が明るくなり、彼は爆笑した。

「ほらな、ボウラー、わたしの言うことの意味がわかったろう！　幸運にも、われわれ男には嘘を見抜く才能がある、まあ、あるはずだ。じゃ、もう一度訊くぞ。きみはガールフレンドを信じるか？」

「はい」ハットはぶすっとして答えた。

「それを言っているのはきみの頭か、それともきみのホルモンか？」

「頭です」

「けっこう。ドアを壊して押し入った形跡はないというんだな？」

「錠のまわりに小さい傷が二つほどありましたが、はっきりした形跡はなにも」

「気にするな。錠を分解すれば確実にわかる」

ハットはさらに不愉快そうになったが、巨漢の勢いは止まらなかった。

「で、彼女のコンピューターにメッセージが出ていただけだったと。よし、そこにはなんと書いてあったんだ？」

「バイバイ、ローレライ」

「ローレライ？　なんだそれは？　待てよ。ローレライってのは、なにかの映画に出てきた誰かの名前じゃ……」

「『紳士は金髪がお好き』（ハワード・ホークス監督、一九五三年製作の映画）。マリリン・モンロー」ウィールドは言った。

「競争相手はよく調べているんだな、ウィールディ？　きれいな子だった。あんな男に関わらなければよかったのにな」

　ダルジールの悪口が向けられたのが野球選手か、劇作家か、ケネディかは明らかでなく、明らかになりそうでもなかった。彼はさらに続けた。「じゃ、ここではそれにどんな意味があるんだ？　おい、ボウラー。仮説がないとは言わさんぞ。わたしがきみの年だったころは、勃起と同じ数だけ仮説があったし、バスの二階に上がろうとするたびに勃起したものだ」

　ハットは深呼吸してから言った。「ええ。ローレライというのは、ドイツのお伽話に出てくる、一種の水の精です。ライン川に大きな岩だか崖だかがあって、それもローレライというんですが、彼女はそこにすわって歌をうたう。すると、その声があまり美しいので、船に乗ってきた漁師たちは歌を聞くほうに気を取られて、岩に船をぶつけ、溺れ死んでしまう」

「昔、ドリス・デイを聞くとそんな気分になった」ダルジールは言った。「セイレーンみたいなもんだな」

「そっちはギリシャだと思いますが、警視」ウィールドは言った。

「みんないまいましいヨーロッパ連合に加盟しているだろうが？」巨漢は言った。愛想のよさは朝露のごとく消え始めていた。空想的な考えは、もっと現実的なアプローチでは実りのなさそうなとき、主任警部が持ち出してくるのは我慢するが、家宅侵入の予備報告をする刑事からそんな話を聞きたくはなかった。「すると、われわれはドイツのお伽話の世界に入ったんだな。ハッピー・エンドだといいがね、ボウラー」

ダルジールとの生活では、朝飯前に不当な仕打ちを四つは我慢しなければならない（「朝食前に不可能事を六つ信じる」はキャロル『鏡の国のアリス』の一節）と学び始めていたボウラーは、男らしく勇気を奮って話を続けた。

「調べてみたんです。どうもドイツの詩人のハイネが、このローレライに関する詩を書いて……」

「待てよ。そいつはチャーリー・ペンがいつも話しているハインツか？」ダルジールは疑わしげに言った。

「ハイネです、ええ」ハットは言った。

「さっき入ってきたとき、きみがチャーリーの名前を言うのが聞こえたと思ったんだ」ダルジールは言った。「これはわたしの思っている方向に進んでいくんじゃなかろうな？」

はっきりさせてしまったほうがいい、とウィールドは思った。

彼は言った。「はい、警視、ボウラー刑事はペンを容疑者と考えうるつながりが三つあると、わたしに話していたんです。コンピューターのメッセージが一つ、二つ目は……なんだったかな、ハット？」

「彼はライと、それにわたしを憎んでいます」ボウラーは言った。

「チャーリー・ペンは誰だって憎んでいる」ダルジールは言った。「きみたち二人がどうしてそんなに特別だ？」

「わたしたちは二人とも彼の親友ディック・ディーの死に関わっていたからです」ハットは挑戦するように言った。「彼はディーがワードマンだったと信じていないんです。それで、彼の考えはこうです。わたしはディーがライとよろしくやっているのを嫉妬して彼を殺し、それをごまかすために、われわれ二人はディーをワードマンの連続殺人事件の犯人に仕立て上げた。警察はこれで犯人を挙げたとマスコミに対して言えるから、みんなその線でいくことにした」

もうダルジールはサンタクロース・モードからすっかり抜け出ていた。

「それがチャーリー・ペンの考えだと思うのか？」彼は言

った。「あいつ、わたしにはそんなことを言っていないぞ。あいつが真相を認めるまいと、頭をケツの穴に突っ込んで歩きまわっていないところを見ればわかるだろう。ウィールディ？」

「初めはかなりおかしなことを言っていましたが」部長刑事は認めた。「その後、なんだかんだ言うのは聞いていません」

「それは、騒ぎ立ててもなんにもならないと思って、なにか行動に出るつもりだからかもしれない」ハットは言った。「たとえばきみのガールフレンドのフラットに押し入るとか？」ダルジールは言った。「なぜだ？」

「彼の説の裏づけになるものをさがしていたんでしょう。さもなきゃ、彼女がいるところに押し入って……」ハットは最後まで言わなかった。自分の恐ろしい想像の世界にほかの人たちを引き入れたくなかった。

それから、みんなの顔に懐疑の色が浮かんでいるのを見て、彼はたまらず言った。「それに、あいつは二日ほど前にあそこに来ていたんです。九十九パーセント確実です。わたしはチャーチ・ヴューで数軒、ドアをノックしてみました。それで、目撃者が二人見つかったんです。ライの両隣にいるミセス・ギルピンとミセス・ロジャーズです。二人とも、先週土曜日の朝、ライのフラットの外に見慣れぬ男がいたのを見ています。話によると、風体はまさにチャーリー・ペンにぴったりです」

これはやや誇張だった。ミセス・ギルピンはあのブロックに長く住んでいて、あそこを自分の領土と見なしているおしゃべりな女だが、彼女は確かに悪人らしい人物がうろうろしていたと言い、ちょっと誘導してやると、その描写はペンそっくりになった。だが、もうすこし年下で、ずっと物静かなミセス・ロジャーズのほうは、最初、自分は引越してきたばかりなので、人を見かけても、誰が住人で誰が訪問者かわからない、と言ったのだった。そのとき、ハットの知らないうちにミセス・ロジャーズの玄関先までついてきていたミセス・ギルピンが問題の人物を活写してみせると、ミセス・ロジャーズは自衛のためか、そう言われれば、土曜日の朝、そんな人物を見かけたような気がしないでもない、と認めた。ミセス・ギルピンの声は町の触れ役にしても恥ずかしくない大声だったから、聞きつけてライがドアから顔を出してはいけないと、こわくなったハットはそこで即座に聞き込みを終わらせたのだった。

ウィールドの顔に表情はあまり出なかったが、その言葉から、彼が苛立ってきていることがはっきりわかった。

「きみは犯罪を発見しておきながら、警察に電話して適切な捜査が行なわれるよう取り計らうのではなく、あちこちつつきまわって時間を無駄にし、現場をめちゃくちゃにして、見つけたものはおそらくすべて法廷では証拠として認められない状態にした、というんだな？」

「いえ、部長刑事。ええ、はい、まあ。でも、それほどじゃあ」

「そういえるほどうんぬんの領域に入っていきそうだな」

ダルジールは言った。「わたしはフェアな男だ、ボウラー。弁解のチャンスを与えずに人を絞首台に送るつもりはないから、きみは弁解してみてはどうだ？　そうしたらあとはわたしが決める」

「その、犯罪はないんです、警視。つまりその、犯罪はあるんですが、苦情申し立てがない。ライ、ミス・ポモーナは、警察沙汰にしたくないと言っています」

ウィールドにはこれですべて鮮明になった。恋する青年の捜査は非公式でなければならなかった。公式には捜査すべき犯罪がなかったからだ。彼は同情して話を聞いてくれる耳を求めて〈黒牡牛〉亭に来たのだった。部長刑事はハットがさがしにきた同情的な耳が自分だったことでまんざらでもない気分ではあったが、青年は自分に何を期待していたのだろうとも思った。期待などなかったのか。同情だけで充分だったのかもしれない。

ダルジールは言った。「なんだ、やれやれ、これですっかりわかった。犯罪でもないことに警察の時間を無駄にして……」

「わたしはまだ病気休暇中です、警視。ですから、無駄にしているのはわたし個人の時間です」ハットは無分別にも口をはさんだ。

「きみなんかの時間のことじゃない。そりゃ、きみの時間にろくな価値がないのは認めるがね」ダルジールはいらいらして言った。「問題はわたしの時間だ、何百万ポンドもの価値がある。それに部長刑事の時間だ、こっちもかなりの価値がある。一つ教えてくれ、ボウラー。きみはペンに罪があると口にするのをためらわない。もしきみのガールフレンドに関してなにか悪いことが見つかったら、同じくらいためらわずにわれわれに知らせてくれるかね？」

ハットは答えなかった。

「よし。じゃ、さっさと出ていけ。次にわたしがきみに会うときは、休み時間は終わっているから、情状酌量はしない」

ハットは無表情で、肩のあたりがややこわばっているのだけが感情を示していた。バーを出ていき、ドアは閉めなかった。閉めようとしたら、ばたんとやってしまいそうな気がしたからだった。

巨漢は彼の後ろ姿をにらみつけ、それからそのままの目をシャーリー・ノヴェロに向けた。

「あれを教訓にするんだな、アイヴァー」

「はい、警視。ですが、何を学ぶんですか？」

「お茶の値段だ、決まっているだろう？　で、学びついでに、きみはどう思うね？」

「恋をしているからといって、男は必ずしも愚かになるとはかぎらないと思います」

「ああ、でも、その傾向はあるだろう。きみは仕事がないのか？」

「はい、あります。警視は？」というのが、ノヴェロの頭の中の軌道を旋回している答えだったが、軌道を逸脱する速度には近づいてもいなかった。彼女は同時にいくつかのことを考えられる警察官だったから、ポモーナの双子の兄の遺灰が入った壺が壊れていたことを持ち出すべきだろうか、とも考えていた。ハットは彼女にめんめんと話をしたとき、このことに触れたのだが、彼女が眉を上げる反応を示したためか、ウィールドとダルジールに話したバージョンからははずしていた。賢明だったかもしれない。巨漢がそれを聞いて何を言い出したかと想像するだけで震えがきた。彼女自身にとって、答えるべき疑問は二つあった。このことは事件全体に関連があるか？　このことを明らかにして捜査上の利点になるか？

　今のところ、どちらの疑問に対する答えも、彼女に判断できるかぎりではノー、というものだった。

「今、出ます、警視」彼女は言って、出ていった。

「それではと、ウィールディ、きみはどう思う？」

　部長刑事は肩をすくめた。「なんでもないのかもしれません、警視」

「ああ、なんでもないのかもしれん」ダルジールは考えるように言った。「わたしはペンと話をしてみる。きみはボウラーを見張っていてくれ、いいな？　あいつのおかげで消化不良をおこしたみたいだ。もう一杯やるのがいちばんだな」

　ウィールドはヒントにこたえて立ち上がった。戻ってくると、巨漢は彼のパイを食べていた。

「本部長とのランチが食欲を損ねなかったとは、なによりです」彼は言った。

「気をつけろよ！　名前の後ろに文字の並んだ（学位がある）連中からの皮肉は受け入れる。あいつらは言わずにいられないんだ。しかし、部長刑事は顔に似合った飾り気のないしゃべり方をしなければいかん」

　これはいいきっかけのように思えたから、ウィールドはプリーシディアム強奪計画の内報が入ったことを警視に伝えた。

「ちょっと漠然としているな。名前はないのか？　時間は？　詳しいことは？」

「ありません」

「情報源は信頼できるか？」

「なんとも言えません。これが初めてなので」

「ああ、だが、きみの判断では？」

　ウィールドは考えてから言った。「わたしを故意に引きずりまわすような手合いとは思えませんが、見栄を張っていると考えられなくはない」

「で、この内報とやらはいくらかかった？」ダルジールは言った。

「ただです。市民としての義務ということで」

「ほう、そうかね？　このごろじゃめずらしい。ファン・クラブでもできたのか、ウィールディ？」ダルジールは言い、独特の鋭い視線を投げた。これはウィールドの無表情な顔も完全には防衛しきれない数少ないミサイルの一つだった。

「軽い会話の中で出てきたんです」彼は言った。

「わたしの見たところでは、軽すぎる。しかし、予定は金曜日だな？　それならまだ時間があるから、きみの新しい友達がくれた骨にすこし肉をつけられないか、やってみればいい。いやあ、このパイはうまい。ジャックは床屋を変えたに違いない（戯曲『スウィーニー・トッド』で、主人公の床屋は客を殺し、その肉がパイとしてパブで売られる）。きみは食わないのか、ウィールディ？」

「ええ、警視。することがありますから。じゃ、署でまた」

彼は立ち上がり、さっさと出ていこうとしたのだが、そのときドアがあいて、パスコーが入ってきた。

「なんだ」ダルジールは言った。「どうしたんだ？　まるで駝鳥とやったあげく卵が出てきそうで青くなっている雌鶏みたいに見えるぞ。そもそも、どうして裁判所に行っていない？」

「水曜日まで延期です。ベルチェインバーがクライアントは病気で出廷できないと言って。はやりのカンフルーにかかったそうです」

「カンも糞もない！　それで判事は承知したのか？」

「ベルチェインバーが医師の証明書を持ってきたので。でも、判事を悪くばかりは言えませんよ。〝それでは、水曜日の同じ時間に。しかし、覚えておきなさい、ミスター・ベルチェインバー。あなたのクライアントがそのときまだ病気で出廷不能なら、欠席裁判になりますからね〟と言ってくれました。すると、ねこなで声でご安心くださいとかいう返事があって、わたしのほうには詫びるようなまなざしが来ましたよ。あの野郎、どこか……ああ、飲まずにはいられないな」

「わたしもいっしょに一杯やろう。男は一人で飲むべきではない」

巨漢はパスコーがカウンターへ行くのを見送ってから言

った。「ピートががたつくのを見るのはめずらしいな、揺さぶってきたのがルートなら別だが。どう思う、ウィールディ？　あのいやったらしいベルチェインバーの野郎、なにか企んでいるんだろうか？」

「わかりません」

「どうしてだ？　あいつはきみの同類じゃないのか？」

「ゲイってことですか？」ウィールドは落ち着き払って言った。「そうだとしても驚きませんが、だからって、あいつとわたしがサウナで会って内緒話を交換する仲だってわけじゃない。警視のほうはジェンツ（男子トイレ）でなにか仕入れませんか？」

　これはうまい断り返しだったが、非難がこもっているのではない。〝ザ・ジェンツ〟とは中部ヨークシャー・ジェントルメンズ・クラブの略称で、ダルジールは――あまりたくさんの人が彼の加入を拒むほうに投票したがったというのがおもな理由で――そのメンバーなのだった。

「ほとんどの連中は、あいつのケツから太陽が輝き出ると思っている」ダルジールは言った。「なさけない。パイの中の牛肉と腎臓を分けることもできないやつらだ（善人と悪人を区別する意味の「羊と山羊を分ける」にかけたもの）」

　ウィールドは皿に残った彼のパイの皮のわずかな屑を悲しげに見てから、あらためて挨拶し、ドアへ向かった。パスコーは二パイント持ってカウンターから戻ってきた。彼はふだん昼食時にはあまりビールを飲まないのだが、ベルチャーがいやな後味を残していた。

　席に着くと、彼は言った。「警視。考えていたんですが……」

「考えるのはよせ。飲むほうにしろ。飲む人間にはすべてがひらけてくる」

　パスコーはグラスを上げた。

「めずらしく」彼は言った。「おっしゃるとおりのようです。弁護士は皆殺しだ！」

「わたしもそいつに乾杯だ」ダルジールは言った。

第5部　墓場

D

どんなによく晴れた日でも、十二月となると夕闇が迫るのは早い。まして、見棄てられた棺台を覆う埃っぽい掛け布のように雲が低く垂れ込めているときには、光といえば死人の目の最後の残照ほどしかない。

だから、まだ四時にもならないというのに、ライ・ポモーナがチャーチ・ヴューから忍び出てくると、ペッグ・レーンの街灯にはもう明かりがついていた。

彼女は小脇に電気掃除機の中袋を抱えていた。

始め、彼女はブラシと塵取りで細かい灰を掃き集めようとしたのだった。葬儀屋の言葉を信じるなら、その灰はかつて彼女の愛する双子の兄サージアスの四肢や臓器をなしてくるくると踊っていた分子と同じ分子を包含している。

しかし、どうがんばってみても、寝室に散らばった陶器の破片、家の埃、カーペットの綿埃、こぼれた化粧品などが塵取りの上で分けようもなく混じり合ってしまい、しかも、灰はブラシの届かないひびや隙間に残って、最後の審判の日に大天使ガブリエルのラッパが鳴らないかぎり、出てきそうになかった。

もっとも、それまで待てないなら、電気掃除機がある。

こんな無気味なユーモアで気をまぎらしながら、彼女は部屋に掃除機をかけた。ほかに何ができる？　賛美歌をうたう？　祈りの言葉を唱える？　いや、サージならこんなばかげた状況を愉快がるはずだ。だから彼女はまじめくさって感傷に陥るようなことをして、彼をがっかりさせるつもりはなかった。

実際、考えてみると、遺灰を壺に入れて寝室の棚に置いておくこと自体、サージならばかばかしいと思うだろう。

「いかにもおまえのやりそうなことだよ！」とわめく声が彼女には聞こえた。「いつも言ってたろう、おまえは舞台向きなんだ。生まれついてのドラマの女王さ！」ところが、事故で彼女のキャリア計画は挫折してしまった。いかに自《テレ》動後見機《プロンプター》に助けてもらえる時代とはいえ、舞台に足を踏み出したとたん、台詞どころか言語そのものが頭から消えてしまう女優に将来性はない。だが、ああ！　もっとも近い血縁、もっとも親しい友、ベターハーフだった兄を死に至らしめた償いに、女優をあきらめるくらい、なんとわずかな代価に思えたことか。そして、運命の女神たちもそう思い、復讐を求めて、彼女を狂気の辺境へ――いや、その向こうまで――駆り立てたのだ。彼女は警戒すべきだった。歴史上、文学上に残された記録はすべて一致している。人が死者を甦らせようとすれば、詳細には違いがあるにせよ、かならず恐ろしいことが起きるのだ。いま思い返すと、人生のあの時期はゴシックな風景の中を夜中に旅していたようだった。ときどき青い稲妻が一瞬ひらめいて、闇のベールがさっと引き裂かれ、さまざまな光景が目に入る。すると、黒い闇が戻ってくるのがうれしく思われるのだった。ありがたいことに、あの旅は終わったが、過去は出国して忘れてしまえる別の国ではない。どんなに遠くまで、どんなに速く旅しても、いつもそのきれぎれがついてくる。ハットだけが彼女に自由への希望を与えてくれた。彼といると、一時的ながら、完全に過去を忘れられた。彼の中に、彼女は失ったものすべてと、それ以上を見出した。サージアスとともに死んでしまった彼女の半分は血縁ならではの親近感であり、かけがえのないものだが、ハットに抱かれていると、友達どうしの親近感がその隙間を埋めてくれるのを彼女は初めて感じ、また自分が完全な一個に戻れそうに思えるのだった。

　だが、優しい神々もすべきことをわきまえている。罪悪感、恐怖、自己嫌悪、これらは同じ火にくべる炭だ。どんなに高々と積み上げても、それよりは熱くならない。どんなに落ち込んでも、それよりは下がれない深みがある。どんなに苦しんでも、それよりはひどくならない痛みがある。では、思うようにならない復讐の女神はどうするか？

遠い昔に彼女たちはその点を学んでいた。溺れかけている人間がいれば、水を浴びせるのではない、陸地を見せてやるのだ。

ハットの腕の中で目を覚ましたライは、しばらくのあいだ前向きな気持ちで、黄金の陽光を浴びた美しい緑の丘が目の前にひらけているのを見ることができた。するとそのとき、頭蓋に白熱の金属がぱちりと巻きつき、頭を無理やりねじられて、とうとう自分が後ろに引きずってきたものをまた見るしかなくなった。

彼女は殺人者だった。いや、もっと悪い。連続殺人犯だ。テレビのドキュメンタリーで見世物にされる怪物。視聴者はかれらがどんなに普通人らしく見えるかに驚き、ねじれた遺伝子か、不幸な子供時代か、何がかれらをこんな怪物にしたのかと憶測をめぐらせる。

彼女は九人殺していた。いや、それほど多くはない——最初の二人、自動車協会《AA》の男とバゾーキ（ギリシャの弦楽器）を演奏する青年は、事故で死ぬのに手を貸してやっただけだ。それを彼女は自分が確かな手がかりに沿って進んでいるしるしと受け取った——そして、その手がかりに従ったあげく、数がどうのと言い訳のきかないところまで行ってしまった。議論の余地のない故殺が七件。刺殺、毒殺、銃殺、感電殺……

妄想に取り憑かれて（あれは妄想だった。違う？ 今はそれがわかる。わからない？）、アルファベット順にはっきり並んだ血の跡を追っていけば、死んだ兄のもとへたどりつける、そうしたら彼と話をし、自分のわがまま勝手な愚かさが奪い去ってしまった命をすこしでも彼に返せる、そう信じ込んで、彼女はあんな恐ろしいことをしたのだった。しかも、いやいやながらではない。無理強いされてではない。しまいにははりきって、喜んでさえいた。自分に力がある、不死身だという感覚をおおいに楽しんでいた。だが、やがて手がかりとなるしるしは彼女を最後の犠牲者のもとへ導いた。図書館の上司ディック・ディー、好感を持ち、尊敬していた男だった。

それで苦しみ、ためらった。そして、想像上のしるしが彼女の愛するようになった男、ハット・ボウラーを明確にさし示しているのを見たとき、彼女はいわば夢から醒め始めた。だが、そのときにはもう黒い記憶に釘づけにされ、悪夢から出られなくなっていた。

罪滅ぼしは可能だろうか？　それとも――考えたくもないが――ぶり返しがありうるだろうか？

彼女にはわからなかった。なにも。なにもわからない……恐ろしい殺人の事実さえ、あまりに理解を超えていて、あれはみな夢だったとほとんど信じそうになることもある……助けが必要だ、それはわかっていた……だが、誰に話せばいい？　ハットしかいないが、こんなことを話せる相手ではなかった。

それなら、未来は忘れることだ。彼女に未来はない。過去と引き換えにしてしまったのだ。とても正当な交換とはいえないわ、と復讐の女神たちは叫んだ。お釣りをちょうだい！　だが、我慢してもらうしかなかった。旋風に巻き込まれたら、なんでもいいからかばってくれるものの下にもぐり込むのだ。

サージアスの遺灰を処分するのは前進ではないが、足踏みして現在にとどまっているための一歩だった。

灰は灰に……塵は塵箱に（「灰は灰に、塵は塵に（かえる）」は埋葬式文の一節）。それが明らかな処分方法だ。だが、どうしてもできなかった。

そこで、こうすることにしたのだった。彼女は袋をしっかり胸に抱き、細い道を横切って、きしむゲートをあけ、教会墓地に入った。目の前には塔が冬空の暗い灰色を背景に、黒々とそびえ立っていた。ここは古くからの埋葬場所だった。こちらでは大理石の天使が悲しみに翼をたたみ、あちらでは花崗岩の方尖塔が空に非難の指を突き出しているが、大部分の石碑は慎ましい墓石だ。その多くはぼろぼろで苔むし、生者に向けて書かれたメッセージはほとんど指でなぞることも、目で読むこともできない。数少ないながら、ごく最近立てられた墓石もあり、それらは家族の手できれいに手入れされ、記念の花が飾られていた。長く伸びた草のあいだを寒風がささやくような音を立てて吹き抜け、猫が一匹、獲物を待って辛抱強く見張っているところを邪魔されたと、彼女に向かってごくかすかな抵抗の鳴き声を上げてから、するりと消えていった。

遠くに人の多い市街の明かりがぼんやり見え、交通音が聞こえてきたが、そんな光や音は彼女にはなんの関係もなかった。彼女は幽霊の世界に幽霊のように立っていた。その世界の実体のなさこそが今では彼女にふさわしい媒体だった。生前の世界の思い出がすこしはこの幽霊の世界に残っているのかもしれないが、生者が歩き、車を運転し、地球の上を飛ぶ物理法則、地球と惑星と恒星のすべてが、たがいのまわりをくるくる、ふらふらと回る物理法則は、アメーバの夢だった。彼女はふわりと浮かび上がり、高い塔を突き抜けて、ここからは見えない月へほんの一歩で行けそうな気がした。

ばかね、いいかげんにしなさい！　彼女ははっと我に返り、怒って自分に言った。サージの遺灰を捨てるのは、こういうばかげたたわごとから離れるためじゃないの！

そして、オーガズムに体を引きつらせるような動きで、彼女は掃除機の中袋から塵を振り出した。

風がその塵をとらえ、しばらく細かい粉の筋がねじれ、渦巻きながら空中を舞っているのが彼女には見えた。まるで粉が集まり、なにか生きたものの形に戻ろうとしているかのようだった。

すると、消えてなくなってしまった。

彼女は向きを変えた。この場所からさっさと出ていきたかった。

悲鳴を上げた。古びた墓石のわきに立っている人影が見えたからだった。墓石は一方にかしいでいて、まるでなにかが墓から出てこようとして、邪魔な石を押しのけたようだった。

「ごめんなさい」声が言った。「びっくりさせるつもりはなかったんですけど、心配で……大丈夫ですか？」

サージじゃない！　女だ。ああ、ほっとした。がっかりもした？　いやね、いつまでそんなことを言ってるの？

「ええ、大丈夫です。当然でしょ？　あなた、いったいだれ？」

ぶっきらぼうな話し方をするのが、声をコントロールするいちばん簡単な方法だった。

「ミセス・ロジャーズです……わたしたち、お隣どうしだと思います……ミズ・ポモーナでしょう?」

「ええ。お隣ですって?」

　闇に目が慣れて、女の顔かたちが見えた。三十代の半ばか後半だろう。丸顔で、目立った美人ではないが、魅力がなくはない。戸惑いと心配の混じった表情を見せていた。

「そうなんです。ほんの先週からね。まだちゃんとお目にかかっていませんけど、あなたがフラットに入るところを二度ばかりお見かけしました。つい今しがた、そこの道を歩いていたら、あなたの姿が見えて……すみません……口出しするようなことじゃ……驚かせてしまって、ごめんなさい」

　彼女はこわばった微笑を見せて、向きを変えようとした。その視線は一度も袋のほうへ向かなかった——たいへんな努力がいるだろう、とライは思った。教会墓地で掃除機の中袋を逆さに振っている人を見かけたら、なにかまずいことでもあるのじゃないかと考えて当然だ!

「あ、ちょっと待って」彼女は言った。「チャーチ・ヴューへ戻られるの? いっしょに歩きましょう」

　彼女はミセス・ロジャーズの横に並んで歩き出すと、言った。「わたしの名前はライよ。ウィスキーと同じ。そっけなくしてしまって、ごめんなさい。びっくりしちゃって」

「わたしはマイラ。こちらこそ、ごめんなさい。でも、こんな場所だと……遠慮がちに咳をしたって、ちょっと無気味に聞こえるでしょう!」

「遠慮がちな咳だったら、なおさらね」ライは笑って言った。「で、あなたはどのフラット?」

「あなたの隣で、ミセス・ギルピンでないほう」

「ああ、ミセス・ギルピンにはもう会ったのね。驚かないわ。ミセス・ギルピンには会わないでいるほうがむずかしいもの」

「ええ」相手はにっこりした。「そういえば、あの人かなり……興味を持っていたみたい」

「ああ、それは確かよ」

　二人はゲートに着いた。道路の向こうに目をやると、チャーチ・ヴューの玄関ドアのところに立っている人が見えた。ハットだった。

ライは足を止めた。彼に会いたいのはやまやまだったが、掃除機の袋を手にして墓地から帰ってきたところを見られるのはいやだった。

ミセス・ロジャーズは言った。「あの人、刑事さんじゃない？」

「刑事？」

「ええ、今日の昼間来て、週末に誰か怪しい人間がこの建物のそばをうろついているのを見なかったかって訊いていった人」

「ああ。その刑事ね」ライは冷たく言った。

見ていると、ハットは通りを歩いていってしまったので、彼女はそれからゲートをあけた。

「それで、そんな人を見たの？」彼女は訊いた。

「ええ、土曜日の朝、男がいたの。わたしはほとんど目にとめなかったんだけど、ミセス・ギルピンはもっとよく見ていたみたい」

「驚いた。ね、うちでコーヒーを飲んでいかない？　ご主人がお帰りを待っているんでなければだけど……」

「待っている人はもういない」マイラ・ロジャーズは言った。「だから新しいフラットを見つける必要があったの。ええ、コーヒーをいただけるなら、うれしいわ。あなた、その袋、また使うつもり？」

二人が玄関を入ったとき、ミセス・ロジャーズは意味ありげに地下へ続く階段を見下ろした。その先にはごみバケツの置き場があった。

「家計状況はそこまで落ちていないわ」ライはにやりとして言った。

彼女は階段を降り、ごみバケツの蓋を取ると、空の袋を中に捨てた。

「じゃ、コーヒーにしましょう」彼女は言った。

手紙4　12月18日（火）受領。
P・P

十二月十六日日曜日
夜
イングランドのどこかにて。
現在北上中

親愛なるミスター・パスコー、

　あなたあてにこのまえの手紙を投函してからまだ数時間しかたっていないのに、もう何光年も昔みたいに思える！　列車で旅をすると、そんな気持ちになりますよね？　時間が止まってしまう。

　ご記憶でしょうが、ぼくはカリフォルニア州サンタ・アポロニア大学のドワイト・ドゥアデン教授とともにケンブリッジを出るところでした。運転手つきの車でロンドンまで行くあいだ、自然と話はゴッズでの最近の不幸な出来事に及び、ドワイトはまた、悪いことの中からよいことが現われる、というテーマに戻って、ぼくがサムの本を完成させ、新たに出版社を見つける可能性くらいは考えてみるべきだとすすめました。彼はサン・ポルに戻って冬休みを過ごすので、大学出版局に問い合わせてみようと、あらためて約束してくれました。リッツ・ホテルに着くと、ぼくたちは住所を交換し、別れの挨拶を交わしました。彼は運転手に、ぼくをどこでも望むところへ送ってやるようにと指示を与えました。

　ケンブリッジまで、ぼくはロンドン経由で行き、途中、ウェストミンスターにあるリンダのフラットで一泊したのでした。それで、日曜日の列車旅行という苦痛を味わうよりはと、また彼女の親切に頼ることに決め、運転手にそこへ行ってくれと頼みました。フラットは、リンダが羽を広げてヨーロッパに飛び立つ前、国会議員だったころの名残です。ごく小さいものですが——狭い寝室が一間に、もっと狭い居間、それにシャワー——居心地は悪くないし、便利な場所にあります。それで、賃貸契約が長かったこともあり、彼女はここをロンドンでの足場としてキープしておくことにしたのでした。地下で穴居人生活をしている老婆がスペア・キーを預かっていて、仲よしの友達リストに載っている人なら入れてくれますから、上京したときに一休みするいい場所が中央部にあるというわけなのです。

最初に来たときは、老婆から鍵を受け取るのに身分証明を三点要求されました。今回はもっと好意的に迎えられましたが、これは、残念でした、フラットにはもう先客がいるよ、とぼくに告げるのがうれしいからだと、すぐに悟りました。

寛大な人間というのは、これが困る。誰にでも分け隔てなく親切なんだ。

ぼくが出ていこうとすると、老婆は傷に塩をすり込もうとばかりに、公園のベンチで一夜明かして、朝また来ても無駄だ、と明確にしました。

「ミス・ルーピンの友達で、外国人の坊さんだ」彼女は言いました。「数日泊まっていく」

「え、フレール・ジャック？」ぼくは言いました。「今、中にいるかな？　ぜひ挨拶しなきゃ」

そして、彼女に返事の暇を与えず、ぼくは階段を駆け上がりました。

二度ノックすると、ようやくジャックがドアをあけました。スラックスに網地の袖なし下着という格好で、ちょっとあわてて出てきたように見えました。それでも、ぼくを見てにっこり笑い、ぼくは入れと言われるのを待たずに中に入りました。すると、彼が一人ではないとわかって、びくっと足が止まりました。

ただ一つの肘掛椅子に、若い女がすわっていたのです。

ジャックが信仰深い男であることは議論をまたないとはいえ、ぼくの見たところ、彼の体内には男性ホルモンが自由に流れているのですから、彼の英国好きがわが国のゴージャスな女の子にも及んでいると知ったって、驚きはしません。

でも、彼は気楽にぼくを相手に紹介してくれ、そこには罪悪感などすこしも見えなかったので、ぼくは疑念を持ったりして悪かったと思いました。彼の言っていることが頭に入ったときは、なおさらでした。

敵意より悪い無関心な目つきでこっちを見ているこのきれいな若い女はエメラルド・ルーピン、リンダの娘だったのです。たとえ生まれつきの信心深さと修道誓願だけでは男の罪深い本性を抑えておくのに足りないとしても、ジャックは非常に良識ある人間ですから、自分の運動のいちばん影響力あるパトロンを怒らせるようなことなんて、絶対にするはずはないんです！

そういえば、あなたが〈第三思考運動〉のことを多少はご存じだと思い込んでいましたが、思い違いかもしれないので、ごく簡単にあらましを説明します。

まずはその始めから。というのは、運動の創始者フレール・ジャックです。彼はコルネリウス派の修道士です。この修道会は、その唯一の修道院であるアベイ・デュ・サン・グラールが存在するベルギーのある地方の外ではほとんど知られていません。さまざまな情報源からぼくが知ったところでは、ジャックは兵士として活動的な生活を送っていたのだが、国連の平和維持部隊にいたとき、重傷を負って免役された。彼にとって、またぼくらみんなにとってもさいわいなことに、生まれ故郷がこのアベイに近く、傷がまた悪化したために、彼は修道院内の病院に入院し、その後、長い回復期間を宿坊で過ごした。このあいだに、彼は必然を受け入れるところから得られる平穏を経験し、のちにそれを〈第三思考〉哲学としてまとめることになった。傷が癒えると、彼は修道士たちに入会を申し出た。

かれらの投票は全会一致だった。投票、というのは、コルネリウス派は変わっていて、重要な決議事項は修道士全員による一人一票の投票で決められるのです。実際、これは非常にリベラルで民主的な修道会で、だから教皇庁はかなりあからさまに、そのうちつぶれてしまえばいいと期待しているのでしょう。ご記憶でしょうが、創設者であるコルネリウス教皇（二五三年没。教皇、殉教者、聖人）は、激しい教義論争で、教会は背教者やその他の大罪を犯した者を赦す立場にあると論じたあげく、追放され、断頭されたのでした。今日の教会でも、彼が議論に勝つのは無理そうですよね？

　ジャックは、まあ当然でしょうが、死について、ことに予期せぬ死について、考えてばかりいた。彼がぼくに教えてくれたところでは、たとえ戦闘の最中でも、死は予期せぬものなのです。兵士はいつも、死ぬのは隣のやつだと思っている！　彼自身、成長したのはフランドルの大戦場の真ん中、今でも家の庭を掘り返せば、一時間としないうちにボタンか弾丸か骨片が出てくるという土地ですが、それでも軍隊に入る気持ちをそがれることはなかったのです。

　しかし、自分が死にそうな体験をしたことで、目を開かれた。そして、修道院病院のホスピスで働いていたとき、彼は悟ったのです。ホスピスの患者はみな最期が近づいていると知っていて、死を受け入れるようにあらかじめ気持ちを整えているが、大部分の人間にとっては、死は青天の霹靂だ。

　なにかが起きて、今度こそ自分が〝隣のやつ〟になってしまったとわかる。そのとき、心の準備ができている人間がいるだろうか？

　必要なのは、一種の心のホスピスだ、と彼は決めた。つまり、彼自身が修道院病院と宿坊で過ごしたときのような状態だ。あそこでは、死は無視されるのではなく、受け入れられていた。ミラノに帰るプロスペローが、かの地では〝三つ目ごとに考える《エヴリ・サード・ソート》のは自分の墓のこと（しばしば死を思う）〟（シェイクスピア『テンペスト』の一節）と言ったときのような心の状態だ。

　こうして〈第三思考《サード・ソート》〉セラピーが生まれた。その目的は、簡単にいえば、たとえ若さ、健康、幸福、繁栄に恵まれて、死など無関係に思えるときでも、人生の中で死神にきちんとした地位を与えてやること。そうすれば、彼がいつやって来ても、準備は整っている。

　しかし、いかにジャックでも、エメラルド・ルーピンのいるところで死を考えるのはむずかしいでしょう！

　リンダに娘が二人いることは知っていましたが、なんとなく、リンダの若いクローンだと想像していたのです。誤解しないでください。リンダは伝統的美人とはとてもいえませんが、威嚇するばかりの存在感があって、それなりに魅力的です。イングランドとスコットランドの国境地方にある石の塔が年を経て風雨にさらされ、ロマンチックに見えるようなものです。でも若いころはリンダも、築城早々の城の塔のように、ただただ近寄りがたかったでしょう！

　しかし、エメラルドは……！　どう表現したらいいでしょう？　夏を、日の輝きを、あずまやを芳香で満たす黄金のバラを考えてください。澄んだ青空を飛んでいく、柔らかな白鳩を――ああ、なんでもいいから、肉体の世界、精神の世界でいちばん美しく、活発で、望ましいものを考えてくれれば、この麗しい宝石を一目見たことになるでしょう。

　恋をしているみたいに聞こえますか？　そうなのかもしれない。何事にも初めてのときがあるものです！

　説明されたのですが（詳しすぎ？）、エメラルドもふいに現われ、ジャックが先にフラットを占領しているとわかったのです。彼女は家族の一員ですから、老婆の仲介は必要なく、自分の鍵を持っています。それでぱっと入ったら、ジャックはシャワーの最中だった。でも、彼女は生来のびのびした性格、彼は大陸人らしく冷静沈着なので、二人とも恥ずかしがりもせず、ではどちらが場所を明け渡すかの話し合いに入っていたのです。

　もしぼくが一番乗りだったら、エメラルドはためらわずぼくを出ていかせたでしょう。でも彼女は、ロンドンには喜んで宿を貸してくれる友達がいくらでもいるから大丈夫だと、さかんにジャックを安心させようとしているのです。ぼくはその言葉を信じました。まともな人間なら、宿を求める彼女を誰が追い払ったりするでしょう？

　そこに、ジャックに滞在権を与える要因のもう一つが、彼に取り憑いている幽霊、フレール・ディーリックの形をとって現われました。彼は居間の椅子で寝ることになっていました。名所見物から帰ってきたのですが、名所はどこも感心しなかったらしい。ぼくを見て感心しないと思ったことは明らかでした。しかし、すぐに衣の下からノートが出てきて、偉大なる尊師《グル》の言葉は一音たりと逃さずに記録しようと、彼は待ち構えました。

　ジャックは〈第三思考〉哲学を提起した新しい著書の英

語版のプロモーションのため、ロンドンに来たのでした。彼は親切な献呈の辞まで入れてぼくに一冊くれたので、ぼくはそれをエメラルドに見せ、すこしは株が上がるかと期待したのですが、彼女はなんとも思わないようでした。悪くは言えません。物書きというのは、ドラッグのディーラーがただでサンプルを渡すように著書を人にやり、金のかかる中毒に誘い込もうと狙っているのです。

というわけで、話はまとまりました。ジャックはこのまま滞在を続け、エメラルドは友人のところへ行く。

「でも、きみはどうする、フラニー？」ジャックは言いました。「ここでなんとか寝られるんじゃないか？」

ディーリックのすぐそばで一晩過ごすのはうれしくなかったので、ぼくは急げば計画Bを実行できると言いました。キングズ・クロス駅発の終列車をつかまえて、中部ヨークシャーに帰る、というものです。

「あたしはイズリントンへ行くから」エメラルドは言いました。「乗せてってあげる」

ぼくに惹かれてきた！　と思いました。あるいは、ぼくが間違いなく列車をつかまえるようにしたいだけかもしれない！

ぼくは申し出を受け、ジャックはいっしょに駅まで行くと言いました。ディーリックはエメラルドから、小さい車なので四人は乗れないとはっきり釘を刺されて、ぼくら三人は出かけました。階段のところで、ぼくはトイレに行くつもりだった、今行っておかなきゃ、と言って、二人を残して戻りました。

狭いトイレは寝室のすぐ隣にあります。行きたかったのは本当です、信じてください。でも、ベッドのわきを通ったとき、掛けぶとんがかなりくしゃくしゃになっているのを目にとめないわけにいきませんでした。オーケー、ジャックは一眠りしたんだ。ぼくは用を足し、出てきました。ぼくにもちょっと探偵じみたところがあるのかもしれませんね、ミスター・パスコー、だからあなたにこれほど親近感を持つんだ。で、ついうずくまってベッドの下を見てしまいました。すると――きたならしく聞こえるのは承知ですが――使用済みコンドームが見つかった！　ショックとか驚きはなく、ただちょっとうらやましく感じただけでした。

「何をしているんだ？」冷たい声が訊いてきました。

顔を上げると、フレール・ディーリックが立っていました。

ぼくがそのときしたことに言い訳はききません。お金かなにかを落としたとか、嘘をついてしまえばよかったのです。でもそうしないで、ぼくはコンドームを指でつまんで立ち上がると、彼がノートをしまっておく衣のポケットを引っ張ってあけ、そこに落として言いました。「あげるよ、ディーリック。忘れずに記録しておくんだな」

それからぼくは走り出て、あとの二人に合流しました。キングズ・クロスに着くと、ジャックはぼくをホームまで送ると言いました。エメラルドは違法駐車していたので、車に残っていなければなりません。どっちみち、来る気はないんだろう、とぼくは沈んで考えました。ところが驚いたことに、ぼくがお礼を言おうとしてかがむと、彼女は頬に軽くキスしてきて、旅の安全を願ってくれたのです。

ホームまで二人で歩く機会をとらえて、ジャックはエメラルドのことを教えてくれました。

リンダの家族についてぼくが知っていたのは、彼女がかつて廉価航空会社を経営する実業家ハリー・ルーピンと結婚していたということくらいです。離婚後、リンダは子供二人の保護権を得ました。八歳のエメラルドと七歳の妹ミュゼッタです（後者は母親似らしい。家族の中のゴージャスな遺伝子はすべてエメラルドにまわってしまったんです）。

二年ほどたつと、エメラルドは自分が母親にとって政治に次ぐ二番目でしかないのに嫌気がさし、父親と暮らすと決めた。半年後、自分が父親にとってはビジネスと女に次ぐ三番目でしかないと悟って母親のもとに帰り、その後は母親、父親、全国各地のトップレベルの寄宿学校のあいだを転々とした。どこの学校も彼女を手に負えない、教育できないとして見放した。今、彼女は二十歳で、オックスフォード大学の最終学年だ。

一方、ミュゼッタは親しい人たちのあいだではマウスというあだ名で知られ、名前のとおり、ごくおとなしく、食べ物を求めて巣から出てくるだけという暮らしをしていた。今はストラスブールで教師になっていて、ジャックの表現では、人は木のすぐそばに落ちるリンゴをもっとも愛する、という原理のとおり、彼女は母親の目の中のリンゴ（大切な存在）となっている。

反対に、エメラルドのほうは木から落ちて跳ね返り、長い長い距離を転がっていってしまったらしい。

法廷で証拠として認められるようなことは一言も言いませんでしたが、ジャックはぼくに強く警告し、もしリンダといい関係を維持していきたいなら、娘たちのどちらか、あるいは両方に対して、絶対に手出ししないという厳しい態度で臨むべきだと、明確にしました。

偽善者め！　と、ぼくはコンドームのことを思い出して内心で言いました。

でもそれから、あの明るい青い目、あけっぴろげで魅力的な顔を見ると、恥ずかしくなりました。ぼくがぜひやりたいことをやったといって、どうしてこの男を非難できるでしょう？

ぼくたちは本物の感情をこめて抱き合いました。人からこんなふうに家族のような愛情をもって抱かれたのはずいぶんひさしぶりです。父親は記憶にないし、母親は抱いて愛情を示すような人ではなかった。でも、電車に乗って席に着くと、頭の中はエメラルドのことでいっぱいでした。頬に軽くキスされた、あのことに必死にしがみつきました。あそこにも愛情らしきものがあったのではないか？　彼女は母親に反抗するためにだけ、ジャックと寝ているのではないか？

ぼくには助けが、安心が必要でした。ほかになにもなかったので、バッグからジャックの本をさがし出して、彼の言葉が心と体に平穏をもたらしてくれるかどうか、試してみることにしました。

運命にページを開かせました。するとどうでしょう！最初に目にとまった段落はこれでした。

人は一人で死ななければならない、というのは、陳腐で誤ったシニシズムである。男なり女なり、誰かを見つけなさい——友達、導師《グル》、指導者、父親代わり、あるいは母親代わりの存在、なんとでも好きな呼び方をすればいい——あなたの荒れ狂う考えの中心に台風の目のようにじっとしていると思える人物——あなたが希望、恐怖、情熱、欲望のすべてを遠慮なくぶちまけられる相手——そんな人を見つければ、あなたは心の平穏へ向かう大きな一歩を踏み出したのである。われわれの努力のすべては、そういう心の平穏を得ることに向けられている。

はっとしました。これはぼくにとって、あなたのことですよ、ミスター・パスコー！　ぼくが今、北へ向かうのろのろ列車の中でまたあなたに手紙を書いているのは、まさにこういう行動ですよ。夜の闇が薄汚れた窓に迫ってくる。明かりが通り過ぎていく——車のライト、街灯、都市部の家々、田舎に点在するコテッジ——どれも人間の存在を示すものとはいえ、人間のコミュニティを示してはいない。なんの慰めも与えてくれず、これではどこかのわびしい沼地にちらつく狐火とたいして変わらない。ほかの乗客たちはみなそれぞれ、列車の長旅につきもののタイム・カプセルに入り込んで外界との接触を断っているから、遠い星雲から来た宇宙人同然だ。

でも、ぼくにはあなたがいる。あなたのことをグルか、友達か、あるいはその若さにもかかわらず、ぼくの知らない父親に代わる存在と考えるか、それはどうでもいいんです。大事なのは、最初に手紙を書いたときの動機が何であったにせよ、ぼくはあなたを〈第三思考〉セラピーとして使っている、と今ではわかったということです！　気にしないでくだされればいいのですが。ひょっとすると、返事を書こうと思ってくださるかもしれない。あるいは（厚かましくお願いするなら）中部ヨークシャーに戻ったぼくに会いにいこうとまで思ってくださるのでは？　ちょうど今、信じられないことに、列車の車内放送システムをコントロールするダレク（テレビのSFドラマ《ドクター・フー》に登場する宇宙人）の声が、まもなく中部ヨークシャーに到着すると告げたところです。

ああ、歓喜の夢！　あそこに見えるのは本当に灯台のてっぺんなのか？　あれは丘か？　あれは教会か？　あれはわたしの故国なのか？（コールリッジの詩「老水夫の歌」の一節）

本当に故国のようです。手紙は明日書き終えます。

またまた、こんにちは！　物事はどんどん変化する。もしやここ数日中にぼくを訪ねようと思ったのでしたら、お手をわずらわせないでください。ぼくはここにはいません。いや違う、あそこにはいません！

こんなことがあったんです。今朝はかなり早く目を覚ましました――サイクで条件づけられていますからね！　仕事が始まるのは明日だし、サムのベドウズ伝記にあらためて出版社を見つけられるかもしれないという希望が生まれたので、原稿を完成させようと、やる気満々になっていました。まっすぐ大学図書館へ向かいました。一日中、おそらく休みなしに書くつもりでした。いったんなにかにかじりついたら、そのまま続けるのが好きなんです。

ところが、始めたとたん、チャーリー・ペンが到着して、邪魔が入りました。

チャーリーにはすばらしい特性が数々あるし、しかもぼくが文学の道に入ることを励まし、創作の面でも実務の面でも、いろんなヒントを与えてくれました。人は誰しも光と影を持っているものです。光が支配的な人もいれば、影のほうが多い人もいる。でもチャーリーにあっては、ときとして暗さが明るさをすっかり消してしまうのです。それはどこから来るのか？　ドイツ人的精神の一部なのかもしれない。ヨークシャーで育ち、土地の色にたっぷり染まっていますが、彼にはいかにもゲルマン民族の子孫といったところが多々あります。

アーノルドの詩「ハイネの墓」のことをぼくに教えてくれたのはチャーリーです。優れた詩で、死んだ詩人を感動的に称え、その人となりを鋭く評価しています。この中で、かつてゲーテが名指しせずにある詩人のことを「天賦の才をすべて持ちながら、愛に欠けていた」と書いたのは、ハイネを頭に置いていたのだろうと、アーノルドは推測しています。

チャーリーも同じだとぼくには思えます。彼から愛情を引き出し、それを彼に返すことのできた唯一の人物はディック・ディーだった。ディーが死に、しかもおそらく彼は――ぼくが敬愛したサムも含め――たくさんの人を殺した犯人だったとわかって、チャーリーはすっかり乱心してしまったのです。もちろん、ふだんの彼は前と変わらず、むっつりして、残酷なユーモアがあり、ひるまずに物事を見据える知覚力があります。でも、松林の奥深くにつねに存在する闇が、今の彼の場合には、木々のてっぺんまで広がり、包んでしまったのです。

その証拠が出てきたのは、どうして町の参考図書館のいつもの席でなく、ここまで来たのかとぼくが尋ねたときです。

「彼女が休みだから、ぼくも気分を変えようと思ったまでさ」彼は簡潔に言いました。

説明は不要でした。〝彼女〟とはミズ・ポモーナ、ワードマンの最後の被害者になりかけた、あの人です。チャーリーは友人ディーの無実を確信するあまり、真実を隠蔽しようとする陰謀があるのだと思い込んでいます。もっとも、このことならもうすっかりご存じですよね、ミスター・パスコー。ディーが死んだあと、最初に現場に駆けつけたあなたとごろごろ腹《ランブルガッツ》氏はその陰謀の首謀者とされているんですから！　チャーリーは、弾劾者としての自分がミズ・ポモーナの勤務中に参考図書館にいつもすわっていれば、いずれ彼女は根負けして自白するという、ゴシックな幻想を抱いているんだとぼくは思います。

頭の中にアイデアがいっぱいというときでしたから、彼の姿を見てうれしかったとはいえませんが、最近いろいろと親切にしてもらってきた恩があるので、彼が外に出てコーヒーでも飲んでおしゃべりしようと誘ってきたとき、断わるわけにいきませんでした。

コーヒーを飲みながら、ぼくはケンブリッジでのわくわくする体験を話して聞かせましたが、彼は多少おもしろがったものの、心ここにあらずなのは見てとれました。

とうとう、ぼくは言いました。「チャーリー、なんだか落ち込んでるみたいだね。本がうまく進んでいないのか？」

「いや、順調だよ。ただ、ときどき思うんだ。こんなことに意味があるのか？　ハイネにせよ、ベドウズにせよ、ぼくらは〝決定版〟の伝記を書こうと骨身を削る。ところがもちろん、できたものは決定版でなんかありゃしない。せいぜい、前の決定版に替わるものだというだけで、後釜が出てくるのを見ずに死んでしまえば幸運てものだ。ぼくらはどうしてこんなことをやっているんだ、フラン？」

「理由ならご承知じゃないか」ぼくはかなりもったいぶって言いました。「真実という聖杯を追い求めているからさ」

「そうかい？　まあ、ぼくには追求したい真実がたった一つあるが、いくらやってもどこにもたどり着かないぜ」

やれやれ、まいった、とぼくは思いました。まただ。ディック・ディーは無実。わかったよ！

ぼくは言いました。「チャーリー、どこにもたどり着かないんなら、きっとたどり着くべきところがないんだよ」

彼は首を振って言いました。「違うね。だが、やつらは利口だ、たいしたものさ。まるでXファイルだ。真実はそこにある。すなわち、アンディ・ダルジールのでかい尻の下か、パスコーのぎゅっと締まった尻の穴の中にね。ぼくはこれを自力でやりたかったが、助けがいる。そう認められないほど思い上がってはいない。たとえ官憲が耳を貸さなくたって、貸してくれる友達はいるんだ！」

これがどういう意味なのかはよくわかりませんでした。助けがいる、というのは間違いないと思いますが、彼はカウンセリングなんかを考えているわけではないでしょう。勝手な推測はできるとしても、するつもりはありません。率直にいって、もしチャーリーが執念に取り憑かれたあげく違法行為に走るのなら、ぼくは知りたくない。ぼくのような立場の人間は、法律との関係を明快なものにしておく必要がありますから。

そんなわけで、ぼくはこのことをあなたに伝えなければと感じたんです。チャーリーは友人の無実を立証しようと思いつめているので、なんでもかまわずやってしまいそうだと不安なのです。

密告しようというのではなく——サイクでの経験から、密告者は人間ともいえない低劣な存在と見なすのが強い癖となっています——チャーリーの精神状態をお伝えしておけば、彼が無謀なこと、もっと悪くすれば違法なことまでやってしまうのを、あなたが防いでくださるのではないかと思うからです。

それはもういいでしょう。図書館に戻ると、ぼくは隣のテーブルにチャーリーがいるのを心地悪く意識しました。まるでポーの大鴉かベドウズのカイロの老鴉が肩の上に巣を作ったような気分です（ところで、カイロというのはキリスト・モノグラムのXP《カイ・ロウ》（ギリシャ文字で綴った"キリスト"の最初の二字）と同じ音だとサムは愉快がって指摘し、想像をふくらませて一ページ半ほどのおもしろい話に展開してみたのに、結局削ってしまいました）。それで、さっき書いたように、ふつうなら仕事中に邪魔が入るのはいやなのですが、携帯電話が震え出したときには実にほっとしました。

驚いたことに、リンダがストラスブールからかけてきたのでした。即座に、ぼくは空想を始めました。エメラルドが母親に電話し、ぼくに出会ったあとで、ぼくこそ彼女にとって地上でただ一人の男だと気づいた、と話した！　セックスというのは人をとんでもない愚か者に仕立て上げるものですね！

当然ながら、まるでそんな話ではありませんでしたが、リンダはすでに電話でジャックと話していたので、ぼくがエメラルドと会ったことは知っていました。それより彼女が気にかけたのは、新聞で読んだゴッズでの出来事でした。

彼女はぼくにいろいろ詳しく質問し、無事を確かめると、今度は政治家リンダのトレードマークである、容赦なく核心に切り込む能力を発揮して言いました。「まあ、これでサムの本を出すのに障害物がなくなったってことね。あなたは気を入れて働かなきゃ。前にベルギーで会ったとき、サムはベドウズがバーゼルとチューリヒで過ごした時代について、まだいくらか調べている最中だったとあなたは言っていたでしょう。それは続けて調べる価値があると思う？」

「ええ、まあ、そう思います」ぼくは言いました。「その、たとえ行き止まりで終わるとしても、確かめるためには、できるところまでやってみないと……」

「そのとおりよ。政治もそう。つねに後ろを守っておくこと。さもないと、どっかの生意気な青二才に出し抜かれる。それじゃ、こうしましょう。スイスに家のある友達がいるの。その人たちは一、二カ月、暖かいところへ出かけるから、留守のあいだ家を使っていいと言われたので、わたしは何人か連れて、そこでクリスマスを過ごす予定なのよ。アールガウ州のフィヒテンブルク－アム－ブルーテンゼーというところ。そこのシャレーはあなたが仕事をするのにうってつけよ。きれいで、静かで――わたしのグループは二十四日まで来ないし――チューリヒにもバーゼルにも簡単に行ける。どうかしら？」

「すてきですね」ぼくは言いました。「でも……」

「よかった」彼女は言いました。「クリスマス・パーティーには参加してちょうだい。でも、それ以外はあなたの勝手よ。ハウスキーパーのフラウ・ブッフには話をしておいたから、今夜あなたが到着するのを待っているわ」

「今夜！」ぼくはびっくりしました。そこで、はっと気づいたのです。リンダは可能性を話していたのじゃなく、お膳立てを整えて押しつけてきていたんだ！　先月、ぼくに連絡してきたときも同じでした。会合でブリュッセルに来ていて、週末をフレール・ジャックの修道院の宿坊で過ごすことに決めた、あなたも〈第三思考〉の創始者と顔を合わせるのはいい考えだと思わない？　礼を失しないように断わるにはどうしたらいいかと考えているうちに、彼女はぼくの乗る便を教えてきた！

今度も同じことです。ぼくはマンチェスター発の午後の便に乗るよう予約ができていて、チケットは空港で受け取る。タクシーの運転手がチューリヒ空港の到着ゲートで出迎えてくれる。

彼女はさらにしばらく、いつものように反論を許さない断固とした態度で話をしていましたが、最初のショックがおさまると、ぼくの頭にあるのはただ一つ、エメラルドはクリスマスにそこに来るのか、ということだけでした。

ぼくは言いました。「それはすばらしいな、リンダ。仕事をするにも、クリスマスを過ごすにもね。休み中はさびしくなりそうだと思っていたところなんだ。でも、ご家族の邪魔をしたくは……」

「そんなことはありませんよ」彼女はぶっきらぼうに言いました。「政治家の友達を二人ばかり連れていくだけだから。それに、フレール・ジャックも来るわ、都合がつけばね。それじゃ、これですっかり決まったわね？」

がっかりして、ぼくはちょっと抵抗を示しました。

「マンチェスターまで行くのはむずかしそうだな。車の調子が悪いし……仕事もあるし……」

「タクシーを使って、わたしに請求書を送らせなさい。仕事というけど、そのために行くんでしょう」彼女はぴしりと言いました。

「いや、大学の園芸部の仕事が……」

信じられないというように鼻を鳴らす音が聞こえました。いろいろなトーク・ショーで彼女を見聞きする何百万人ものイギリスの視聴者にはおなじみの音です。かつては国会放送の労働党議員の答弁にこの音が区切りをつけていたものですが、その後、彼女が自分の党の党首と仲違いしてヨーロッパへ飛び出してからは、欧州議会の議員たちがあの不信表明の音を聞かされているわけです。

「あなたは今やフルタイムの学者よ、フラン。もう庭仕事の必要はないわ。本に集中しなさい」

奇妙だ、とぼくは思いました。義弟のサムとは、生きているあいだ何年も接触がなかったのに、死んでからその本にこうも熱心になるとは。

最後には、リンダに人生の進むべき方向を示されたたいていの人たちと同じことをしました。降参して従ったのです。

もっとも、考えれば考えるほど、その計画は魅力を増してきました。

研究に気を入れたいと思っていたのは本当ですし、それなら、美しい田舎にある豪華な家（シャレーといえばみすぼらしい木造の小屋だというイメージはすぐに捨てました。それは金持ちが富を強調するために使う、謙遜ぶった控え目な表現にすぎない）、感じのいいハウスキーパーがなにくれとなく世話を焼いてくれる、それよりいい場所があるでしょうか？

大学図書館は、椅子を借りるほかには必要がありませんでした。サム個人の蔵書から、研究に関連のある本はどれでも持っていっていいと、リンダに言われていたからです。それに、みじめなチャーリーがそばにいて圧迫を感じさせられることがなくなる。

ぼくは荷物を取りに戻り、計画が変わったとチャーリーに言いました。

彼は無関心な様子で言いました。「スイス？　カッコウ時計の前に立つなよ」

最後に、ぼくは園芸部のジャック・ダンスタン部長にあてて、感謝と辞意を述べた簡単な手紙を書きました。

で、今ぼくはどこにいるのか？　また列車の中です！

今度はマンチェスターに向かっています。生まれつきの倹約精神のせいで、リンダが親切にもすすめてくれたように、空港までタクシーで行くことはできませんでした。大金がかかるし、列車で行っても、時間は充分あります。

というわけです。あなたとミセス・パスコーとかわいいお嬢さんが楽しいクリスマスを過ごされますよう。ぼくがあなたに手紙を書く理由が今ではわかったので、年が明けたらまた書きます。うるさいと思われないよう願っています。新年は文字通り、ハッピー・ニュー・イヤーになりそうです！

愛をこめて、

フラニー

I

「信じられないな!」パスコーは言った。

「まただ」

「またって、何が?」

「ルートからの手紙」

「あら、いいじゃない。このごろみんながカードといっしょに無差別に送ってくるニュースレターとくらべたら、なんだってましだわ。現代の病気ね。マスコミと同じ。些細なことをしつこく並べ立てる」

「じゃ、どうしてルートの些細な話にはそんなに興味が持てるんだ?」

「あなたはどうしてそこにそんなに意味があると思うの? さあ、読みましょうよ」

「待ってくれ。また何十枚もあるんだ」

彼が読んでは落とすページをエリーは拾って読んだ。

夫にすぐ続いて読み終わったエリーは、朝食のテーブルのむかい側にすわった彼の長い、もの思わしげな顔をじっと見て、言った。「それじゃ、友達、グル、父親的存在として、今度は何が気になるの?」

「なんだか……ストーカーにつきまとわれてるみたいな気がする」

「ストーカー? それって、ちょっと大げさじゃない? 手紙の二通やそこら……」

「四通だ。手紙四通なら、ストーキングは無理でも、生活妨害とは見なしうると思うね。ことに、どの一通を取ったって、ふつうの手紙数通ぶんの長さなんだから!」

「今みたいなメール狂の時代ならね。でも、人が時間をかけて、こんな古めかしい、長い手紙を物語みたいにめんめんと書いてくるって、心温まるじゃないの。それに、いくらあなたが刑事ならではの猜疑心を発揮したって、ここから漠然とでも脅すようなものを感じ取れる? それどころか、彼はチャーリー・ペンに気をつけろって、あなたに念を押しているくらいよ。チャーリーは確かに、ディーが死んで以来、ちょっと態度がおかしいわ。わたしはなにしろ陰謀の首謀者の一人と寝てるっていう立場だから、彼がなにか言ってくるわけじゃないけど、心のどこかでなにかがふつふつとたぎっているっていうのはわかる」

エリーはペンをパスコーよりもずっとよく知っていた。彼女は以前から彼が主宰する文学グループの一員で、初めての小説が来春出版されることに決まったので、彼は本物の作家の世界という奥の院に彼女を受け入れ、たんなる知り合いから友人に発展する一歩を踏み出したところだったが、ディーが死んで、また隔てができてしまったのだった。

「まさか、チャーリーが毒入りボールペンを持って、ぼくを追いかけてくるとは思わないだろう?」パスコーは言った。

「ほらまた、毎回パラノイアが出てくるんだから。もし彼にその気があるなら、まずは新聞であなたを狙い撃ちしようとするわね。それが彼の攻撃方法だわ。なんといっても、言葉の男《ワード・マン》ですもの」

言いながら、何を言ってしまったかに気づいてはっとした。かれらの人生に関わってきたワードマンは、言葉以上のものを使って、多くの人を殺したのだった。

「まあ、一安心か」パスコーは言った。「じゃ、ぼくはルートに手紙を書いて、親切な心遣いにくどくど感謝すべきだと思うの? 夕食に招待して、彼の愛情生活について、腹を割って話し合う?」

「それもおもしろそうね」エリーはまじめに受け取ったふりをして言った。「わたしは彼を助けてあげられると思うわ。ちょっと前の新聞の付録雑誌に、有名な母親と離反した娘を扱った記事があったの。新聞記者が頭にオリジナルなアイデアがまるでないってとき、というのは一年の九十パーセントだけど、そういうときに掘り出してくる種類の記事」

「で、きみはもちろん、それにふさわしい軽蔑をもって、かえりみなかったと」

「ううん、一語残さず読みふけったわ。あと数年して、わたしがお金のある有名作家になったら、記者はうちの反抗的な子供のことを書くんだと思ってね。ルーピー・リンダと娘のエメラルドの話も二段落くらいあった。この子ときたら、両親の言うことを聞かないっていうのを人生の使命にしてるみたいなの。だから、フランの考えるとおり、彼女は姦淫する修道士を自分の目的に利用しているだけかもしれない」

彼は言った。「彼女がルートを相手にそれをやるとしたら、気をつけたほうがいいな。あのお利口さんを利用するには、よっぽど朝早く起きなきゃだめだ」

「彼の言葉からすれば、彼女は夜うんと早くベッドに入ればいいだけよ」エリーは言った。「でも、あなたが眠らずに悩むほどのことじゃないわ、ピーター。たとえあなたをやっつける計画があったとしたって、フラニー・ルートは月末まではるか遠いスイスに安全に閉じ込められているんだから、わたしたちはもっとありきたりなクリスマスの危険だけ心配していればいい、すなわち、破産、神経症、慢性消化不良」

「すなわち？」パスコーは言った。「本が出版されると、気取り屋に変身するんでないといいがな」

「消えな、ばかやろ」エリーはにんまり笑いながら言った。「このくらい単純ならいい？」

「仰せに従います」パスコーはコーヒーを飲み干して言った。立ち上がり、かがみ込んでエリーに長いキスをした。彼女はおおいに喜んだが、それでも、そのキスのあいだに彼がフラニー・ルートの手紙をポケットにすべり込ませたのは見逃さなかった。

オフィスで彼はまた手紙を読んだ。過剰に反応しているのだろうか？　理性ある人間が脅迫と解釈できるようなことはなにも出てこない。セント・ゴドリックスの出火事件の話を、これは嘲笑的に斜《はす》に構えて放火を自白しているのだと主張すれば、合理的思考の結果というより、神経症的偏見の結果と見られてしまうのは彼にもわかった。ケンブリッジ消防署からは、犯罪だという疑念を裏づける証拠はなにも得られなかった。彼がケンブリッジ警察に電話を入れたのは、捜査というより外交のためで、消防署と話をしたことを明らかにしておくのが目的だった。電話に出た、働きすぎの巡査部長らしき人物に手短に話をして、漠然と、中部ヨークシャーの教育施設で二件ほど放火と見られる事件があり、統計を全国規模で関連させると便利だから、なにか進展があれば知らせてほしい、と頼んだのだった。ルートの名前は出さなかった。警察間の非公式な接触という複雑に張りめぐらされた網は、全国コンピューターと同じくらい、警察にとって大事なものだ。そこに探りを入れれば、フラニー・ルートはいかれたパスコー主任警部の〝チャールズ王の首（頭から離れない固定観念。ディケンズ『デイヴィッド・コッパーフィールド』の登場人物がいつも首をはねられたチャールズ一世を話題にすることから）〟だというのが確固とした事実になってしまう。

彼はデスクの引出しの鍵をあけ、ラベルを貼っていないファイルを取り出した。最近、ルートがまた彼の視野に舞い戻ってきた――あるいは、引きずり戻された、という人もいるだろうが――事件が二件あり、その捜査の当然の一環として、パスコーはルートに関する現存の資料をすべてまとめたのだった。だが、このファイルは私的なもので、公式に集めた資料のコピーや要約に加え、非公式なものがたくさん入っている。ここ数日に来た手紙もすべて、きちんと受領日を書き込んでしまってあった。

考えてみると、あのいちばん最初の事件が起きなければ、学生時代以後、すっかり違う方向へ進んでいた自分とエリーの道がふたたび交わることはなかったんだ、とパスコーは思った。

すると、ルートは二人のキューピッドだといえそうだ。いや、パンダラス（シェイクスピア『トロイラスとクレシダ』で二人の仲を取り持つ男）か。

もっとも、ルートは一度だってそんなことは言っていない、とパスコーは自戒した。事実から離れるな。

そして事実とはこうだった――この男は服役し、模範囚として刑期を最大限短縮され、釈放プログラムを管理する部局にきちんと協力し、立派な仕事（病院の雑用係と大学の庭師）に就き、同時に大学院で勉強して、最終的には学問の世界に落ち着くだろう。英国刑罰制度の更生力を示す輝かしい一例だ。

万歳。あっちからもこっちからも、熱烈な拍手。

じゃ、どうしておれだけ拍手したがらないんだ？　パスコーは考えた。

彼から見れば、ルートは更生したのでも、悪事を思いとどまったのでもない、ただ前よりずっと慎重になっただけだ。

だが、どんな砦も難攻不落ではない。国じゅうに点在する城の廃墟がいい証拠だ。

電話が鳴った。

「パスコー主任警部」

「もしもし、ケンブリッジのブレイロック主任警部です。昨日、うちの巡査部長とセント・ゴドリックスの火事のことで話をされたでしょう。出火原因について、こちらの消防署にも質問なさったようだ。おたくの管轄であった教育施設の火事と類似しているとか？　すると、ヨークシャーの大学でそんな事件があった？　そういう話を最近読んだ記憶はないんですがね」

不思議はなかった。パスコーが良心を慰めるのに使った〝関連のありそうな事件〟とは中学校の火事で、一件は不満を抱いた生徒の放火、もう一件はガイ・フォークスの日の打ち上げ花火が逸れて起きたものだった。

こうなったら、すくなくとも部分的には正直に白状してしまったほうがいいと、パスコーは感じた。

彼は加減した理性的な口調で説明した――たまたま知っているのだが、セント・ゴドリックスの学会出席者の一人は前科者で、アルバコア教授の研究論文を破壊すれば多少彼の利益になる。それで、不審な状況はなかったかどうか、訊いておく価値はあると思った。

「じゃ、うちの巡査部長がおっしゃることを誤解したわけですか？」ブレイロックは言った。

「まあその、裏づけとなる証拠もなしにこんなことを示唆して、そちらの犯罪捜査部の仕事をふやす理由はないと思いましてね。ですから、電話したのは情報を伝えるというよりご挨拶程度のもので、わたしがごくささやかな興味を持っているという点の表明が控え目すぎたんでしょう。間違いがあったとすれば、わたしの責任です」

率直な話し方に慣れたヨークシャー人なら、こういう回りくどい言い逃れで煙に巻かれてしまうかもしれないが、伝統ある大学のそばで働いている人たちは、言葉の迷路を縫って通り抜ける方法に長けていた。

「すると、直感はあったが、太っちょアンディにらちもないたわごとと思われているんで、前面に押し出す気になれなかったと」ブレイロックは言った。

「ダルジール警視をご存じなんですか？」

「副牧師が魔王ベルゼブルを知っている程度にはね。噂はさんざん聞いているが、個人的に会う機会はなければいいと思っている」

弁護の言葉らしきものがパスコーの唇に出かかったが、実際には言わずにおいた。ダルジール自身が言っていたように、同情票をもらったときは、深いため息をついて、ちょっと足をひきずってみせること。

「とにかく、上の人物に話を通さずにくちばしを入れて、すみませんでした。ところで、そちらはスタッフがあり余っていて、不審のない火災事件にまで主任警部をつけるんですか？」

「いや、ただ、わたしの職を狙っている頭の切れる若いのの一人が触れたことがあって、気になってくちばしを入れてみたんですよ。すると驚いたことに、あなたのくちばしとぶつかった。で、そちらがなにかわたしの知るべきことを知っているんじゃないかと、お電話したわけです」

「じゃ、おたくの頭の切れる若いのは何に触れたんです？」パスコーは言い、希望が湧いてきたのを声に出すまいとつとめた。

「たぶん、なんでもない。ああいう熱心な若者は、モグラ塚を見て山があると騒ぎ立てるものでしょう、自分がその山に登りたいばっかりにね」

ブレイロックは低い声で、相手を安心させるような感じのいい話し方をする。戦前の白黒スリラー映画でスコットランド・ヤードの警部役を振られる俳優みたいだ、とパスコーは思った。もしかすると、ツイードの上着を着て、パイプをふかしているかもしれない。ケンブリッジ、夢見る郷士《スクワイアーズ》の町（オックスフォードのあだ名「夢見る尖塔［スパイアーズ］の町」のもじり）、広々と平らな沼沢地帯で、沼に沈んだヒキガエルの額の宝石みたいに輝いている。あんなところで働くのはすてきだろう。毎日美しいものを目にし、歴史を身近に感じ、文化人と接触し、知的刺激に満ち……

なんだよ、今度はルートの夢までおれの夢になってきた！

「わたしも山は好きですよ」パスコーは言った。

「アルバコアの検死結果なんですがね、煙の吸引による死とわかったが、頭の後部に怪我をしていた可能性があるともされている。遺体がひどく焼けてしまっていたので、確定はむずかしい。どっちみち、彼は煙にやられて、おそらくどさっと倒れただろうし、そのひょうしに頭を割ったのかもしれない」

「発見されたときの状態は？」パスコーは言った。「わたしの狙いは……」

「狙いならわかっていますよ」ブレイロックは優しく言った。「われわれも訓練マニュアルを読んでいますからね。うちのお利口さんがチェックしました。アルバコアは書斎の敷居の上にうつぶせに倒れていた、頭を部屋の中へ向けてね。しかし、そこにはなんの意味もないと専門家に言われました。煙でなにも見えないし、息は詰まるしで、被害者は方向感覚がなくなり、火元のほうへ戻ってしまうことがよくある。それに、いったん倒れてしまえば、逃げようともがいて、何度かあちこちへ転がります」

パスコーはすっかり興奮してきたが、その感情に蓋をして、さりげなく訊いた。「すると、何者かがアルバコアの頭を殴り、死んでしまうようにと、燃える書斎に残してきたのかもしれないと考えないわけにいかなかったと」

「うちのお利口さんがわたしに考えさせようとしたのは、それです。だが、彼が放火の専門家に訊いても、あれが故意に火をつけた火事だったと示すものはなにも出てこなかった。それでわたしはファイルにその点を書きつけ、ほかのもっと差し迫った用事をかたづけていたところ、あなたがこれに関心を持っていると聞いたものでね、ミスター・パスコー。しかし、そちらも今おっしゃったような漠然とした考えしかないのなら、たいした助けにはなりませんな？　ゼロ足すゼロはゼロでしょう？」

ただし、心の奥深くで自分が正しいとわかっていれば別だ、とパスコーは思った。しかし、百マイル以上も離れたところにいる見ず知らずの男に説明しようとしてもしょうがない。いちばん身近な人たちに面と向かって話しても、懐疑をあからさまにして聞いてくれるだけだというのに。

「そのとおりです」彼は言った。

「話しながらファイルを見ていたんですがね」ブレイロックは言った。「このルートという男はほかの人たちと同じように供述しています。彼を引き戻して、ちょっと圧力をかけてやるのがいいと思いますか？」

パスコーはフラニー・ルートのことを思った。青白い無表情な顔、表面は率直に見えて、その下にあるものを隠している目、穏やかで礼儀正しい態度。あれに圧力をかけるのは流砂に圧力をかけるようなものだ。吸い込まれて殺されてしまうか、なんとか逃げおおせれば、そこには触れた跡さえ残らない。

「いや、思いませんね」彼は言った。「ほんとに、ちょっとした思いつきというだけだったんです。なにかこれというものが見つかったら、すぐお知らせします。そちらも進展があれば……」

「ご心配なく。連絡しますよ」ブレイロックは言った。感じのいい声にやや脅威が加わっていた。

そうなっちまったか、とパスコーは受話器を置きながら思った。非公式ネットワークに警報が入った。ニュースはすぐに漏れるだろう。ヒエロニモはまた狂った（トマス・キッド『スペイン悲劇』の一節）。

「だからどうだってんだ？」彼は声に出して言った。

「仕事に熱中するあまり、ノックも聞こえない男の姿を見るとはうれしいね」

ダルジールが敷居際に立っていた。どのくらい前からそこにいたのかわからない。

ルートに関する非公式ファイルがデスクの上に開いたままになっていた。パスコーはそれを閉じた。なにげない様子が演技過剰に見えなければいいと祈った。「耳が遠くなったみたいだ。どうぞ、入ってください」

「なんかおもしろいことでもあるのか？」ダルジールは言った。目はラベルのないファイルに釘づけになっていた。

牛の角をむんずとつかまえる（大胆に難局にあたる）ほうが、角に刺されて血まみれになるよりましだ。

「今朝またルートから手紙が来たんです。捨ててしまうところでしたが、ちょうどケンブリッジのブレイロック主任警部から興味ある電話があって」

「聞いたことのないやつだな」

「あっちは警視の噂を聞いているそうですよ」パスコーは言った。

彼は会話の大筋を伝えた。どのみちこちら側の話はもうすっかりダルジールに聞かれてしまっただろうと確信していた。

話のあいだ、巨漢は手紙に目を走らせていたので、パスコーはその隙を利用してファイルを引出しにするりとしまった。読み終わると、ダルジールは手紙をデスクに落とし、軽くおならをして、訊いた。「で、そのボロック《たわごと》は次に何をすると決めたんだ？」

「ブレイロックです。べつになにも。犯罪を示す証拠はないので、そのままにしておく」

「だが、きみの考えでは、アルバコアはルートが火炎放射器を手にしているのを見つけた、そこでルートは彼の頭を殴り、置き去りにして彼がバーベキューにされるにまかせた、というんだろう？　じゃ、彼はこの手紙で何を告白しているんだと思うんだ？　スイス海軍壊滅計画？」

「いいえ」パスコーは理性ある態度を心がけて言った。

「われわれが心配するような具体的なことはなにもありません」

「そう思うかね？」ダルジールは言った。「このチャーリー・ペンの話だが、気にならないのか？」

「ええ、たいして」パスコーは驚いて言った。「耳新しいことじゃないでしょう？　親友が殺人犯だったというのを受け入れるのがペンにとってどれほど困難だったか、みんな知っています」

「ボウラー青年が昨日言っていたことはどうだ？」

パスコーがぽかんとした顔を見せたので、巨漢は非難がましく言った。「〈黒牡牛〉亭ですっかり聞かせてやったろう。頭に入っていないと、わかっていたんだ」

「入りましたよ」パスコーは逆らった。「ガールフレンドのフラットで押し込みがあったとかいう話だった。ペンがそれに関係しているとは、まさか思わないでしょう？　彼は今ちょっと気がおかしくなっているかもしれないが、不法侵入をはたらくとは思えない。どっちみち、無理にこじあけて入ったしるしはないと、ボウラーは言っていたんじゃありませんか？　チャーリーが錠前破りの名人だなんて、考えられませんよ！」

「ドイツ野郎はいつだって革ズボン《レーデルホーゼン》の中に奥の手を一つ二つ隠し持っている。一九四〇年に、フランス野郎どもはマジノ線（フランスが一九二〇～三〇年代に築造した独仏国境の要塞線）があるから連中が侵入してくることはないと思ったが、実際どうなったか、見てみろ。ともかく、あいつは作家だ。作家ってやつはあらゆるきたない手をおぼえるものだ。本を書くために調べるからな。例のクリスティーを見ろ。どれもこれも殺人の本ばかりだ。朱に交われば赤くなるんだよ」

　それはクリスティー違いではないかと（ミステリ作家アガサ・クリスティーと連続殺人犯ジョン・クリスティー）、愚かな人間なら口をさしはさみたくなるところだが、ふざけた気分のときのダルジールは象がダンスしているようなものだから、賢い人間はへたなダンスだなどと文句を言わず、邪魔にならないようよけて通ると、パスコーは承知していた。

　しかし、一言あてこすりを言わずにはいられなかった。

　彼は言った。「おっしゃる意味はわかります。でも、ちょっとこのルートの件と似ているんじゃありませんか？　苦情はない、証拠はない、ゆえに事件にならない。どうやって進めるおつもりですか、警視？」

　ダルジールは笑い、巨大な人差指でデスクの上のさっきまでファイルのあった空間に輪を描いて言った。「一九四〇年のドイツ人と同じさ。電撃的集中攻撃《ブリッツクリーク》！　ウィールディを見かけたか？」

「また不思議な電話を受けて、出かけました」

「なんだと、またいいかげんな情報をもらって帰ってくるんでなきゃいいがな」

「じゃ、あのプリーシディアムの件はなんでもないと思われるんですか？」パスコーは言った。〈黒牡牛〉亭でどれだけしっかり話を聞いていたか、見せつけようというのだった。

「息を詰めて期待はしていない」巨漢は言った。

「彼の判断力はたいてい確かです」パスコーは忠実なところを見せて言った。

「それはそうだ。だが、ホルモンは男の判断力を狂わせる。頭を殴られるより悪い。ボウラーを見ろ。恋愛は論理の大敵。そういうことわざをなにかで読んだ」

「恋愛……まさか、エドウィン・ディッグウィードが関係しているとは――」

「誰がディッグウィードのことなんか言った？　ウィールディが浮気していたらどうだ？　いや、開嘴病の雌鶏みたいな顔はよせ。そういうことは起きる。もうコーヒー・タイムか？　一杯ほしいね」

ダルジールがウィールドに関してどこまで本気なのか、パスコーにははかりかねたが、巨漢の勘はときとして巡航ミサイルの届かないところまで到達すると経験から知っていたので、落ち着きを取り戻し、明るく言った。「職員食堂へ行かれるんですか、警視？」

「まさか。あそこではわたしが顔を出したとたん、みんなが話をやめる。コーヒーとくればおしゃべり《カフェクラッチ》だ（カフェクラッチはドイツ語で茶話会のこと）。へたなドイツ語で失礼、チャーリー・ペンから聞き覚えたに違いない。わたしに用のあるやつがいたら、文化的啓蒙を求めて〈センター〉へ行ったと言ってやれ。じゃあな！」

第6部　船

ダルジールの言うとおりだった。コーヒーにおしゃべり《クラッチ》はもちろん、ホイップ《シュ》クリーム《ラーク》やらミルク《ラッテ》やら、あるいはもっとエキゾチックなものを加えたければ、文化遺産・芸術・図書館センターの中二階にある〈ハルズ・カフェ・バー〉へ行く。

一方、遠くに列車の音、すぐそばではパンク・ロックという背景が望みなら、〈タークス〉しかなかった。

すくなくとも、こういう社交経験を生み出すコーヒー豆を摘んだ人間の労働条件に関してエリー・パスコーが苦悩する必要はない、とウィールドは苦々しく考えた。こんな泥水のできる過程に一枚かんだ人間なら、どんなひどい目にあったって当然だ。

こう苦々しい気分なのは、リー・ルバンスキーが現われていないからだった。この騒音を聞き、トルコ人の無関心なまなざしにさらされて二十分も一人ですわっていると、この店の外で送る人生は、実はずっと昔に失ってしまった人と場所のぼんやりした記憶でしかないのではないかと思うようになる。ここにあまり長くいると、いずれ決断力をすっかりなくし、永久に居ついてしまいそうだとこわくなる。まわりは空のカップを前に背を丸めて黙ってすわっている、そんな孤独な男たちばかりだった。

もう行こう。それでほっとするべきだったが、そんな気持ちはしなかった。

カップを押しやり、立ち上がろうとした。するとドアがあいて、リーが入ってきた。

若い顔が心配にゆがんでいた。スーパーマーケットでおかあさんから離れてしまい、ほとんどパニックに近い恐怖を味わっている子供みたいに見える。

するとき、彼はウィールドを見つけ、ぱっと明るい顔になった。まっすぐテーブルまで来ると、詫びの言葉が口からあふれ出た。すさまじい言葉の奔流に呑まれて、詳細はわからないほどだった。

「黙ってすわれ、さもないと舌を嚙むぞ」ウィールドは言った。

「ああ……うん……ごめん……」

彼はすわり、話すのをやめたが、その顔はウィールドが待っていてくれたとわかった喜びにまだ輝いていた。その明かりを消してやるときだ。

「例のいわゆる内報を上司に伝えたがね」ウィールドは唸るように言った。「あまり感心してはもらえなかった。前に言ったように、こっちにはプリーシディアムのヴァンすべてを一日中追いかけてまわるほどの人手も時間もない。もっと詳しいことはわからないのか？」

若者は首を振った。

「ごめんよ、そっちはなにもない。でも、別の話があるんだ」

「ほう？　今度はなんだ？　イングランド北部のどこかの田舎で郵便局が襲われる？　いや、そこまではっきりしていないか？」

リーの明かりは確実にちらついてきた。

「うん、あんまりはっきりしていないけど」彼は自己弁護するように言った。「でも、聞いたことしか伝えられないもの。作り話なんか聞きたくないだろう？」

その言い方があまりに純真で心を打たれたが、ウィールドはそんな反応を外には見せなかった。

「まったくだ」彼は言った。「わかったよ、話してくれ」

「あのリアム・リンフォードの事件だ。やつら、あいつが無罪になるように手を回してる」

今度ウィールドが隠しているのは、強い興味だった。

「手を回している？　誰が？　どうやって？」

「あいつの親父、ウォリーだよ、ほかに誰がいる？」リーはけんか腰になって言い、無邪気な子供らしい外見の下に、世知に長けたレント・ボーイが隠れているとウィールドはあらためて思った。「おれが知ってるのは、やつらがカーンワスに証言を変えさせて、事件が刑事法院の裁判まで行かないようにするってことだけだ。もっと教えろったってだめだぜ、これしか知らないんだから」

「ああ、わかったよ、声を落とせ」ウィールドは言った。音楽がやかましいうえ、誰もこちらに注意を払っていないが、〈タークス〉のような場所で興奮した様子を見せるのは、葬式で声高に笑うのも同然だ。「その情報がどこから来たかは知っているだろう」

むっつりと頑固な表情が、若者の青白い顔を棺衣のように覆った。

客だな、とウィールドは見当をつけた。金づるを手放す危険は冒したくないのだ。それに、ちょっとこわい相手なのかもしれない。

本来なら、リーを公式な情報提供者として登録し、収入の損失を補償してやるべきところだが、そこまでする価値はないと彼は思った。あるいは、たんに自分がそうしたくないだけか。いったん登録されれば、リーがどういう人物か、すくなくともダルジールとパスコーには知られることになる。二人とも、ためらわずに彼を利用できるだけ利用するだろうし、彼はレント・ボーイでいるあいだだけ利用価値があるのだ。

「オーケー、訊かないよ。じゃ、やつらがカーンワスに何をしようとしているのか、当たりはつけられないか？　なんでもいい、リー。きみの言うとおりだ、話をでっち上げてもらいたくはないが、重大なことのように聞こえないからっていうだけで、なにも言わずにいるのも困る」

優しい口調になった効果はすぐにあらわれた。むっつりした表情は消え、かわりに子供のような真剣に集中している顔になった。

「なんにも……ただ、誰かが水曜日に到着するとか言ってたな……誰、いつ、どこ、そんなことを訊かれてもだめだ……知らない……ただ、誰かが水曜日に来る予定だって……」

ウィールドはそれ以上押さなかった。ほかになにか出てくるとしても——そうは思えなかったが——圧力で引き出せるものではない。彼は言った。「それはいい、リー。どうもありがとう」

　ほめられて、若者がいかにもうれしそうになったので、ウィールドの胸はまた痛んだ。

　彼はポケットからいくつかコインを取り出して言った。

「ほら、コークでも買ってこい」

「いや、いいよ、おれがおごる。またコーヒー？」

　答えを待ちもせず、リーはカウンターへ行った。無表情なトルコ人は明るい挨拶に反応しなかったが、注文の飲み物をまるでアテネの死刑執行人が毒ニンジン液を注ぐような無関心さで差し出した。

「それじゃ、リー」ウィールドは言った。「きみのことをもうちょっと教えてくれ。商売はあるのか？」

「商売？　ああ、商売ならたっぷりあるよ」彼は思わせぶりに笑って答えた。

「そういう意味じゃない」ウィールドは言った。「まともな生活をするための商売という意味だ。きみの言う商売を続けていると、しまいには死ぬぞ。わかっているだろう」

「だからどうだっていうんだ？　どっちみち、ほしいものを手に入れるにはそれしかないんで男が金を出すとすれば、何が悪い？　そのくらい、あんたならわかってると思ってたがな」

　大胆にこちらを見つめてきた。もうわかられていると、その目つきからウィールドは察した。

　彼は目をそらさなかった。

「わたしは金を払ってセックスはしないよ、リー」彼は言った。「あげようと思ってくれる人がいないから手に入らないものなら、なしですませる」

「ああ、じゃ、あんたはラッキーな人なんだ」青年は言い、目を落とした。「女はどう？　女の子とやろうとしたことはある？」

　どこからともなく出てきた質問だったので、ウィールドは驚きを顔に出してしまった。

「ごめん、そんなつもりじゃ……ただちょっとそんな……」

「いいんだよ」ウィールドは言った。「うん、女の子とも試してみた。きみくらいの年だったころ……もっと若かったか……自分の本当のところを理解する前、ほかのみんなと同じでありたいと願うと、自分はどこかおかしいんじゃないかと思える、違うか？」

話しながら、彼はばかな思い込みをしていたと悟った。レント・ボーイだからといって、必ずしもゲイとは限らない。だが、リーの答えを聞くと、間違いではなかったとわかった。

「うん、それはわかるよ」彼は陰気に言った。「みんなが試合を見にいこうとぞろぞろ歩いてるときに、反対方向に行きたいと思うみたいなものさ」

彼はコークを飲み、それから言った。「コーヒーを飲んでいないね。そんなにひどくはないだろ？」

ウィールドはカップを唇につけ、押し寄せてくる泡立つ泥水が歯のあいだから中に入るのをゆるした。

「ああ」彼は言った。「まずくはない」

一方、ラッテの世界に戻ると、一年中人気のある〈ハルズ・カフェ・バー〉だが、クリスマス前の買い物シーズンたけなわの十二月の朝十一時となれば、袋を両手に抱えたヨークシャーの女たちが老いも若きもみな足を休ませ、しゃれたコーヒーか昔ながらの濃い紅茶で元気を取り戻そうと、店はごった返していた。

空いたテーブルはなく、椅子もほぼぜんぶ占領されていた。空席らしいものといえば、四人がけのテーブルに男が一人ですわっているところがあったが、テーブルと椅子の表面はすっかり本や紙で埋まっていて、どうやら相席は歓迎でないらしい。しかし、休憩を求める中部ヨークシャーの女たちはそう簡単にくじけはしないから、ときどき誰かが大胆に進攻し、このわびしい客に攻撃を試みた。悲しいかな、侵略成功の望みはない！　敵の接近に気づくと、男は相手が二歩手前まで近づくのをゆるしておいてから、すごい顔でにらみつけるのだ。頬はこけ、目はおちくぼみ、ぼさぼさにひげを生やしたその顔ときたら、まるで人間嫌《ミザンスロ》悪《ビー》と狼狂《ライカンスロピー》（自分を狼と信じてその動作をする精神病）とが支配権を奪い合っているみたいで、十字軍の騎士さえ、これを見たら鎧の中でぶるぶる震え出しただろう。たいていの人はもっと楽に落とせる獲物をさがそうと逃げていくが、一人、魅力がなくはないずんぐりした体に愛想のいい丸顔をしたわりに若い女が、相手の表情に敵意を認めなかったかのように近づいてきて、今にも席を取ろうとした。すると突然、怪獣の背後にもっと恐ろしいものがぬっと現われ、その耳元で怒鳴った。「おい、どうした？　パブはあいていないのか？」

女は見るからにショックを受けて退却した。チャーリー・ペンは——テーブルの主は彼だった——席から三インチ飛び上がり、体をねじって振り向くと、弱々しく応答した。

「こっちこそ同じことを訊きたいね、このでぶ野郎」

「いいや」アンディ・ダルジールは言った。「わたしはありきたりの働く人間だから、仕事のあるところへ出向かなきゃならん。あんたは学者で芸術家だ。頭の中で考えることが大半だ。仕事ならどこへでも持っていける、頭をなくさないかぎりはな。近ごろ、頭をなくしたんじゃなかろうな（「頭をなくす」は「理性を失う」の意味にもなる）、チャーリー？」

巨漢は椅子の一つから紙を払い落とし、どかりとすわった。椅子のきゃしゃな金属の脚が広がり、タイル敷きの床をこすって抵抗の悲鳴を上げた。

「尻のもう半分をのせるのに、別の椅子を持ってきたほうがいいな、アンディ」ペンは落ち着きを取り戻して言った。

「いや、大丈夫だろう。もしだめになったら、店を訴えてやる。あんたはまだわたしの質問に答えていないぞ」

「なんだったかな？」

「短期記憶がなくなってきたのか？　悪い徴候だというぞ」

「何の徴候だ？」

「忘れた」

ペンは笑った。それでも狼を思わせる顔かたちは変わらなかった。

「近ごろ頭をなくしたか？　比喩的な意味で、だろうな？　肉体的《フィジカリー》な意味というより？　それとも、形而上的《メタフィジカリー》な意味？　いや、むしろ輪廻転生的《メテムサイコテイカリー》な意味かな？」

「あんたに教え諭されるのは大好きだよ、チャーリー。こんな有名人を友達に持つと、実に謙虚になる」

ペンが多少の名声と財産を築くに至ったのは、歴史ロマンス小説のシリーズを執筆し、それがぶどう酒《クラレット》と胸の谷間《クリーヴエッジ》たっぷりの派手なテレビ・ドラマになって人気を博したからだった。彼自身はハインリッヒ・ハイネの評伝を執筆して後世に残る評判を築こうと、何年も研究を続けていて、そこから手に入れた知識の多くがフィクションの材料となっている。これが皮肉なところで、彼が物事の成り立ちをシニカルに見る癖があるのはそのせいだった。彼に言わせれば、まるで尊者ビード（八世紀英国の聖職者、歴史家、神学者）が、なんとか生きていくためには、暗いところで光って〈スイート・チャリオット〉を奏でるプラスチックの十字架を売るしかない、と悟ったみたいなものだ。

「アンディ、おたがいに歯に衣着せぬヨークシャー人を気取るのはよそう。わたしが何をしたと思って、わざわざここまでさがしにきたんだ？」

ウェイトレスが近づいてきて、おずおずと注文を訊いた。

「ああ」ダルジールは言った。「コーヒー。泡が立ってて、上にチョコレートのかけらがのってるやつ。それに、あったかいドーナツ。チャーリー？　わたしがおごるよ」

「おやおや、深刻な話に違いないな。ダブル・エスプレッソのお代わりを頼む。よしと、アンディ、さっさと吐いてくれ」

ダルジールは楽な姿勢になり、椅子の脚がまたすこし広がった。

「まず第一に」彼は言った。「わたしはあんたをさがしにここまで来たんじゃない。参考図書室へ行こうとしたら、あんたを見かけたんだ。もっとも、図書室のいつもの席にすわっているだろうとは予想していたがね。実はあんたの本を一冊買ったところでね、サインをもらおうと思った。いずれサザビーズに送って競売にかけるとき、価値が高くなるようにさ」

彼はペーパーバックをテーブルに投げ出した。さっきペンが〈ハルズ〉にいるのを見つけて、センターの書店で買ってきたものだった。題は『ハリー・ハッカーと愚者の船』。表紙の絵は、あわてふためく男たちが大勢乗った船が荒海にもまれ、乗り上げた岩場の上には豊満な女が数人、乱れた服装で寝そべっている、というもの。

ペンはそれを見て眉をひそめた。「で、なんでこれを選んだんだ？」

「表紙が気に入ってね。船が岩場に乗り上げる。なんか、あんたのことを言っているみたいだよ、チャーリー」

「というと？」

これでコントロールがきかなくなった、というかね」

これで作家は安心したようだった。彼は本をわきへ押しやって言った。「参考図書室に行く目的がわたしでないんなら、何なんだ？」

「まあ、ある意味ではあんたと関係がある」ダルジールは言った。「はっきり言ってくれ、チャーリー。あんたは司書のミズ・ポモーナがどこに住んでいるか、知っているな？」

一瞬、ペンはじっと動かなくなった。風が獲物のにおいを運んできたのでぴたりと動きを止めた狼のようだった。

「ペッグ・レーンのフラットじゃなかったか？」彼は言った。

「そうだ。チャーチ・ヴュー・ハウス。最近、そこへ行ったかね？」

「どうしてそんなことをする？　彼女とわたしは社交に自宅を訪ねるような間柄とはいえない」

「質問に質問で答えられたら、質問に答えが出たと見なしていい。警察学校でそう教わった」巨漢は言った。「やあ、ありがとう」

彼はウェイトレスが目の前に置いていったカプチーノを口元へもっていき、チョコレートのかけらがのった泡を舌で巻き取るように舐めた。

「で、容疑者をテーブルで殴れば、刑事損害を受けたのはテーブルのほうだ」ペンは言った。「それも教わっただろうな」

「そうならなきゃいいがね」巨漢は言い、ドーナツをじっと眺めた。どこにジャムが入っているかを当てる名人といった目つきだった。「それで？」

ペンは長いため息をついて言った。「オーケー、言い逃れの余地はないな。確かにちょっとおしゃべりしようと、あそこまで行った。このまえの週末だ。なにも悪いことじゃないだろう？」

「週末のいつごろだ？」

「ええと、土曜日だったと思う」ペンは漠然と言った。

「留守だったから、帰ってきた」

ダルジールは歯を立てる場所を決め、ドーナッツを口へ持っていくと、かぶりついた。

赤く染まった歯のあいだから、彼は言った。「狙いを正確に定めるのが大事だ、チャーリー、さもないと、充分楽しめない。土曜日か。土曜日のいつだ？」

「午前中、だったかな？　そうだ、午前中だった。そんなことが大事なのか？」

「午前は深夜十二時に始まる。十二時から一時のあいだったかね？」

「ばかを言うな！」

「じゃ、一時から二時？　違う？　二時から三時？　違う？　ちょっとは助けてくれよ、チャーリー！」

「それじゃ、あんたのゲームを損ねるだろう？　子供には遊びが大事だ、心理学者はそう言っていないか？」


「八時と八時半のあいだじゃどうだ？」ダルジールは言い、ドーナッツの残りを口に押し込んだ。

「まあ、そんなところだな」ペンは言った。

「そうじゃないかと思ったんだ。あんたにそっくりの風体の男が八時二十五分ごろチャーチ・ヴューをうろついていたのを見られている」

「わたしじゃないな」ペンはそっけなく言った。「うろつくのなら何年も前にやめた。人違いだね」

「こういう風体だ」ダルジールは帳面を取り出し、白紙のページを見た。「ひげ面、こそこそした態度、異常な外見。爆弾を仕掛けてきたばかりの十九世紀ロシアの無政府主義者のよう」

「ああ、それはわたしに似ているな」ペンは言った。「で、わたしは八時十五分ごろ訪ね、彼女がいなかったから帰った。だからどうだというんだ？」

「社交で人を訪ねるには、ちょっと早いんじゃないか？」

「早起き鳥はなんとやらさ、アンディ」

「風邪をひく、だろ？　それでもなんだかへんだ。わたしがこのまえ若い女をそんな早い時間に訪ねたのはいつだったか、思い出せもしないな。逮捕令状があって、むこうが服を着ないうちにつかまえたいというなら別だがね」

「そんな野心はなかったよ。わたしは彼女が仕事に出る前につかまえたかっただけだ」

「土曜日に仕事があるのか？」

「ああ。午前中は。たいがいね」

「そうか、あんたは毎日のように図書館にいるから、知っているんだ、そうだろう、チャーリー？　それじゃ、どうして彼女と図書館で話をしない？」

「あそこでは二人きりになるのはむずかしい」

「二人きり？　すると、なにか個人的な話をしたかったのか、チャーリー？」

「べつに」

「べつに？　だが、朝っぱらから彼女を自宅に訪ねようというくらい特別なことだった！　いいかげんにしろよ、チャーリー！　あんたがミズ・ポモーナと話し合いたかったことはただ一つ、それはいつだろうと彼女があんたと話し合いたいことじゃない。とてつもなくいやな、心に傷の残る体験で、できるだけ忘れようとしているだろうからな！　で、もし彼女が朝八時にドアをあけ、そこに陽気なチャーリー・ペンが立っていたとしたら、何と言ったと思うんだ？　失せろ！　そう言ったところだよ」

ペンはコーヒーを飲み、それから静かに訊いた。「アンディ、これはどういうことなんだ？　彼女がわたしのことで苦情を申し立てたのか？」

「まだだ」

「つまり、いずれは申し立てるってことか？　驚きはしないね。彼女はあんたの言うなりに踊らされているんだ。そうとしか考えられない」

「どういう意味だと尋ねはしないよ、たった今、コーヒー一杯を投資したばかりの男を殴りたくはないからな。すると、チャーリー、あんたはミズ・ポモーナのフラットに入ったことはない、というんだな？」

「のろいな、アンディ、だが、最後にはたどりつく」

「女の子たちにいつもそう言われるよ。じゃ、もしわれわれがミズ・Pのフラットからあんたの指紋を見つけたとしたら、どうしてそれがそんなところにあったのか、説明はむずかしいな?」

ペンはコーヒー・カップを上げ、考えるようにじっと見て言った。「このカップを取ってヴァチカンに置いてきて、そこにわたしの指紋があったからといって、わたしが教皇だということにはならない。アンディ、真意は何なのか、そろそろ教えてくれちゃどうだね?」

「昔なじみの友達とコーヒーを飲んでいるというだけさ」

ペンはわざとあたりを見まわして言った。「その友達とやら、見逃してしまったようだ」

ダルジールは自分のカップを干して言った。「悪いやつは落ち着きがない、というからな。ああ、もう一つだけ。ローレライ。それって、どういうもんだ?」

「なんでそんなことを訊くんだ、アンディ? ミス・Pの侵入者となにか関係があるのか?」

ダルジールは答えず、ただじっと相手を見つめたから、作家は降参というように両手を上げて言った。「ライン川に住むドイツのニンフだ。その美しい歌声に惑わされて、漁師は船の操縦を誤り、岩に乗り上げて溺れ死んでしまう。ハイネは彼女に関する詩を書いている。〝Ich weiß nicht was soll es bedeuten,/Daß ich so traurig bin;/Ein Märchen aus alten Zeiten,/Das kommt mir nicht aus dem Sinn.〟」

「あんたの言葉は英語だってついていくのがむずかしいよ、チャーリー」

「〝理由はわからないが/とても悲しい/いにしえの伝説が/わたしの頭の中をめぐり続ける〟」

「あんたみたいだな、チャーリー」

「どうしてだ?」

「だって、あんたはたいていの男が望むものをすべて持っている、名声ちょっぴり、財産もちょっぴりね。だが、そのくせまるで世界を背負い込んだみたいにぐったりしている。そのローレライとやらは、船をおびきよせて破壊する若い美女だろ。あんたの頭の中をぐるぐる回っているのは間違いなさそうだ。このあんたの本みたいにね、表紙で中身がわかるんなら」

「その絵は想像的解釈だよ」

「じゃ、それで合ってるんだな。ローレライは最後にはどうなった？　探索の騎士に槍で突かれたとか？」

「わたしの知るかぎりでは、そんなことにはなっていない」ペンは言った。「近ごろじゃ、ライン川に漁師は多くないが、彼女はもっと大きな獲物を狙うこともあるんじゃないかな。旅行者でいっぱいの観光船とかね。ああ、ローレライはまだあそこにいて、じっと機会をうかがっているんだと、わたしは思うね」

「じゃ、そっとしておくのがいちばんだ。うちのスコットランド人のばあさんが、よく言っていたものさ、怪獣やら化け物やら夜中に怪しい音を立てるものやら、そういうのはそっとしておけってね。こっちが手を出さなきゃ、むこうも手出ししてこない。じゃあな、あとで階上で会うかもしれんが」

彼は立ち上がった。ペンは言った。「本を忘れてるよ」

彼はペーパーバックを開き、なにか書き込んでから、ダルジールに渡した。

巨漢はたくさんあるテーブルの隙間を縫って出ていった。カフェを出るまで、ペンに見られているだろうと思ったのだが、〈ハルズ〉の店の境界をしるす壁の鏡に目をやると、ひげ面がまた本に夢中になっているのが見えた。

あいつ、何語で考えるんだろう？　ダルジールは思った。

外に出ると、彼は本を開いた。中に印刷された献辞はドイツ語だった。

〝An Mai - wunderschön in allen Monaten!〟

ダルジールのドイツ語力でもそのくらいはわかった。

〝五月に――きみは毎月美しい！〟

だが、ペンが『ハリー・ハッカーと愚者の船』の題の下に走り書きしたメッセージを解釈するには、外国語力は必要なかった。

〝船乗りよ、つつがない旅を！〟

彼は声を上げて笑った。

「チャーリー」彼は言った。「気にかけていてくれたとは、知らなかったよ」

A

長年にわたって同じ町で暮らし、仕事をしていれば、どこを見ても懐かしい連想が起きて、頭も胸もいっぱいにならずにはすまないものだ。ダルジールは参考図書室へ行く途中、ワードマンが〝詰め込み屋〟スティール市議会議員を彫版師の彫刻刀で殺した公衆便所を通りかかったので、小便をしようと中に入ったが、ふいに足を止めた。見上げると、男が脚立にのって天井にビデオ・カメラを据えつけているところだった。

「やあ」ダルジールは言った。「なんだね？　テレビの撮影か？」

「システムを新しくしているのさ。最新鋭の機械だぜ、今度は。こいつなら、あんたのきんたまのクローズアップを月まで送れる」男は誇らしげに言った。

「ほう、そうかね？　じゃ、NASAの連中に警告してやったほうがよさそうだな」

全世界から見られているというのにもひるまず、彼は小便をすませ、外に出て目的地をめざした。そこここに新しい機械が設置されているのが目にとまった。

参考図書室に入ると、彼を迎えたのは男のズボン吊りをかき鳴らすような微笑と、「ミスター・ダルジール、お目にかかれてうれしいわ！」という言葉だった。それはカウンターのむこうにいるきれいな若い女性が明らかに心から口にしたものだった。

ポモーナ家にイタリア系の血が入ったのは二代ほど前だが、遺伝子は一族のライーナ——親しみをこめてライと呼ばれる——に伝わっていた。彼女の肌には黄金の輝きがあり、黒っぽい、表情豊かな目は、太っちょアンディより詩的な男なら、地中海の空にそのイメージを求めたかもしれない。髪は濃い茶色だが、ずっと一筋銀灰色の部分があるのは、十五歳のときに自動車事故で受けた傷の正確な位置を示していた。その事故で双子の兄は死んだのだった。彼女は始め、警視に対して反感を抱いていたし、ボーイフレンドになりかけだったハット・ボウラー刑事から、警視にいじめられているという話をさんざん聞かされていたから、好意的になどなれなかった。しかし、ワードマン事件のあと、彼女は態度を和らげた。外見から受ける印象はともかく、ダルジールは若い部下をとことん守ろうとし、公的な調査で彼がばかげた非難を受けないようにと、断固とした決意で臨んでいることがわかったからだった。

それに、すでにハットに告白したように（それで青年の心はかなり乱れたのだったが）、ダルジールはセクシーなところを感じさせせないでいて、どこかセクシーなところがある。刑事がすっかり困惑したのを見て、彼女はつけ加えた。「あたしが彼と寝たいってわけじゃないのよ、いい？でも、あの人が相手に事欠かないというなら、それはわかるってこと」

巨漢とその愛人、豊満なキャップ・マーヴェルとの関係の立体感は職員食堂で下品な推測の種になっていて、ハットもそんな冗談に加わったことがよくあったが、ここに来て、物事を新たな視点から見直すようになった。ライはしばしば彼にそういう影響を及ぼしたが——これが彼女と親しくなることの喜びであり、危険性でもある——アンディ・ダルジールを曲芸をするクジラではなく、セックスの対象と見なすくらいまごつく方向転換はそれまでなかった。彼女自身はダルジールにそんな気持ちを抱かないと言ってくれたからよかった。ああいう人物を恋敵に持つなど、想像しただけでも意気地がなくなった。

自分が若いカップルにいろいろと考える種を提供したとは知るよしもなく、たとえ知っていたって気にもかけなかったろうが、ダルジールは微笑を返して言った。「こちらこそ。どうだね？　元気そうだな。ボウラーの静養に手を貸したのがよかったんだろう」

そう言ったとき、彼の目は好色そうにきらめいた？　そうだったとしても、ライには気にならなかった。彼女がどんな憶測をめぐらしていようと警視が無関心なのと同じで、警視の憶測に彼女は無関心だった。

「ええ、彼は順調に回復しています。今週中に仕事に戻るようですね」

「そうだ。見たところ、待ちきれないって様子だ。昨日の午後、顔を出しておしゃべりしていったよ。まず雰囲気をつかんでおこうというわけだ。それでわたしは今日ここに来たんだよ、彼の言っていたことがあって。もっとも、あんたに会いたいと思ったら、言い訳なんぞ必要ないがね」

彼はちゃらちゃらと誘いかけるような話し方をした。空き巣狙いの件は正面切って持ち出すしかないと彼は決めていた。だが、かつてラグビー選手だったころと同じで、まず腰をちょいと振って気をそらしておいてから、行く手に立ちはだかる相手めがけてまっすぐ突進するのは悪いことではないと思ったのだ。

「じゃ、彼は押し込みのことを話したんですね」彼女は気をそらされずに言った。

「驚いていないようだな。このことは表沙汰にしたくないと、あんたは彼に言ったんじゃないのか?」

「彼はうちの近所の人たちに聞き込みをしていたと聞きました。それだけですむとは思いませんでしたから」

「そのとおりだ。警察に報告するのは義務だし、あいつはまともな警官だ」ダルジールは厳しい口調で言った。それから、にやりとして言い加えた。「それに、もしなにも言わないでおいて、そのあとであんたがベッドの中で殺され、実はあのフラットは数日前に荒らされていたんですとなにげなく口にしたら、あいつはわたしの手であの世のあんたのもとへ送り出されるだろうと考えたんじゃないかな」

「親切でそうおっしゃったんだと信じますわ。わかりました。どこかの馬鹿者がわたしのフラットに入って引っかきまわしていきましたけど、壊れたものも、取られたものもありません。警察に知らせたら、指紋採取の粉やらなにやらで、うちじゅうさらにめちゃくちゃにされてしまうでしょう、消えかけた残り火に油を注ぐようなことをする意味はないと思ったんです。最近、尋問だの供述書だの、お役所仕事にさんざんつきあわされて、あんなのはもう一生ごめんです!」

「ああ。警察ってやつはのろい碾き臼でね（「神の臼はのろいが碾く粉は細かい」〔天網恢々疎にして漏らさず」という金言から）、最後にはみんなちょっとすり減ってしまう」

「そんなふうには見えませんけど、警視」彼女は言った。

彼は笑って言った。「ああ、わたしはその機械の一部だからな。で、いったん動き出したら、動力がなくなるまで回り続けなければならん。コーヒーが出てくるって可能性はあるかな？」

「ノーと言える可能性はあります？　いいえ。じゃ、どうぞ中へ」

彼は受付デスクの裏へまわり、彼女について事務室に入った。

彼がここに入ったのは、ディック・ディーの死後の捜査を監督したとき以来初めてだった。事務室からも、自宅からも、参考図書部長がワードマンだったという容疑を強めるようなものはなにも見つからなかったのだが、それで変わりはなかった。振り返ると、おもに状況証拠とはいえ、これだけ長い証拠の跡が彼の前までえんえんと続いていたのだから、おまえたちは鼻先に落ちているものも目に入らず、そのために何人が死んだかと、犯罪捜査部は厳しい追及の矢面に立たされたのだった。

あれからだいぶ様子が変わっていた。

壁を埋めていた偉大な辞書編纂者たちの肖像画や写真はなくなって、かわりにヨークシャーの名勝を描いたつまらない水彩画が掛かり、漆喰にはきれいにペンキが塗られている。家具も新しい、というか、この部屋では初めて見るものだった。おそらくどこかほかの市役所事務室と交換したのだ。自分を殺そうとした男の尻で磨かれた椅子にすわるのはうれしくなかろうと、ライの気持ちを察した人物が手配したらしい。

「きれいになったな」彼はあたりを見まわして言った。

「ずっと明るくなった」

「ええ。でも、彼は今もここにいるんです」

「そう思うのか？　気になる？」

彼女は首を振った。

「いいえ」彼女は言った。「それは訊かれました、もちろん、直接的にではありませんけど。図書館はわたしを異動させようとしたんです。お断わりしました、わたしはここにいたいのだと言って。だって、わたしはずっとディックが好きでした。彼はわたしに親切でした。ただ……ええ、まあ、あのことは除いてね。もしわたしがあの日、湖へ行っていなかったら……。もしも、ばかり考えてもしかたないですけど。でも、この図書館にいると、いつも彼のことをいい友達として思い出せる」

彼女はせっせとコーヒーをいれにかかったが、目に涙が浮かんでいるのは彼に見てとれた。

ダルジールは言った。「あいつにあんなことを続けさせておくわけにはいかなかった。あんたに起きたことのおかげで、彼を止められたんだ。罪の意識を感じる必要はないよ。だが、気持ちはわかる。わたしも、いやいやながら人を刑務所へ送ったことが二度ばかりある。ほんの二度だよ。たいていは、つかまえたやつを地下牢へ蹴落とし、ばしんとドアを閉めてやって、これでよしと思う。だが、この二件については、ときどき思うんだ、もしちょっと違うやり方をしていれば、もし見ないふりをしていれば、あんなことをしなくてよかった……。ああ、もしもってやつは、冬の夜にぐずぐず考えたいことじゃない。わたしはブラックだ」

ライはコーヒーをいれ、彼の前にマグを置いたときには、落ち着きを取り戻していた。

「じゃ、わたしが生き延びた被害者で、あなたの仕事場の奴隷の一人のガールフレンドだというのを別にすれば、どうしてこんな軽犯罪で特別扱いを受けているのかしら？　聞くところでは、そちらは人手不足で重犯罪の捜査さえ苦労していらっしゃるようなのに！」

「どんなに手薄でも、人に慰めの言葉をかける暇くらいはつくれる」ダルジールは言った。「いいかね、あんたとなら単刀直入に話ができると思う。被害者であって、生き延びたというのは、お茶と同情（アンダーソンの戯曲『お茶と同情』から）と祝辞をもらえるだけじゃない。あっちこっちのおかしな連中から目をつけられることもあるんだ。一度襲われたんだから、きっとあんたはそういうのが好きなんだと考えるような、頭のおかしいやつらがいる。あるいは、中途半端になった仕事をかたづけてやろうというやつら。あるいは、あんたは一度こわい目にあったんだから、もう一度そんなことがあったら、どんなにおびえるかと考えて興奮するやつらとかな」

ライは口から二インチのところまでマグをもっていった格好で固まった。

「それが慰めの言葉？」彼女は言った。「悪い知らせを届けるときはどうするのかしら？ 郵便受けから切断した脚を突っ込んで、〝ちょいと事故があったんだ！〟と叫ぶ？」

「外回りならパスコー主任警部を送り出す」ダルジールは言った。「話はまだすんでいない。そういう変態は、まだしも数は少ない。だが、ほかのたぐいのやつらもいる。そいつらは、あんたは被害者でなく、被害者は別にいると考えている。刑務所に送られたやつとか、あんたの場合は殺されたやつだな。そいつがこんな目にあったのは、あんたの責任だと思うわけだ。理屈は通っているだろう？ あんたは生きていて、そいつは死んじまったんだからな。病気《シック》の大鼻《プロボシス》」

ライはこれを〝証明終わり《シック・プロボ》〟の意味と解釈したが、この変形が皮肉か無知かを確かめないでおくだけの知恵はあった。

彼女は言った。「その、ほかのたぐいのやつらというのは、大勢ですか、それとも、誰か具体的な人物を考えていらっしゃるの？」

「わたしの立場では、あんたに名前を吹き込むわけにはいかない」ダルジールはまじめくさって言った。「だが、あんたが名前を出せば、調べるのはわたしの義務になる」

彼女がためらいなく名前を出したので、彼は気に入った。

「チャーリー・ペン」彼女は言った。「わたしたちが嗅ぎまわっている相手は彼でしょう？ 近所の人二人が彼を見た、というか、彼の風体と一致する人物を見た。でもそれはご存じですよね。じゃ、お話ししますけど、一つ、はっきりさせておきます。わたしは彼のことで苦情を申し立てるつもりはありません。それに、もしあなたがこの会話の内容を公的なものにしようとなさるなら、わたしはこんな会話があったことは知らないと主張します」

「じゃ、わたしが股に縛りつけているこのテープレコーダーはどうだ？」ダルジールは言った。

「ああら、わたしに会ってうれしいんだとばっかり思っていたのに（メイ・ウェストの言葉「ポケットに銃を入れてるの、それともあたしに会ってうれしいだけ？」から）」彼女は大胆に言った。

彼は笑って言った。「あんた、つきあう相手がよろしくないようだな。じゃ、非公式に、チャーリーのことを教えてくれ」

「教えるほどのことがあるかしら？　学校の友達で親友だった人物が連続殺人犯だったことがわかって、それが頭から離れない。話はそれでおしまい」

「第一段落のおしまいだな」ダルジールは言った。「彼はあんたに何を言ってきた？」

「直接的には、たいしてなにも。ただあそこにすわって、にらみつけてくるだけ。彼の目がわたしにいつでも貼りついているのを感じます」

「それだけか？　彼はよく、あんたに詩かなんかを送ってよこしたんじゃなかったか？」

「まあね、昔は……その、こんなことが起きる前ってことですけど。あの人、わたしに気があったんです。すくなくとも、そうだったと思います。あるいは、ばかげたゲームでもやっているつもりだったのか。とにかく、彼がここ千年くらいのあいだ、ずっと研究しているドイツ語の詩のことはご存じでしょう？」

「ハインケル（一九三九年にターボジェット機を最初に飛行させたドイツの航空機製作者）」ダルジールは言った。

「ハイネ。彼はよく、わたしが見つけるとわかっているところに、愛の詩を書きつけた紙を置いていきました。偶然のようなふりをするんですけど、例のいやらしい流し目をするので、わざとやっているのは明らかでした」

「トライしてみるのは、悪いとはいえんな」ダルジールは言った。

「そうですか？　そりゃまあ、セクハラといえるほどのものじゃないけれど、だんだん腹が立ってきたわ。わたしのほうから、なにか言っていたかもしれない、もし彼が……

もし……」

「もし彼がディーとあれほど親しくなかったら」ダルジールはかわりに言ってやった。「だが、ディーが死んでからは、そういうラブレターを送ってきていないのか？」

「ええ、それだけは助かりました。もっとも、いやらしい流し目を送っていたときのほうがましだったかもしれない。あんなこわい目でにらみつけられるよりね。まるでなんだか……どういうつもりなのかはわからないけれど」

「すると、あんたは脅威を感じていた。そのとき、フラットに押し込みがあり、コンピューターにメッセージが出ていて、それはまっすぐハインツとつながって……」

「ハイネ。あなたはご自分でそれを解き明かしたの、それとも、ペットのブラッドハウンドが嗅ぎつけたの？」

ダルジールは深刻な様子で言った。「いいかね、警官が訓練された探知犬だからやらなきゃならんことと、恋にぽーっとなった子犬だからやらなきゃならんこととが同じだってこともたまにはある。なんでそうにやにやしている？」

「あなたが恋にぽーっとなった子犬だっていう姿を想像しようとしていたんです、警視」

「わたしだって、腹をくすぐってもらいたいのは、ほかの男とちっとも変わらない」ダルジールは言った。「ふつうより強い女が必要だというだけさ。わたしが言おうとしているのは、この場合、仕事対個人の問題ではないということだ。脳ミソもホルモンも、みんながこぞってボウラーに話を聞けと命じた。それじゃ、その点がはっきりしたから、大事な部分に戻ろう。チャーリー・ペンにあんたはおびえ、押し込みはチャーリーとつながりがあるらしい。それなのに、どうして警察からの保護を求めてわめかない？」

彼女は豊かな茶色の髪に指を走らせたので、銀の筋が泥炭の多い小川を泳ぐ魚のように揺らめいた。

「わかりません」彼女はむっつりと言った。「すべておしまいにしたかったのかしら。線を引いて、はい、ここまで、ここからは新しくスタートしますって言いたかった。あのあと、カウンセリングを受けなさいとか、いろいろくだらないことをすすめられたけど、断わりました。ハットがだんだんよくなっていくのを見守って、手を貸してあげて、それがわたしにとってはかわりに癒されていくみたいなものだった。それでこの週末、二人で、その、すごくいい休暇を過ごして、わたしはほんとにしあわせな気分でした。ところが戻ってきてみたら、フラットがあんな状態で、たぶんそれを頭に入れたくなかったんだと思います。さっさとかたづけて、なにも起きなかったみたいに生活を続けたかった」

「それは理解できるよ。今はどんな気分だ？　事件を公式にする心の準備ができた？」

彼女は笑って言った。「あきらめないのね？　わかりました。わたしのフラットに押し込みがあったことは公式にします。でも、誰かに罪を着せるつもりはありません。あなたがペンと話をしたいなら、それはあなたの決めることです。彼、さっきまでいつもの席にいたけれど、きっと〈ハルズ〉へコーヒーを飲みにいったんだわ」

「ああ、そうだ。ここに来る途中、あそこであいつに会った」

彼女は警視を値踏みするようにじっと見てから言った。「もう彼と話をしたのね？　わたしがゴーサインを出す必要があるとかいうのは、すべてナンセンスだったんだわ！」

「いや、違うよ」ダルジールはなだめるように言った。「非公式に話をした、それは本当だ。あんたはそれを公式にしてくれただけだ。貼りつけるラベルの問題さ。そういえば、あんた金曜日に、ラベルをたくさん貼りつけたスーツケースを持って仕事に来たんじゃないだろうな？」

「なんですって？」

「金曜日の夕方、ボウラーといっしょに週末旅行に出たんだろう？」

「そうです。でも、まず家に帰ってバッグを取って、それから車でハットのところへ行きました」

「出かけるとき、誰かが〝週末旅行を楽しんできて！　彼によろしく！〟とか叫んだ？」

「おぼえていません。そんなことがあったかもしれないけど」

「で、ペンは金曜日に図書館に来ていた?」

「ああ」彼女は彼の言わんとするところをつかんだ。眉根を寄せて言った。「ええ、来ていました。でも、わたしが月曜日までフラットを留守にするとわかるようなことが出たかどうか、確実には言えません。公式になったところで、見てまわりたいですか?」

「あんたのフラット? もう掃除してしまったんなら、見る価値はないね。だが、警備をもっとよくすることは考えたほうがいいな。そういえば、この周辺で職員を守るためにまともな警備システムに金を遣い始めたのを見て、うれしいよ。遅いとはいえ、やらないよりはましだ」

センターにまともな警備システムがないことが、ワードマン事件早期解決の障害となった。皮肉だと市役所の同僚たちは言っていたが、そもそも〝詰め込み屋〟スティールのけちけちした方針のせいで、センターにはごく基本的な防犯ビデオ・システムしか設置されないことになっていたのだった。

「職員の心配をしているんじゃないと思いますけど」ライは言った。「文化遺産館では来月、エルスカー埋蔵品の展覧会をするでしょう。ここの警備が最新式のものだというのが、展示を許可する条件だったんです」

「気の毒に、〝詰め込み屋〟のやつ、墓の中でもだえているだろうな」ダルジールは言った。

スティール市議会議員は、埋蔵品をめぐる議論が初めて新聞種になったとき、こう述べたのだった——エルスカー一族の生き残りは炭鉱に送り（送るような炭鉱がまだ見つかればだが）、埋蔵品は売り払って、その金はヨークシャーの貧しい、虐げられた人々に分配すべきだ。

アンディ・ダルジールは議員のファンではなかったが、このときばかりは彼の意見に賛成だった。

「ええ、きっとそうね」ライは言った。

その目がまた涙に濡れ、ダルジールは自分の鈍感さを呪った。

彼は言った。「そろそろ失礼しよう。元気でな。ボウラーにはあまりつらくあたらないでくれよ。わたしのほうはあまりソフトにならんように気をつけるがね! それじや」

出ていくとき、戻ってきたペンに会った。

ダルジールはポケットから本を取り出し、振ってみせた。

「いい本だ、チャーリー」彼は言った。「読むのが待ち遠しい」

ペンは彼を見送ってから、いつもの席へ行き、すわった。ライはカウンターの後ろに戻った。

二人の視線が合い、がっちり見つめ合った。最初に目をそらしたのはライのほうだった。彼女は痛みでも感じたかのように顔をしかめ、手を頭にあてて、事務所に引っ込むと、蹴ってドアを閉めた。

チャーリー・ペンは冷ややかな微笑を浮かべた。

「やったぜ」彼はひとりごちた。それから、読書に戻った。


水曜日の朝、まだ早い時間というのに、ニューヨーク発マンチェスター行きの機上で一夜明かした乗客たちは、六時間の缶詰状態に耐えて生き抜いただけでなく、いやな目つきの税関職員にズボンの中まで調べられることもなく緑の通路を通り抜けて、生まれ変わったように元気な足どりで到着出迎えエリアに出てきた。

その中に一人、運動選手のような体つきの魅力的な若い女がいた。パプース（赤ん坊を抱えるための枠）を胸の前にしっかり固定して、荷物のカートを押す邪魔にならないようにしている。彼女は知った顔をさがすように、柵沿いにわくわくと待ち構えている人々に目を走らせた。

そんな顔は見つからなかったが、地味なグレーのスーツを着て、〈カーンワス〉と名前を書いた白い厚紙を掲げている男が見えた。

彼女は男のところへ行き、言った。「こんにちは。わたし、メグ・カーンワスです」

「どうも」男は言った。「ヤング部長刑事です。グレイター・マンチェスター警察犯罪捜査部」

「あらいやだ。どうかしたんですか？　オズが事故でも……」

「いえいえ、彼は元気です、ほんとに。実は彼が証人となっている例の事件で……その話は聞いていますね？」

「ええ、聞きました。昨日電話してきて、出廷は今日の午後まで延期になったけど、わたしを迎えにきて、車で家まで送る時間は充分あると言っていました」

「どんな様子に聞こえました？」

「ちょっと緊張気味で。この第一段階がすんだらうれしいと言っていました。そのあとは大丈夫だろうって、舞台の初日みたいにね」

「まあ、緊張は当然ですよ。あなたを利用して彼に圧力をかけてくるかもしれないという情報があるんです。たぶんなんでもないでしょうが、関係者みんなのためを考えると、われわれがあなたを迎えて、ミスター・カーンワスの証言がすむまで安全なところにいてもらうのがいいだろうということになりまして」

「いやだ」女はびっくりして目を丸くした。「例の女の子を殺した男は、そういう世界とすごくつながりがあるってオズは言ってましたけど、これじゃまるで、映画みたい」

「カーチェースは法律の限界内にとどめるようにしますよ」ヤングは微笑して言った。「ともかく、たとえ危険があったとしても、もう安心だ。さあ、わたしがやりましょう」

彼はカートを押し、女を連れて外に出た。そこには大型のメルセデスが待っていた。

「あら、すてき」彼女は言った。「警察がこんなに高級になってたとは知らなかったわ」

「人の注意を惹きたくない」彼は言った。「警察車に連れていったら、みんなあなたがドラッグの密輸でもやったと思うでしょう！　それに、長時間窮屈な飛行機の中にいたんですから、すこし楽をしたほうがいい。よければ、後部座席にベビーシートがありますよ」

「まあ、あとでね。この子ったら、飛行機に乗っているあいだじゅうわめきちらして、着陸したとたん、ころっと寝ちゃったんです。だから、寝た子は起こさずに、そっとしておきます」

彼女は車に乗り込み、パプースのフードの中に向かって、あやすような声をかけた。ヤングはスーツケースをトランクに入れた。

「ご主人は今回、ごいっしょじゃないんですか？」彼は肩越しに言いながら、マンチェスター周辺にしだいにふえてきた朝の車の流れを縫って、ゆっくり慎重に運転していった。

「夫じゃなく、パートナーですけど。彼はあとで来ます。わたしは弟としばらく過ごしたいと思って、早めに来たんです。彼が甥っ子を見るのはこれが初めてだし」

「それはうれしいだろうな」彼は言った。


しばらく漫然とした会話があったが、車が郊外を抜け、東へ向かってペナイン山脈を登り始めたころ、ヤングがバックミラーを見ると、女は目を閉じていたから、彼は話をやめ、運転に集中して、高くなるほど濃くなる霧を抜けていった。二十分ほどたって、彼は車を静かに脇道へ乗り入れた。乗客は目を覚まさなかった。さらに数分後、もう一度曲がって、轍のついた細い道を進んだが、メルセデスの優秀なサスペンションのおかげで、座席が左右にゆらゆらする程度だった。

低い石造りの農家の前で、ようやく彼は車を止めた。家の窓はごく小さくて、天気のいい日の昼間でも充分な光は入りそうになく、ましてこんなどんよりした日にはまるで役に立たなかったが、今、中からこうこうと輝く明かりが漏れていた。

動きが止まったので、女は目を覚ました。

あくびをして、車の窓から外を眺めると言った。「ここはどこ？」

「ここです」ヤングは漠然と言った。車の電話を取り上げ、いくつかボタンを押すと、耳を澄ませ、それから彼女に渡した。「弟さんとちょっと話がしたいんじゃないかと思って」

「オズ？」彼女はマウスピースに向かって言った。「メグ？　ねえさん？　大丈夫？　どこにいるの？」

「わたしは元気よ。でも、どこにいるのかよくわからない。なんだかホラー映画の一シーンみたい。ここはどこっておっしゃったかしら、部長刑事？」

「われわれの隠れ家の一つです」彼は言った。

「隠れ家？　まっすぐ家に向かっているんだと思ったのに」

「まあ、向かっているのは確かですがね、まっすぐとはいかない。拘置手続がすむまで、数時間ここにいてもらいます。そうしたら出かけましょう。いいんだ、ミスター・カーンワスは承知していますから。訊いてみてください」

「オズ」彼女は電話に向かって言った。「ヤング部長刑事の話だと、拘置手続がすむまで、わたしはここにいなきゃいけないんですって。ここって、どこだかわからないけど、隠れ家よ。あんたも承知してるって言ってるわ」

すこし間を置いてから、オズ・カーンワスは言った。「そのとおりだよ、ねえさん。こいつがすむまで、そこでじっとしてて。長くはかからないから」

「あんたがそう言うなら、それでいいけど。そっちは大丈夫なのね？」

「うん、おれはしっかり面倒みてもらってるよ」

彼女は電話をヤングに返した。農家のドアがあいて別の男が現われ、こちらに向かって歩いてきた。オレンジ色の光を放つ長方形をバックにして、やや威嚇的な姿に見える。彼女は車のドアをあけようとしたが、ハンドルが動かなかった。

ヤングは言った。「失礼。つい習慣で」それからロックを解除するボタンを押した。

家から出てきた男が彼女のために車のドアをあけて押さえていてくれた。革ジャケットを着た若い男で、いかにも自分が女にもてると思い込んでいるらしく、大胆な目つきに生意気な微笑を浮かべていた。

「荷物を出してくれ、刑事」ヤングは言った。

「荷物？　荷物が必要になるほど、ここに長くいるの？」

「赤ちゃんのものとか、あるでしょう。いい子だ。うちのもこんなに手がかからないといいんだがな」

「お子さんがいらっしゃるの、部長刑事？　何人？」

「二人です。おい、気をつけろよ、ミック」

革ジャケットの男は車のトランクをあけ、スーツケースを取り出そうとしていた。トランクの縁越しに引き下ろそうとしたとき、ケースがぱっと開いてしまい、中身が地面にこぼれ出た。男の生意気な微笑は消え、倫理的政策に直面した大臣みたいな不安な困惑の表情に変わった。

地面に転がっているのは、電話帳三冊、テスコ・スーパーマーケットの袋一つにたっぷり詰めた石ころ、それに中部ヨークシャー警察備品と明記された灰色の毛布だった。

女はパプースをはずし、ヤングに向かって投げつけながら言った。「お守りしててくれる？」

彼は受け損ねた。パプースは手にぶつかって離れ、逆さまに落ちたので、彼はパニックに駆られて必死に身を投げ出し、危うく地面から数インチのところでつかまえた。中からは「ママー！」という甲高い泣き声が響いた。

ヤングがぎょっとして顔を上げると、女は彼のほうなど見ていなかった。

彼女はポケットから小型のエアゾル・スプレーを取り出していた。それを革ジャケットの男に向け、ぐっと一押しした。男は悪態をつき、顔をかきむしりながらのけぞった。ヤングは立ち上がろうとした。スプレーが彼のほうに向けられた。彼は自衛のためにパプースを盾にしようと持ち上げたが、遅すぎた。霧が噴射され、目を射た。痛みに悲鳴を上げて身をよじると、パプースからプラスチックの人形が転がり出て、「ママー！」と叫んだ。

女は人形を拾い上げ、話しかけた。

「ノヴェロです」彼女は言った。「出てきて、かたづけてくれていいみたいです」

P

その日の午後、オズ・カーンワスが証言するあいだ、ピーター・パスコーは興味を持って見守っていた。ただし、見ていたのは証人の顔ではなく、被告の顔でもない。もっとも、被告の顔を見ていればおもしろかったはずだ。証人が確信なく言いよどむだろうと期待していたところ、実際には自信たっぷりに、彼、リアム・リンフォードは問題の夜に自分のランボルギーニを運転して駐車場を出ていった、と言い切ったのだから、その顔は生意気な〝さあ楽しみだ〟からショックを受けた〝まさか〟の表情に変わっていった。

パスコーが見守っていたのは、傍聴席にいるリンフォードの父親だった。その顔に隠し切れない激怒の色が浮かんでいるのを見ると、パスコーはクリスマス・カードを何枚受け取るよりもお祭気分になった。マーカス・ベルチェインバーはカーンワスの自信をへこませようと最大の努力を払ったものの、へこみどころか汚れもきずも残せない始末だった。裁判長がリンフォードは二月に刑事法院で裁判に処されると決定しても、誰も驚かなかった。しかし、記者たちが聞き耳を立てたのは、ベルチェインバーが保釈を要請すると、検察側の弁護士が立ち上がり、証人の証言を妨害しようとする深刻な企てがあったとして、保釈に反対したときだった。裁判長は事件の完全な報告書をできるだけ早く提出するよう求め、それが手に入るまで、リアム・リンフォードは拘置するようにと命じた。

ウォリー・リンフォードの責任を追及するのはもっとむずかしかった。彼は裁判所を出ようとするところを止められ、尋問のため警察に連れていかれたが、最初からベルチェインバーを同席させ、メグ・カーンワス誘拐計画はまったく知らないと主張した。偽警官二人と、マンチェスター空港へ向かうオズを途中でつかまえたあとの二人もウォリーとの関係を否定し、自分たちはリアムの昔からの知り合いで、彼が不当に罪を着せられそうなのに腹を立ててやったことだと言った。かれらはよく訓練されていて、オズが身につけていた盗聴器の録音にも、シャーリー・ノヴェロのものにも、直接的脅迫と見なされる言葉はなにもなかった。ベルチェインバーはノヴェロが体験したことの一部始終を検討してから、もし自分が偽警官に助言を与えるとすれば――もちろんそんなことは仮定として考える理由さえないが――婦人警官を攻撃の罪で訴えてはどうかとすすめるだろう、と意見を述べた。それでは、もしわたしのクライアントにこれ以上質問がないなら、取調べをこれで終わりにするのがいちばんと思う。

パスコーは録音機のスイッチを切って言った。「理解してもらいたいことがある、ウォリー。あなたはオズ・カーンワスを操ろうとして失敗した。彼の証言は記録された。あなたの試みも記録された。あの青年に今後ほかになにかあったら、脅迫であれ、事故であれ、こわい目つきでにらみつけるのだって、すべて書きとめられ、報告され、捜査される。そして、この事件に関係する人間は誰でも、判事から陪審員に至るまで、そのことを知り、それは直接リアムにつながることだと信じるように、わたしは取り計らう。それで、彼は何年という判決を受けるだろう。信じないなら、ここにいるミスター・ベルチェインバーに訊いてみればいい」

ベルチェインバーは口をすぼめて言った。「こういう会話は、わたしとしてはもちろん、あなたの上司と公訴局に報告せざるをえませんよ、主任警部」

「なんの会話です、ミスター・ベルチェインバー？　会話なんか耳にしませんでしたよ。きみは会話を聞いたかな、ノヴェロ刑事？　ウィールド部長刑事は？」

同僚二人は首を振った。

「ほらね。三対二ですよ。民主主義ではこちらが正しいはずだ。じゃ、気をつけるんだな、ウォリー。あれだけ大規模なスタントをいくつもやってきたあとで、家庭内暴力なんかで刑務所に送られるのはくやしいだろう？」

弁護士とクライアントが出ていったあと、ノヴェロは感心した様子で言った。「やりましたね、主任警部。あれならあの連中も縮み上がりますよ。ほんと、胸毛もんです」

これは本物のほめ言葉だった。ノヴェロは筋肉質で毛深い男が好みで、パスコーのような優男《やさおとこ》は目でないのだ。

「それはどうでもいい」パスコーはくたびれた声で言った。「かれらがオズとその家族に近づかないよう、警告してやりたかっただけだ。それに、胸毛といえば、きみが目つぶしスプレーでやったこと、直接かつ突然の脅威に対する反応だとわたしは書いておいたが、きみは警官だと名乗らず、相手に警告も与えなかったんだから、正当化するにはそれしかない。ベルチェインバーがしゃべった中で唯一正しかったのは、かれらがきみを告訴できるという部分だ。何を考えていたんだ？　脅されているらしい声すらテープに残さなかったじゃないか！」

「まあ、脅威は感じてました。それに、スーツケースが急にあいてしまったのは、わたしのせいじゃありません」ノヴェロは抗議した。

「誰のせいだという問題じゃない。現場の警官は英雄にもなれば、踏みにじられもする。こっちにあるのは、警官のふりをした男二人だけだ。脅迫はせず、きみを意思に反して引きとめたこともなく、リンフォード親子どちらとも直接のつながりはない。今度ベルチェインバーが拘置命令見直しを要求したら、判事がそれを却下するようわれわれが説得できるほどの材料があるとは思えない。そうしたら、リアムは自由になり、それはすべてきみのせいだ、ノヴェロ。よく心しておけよ。一度は後押ししてもらったが、二度目は期待するな」

無表情な顔の下に憤慨を隠して、ノヴェロは出ていった。

「厳しすぎたかな、ウィールディ？」

「リンフォードとベルチェインバーに対して？　足りないくらいだ。ノヴェロに対して？　ちょうどいいくらいだろうな」

「ありがとう。これで、きみの情報は確かなものだとわかった。いい提供者をつかんだみたいだな。なるべく早いうちに、公式に登録したほうがいいぞ」

「興味がない」ウィールドは言った。

「誰が？　彼、それとも、きみが？」

「もちろん、彼のほうさ」ウィールドは言い、パスコーの目をまっすぐとらえた。

「わかった。でも、気をつけろよ」

無料のタレ込みなんてものは存在しない、というのが昔からの犯罪捜査部の金言だった。

「ああ。それじゃ、これでプリーシディアムの件をもうちょっと真剣に扱うことになるかな？」

「だろうな。じゃ、マイティ・コングに会いにいこう」

「オーケー。だけど、ピート……」

「え？」

「この件では、わたしは後ろのほうにいたいんだ。その、リンフォードの取調べに同席するのはかまわないが、プリーシディアムの件の情報に基づいて作戦を実行するとすれば、わたしは前線にいないほうがいいと思う」

「もしきみが采配を振るっているように見られたら、誰かがきみの情報提供者とわれわれを結びつけるかもしれないから？」

「可能性はある」

「わかった。それでいい。でも、名誉を取り逃がすぞ。きみが警視総監の候補に上がったら、それが損になるかもしれない」

「そのくらいはしかたないさ」ウィールドは言った。

犯罪者の降臨節《アドヴェント》カレンダー（クリスマス前の四週間分のカレンダーで、毎日その日の小窓をあけると別の絵が現われる）では、窓が一つあくごとに、新しい機会がひらける。

　消費者が望む商品を満載した巨大なトラックが続々と各地の繁華街へ向かう。店の棚は品物の重みにしなう。ショッピング・センターは現金をぎっしり詰めた財布を持った買い物客でぎっしり。レジは昼じゅう、それに夜のかなりの時間も楽しくチンチン鳴り続け、巨額の金が予想のつく規則正しさで銀行へ運ばれなければならない。平均的な家にはすぐに数百ポンド相当の簡単に持ち運べるプレゼントが集まり、ガレージや階段下の戸棚に〝隠して〟ある。平均的でない家なら、プレゼントは数千ポンドにもなるかもしれない。家でも職場でもパーティー・シーズンが始まる。用意周到な密輸入者は安い酒と煙草を求める大勢の人間にここぞとばかり売りつける。一方、ほろ酔い機嫌の人々は、お買い得の一言であらゆる種類の詐欺にひっかかり、財布はすりに持っていかれる。

　犯人逮捕、事件解決で履歴書をぎっしり埋めようという野心的な警察官にとっても、降臨節《アドヴェント》の窓は黄金の機会に向かって開かれる。犯罪はよりどりみどり。遅い刈り入れの時期だ。こつは、熟して刈り取っていいものと、固くて食えないものを見分けること。手いっぱいのときだから、慎重に考えている暇はない。というわけで、パスコーはフラニー・ルートを頭から追いやり、中部ヨークシャーの大部分の人々がしあわせに犯罪とは無縁のクリスマスを過ごせるようにする仕事に専念せよと、あっちからもこっちからもつつかれているのを感じた。

　しかし神はやんちゃで、いったんいたずらをしようと準備万端整えたら、目標になる相手が定められた道から逸れるのを喜ばない。

リンフォード事件でウィールドの情報が正確だったので、プリーシディアムに関する内報もまともに受け取ることに決まった。といって、配達便すべてをカバーするわけにはいかないが、小企業の給料袋の配達がいちばん狙われそうだという部長刑事の評価にみんなが賛成し、警護はそこに集中することになった。情報提供者を保護するために自分は裏にまわりたいというウィールドの希望を伝えられると、ダルジールは深呼吸し、眉を上げ、口をすぼめ、まるで電気ウナギを呑み込んだアンコウみたいな様子を見せたが、反論はせず、結局、パスコーがこの仕事の担当にさせられた。

「ありがとう、ピート」ウィールドは言った。「そう面倒なことにはならないだろうがね。たぶん、トラックにまだ現金の大部分がある早いうちに襲ってくると思うんだ。だからそのあと書類の処理をすませたって、遅めのティータイムまでには家に帰れるよ」

もちろん、そんなふうにはならなかった。

主任警部率いるチームは午前中ずっと、ヴァンのあとをつけて狭い田舎道をのろのろとまわった。一つ配達をすませるごとに、みんな気が沈んでいった。金が減れば、結果が出るチャンスも減るとわかっていたからだ。あまり良心的でない警官なら、あと二軒くらい配達先が残っていても終わりにしてしまっただろう。手に入る金がわずか数百ポンドしか載っていないヴァンを襲うような危険を冒すのは、野心がないどころか、まったく阿呆な悪党だけだ。しかし、パスコーは最後までねばった。管轄地域の北端で最後の配達がすんだとき、ようやくパスコーは意気消沈した部下たちに言った。「よし、これまでだ。帰ろう」

半日無駄にして、なんの結果も出なかった。こんなことはままあるし、警官は慣れてしまうものだ。だが、そんな哲学をもってしても、ウィールドにうんと皮肉な口をきいてやろうというパスコーの意志は弱まらなかった。

犯罪捜査部の部屋に入ると、ウィールドが電話中なのが見えた。部長刑事は呼び寄せるしぐさをしてから、電話に向かって言った。「今、帰ってきました」

「だれ？」パスコーは近づきながら、小声で訊いた。

「ローズ」ウィールドは小声で答えた。パスコーは幼い娘が仕事場まで電話してくるとはどんな大ごとがあったかと、一瞬ぞっとした。すると、よく気のつくウィールドはその反応を見取って言い足した。「ローズ警部」

これでほっとしたものの、誰のことかわからないまま、彼は受話器を受け取って言った。「パスコーです」

「やあ、どうも。スタンリー・ローズです」

「スタンリー……？　スタン！　やあ。警部だって！　いつ昇進したんだ？　おめでとう」

このまえローズと話をしたときには、彼は南部ヨークシャー警察の部長刑事だった。あれはフラニー・ルートがパスコーの人生に戻ってくることになった事件のときだった。エリーを脅してパスコーに対する昔の恨みを晴らしてやろうと考えそうな人間をあたった結果、彼はルートがシェフィールドに住んでいると知って、ローズと連携したのだった。すべて規則どおりにやったのだが、パスコーが聞き込みをしようと自宅を訪れると、ルートは手首を切って浴槽に横たわっていた。実際には傷はそう深いものではなく、失血より、冷えた風呂の中で体温低下で死ぬぐらいのところだったが、当然、不当な圧力をかけたという噂が広まり、しばらくのあいだ、ローズもパスコーも容疑者いじめで訴えられそうな気配があった。だが、ルートは（パスコーの目には）ずる賢い蛇だから、簡単に一撃でかたづけようとするはずはない。それで苦情申し立てはなかったが、ルートの沈黙は（パスコーの耳には）長い草の陰に潜む蛇の沈黙だった。

というわけで、公式の処置も報復もなくてすんだ。だが、犯罪捜査部の会計簿では、他人の管轄地域へ出向いてむこうに恥をかかせることをしでかしたら、借金を負うことになる。その返済が今求められているのだと、パスコーは推察した。

「今月初めです」ローズは言った。「クリスマスに何をプレゼントしてやろうかと、みんなで悩んだんでしょうよ。わたしは一年中、それとなくヒントを出し続けていましたしね」

「うれしいニュースだ。きみの昇進は遅すぎたくらいだよ」パスコーは言った。「今度会ったら、わたしに一杯おごれとつっついてくれよ。で、どんな用事かな、スタン？」

表面上は、たんに連携と協力を要請するというものだった。ローズは情報提供者から、なにかが新年早々実行される計画だと聞きつけていた。情報は漠然としていた。前もって計画しているのだから、大規模な仕事だろう。運転と暴力にかけては最高の人材を集めている——だから噂が提供者の耳に入ったのだ——というのも、その規模を示唆するいい証拠だった。それを取り仕切っている本部は南部ヨークシャーにあるが、仕事そのものは州境を越えて中部ヨークシャーに及ぶかもしれないという。

「はっきりしたことがなにもなくて、すみません」ローズはしめくくった。「でも、あなたならそっちで麦わらが数本、風に乗って飛んでいるのを目にとめるかもしれないと思いましてね。それだけではたいしたものに見えなくても、合わせれば……まあ、レンガを作れるかもしれない（「麦わらなしでレンガを作る〔不可能なことを試みる〕」という成句から）」

なるほど。しるしばかりの要請だった。形式を踏んだだけで、中身が空っぽというほどではないにせよ、こういう場合ほとんどは残念ながら実を結ばずに終わる。

しかし、パスコーはローズに借りがあったし、自分が部長刑事から警部へのあの大きな一歩を踏み出したばかりのころをおぼえていたから、裏の意味《サブテクスト》を読み取った。

ローズは早い時期にいい印象を与えたいのだ。自分の情報提供者が一番にこの事件を嗅ぎつけてきたので、彼は喜んだ。その段階で、実際よりも大げさに見せてしまったのかもしれない。ところが二週間くらいたっても、それ以上なにも出てこなかったので、ばかなまねをしたという気になってきた。手っ取り早いのが大事という主義の犯罪捜査部の同僚たちはきっとすぐに、新世紀の大犯罪とやらはどうなったと彼を責め立てたに違いない！　もしかすると、それでまた、実質の伴わない不確かな話にすぎないものを極端に持ち上げてしまったのかもしれない。それで、彼は助けを求めてあたりを見た。貸しのある相手はいないか？　ピーター・パスコー主任警部がいた。有名なアンディ・ダルジールの最高に頭の切れる部下の一人で、推定上の仕事の推定上の予定地とされるところで働いている。彼だ！ というわけで、一か八か、あの借金の返済を求めてみる価値はあった。それに、もしこれが事件につながれば、パスコーにも大きな手柄となるのだから。

パスコーは質問し、メモを取り、励ましの言葉をかけた。「よし、わかった」彼は最後に言った。「最大限努力するよ、スタン、本当だ」

「恩に着ますよ」ローズは言った。「ご親切に」

「私利私欲さ」パスコーは笑った。「われわれどうしが助け合わなきゃ、助けてくれるやつが現われるのをいつまでも待つことになる。このごろじゃ、サマリア人（聖書で、苦しむ人を快く助ける親切な人の喩え）が近づいてきたら、助けてもらえるどころか、蹴飛ばされるのがおちだからな」

これは彼自身というより、ダルジールの見方だった。おそらくは巨漢の言い回しそのものだろう。だが、それを口にしても気が咎めはしなかった。ウィールドが自分の選んだ職場で生き抜いていくためにゲイであることを隠してきたように、パスコーも早い時期に、高等教育やリベラルな人道主義は、いまだに非常に伝統的な警察という場では勲章にはならないと認識していた。一兵卒はたとえ背嚢の中に元帥の司令杖を隠し持っていても（将たる器量を有するという意味の成句）、兵舎で交わされる言葉をおぼえないうちは、それを振るう機会はやってこない。

「そのとおりですよ」ローズは言った。「それに、消えてなくなってくれないものがいくらもある。さっき、おたくのウィールド部長刑事に話していたんですがね、しばらく前、自殺かもしれない事件に関連して彼が問い合わせてきた学生がいたでしょう……」

「え？」パスコーは言った。「思い出せないな……」

だが、もちろん思い出していた。シェフィールド大学でルートの指導教官だったサム・ジョンソンは（噂によれば）ジェイク・フロビッシャーの突然の死に影響されて中部ヨークシャーに移ったとされていた。彼は学生のフロビッシャーに、学業がこれ以上遅れたら退学処分だと圧力をかけていたのだ。ジョンソン自身が不審な状況で死んだとき、パスコーはそれが自殺かもしれないという可能性を利用して、ウィールドにフロビッシャーの死について調べるよう指示した。講師の精神状態について、検死官になるべくよくわからせたい、というのだ。だが、彼は自覚していたし、ウィールドも推察したように、本当のところは、フラニー・ルートと二人の悲劇とのあいだに、どんなに間接的でもいいから、なにかつながりが見つかるかもしれないという希望を持っていたのだった。

「ジェイク・フロビッシャー。そちらのワードマンの被害者の一人だった講師とつながりがあった」

「ああ、あれか。思い出した。彼は論文の締切が迫ったんで、徹夜するために薬をやっていたとわかったんじゃなかったかな？」

「そうです。はっきりした事故死だった。ただ厄介なことがありましてね。持ち物を家族に送り返したところ、彼の妹が、高価な腕時計がなくなっているといって、訊きまわり始めたんです。警察の誰かがねこばばしたとほのめかしてですよ。結局かたづきましたがね。証拠がないから訴えられない、おふくろさんは騒ぎ立てたがらず、自分はそんな時計をおぼえてもいないと言った。一件落着、ですよね？」

「だろうな」パスコーは態度を鮮明にしなかった。ウィールドのほうへ目をやると、部長刑事は自分の未来を覗くかのようにスクリーンを見つめていた。「だが、そっちに賭けるつもりはないよ」

「賢明です」ローズは言った。「ソフィー、というのが妹ですがね、九月にこっちに入学したんです。そうしたらどうだ、学期末にはほかの学生たち数人といっしょに、覚醒剤でハイになっているところをつかまった。あの兄にしてこの妹あり、ですよ。彼女の部屋から薬がどっさり見つかった。その部屋というのが、兄貴が死んだ、あの建物にあるんです――たいした神経だ。とにかく、この女、両手を上げて降参どころか、薬はわざとあそこに置かれたものだ、兄貴の時計を盗んだと自分が恐れず非難したから、その仕返しに警察がやったんだ、と言い出した！　その件は昨日、法廷に出ました。いまいましい判事ときたら、彼女が悲しい物語をだらだらと語るのをゆるし、目から涙をぬぐって証人席にいるわたしをにらみつけると、彼女を条件つき保釈にした！　そのあとでわたしは彼女に、幸運だったな、だが気をつけないと、最後はおにいさんと同じことになるぞ、と言ってやりました。すると、時計を盗まれるってこと？　とぬかして、わたしに向かって指一本立ててみせ、笑いながら仲間といっしょに出ていった。警察官てのは、ありがたい仕事ですよねえ？」

「そうだな」パスコーは考えながら言った。「ああ、そのとおりだと思う。じゃ、なにかあったら連絡するよ、スタン」

　彼は電話を置き、ウィールドをじっと見つめた。その視線の力に抗しきれなかったかのように、やがて部長刑事は首をまわした。

　主任警部は来いというように顎をしゃくって、自室に入った。

　部長刑事も続いて入り、ドアを閉めた。

　パスコーは簡潔に、今日の作戦が無駄骨に終わった顚末を話して聞かせた。

「感謝するよ、ウィールディ」彼はしめくくった。「冬のさなかに風光明媚な田舎をまわるのは、有益なことをして時間をつぶすよりよっぽどうれしい」

「ピート、すまなかった。情報提供者に話をしてみる……」

「ああ、うん」失敗した仕事はもう優先順位リストのずっと下に落ちてしまい、ウィールドに向かって腹を立てる気にもならなかった。「忘れてくれ。でも、別のことがあるんだ。サム・ジョンソンが死んだとき、シェフィールドで死んだフロビッシャーという学生のことを調べてくれと頼んだのをおぼえているだろう？　ジョンソンはその死に動転して、中部ヨークシャーに移ってくることになったという噂だった」

「おぼえているよ」ウィールドは言った。

「それできみは、あの件ならすっかり捜査がすんで、不慮の薬物過剰摂取による死と判定された、未解決の部分《ルース・エンズ》はない、と報告してくれた」

「そうだ」

「この、なくなった腕時計というのはどうだ？　きみの報告に入っていたという記憶はないがな。それは未解決の部分じゃないのか？」

「そんなふうには見えなかった」ウィールドは言った。「実際、どうということじゃないだろうと思ったんだ。報告に入れるほどのことじゃない、若い娘が悲しみのあまりおかしくなって騒ぎ立てているだけだとね」

「いくら若い娘でも、悲しみは克服する」パスコーは言った。「でも、この子はいまだにおかしいみたいだな？」

敵意をあらわすつもりはなかったのだが、まったく解読不能な部長刑事の顔は挑発に挑発で答えているも同然だった。取調室でウィールドの前にすわるとどういう気がするものか、パスコーは初めて理解した。

返事が来た。強情な息子に向かって人生のなんたるかを説き聞かせる辛抱強い父親のような、穏やかで分別のある口調だった。

「おぼえているだろう、きみがフロビッシャーに興味を持ったのは、ジョンソンが自殺したとわかった場合に、学生の死が彼の当時の精神状態と関連があるかもしれない、という理由だった。だが、フロビッシャーは不慮の過剰摂取で死んだという詳細をわたしが調べ出したころには、ジョンソンはワードマンに殺害されたとわかっていたから、学生の死が彼の死に関係しているはずはなかった。たとえ坊主の結婚式くらい、ぶらぶらしているもの《ルース・エンズ》だらけだとしたってね」

口調は終始変わらなかったが、しめくくりのダルジール的イメージから苛立ちが伝わってきて、パスコーはちょっとした勝利をおさめたとうれしくなったが、ほとんど同時に恥ずかしくもなった。ウィールドはあのときも今も、パスコーが危険な妄想に取り憑かれていると考え――おそらくはほかの誰もが同意見だろう――彼を救ってやろうとしているのだった。

だが、ウィールドもほかのみんなも間違っている、とパスコーは自分に言い聞かせた。カウボーイが〝牧場の権利書を賭けたっていい〟というほど絶対の自信があるわけではないが、妄想というのは不合理なものであり、彼は理性で試しえないことをするつもりはないから、ゆえにこれは妄想ではない。危険というが、真実を追求するこの行動が、どうしてほかの場合より格別危険だろう？

彼が認める唯一の現実的危険は、最愛の人々と仲違いすることだった。

彼は穏やかに言った。「ごめん、ウィールディ。ばかなことを言ってしまった。まあ、年の暮だから許されるよな。ローズが何を追いかけているか、聞いたかい？　聞いてない？　ああ、まあ、彼が貸しがあると感じている相手はわたしだからな」

パスコーはローズの要請内容を手短に伝えた。

「たいした手がかりじゃないな」ウィールドは言った。

「それでも言い過ぎくらいだよ。しかしまあ、彼はいい警官だから、こっちもせいぜい努力してやろうじゃないか。うちの管轄地域でなにか大きな事件がありそうだという噂があれば、知りたい。そうみんなに伝えてくれ」

「アンディにまでも？　勤務時間中にきみが昔の借りを返していると知ったら、喜ばないぜ」

「でも、もしなにか大ごとが起きて、南の連中が〝ほれ見ろ、警告してやったのに！〟と自己満足することになったら、彼はもっと喜ばないさ」

ウィールドは小さくうなずいた。その身振りには、〝すっかり納得した〟から〝ぜんぜん納得がいかない〟までのあいだのどんな気持ちがこめられていてもおかしくないが、パスコーは彼が出ていくのを見送りながら、指示は完全に実行されると確信していた。

彼はオーバーを脱いで掛け、デスクの前にすわると、紙に〝ソフィー・フロビッシャー〟と書いた。それから、疑問符を加えた。

どういう疑問なのか、まして、それを口にすることがあるのかさえ、彼にはよくわからなかった。

ありがたいことに、一つだけははっきりしていた——来月、大学の新学期が始まるまでは、この件に関してなにも決断する必要はない。

ひょっとするとそのころには、ルートにいらいらさせられたのも遠い記憶にかすんでいるかもしれない。最後の手紙で彼はイギリスに別れを告げていたが、それがあらゆる意味で別れの手紙となるのかもしれない。

そんなことがあれば、今年はクリスマスがキャンセルになったって不思議はないぞ！

パスコーは笑った。

ダルジールは言った。「上機嫌だな、うれしいよ」

くそ！　おれの部屋に入ってくる秘密の通路でもあるのか？　パスコーは思った。

「報告にうかがおうと思っていたところです、警視。内報ははずれでした。残念ながら、まったく時間の無駄で……」

「半分は当たっている」巨漢は言った。「時間の無駄というほうはな、だが、内報は違う」

「は？」

「つい今しがた、プリーシディアムのベリーから怒りの電話があった。今日は給料袋配達車を警察が守ってくれるとばかり思っていた、と言ってな」

「ええ、警視、そのとおりですよ。車が最後の配達をすませるまで……。くそ、まさか……？」

そのまさかのことが起きたのだった。

プリーシディアムの警備員は、今にも襲撃されるかと一日はらはらして過ごしたあとだから、帰り道にお茶を飲んでほっと一息ついてもいいだろうと思い、町の北側のバイパス沿いにあるカフェのトラック駐車場に入った。ヴァンから出ようとしたところ、覆面の男の一団が襲いかかってきた。かれらは野球バットで武装し、すくなくとも一人は銃身を切り詰めたショットガンを持っていた。安心していたところを急襲され、びっくりした警備員たちは抵抗しなかったので、危害を加えられず、トラック駐車場の片隅にとめた白いヴァンの中に閉じ込められた。悪くすればそのままで長時間過ごすところだったが、プリーシディアムのボス、モリス・ベリーが、例のヴァンがふいにスクリーンから消えたことに気づいた。最後に見えた場所まで人をやって調べさせると、白いヴァンから物音が聞こえてきた。パスコーが現場に到着したときには、警備員たちはさっきよりよほど必要になったお茶を飲んでほっと一息ついているところで、ショックから回復し、泥棒どもがヴァンにないにも残っていないと知って仰天した顔を想像して笑っていた。

パスコーはいっしょに愉快がることはできなかった。これは悪党側にとって失敗かもしれないが、警官にとっても失敗とされるとわかっていたからだ。警察の職員食堂で話題になり、新聞に出れば、笑いものにされるのは彼だ。そして一年の犯罪統計のリスト上では、今日の仕事は内報があり、金をかけて護衛までしたのに、警備会社のヴァンがハイジャックされた事件、ということになる。

ふいに、フラニー・ルートは山積する問題のいちばん下に追いやられ、パスコーはようやく自室に戻ると、ソフィー・フロビッシャーの名前を書きつけた紙切れを、読みもしないで屑かごに捨ててしまった。

第7部　誘惑

手紙5　12月24日（月）受領。
P・P

アールガウ州
フィヒテンブルク-アム-ブルーテンゼー
十二月十七日月曜日（深夜！）

親愛なるミスター・パスコー、

頭が混乱しているので、こうしてまたあなたに手紙を書いています。ここまでの悪夢の旅は飛ばしましょう。ただ、これだけ言っておきます。倹約しようとしたのがあだとなって、列車は二度故障して止まり、ぼくがマンチェスター空港に着いたのは出発時刻のわずか五分前、しかもまだチケットを受け取っていない！　チケットをもらって、荷物を預け、警備チェックを受け、そこまでやったら三十分ではすまない、とぼくは思いました。ああ困った。リンダはアレンジしたことはアレンジしたとおりになるのが好きな人だから、これじゃ喜ばない。

ところが、心配無用でした。リンダの組織力も、航空会社の前では容赦なく踏みにじられる乾いた葦も同然です。

ぼくの便は遅れ……遅れ……また遅れ……

ようやく飛び立ちました。出発が遅れたからといって、機内食搬入のスケジュールを狂わせなかったのは明らかでした。皿にのって出てきたものを見ると、チャペル・サイクの料理が魅力的に思えるほどだった。しかも、ぼくの隣にすわっていたのはでぶの不動産屋で、おしゃべりなうえ、ひどい風邪をひいていた。

チューリヒに着陸しても、問題は続きました。

ぼくのスーツケースがベルトコンベアに出てきたのはいちばん最後で、それからぼくはコロンビアの麻薬王なんかじゃないと、ネアンデルタール人みたいな税関職員を納得させるのに一苦労、ようやく一般コンコースに出たときには、いろいろわけのわからないマークのついた旗が並ぶ中に、ぼくの名前を書いたものは見つかりませんでした。

　しばらくして、迎えのタクシー運転手がコーヒー・ショップで居眠りしているところに、ほとんど文字通りぶつかりました。彼はぼくの名前らしきもの（ルット様）を書いた紙を、光をさえぎるために目の上にのせていたので、それが唯一の手がかりになったのです。起こされたのに腹を立てたのか、彼はぼくのほうに向かって喉の奥で唸るような声を出しただけで、大吹雪になりそうな天気の中を出発しました。もっとも、不動産屋が痰のからんだ声でとりとめもない話をし続けたあとでしたから、運転手の愛想のなさはたいして気になりませんでした。

（たしか、こんな話は飛ばすと言ったはずですよね。でも、ぼくの精神にあまりに深く刻印されていて、そう簡単に忘れられない！　すみません）

　フィヒテンブルクはチューリヒから車で楽に行ける距離だとリンダは言っていましたが、この天気にこの運転手では無理のようでした。永遠に走り続けるかに思えました。とうとう、疲れが不安に勝ち、ぼくは居眠りを始めました。車が急に止まったので目を覚ましました。すごい勢いで前につんのめるほどの急停車でしたから、事故かとまず思いました。ところが、落ち着きを取り戻してみると、運転手はタクシーの外にぼくの荷物を置き、こちらのドアをあけて押さえているじゃありませんか。念のためつけ加えますが、これは召使精神のなせるわざなんかではなく、ぼくにさっさと出てもらいたい一念だったんです。

　ぼくが寝ぼけたままよろよろと外に出ると、彼はドアをばたんと閉め、運転席に戻ると、そっちのドアもばたんと閉めて、さよなら《レーブヴォール》の挨拶もなく、轟音とともに夜の中へ消えてしまいました。

　小雪が降っていました。目を凝らし、雪片のカーテンのむこうを見ようとしました。ぼんやり見えるのは、どこまでも続く背の高い樅の木立の輪郭だけでした。

　あの野郎、ぼくを森の真ん中に落として行っちまったんだ！

　ぎょっとして、くるりと向きを変えました。すると、なんともほっとしたことに、暗さに慣れた目に、今度は建物の堅固な表面と鋭角の傾斜が見えました。左へ目を移すと、建物には終わりがありません。右を見ても同じでした。反り返って上を見ると、舞う雪片のベールを透して角櫓と狭間胸壁がかすかに目に入りました。

　フィヒテンブルク！

「わあ、まさか！」ぼくは思わず声に出しました。

　学校で習ったドイツ語はほとんど忘れてしまいましたが、たしかフィヒテンとは松の木だとおぼえていたし、ブルクは城という意味なのは確信がありました。

　これはリンダの友達が別荘につけたたんなるしゃれた名前だとばかり考えていたのですが、ばかでした。

　フィヒテンブルクはまさにその名のとおり――松林の中の城なんだ！

　しかも、悪いことに、人に見棄てられた城みたいです。若武者《チャイルド》ローランドがようやく暗い塔にたどり着いたあげく、こんなことをしてよかったんだろうかと迷い始めたときのような気分で（ブラウニングの詩「チャイルド・ローランドは暗い塔に来た」から）、ぼくは建物の玄関らしきドアのほうへ進みました。重い樫の板を分厚い鉄板でつないだドアは、親類連中に予告なしに立ち寄られるのはごめんだという男がデザインしたものに違いない。

　ドアのわきの花崗岩の側柱の片側から、金属球のついた鎖が下がっていましたから、それをつかんで引っ張りました。しばらくすると、どこか遠く、別世界かもしれないようなところで、ベルが鳴りました。

　ゴシック小説か《グーン・ショー》（ラジオのお笑い寸劇番組）の脚本なら、次の効果音はのろのろしたすり足の恐ろしげな足音で、それが近づくにつれ、大きく聞こえてくる、というところです。

　耳を澄ましてもなにも聞こえないので、ほとんどうれしくなりました。

　ほとんど、です。どこかで行き違いがあって、ぼくの到着は誰も予期していない、ここでぼくを迎えてくれる人はいない、その可能性が無気味に迫ってきました。スイスに関するぼくの知識はおもに十九世紀初頭の文学から来るもので、そこではこの国はそびえたつ山々、巨大な氷河、雪に覆われた荒地が混じり合った土地です。空港からここまで、そんな思い込みを正すようなものはろくに見ませんでした。想像力に背を向け、常識を働かせても、安心するような答えは出てきません。城というのは、煮えたぎる油一樽を切らしたから隣から借りてこようというほど、近くに人がいる場所には建てられていないものです。

助けを求めて雪の中をとぼとぼ歩いていくのがいやなら、あとは押し込みしかない。

平均的な郊外住宅なら、これは（サイクの知り合いが教えてくれたことですが）窓ガラスに肘を突き入れ、一階の窓の錠をあければ事足りるのがふつうです。

しかし平均的な城となると、話はまるで違います。まずはじめに、いや始めどころかこれで終わりですが、降る雪のむこうに見える窓はどれもぼくの肘が届くような場所にはなく、しかも柵で守られています。

これじゃ、チャペル・サイクに押し入るほうが易しい！

残る希望は一つ、こういう規模の建物なら、裏手に召使の部屋があるかもしれない、ということでした。暖かく、わいわいと人がいて、テレビの音がやかましいのでドアベルが耳に入らなかった。そんな希望に満ちた空想が絶望した男の頭には押し寄せてくるものです。どのみち、ここに立ったまま凍え死んでしまうよりは、動いたほうがいいと思いました。

城の正面に沿って進み、それから脇へ曲がって、突角やら朝顔口やら、ねじれたり曲がったりするのに従っていくと、とうとう自分がまだ正面にいるのか、脇にいるのか、裏にいるのか、わからなくなってしまった！　雪はやんで、ゆっくりと雲が切れ始め、満月に近い月がたまに顔を出しました。しかし、その光は慰めをもたらしてはくれません。見えるのは、がっちりと人を寄せつけない石の壁、そのところどころに柵のついた暗い窓があるばかりです。

絶望して、ぼくは城に背を向け、うっそうとした森のほうへ目を凝らしました。

救助の人だろうか？　悪い妄想だろうか？　一瞬、遠くに光が見えたと確かに思った！　すると、光はすぐ消えてしまいました。でも、歓迎のしるしだろうと、狐火だろうと、それしかないのですから、ぼくは見えた方向に急ぎました。手探りできる壁を離れ、城をあとにし、かまわず森へ向かいました。深く積もった雪に足をとられながら、「助けて！　助けて！」と叫び、それから自分がどこにいるのかを思い出して言葉を変えました。「Zur Hilfe！ Zur Hilfe！」

とうとう、当然ながら、吹きだまりの中にうつむきに倒れてしまいました。なんとか起き上がってまわりを見ると（このとき雲が切れて、月がすっかり現われていたのです）、ここは森の中の空き地で、建物が建っていました。ふと、これがさっき見えた光の出どころだったのかもしれないと希望が湧きましたが、近づくと、それは廃墟となった礼拝堂だとわかりました。人間の想像力の強さは不思議ですよね？　この寒い、荒涼とした土地で凍死するという現実を悟ってぞっとすれば、もっと超現実的な恐怖なんか感じている余裕はないと思うでしょう？　ところが、この場所をよく見るにつれ、肉体のつらさや危険に対する意識は迷信的恐怖に呑み込まれてしまった！　人里離れた荒地のゴシックな廃墟に対するロマン主義以降の反射反応だけではなかった。この気温でも汗が噴き出したのは、礼拝堂の内壁に描かれたものを見たときでした。漆喰はあちこちでごっそり落ち、残っているところでも、ひびが入ったり剝げかけたりしていましたが、画家がそこに描いたものが何か、疑いはありませんでした。

それは〈死の舞踏〉でした。

気味の悪い題材なのは確かだがね、ときっとあなたは思っていらっしゃるでしょう。フランの立場に立たされた男がつくづく考えたいような題材ではないが、それにしても、なんで彼はこんなものにそう強く影響されているんだ？

答えはこうです。ベドウズの『死の笑話集』の中で、公爵が死んだ妻を甦らせようとして、かわりに自分が殺したウルフラムを甦らせてしまうという、いちばんぞっとする場面は、廃墟となったゴシック教会の前に設定されていて、その回廊の壁には〈死の舞踏〉が描かれているんです。ぼくはベドウズを追ってここまで来ることになり、今、彼はいかにも彼らしい冷笑的な態度で、こう言っているように思えました。〝わたしの姿をはっきり見たいのなら、どうぞこちらへ！〟

ばかげて聞こえるのは承知しています。そもそも、公爵とは違って、ぼくは甦ってもらっては困るライバルを殺したりしていませんよね？

それに、どのみち天与の理性によってぼくにはわかる。〝甦らせる亡霊などいない、死の世界を出る道はない〟とベドウズが悟ったように。ああ、そんな道があればいいのに！　そうしたらどんなにでもがんばって、サムを甦らせるのに。でも、サムのかわりに誰か……そううれしくない相手が甦って目の前に現われたら、さぞ恐ろしいだろうな！

昼の光の中で見れば、これはとんでもない馬鹿話です。でも、暗い森の中、廃墟となった礼拝堂のそばにいると、白状しますが、ミスター・パスコー、無知を装うことも理性に訴えることもできず、ぼくは目をつぶって祈りました。

目をあけると、どこかの神がその祈りを聞き届けてくれたとわかりました。でも、キリスト教の天国に来たのか、それとももっと暗くて寒い北欧の天国に来たのか、まだなんとも言えませんでした。前に見えた光がまた現われ、今度はもっとずっと近くに見え、しかもしだいに近づいてくるじゃありませんか！　木々のあいだをちらちらしながら、うねうねと動き、あるときは見えると思うと、あるときは松の木のまっすぐな幹に隠れてしまう。近づくにつれ、明るい光の輪が大きくなってきて、『オズの魔法使い』でグレンダの到着を知らせる輝く球体を思わせました。

これはうまい比喩でした。なぜなら——きっとぼくのヒステリーに近い叫び声に導かれてのことでしょうが——森を抜け、空き地に出てきたそれはスノーモビルのヘッドライトとわかり、またがっている人物はゴーグルをかけ、毛皮にくるまれて、見たところ性別は判然としませんでしたが、「Herr Roote？　Willkommen in Fichtenburg（ルートさん？　ようこそフィヒテンブルクへ）」という声を聞くと、これはぼくの味方になってくれる妖精だとわかったのです。

　ありがたいことに、これはフラウ・ブッフでした。別荘のハウスキーパーです。寡黙な女性のうえ、話すのはドイツ語だけだとわかりましたが、その良識と推理力を見れば、なぜスイス人が時計製造で世界一なのか理解できます。

　もっとも、彼女が後ろに乗れと手まねで示し（ぼくの荷物はもう城の入口のところで見つけてくれていました）、暗い松林を抜けてうねうねした道を走り出すと、やっぱりこの人はよい妖精なんかじゃなく、雪の女王で、ぼくは幼いカイのように北極にある彼女の氷の宮殿へと誘拐され連れていかれるのではないか、と考えたのは確かです。

　うれしいことに、ここは氷の宮殿ではなく、暖かく、居心地よく、現代の便利な設備がすっかり整った広々したキャビンです！　これがリンダが言っていたシャレーで、城に付属しており、どうやらぼくのような訪問者、理由はどうあれ、本宅の上流社会からは離しておくのがいちばんだという人間を泊めるのに使われているらしい。フラウ・ブッフはここでぼくを待っていたのでした。予定の時刻にぼくが到着しなかったので、彼女は問い合わせ、飛行機が遅れていると知った。それで修正した到着時刻になっても、まだぼくが現われなかったので、タクシー会社に電話すると、運転手は数分前に乗客を城で降ろしたと報告が入っていると教えられた。ではこの間抜け《ドムコプフ》がぼくを間違った場所で降ろしてしまったのだろうと推理した彼女は、ぼくをさがしに来てくれた、というわけです。

　ぼくは学校ドイツ語をゆるゆると思い出し、彼女は言葉少なに返事をし、断片をなんとかつなぎ合わせてこれだけわかったのです。

　ありがたいことに、彼女は話をするより、ぼくに食事をさせることのほうにずっと興味を持っていました。運よく、彼女が準備していたのはいろんなものの入ったキャセロールで、機内食とは違って、オーヴンの中に長く入れておけばおくほど味がよくなるという料理でした。

　ぼくが食べ始めたのを見届けると、彼女はすまなそうに、このあとはぼくを一人にすると意思表示しました。ぼくは、こちらこそあなたに自由時間をこんなに遣わせてしまって申し訳ない、と言おうとしました。気持ちはちゃんと伝わったらしく、彼女は毛皮にくるまって出ていこうとしながら――だんだん慣れてきた耳にそう聞こえたのですが――行かなければならないのは、自分の用事のためではなく、フラウ・ルーピンの到着にそなえて城の部屋を準備するためだ、と言ったようでした。

聞き違えたのかと思いながら、ぼくはたどたどしいドイツ語で言いました。「でも、フラウ・ルーピンは来週まで来ません」

すると、彼女はドアを出がけに肩越しに言葉を投げ、それでぼくのフォークにのせたうまいシチューは空中で凍りつきました。

「Nicht Frau sondern Fräulein Lupin. Ihre Tochter」

ミセスではなく、ミス・ルーピン。彼女の娘。

やっぱり聞き違いだったか！

ぼくははっと我に返り、フラウ・ブッフのあとを追って飛び出しました。彼女はもうスノーモビルに乗っていました。

「Fräulein Lupin（ミス・ルーピンは）」ぼくは大声で言いました。「Wann kommt sie?（いつ来ますか？）」

「Morgen（朝）」彼女は大声で答えました。「Um Schni-ttschuhlaufen!」

これにはまごつきました。いったいぜんたい、Schni-ttschuhlaufen とはなんだ？

「Was ist das?（なんですか？）」ぼくは叫びました。彼女はもうエンジンをかけ、動き出そうとしていました。

彼女は右手でシャレーとは反対の方向をさしました。

「Auf dem See!」彼女は肩越しに言い、すぐにいなくなりました。

海の上？　ぼくはわけがわからずにたたずんでいました。

それから、初めて気がついたのですが、雪はやみ、雲が切れ、空にはぼくらみたいな都市生活者は決して見ることのないダイアモンドの粉が散らばり、月がかかって、その光で目の前にほぼまん丸な平らな草原が広がっているのが見えました。

ところが、それは草原なんかじゃなかった！　小さな湖だったんです。ばかだな！　これがフィヒテンブルクがそのほとりにある《アム》というブルーテンゼーに違いない。凍りついて、雪が積もっている。（See が〝海〟の意味になるのは女性形のときだけです。一度それを忘れて、先生に手首をひっぱたかれたことがあった！）

スケート。Schnittschuhlaufen とはスケートのことだ。エメラルドは明日の朝、スケートをするためにここに来る！

そこで、ぼくのいつも楽観的な頭はぐんぐん回り始めました。これは偶然だろうか、と自問しました。それとも計画されたものか？　エメラルドは母親がぼくのために立てた計画を知り、割り込もうと決めた？　それとも、そんなことを想像するくらい、ぼくはどうしようもなく傲慢になっているのか？

それやこれやで気が散って、中に戻っても、フラウ・ブッフのうまいキャセロールも、豊富なワイン・ラックからぼくが選んだすばらしい赤ワインのなめらかな喉ごしも、ほとんど味わう余裕がありませんでした。そこで、親切な彼女がデザートにと置いていった、いかにもおいしそうなクリームケーキ《ザーネトルテ》すら後まわしにして、ぼくはあなたに、友達であり、精神上の父親であるあなたにまた手紙を書いて、頭をすっきりさせ、どんなに激しい精神的動揺のさなかにあっても、この窓の外の湖のように、ぼくはいつでも冷たく静かな小さな円を見つけ、平穏な気持ちになれるのだと、あらためて思い出そうとしたわけなのです。

さて、効き目がありました。これでもう、将来に立ち向かえるぞという気分です――クリームケーキ《ザーネトルテ》も楽しめます。ありがとう。

フラニー

イギリスではおおむね犯罪者すらクリスマスを祝うが、邪悪な者たちが休むからといって、自動的に法の保護者たちも休めるというものではない。降臨節《アドヴェント》につきものの物欲からくる犯罪はクリスマス当日にはなくなっているが、それを補って余りあるのが新しい怒りと古い恨みからくる犯罪だ。みんなが狭い家に閉じ込められ、アルコールはもちろん、それまでの三百六十四日は分別をはたらかせて遠く離れていた親類縁者まで手近にたっぷり存在するのだから当然だ。

それで、クリスマス・イヴにパスコーは気前のいい同僚数人がデスクに置いていってくれたロージーあてのプレゼントを抱えて家路を急ぎながら、胸には恐怖も抱えていた。さんざん権謀術数を尽くして手に入れた二日の休暇がふいの電話でおじゃんになるのではないか。すみません、家庭内暴力だらけで手が足りないんです、出てきて手伝ってもらえませんか？　お願いします。

あるいは、電話してきたのがダルジールなら、疑問符と〝お願いします〟を消す。

玄関ドアに鍵を差し込み、彼はエリーがグリーンデール・ムアの農家の廃屋から〝救い出して〟きた真鍮製のライオンの頭をかたどったドア・ノッカーを見ながら、これが巨漢の顔に変わるだろうかと待ち構えた（ディケンズ「クリスマス・キャロル」で、帰宅したスクルージはノッカーが死んだ友人の顔に変わるのを見る）。変化はなかったから、たぶんお化けが出ることはなさそうだ。

しかし、中に入って、いつもエリーが彼の個人的郵便物を置いておくホールのテーブルを見ると、スイスの切手を貼った封筒に今では見慣れた筆跡で宛先が書かれたものが目に入り、リラックスするのは早すぎた、と彼は感じた。

燃やしてしまいたいところだったが、エリーはもう知っているだろうし、こういう手紙がどれほど気になるかは、なるべく自分の胸に秘めておこうと彼は心を決めていた。

　だが、とりあえず手紙は無視して、彼は妻を抱きしめ、娘を宙に投げ、彼女を守るためなら猛犬となるティッグにこれは個人攻撃ではないと納得させ、履き心地のいい、かかとがつぶれてさんざん犬に噛まれたスリッパに履き替え——間違いなく、明日はこれに代わるぱりっとした新品のスリッパをもらうだろうし、そうしたら彼とティッグはすぐにそれを慣らす仕事にとりかからねばならない——長いグラスにつくったジン・トニックを長々と喉に流し込んだ。

「またフラン・レターが来たみたいね」エリーは言った。

「みたいだな。なんて書いてある？」

「わかるわけないでしょ？」

「蒸気で開封したんじゃないの？」

「そんなに読みたいなら、破いてあけるわよ」エリーは言った。「でも、やや興味があるのは否定しないわ、彼が金持ちの有閑階級《ノブ》と仲よくやってる《ホブノブ》様子を知りたいもの」

「連中の首が切られるってところじゃないか」パスコーは言った。

　彼は封筒をあけ、手紙をさっと読むと、妻のほうへ投げた。

　彼女はもっとゆっくり読み、それから冒頭に戻って読み直した。

「なんだよ」彼は言った。「ジェーン・オースティンでもあるまいに」

「あら、どうかしら。ヒーローとヒロインが出会う、憧れのまなざしを交わす、別れる、おそらくは永遠に、ところが、運命のいたずらで二人は人里離れたゴシックな場所で再会する。『ノーサンガー・アベイ』（オースティンの小説）から百万マイル離れてるってほどでもないわよ」エリーは言った。

「ルートがからんでると、ゴシックが本当に超自然現象だとわかる可能性が高い」パスコーは言った。

「ううん。彼は心の底ではリアリストよ。何にでもちゃんと説明がつく。ただし、あなたの幻影を見たっていう、あれだけは別ね。すごく不思議。だって、処女マリアの幻影ならともかく、あなただなんて！」

「ぼくが人の崇拝の対象になったら、笑ってる場合じゃなくなるよ」パスコーはさらりと言った。

ルートが彼の姿を見たとされる同じときに、彼自身、聖マーガレット教会の脇でルートの幻影を見たことは、エリーに話していなかった。警察官をやっているとわかるが、世界は偶然に満ち満ちている。実際、文芸批評家たちがこの本は偶然に頼りすぎだと嘆くとき、むしろ、われわれの日常生活に偶然がどれほど大きな役割を果たしているかを認めない作家の作品こそ調子はずれなのではないか、と彼にはよく思えるのだった。

だから、理性的に考えればなにも言わずにいるのがいいと、彼は自分を納得させた。それでいて、これらの手紙に対する自分の反応をある程度は妻に認めてもらいたいと、子供のようにうずうずしているのも事実だった。

「あいつはからかっている、そこを見なくちゃだめだ」彼は促した。

「そう？　じゃ、いったい何について彼はあなたをからかっていると思うの？」

「ほら、死んだ妻を甦らせたいという公爵の欲求を、サム・ジョンソンに生き返ってほしいという自分の願いとくらべているところがあるだろう？　公爵は代わりに、自分が殺したライバルを甦らせてしまう。で、ぼくは考える。ルートの死んだライバルはどこから見つかる？　あっちからも、こっちからもさ！　まずはアルバコア。それから、例のシェフィールドの学生、ジェイク・フロビッシャー、論文に追われて薬をやりすぎた子だ。彼の死がきっかけで、ジョンソンは急に中部ヨークシャー大学に移ることになった」

「あなたが死因をウィールディに二重チェックさせてもなにも出てこなかった、あの子？　よしてよ！　どう悪く考えたって、まあフラニーは自分をどうしても捜査に引きずり込もうというあなたの執念を軽くからかっているかもしれないけど、いくらあなたみたいな完全パラノイアの目で見たって、積極的に脅迫と受け取れる部分なんて指摘できやしないでしょ」

「ぼくの家庭内の幸福をうらやむってところはどうだ？」

パスコーは頑固に言った。

彼女はその部分を確かめ、目を上げて夫を見ると、悲しげに首を振った。

「あなたには美人の奥さんとかわいいお嬢さんがいて幸運だって言ってるわ。それが脅迫だと思うの？　よしてよ！」

「それじゃ、ぼくが彼に平穏な円を与えているとかいうたわごとは？　ちょっとおかしいのは確かだね」パスコーは言った。せっかくの決心にもかかわらず、こうして議論に引き込まれてしまったのが気にさわった。

「かもね。でも、あなたは彼のグル、精神上の父親に選ばれたのよ。成長期の痛みを感じているみなしごの少年が、賢い年のいった精神上のパパに頼ってくるのを悪いとは言えないわ！」

これで、家族で過ごす大事な祝日の前夜にはまったくふさわしからぬ怒鳴り声が上がりそうなところだったが、そのときロージーが大あくびをしながら部屋に入ってきて、寝る時間を過ぎたんじゃないかと訊いた。これはあたかも閻魔様が地獄を閉鎖して介護ホームを開設したいとふいに述べたも同然だったから、両親は残念ながら同情心など見せずに爆笑し、そのあとで娘の繊細な感受性に与えた損害を修復しなければならなかった。

どこかにこんな話がある。死刑囚が最後の夜に、クリスマスを待ちわびる子供のふりをしようとする。脱兎のごとく走り去っていく一時間一時間を、亀のようにのろのろとしか進まない、子供のころのあの一分一分に変えようというのだ。速くても遅くても、よくても悪くても、すべてのものには終わりが来る。翌朝、東の空の黒さがやや淡くなっただけで、もうロージーは両親の寝室に飛び込み、一日中寝ているつもりなのかと迫った。

その後はほぼ彼女の時刻表に従って事が進み、パスコーはプレゼントをあける前にコーヒーを飲み、トーストを食べたいと主張したものだから、まるで欧州人権宣言に対するあからさまな違反を犯したような気にさせられた。

ツリーの下に積まれた包みの山は大きかった。これはパスコー夫妻が子供に甘すぎるせいではなく、娘のほうに強い公平意識があり、みんなが——犬まで含め——自分と同じ数の包みをもらってあげるべきだと言い張ったせいだった。

両親がそれぞれプレゼントを受け取るのを見るたび、彼女はなんの利己心もなくうれしそうな顔をするので、パスコーは鉄青色のコットン・ソックスをもらって歓喜し、これで我が人生は完全無欠だと宣言するという、持てる力を振り絞っての演技も報われて余りあった。

もちろん、ほかのプレゼントはもっと豪華かつ／あるいはもっとおもしろいものだった。

「当ててみようか」彼は本の形をした包みを持ち上げてエリーに言った。「聖書を買ってくれたのかな？ いや、軽すぎる。チャールズ皇太子の箴言集？ いや、重すぎる。それとも、ぼくが長年ほしいと思っていた、あの知的喜びに満ちた本、『ピレリ・カレンダー、栄光の時代』？」

「期待しすぎないで」エリーは言った。

包み紙を破ると、目に入ったのは真っ黒い地に白く小さい高窓が一つあいているという表紙デザインで、その白い部分に、アマリリス・ハシーン著、『暗い独房』と書いてあった。

「マーケット・ストリートの見切り本書店で見つけたの」エリーは言った。「それで、あなたがルートにこだわり続けるんなら、専門家の言うことを読んでおいたっていいと思ったのよ」

「ほう、そりゃどうも」パスコーはどう感じていいものかわからずに言った。それから、ロージーの視線に気づき、はっとして言い直した。「こいつはすごい。読みたくてあちこちさがしていたんだ。よく見つけたね、それもこんなに安くなってるのを」

満足して、ロージーはティッグに視線を移した。犬は自分のプレゼントをもらうたび、それがすぐに食べられるものであるかぎりは、素直に遠慮なく喜んだ。

ようやく儀式は終わった。ロージーはたくさんもらったプレゼントのうち、まずどれに集中するか決めるという難問を抱えていた。彼女のつけた順位は——金額とはなんの関係もなかったからエリーはうれしかった——同点一位が

〝祖先をたどろう〟家系図製作キットと、人間には聞こえない音を出す犬の訓練笛で、使用説明書には、半マイル以内ならこれを鳴らせばペットは即座にコントロールできると書いてあった。結局、今日はティッグにとってもクリスマスなんだからという理由で、刺すように寒い東風にもくじけず、彼女は笛のほうを選んで、犬の生活を一転すべく、ティッグを庭へ連れ出した。エリーは母親に電話しようと二階へ上がった。母親は明日こちらに来ることになっているが、クリスマス当日はアルツハイマーを患って介護ホームに入っている夫のところで過ごすと言い張ったのだった。それじゃ、クリスマスの午後に車で二時間かけてみんなでホームへ行くからと娘が言うと、ミセス・ソーパーはきっぱり言い返した。「ばかなことを言うんじゃないの。気が咎めているのはわかりますけどね、自分の罪悪感で他人に迷惑をかけちゃいけないわ。悪い癖よ、もうなくなったかと思ってたのに」

エリーが逆らうと、母親は過去に彼女が台無しにしたクリスマスのことを思い出させた。十二歳だったエリーは、自分がもらったプレゼントぜんぶにクリスマス・ディナーも添えて、オックスファム（慈善団体）に送ると決めたのだった。

「あれはほんの一例よ」母親はしめくくった。「おとうさんはもうなんにもわからないの。クリスマスにあの人といっしょに過ごすのはわたしのつとめ。あなたのつとめは家にいることよ」

偉いぞ！　パスコーは内心で拍手しながらも、そんな気持ちは顔に出すまいと努力したのだった。

今、彼はマグにコーヒーのお代わりを注ぎ、一人ですわって腕時計に目をやり、唸った。体内時計はもうディナー（クリスマス・ディナーは昼に食べる）の時間のはずだと告げているのに、時計の針が示す時間はまだ九時四十五分でしかなかったからだ。それで、彼は手を伸ばし、『暗い独房』を取り上げた。

序論は斜め読みした。著者はこれが刑罰学論と投獄の実情との関係を詳細に分析したまじめな本だとしているが、本のカバーに書かれたいかにもそそるような宣伝文句とはあいいれないものだった。〝悪の仮面をはがし、わが国の刑務所システムの失敗を鋭く分析する。この社会の最悪の男たちに会うだけの覚悟がなければ、この本は読まないでください。衝撃が、驚愕が、恐怖が待っている！〟

クリスマスの毒消しにはうってつけだ、と彼は思った。いったんホールに出て、階段下の戸棚から私用のルート・ファイルを取り出した。ダルジールはこれがパスコーのデスクにのっているのを目にし、彼がどの引出しにそれをすべらせたかも、かならずや目にとめていただろう。引出しにもオフィスのドアにも頑丈な錠がついているが、巨漢がそれをはずせないというほうには六ペンスだって賭ける気はなかった。それで、あの日のうちに彼はファイルを自宅に持ち帰ったのだった。

すわり直し、ファイルからルートの最初の手紙を取り出して、さっと見ていった。あった……ぼくは一九三〜二〇七ページに登場する〝囚人XR〟……

彼は『暗い独房』を取り、一九三ページを開いた。確かに著者はそこから囚人XRのケース・スタディを始めていた。

犯罪と判決の詳細を述べたあと、ミズ・ハシーンはすぐにルートとのセッションの話に入っていた。

　捜査中の彼の応答記録、裁判のために用意された心理評価、判決に対する彼の反応とその後の態度に関する多数の報告書を私は読んでおり、そのすべてに含まれる指標から、彼が非常に理知的な男性であり、服役期間をできるだけ心地よく、かつ短くするためにその理性を利用しようと考えるだけの自己抑制力があるだろうとわかっていた。また、分析に関してはごく慎重に進行する必要があることは私もよく意識しているものの、彼の場合、初めて会ってほんの数分のうちに、予定の分析コースがこういった前もっての印象の正確さを肯定するであろうと、かなり楽観的に感じたのである。

やれやれ、もってまわった大げさな文章だ！　見切り本になったのも不思議はない！

最初から、彼はこのセッションを完全に私の条件どおりに受け入れているのだと明らかにし、私がその点を見逃さないように強調したがった。ほかの多数の囚人とは違って（囚人JJ、一〇四ページ以降、囚人PR、一八四ページ以降を参照）、彼は決してあからさまに私を性的対象と意識しているという態度は見せず、また、私の調査が彼の性生活に及んでも、その機会をとらえて自己刺激的セックスの話にふける（囚人AHとBC、二〇九ページ以降を参照）こともなかった。しかし、こういった厳格に礼儀正しい態度がありながらも、われわれのあいだの雰囲気はしばしば性的な意味で非常に熱のこもったものであった。

そりゃそうだろうよ！　パスコーは思った。

このことは、私が形成しつつあった判断、囚人XRは詳細な分析という拡大鏡をあてるには困難なケースだ、という見方に非常に適合していた。彼がセッションの真に重要な唯一の目的と考えること、すなわち、チャペル・サイクから速やかに公開刑務所に移り、その後早く仮釈放されることに役立ちそうにない場合、自分の精神を洞察させるつもりはないと固く決めているのは明らかだった。

アマリリスのやつ、文章は下手かもしれないが、ここのところだけはちゃんと把握したな、とパスコーは思った。ルートの鎧の下まで入り込めたかどうか、見てみようじゃないか。もっとも、この本を彼に教えたのがルート本人だということを考えれば、彼女が成功したとは思えなかった。

それゆえ、セッションの最初の数回は予備的小競り合いといった性質のもので、彼は自分の主導権を確立するのをそのおもな機能と見なしており、一方、私はそういう彼の努力に気づいていないと彼を納得させようとつとめた。いったんその段階を過ぎると、彼はつねに高度の警戒を怠りはしなかったものの、そのリラックスした態度を利用して、私は従来《ヒザトウフオー》よりもいっそう深いレベルで彼とコンタクトできるようになった。

従来《ヒザトウフオー》だって！　彼はにやりとしたが、それから、今年のクリスマスを彼女はどんなに悲しい思いで迎えたことかと思い出し、微笑を消して読み進んだ。

背景の説明がたくさんあった。もちろん名前やそれとわかるような詳細は出てこないが、彼は自分の調査で知った事実をそこにあてはめていった。

家族の背景——母親と継父。後者はキース・プライムという金持ちの実業家で、フラニーが六歳のときにミセス・ルートと結婚。その富の一部を遣って継息子を遠ざけておこうと決めるのに長くはかからなかったらしい。

七歳から寄宿学校。まず予備学校《プレップ・スクール》（私立の小学校）、続いてコルツフット・カレッジというチェスター付近にある進歩主義（個々の児童の能力と関心を重視する）の私立学校《パブリック・スクール》。あるとき、仕事上の理由らしいが、プライム夫妻はヴァージン諸島に居を移し、若いフラニーは休暇というとイギリスの友人のところで過ごしていた。それは彼がホーム・コールトラム・カレッジ・オヴ・リベラル・アーツに進学しても変わらなかった。彼とパスコーの進む道が初めて交差したのがこの大学だった。

その後、チャペル・サイク刑務所で暮らすことになり、休暇の問題は解決した。

パスコー自身の記録によれば、彼の母親は裁判前の拘置期間に一度息子を訪ねたが、その後は病気のためとして、裁判には出廷しなかった。プライムは一度も姿を見せなかった。母親がサイクに息子を訪ねたという記録はないが、体調が思わしくなかったことは厳然たる事実で立証された。彼女は息子が入獄して二年目に死んだのだ。遺体はヴァージン諸島で埋葬された。ルートから葬儀に出席したいという要請はなかった。キース・プライムが接触してきた記録は皆無。

アマリリス・ハシーンがルートとその母、父、継父との関係に魅せられたことは明らかだった。だから、彼がまったく記憶にない実の父親の思い出をでっち上げ、彼女を思うまま操るのは簡単だったはずだ。

XRには明らかに強い父親執着があり、それは心理的障害となっていたであろうが、彼はコントロール技術を開発し、これを克服した。ただし、それによりもっとふつうの情緒的処理手続が犠牲となることもあった。父親に関わる出来事の記憶は明らかに実際よりよいものに変えられており、どれを取っても、故人が尊敬と愛情の対象となるにふさわしい人格の持ち主であったことを強調する傾向があるが、同時に、つねにその土台として、自分が対象から放棄されたという感覚が（たとえ放棄の原因が死であるにせよ）、怒り、悪罵を伴う憤慨等となって表われるという徴候が見られた。

誇張された記憶の一例を以下に挙げよう。これは彼が四、五歳のころの出来事を語ったものである。

XR：ある日、ぼくたちは公園を歩いていた。ぼくと、ぼくの親父だ。すると、大男がナイフを振り上げて繁みから飛び出してきた。男はぼくの髪の毛をつかみ、ナイフを喉元に突きつけて、ぼくの親父に言った。「取引だ。財布を渡せば子供は死なない」

ぼくの親父は上着の中に手を入れ、でっかいピストルを抜き出して言った。「いや、取引ならこうだ。子供を放せばおまえは死なない」

そうしたら大男は「おい、なにもそこまでやらなくたっていい」と言って、ぼくを放してくれた。するとぼくの親父は飛び出して、銃で男の頭の脇を殴った。男が倒れると、ぼくの親父は男がナイフを取り落とすまで、その手を踏みつけた。

大男は地面に伸びたまままわめいた。「取引したはずじゃないかよ！」

そこでぼくの親父は言った。「取引のとおり、おまえは死ななかった。だが元気に生きていけるとは、おれは言わなかったぜ」

幼いころ、彼が公園でこわい目にあい、父親が守ってくれたという出来事があった可能性はある。この一件やほかの思い出も含め、父親はつねに〝ぼくの親父〟と呼ばれる。所有格と親しみをこめた表現が合わさり、深い喪失感と再所有を願う痛いほどの欲求を示している。銃を振り回す〝ダーティー・ハリー〟的な父親像は、おそらく長年の創造的回想により蓄積され、増大したもので、今では彼自身、このバージョンが真実だと思い込んでいるのであろう。興味深いことに、この粉飾した話が強調しているのは、幼い少年にアピールする冒険物語的な武勇というより、むしろ冷ややかに計算高い、過剰なまでの自信である。彼がたとえば十歳のとき、それから十五歳になったときにこのバージョンをどう語っていたか、聞きたかったところだ。

　これと並行して、父親が死んでさぞかし寂しかっただろうと言われたときの彼の応答も示しておこう。

「寂しい？　なんだって寂しいなんて思う？　あいつはおれたちがようやくどん底生活はしないですむ程度しか稼いだことはなかった。甲斐性なしの糞野郎さ、あんなふうに死にやがって。あいつなんかいないほうがましだった。年金すら遺してくれなかったけどね。運よく母は金持ちの間抜けをたらしこんでくれたよ。こいつの金のおかげで、おれたちは必要なものをなんだって買えた」

　死別の不幸を経済的条件におとしめてしまおうとするのは、典型的な悲嘆コントロール策であり、貧困の不便を喪失の痛みの代用にするのである。この観点から見ると、故人が死んでしまったのを利己的だと非難することには現実的、計算可能な基盤があるし、豊かな生活に戻ると、それは本人の自己像に投射され、死別の不幸がもたらした傷はこうして癒される。

　同時に、新しい繁栄の源は怪しまれることが多く、彼の場合には憎悪に近い軽蔑をもって見られていた。ここにオイディプス的嫉妬の痕跡はほとんど認められなかった――彼は母親をつねに〝母〟と呼び、〝おふくろ〟その他の親しみのある呼び方は決して使わず、所有格代名詞も加えなかった。また、母親が脇役以上の存在となる逸話は決して出てこなかった――ゆえに、彼が継父のことを話すとき必ず軽蔑的描写を選ぶのは、彼が継父の富を実父の扶養能力欠如を批判する材料と認識したこと、また、新入りには故人の占めていた場所を明け渡すつもりはないという彼の決意の結果と考えてよいであろう。

こういう調子がまだまだ続き、やがてパスコーはあくびを始めた。宣伝文句にはなんと書いてあったっけ？ 〝衝撃が、驚愕が、恐怖が待っている〟。退屈で頭がおかしくなる危険が待っているとは書いてなかったな。

著者紹介文によれば、ハシーンはまじめな学問的心理学者としていい実績を上げているらしいが、それすら怪しいとパスコーは思った。なにしろ彼女はルートが父親の思い出として彼女の目の前にぶら下げてやったものを完全に鵜呑みにしてしまったのだから。

「あら、わたしの選んだプレゼントのすくなくとも一つは無駄じゃなかったみたいね、うれしいわ」エリーが言った。気づかないうちに戻ってきていたのだった。

「こう退屈でなきゃ、見事な滑稽本といえるんだがな」パスコーは言った。「おかあさんはどう？」

「元気よ。まあ、本人はそう言ってた。あんなところで、自分が誰かもわからない、ましてや今日がなんの日かなんてわかりもしない人たちに囲まれてクリスマスを祝うのが、楽しいはずもないけど」

「それなら全国でみんながやってるよ」パスコーは言った。「ごめん。きみの言うとおりだ。楽しいはずはない。でもまあ、明日はぼくらといっしょだよ。必ず楽しく過ごしてもらおう。で、おとうさんは……？」

「奇跡の治療法はないのよ、ピート」彼女は言った。「あるいは、あるとしても父には間に合わないわ。ほんとにいやなものね。人を失いながら、きちんと悲しむことができない、その人が公式に死んでいないから」

「わかるよ、わかる」パスコーは言った。彼は立ち上がり、飲み物を注いでエリーに持っていった。だがそれを渡す前に、彼は妻の体に腕をまわして引き寄せた。しばらくして彼女は離れ、グラスを取って言った。「ありがと。助かった。これもね」

「サービスのうちさ」彼は軽く言った。「でも、これだけは頼むよ。本格的な助けが必要だと思っても、ミズ・アマリリス・ハシーンには依頼しないこと！」

「そう？　で、彼女の性別はともかくとして、名望ある専門職の女性の能力をあなたがそしるべき、どんな客観的証拠があるの？」

エリーの反応に自嘲的皮肉がどのくらいこもっているのか、パスコーは調べようとしたが、彼女の表情にそれらしき手がかりがまったく見受けられなかったので、まじめに行くことに決めた。

「ちょっとシビアになってるかもしれない」彼は言った。「頭のいい人たちが今までに大勢、フラニーに手玉に取られているからな。まあ、聞いてくれよ。〝父親の態度がますますエキセントリックになっていったことに対して、彼が心の中で全面的に目隠ししていたのは明らかだった。彼は言った。『母はぼくの親父が何をしようと、絶対にほめなかった。実際、母はわざと意地悪く解釈していた。親父がぼくらに教えられないような危険な任務を帯びて家を離れると、母はひどく怒って、彼は勝手に飛び出していって、好きな女といっしょに飲んで遊んでいるんだと言った。親父が勲章をもらったときすら、母はいっしょにロンドンへ行くのを拒否した。親父はぼくを連れていきたがったが、母が許してくれなかった。なぜかはわからない』〟で、ミズ・ハシーンはこのすべてをそのまま信じ込んでいるんだぜ！　ルートが人を操るのがどれほど得意かはわかってるけど、プロなら見透かせるはずだろう」

「でも、彼が彼女を操っているって、どうしてそんなに確信が持てるの？」エリーは訊いた。

「え？　ああ、ルート・シニアは本当にMI5の覆面諜報員で、勤務中に勇敢に死んだ、と思ってるのか？　じゃ、がっかりさせてやろう」

「ホーム・コールトラム・カレッジってこと？」エリーは言った。「ああいう書類は部外秘じゃないの！」

「よせよ！　彼は重大な事件の容疑者だったんだぜ」

「よせよじゃないわ。そこにはひょっとして、わたしの記録書類も入ってるの？」

「いや、破壊活動分子に関わるものは、署の金庫にしまってある」パスコーは言った。

彼女はにやりとした。クリスマスなんだからしょうがないと思い出して、ごくわずかながら努力したという様子だった。

「仕事の話はこれまで」彼女は言った。「食べるのは早めにすませて、陽のあるうちに散歩で消化を助けたらどうかと思って。いい？」

「うん」パスコーは言った。「じゃ、ちょっと外に出て、うちのモンスター二匹といっしょに腹をすかせてくるよ」

「ロージーにセーターを持ってってやって。外の寒さですっかり青ざめてきてる。でも、そんなことは言っちゃだめよ。さもないと、寒さなんかへっちゃらだって、着てるものを取り上げ、書類をぱらぱらと見ていった。

彼はファイルを取り上げ、書類をぱらぱらと見ていった。

「あった。ルートの父親は公務員で、息子が二歳のとき死んだ。ルート自身が手紙の中で何度も言っているように、父親はあまり早く死んだので、彼にはなんの思い出もない」

「それって、なに、ピーター？」エリーはファイルを見つめて言った。

「これ？」パスコーは言った。鋭い目の持ち主はダルジールだけではなかったと、ふいに思い出した。そういう目には触れさせないほうが賢明というものもときにはあるのだ。

「ああ、たまたま手元にあったルートに関するメモのファイルだ。例の手紙をしまっておくのにちょうどいいと思って」

「メモにしては分厚いみたい」エリーは言った。「それに、ルート・シニアについての情報をあなたが読み上げたメモは……？」

「ああ、あれはルートのカレッジの記録の写しだ、背景というだけ……」

のまで脱ぎ出すのが関の山」

「誰に似たのかなあ」パスコーは言った。

彼は『暗い独房』を右手に、ファイルを左手に持って立ち上がると、ドアのほうへ向かいながら、ファイルをひらひらさせて言った。「ほらね？　ほとんどなんにも入ってない。ぼくがあの男に関してちょっとこだわりすぎなのは自覚してるけどさ、あいつの記録を取っておく意味はあると思わない？　なにしろ文通相手のナンバー・ワンに選ばれたんだもの」

驚いたことに、エリーは言った。「そのとおりかもね。ねえ、今日のところはこれだけ言わせて、いい？　その件はすっかり忘れるか、さもなきゃ、きっちりやること。ルートのルーツをできるだけ深く掘り下げてごらんなさいよ。それに、やるならやるで、ミズ・ハシーンの悪口を触れまわる前に、彼女が専門分野でどう評価されているか、ポットルにでも訊いて確かめてみたら？　ロージー、どうしたの？」

娘はいかにも苛立った表情を見せて、部屋に飛び込んできたのだった。

「このホイッスル」彼女は言った。「壊れてるみたい」

「どうして？」

「聞こえないもん」

「でも、人間には聞こえないようにできてるのよ」

「だけど、ティッグにも聞こえてないと思うよ。いっくら吹いたって、ぜんぜん気にしないもん」

すっかりにやにやしている夫にエリーは警告の目を投げてから言った。「言ってることはよくわかるわ、ロージー。でもね、ティッグに聞こえてないわけじゃないのよ。雄犬はすごく頑固でね、簡単なことをさせるんでも、辛抱強く教えてやらなきゃならないこともあるの。パパに手伝ってもらったらどう？　パパはこういうことに慣れてると思うわよ」

きっと飛びついてくると彼は思った。

ところが、彼女は招待をきっぱり断わった。最初は戦術上の辞退だと彼は受け取った。彼女が望まないのに押し込み事件を公式のものにしてしまったことでさんざん叱られたから、その最後の一矢かと（希望的に）考えたのだ。それで、二人が最高に睦み合った瞬間のすぐあとまで待って、彼は招待の言葉を繰り返した。

彼女は転がって体を離し、言った。「ハット、ちゃんと聞いてなかったの？　お断わりしますって言ったでしょ。わたし、家族のみんなが集まるクリスマスに参加できるような気力がないの、いい？　でも、あなたのご両親と、おにいさん、おねえさん、その子供たちがあなたに会うのをどのくらい楽しみにしているかはわかる。わたしだって、あなたが帰ってくるのを同じくらい、ううん、もっと楽しみに待ってるわ。でも、わたしをみなしごアニーに仕立て上げるのはよして。みんなが楽しくやってるときに、一人で雪の中をさまよってるみたいに思わないで。クリスマスなら一人で祝って、わたしはなんの不平もないわ」

H

ハット・ボウラーはことさら文学的な男ではないから——もっとも、ライ・ポモーナと話を合わせるためにその方向で努力してはいたが——〝自分の爆弾に吹き飛ばされる〟（シェイクスピア『ハムレット』の一節で、自分の仕掛けた罠に自分がはまるという意味）という慣用句の詳しい注釈を述べよと言われてもむずかしいが、その意味は正確にわかっていた。

クリスマスのせいで問題が起きた。両親は彼が帰省すると当然のように考えていた。四人の子供の中でただ一人未婚だから、今年はライを連れていって見せびらかし、まだ相手はいないのかという親の心配をようやく和らげてやれると、彼も楽しみにしていたのだった。ライには家族がいないから、ボウラー一家とクリスマスを過ごすチャンスに最後通告をするときの彼女の声の響きが彼にはわかるようになっていたから、それ以上は抵抗しなかった。だが、そのあと一人になってじっと考えたあげく、ぼくにもきっぱりした態度が取れるってことを彼女に示すべきときだ、と決心した。楽しくやっている大家族からその一人を取り去っても、あとに残るのはやはり楽しくやっている大家族だが、二人の恋人からその一人を取り去ったら、あとに残るのは二人の不幸な人間だ。

それで、彼は幸運を祈って指を交差させてから、気が変わらないうちにと、犯罪捜査部の部屋にほかに誰もいないことだけ確かめて、携帯電話を取り出すと、両親の家の番号にかけた。

クリスマス休暇のくじ引きで貧乏くじを引いてしまったという、慎重に準備した作り話を述べ立てていくと、母親の隠し切れない失望がひしひしと感じられ、電話を切ったときには、自分は犯罪者だ、どうしようもない卑劣漢だ、通風持ちの判事からどんな判決を受けたってしかたない男だ、と思った。

すると、神もそれに賛成したようだった。

「いやあ、助かった」背後でウィールド部長刑事の声がした。「ついさっき、シーモアがインフルエンザで倒れたと聞いて、クリスマスの当直表の空きを埋めるのに、きみかノヴェロかどっちを引っ張り込むか決めなきゃならんと思っていたところが、なんとボランティア登場だ。偉いぞ、よくやった」

「やだな、部長刑事」ハットは必死になって言った。「せめてノヴェロにも訊いてみてくださいよ。元日に休むほうがいいって言うかもしれない」

「いや、彼女みたいなよきカソリック教徒なら、クリスマスに休みたいはずだ」

「よきカソリック教徒！　彼女が交通警察のあのでっかいひげ面の巡査部長とつきあってるのはご存じでしょう。結婚して四人子供がいる」

「それは彼女とケリガン司祭とのあいだのことだ。司祭はきっと告解のときに一挙一動余さず聞かされているだろうよ。だから、ここでわれわれが宗教的偏見を持つのはやめようじゃないか、な？」

「でも、部長刑事……」ハットはすがろうとした。だが、岩だらけの風景のごとき顔をじっと見ると、そこに着地すれば痛い思いをするだけだと悟った。

とんだしっぺ返しは胸におさめ、彼がすすんで引き受けたと聞いて礼を言ってきたノヴェロには卑下した苦笑で応え、ライが同情すると達観した様子で肩をすくめた。彼女が同情心の深さを身をもって示そうと、彼をソファに引き倒したときには、彼はまた罪悪感を感じたが、長くは続かなかった。

クリスマスの朝はごく静かだったから、ばりばり働いてライといっしょにいられない失望を和らげるという慰めすらなかった。

十一時ごろ、口笛で軽く〈諸君、神の恵みで安らかに過ごしたまえ〉を吹きながら、ダルジールがふらりと入ってきた。彼はハットがかたづけた書類の量を見ると、よくやったというようにうなずいて言った。「その調子だ、ボウラー。光あるときをよく利用せよ、だ（ワッツの教訓詩の一節）」

「はい、警視。まだなにも事件はありませんか？」

巨漢は笑い、ボーイスカウトが火をおこそうとするような勢いで股ぐらを掻いて言った。「心配するな。まだ早い。何マイルも骨の折れる旅をして、いちばん近しい人たちのそばにようやく来たってやつらが大勢いる。手を伸ばせば殴れるくらい、そばにな。キックオフはもうじきだ。プレゼントはあけた、いらいらが募ってくる、パブへ行って二、三杯やって気持ちを鎮め、陽気になって一時間後に帰ってくると、ターキーは黒焦げ、クリスマス・プディングは固ゆで、子供はけんか、義理の親類は悪口の飛ばし合い——火薬樽だ、何が火花になったっておかしくない。二年前、肉切り包丁で三人の喉を掻き切った男がいたな。女房から、あんたったら鳥をめちゃくちゃにしてるわ、うちのおとうさんにやってもらったらどう？　と言われたのがきっかけだった」

「それだって、たいして手はかかりませんよね？　だって、推理する必要はろくにない」

「推理小説みたいにか？　ああいうきざな作家連中の言う

ことは真に受けるな。あいつらに何がわかる？　ちょっとでも血を見たらゲロを吐くようなやつばかりだ」

ハットの知っているきざな作家といえば、エリー・パスコーとチャーリー・ペンに限られていた。後者が大嫌いなので前者に対する好意も割り引かれて、彼は賛意を表わして熱心にうなずいた。どのみち、上司に同意するのはキャリアのためにも悪くないだろう。

鞭を鳴らせば動物たちがこぞって演技場を駆けまわるというのに、その巨漢がクリスマスの日に空っぽのテントの中でぶらぶらしているとはどういうわけかと、ふと彼は思った。私生活上の災厄？　それとも、突然愛他精神が頭にのぼった？　ともかく、そこを尋ねてせっかくの幸運を台無しにするのは愚かだとハットは思った。

実際には、巨漢がクリスマス勤務を決めたのは、不幸な出来事のせいでも、高潔な精神のせいでもなかった。彼の恋人であるアマンダ・〝キャップ〟・マーヴェルがクリスマス休暇を息子のピット－イーヴンロード中佐、戦功十字《M》勲《C》章受勲者（ダルジールは〝英雄《ザ・ヒーロー》〟と呼んでいる）のところで過ごしているのだ。中佐はようやく、その英雄的行為をなんとも思わずに妻となることを考えてくれる女性を見つけたのだ。ダルジールは招かれなかった。

「わたしが行くと、彼女がおびえて逃げ出すとでも心配してるのかな？」ダルジールは訊いた。

「それより、わたしがシャンペンを飲みすぎたあげく、テーブルの下であなたの脚をさわりまくって、それで彼女がおびえて逃げ出すほうを心配してるんでしょ」キャップは言った。物事を感じよく表現する術に長けているのだ。

「シャンペンは十二月二十六日《ボクシング・デイ》までとっておけよ」彼は答えた。それから部下の上級警官たちに、クリスマスは家族といっしょに過ごしていい、わたしが出勤するし、わたし一人でおまえたち六人分の価値はある、と言ったのだった。

彼は自室に入り、その朝、靴下の一つに入っているのを見つけたピックルド・ウォルナッツの大びんをあけ、別の靴下に入っていた〈ハイランド・パーク〉のボトルからたっぷり一杯注いで、のんびり腰を据え、『ポンペイ最後の日々』（ブルワー－リットンの小説）を読み始めた。背後では無線モニターがさやさやとかすかな音を立てている。時は一分、また一分と過ぎ、ページは繰られ、ウィスキーとクルミは減り、彼の予報どおり、無線に入ってくるクリスマスの傷害事件の潮位は、女王のスピーチ（女王から国民に向けたクリスマスのメッセージは午後三時に放送される）が堂々と帆を上げて近づくにつれ、高まった。

今のところ、傷害事件は〝家庭内〟のレベルにとどまっていた。つまり、あざや切り傷、たまに骨折がある程度で、どれも制服部の縄張りに入るものだったから、かれらは一分ごとに人手不足になっていった。

そのとき、針にかかった魚のように、巨漢は紀元一世紀のカンパニアから二十一世紀の中部ヨークシャーにぐいと呼び戻されるのを感じた。

「ペッグ・レーンのチャーチ・ヴュー・ハウスで騒ぎがありました。通報者はミセス・ギルピン、十四号室在住。また酔っ払いのようです。誰か引き受けられますか？」

ダルジールは本を置き、無線を取り上げて言った。「トミー、そのペッグ・レーンの出動要請だが、わたしが受ける」

「警視が？」巡査部長は驚きを隠しきれなかった。「泥酔による紊乱というだけですが……」

「わかってるよ、だが、善意の季節だし、そっちは人手不足だろう。こいつは犯罪捜査部のおごりだ。もっとも、誇り高くてそんなことはさせられないというんなら……」

「いいえ、警視。喜んで差し上げますよ。すみません！」

ダルジールは無線を切り、怒鳴った。「ボウラー！」

五秒後、ハットがドアの前に現われると、ダルジールはドアを抜けるところだった。

ぱっと道をあけ、それから階段を駆け降りていく巨漢の後ろに従った。

「警視」彼は喘ぎながら言った。「何事です？」

「たぶんなんでもないが、外の空気を吸おうと思ってね。きみが運転しろ」

車の中で、ハットは言った。「どこへ行くんですか？」

「ペッグ・レーンだ」

「ペッグ・レーン？　ライの住んでるところだ！」

「ああ。しかも目的地はチャーチ・ヴューだ。騒ぎがあった。通報者はきみの友達のミセス・ギルピン。それに、騒ぎを起こしたのはわれわれの旧友チャーリー・ペンではないかと思わないでもない。おいおい、きみがぶっとばしているのはわたしの住む町で、ル・マンじゃないんだぞ！」

しかし、ハットは耳を貸さなかった。ありがたいことにがらんとした道路を猛スピードで運転しながら、わずか二カ月前にやはりこんな無茶な運転をしたのは、ライ救出に駆けつけたときだった、と思い出していた。雷が二度落ちることはあるだろうか？　二度目は死に至るのだろうか……？

ペッグ・レーンはわりに中央部に近いから、五分とかからずに着いたが、ハットには一時間のように感じられた。テラス・ハウスの並んだ前に細い道が通り、反対側にライの建物の名前の由来となった十八世紀の教会がある。その道は使われていない映画セットのように静かだった。駐車してある車をどければ、ここで「エマ」の一シーンが撮影できそうだ。

階上の窓があき、赤と黄色の紙帽子をかぶった女が身を乗り出して言った。「あたし、出ていきませんからね。すごく静かになったけど、あの男、まだいるのよ」

「誰ですか？」ダルジールは訊いた。

「あの男。前におたくの若い刑事さんが来て訊いていった、おかしな様子の男よ」

若い刑事さんのほうは、もう建物の中へ消えてしまった、とダルジールは気づいた。

若者の性急さに軽く悪態をついてから、ダルジールも続いた。

平地の短距離なら、巨体はほとんど速度の障害にならなかったが、階段を上がるとき、彼は着実な足どりに変えた。調子の悪いバグパイプみたいにぜいぜいいいながら到着したくなかったからだ。

最初の踊り場で一休みした。上からはすごい音のノックと、「ライ！　ライ！　そこにいるのか？」というボウラーの大声が聞こえてくる。

軽く唸ってから、ダルジールはまた昇り始めた。

次の踊り場に着くと、チャーリー・ペンが壁にもたれてぐったりすわっているのが見え、その脇のドアをめがけて、ボウラーは狂ったスカッシュ・ボールみたいにぶつかっては跳ね返っていた。もしやペンはボウラーに殴られてあんな状態なのではないかと心配になって、彼は作家の白髪のふえてきたぼさぼさ髪をひっつかみ、顔を上げてみた。ほっとしたことに、どんよりした目をした生気のないその顔に、肉体的攻撃を受けた形跡はまったくなく、ただアルコールによる障害の数々が見受けられるばかりだった。

彼はまた跳ね返ってきた刑事をつかまえ、しっかり押さえつけた。

「そんなことより頭を使え」彼は言った。「彼女は錠を付け替えたんだろう?」

「ええ、それに錠とボルトと両方かかっていますから、彼女は中にいるってことです、そうでしょう?」ハットはわめいた。

「ああ、それに、この阿呆がここの踊り場でドアを叩いたり大声を上げたりしていたんで、さぞおびえているだろう。そういうときに別の阿呆が来て、ドアを叩いて大声を上げ始めたら、彼女はすぐにそのドアをあけると思うのか?」

それはそのとおりで、ハットは納得したようだったが、そのときミセス・ギルピンのドアがあいて、赤と黄色の帽子がのぞいた。

「もう安全?」ミセス・ギルピンは言った。「電話したとき、言ったのよ、機動隊が必要かもしれないって。そりゃすごい騒ぎだったんだもの。あの男を撃ったんじゃないでしょうね?」

「麻酔銃を使っただけですよ」ダルジールは言った。

ハットは叫んだ。「通報したのはあなたなんですか、ライじゃなくて?」

それからまたドアにぶつかっていきそうになったから、ダルジールは彼をつかまえ、ネック・ロックをかけて押さえ込んだ。

「奥さん」彼は言った。「そのドアを軽く叩いて、ミズ・ポモーナに名乗ってから、あけてくれないかと訊いてもらえますかね? すみません」

ぐったりしているペンのそばに寄らないようにそろそろ

と歩いて、ミセス・ギルピンは頼まれたとおりにした。

長い間があってから、錠がかちりといって、ドアがゆっくりあいた。

ライが立っていた。ダルジールは、やっぱり襲われたのか、とまず思った。

彼女はバスローブを着て、見たところ、ほかにはほとんどなにも身につけていないらしい。顔は死人のように青ざめて、二つ並んだ黒い穴の奥から目がおずおずとこちらを見ている。釈放か死刑か、どちらに呼ばれたのか戸惑っている囚人の目のようだった。

ややあって、その目がハットを認めるなり、顔全体に歓喜が満ちあふれたので、ダルジールの北方人的心臓さえ感応して温かくなったほどだった。

彼は押さえつけていた腕を緩め、青年が飛び出していって彼女に腕をまわして抱きしめるのを、悲しくうらやましい思いで見つめた。

「来てくれると思ってた」彼女は言い、彼にもたれかかった。「夢を見てたの……いやな、いやな夢……でも、きっとあなたが来て……」

「いつでもかならず来るよ」ハットは熱をこめて言った。「じゃ、中に入ろう、いいね？」

彼はライを半分抱えるようにして、フラットに入った。

「人生、こればっかりだ」ダルジールはミセス・ギルピンに言った。「わたしが出動要請に応える、ほかのやつが女の子をものにする。どうも、お手数かけました。パーティーに戻ってくれていいですよ。メリー・クリスマス」

ためらいがちに女は自宅に退却し、ドアをすこしあけたままにしていたが、ダルジールがにらみつけると、やがて閉めた。それから彼はチャーリー・ペンに戻った。ペンは蘇生しつつあるようだった。彼を階段のそばまで引きずっていくと、巨漢はその左手を手錠で金属の手すりにつないだ。

腰を伸ばしたとき、階段に足音が聞こえてきた。下を見ると、女が一人、昇ってくるところだった。三十代で、髪はファッショナブルなショート・カット、感じのよい丸顔に心配そうな表情が似合っている。今、そんな表情が浮かんだのは、手錠をかけられた男とその見るからに恐ろしい捕獲者が目に入ったからだった。

「警察だ」ダルジールは言った。「あんた、誰だね？」

「ミセス・ロジャーズ、マイラ・ロジャーズです。そこに住んでいます――」彼女はライの部屋の隣、ミセス・ギルピンとは反対側にあるドアをさし示した。「どうかしたんですか？」

「酔っ払いが騒いだというだけだ。なにも聞かなかったんですか？」

「ええ。出ていたので……」彼女の視線はライのフラットの開いたドアをとらえた。「ミス・ポモーナは無事ですか？」

「と思います。この男に見覚えは？」

「漠然となら。このあいだの朝、ちらと見かけた人物かもしれません。あの感じのいい若い警官が訊いていった、あの朝です。ライのボーイフレンドですよね、それはあとで知ったんですけど。彼女、ほんとに大丈夫ですか？」

「ええ、元気だ」ダルジールは言った。「今、ハットが付き添っている。彼女をよくご存じなのかね？」

「かなりよく……まあ、前から知っているというんじゃないんですけど……実はあの日に知り合ったんです、ほら、彼女が帰ってきたら、部屋が荒らされていて……わたしたち二人とも、その、女の一人暮らしですから、隣に友達がいるとわかっているとおたがいにありがたいんです……安心できて……」

ミセス・ギルピンより安心できるという意味だな、とダルジールは推測した。遠慮がちな態度に隠れているが、ミセス・ロジャーズには有能な人物という雰囲気がある。未亡人か？　離婚したのか？　どうでもいい。長いあいだ一人で暮らし、それでやっていけるとわかっている。男からの申し込みがないわけではないだろう。印象に残る顔ではないが――ただ、どこかで見たような気がする――近くで見ると、穏やかな茶色の瞳と丸みのある造作がなかなか魅力的だった。

「頼りになるお隣さんほどいいものはないですからな」彼は言った。「お目にかかれてよかった。メリー・クリスマス」

　女は踊り場まで来ると、ペンをよけるように気をつけて通り、自分のフラットに入った。

「逃げるなよ、チャーリー」ダルジールは言った。

　彼はライのフラットに入っていった。

　荒らされた形跡はなく、ペンは中に入らなかったという勘は当たっていた。ハットはライをソファにすわらせ、中身がいっぱい入ったボトルからワイン・グラスにウォッカを注ごうとしていた。ライはやや落ち着きを取り戻していて、巨漢のうれしげな視線にさらされたのに気づき、ローブの前をかき合わせた。

「心配するな」彼は言った。「一つ見れば二つ見たも同じだ。やあ、すまんな、ボウラー」

　彼はハットの手からグラスを取り、飲み干して体を震わせると言った。「ロシア野郎がふにゃけた言葉をしゃべるのも当然だ。彼女にはお茶を持ってきてやれ、いいな？濃くいれて、砂糖たっぷり」

　一瞬、ハットは逆らいそうな様子になったが、ダルジールの目が細くなるのを見ると、台所へ飛んでいった。

「それではと、ミズ・ポモーナ」巨漢は勝手にウォッカをもう一杯注いで言った。「二、三、簡単な質問があるだけだ。チャーリー・ペンは今日、あんたのフラットに入ったか？」

「ペン？」彼女は当惑顔になった。「いいえ。どうして？」

「おたくのドアをどんどん叩いていたのは、あいつだ。誰かがドアを叩く音は聞こえただろう？」

「眠っていたんです……今朝は気分がよくなくて、ひどい頭痛がしたもので、薬を飲んで床に入りました。ずいぶん騒音が聞こえましたけど、夢の中のことかと思って……スタング湖に戻った夢を見ていたんです……音とかなにか、みんなごっちゃになってしまって……目を覚ましたときも、目を覚ましたっていう夢なのかと……そうしたら、ミセス・ギルピンの声が聞こえて……あれ、ミセス・ギルピンでしたよね？」

「ああ。すると、あんたは気分が悪くて床に入り、悪い夢を見た、だいたいそんなところか？」

彼女は否定の意味ではなく、頭をはっきりさせようと振ってから、さっきより力のある声で言った。「ええ、そうだと思います。ミスター・ダルジール、お目にかかるのはいつもうれしいですけど、どうして今ここにいらっしゃるの？」

彼女は確実に夢から醒めてきていた。

ハットが湯気の立つマグをもって再登場した。

ダルジールは言った。「ボウラーが説明してくれるよ。わたしは外で待っている人間がいるから」

ハットが感謝して巨漢を見ると、彼は口を動かして小声で「五分」と言ってから出ていった。

外に出ると、ペンは踊り場に嘔吐していた。

手すりから手錠をはずしてやり、ダルジールは半分引きずるようにして、彼を導いて階段を降りた。道路に出ると、冷たい東風がバケツ一杯の氷水のように作家を打った。彼は一瞬ふらついたが、それから強風に負けじと体をこわばらせた。


ダルジールはけっこうだというようにうなずいて言った。

「生者の地に戻ったかね、チャーリー？」

「そっちへ向かいつつあるよ。ひょっとして、ポケットに携帯びんを入れちゃいないか、アンディ？」

「ああ、だが、出す気はない」

「せめて車の中に入らないか？」

「反吐だらけの人間と？　冗談だろ」

「じゃ、おれを逮捕しないのか？」

「逮捕されるようなことをなにかやったのか？」

ペンは笑おうとしたが、それが咳に変わり、やがてげえげえしだしたが、なにも出てこなかった。

「おれにわかるわけないだろ？」彼は喘ぎながら言った。「ランチからあと、なにもおぼえていない」

「ランチはどこで食った？」

「あんたの知ったことか」

「ほう？　じゃ、当ててみよう」

むずかしくはなかった。ペンの母親（もともとの名前は〝ペンク〟）はパートリッジ卿のヘイズガース荘園に付属するコテッジを下付され、家賃無料で住んでいる。彼女は息子がチュートン民族としての伝統を棄てたと感じているし、息子は彼女がパートリッジ一族に平身低頭で生きてきたことを恨んでいる。

ダルジールは続けた。「あんたはヘイズガースで、昔ながらのおっかさん《ムッティ》といっしょに昔ながらのクリスマス《ヴァイナハト》を過ごした。だが、おっかさんがバッジー・パートリッジにへいこらする姿は見たくない、息子がこうすっかり現地人に成り下がってしまったんじゃ、おとうさんも浮かばれないと、ぶつくさ言われるのは聞きたくない、とすれば、シュナップスだかなんだか、まずい酒でへべれけになってわけがわからなくなるしかない。それからあんたは自分のみじめな気分をちょっと他人に分けてやろうと、ここに戻ってきた。どうやって帰ってきたかは訊かないがね、もしここととヘイズガースとのあいだの道路で、人間でも動物でもいい、死体が見つかったと聞きつけたら、わたしはあんたの腹に飛びのって、あばら骨を吐き出すまでジャンプしてやる。こんなところでどうだ、チャーリー?」

「いい話だが、文体がいまいちだな。アンディ、おれは逮捕されていないんだ、帰るよ。さもないと、凍え死んじまう」

「死んだって、誰もなんとも思わないってことは理解しとけよ、チャーリー。まあ、あんたの出版社は別だろうが、かれらは会社の利益を考えるだけだ。おっかさん《ムッティ》だって、きっとあんたを死んだドイツ人ヒーローの一人に変身させるくらいだろう。チュートン人の大詩人だったわが息子はヴァルハラ（北欧神話で神々の宴会場）で神々にセレナードを聞かせていますよってね。ドイツ人てやつらは感傷的だから、死んだ人間をそんなふうに考えるんじゃないか? 死んでしまえば言い返せないから、勝手に違う人間に変えてしまう。その頑固な頭にこれだけは叩き込むんだな、チャーリー。あんたの友達ディック・ディーは気のふれた悪人だった。それを認められないんなら、ここに立ったまま肺炎にかかったほうがいいさ。そうしたらあの世へ行って、あいつに直接訊ける」

ペンはぶるっと震え、上着の前をかき合わせた。

「それで終わりか？」彼は言った。

「今のところはな」

「やれやれ、ありがたい。どうしたんだ、アンディ？　昔から下品で暴力的な男だとは思っていたが、口数が多いと思ったことはなかった。こうじゃないかな？　あんたは利口で年季が入ってるから、おれにぶうぶう言ったってどうもならないとわかっている。じゃ、それだけ言葉を並べて、誰を説得しようっていうんだ？　あんた自身かな？　もし、ある晴れた朝、郵便受けに真実が入ってきたら、どういう立場に立たされるかと心配している？　いや、〝もし〟どころじゃない！　〝入ってきた、そのときには〟だ！　続きをお楽しみに、アンディ。続きをお楽しみに。じゃあな。メリー・ファッキング・クリスマス」

彼は向きを変え、不確かな足どりで道路を渡った。筋向いの墓地に入る小さな裏門に達すると、門をあけ、右手を上げて、振り向かずに嘲笑的な別れの挨拶を見せると、墓石のあいだへ消えていった。

ダルジールはしばし考えにふけって立っていたが、それから蜂でも追うような様子で頭を振り、腕時計に目をやると、車の脇にかがみ、中へ半身を入れてホーンにのしかかった。

階上では、ハットがその音を聞き、出どころを推測した。ライも同じだった。彼女は言った。「行ったほうがいいわ」

「急ぐことはないよ」ハットは勇敢に言った。「もう大丈夫だとぼくが安心するまでは待っていてもらう」

ライはさっきより元気そうになっていたが、まだ顔はずいぶん青ざめていた。彼女は言った。「わたしなら大丈夫よ、ほんと」

「大丈夫になんか見えないよ。なにか食べた？」

「何を考えてるの？　ロースト・ターキーに付け合わせ？　よして！」

「なにか簡単に作ってあげても……」

彼は言葉を切り、作れる料理の限られたレパートリーを頭の中でスキャンした。

ホーンがまた鳴った。

ライは言った。「『ボウラーの男の手料理』におつきあいする気分にはまだなれないわ。さあ、行きなさいよ」

　それでもまだ彼はぐずぐずしていた。ドアに軽いノックの音がした。彼が振り返ると、マイラ・ロジャーズだった。ここ数日中に二度会っている。ライは彼女と仲よくなったようで、頼ろうと思える隣人ができたことをハットは喜んでいた。ミセス・ギルピンを私生活に招き入れるのは、《ビッグ・ブラザー》（参加者数人が共同生活する一部始終を放映するテレビ番組）に出演すると自分から言い出すようなものだ。

　ミセス・ロジャーズはおずおずと言った。「ごめんなさい、無事かどうか、様子を確かめたかっただけなんです……出かけていて、帰ってきたら、階段のところにあの恐ろしい男の人がいて……」

「ご心配なく、あいつはべろべろに酔っていて、悪さはできませんから」ハットは言った。

「ええ、いえあの、警察官のほうのことだったんですけど。ごめんなさい、ただ、なにかわたしにできることがあるかどうか、うかがおうと思って。でも、お邪魔をする気は……」

　まばたき一つされたら逃げ出しそうな様子だった。

　またホーンが鳴った。今度はシャルルマーニュをロンスヴォーへ呼び戻せそうなほど長く続いた（七七八年、騎士ローランはロンスヴォーで苦戦し、笛を吹き鳴らしてシャルルマーニュを呼ぶのが遅れたため戦死した）。

　ライは言った。「マイラ、いいのよ。ハットはもう行かなきゃならないし、いっしょにいてくださったらうれしいわ。ハット、あとで電話してくれる？　わたしたち二人とも、クリスマスをやり直さなきゃだめみたい！」

　ライは自分が出ていきやすいようにミセス・ロジャーズを招き入れたのではないかとは思ったが、ともかく一安心して、ハットは階段を駆け降りていった。

　外に出ると、巨漢は車のボンネットの上にすわっていて、車はひどく傾いて見えた。彼は厳しい目つきでボウラーを見た。

「彼女とやってたんじゃあるまいな？」彼は言った。「やったと思ったらずらかるのはマナーが悪い」

「いっしょにいてくれる人ができました、隣のミセス・ロジャーズです……ペンはどこです?」

作家が車の中にいないと、彼はようやく気づいたところだった。

「逃がしてやったんですか?」

「ああ。一つ教えてやろう。拘置担当の巡査部長とは仲よくしておくこと。いつ頼みごとが必要になるかわからんからな。で、巡査部長を生涯の敵にしたければ、いちばん確実なのは、クリスマスの日に酔っ払い、それも罪もないやつを連れていくことだ」

ハットは感謝を表わすどころか、不服従に近い目つきで警視を見つめていた。

「もしあいつが戻ってきたらどうします? すくなくとも、ライのフラットに見張りをつけるくらい、すべきじゃありませんか?」

「それならもう手配はついている」ダルジールは言った。

彼は三階の窓へ向かって手を振った。窓辺には赤と黄色の紙帽子が見えていた。

「じゃ、車に乗って署へ戻るとしよう。わたしのきんたまが凍えて落ちて、歩道を割らんうちにな」ダルジールは言った。

手紙6　12月27日受領。
P・P

アールガウ州
フィヒテンブルク-アム-ブルーテンゼー
十二月十八日火曜日

親愛なるミスター・パスコー、

　昨日の冒険のおかげでくたくたになっていたに違いありません。シャレーのどこかで人が動きまわる物音がして目を覚ますと、太陽が明るく輝いていました。寝室から出ると、真っ赤なほっぺをして伝統の民族衣装らしきものを着ているので、なんだか生きた人形みたいに見える若い女が、ぼくの朝食を用意していました。それもミューズリなんかじゃなく、たっぷりしたイギリス式フライアップ（卵、ベーコン、ソーセージ、トマト等を焼いて一皿に盛り付けたもの）です！

　ぼくのコッペリア（バレエ「コッペリア」に登場する美しい機械人形）は絶え間なく、こっちは理解もできないのにしゃべりまくっていました。出ていくときになって、彼女はぼくがゆうべ書いた手紙を指さして、「Post?」と訊き、それはわかったので、ぼくは急いであなたの住所を書き（上等な便箋・封筒だと思いませんか？）、彼女はそれを持って出ていきました。

　朝食後、ぼくは周囲の様子を知ろうと、コートやらなにやらたくさん着込んで、敷地内の散歩に出かけました。

　城の敷地は広く美しく、昨夜の雪と今朝の霜とでさらにその美しさが増しています。しかし、ぎしぎしと音を立てる氷河、そびえたつアルプスの真ん中の荒地にいるというぼくの認識は、まるで間違いでした！　確かに、南か西を見ればジュラ山脈の白い峰が見えますが、反対方向を見ると、土地はずっと平らで、ほとんどが放牧地です。それでも、長いあいだ刑務所の塀や警備フェンスに行く手をはばまれてきた人間にとって、この空間と距離感には心を浮き立たせるものがありました。ぼくは計画もなくぶらぶら歩き、うっすらと霜に覆われた風景の美しさを満喫しました。印木々はどれも輝くダイアモンドをからませたようにきらめき、ふいに詩的になったぼくの頭で考えると、それはさらに美しい宝石、麗しいエメラルドの到着の先触れのように思えました！

まったく、恋、あるいは肉欲は、ぼくらのような合理的思考者をさえふにゃふにゃにしてしまう！

ようやく、自分が理性的なおとなというより思春期の少年みたいに振る舞っているのに気づいて恥ずかしくなり、ぼくは今ここに来ている本当の理由に無理やり心を向け直しました。前夜の気分を思い出しました。ベドウズの戯曲を想起させる奇妙な絵の数々を前にしたときです。あのときの状況とぼくの精神状態は、もちろんことのほかゴシックでしたし、昼の光で見れば、きっと戯曲とのつながりなんかろくにないだろうと思いました。

これを確かめてみようと決め、判断よりは運がよかったおかげで、あの廃墟となった礼拝堂にたどり着くことができました。

すぐに、思ったとおりだとわかりました。夜に受けた印象はずいぶんゆがんだものだったのです。昼の光で見ると、礼拝堂は記憶にあるよりずっと小さく、だからベドウズの戯曲の〝広々したゴシック様式の大聖堂〟からはさらにかけ離れていました。それに、生き返ったウルフラムが出てくる、ミュンスターバーグ代々の公爵墓所に似たものもありません。フレスコ画のほうも、月明かりで見たときよりずっと見るべきものが少ないようです。もしかすると、ホルバインかその弟子の一人がバーゼルから足を伸ばして、〈死の舞踏〉のデザインをここで試してみたのではないかという空想は、すぐに消え去りました。ここにある絵のスタイルはかなり粗野で、ぼくが前夜想像したようなホルバインのウィットやエネルギーは存在しません。

それでも、ベドウズはしばらく北スイスで暮らしていたんだと考えずにはいられませんでした。ゴスはその回想録に、一八三九年の紛争のあとでチューリヒから逃げたとき、彼は隣接するアールガウ州へ行ったと書いているのではないか？　それは今ぼくがいる、ここです。

こんなことに思いをめぐらしながら、ぼくは礼拝堂を離れ、よく方向を考えずにぶらぶら歩いていくと、森のはずれに来て、そこは城を見下ろす緩い坂のてっぺんでした。遠くに車が一台見え、それは雪に覆われたドライブウェイを中央玄関に向かってじりじり進んでくるところでした。ベドウズのことも、理性的な考えも、頭からすっかり払拭されてしまいました。

あれはエメラルドをフィヒテンブルクに連れてくる車に違いない。心を決める暇もあらばこそ、ぼくは坂を駆け降りていました。彼女が車から降りたとき、ぼくが最初に挨拶する人間でありたいと思ったのです。レインコートを彼女の前の地面に投げ出し、あの美しい足が雪に触れないようにしてあげよう、などというばかげた意図すらあったみたいです。

まあ当然ながら、ぼくはそんな性急な行動のつけを払うことになりました。貴婦人に礼儀正しく挨拶する立派な騎士どころか、車に乗っている人たちに最初に見られたとき、ぼくは必死に笑いをとろうとしている宮廷の道化よろしく、人間雪玉となって坂を転げ落ちていたのです。

やっと起き上がり、雪をだいたいはたき落として前庭へ行ったときには、到着した客たちはもう車から荷物を降ろしているところで、挨拶に出てきたフラウ・ブッフが城の玄関先に立っていました。

一目で、その中にエメラルドはいないと見てとれました。彼女がスノー・チェーンをつけたおんぼろのフォルクスワーゲン・エステートに乗ってくるなんて、どうして想像したんだ！

一行は若い女三人で、知らない顔ばかりでしたが、いちばん小柄な一人はなんとなく見覚えがあるように思えました。

その理由とぼくの大誤解のきっかけは、紹介されて挨拶を交わすと、はっきりしました。

小柄な女性はミュゼッタ・ルーピンだったんです！　フラウ・ブッフが到着を待っていたのは、こっちの娘《トヒテル》だった。ちょっと考えれば、あの美しいエメラルドがウィンター・

スポーツを楽しもうと思ったら、ブルーテンゼーのような小さな湖で彼女の時間と美を無駄にするはずはない。ビューティフル・ピープルが闊歩するどこかのファッショナブルなリゾートの花となっているでしょう。

　当然、ぼくは失望をなんとか隠そうとしましたが、女の子たちが（そのとおりなんです。全員二十歳未満で、人生経験なんかろくになさそう）フラウ・ブッフが用意してくれたランチをいっしょにどうかと誘ってくれたときには、ぼくは丁重に断わり、傷を舐めにシャレーに戻りました。そして、慰めを求めてあなたにこの手紙を書き始めたわけです。

　困ったことになったとき、話を持っていけるあなたのような人がいるとは、なんて幸運なんだろう。もっとも、ぼくの幸運はあなたの悪運の上に成り立っているのじゃないかと、ときに思いますが。というのは、あなたのように能力があり、人好きのする男性なら、ぼくたちが初めて出会ったあとの数年のうちに、羽を広げて、どこか遠くへ行ってしまったとしてもおかしくないからです。

　悪く受け取らないでください。あなたの業績を見くびっているんじゃありません。多くの警察官にとって、あなたの年齢で主任警部だというのは立派な昇進ぶりです。それに、サイクではあなたは非常に低く（つまり高く！）評価されていました。頭の切れるプレーヤー、簡単に騙されない、あなたに嘘をつくのは時間の無駄！　一つ弱点とされていたのは、手を抜くのをいやがる、という点でした。軟弱だという評価ではありません。とんでもない。情け容赦ないのは釘のごとく、食いついたらテリアのように放さない。それは他人から事細かに教えられなくたって、身をもって知っていますよ！

　MYCF（中部《ミッド》ヨークシャー犯罪同好会《クリミナル・ファンシー》！）のおもな希望は、あなたがもうじき転勤になり、その空白に誰かもっとこっちの意のままになる人間が来る、というものでしたが、これだけ何年もたって、あなたがまだ今の仕事をしているというのに金を賭ける人は、あのころいなかったでしょうね。

　じゃ、どうしてあなたはまだそこにいるのか？　とぼくは自問する。

傷だらけの巨大な軍艦の陰を帆走する優美なスクーナーのように、あなたは雨風から守られていると同時に、帆に受ける風がなくなってしまった？　言い換えれば、ダルジール丸のせいで、あなたはみんなが予期していた針路をすいすいと進めなくなってしまったのか？

親愛なる警視に批判をぶつけようとしているのではありません。大型トラックを狙撃してなんになります？　聞いて驚かれはしないでしょうが、彼はＭＹＣＦの公敵ナンバー・ワン、天国の門の番犬、憎んでも憎みきれない相手です。

ああ、友よ、彼の巨大な影に隠れて、コウモリのようにひらりと飛ぶだけの状況にあまり長く甘んじていてはいけない。それより、すばやいハヤブサになることだ。伝説の巨鳥ロックの肩に乗って、その力強い翼が運んでくれる高みへのぼりつめ、それから初めて蒼穹へ飛び出す！

しかし、熱心のあまり、ぼくは生意気になり、もっと悪いことに、美文体に走ってしまったようです。お詫びします。ぼくは心の底ではあなたと率直に話をしたいと願っているのですが、そんなことをする権利をこの手で稼ぎ出したかどうか、よく考えてみてからこの手紙は投函します。

十二月二十一日（金）

そんな権利を稼ぎ出したかどうかはわかりませんが、まだなら、掛けで購入しなくちゃなりません。というのは、ぼくの思いはまたまた千々に乱れ、決まったドラッグに頼る中毒者みたいに、つい手がペンに伸びてしまうのです。

フィヒテンブルクでの初日に話を戻します。

エメラルドが到着しなかったことを一人でぐずぐず思い悩んでいる暇はありませんでした。午後早く、ドアをノックする音が聞こえ、出てみると、女の子たちが湖でスケートをしようとやって来たのでした。気がつくと、朝のうちに誰かが湖の雪をかいてありました。主人の生活を快適に保つために黙々と働いてくれる使用人をこれだけ大勢雇っているとは、いったいどんなに金持ちなのやら！　女の子たちは恥ずかしそうに、スケートを履くのにシャレーのベランダを使わせてもらってもかまわないだろうか、と訊いてきました。もちろんぼくは、ちっともかまわない、ここの設備ならなんでも自由に使ってくれ、と言いました。すると彼女たちは、スケート靴を一足よけいに持ってきたから、いっしょに滑らないか、とすすめてきました。ぼくはスケートができないと言いました。そうしたらみんな、まるでヤム－ヤムとピティ－シングとピープ－ボウ（ギルバート＆サリヴァンのオペラ「ミカド」に登場する三人娘）みたいにくすくす笑って、スケートなんか簡単だと言いました。

そんなことはなかった！　でも、どたばた喜劇みたいに楽しかった。三人ともスケートはプロ級に近い腕前で、かわりばんこにぼくの先生をつとめてくれたのですが、それよりむしろ、ほかの二人が元気よく優美に湖を回っているあいだ、ぼくを支えるほうがおもな仕事でした。若い人たちのあいだで初対面の気まずさを氷解させるには（文字通り氷を割るには至りませんでしたが）、道化てみせるのがいちばんですし、若い気分になるには、被保護者の身分《イン・スタトゥ・プピラリ》でいるのがいちばんです！　それで、シャレーに戻り、彼女たちの場合はほてりをさます、ぼくの場合は体を温める飲み物で一休みしたころには、みんなで子供みたいにぺちゃくちゃしゃべっていました。

やがてわかったのですが、彼女たちはみんなストラスブールにある国際学校の教師なのです。ザジは（当然！）フランス人、ヒルディはオーストリア人、マウスはもちろんイギリス人ですが、三人ともたがいの言語に通じていて、どうやらそのほか何カ国語にも堪能のようだ。ザジがいちばん美人です。活気と持って生まれた気品に満ちていて、舞踏会に連れていくなら彼女です。ヒルディはがっちりと筋肉質で、きっと毎日ジムでワークアウトを欠かさないんでしょう。ちらと聞いた話によると、彼女は一流のクロスカントリー・スキーヤーらしい。もしぼくが吹雪の中で道に迷ったら、さがしに来てほしいのはヒルディです！　マウスは、まあ、美人でないのは確かです。はっきりいってブス、母親譲りの顔かたちだが、リンダと違って、性的にぞくぞくさせる女王様的な魅力に欠けている。それに、ほとんどあだ名のとおり内気。きっと子供たちを扱うのは上手でしょうし、ぼくが湖で子供みたいな振る舞いをしたので、ぼくには気をゆるしたんだと思います。

どうやら、彼女はクリスマスをここで母親とその仲間といっしょに過ごす予定で、友人二人はクリスマス前に数日遊ぼうとついて来ただけのようです。三人は大笑いしたのですが、リンダはシャレーに泊まっている客の邪魔をしないという条件つきで女の子たちがここに来るのをゆるしたので、その客というのはきっと年老いた学者で、人づきあいは大嫌い、本にしか興味はなく、完全な静寂が必要なんだと彼女たちは想像していたというのです。

まあ、それからの二日間、静寂なんてものはほとんどありませんでした。人づきあいはたっぷり、学問はちょっぴりでしたが、彼女たちの言語能力を利用させてもらったのは確かです。ぼくは三人に礼拝堂を見せてやり、それに興味があるのだと説明しました。ヒルディは、たんに話を合わせるというのでなく、本当に故事に興味があって、フラウ・ブッフに話を聞くといい、自分が通訳をしてあげるから、と言いました。それで、みんなそろって城の女番人をその自室に訪ねました。一族の歴史に関するブッフの知識は、逸話が中心とはいえ幅広いもので、彼女はそんな逸話を聞かせながら、ぼくらに城全体を見学させてくれました。城の半分以上を占める、使われていない部分も見せてもらいました。

一族の基盤となる財を成したヨハネス・シュティンメルは（これは彼女の話です）傭兵で、兵士として才能があり、急速に昇級した。彼はたいへんな財産を貯め、この国の数多くの政変を生き抜き、しかも社会的急進派という評判を保つというむずかしいバランスをうまく保った。これが十八世紀の最後の四分の一のころだ。ワーテルローの戦い（一八一五年）の後、彼は一族の地位や警備のことを考え、そろそろ要塞となる個人の城を持つべきだと決め、フィヒテンブルクを購入した。前の所有者は過去五十年間にスイスを走った負け馬すべてに金を賭けたという人たちだった（ヨハネス氏の子孫はリンダの友達の輪に入ったくらいだから、初代の急進主義からはずいぶん離れてしまったもんだな、とぼくは皮肉を言い、うれしいことに、マウスは笑ってくれました)。

フラウ・ブッフは〝ブルーテンゼー(血を流す湖)〟という名前に二つの由来があるとも教えてくれました。一つは、ある季節になると、沈む夕日の最後の光線がある角度で水面に反射して、水が真っ赤になる、というもの。もう一つはこうです。十四世紀にハプスブルク家からの独立を目ざす長い戦いが続いていたころ(アールガウ地方は一四一五年にスイス連邦の領土になった)、レオポルド率いる騎兵隊の略奪隊が婚礼の最中に城を急襲し、そこにいた人々を皆殺しにして、死体を湖に投げ捨てた。もちろん(ベドウズ的感受性でしょうが)ぼくは後者のほうが気に入りました!

使われていない部屋の一つを通り抜けたときのことです。壁に埃をかぶった油絵がたくさん掛かっていたのですが、なにかが目の端にひっかかったような感じがして、ドアのところでぼくは振り返り、あらためて絵を見渡しました。一枚の絵が目にとまりました。控え目な大きさのペン画で、若い男が三人、廃墟となった礼拝堂らしきものの前でポーズをとっています。服装はエリザベス朝ふうの上着とズボンです。

二つの点に気づいて、ぼくははっとしました。まず、画家の名前です。左下の隅に、遠慮がちなサインがうっすら見える。〝G・ケラー〟と読めました。

さて、ぼくが聞いたことのあるケラーといえば、その苗字のゴットフリート、スイスの作家(一八一九〜九〇年)しかいません。あなたもきっと彼の自伝的小説『緑のハインリヒ』をご存じでしょう。小説の主人公はケラーと同様、画家になろうと修業を積むのですが、最後には真の才能のなさを自覚して文学の道に進む。まあ、この絵のGがゴットフリートのことだとすれば、彼が正しい決断を下したと、見てわかりました!　しかし、ぼくにとってもっと興味深いことがありました。ベドウズはケラーと知り合いで、二人とも急進的な意見の持ち主でしたし、ゴスによれば、トマスはケラーを伴ってチューリヒからアールガウへ逃げたのです。

二つ目の点は、絵の左側にいる人物です。細身で、楕円形の顔、大きな茶色い目がやや冷笑的な表情でこちらを見ている。

TLBの肖像画として知られているものは一枚しかありません。トムが十八か十九のころにネイサン・ブランホワイトという人が描いたものです。オリジナルは消失してしまいましたが、その写真が残っていて、やや内向的な感じの顔が外の世界をじっと見ています。その目は大きく、澄んでいて、はっきりと茶色、生まれつきの内気と、うんざりした懐疑とのあいだくらいの表情を見せている。そして、誓って言えますが、ぼくの目の前に見えているのはまさにこの同じ顔だったんです！

そうすると、芝居をやって時間をつぶす（ベドウズ自身が書いたものを演じていたのか？ ぼくは空想をたくましくしました）青年三人の姿はこうして永久に残った。一世紀あとなら、誰かがコダックでスナップ写真を撮ったところでしょうが、かれらの場合はこの場面がすばやくスケッチされ、それがのちにぼくが見ているこの絵に発展したのです。

これにはわくわくしました。ぼくは、あとでリンダに頼んで、友人からこの絵をきちんと調べる許可を出してもらおうとメモしました。よし、完全に当座の仕事を忘れて遊び呆けていたわけではないと、自分の高徳に満足したぼくは、それから人生をエンジョイするというもっとおもしろい仕事を再開しました。なにしろ、ぼくを楽しませようと、新しい友人たちは固く決意しているみたいなんですから！

その決意がどこまでいくものなのか、ぼくはやがて発見することになりました。事が起きたのは、知り合って三日目でした。

女の子たちはスケート後の飲み物を飲んだあと、シャレーを出ました。ぼくがシャワーに入るとすぐ、中央の部屋から誰かの呼び声が聞こえました。タオルを巻きつけて出ていくと、そこにはザジがいました。手袋を置き忘れたのだと言います。二人でさがすと、すぐ見つかりました。それから彼女はぼくを見て、うらやましげにため息をつき、自分も熱いシャワーを使いたいが、城のボイラーは調子が悪くて、ぬるま湯しか出てこないのだと言いました。これをどう受け取っていいか迷いましたが、ぼくはすぐにすむから、そのあとここのシャワーを使ってくれてかまわないと言いました。それからシャワーに戻ると、迷う余地はなくなりました。一瞬後、ぼくの背後でガラス・パネルがあいて、ザジが入ってきたのです。

詳細は書きません。ただ、すくなくとも彼女に関しては、人生経験の浅い人間だという最初の判断を早々に修正した、とだけ言っておきます。

害はなく、快楽はたっぷりだった、とぼくはあとで思いました。ザジはヒルディと同様、あと一日か二日したらここを離れて実家に向かう。たぶんぼくが彼女にまた会うことは二度とないでしょうし、あとに残ったのは（あちらも同じ気持ちだといいですが）二人用にアレンジした快活な掛け合い演奏の楽しい思い出だけ！　すごくよかったから、もう一度繰り返そうと彼女が望むなら、ぼくは喜んでまた楽器を取り出すつもりでした。

それが昨日の話です。今日のザジは、うれしいことに、特別な間柄なんだからと独占欲を示すようなことはまったくありませんでした。そんな態度を見せたら、今では非常に調子の合ったわれわれの四重奏にいやな音が響いたでしょう。でも、午後シャワーに入ろうとして、ぼくは考えました。すると、あれはやっぱり一回きりのパフォーマンスだったってことだろうか？

そのとき、隣の部屋に物音がしたので、ぼくは彼女を迎えようといさんで出ていきました。

ところが、そこにいたのはザジではなく、ヒルディでした。

今回はタオルを巻きつけもしなかったので、ぼくの考えがどういう方向かは一目瞭然でした。恥じらいもせず、ヒルディはドイツ語でなにか言いました。ざっと訳せば「無駄にするのは惜しいみたい」で、次の瞬間には……

まあ、今度も詳細は省きますが、ジムで鍛えただけのことはある女性でした。

何が起きているのか、まだよくわからないながら、疑念が脳ミソを内側からくすぐっていました。ぼくは負けたレスラーみたいに、ざらざらした床の上に寝転がり、ヒルディが服を着て、こちらにキスを投げ、出ていくのを見守っていました。

しばらくして立ち上がり、伸びをして、シャワー室に戻ろうとしたときです。外で人を呼ぶ声がしたように思いました。

ぼくは窓辺に近づき、外を見ました。

凍った湖にザジとマウスがいました。シャレーを出たあと、陽のあるうちに最後の一すべりと、またスケートを履いたのでしょう。ヒルディが湖畔に立って、二人を呼んでいます。二人が声のほうに目を向けると、ヒルディは両手を握り、親指を立てて、拳を宙に突き出しました。

それでわかった。このチャーミングな〝経験の浅い〟女の子三人は、自分たちとぼくのフィヒテンブルク滞在に色を添えるべく、かわりばんこにぼくをものにしようと決めていたんです！

それで、ぼくはどう感じたか？　まんざらでもない？　あきれはてた？　愉快に思った？

そんなんじゃありません。ぼくはこわくなったのです。

二人すんで、残るは一人。その一人はマウスです。

マウスは二日後に消えるどころか、休暇のあいだずっとここにいる。マウスはぼくの見るところ、人を騙す才能はほとんどない。マウスはジャックによれば、母親の掌中の珠だ。

結論は、ちょっとめめしく聞こえるでしょうが、こうです。相手がエメラルドなら、何があってもおかしくない。だが、相手がマウスとなると、リンダをほんのかすかにでも怒らせるような危険を冒してまで、彼女が差し出すものを受け取りたくはない！

しかし、拒絶するのも同じくらい危険そうです。明日、この愉快なゲームの最後を飾ろうと意気揚々とやって来て、そのあげく、友達二人に親指を下げてみせなければならなくなったら、彼女はどう反応するだろう？　笑ってすませられるだろうか？　それとも傷つく？　怒る？　侮辱されたと思う？　復讐を誓う？

わかりません。ぼくが何をしても、トラブルになりそうだ。あなたがそばにいてくれたらと思う気持ちはおわかりでしょう。そうしたら、状況を残らず説明し、あなたの賢明な助言を仰ぐことができるのに。でも、それは無理なので、こういう立場に追い込まれた分別ある男なら誰でもすることをしようと決めました。

逃げます。

長距離でも、長時間でもありません。明日は土曜日です。日曜日には、ヒルディとザジは家族のもとでクリスマスを過ごすために出発します。そして月曜日のクリスマス・イヴには、リンダとその仲間がフィヒテンブルクに到着します。だから、本当に危険があるのは明日です。言い訳をつくって姿を見せずにいるくらいはできるでしょうが、どんな危険も見過ごしにしてはいけないと、ぼくは経験から学んでいます。危険を回避したいなら、まず可能性を削除する！

というわけで、ぼくは荷物をまとめ、フラウ・ブッフにあてて、みんなにお詫びしておいてほしいと頼む手紙を書きました。明日は朝一番に、ぼくがそもそもスイスに来た目的の行動に移ります。すなわち、チューリヒへ行って、トマス・ラヴル・ベドウズ研究に励むのです。フィヒテンブルクには月曜日まで戻りません。そのころには、母親がいるのと、友達がいないのとで、マウスはばかなことを考えずにいてくれるでしょう。

Ihrer guter Freund（あなたのよき友）

フラニー

クリスマスと新年とのあいだの中間地帯では、惨憺たる風景に死のような静寂が降りる。打ち負かされて生き残った者たちは、足元に気をつけて店をまわり、買ってもらったゴミをもっと好みのゴミと取り替えてもらう。一方、がらんとしたオフィスに電話が鳴り、いくら急用を告げても応える人はいない。まるで都市の巨大な心臓が一息ついているかのようで、犯罪すら休みに入っている。

この小休止を警察官たちはさまざまに活用する。アンディ・ダルジールはこのときを利用して深い考えに沈んだ。傍観者はこれに驚くかもしれない。ダルジールの仕事ぶりといえば、若い日にラグビー選手だったころと同じで、まず目につくのは猛進する獣のごとき勢いだからだ。

だが、彼はたんなる破壊力以上のものを秘めている。スクラムの背後にいる足の速い若いガゼルの群を無駄に追いかけてエネルギーを消費したりしない。彼はそのかわり、頭脳で追いかけるのだ。敵に関する知識と現状観察に基づいて、かれらの動きそうな方向を見きわめる。それが必ず当たるわけではないが、ゲームの終わりが来ると、敵方のウィンガーの多くがめんくらうことになる。ひらりひらりと身をかわし、フルバックを避けたはずなのに、目の前に草原がひらけると思いきや、まるで若武者《チャイルド》ローランドみたいに、突然暗い塔が立ちはだかっているのに気がつくとは。

ダルジールにとって、クリスマスと正月のお祭騒ぎのあいだの凪《なぎ》は、すわってゲームの展開を読むときだった。

彼の鼻は危険のにおいを嗅ぎつけていた。それが正確にどこから来るものかはわからないが、ワードマン事件に関わっていることは確かだった。

事件は公式に解決され、彼は称賛すら受けた。そのうえ、事件はこれ以上望めないくらいいい形で解決していた。犯人は犯行最中に捕らえられただけでなく、犯行最中に殺されたから、彼の有罪を示す論争の余地のない証拠が挙がったのと同時に、首相官邸のパーティーに招待されるような中途半端なインテリ・リベラル、正義の味方ぶって受けを狙う弁護士どもは反駁の機会を奪われた。

もちろん、人の有罪無罪を決められるのは法律だけだが、死人を悪く言っても名誉毀損で訴えられないから、新聞は法廷ができないことをなんのためらいもなく実行して、〝犯人逮捕！ やった！〟と叫び、ディック・ディーは〝起訴なし有罪！〟と宣言した。

いい話だ。だが、事件に個人的な関わりのあった人たちを別にすると、タブロイド各紙の喜び勇んだ見出しをみんながもう忘れてしまった今になって、その同じ新聞が疑念をほのめかす証拠を掘り出したとしたら、もっとずっといい話になるだろう。

彼はペンの軽口を思い出した。ある朝、郵便受けに真実がぽとりと落ちてくる、というのだった。〝続きをお楽しみに！〟とも言っていた。

それに、パスコーのお友達のルートは、ペンが誰かに助けてもらうと豪語している、とか言っていたんじゃなかったか？

あの危険のにおいには、捜査ジャーナリズムの悪臭が強く感じられた。

これは悪い知らせだった。このごろの捜査ジャーナリズムは、名を上げたい記者が事件の裏を探るにとどまらない。ビッグ・ビジネスだ。もしかぶりつくだけの内容があると新聞が思えば、資金、専門技術、高級な監視機器を惜しみはしない。しかも、かれらはルールどおりにプレーしない。

ディーの死がノーサイドのホイッスルを鳴らし、ワードマンのゲームは終了したと彼は思っていたのだが、どうも今になって、どこかにボールが戻り、プレーが再開したらしい。

器の小さい男なら、警察が間違ったのかもしれないと、くよくよ思い悩み、捜査に欠陥がなかったか、全体を入念に吟味し直して時間を無駄にするところだ。だが、アンディ・ダルジールは違った。確かに担当者をつけてはいるが、彼自身は事後調査などやらない。かたをつけるのは競技場だ。ブレークダウンになったら一番に駆けつけ、押し合い、取っ組み合い、蹴り合い、叩き合いがすっかり終わったとき、必ずボールを我が物にすること。

それをするのにいちばんいい方法は、まずボールを持っている野郎を襲うことだ。では、誰を襲う？

チャーリー・ペンではない。彼ならもうやってみたし、ディーが無実だという彼の信念は崩しようがない。かまわない。チャーリーは迷惑な男だが、作家というのは、うんと年寄りか、うんと金持ちか、うんと猥褻でないかぎりはニュースにする価値がない。そう、膝から下を叩き切ってやる必要があるのは、いまいましいジャーナリストだ。

そいつはどこかにいるはずだ。しかも、昔気質の〈ガゼット〉のサミー・ラドルスディンみたいに、くわえ煙草でメモ帳を片手に、死体をどこに埋めたかと面と向かって訊いてくるようなことはしない。このごろのジャーナリストがやるのは、囮捜査だ。かれらは変装し、相手を安心させ、いかにも同情するように話を聞き、そのあいだじゅう、ちんぽこに貼りつけた小型録音機が回っているというわけだ。あるいは、おっぱいに貼りつけた録音機。ここで性差別はよそう。

狙う相手は？　警官だ。選ばれそうなのはボウラーだった。ディーがライ・ポモーナを殺そうとしたときの主要目撃者だし、若くて話に乗せやすい。そうすると、これは絶対におっぱいテープだ。ライ自身はどうか。ボウラーが瀕死の床にあったとき、彼女が涙ながらに口にした切れ切れの言葉の中からダルジールが拾い集めた内容を、彼女に認めさせる――すっかり服を脱ぎ、準備完了、ダーティー・ディックとセックスを楽しもうというところに、騎兵隊が乗り込んできた。彼女が供述書を作れるまで回復したころには、ダルジールは彼女をそっとつつき、いくつか細かい部分で強調の置き方をずらすよう仕向けていたから、彼女にセックスする気があったというのは調子を下げられて、ワインと暖炉の火の暖かさで気持ちよくリラックスしていた、ということになっていた。自主的に裸になったことはどこにも触れられていない。刑事裁判の法廷で厳しく追及されたら、そんなごまかしで逃げ切れたはずはないが、同情的な検死官（殺人の死因を確定する司法官）が優しく質問した結果、現代的な若い女性が上司に言い寄られたと思い、断わろうとしたところ、突然、なんとも驚いたことに、ディーが彼女の体に突き入れようとしていたのは彼の一物ではなく、ナイフだったとわかった、という状況が描き出されたのだった。

明らかに、ペンがタブロイド紙の共犯者に吹き込んでいるバージョンはこうだろう——あの男じらしのあばずれに情熱の水際すれすれまで連れていかれたあげく、水を飲んじゃだめと言われたディーはごくふつうの雄馬らしく反応し、怒りと欲求不満に脚を蹴り上げた。そこに嫉妬深いボーイフレンドが登場し、交戦開始。ディーのナイフは、そうだ、彼はトーストを焼こうとしていたんじゃないか？　そして、上の連中が現場に到着し、警察側の一人が戦いに巻き込まれ、一般市民の一人が死んで倒れていると気づくなり、かれらは事実を再構成して、殺されるべき人間が殺されたように見せかけた。

ダルジールはあのとき現場を整理し、ライとハットの話も整理したが、今それがペンの説をある程度支持することになると、心地悪く自覚した。彼の動機は、若い部下を過剰な暴力行使という非難から守ってやり、ライが不品行な娘だとすこしでも思われるのを防いでやろうというものだったし、彼が言ったこと、したことのすべては、ディック・ディーがワードマンだという完全な確信に支えられていた。だが、整理整頓《タイディ・アップ》と真実隠蔽《カバー・アップ》とのあいだに微妙な違いがあることなど、タブロイド紙にはあまり関心がないだろうと彼は思った。

では、ハットとライを別にすると、捜査ジャーナリストが追いかけるのは誰だろう？

検死審問の記録は公表されているから、すでに見ているはずだ。だが、ぜひとも手に入れたいものはほかにもいろいろある。たとえば、警察記録と医療記録、ことにディーの剖検記録。それに公訴局記録。ダン・トリンブル警察本部長は石橋を叩いて渡る男だから、ディーの有罪説を支持する公訴局からの意見を求めた。返事はこうだった——公訴局が扱うのは現実であって、仮説ではない。しかし、ほかの事情が同じならば、検察側が成功する可能性がなくはない……おそらく……

いつものとおりだ、とダルジールは唸ったのだった。そして今、〈サンデー・スキャンダル〉や〈デイリー・ゴシップ〉があのうためらいやら留保やらをどう解釈するかと思うと、彼は呻いた。

しかし、率直なところ、かれらがどう解釈しようと関係はない。あっちの目で見れば、これはうまい事件だ。奇々怪々、流血に次ぐ流血、解決困難、人々を戦慄させ、ときには無気味に喜劇的。あまりにうまい事件だから、まだ一件落着してまもないが、再放送も悪くない。誰か利口な記者がペンのいいかげんな言い立てをもとに話をこしらえられるんなら、やってやろうじゃないか！

では、どう進めるか？　すべて網羅する、というのが模範的方針だ。彼は今のところまだ仮定の存在にすぎない記者がどういう道をたどるか、予想を立てたから、警告の必要な人間には警告を与え、同時にこちら側の人間を一人、同じ道に送り出してやる。できれば新鮮な目でものを見られるニューフェースがいい。

彼は電話を取り上げ、ある番号を押すと、言った。「アイヴァーはいるか？　こっちによこしてくれ、いいな？」

シャーリー・ノヴェロ刑事はワードマン事件の捜査が行なわれていたあいだ、ほぼずっと戦闘不能状態だった。ようやく仕事に復帰すると、今度はボウラーが負傷して休暇を取ることになった。今では彼も復帰していて、二人のあいだにトップ刑事の地位を目指す健全なライバル意識があることは、巨漢の鋭い目には明らかだった。つまり、適切な方向を示してやれば、かれらは上司にいい印象を与えようとして努力を惜しまない、ということだ。

そうだ、ディフェンスの中心人物として、アイヴァーならぴったりだ。

だが、だからといってダルジールの勘に変わりはなかった。こいつは巧妙なディフェンス戦術で対抗すべき相手ではない。飛び上がったところに強烈なタックルをかけてやるのだ！

これが、長く暗い熟考のすえに彼が達した結論だった。

今、行動の光がその目に戻っていた。彼は立ち上がった。不埒な犯行の現場から逃げた息子を殺そうと、テーセウスが海から呼び出した有名な雄牛のように（ギリシャ神話で、テーセウスは息子ヒッポリュトスが継母を誘惑したと誤解し、海神の力を借りる）。

もちろん、ヒッポリュトスはまったく潔白だったのだが、テーセウスはそれを知らなかったし、無罪だろうと有罪だろうと、雄牛にはなんの違いもなかった。

ピーター・パスコーは、フラニー・ルート〝強迫観念〟を治すにはそれが壊れるまで徹底的にテストしてみるのがいちばんだというエリーの理を尽くした主張を、長く真剣に考えてみた。

彼が非の打ちどころのない男性的論理を用いて達した結論はこうだった。おれが誰よりもその肉体を崇め、その理性を尊敬する女性がわざわざ時間を割いておれの問題を分析してくれたのなら、やるべきことはただ一つ、彼女が完全に間違っていると証明するのだ。

彼は自分に言い聞かせた。ルートは抵抗したり、解決しようとすべき問題ではない。あいつはやや気になる不快感にすぎず、無視していればそのうち消えてしまう。

二十六日に、彼は爽快な気分で職場に戻り、現代の犯罪捜査部警察官のデスクならたいがいそびえたっている書類の山をごっそりかたづける覚悟だった。仕事ははかどり、ルートのことは三回以上は考えなかった。いや、電話が鳴って、これはスイスからフラニーがかけてきたんだと思い込み、一分近くも受話器を取らずにいたのも入れれば、四回になる。実際には、電話の主は南部ヨークシャーのローズ警部で、例の大仕事に関してなにか噂でも耳に入っていないかと訊いてきたのだ。ローズはこれが実行されると確信しているが、それは彼がさらに情報を得たからではなく、彼の情報提供者が不可思議にも姿を消してしまったからだ……

もちろんローズはルートではないが、つながりはあり(これで五回になる)、パスコーは警部に向かって、今この瞬間にもウィールドがあれこれ調べているところだと言って安心させたあとで、そのつながりをまた断ち切らなければならなかった。

だが、全体としてはかなり満足して彼は家に帰り、翌朝目を覚ますと、もうこれ以上ルートから連絡は来ない、今日はさらに事務がはかどって、あのもっとも望ましい状態——さっぱりときれいなデスクで新年を迎える——に達することができると、彼は確信していた。

ところが、ホールを見ると、見慣れた筆跡にスイスの切手を貼った封筒が目に入った。

仕事に出る車の中から、彼はドクター・ポットルに電話して予約を入れようとした。すると、今すぐ来てくれてかまわない、今朝一番の枠に入っていた患者二人がクリスマス心中をして予約がキャンセルになったから、と言われた。

ポットルは中央病院精神科科長、中部ヨークシャー大学非常勤講師で、精神医学と警察の仕事が重なる部分がある場合は警察のアドバイザーもつとめているが、ときにパスコーの心理分析をやり、彼には友達のような存在でもあった。パスコーは、ポットルがウッディ・アレンの映画に出てきそうな精神科医に似ているという、おそらくは不合理な根拠で彼を気に入っているのだ。悲しげなスパニエル犬みたいな目、まぶしいほどの白髪が爆発したように逆立って、それとは対照的に、アインシュタインふうの口ひげは赤茶色に染まっているのがなかなか魅力的だ。これは下唇から絶えず下がっている煙草のせいだった。

喫煙を咎める患者はこう言い返される。「わたしはあたの問題解決に手を貸すのが仕事です。もし人の煙草が問題のうちなら、今すぐ出ていくんですね。それで一つ解決だ、あとで請求書を送りますよ」

パスコーは手紙を見せた。ルートのことを説明する必要はなかった。前にも話し合ったことがあるのだ。

ポットルはいつものようにすごいスピードで手紙を読んだ。エリーはこれが見せかけで、たんに人を感心させようとしてやっているのだろうと怪しんでいる。だが、それは違うとパスコーにはわかっていた。相談室にいるときのポットルは洞窟の女預言者と同じで、神の声を伝える人間導管なのだ。だから人間業を超えるスピードで言葉をスキャンしているのは、神の眼なのだった。

「心配すべきかな？」パスコーは訊いた。

「そういう質問をすべきかな？」ポットルは言った。

パスコーは考えてから、言い直した。

「その手紙の中に、ぼくかぼくの家族に対する脅迫を隠している、含んでいる、あるいは暗示していると、あなたが解釈するような部分があるかな？」

「きみが嘲笑におびえるのなら、確かにある。依存におびえるのなら、まああるかもしれない。まったくの無理解におびえるのなら、わたしはお役に立てない。これらの手紙を完全に理解するだけのデータをわたしは持っていないからね」

「ああ、でも、ぼくは心配すべきだろうか？」パスコーはいらいらと繰り返した。

「ほら、まただ。きみはわたしに、自分のことを理解させたいのかね、ピーター、それともミスター・ルートのことを理解させたいのか？」

またしばらく考えてから、パスコーは言った。「ルートだな。自分のことは自分でなんとかする。彼のことはまるでわからない。ただ、悪さをしようとしているらしいというだけだ」

「じゃ、何をしようとしていると思うんだ？」

「ぼくを精神的に痛めつけようとして、その試行錯誤を楽しんでいるんだと思う。つねに弱点をさがしている。それに、自分がかかりあった違法行為を、ぼくがまったく手出しできないような形で教えることで恍惚となっているんだと思う」

「たとえば？」

「チャペル・サイクのシャワー室での暴行。これは彼自身が認めている。それからセント・ゴドリックス。彼は学監公舎に放火したんだと思う。おそらくはアルバコア学監を襲って、そこで死ぬようにと置き去りにしてきた、ともぼくは強く疑っている」

「驚いたな。わたしが読んだときには、犯罪の可能性が言及されているようには見えなかったが」

「ええ、あなたには見えない。だからぼくはこんなことを言っているんだ」

「すまない、気がつかなかったな。証拠は？」

「手紙の外にはなにも。ただ、アルバコアに関して状況証拠がちょっとあるだけだ」

彼は自分の仮説を説明した。

「で、ケンブリッジのきみの同僚たちも同じ疑いを持っているのか？」

「考え中です」パスコーはぼやかして言った。

「なるほど。弱点をさぐる、というのは──正確にはどんなことだね？」

「彼はぼくが学問の世界に入るべきだったのに、道を誤って警官になったと言っているんだ。刑務所で過ごした人間のほうが、警察で過ごした人間よりずっと先まで行けると見せつけている。ぼくが落ち着いた既婚の老人で、その意志力を彼は尊敬し、その助言を彼は求めるとしつこく繰り返しながら、一方で、自分は気楽な若者、女の子たちがほとんどアドリブでベッドに転がり込んでくるとか言って、ぼくをうらやましがらせようとしている」

「おやおや、そうかね」ポットルは言った。「で、きみはうらやましい？」

「まさか。どっちみち、彼が書いてくることの大半は空想だ」

「ただし、彼が犯罪を犯したと認めているらしく見えると、きみが信じたい部分は除いて?」

「いいえ、いやその、ええ……しかし、ぼくじゃなく、ルートのほうを中心に考えるはずだったんじゃないですか?」

「二人を分けるのはむずかしくなってきた。ほかにわたしに話したいことはないのかな、ピーター?」

「たとえば?」

「彼が見たと主張している、きみの幻影のこととか?」

パスコーはまばたきしてから、静かに言った。「どうしてそんなことを訊くんです?」

「手紙はおもしろいことだらけだが、本当に奇妙なことはそんなにないからさ。ところが、この幻影の話は実に奇妙だ。それで、きみがあれこれ文句をつけた中にこれが抜けていたのも奇妙に思える。だって、きみは明らかに、ルートはいかれていると考えたがっているだろう。そのくせ、彼がふつうでないかもしれないという証拠に使える唯一の点には一言も触れていない。というのは?」

またまばたきしてから、パスコーはお手上げだというように言った。「ぼくもあいつを見たんです」

彼はその経緯を話した。ポットルは言った。「おもしろい。では、彼とミズ・ハシーンとのセッションのことに入ろう」

「あれ、ぼくの幻視のことはどうなったんだ?」

「語りえないことについては、沈黙を守らねばならない(ウィトゲンシュタインの言葉)。彼女の本は読んだかね?」

「ええ。まあ、関連のある部分は」

「関連のある部分ね」ポットルは同じ言葉を返した。「なるほど。われらがルート氏がきみに見るべきページを正確に教えてきたというのは興味深い。おかげできみはあの粘土のごとき文章を掘り返して進み、事実をふまえて推量する手間が省けたわけだ。さてと……」

彼は背後の書棚に手を伸ばし、黒い表紙の本を抜き出した。棚から出てくると、あの本だとパスコーにはわかった。それから、手紙を見て確かめることもせずに、ポットルは本を繰り、パスコーが反対側から見て正しいとわかるページを開くと、また速読トリックをやってのけた。

「気の毒なアマリリス」彼は言った。「彼女はゴールドスミス（十八世紀の詩人・小説家・劇作家）の正反対だな。おぼえているだろう、ギャリック（俳優・劇作家）の言葉だ。彼は書けば天使のようだが、しゃべればべちゃくちゃ繰り返すオウムのよう」

「彼女を知っているんだね」パスコーは興味をそそられて言った。

「職業柄ね。そう、来月また会うよ、わたしが現在会長をつとめているヨークシャー心理精神医学会の冬期シンポジウムでね。シェフィールドで開かれる。アマリリス・ハシーンは論文を発表する予定だ」

「でも、あんなことがあったあとじゃ、キャンセルするんじゃないか？」

「わたしはお悔やみ状にそう書いたんだ。彼女は返事をよこして、自分の分析医からの助言もあり、予定どおり参加するつもりだと言ってきた。へこたれない女性なのさ」

「らしいな」パスコーは言った。「で、彼女をどう評価している？ 学会で講演するよう招待したくらいだから、くだらない人物とは思っていないんだろう？」

「くだらないなんて、とんでもない」ポットルは言った。「きみが訊いているのは、彼女がこの本でルートに関して言っていることをどの程度まともに受け取るべきなのか、ということだろう。軽視するな、と言っておこう。ルートがきみに示してきた部分だけでなく、全体を通して読めばわかるが、彼女はきちんと手をかけて仕事をする。たいへんな洞察力があるし、簡単に騙されはしない」

「そのくせ」パスコーは言った。「ルートと父親の関係について、彼女はまるで目をくらまされている。父親は彼がまだ赤ん坊のころに死んだんですよ。思い出と言っているのはみんな純粋な作り話だ」

「そうかい？ 驚くね」

「ルートに会っていたら、驚きませんよ」彼は熱っぽく言った。「たいした騙し屋なんだ」

「きみの場合を除いて？ ピーター、きみは勉強し直して精神科医になったらいいかもしれないぞ」

「実行するかもしれませんよ。そうだ、おたくのシンポジウムに参加させてもらうかな、体があいていれば」

「歓迎だ」ポットルは言った。「しかも、参加する価値は二倍あるよ。偶然てやつは探偵小説に出てくるとばかにされるが、偶然にも、講演者のもう一人がフレール・ジャックなんだ。きみの友達ルートの話に出てくる男さ」

「おたくの会員があんなヒッピーじみた幸福探求法なんかに興味があるとは思わなかったな」

「ピーター、悪く受け取らないでもらいたいんだが、きみはときどきぎょっとするくらい、ボスのミスター・ダルジールとそっくりの話し方をするね。人が死とどう関わるかは、わたしの職業の人間にとって、非常に適切な研究分野だ。実際、ある意味では、われわれが研究するのはそれだけだと言えないこともない。フレール・ジャックは宗教家だから、システマティックに突き詰めていかずに、どうしても詩的駄弁に走る傾向はあるが、それでもいろいろとおもしろいことを言っている。話を聞かせてもらう機会ができたのは幸運だった。そのうえ、彼は著書のプロモーションで全国をまわっているところだから、ただで話をしてくれるというのも幸運だったよ。出版社はリラックスするための酒を少しばかり提供してくれるしな」

「じゃ、安上がりにわいわいやれるってわけだ」パスコーは言った。「で、その楽しい集まりはいつなんだ？」

「一月十九日土曜日」ポットルは言った。「きみが参加する動機は……？」

「フラニー・ルートが操っている専門家をさらに二人、この目で確かめる」

「ああ、なるほど。じゃ、虚心なアプローチってわけだな。ピーター、性急な判断はよせ。フレール・ジャックの著書を読むといい。彼は明敏な頭の持ち主で、やはりそう簡単に騙されはしないと思う。それに、さっきも言ったが、ハシーンの本を最初から最後まで読みなさい」

「読んだら、あいつがこの客観的なプロの心理学者をほとんど恐喝して、バトリンズへ移転になるよう推薦させた、その方法が出てくるのかな？」パスコーはシニカルに訊いた。

「ピーター、また都合のいいところだけ拾い集めているな。ルートの手紙の一部に不信の念を持つのなら、ぜんぶに不信の念を持たなければいけない、そうでないという証拠が挙がらないうちはね。強迫観念のある人格に共通して見られるのは、自分以外の誰もがすべてに関して間違っているという思い込みだよ」

パスコーはエリーが呼ぶところの〝すねた顔〟になった。彼自身は、強いられればこんなふうに描写しただろう――反対意見をすっかり聞きながらも、自分なりの判断を信頼すると決めている人間の、礼儀正しくストイックな表情。彼は時計を見た。五十分前に職場に出ているはずだった。

「じゃ、最後に、ルートがこういう手紙を書いてよこす動機はどう読む？」

ポットルは手品師のように、口元の赤く燃える短い吸いさしを新しい煙草に変えるという早業をやってのけてから、言った。「むずかしいな。彼には、自分が知っている動機、自分が知っていると信じている動機、それにぼんやりと意識しているだけの動機があると思う。アプローチの方法としてたぶんいちばんいいのは、事を単純化することだろうな。そのためには、そもそも彼がなぜきみに手紙を書いてきたのかと自問してみる。次に、第二の理由を自問する。その次は第三の理由。というふうに、全体像が完全になるまで続けていく」

彼はぱちんと手を叩き、それからその手をぱっと離したので、顔の前にベールのようにかかっていた煙が一時的に晴れた。

パスコーは昔からの経験で、これがセッションの終わりを告げるジェスチャーだと知っていたが、一瞬、アンディ・ダルジールが精神科医とその仕事について言っていた、活字にしても問題にならない程度の台詞を思い出し、同感した。「おれの脳ミソをこうまで痛い目にあわせて、ほかのやつなら目の玉が飛び出すほどきんたまを蹴りつけてやるところだ」

だが、それはほんの一瞬だった。

「どうもありがとう、ドクター」彼は言った。「すごく助かった、と思う」

「よかった。じゃ、また次の機会に。そのときはきっと、きみの問題を考えられるだろう」

第8部 女王

スタートはひどかったが、それを過ぎると、ハット・ボウラーのクリスマスはぐんと楽しいものになった。

クリスマスの日、彼は約束どおり、あとでライに電話した。きっとまた床に入っているだろうと思ったのだが、うれしくも驚いたことに、彼女は明るく電話に答え、後ろのほうからは音楽と人声が聞こえてきた。

「パーティーの最中？」彼は訊いた。

彼女は笑って言った。「違うわよ、ばかね。テレビの映画。あのね、マイラも一人だってわかったの。それで、もう帰らなきゃって言うんで、これから何をする予定って訊いたら、たぶん映画を観るって言うのよ、それでね、わたし……いったい、なんだってこうべらべらしゃべってるのかしら？　きっと、前よりずっと気分がよくなったせいね」

「そりゃよかった。なんか食べた？」

「いやあね、あなたってほんとに母鶏なんだから。ええ、食べたわ。二人でそれぞれ特技を出し合ってクリスマスの食事を用意したの。つまり、わたしはワイン・ボトルを一本、ううん実は二本あけて、マイラはチーズ・オムレツを作ったのよ。最高。こんなおいしいのを食べたのはほんとにひさしぶり。だからね、ご心配なく。あなたが作ると言ってくれたベークド・ビーンズをのせたトーストを断わったからって、死にかけてなんかいないわ」

具体的にビーンズのせトーストを作ると言ったおぼえはなかったが、ハットはライの具合がよくなったのがうれしくて、逆らう気にはなれなかった。片側にマイラ・ロジャーズ、反対側にミセス・ギルピンがいるから、万一、酔っ払ったペンが戻ってきてまた騒いでも、ライは二重の防御線に守られている。

ボクシング・デイの夕方、ようやく再会すると、ライはもうすっかりよくなっていて、彼が楽しみにしていたクリスマスの喜びは、伝統的なものも、個人的なものも、遅らされただけ味わい深くなっていた。

「わたしのほしいものは、これだけよ、ハット」愛を交わしたあとで、彼にしがみついたまま、彼女は言った。「わたしのいたい場所はここ、あなたとわたし、あったかく、ぴったりくっついて、安全で、ここにいつまでもこうしていたい」

彼女は彼の上に横たわり、両腕両脚でその体をがっちり抱きしめたので、痛いほどだったが、世界中の何をもってしても彼に痛いと弱音を吐かせることはできなかっただろう。知り合って間もないころから、この人だ、と彼にはわかっていた。彼女がいなかったら、人生は……そんな人生を描写する言葉は見つからない。わかるのはただ一つ、彼女が彼に求めるものは何であれ、疑問をさしはさまずに彼女に与える。眠ってしまっても、彼女は抱きしめた手足を緩めなかったので、夜中に目を覚まして、また彼の体の探訪を始めると、彼の四肢はひきつって動かなくなってしまっていた。

「いやだ」彼女は言った。「ハット、わたしったら、ひどいことしちゃった。どうして押しのけてくれなかったの？」

「そんなこと、したくなかった」彼は安心させるように言った。「なんでもないよ。あっ、くそ！」

左脚を伸ばそうとしたとたん、ずきっと痛みが走り、こんな反応が出たのだった。

彼女は掛けぶとんをはねのけ、彼の体に馬乗りになると、全身マッサージを始めた。おかげでまず痛みが引き、それから興奮してきた。

「ここのところがまだこわばっていますねえ」彼女は彼の腿のつけねに手を走らせて言った。「だいぶ手がかかりそう」

「うん、何年も前から悩んでるんです」彼は言った。「ちょっとやそっとじゃだめですよ、ドクター」

「でもまあ、包んで暖かくしてあげましょうか」彼女は言った。「こんなふうに……」

そしてクリスマスはまたすっかり楽しく《メリー》なった。

翌日、ライは仕事に戻った。どうせみんなが休むのだからしかたないと、クリスマスから新年にかけてずっと閉鎖してしまうオフィスは多いが、中部ヨークシャー図書館サービスはそう軟弱ではなかった。クリスマスに社交という刑罰を受けたあとで、本に囲まれた独房に戻りたくてうずうずしている人は大勢いると認識しているのだ。

二十七日に、参考図書室はわりに混んでいたが、一人の不在が目についた。いないから残念だというわけではない。チャーリー・ペンだ。

しかし、午前も半ばを過ぎたころ、ドアがあいてペンが入ってきた。彼はいつもの席に向かったが、いつものように彼女をにらみつけることはなく、閉じたままの本を五分ほど見つめていたと思うと、立ち上がり、デスクに来た。

前置きなしに、彼は言った。「クリスマスの日にあんな騒ぎを起こして、すみませんでした。すっかりへべれけだったんだ。二度とやりませんから」

「騒ぎ?」彼女は言った。「ああ、踊り場に酔っ払いが来たとかって、誰かが言っていました。わたしは気がつかなかったんですけど、態度を改めるという抱負を聞いて、うれしいわ、ミスター・ペン。それは即日実施、それとも新年まで待たなきゃならないのかしら?」

二人の目が合った。彼女の大きく見開かれた目に包み隠しはなく、彼の奥まった目には油断がなかった。どちらもまばたきひとつしなかったが、にらめっこになる前にペンは「さあ仕事だ」と言って向きを変えた。

その背後からライは言った。「はかどっています?」

驚いたとしても、彼が向き直ったときにはもうそんな感情は隠されていた。

「二歩前進、一歩後退、研究というのはそんなものだとわかっているでしょう」彼は言った。

「わかるとは言えないわ。わたしは赤の他人に興味を持っない」ペンは言った。

「単純、ですって、ミスター・ペン？　あんなにたくさん著書があるのに？」

「自分がこしらえた人間たちに関わる話をでっち上げるのに、頭なんかいらない」彼は自分の成功を切って捨てるように、きつい口調で言った。

「でも、ハイネはあなたがこしらえた人間じゃないわ。彼に関わる話はでっち上げなんかじゃないといいけど」

「ああ、彼は充分リアルだ。でも、彼の真実を見つけるのに頭は必要ない。せっせと働く努力と、真実を見分ける勘があればいいだけだ」

「じゃ、詩の翻訳は？」

「同じさ」

「それは意外ね。このごろ、あなたの翻訳をちっとも見かけなくなったわ、ミスター・ペン。昔はしょっちゅう目についたのに」

彼女の口調はまじめで、からかうような素振りはまったくなかったが、昔とはいつのことか、たがいにわかっていて、そのすべてを知りたいなんて思ったことがないから」

「赤の他人から始めるわけじゃない。作品を通してしか知らないにしても、そうして知り合った人間が対象だ。そういう接触があるからこそ、相手をもっとよく知りたくなる。ときには想像とはまるでかけ離れた人間だったとわかることもある。そこがおもしろいところさ」

「なるほどね。それで、相手が死んでいたら、仕事はむずかしくなるの、やさしくなるの？」

「両方だな。死人は質問に答えられない。だが、嘘もつけない」

彼女はそのあとしばらく黙っていたので、この予期せぬ会話はこれで終わりかとペンは思ったが、すると彼女は言った。「それに、死人は誰かに私生活を勝手に覗かれても、いやと言えない。それは利点でしょうね」

「ぼくの仕事とボーイフレンドの仕事をごっちゃにしているみたいだな」ペンは言った。

「平行線もたまには交わるものじゃない？」

「そいつはぼくみたいな単純な人間にはちょっと理解でき

た。ペンが遠回しに彼女に言い寄ろうとして、ハイネの愛の詩の翻訳を彼女が見つけそうな場所に置いていたときがあったのだ。興味はないと彼女が明確にすると、それからも詩はあちこちで見つかったが、その選択には嘲笑的な皮肉がこめられるようになった。ディック・ディーが死んで、そんなゲームはすべてやめになったのだった。

「しばらくのあいだ、翻訳なんかする気になれなかったんだ」彼は言った。「でも、ようやくまた調子が出てきた。あ、そうだ。きみの反応をぜひ見たいものがある」

彼は席に行き、紙を一枚持って戻ってくると、それを彼女の前に置いた。詩の一節が二つ、左右に並べて書いてあった。

The rock breaks his vessel asunder
The waves roll his body along
But what in the end drags him under
Is Lorelei's sweet song

岩は彼の船を裂き
波は彼の体を揺らし運ぶ
だが最後に彼を引きずり込むのは
ローレライの甘い歌だ

But when in the end the wild waters
Plug his ear and scarf up his eye
I'm certain his last drowning thought is
The song of the Lorelei

しかし最後に荒波が
彼の耳を塞ぎ、目を覆うとき
溺れていく彼が最後に思いをはせるのはきっと
ローレライの歌だろう

彼女は紙にさわらずにそれを読んだ。

「それで?」彼女は言った。

「翻訳、二つ作ってみた。ハイネの〝ローレライ〟の詩の最終節。ほら、Ich weiß nicht was soll es bedeuten,/Daß ich so traurig bin（理由はわからないが、とても悲しい）

で始まる詩さ」

「見たことはあるわ」

「二つとも、ごく自由な訳だ。直訳も並べて載せるんだが、韻律のあるほうの訳では、原文の表面的な意味よりむしろその精神を表わそうとしているんだ。ここでジレンマに陥る。ハイネはわれわれに、ローレライはわざと舟人を殺そうとして歌をうたった、と思わせたいのだろうか？　それとも、歌をうたうのはたんに彼女の天性であって、舟人は耳を傾けたために自分から死を招いたのか？　どう思う？」

「わからない」ライは言った。「でも、waters と thought is が脚韻を踏んだつもりというのは気に食わないわね」

「中身でなくて表現の審美的判断？　いいだろう。じゃ、一番目のにする」

彼はうなずき、兵隊のようにくるっと踵を返すと、デスクに紙を置いたまま席に戻った。

戸口でこの情景を観察していた女がデスクに近づいてきた。ライ・ポモーナが顔を上げると、目に入ったのはかなりがっちりした体格の、わりに若い女だった。化粧気はなく、雨に濡れた泥色のフリースの前があいて、だぶだぶした灰色のTシャツがのぞいている。ぶかっこうなシャツは体の線をきれいに見せず、色は彼女の浅黒い肌に似合わない。女はテスコのビニール袋を提げていたから、ライは瞬間的に判断を下した――主婦、若いうちに子供を産んだ、見かけにかまわなくなっている、長々と過酷なクリスマスがようやく明けて、今日は図書館にやって来た、退屈で先の読める今の生活をすこしはましなものにするための自己教育の道を求めて。

ハットの影響だわ、とライは内心で言った。わたしったら、探偵になってきた。そう考え、ハットのことを考えると、彼女の顔にはとても暖かい微笑が浮かび、近づいてきた女も同じように微笑を返した。すると女はふいに何歳か若返り、三倍は魅力的になった。

「こんにちは」ライは言った。「ご用件は？」

図書室側からの視線を体でさえぎるように立つと、女はデスクに身分証明カードをすべらせた。

「こんにちは」彼女は言った。「ノヴェロ刑事です。ハットから聞いていらっしゃるかも？」

実際、ハットは恋人に立入禁止区域はつくらないという男だったから、同僚のこと、仕事のこと、自分のことを完全に（ただし主観的に）オープンな態度でなんでも話していた。宿敵シャーリー・ノヴェロのことは彼から聞いて、ライはその姿を思い描いていた――世慣れた、センスのいい、洗練された女性、携帯電話が左耳に、オーガナイザーが右手に貼りつき、持ち物はすべてデザイナー・ブランドのパワー・スーツと色を合わせてある。そんな誤った思い込みと、同じくらい間違いだらけのさっきの推理が頭にあったので、切り替えるのにしばらくかかった。ノヴェロは安心させるように言った。「大げさなことじゃないんです。ミスター・ダルジールから、あなたが大丈夫かどうか様子を見てくるように頼まれたので」

巨漢は実際にはこう言ったのだった。「どこかのぬらぬらした野郎がじわっと近づいてきて、打ち明けた話をするように仕向けるかもしれないから気をつけろと言ってやれ。ついでにきみもじわっと近づいていって、彼女がなにか隠していないか確かめろ」

「ミスター・ダルジールはほんとにご親切な方ね」ライは言った。「ごらんのとおり、わたしは元気にしてます」

「よかった。あの、ついさっきあなたに話しかけていたの、ミスター・ペンじゃなかった？　クリスマスの日の事件のことは聞いています。あの人にからまれたりしていたんじゃないといいですけど？」

「とんでもない。文学の方面で、ある点を話し合っていただけよ」

ノヴェロはペンの置いていった紙に視線を落とした。ライはそれをすっと取り去ったが、その前にノヴェロは逆向きで詩を読み取っていた。

「ローレライ」彼女は言った。「それって、押し込みのあったあとであなたのコンピューターに出ていた言葉じゃない？」

よく下調べをしてあるのね、とライは思った。これならハットの描いた姿に合っている。

「ええ」彼女は言った。

「で、ミスター・ペンがからんでいたんじゃないのは確かなんですか？」

「いくらなんでも、からまれて迷惑なら自分でわかるわ」

彼女は微笑した。「これはただの偶然でしょう。彼はあやまりに来たの。これから仲よしになるとは思わないけれど、彼が事を荒立てずに静かにしておいてほしいというなら、わたしに異存はありません」

「彼には彼なりの理由があって、静かにさせておきたいのかもしれない」ノヴェロは言った。

「どういう意味？」

「ミスター・ダルジールはこう考えているんです。ペンは自分で吠え立ててもどうにもならないと悟って、犬を見つけることにしたのかもしれない」

「わたしに向かってもっとやかましく吠えさせるために？」ライはおもしろがった。

「吠えるというより、嗅ぎつけるほうの犬です」ノヴェロは言った。「マスコミ」

「ジャーナリスト？　でも、ばかげてるわ。わたしがジャーナリストに話すことなんかある？」

「なければいいんです。でも、たぶん見当はつけていらっしゃるでしょう。ミスター・ペンはあなたが……わたしたちみんながなにか隠していると考えている。もし彼がジャーナリストにいいネタがあると思わせたら……つまり、こういうことです。誰かがあなたにインタビューしたいと正面から近づいてくるというより、もっと横から来る。たとえば、この図書室でね。なにか調べ物を手伝ってほしいと頼んできて、それをきっかけにあなたと親しくなって、とか……そういうことはありえます」

ライの口元にちらと微笑が浮かんだのを、ノヴェロは懐疑の表情と受け取ったが、ライはハット・ボウラーが最初に彼女と知り合おうとしたとき、そのとおりのことをしたと思い出したのだった。

「隙をつくらないよう、気をつけます」彼女は約束した。

「じゃ、まだそんなことは起きていないのね？」

「ええ。あれば気がついたと思うわ」

ノヴェロは優しく言った。「こういう人間は、あなたに気づかせずに近づくのが商売よ」

「あらあら。おどかすのね。でもどっちみち、隠すようなことはなにもないもの、わたしから何を引き出せるというの？」

ノヴェロは言った。「ちょっとオフィスに入らせてもらえます？」

デスクの背後のドアから中に入るとき、彼女はペンのほうに目をやったが、彼は仕事に没頭しているようだった。ドアを閉めると、彼女は言った。「公表されている記録なら、ジャーナリストはすっかり見ているでしょう。あなたも検死審問の記録に目を通しておくといいだろうと、ミスター・ダルジールは考えています」

彼女はテスコの袋からファイルを一冊取り出した。ライは不安そうに言った。「こんなことをして、いいんですか？」

「もちろんよ。警官が法廷でメモを見るようなものだわ。なにもかも正確に記憶しておける人はいない。もし誰かに質問されたら、たまたま思い出さなかったというだけで、相手に怪しまれる材料を与えたくはないでしょう？　ああいう人たちは火のないところに煙を立てるのが専門だもの」

ダルジールはこう言ったのだった。「彼女は審問で検死官に言ったことだけを繰り返せばいい、ほかにはなにも言うなとわからせてやれ」

そのときノヴェロはあの事件に関して、パスコーとダルジールが現場に到着したとき見たと公式に記録された状況以外はなにも知らなかったし、ライが公式の供述書の外で語ったこともなにも聞いていなかったが、「それで、彼女はほかに言えるようなことがあるんですか？」という質問が頭に浮かびながらも、口にしなかった。自分がこういう点に通じていないのが、任務を課された理由の一部ではないかと、薄々感じ始めていたからだ。ダルジールからこの仕事を与えられて以来、ワードマン事件について手に入る資料をすっかり読むのに自由時間のほとんどを食われた――与えられた仕事をこなすのに、たとえ一日のうち二十三時間かかったとしても、あとの仕事は残る一時間でかたづけるのが当然と、警視は思っているのだから。

受付デスクの呼び出しベルが鳴った。

「あら、行かなくちゃ」ライは言った。

「もういいの。これは持っていて。暇のあるときに読んで。心配することはないわ、わたしたちはあなたがいやな目にあわないようにと思っているだけ。また連絡してもかまわない？　いつかいっしょにコーヒーでもどうかしら？」

ライはすこし考えてからうなずいて言った。「ええ、いいわね」

彼女はオフィスから刑事を送り出した。デスクの前に立っているのは、アーニー・シュワルツェネッガーのハンサムな弟みたいな、長身金髪の青年だった。ノヴェロは彼をさっと見た。評価と称賛を同時にやってのける視線だった。するとお返しに青年はにっこり笑い、これがまたハリウッドを思わせる、ジュリア・ロバーツから借りてきたような微笑だった。

まっすぐ並んで光り輝く歯に半分目をくらまされながら、彼女はライのほうを向き、口元をゆがめて、〝おいしそうな男！〟の表情をつくった。

「お元気で」彼女は言った。

「そちらこそ」ライはにやりとして言った。

ノヴェロは歩き去りながら考えた。もしあの筋肉マンが捜査ジャーナリストだったら、心ゆくまであたしを捜査してくれていいんだけどな！

ノヴェロが図書館を出たのと同じころ、その頭上約百フィートのあたりで、ある情景が展開していた。たいていの捜査ジャーナリストなら、編集長にどんな犠牲を払わせてでも目撃したいと思うような情景だった。

エドガー・ウィールド部長刑事はセンターの駐車場の最上階を目指していた。ここで彼に激しく恋をしている十代のレント・ボーイと密会することになっているのだ。

まあ、捜査ジャーナリストに書かせればそんなふうになりそうだ、とウィールドは思った。だからこそ、彼は今日、リー・ルバンスキーとのあいだのことをどうにかこうにかかたづけるつもりなのだった。

始めはあやぶまれたものの、エドガー・ウィールドはとても楽しいクリスマスを過ごしていた。

彼のパートナー、古書販売業者エドウィン・ディッグウィードは、クリスマスのことになると伝統主義者だとわかった。最初にコテッジの見慣れた輪郭がひらひらした飾りに覆われて消えてしまったときは、ウィールドはそこに皮肉っぽい冗談の要素が見つかるのではないかとさがした。やがて狭い居間には巨大なツリーが鎮座した。てっぺんに飾られた妖精が優雅に腰を折っておじぎしているのは、頭が天井につかえているせいだ。ハイパーマーケットは、一年のほかのときならディッグウィードが〝地獄の大聖堂〟と呼んでいる場所だが、買い物にいくと、ウィールドが呆然と見守るなか、爆音クラッカーに飾り物、プディングにパイ、ピックルド・ウォルナッツのびん詰め、何ヤード分ものカクテル・ソーセージ、それに展示されているめずらしい菓子やおつまみ各種のサンプルがカートに山積みになっていった。とうとう彼はエドウィンに礼儀正しく訊いた――ひょっとして赤十字から、飢えた、だが味にやかましい避難民が人里離れたイーンデールにどっとなだれ込んでくるだろうという警告を受けたのか？

ディッグウィードは笑った。ほかの季節にはウィールドが聞いたことのない、陽気なサンタクロースみたいなウォッホッホという笑い声だった。そして店に流れるキャロルに合わせて鼻歌をうたいながら、カートを押して買い物を続けたのだった。

つねに実務的なウィールドは、あれこれ考えずにリラックスしてこれをエンジョイしようと決めた。すると我ながら驚いたことに、楽しくなった。深夜礼拝さえ、最初は渋っていたが、出てみるといいものだった。村じゅうの人たちが出席していた。ウィールドとディッグウィードが住む〈死体小屋〉は、今では点滅する色つき豆電球に飾られ、教会墓地の塀に寄りそうように建っているという便利な場所だったから、村人の大部分が当然のように帰りに寄って祝い酒を一杯やっていき、おかげで過剰に思えた飲み物、食べ物はまたたくまに減っていった。

「きみたちが礼拝に来ていたのを見て、うれしかったよ」ジャスティン・ハラヴァントは言った。彼は美術品収集家兼評論家で、その中世人のような手にはケシかユリが握られていても場違いには見えないだろう。「われわれが一致団結した信仰を持っているところを示すのはすごく大事だからね、そう思わないか？」

「ほう？」ウィールドはちょっと驚いて言った。ハラヴァントは審美家だとしても、敬虔なキリスト教徒だとは思っていなかった。「いや、悪く取ってほしくないんだが、礼拝は楽しんだよ、でもわたしは本物の信仰を持っているとは……」

「いやあ、きみ、そんなものはどうだっていい」ハラヴァントは笑った。「わたしが言ったのは、クリスマスに教会に出てこないやつは、だいたいベルテーン（昔のケルト族の祭日。五月一日）に〈ウィッカーマン〉亭に行くってことさ。ああ、このキンカンの砂糖漬けはうまい。もう一ついただくかな」

あとでこのやりとりをディッグウィードに伝えると、彼は笑って——ウォッホッホではなく、いつものドライなくすくす笑いだった——言った。「ジャスティンは冗談が好きなんだ。でも、そのとおりだな。エンスクームはエンスクームの人間の面倒を見る、いろんな形でね」

クリスマスの朝は調子よくいっていたが、ツリーの下に置いたプレゼントの中に、子供っぽいなぐり書きで〝クリスマスまであけないこと〟と記された詰め物入り封筒が混じっているのをウィールドは見つけた。

「昨日の郵便で来たんだ」ディッグウィードは演技過剰な無関心さで言った。

ウィールドは封筒をあけた。クリスマスの挨拶の最高に甘ったるい部分をぜんぶ寄せ集めてべたべたしたデザインにまとめ上げたカードと、薄紙にくるまれたものが入っていた。

カードには〝エドガーに、友達より心をこめて、リー〟と書き込んであった。

薄紙を開くと、出てきたのは彼のイニシャルを彫り込んだ銀のカフリンクスだった。

エドウィンはなにも訊かなかったが、質問が宙にぶら下がっていたから、ウィールドはできるかぎりそっけなく、正確な言い方で答えを出した。

ディッグウィードはじっと聞いてから言った。「その少年のことを、今まで話に出そうと思わなかったんだね」

「警察の仕事だったからさ」

「まあ」ディッグウィードはカフリンクスとカードに目をやって言った。「そのように見えるな。警察官が犯罪者から受け取るギフトには、それなりの呼び方があるんじゃないのか？」

おやおや、とウィールドは思った。警官にしてみれば、家族間の口論が家庭内暴力に進むのは、クリスマスの日には当たり前のことだ。そんなのに自分が巻き込まれるとは、予想していなかった。

「彼は犯罪者じゃない」彼は言った。「でも、どっちみちこれは返すよ」

「それで、かわいいこの子を悲しませる？　ばかなことはよせよ。きみがいらないっていうなら、ぼくがもらう。E・Wは〝永遠に心配《エターナリー・ウオリード》〟のイニシャルだと人に言うよ、それこそぼくのことだもの」

彼はそっぽを向いた。感情をこらえきれないかのように、肩が震えていた。

「エドウィン、きみが心配する必要は……」

ディッグウィードは向きを変えて正面から彼を見た。まだ震えているが、今ではその感情は明確に言葉になっていた。

「エドガー、ぼくをなんだと思ってるんだ？」彼は笑って言った。「ぼくはきみを銃で撃つことならあるかもしれないが、嫉妬でむっつりするようなタイプは演じやしないよ。それに、この青年は十九だけど、十か十一といっても通用するっていうんだろう？　きみがハンサムな若者をいいなと思って眺めているところは想像できるけど、きみの性質の中にごくわずかでも幼児性愛の傾向を見つけたことはない。それにもうひとつ、ぼくの経験では、カフリンクスというのは若い男が恋人に贈るようなものじゃない。むしろ、息子が父親に贈るものだよ。だから、嫉妬なんかしていない、信じてくれよ。でも、やや懸念はある。きみはルバンスキー青年に惹かれてはいないかもしれないが、彼を気の毒だと思っているし、きみの立場だと、それはセックス以上に危険なものになりうる。気をつけてくれるだろうね？」

「危険な立場なのは彼のほうだ」

「違う。きみのほうさ。見かけの子供と中身のおとなをごっちゃにするなよ。でも、それは明日にしよう。今日を楽《カーペ・ディ》しめ《エム》だ、エドガー。ああ、その今日を記録に残しておくのに、これが役に立つだろう」

彼が投げてよこした包みをウィールドが破ってあけると、ミニ・カムコーダーが出てきた。

「これはこれは」彼は本物の感情をこめて言った。「どうもありがとう。すごく高かったろう」

「私利私欲さ」ディッグウィードは言った。「きみくらいコンピューター技術に通じていれば、ぼくを撮影して、それからフィルムをいじって、ぼくを二十歳も若く見せられるだろう。実験が始まるのを待ちきれないね」

それからあと、クリスマスはリーのカードの文句が約束するとおりのものになった。

ウィールドはこれまでの人生で今ほど幸福だったときを思い出せなかった。そして、自分が幸福だから、ほかのみんなも幸福であってほしいと思ったが、イーンデールの東（聖書で罪を犯したカインが住む"エデンの東"にかけたもの）に足を踏み出すたびに彼を待ち伏せしているあの抑制のきかない別世界では、みんなが幸福になる可能性すらないのだと、彼にはわかっていた。だから今、待ち合わせの場所に近づき、青白い顔をした少年の姿が目に入ると、彼の心はいやな予感でいっぱいになった。ヨークシャーの荒々しい冬空をよぎる雲を背景に、少年はヒースクリフを待つキャシーのように彼を待ってたたずんでいるのだった。

ウィールドが会う場所を変えたのは、たとえ〈タークス〉のような無個性な店でも、よく会っていればいずれ目につくという心配もあったが、おもな理由は、ルバンスキーが取り乱した場合、他人に聞き耳を立てられたくないと思ったからだった。

会うのは絶対にこれが最後だ——少年はそう聞くことになるのだ。

ダルジールはこれまでの内報が正確だったのに感心して、この新しい情報提供者をきちんと登録させるよう、ウィールドにすすめた。そんなことは実現しないとウィールドにはわかっていたが、提案するのはかまわない、そうすれば二人の関係に一線を画すことになる、と思った。このままで、少年のあぶない立場と情緒不安定を利用するだけというのはあまりにひどい。別れる前に、こんな生活がどれだけ危険で卑しいものか、できるだけリーに納得させるつもりだったが、成功の見込みはほとんどないとも、現実的なウィールドにはわかっていた。しかし、少年は今の二人の関係を明らかに誤解しているから、それを放っておくわけにはいかなかった。

リーは振り返り、ウィールドを見つけた。すると、その表情が棄てられた子犬みたいな悲嘆から"ご主人が来た！"の歓喜に一転したので、ウィールドは心を打たれ、用意していた厳しい言葉が口の中で苦くなった。気がつくと、こう言っていた。「やあ、リー。いいクリスマスだったか？」

「うん。けっこう儲かった」

「商売のことじゃないよ、リー」ウィールドは言い、なんてばかな質問をしてしまったのかと思った。「なあ、話があるんだ」

「おれが先だよ」少年は言った。「新年早々、すごいでかいことがある」

「リー」ウィールドはあらためて決意を固めた。「こんなことはそろそろやめに……」

「黙って聞いてよ。すごいんだから。あとでメモに書いた。ここにある」

　誇らしげに、彼は安物の便箋を一枚手渡した。子供っぽいなぐり書きで埋まっていた。

　破ってしまえ、とウィールドは自分に言い聞かせた。知りたくない、もう終わりだ、これ以上関わる気はないと言え。この子にはこの子の人生がある。おまえがそれをよくしてやれないなら、せめて、もっと悪くするようなことはするな。

　だが、内なる男がそんな言葉を頭の中でしゃべっているあいだにも、外なる警官の目は紙に書かれた言葉を読んでいた。


　Bはいった。OKだ、しんぱいするな。シェフィールドの男はいった。そいつをきめるのはこっちだ、しんぱいのたねはもうたっぷりある、いったいどうしてこうなった。Bはいった。ぐうぜんだ、なにもかわっていない、一月のけんはすべて計画どおりだ、前金はてはずどおりわたす。シェフの男はとうぜんだといって電話をきった。


　今やウィールドは全身が警官になっていた。

　彼は言った。「このBだが……こいつがきみの情報源なのか？　彼と商売がある？」

「うん、そうだ。常連だよ。おれがお気に入りなんだ。彼はスピーカー付きの電話を持ってて、その、やってる最中に人と話をするのが好きみたい……やってることを話すんじゃないよ、まあ、ネットを使うときもそうだけど、まったくの仕事の話さ、それで、おれがそこにいてあんなことしてるとは、相手はぜんぜん気がつかない……」

なんてことだ。大統領執務室症候群《オーヴァル・オフィス》。自分がいかに重要人物かとうぬぼれきった男が、刺激を求めて……

リーが場違いに心遣いを見せて言葉を濁したように、ウィールドはその行為の画像を自分の想像の世界から締め出した。

彼は言った。「で、このシェフィールドの男だが、名前は出なかったのか？」

「うん。まあ、なかったな」

なにかある？　かもしれない。だが、漠然としたものを追いかける前に、事実に集中しよう。

「どうしてそいつはシェフィールドにいるとわかった？」

リーは目を宙に向けて考えていたが、やがて言った。

「ベルチーがまだシェフィールドにいるのかって訊いたら、そいつはそうだって言ったからさ」

ベルチー？

Bはベルチー。

くそ。勘が当たっていれば、アンディ・ダルジールはもうこの子を離すはずがない。

やるしかないと思い定めて、彼は言った。「ベルチーっていうのは、マーカス・ベルチェインバーのことだな？」

リーは答えなかったが、答える必要はなかった。どきっとして、その少年じみた顔がゆがんでいた。

「そうだろう？」ウィールドは押した。

「おれが教えたんじゃないぜ！」

ウィールドは哀れみと怒りの混じったものを感じた。ばかな子だ、名前を言わないでいるかぎり、情報を流しても安全だと思っている。名前が推測されようと、告げ口されようと、ベルチェインバーにはなんの違いもないのに。だが、リーにとってはそこに確かに違いがあり、いい警官ならそこを利用することができる。

自己嫌悪を感じながら、ウィールドは相手を安心させるように言った。「もちろん、きみが教えたんじゃないよ、リー。今後どうなっても、その点は必ずはっきりさせよう。いや、こっちにはずっとわかっていたのさ。だいたいそういうもんだ。われわれはいろいろわかっていても、そんな様子は見せない」

すべてお見通しだという印象を与えてやれば、少年の恐怖が鎮まり、扱いやすくなるだけでなく、彼がウィールドを個人というより巨大な司法機械の一部と考え始めるかもしれない、という利点があった。

「じゃ、このこともみんな知ってたの？」

「大部分はね」ウィールドは言った。「だが、きみが教えてくれたことで、欠けていたところが埋まった。この情報がなかったら、どうしていたかわからないよ。よくやってくれた」

少年があまりうれしそうな顔をしたので、ウィールドはまた昔の罪悪感が湧いてくるのを感じた。事がどう展開するにしても、これが絶対に最後だ、と彼は自分に念を押した。

だが、それはまだ先の話だった。

彼は言った。「じゃ、名前はどっちからも出なかったというんだな？　さよならを言ったときは？」

「シェフィールドのやつはただ切っちゃったんだ。それから、トーブはネットを始めて……」

「トーブ？　いったい誰だい、トーブって？」

「ベルチーのウェブ・ネームだよ。ネットで仲間と話すとき使うの」

「どうして知っている？」

「ときどき、ネットで話してる最中に、おれたち、その……ね。今、何をやってるっていうメッセージを送るのが好きなんだ」

ベルチェインバーめ、なんて薄汚い下種野郎なんだ！　ウィールドは思った。

彼は言った。「すると、彼はチャット・ルームを使うんだな？」

「うん。でも、入るのはすごく複雑な手続がいるんだ、パスワードとかごちゃごちゃあってさ。そのこと、もっと調べ出したほうがいい？」

「いや」ウィールドはきっぱり言った。「彼が怪しむようなことはやっちゃだめだ。それで、彼がネットにアクセスしたのがシェフィールドの男との電話と関係があるのか?」

「と思う。掲示板に彼が残したメッセージを見たんだ。〝LB、トーブに電話しろ〟」

「LB?」

「うん、チャット・ルームの変態の一人だけど、ベルチーはこいつを個人的に知ってて、ときどきあそこにメッセージを残すんだ」

そいつの電話線には盗聴器が仕掛けてあるかもしれないとあやぶんでいるんだな、とウィールドは思った。

「それで、そのLBは電話してきたのか?」

「うん。ちょっとあとでね。そっちはメモに書く必要はなかった。すごく短かったから。LBは、なんだ? と言った。ベルチーは、仲間《メイト》に金の用意はできたと伝えたが、確かに用意したのか? と言った。そしたらLBは、やると言ったことはいつでも必ずやる、あんたもおぼえておいたほうがいい、と言った。それでおしまい」

「あんまり仲がよさそうじゃないな」

「うん」少年は言った。「考えてみると、前に聞いたときは、ベルチーとLBはいつももっとずっと親しそうに聞こえたな」

「それに、きみの話からすると、シェフィールドの男も親しい友達のようじゃないな」

「あいつ? うん、ぜんぜん」

「だけど、ベルチェインバーはLBと話したとき、〝仲間《メイト》の金〟がどうのと言ったんだろう。どうしてだと思う?」

「さあね。うん、ちょっとおかしいよな。だってさ、ベルチーのやつはすごい上品だもの。人を〝メイト〟なんて呼ぶような男じゃないよ、わかるだろ? でも、シェフィールドの男のことは確かに二度くらいメイトって呼んでた。取り入ろうとしてたのかな?」

「ああ」ウィールドは静かに言った。「そうかもしれない。リー、こんなに情報をよく集められたな、えらいぞ」

少年の顔がぱっと明るくなった。

「そう? うん、まあ、仕事のことを考えずにすむしさ」

「それで、いつごろからベルチーを相手に仕事をしているんだ?」

「三、四週間前かな。ほんとの常連。金はいいし、面倒がない」

「気に入ってるみたいだな」

リーは無表情にウィールドを見て言った。「気に入ってる?　お客だよ。その、あんたみたいな人なら好きになるってこともあるけど、お客はね……好きとか嫌いは関係ない……それにあいつ、おれを子供みたいに扱うし……」

「え?」

「その、おれを十とか十一とかの子供みたいに思うのが好きなんだ。小学校の制服を持ってきてさ、緑の地に黄色い縁取りのブレザー、グレーの半ズボンに学帽とかだよ、それをおれに着せる。あと、おれがおとなみたいな口をきくと、すごく怒る。それとか、自分は映画の『グラディエイター』に出てくる兵士みたいな格好をして、おれは奴隷かなんかみたいに、ケツむき出しでかけまわらなきゃならないってときもある。でもまあ、あいつの金なんだから、それに見合うだけのことはしてやらなきゃな。そういうもんじゃない?」

「残念ながら、そうだな、リー」ウィールドはかぎりない悲しみをこめて言った。「そのとおりだ」

「はっきりさせたいんだがね」ダルジールは言った。「その若いのにテーブルの下でおちんちんをかじらせながら、ベルチェインバーは電話でいかがわしい顧客とぺちゃくちゃ話をしている？　さもなきゃコンピューターの前にすわって、ほかのみじめな痴漢ども相手に実況中継？　まったく、あの野郎ときたら、阿呆で病気だ！」

「阿呆とはいえませんね」ウィールドは言った。「権力願望ですよ。こういうことをやってくれている少年は、彼にとってはローマの奴隷だ。あるいは、十歳の小学生。リーが言っていた制服はシッスル・ホール予備学校《プレップ・スクール》のもののように思えます。調べたら、ベルチェインバーが通った学校でした。小学生だったとき、なにかいやな体験をしたのかもしれない」

「もっといやな目にあえばよかったんだ。人間ともいえない、不潔きわまりないやつだ」パスコーは熱をこめて言った。「前々から好きになれなかった。刑務所送りにしてやれればうれしいね」

「ちょっと待て」ダルジールは言った。「先走るのはよそう。オーケー、これを読むと、ベルチェインバーはスタートラインに着いた、いかがわしい顧客の一人の使い走りをやっているのかもしれない、と解釈はできる。もっとも、なぜそんなことをするのか、どう考えても理解できないがね。あまりにもありそうにないことだから、じっと冷静に状況を見てみるべきだとわたしは思う。レント・ボーイがうちのクエンティン・クリスプ（ゲイの作家、エッセイスト）に渡した走り書きを根拠に突撃開始する前にな」

巨漢に関して一つ言えるのは、彼は物事をしゃれた包み紙で包まない、ということだった。

いや、ひょっとすると（考えるだに恐ろしいが！）これでも包んだつもりなのかもしれない。

パスコーは言った。「ルバンスキーに盗聴器をつけましょう。証拠として提出できるものを手に入れる。どっちみち、話をわれわれが直接聞いて評価できれば、それにこしたことはない」

「だめだ」ウィールドは断固として言った。「そんなことはさせない」

「ほう？」パスコーはびっくりして言った。「その点を議論するつもりなのか、それとも異論は受けつけないつもりなのか？」

ダルジールは部長刑事から主任警部に視線を移し、ふと、ここはゆったりかまえて、二人がめずらしく人前で対決するのを見て楽しもうかと思った。

だが、個人的敬意と仕事上の責任感が勝って、彼は軽く言った。「議論の必要はない。その子は学校の制服に着替えるのに服を脱がなきゃならんだろう。ベルチはどうせじろじろ見ているに違いない。素っ裸で駆けまわっているあいだ、どこに盗聴器を隠しておくんだ？　電話の盗聴は可能だろうが、許可は出ないな。もし失敗したら、ベルチェインバーが高い高いところからわれわれに向かって糞を垂れることになる。そんなのは誰だってごめんだ。ああ、あの少年に頼るしかないな。ところで、彼がこういう情報をきみに流す動機は何かな、ウィールディ？」

非常に不本意ながら、しかたなくウィールドはリーのことを巨漢に明かしたのだった。セックス奴隷というのは、たとえダルジールだって忌まわしいと思っているだろうが、警視はタレ込み屋に人権を認めてはいない。ベルチェインバーが関わっているのと、この最新情報がなにか本当に大きなことにつながっているらしいのとで、少年を匿名のままにしておくのはもう不可能になっていた。だが、リーの動機の真実を話すつもりは絶対になかった。もし自分が今「彼はわたしを父親にしたがっているんです」と答えたら、警視のあのビーチー・ヘッド（東サセックス州の岬。白い絶壁）のごとき顔に感情が土砂崩れとなって流れ落ちるだろうかと、想像してみた。それを見るためだけでも、言ってみる価値はある？

まさか。

彼は言った。「あいつはベルチェインバーが大嫌いなんです」

それは本当ではなかった。実際には、弁護士が少年を人間と思っていないのとほとんど同じように、リーも人間としてのベルチェインバーには無関心のようだった。だが、巨漢への答えならこれで充分だ。

「ほう、そうかね？」ダルジールはぞくっと体を震わせた。「なんてこった！　こっちのことを大嫌いな野郎が歯をむいてるときに、わたしがそいつを自分の股ぐらに近づけようとしていたら、教えてくれよ！　じゃ、何がわかったか確かめよう。メイト。このシェフィールドの男はメイト・ポルチャードかもしれないと、きみは思うんだな。そういや、あいつのことなら、ついこないだ話に出たんじゃなかったか？」

「ルートと同じ時期にサイクに入っていた。二人はいっしょにチェスをやった」パスコーは言った。巨漢は実はちゃんとおぼえているのだが、反応を試そうとしてこんなことを言ったのかもしれないと、彼は怪しんだ。

「ああ、それだ。まさか、フラニー青年がこの仕事の――どんな仕事かはわからんが――黒幕かもしれないとは思っていないだろうな、ピート？」ダルジールはわざとらしくひょうきんに言った。「きみの〝ミスター・ビッグ〟のプロファイルにぴったりはまる」

「関係しているのがポルチャードだと確かめてから決めます、警視」パスコーはまじめくさって言った。

「いい考えだ。ウィールディ、ポルチャードはチェックしたか？」

「クリスマスはウェールズのコテッジで過ごし、ボクシング・デイにそこを出た。クリスマスの前の週にはシェフィールドで目撃されています」

「どこで目撃された？　何をしていた？」

「商店街です」ウィールドは言った。「クリスマスの買い物。怪しげなところはなにもない。さんざん買い物をしまくって、それから田舎へ戻ってクリスマスを過ごした」

「すると、ローズ警部がこっちの管轄にまで及びそうな大仕事とやらの内報を手に入れていたのと同じころに、彼もうろうろしていたわけだ。ピート？」

「ローズとは話をしました。控え目にしておきました。あまり興奮されても困るので」

それはむずかしかった。ローズの欣喜雀躍ぶりは電話線を通して泡立ち流れてきて、パスコーはコルク栓を差しておくのにたいへんな苦労をした。

「いいか」彼はローズに言った。「これにはなんの意味もないってこともありうる。大声でオフィスじゅうにふれまわるのはよせよ。そんなことをして、もしなんでもなく終わったら、きみは前よりもっとばかげて見える。もしなにか大きなことになったら、きみより大物が出てきて、そいつを奪っていく。安全確保の問題もあるだろう。知っている人間の数が少なければ少ないほど、ばかなやつに台無しにされる可能性も少なくなる。壁に耳あり、だよ」

この論理が効いたようだった。ローズ自身、無責任な噂話で迷惑をこうむっていたのかもしれない。

「それはそうですね」彼は言った。「こっちじゃ、壁に耳どころか舌まであるんだ！」

「情報提供者からほかになにか入ったか？」

「まだ行方がつかめないんです。仲間の話じゃ、今もロンドンにいるらしいが、誰も住所を知らない。きっとこわくて帰ってこられないんでしょうよ。誰かがあいつに深刻な脅しをかけたんだ」

「メイト・ポルチャードとか？」パスコーは言ってみた。

「それくらいの力ですね、ええ」

結局、ローズはポルチャードがシェフィールドに戻ってきたかどうか、慎重に手を回して調べ、もし彼が見つかったら、距離を置いた監視をつける、ということになった。

「どっちへ転ぶかわからんな」ダルジールはいらいらして言った。「このもう一人のやつ、LBだが、きみの提供者はベルチの薄気味悪いコンピューター仲間の一人だと思っているんだな。そっちのほうはどうだね、ウィールディ？」

「調べているところです」ウィールドは言った。「でも、ああいう門を閉ざしたチャット・ルームは容易じゃない。チェックが厳しくて、暗証とかパスワードとか、いろいろあるんです。それに、いったん中に入ると、みんなスクリーン・ネームを使う」

「たとえばトーブ？　どういう名前なんだ、こいつは？」

「かなりあからさまな名前だと思いますよ」パスコーは意気揚々と言った。「彼はトビーと自称しているんでしょう、『十二夜』のサー・トビー・ベルチにひっかけてね。だが、LBのほうはわからないな」

「じゃ、シェイクスピアを復習するんだな」ダルジールは唸るように言った。自分が知識をひけらかすのはかまわないが、部下がそれをやると不機嫌になるのだ。「このチャット・ルームだが、ほかがぜんぶ失敗に終わったら、あのぬらぬら野郎をこれでしょっぴけるかな？」

「メンバーが法に定められた猥褻物をダウンロードするのにあそこを使っているのでないかぎりは、無理ですね」ウィールドは言った。「あるいは、違法行為を目的として未成年者を斡旋するか。たんにかれらが同好の士で、包み隠さず卑猥な話をする場所がほしいというだけなら、手出しはむずかしい」

「あいつがこういうのにはまっているとすれば、大規模なハードコアのネットワークにもからんでいそうじゃないか？」パスコーは言った。

「まあね」ウィールドはためらったが、ややあって言った。「でも、わたしはベルチェインバーをこう見ているんだ。彼はすごく慎重だから、そういう、自分でコントロールできないものには関わらない」

「でも、レント・ボーイにおちんちんをしゃぶらせながら電話をかけるようじゃ、慎重とはいえないぞ」パスコーは言った。

「それも一部なんだと思うんだ」ウィールドは言った。「危険がセックスに欠かせない要素だと思っている人間は大勢いる。誰だって、極端に走ってみたいという願望はあるだろう。運がよければ、ほかのやつを見つけて、代わりにそれをやってもらえる。ベルチェインバーは危険がほしい、極端がほしい、しかし彼は弁護士だ。職業上の利益は最大に、個人的危険は最小に。だからリーをおおいに気に入っているのさ。彼は十歳の子供みたいに見えるし、ベルチェインバーは彼に十歳の子供みたいなまねをさせるが、実際にはリーは十九だ。もしまずいことになったとしても、こっちには何がある？　十九歳の青年と性的関係を持つことを禁止する法律はない。だから、ベルチェインバーは児童性愛者の刺激を楽しみつつ、危険は避けているわけだ。フェラチオをやらせながら仕事をするっていうのも同じさ。ワイルドなことをやっているという感覚が楽しいんだ。でも自分はリーとくらべてはるかに強い力があるから、ばらされる危険はないと自信を持っている」

パスコーはウィールドが状況や事件内容を落ち着いて詳しく分析するのを聞くのに慣れていたが、今回は口調こそいつものように冷静とはいえ、水面下でなにかが脈打っていた。それは今までめったに感じたことのないものだった。

ダルジールは言った。「もう一つ可能性がある。この子はベルチェインバーのおちんちんを舐めているが、きみも舐められているってことはないだろうな？」

一瞬、パスコーは巨漢がウィールドとルバンスキーの関係をただしているのかと思ったが、すぐに文字通りの意味から比喩的意味に頭を切り替えた。

「確かです、警視」ウィールドは言った。「それに、リンフォードの件とプリーシディアムのことがあったあとですから、嘘がないのは裏づけられています」

「例の警備会社のヴァンだが、見直してみようじゃないか。ベルチーのやつがあんなろくでもないやつらにかかりあっているってのは、どうもおかしい」

「ろくでもないやつらかもしれませんが」パスコーは言った。「あれ以来、まったく行方がつかめていません。ヴァンのほうも地上からかき消えてしまった」

「せっかく盗んだんだ、見返りはほしいだろう」ダルジールは吠えた。「中身をすっかり取り出して、部品を怪しいディーラーを通じて売り払ったか、さもなきゃ丸ごとアイルランドに送り出して、今現在、あれはダブリンを走り回っている。だが、ベルチェインバーのつながりは何なんだ？」

「わかりません。ルバンスキーはシャワーから出てきて――ベルチェインバーは彼が清潔で石けんのにおいをさせているのが好みなんです――そこで会話の最後の部分を聞きかじった。ベルチェインバーが〝それで、プリーシディアムのヴァンは？〟と言うと、相手は〝金曜日に襲う〟と答えた」

「たいしたもんじゃないな」巨漢は言った。「その相手の声はシェフィールドの男と同じだったか？」

「訊きましたが、リーにはなんとも言えなかった」

「プリーシディアムを襲ったのは、大仕事の資金をつくるためだったのかもしれない」パスコーは言った。

「それなら、みじめな失敗に終わったな」

「だからポルチャードはどこか別のところから金を工面してこなければならなくなった。それならベルチェインバーがからんできた理由の説明にはなる」

「いや、ヴァンが襲われる前に誰かとその話をしていたんだから、そのときにはもう関係があったはずだ」ダルジールは異を唱えた。「いいか、どういうものを相手にしているのか、もっとよくわかるまでは――結局は骨と皮だけで中身はないってこともありうるからな――気をつけて進もう。ウィールディ、その若者はとりあえずきみの手厚い保護のもとに置いておく。だが、必要とあらば、わたしがこの手でそいつを引っ張り出して、もうほかになにも出てこないとわかるまで振りまわしてやるからな。じゃ、二人とも行ってくれ。今のところ、こっちには芥子種《からしだね》（聖書で、大きな発展のもととなる小さなものの喩え）しかない。それに水をやるか、小便をかけるか、とにかくさっさとやれ、きみら二人が頼りだ」

ドアのところでパスコーは立ち止まった。

「警視」彼は言った。

「なんだ？　ルートの話なら、失せろ。そうでなければ、わたしは忙しい」

「ノヴェロがワードマンのファイルにかじりついてますが、何をやっているんです？」

「命令されたことをやっているんだ。それ以外にもあれこれね。あいつはわたしが見張っている。きっと、きみのポストを狙っているんだろう」

「歓迎ですよ、たいていはね。じゃ、直接訊きましょうか？」

ダルジールはため息をついて、自分の目論見を説明した。まあ、大部分は。

「で、これまでのところ、彼女はどう動いているんです？」

「ポモーナと話をして、警戒するよう伝えた」

ノヴェロが図書館を訪れたときの報告を簡単にまとめて、彼はパスコーに教えた。

「すると、ペンはライに〝ローレライ〟の詩の断片を見せていた？　それは彼が押し込み犯人だと自白しているも同然じゃないんですか？」

「違うな。わたしは彼の前でローレライを持ち出してみた。チャーリーのやつはあれこれすぐに結びつけられる、頭がいいからな。ちょっとゆさぶりをかけてみないではいられなかったんだ。だが、大事なのは、チャーリーが詫びを入れたうえ、ヨークシャー育ちのドイツ野郎にしてはまずまず懐柔的といえる態度になったことだ。あのクリスマスの日の一件は、やっぱり飲み過ぎたあげくのことで、あとで後悔したんだろう。あいつはポモーナをなだめすかして安心させておきたい、自分がはなったタブロイド紙の狼が、なにも気づかぬ赤ずきんちゃんを呑み込んでしまえるようにな」

「なるほど」パスコーは言った。「警視、大丈夫でしょうね？」

パスコーは反対こそしなかったが、スタング湖でのあの日の出来事の公式版をまとめるにあたって、かれらがやや事実を歪曲したことを、かならずしも快く思ってはいなかった。

「年金が気がかりなのか？」巨漢は笑った。「心配無用だ。もしそんなことになったら、わたしのを分けてやるよ」

その笑い声がまだ耳に響いているとき、どうして危険にさらされているのはおれの年金だけなんだ？　とパスコーは思った。

職員食堂で、シャーリー・ノヴェロとハット・ボウラーは将来を考えていたが、年金のことは頭に浮かんでいなかった。

コーヒーを飲みながらおしゃべりしようと持ちかけたのはノヴェロだったが、会話の始まりはうまくなかった。

「今朝、図書館へ行ってきたわ」ノヴェロは言った。「あなたのガールフレンドと話をした」

「いったいなんのためだよ？」ハットはきっとなって言った。

「大丈夫かどうか、確かめに行っただけよ」

「ほう？　で、それがきみとどう関わりがあるんだ？　くちばしを突っ込まないでほしいね」

あ、くそ、とノヴェロは思った。恋が窓から忍び込むと、理性はドアから出ていってしまう。それじゃ、怪人に登場してもらうか。

「ミスター・ダルジールの思いつきよ。くちばしを突っ込むなって、わたしからミスター・ダルジールに伝えてほしい？　それとも、自分で言う？」

一瞬、ハットはこれを本気で考慮しているような顔を見せたが、それから現実を悟って言った。「じゃ、彼はきみに何をしろと命じたんだ？」

ノヴェロは説明した。なにひとつ隠さなかった。ダルジールからは自分なりのやり方でやるようにと言われていたし、彼女のやり方では、今後いつか頼らざるをえなくなるかもしれない同僚を疎外する危険は冒せなかった。

ボウラーはどこまでも愚鈍なふりをするつもりに見えた。

「すると、警視の考えでは、ペンはスキャンダルがあると新聞社の興味を惹こうとしている。だけど、興味を惹くようなスキャンダルなんかないよな？　新聞社はそんな無駄なことにどれくらい時間と金をかけるかな？　記事にならなきゃ、それっきりだ」

「この問題をまっすぐ見据えていないわね、ハット」彼女は言った。「こう考えてみなさいよ。わたしたちは犯罪と思われることの証拠を集めて公訴局へ送る。すると二回に一回は、こっちが水も漏らさぬ証拠だと思うものをあっちは一目見て、〝だめだめ、法廷で認められない〟と言って送り返してよこす。つまり、わたしたちにはまともに起訴に持ち込める事件と見えるものが、かれらには屑同然てことよね？」

「うん、でも……」

「わたしたちに対する新聞は、公訴局に対するわたしたちと同じ。こっちに屑同然に見える事件が、新聞にはいい事件に見える。かれらは法廷であれこれ立証しなきゃならないと心配する必要がない。ほのめかし、言い立て、人の言葉をたくさん引用する。ちょっとでもチャンスがあれば飛びついて、わたしたちがまるで女装の芸人よりせっせと真相隠しをやっているみたいに書き立てるでしょうよ」

「うん、でも誰も間違ったことをしていないんなら、新聞がわれわれを傷つけることはできないだろう?」

この人、ほんとにここまで無知なの? とノヴェロは思った。

「新聞は、記事になりそうなネタを見つけたら、とことんやるわよ」彼女は辛抱強く言った。「いろいろ疑問が上がって、調査やり直しってことになるかも。あなたは一度調査会を通った。その調査会はあなたの味方だったから、結果としてあなたは英雄になった。新聞はあなたを大いに持ち上げた。でも、態度はすぐに変わるわ。別の脚本、別の役柄。あなたはまた咎めるべきところなしって結果になるかもしれないけど、だから傷なしですむとはかぎらない。わかるでしょ、公式記録にはなにも残されていなくても、昇進審査があるたびに、そういえばこの人物は……? とか、誰かが言い出す。ライだって同じこと。ええ、書類上は彼女は無実よ、でも、おぼえてるでしょう……」

「だけど、記事にするような話がなけりゃだめだ」彼は頑固に言った。

「オーケー、これならどう? 図書館の司書が田舎の小屋で上司とセックスする。嫉妬深い愛人が現場に踏み込む。けんかになる。愛人は恋敵を刺し殺す。刺し傷は十三カ所」

「そんなの、まるで嘘だ!」

「刺し傷十三カ所は嘘じゃないわ。検死報告書を読んだもの」

ハットは言った。「なあ、ノヴェロ、ぼくがそういうことを振り返って考えてみなかったと思うのか? ぼくは仰向けに倒れ、あの野郎が上にのしかかっていた。あいつはそのときもうぼくを刺していて、ライがボトルであいつの頭を殴ってくれなかったら、ぼくは殺されていた。殴られたんで、きっとあいつはナイフを取り落としたんだ。それで、かわりに重たいガラス皿でぼくを叩き始めた。そのまま叩き殺されるところだったね、もしぼくがどうにかナイフをつかんであいつを刺さなきゃ」

「ええ。十三ヵ所ね。おもに背中。でも、肋骨の下にも一回ずぶりとやってるわ。おそらくは残る十二ヵ所がなくても、それだけで充分だったでしょう」

一瞬、彼は恨みがましい怒りを爆発させるかに見えた。だが、かわりに目をぎゅっとつむり、力をこめて両手を握りしめ、それから努力して徐々に緊張を緩めていった。

「闘っていたんだ、あいつは自由になろうとして、ぼくは生き延びようとして」彼は静かに言った。「上になり下になりしただろうとは思うけど、だいたいはあいつが上にいて、ぼくは両腕をからみつけていたから、背中がいちばん簡単なターゲットだった。あんまりおぼえていない。意識がなくなりかけていたんだ。とにかく、すこしでも力が残っているうちにあいつを倒さなきゃって、それしかわからなかった」

「それにもちろん、あなたはガールフレンドの名誉を守ろうとしていた」ノヴェロは軽い口調で言った。「ほんと、絵本の英雄みたいに勇猛果敢」

意外にも、彼はそんなふうにからかわれてにやりとした。

「最初はそんな感じだったろうけど、最後は違うよ。最後はもう、うんこを漏らすほどこわかった。どうやら、文字通りそうだったみたい。絶対これで死ぬんだと思って、おびえきっていた。そういう気持ちならわかるだろう、ノヴェロ。きみだって経験がある」

彼女の手が肩に伸びた。そこに受けた銃弾であやうく死ぬところだったのだ。

「そのときすぐには感じなかった」彼女は言った。「しばらくは空白だったの。まだ息をして、動いていたけど、ショックが大きくて、なにもろくに感じなかった。でもあとになって、これでもうみんな死んでしまうってときに、わたしはなんとかがんばろうと考えることもできないほど弱っていて、そのとき初めてこわくなった」

「うんこ漏らすくらい？」彼は言った。

「おしっこは漏らしたかもしれないけど、最後はみんなでずぶ濡れになっちゃったから、わかりようがなかったわ」

共通の体験に、彼女はにやりとした。それから微笑は薄れ、てきぱきした口調になった。「オーケー、最後はどうあれ、最初はあなたは英雄だった。供述書であなたはこう言っている。小屋に飛び込むと、ライとディーが取っ組み合っていて、二人とも裸、多量の血が流れていた、それで察したところ……」

「なんにも察してなんかいない！　あいつが彼女を攻撃しているところを見たんだ。それに、たんに性的なものじゃなかった。それだけだっていやなものだったけどね。あの野郎、彼女を殺そうとしていたんだ！」

「ナイフを持っていたからってこと？　それに、すべての証拠がディーこそワードマンと呼ばれる殺人犯だと示しているのと、あなたはすでに推理していたから？　もしワードマンとの関連がなくて、同じ現場に来合わせたら、どう思ったかしら？」

「同じだね」彼は即座に答えた。「そりゃ、動機は違うさ。彼はセックスを求め、彼女は拒絶した。彼はかっとなって、無理強いしようとした。彼女が抵抗すると、彼は理性を失った」

「そうね」彼女は考えながら言った。「でも、たとえ彼の目的が彼女を殺すことだけだったとしても、あの攻撃にはやっぱり性的要素が含まれていたはずよ。だって、あなたは病院で供述して、彼女は裸だったと言っているでしょう？」

「うん。あいつは彼女の服をむしりとったんだ、明らかだよ」

「いいわ。でも、検死審問の証拠にその点は上がっていない」

「必要がなかった。レイプ未遂が罪状ではなかったからね」

「そりゃそうね」彼女は言った。「あと、ライの怪我のことがあるわ。治療を要したことは記録されているけど、おもにショックを癒すためよ。肉体的には、いくつか軽い擦り傷と打ち身があっただけ。これも検死審問の記録や、調査報告書に入れる必要はなかった。彼女は攻撃され、ひどくおびえた、それで充分だった」

「何が言いたいんだ？」ハットは言った。「だいたい、なんのためにこんな話をしているんだ？　さっきも言ったけど、事件のことは最初から最後まで振り返って考えたよ、ダルジール警視と話したし、調査会でも話したんだからね。それなのに、なんでまたここにすわって尋問されなきゃならないんだ？　その尋問者は事件のことをなにも知らないし、ぼくよりほんの数カ月長く刑事をやってるってだけの先輩でしかないのに」

「また一から説明し直さなきゃならないの？」彼女はうんざりして言った。「ミスター・ダルジールにしても、調査会にしても、目的は同じだった。つまり、真相を明確にすること。でも、明確にしたい真相とは何か、かれらにはすごくよくわかっていた。ディーは異常人格の連続殺人犯で、最後の殺人は謙虚な若い英雄ボウラーの干渉によって実現に至らなかった。それが欽定訳聖書の福音書による絶対的真実よ。ただ、ペンは改訳聖書を信奉していて、太っちょアンディはペンが反キリスト教軍団、ひらたくいえばタブロイド新聞を説得して、その改訳版のほうに興味を持つよう仕向けた、と考えている。ずる賢い連中は、わたしが手に入れたものならなんでも手に入れると考えていいでしょう。いざというときにそなえて、わたしたちが今、自問しておかなきゃならないのは、ディーの遺体に十三の刺し傷が残っていたということを、連中がどう解釈するか？　その傷をつけたのは、彼がライを攻撃するのに使った凶器だったのだから、殺された時点では明らかに彼は武器を持っていなかった、という事実はどうか？　ライの体には重大な、命に関わるほどの傷は一つもなかった、というのは？」

ライが裸で、服を無理やり脱がされたことを示す法医学的証拠はなかった、という点も加えることはできたが、これだけ言えばもう充分だと彼女は感じた。ハットがこんなにひどい様子なのは仕事に復帰して以来初めてだ、と彼女は観察し、胸がちくりと痛んだ。仕事に戻ったとき、彼は顔色こそやや冴えなかったが、病気じみたところはすこしもなく、昔のように元気よく動きまわっていたのだ。今、彼は心配にやつれ、十歳も年取って見えた。

「じゃ、きみはそれをどう解釈するんだ、シャール?」彼は訊いた。

シャールと呼ばれるのは大嫌い、シャーリーもあまりうれしくない。ただのノヴェロが彼女の仕事着と同じように中性でよかった。だが、めずらしくボウラーが彼女をファースト・ネームで呼ぶのは、見下した態度ではなく、依存心を表わしていた。

「なんとも言えない。かれらだって、そうあれこれ決めつけられるわけじゃないでしょう、なにかほかのこと、たとえばあなたかライからうまい言葉を引き出すとかでもしないかぎりはね」彼女は安心させるように言った。「だから、気をつけなさいよ」

「もちろんさ」彼は言い、立ち上がった。「さあ仕事だ。じゃあね」

彼女はハットが出ていくのを見送った。特別な感情は抱いていないが、彼には明るくはつらつとした、逆らえない魅力があって、それを消すのに一役買うようなことはしたくなかった。タブロイド紙がたいしたことはできないと言ったのが本当ならいいが、おそらく違うだろうと彼女は思った。もしダルジールが怪しんでいるとおり、どこかの新聞社が覆面の捜査記者をすでに送り込んでいるとすれば、どう少なく見積もっても、醜聞を暴く記事を出さずに手を引くはずはない。そのためにはもう充分な材料がここにはあるし、彼女はわざとけちをつける役を引き受けて間もないというのに、ここまでわかってしまった。だがもちろん、ボウラーが気に病む内容だけが問題なのではない。彼も刑事なのだから、彼女がした質問で、彼がすでに自問していなかったことはないだろう。ただ、それをライに訊かないでおくだけの機知があることを祈るしかなかった。彼女はライをほとんど知らない。おもしろい女性だと思うし、表面に見える以上のものをたっぷり持っているだろうと確信できた。もしそのたっぷりの中に、図書館の上司に向かってページを開くことも含まれていたのなら、それは彼女の私生活であり、ハットが干渉すべきことではなかった。
だが、もしそれがタブロイド紙の見出しになったら、それでもぴたりと口を閉じておくには彼の意志力では無理だろうとノヴェロは思った。

手紙7　12月31日（月）受領。
P・P

アールガウ州
フィヒテンブルク-アム-ブルーテンゼー
十二月二十六日水曜日

親愛なるミスター・パスコー、

よいクリスマスを過ごされましたか？　ぼくのほうは最高で、今になってようやく、すわってあなたに手紙を書くだけの時間とエネルギーを取り戻したところです。手紙なんか書いてくれないほうがよかった、と思っていらっしゃるかも？　そうでないといいですが。でもどっちみち、もう選択の問題ではありません。中国では、いったん人の命を救ったら、その命はおまえの責任になる、と言われるとか。ある意味では、あなたはぼくをサイクに送り込んで命を救ってくれたのですから、今ではその代価を払うはめになっているんです。

前回、チューリヒへ行くところだと書きました。

いやあ、すばらしい都市だった！　金のにおいをほとんど嗅ぎとれるくらい！　でも、あなたのように非物質主義的人物はそんなことには関心がないとわかっていますから、もっとお好みの話題、芸術、歴史、知識の探求、といったことにさっさと進みましょう。

新しい資料という観点からすれば、この短期滞在は思ったとおり実りのないものでした。すでにサムとアルバコアが注意深くふるいにかけた土地からなにか新しいものを掘り出すには、珍宝発見運《セレンディピティ》が膨大に必要でしょうが、ぼくはベドウズとフィヒテンブルクとの可能な関係を発見したことで、自分の持ち分を使ってしまいました。でも、優れた伝記というのは、対象となる人物に関する外的事実を確立するだけでなく、その人物の心の内に入り込もうとするものです。ぼくは自分があのもう一人の孤独で、社会に離反し、つながりを持たない流浪の男、トマス・ラヴル・ベドウズなのだと空想しながらチューリヒの町をただ歩きまわるだけで、多くを得たと思います。

あなたはもちろん、本能と訓練のおかげで、動機を突き止めるのが得意です。あなたがそばにいてくださったら、どんなに簡単に理解できることでしょうね。二十二歳の誕生日の直前、詩人としての評判をすでに築き始めていたオックスフォードで学位を取った直後にベドウズがイギリスを離れ、残る人生の大部分をドイツとスイスで過ごそうと決意した、そのきっかけは何だったのか？　もっと具体的にいえば、あんなに明らかに英語を愛していた人間が、死ぬころにはその英語をほとんど第二言語の地位に追いやってしまった、そんなことがどうしてできたのか？

サムの仮説によれば、ベドウズが幼いころに死の厳然たる現実にさらされたこと、力強い父親がごく早く死んで衝撃を受けたこと、すべてをその点に帰することができる。ベドウズの人生の主なエネルギー源三つを見ると、それらがすべて父親に関係していること、どれもみな人とその究極の敵との闘いを扱っていることがわかります。

　医学を通して、彼は死を理解し征服する道を探求し、同時に、肉と血と骨の中に魂の存在を示す証拠をさがしました。彼は父親のように、自分の医療技能を恵まれない人々の健康改善に振り向けようとは思わなかったようですが（ベドウズ・シニアは〈病貧院〉なんていう古めかしい名前の施設を設立した人です）、そのかわり、ドイツ各地で今日でいう人権運動を積極的に——ときには身の危険もかえりみず——支持しました。それにもちろん、想像力から生まれる創作の力を通して、彼は人の最大の恐怖と取っ組み合いで闘おうとしました。

　では、なぜドイツに来たのか？　答えは今書いたことの中にあります。ここでは、彼は医療研究の研ぎ澄ました最先端（メスのごとくね）にいられた。ここには、活気のない、自己満足した、狭苦しいイギリスではめったに感じられない、社会革命の強力な底流があった。そして、暗い森、ドラマチックな城、とうとうと流れる川、波乱万丈の神話のあるこの地はヨーロッパの真のゴシック文化の中心であり、イギリス人はその水にほんのつま先を浸したばかりだった。

　しかし、最後には三つの戦線すべてで攻撃は失敗に終わったと彼は悟りました。

　ぼくは町の古い劇場跡を訪ねました。ベドウズはここを一晩借りきり、崩壊しつつある自分の人生からわずかの慰めを引き出そうという最後のみじめな試みとして、若いコンラート・デーゲンに短ズボン《ホーズ》と上着《ダブレット》を着せ、かわいそうな青年をホットスパー役（ホットスパー〔むこうみず〕はサー・ヘンリー・パーシーのあだ名で、シェイクスピア『リチャード二世』と『ヘンリー四世第一部』に登場する）で舞台に立たせたのでした。

　サムの考えでは、単純明快で、衝動的で、勇敢で、名誉を重んじ、詩を嘲笑し、生を愛するホットスパーのことを、ベドウズは父親をみすみす死なせたりしない息子というふうに見ていたのかもしれない。あるいは、人が父親を本当に甦らせうる唯一の道は、自分が息子を持つことだけだと思ったのか。

　かわいそうなベドウズ。ぼくはしばしば自分の体と時代を抜け出して彼の体と時代に入り込み、その痛みを実感しました。しかも、もっと悪いことには、未来は過去よりよくなるはずだ、たとえば二十一世紀に達したころには、世界はユートピアへ向かって大きな進歩を遂げているだろう、と信じる彼の気持ちも感じたのです。

しかし、こんな悲痛な空想はこれまで！　フィヒテンブルクでは祝祭の季節が待っているのです。ぼくがどんなふうに祝ったか、お話ししましょう。

十二月二十三日の夕方早く城に帰ると、リンダと友人グループがその朝到着していました。彼女は大陸式キスのリンダ版でぼくを暖かく迎えてくれました。サイクで見せてもらえたビデオの中で、いちばん人気があったものの一つは『英国スポーツ、あの瞬間』というやつでしたが（ジョンソン博士の言ったとおりです、愛国者が必要なら監獄でさがせ！）、とりわけ大歓声を浴びるその〝瞬間〟の一つは、昔の白黒画面でヘンリー・クーパーが、当時の名前でいうカシアス・クレイを左フックで倒すところでした（一九六三年。試合はクレイが勝った）。

頬骨にあざがつくほどのリンダのキスで、ぼくも倒れそうになりました。まだ頭がくらくらしているところに追い討ちをかけて、彼女はぼくのリサーチの進み具合を詳しく尋ねてきました。印象では、彼女はぼくがこちらに着いてから最初の二日のあいだの暮らしぶりをすっかり知っているようで――たぶんフラウ・ブッフが話したんでしょう――ぼくがかなり唐突にチューリヒへ出かけたことは、快楽より義務を優先させるぼくの能力を示す行動と受け取っていました。その快楽がどういう形を取ったものか、知っている様子はまったくありませんでした、やれやれ！

シュティンメル家がベドウズとつながりを持っていたという偶然を、彼女はあわてず騒がず受けとめました。いかにも〈第三思考〉的反応です。すべてのことには神の手が加わっている。われわれはいつでも驚嘆しなければいけない、ときたま魂の暗い霧が晴れて、神のはたらきを垣間見ることができる機会だけにかぎらず。彼女はベドウズにとりたてて興味はありません。ぼくを支援してくれるのは、そうすることで大勢のきざな学者たちに逆らってやれるのと、（これは虚栄心からでなく、客観的に言うのですが）彼女は今のところまだ漠然とした形ながら、ぼくを気に入っているからなのです。

ケラーの絵を調べる許可をシュティンメル家からもらうことに問題はないだろうと彼女は言いました。それが彼女の本当の強みです。失敗の可能性というものをとにかく認めない！

でも、ぼくの仕事の進みようを彼女は心から喜んでいると、見ればわかりました。なにしろ、彼女はふいにあやまってきたのです――あやまるのに慣れていない人らしい、ぶっきらぼうな態度でしたが――ぼくの研究者としての生活を邪魔することが避けられず、申し訳ないと言って。どうやら、彼女のグループは最初の予定数より膨れ上がってしまい（政治屋はただもらいが大好きだ！）、部屋が足りなくなったので、誰かをシャレーの第二寝室に泊めざるをえなくなった、ということらしい。

ありがたいことに、その誰かとはフレール・ジャックでした。

ぼくは言いました。「ジャック一人ですね？」

彼女はぼくの狙いを即座に理解して言いました。「ええ。陰気なディーリックはアベイに残って、修道士たちがクリスマスを楽しみすぎないように見張っているわ。でも、警告しておきますけどね、彼は元日にはこちらに合流するつもりよ」

まあ、その日の苦労はその日だけで充分（聖書「マタイによる福音書」の一節）といいますから、ぼくはジャックといっしょに過ごせるのはうれしいと答え、それは本気でした。ぼくにはまさに付添人が必要だった。マウスは内気でうぶかもしれないが、あの母親の娘だ。そしてリンダは仕事をやり残すのが大嫌いな女です。

シャレーに行く途中でマウスに会いました。彼女はうれしそうにぼくに声をかけ、その態度に嘘はないようでした。ぼくがふいに消えてしまったのを叱り、ザジとヒルディから、あなたに楽しいクリスマスを過ごすよう、かわりに挨拶してくれと頼まれている、と言いました。

どこかに隠れた意味がないかと、ぼくは慎重にさがしましたが、なにも見つからず、ほっとしました。

シャレーに入ると、フレール・ジャックが台所のテーブルで書き物をしていました。

彼もぼくに会えて非常にうれしいと言い、やはりぼくの研究生活の邪魔をすることを詫びようとしました。

ぼくは同宿人ができてうれしいし、そちらこそ母屋にいるリンダのグループから離れて残念なのではないか、と言いました。

「いやあ、とんでもない！」彼は笑いました。「これ以上退屈な政治屋グループは、おたくの下院の喫茶室の外ではなかなかお目にかかれないってくらいさ」

「かれらを〈第三思考〉に引き入れようという計画はないのかな？」ぼくは狡猾に言いました。

「それはむずかしいかもしれないな、だって〈第三思考〉に入るためには、明らかにその前に二つほかの思考が必要だからね」彼はまじめくさって答え、それからにやりとして言いました。「でも、朝飯前に不可能なことを六つ信じられないようじゃ（キャロル『鏡の国のアリス』の一節）キリスト教徒とはいえないから、冷静に楽観しているんだ」

これはまた、たいした打ち明け話です！　またしても、ぼくの頭の中のあの躊躇する、疑り深い部分、いつもどんなに日の当たる光景の中でも影を見ている部分が、マキャヴェリの例の古い策略をぼくに思い出させました——人に秘密を打ち明けさせる最善の方法は、まずこちらが打ち明け話をしているのだという幻想を与えてやることだ。

人を心から信頼することができないのが、ぼくの困ったところです。でも、彼とは気のおけない間柄だと感じられましたから、ぼくは無遠慮に訊いてみました。クリスマスをフィヒテンブルクで過ごすとはどういうつもりなんだ、あなたのような職業なら、この季節、ほかにすることがありそうなものなのに？

彼は言いました。「ああいう政治屋たちを嘲笑するからといって、わたしがかれらを軽蔑しているとは思わないでくれよ。〈第三思考〉が繁栄するためには、奇人変人の溜り場だと見られては困る。ふつうの人たちにアピールしなければならないんだ。もし自分たちが信頼する人がわたしを信頼しているところを見れば、そういう一般人がぐんと一歩われわれに近づいたことになる」

「一般人は政治家を信頼していると思うんですか？」ぼくは言いました。「イギリスのマスコミからリンダがいかれ《ルーピー》リンダと呼ばれているのはご存じでしょう？」

「一般人はイギリスのマスコミを信頼していると思うのか？」彼は言い返しました。「そりゃ、ああいう苗字ならルーピーと呼ばれるに決まっている。おたくの国の新聞の大部分は、シェイクスピア同様、うまい語呂合わせが手に入るなら魂すら売りかねないからな！　わたしがおたくのマスコミに出るたび、〝眠っているの《ドルメ・ヴ》〟か〝朝課の鐘を鳴らせ《ソネ・レ・マティーヌ》〟のジョークを言わずにいられる記者はめったにいないよ（「ジャック修道士、眠っているの、朝課の鐘を鳴らしなさい、カンカンと」はフランスの古い童謡）。もしリンダが旧姓のダケットに戻ったら今度は何を言われるか（「ダック・イット」は「責任を回避する」の意味になる）、考えるのも恐ろしい」

これでぼくらの関係の調子が決まり、祝祭が終わるころには、とてもいい友達どうしになっていました。彼は鋭い観察眼で、ぼくがマウスといっしょになるのを避けていると見てとりましたから、ぼくはエメラルドとくらべてマウスを悪く言いました。

「ああ」彼は言いました。「きみはミス・エメラルドに気があるようだとは思っていた」

「おかしいな」ぼくは言いました。「あなたのほうこそそんな感じだと思っていた」

これを聞いて彼は笑いましたが、笑いながらもあの鋭い青い目が隠れた意味をさがしてぼくをじろじろ見ているのを感じました。

ぼくは本当にこの男が好きになってきました。それでもまだ、いちばん奥にしまった魂の箱はしっかり鍵をかけたままにしておきました。ぼくがなんでも見せていいと感じるのはあなたが相手のときだけです、ミスター・パスコー。フレール・ジャックは宗教家の衣をまとっているかもしれないが、ぼくの唯一の聴聞僧はあなたなのです。

というわけで、ぼくらはとても楽しく過ごしました。宗教的な部分すらおもしろかった。クリスマスの朝、音楽室でごく全教会的《エキュメニカル》な礼拝がジャックの司式で行なわれました。

彼の説教は短く、雄弁で、聞いて楽しいものでした。政治家の一人（ドイツ人）がピアノが上手で、リンダとマウスはどちらもとてもいい声をしており、後者はソプラノ、前者はメゾソプラノで、バッハの賛美歌を実にきれいに合唱しました。フラウ・ブッフとそのコッペリア・チームが供してくれたすばらしいクリスマス・ディナーのあと、二人はまた歌い、『ラクメ』（ドリーブ作曲のオペラ）の「花の歌」をかなりじょうずにやってのけました。それから、全員が余興に駆り出されました。外国人たちがいろいろなことをそれぞれすごくうまくやってみせるので、ぼくはみじめなキャドモン（七世紀のイギリスの聖人。無学な羊飼いだったが、神のお告げで突然賛美歌を書き始めた）みたいな気分でした。できればこっそり自分の牛小屋に逃げ帰りたいところでしたが、リンダが女王様の目でにらみつけ、「フラニー、イギリス代表としてひとつやってもらいたいわね、どう？」と言ったので、それまででした。

　ぼくは重い腰を上げました。パニックに陥った頭にただ一つ浮かんだのは、ベドウズが書いた滑稽詩「新セシリア」（聖セシリアは音楽の守護聖人）でした。彼のユーモア感覚は、暗い超現実感と医学的な粗野な冗談が混じったものです。この詩で、彼は聖ギンゴーの酔いどれ未亡人の話をしています。彼女は死んだ夫に奇跡をはたらく能力があったことを否定して、こう言います――

　あのひとは奇跡なんか行なえない
　浣腸用パイプが雷を鳴らせないのとおんなじよ
　さもなきゃ、あたしはこのお尻で賛美歌を歌ってみせ
　る。

　すると、彼女は即座にそんなことを言ったつけを払わされるのです。

　そう言ったときのこと、おかみさんの朝飯はまず
ジョッキ一杯のうまい自家醸造エールだったが、
なんと！　椅子にのっけた罪つくりなあの部分が
夜鳴鶯みたいにオールドハンドレッド（昔の賛美歌に用いられた旋律）
を奏でだした。

こんな具合で彼女の一生が歌われていき、最後に教訓となります——

ですから、淑女がたよ、悔い改めて、せっせと旦那がたをほめることだ、さもないと、ああなんとまあ！
疑う者にはあんな裁きが下って
いつのまにかお尻が音楽を奏でますぞ。

この暗唱を始めたとき、ふいにとんでもなく場違いなことをしていると気づきました。まるで葬式のあとの会食にピンクのブラマンジェが出てきたみたいなものです。救い主の誕生日に、信仰心厚いぼくのパトロン、彼女の精神生活のグル、それに彼女の立派な友人一同が見ている前で、ぼくは聖人の未亡人がおならで賛美歌のメロディーを奏でるなんて詩を暗唱している！

でも、ギンゴー未亡人と同様、ぼくはもう流れを止めるすべがありませんでした。

こわくてリンダの顔は見られませんでした。暗唱が終わると、彼女のいるあたりから咳込むような音が聞こえてきたので、てっきり口もきけないほどの怒りが爆発する寸前なのだとばかり思いました。すると、それはやがてコンゴウインコのキーキー声みたいな長い笑い声に変わっていき、彼女は涙が出るほど笑い転げました。客たちもほとんどが大歓声を上げ、ベドウズの十九世紀の言い回しや、ときとしてねじれた構文を説明してもらわなければならなかった人たちは再演を求め、ぼくはそれに応えて、今度はちょっとボディ・ランゲージも加えてやってみせると、これまた大受けでした。でも、ベドウズの楽しい気分の詩をもっと教えてくれと言われたときには、ぼくは謙虚に抵抗しました。みんなが笑っているうちに消えること、というのは、昔からミュージック・ホールの金言です。

そうだ、これは〈第三思考〉のモットーにしてもよさそうだ、とふと思いましたが、今日一日で危険はたっぷり冒してしまったので、それは言わずにおきました！

でも、人生は現実、人生は厳粛（ロングフェローの詩「人生賛歌」の一節）、ぼくは本のための仕事にかからねばという気分になってきました。それで明日はリンダの車を借りて、バーゼルへ向かいます。

なぜバーゼルへ？　それは、一八四九年一月にベドウズが気の毒にもその人生を終わらせたのがそこだからです。医師だったというのに、彼の自殺は長引きました。第一段階は、一八四八年七月に右脚を自分で傷つけたというもの。二十年近く急進的政治に関わっていたベドウズが、よりによってドイツの大部分の州が革命騒ぎで沸き立っていたまさにその年にこれほどの絶望に沈んだとは、なんとも皮肉です。最初は、急進派が勝っているように見えた。フランクフルトでは、ドイツの議会が全ドイツを統一する自由主義的な新憲法の草案を出そうとしていた。ところが、春にベドウズはこの都市をあとにしたのです。彼は若い友人コンラート・デーゲンとともにドイツとスイスを数週間歩きまわり、そのあいだ、こんなにわくわくする新しい政治状況になんの興味も示しませんでした。

ベドウズのいとこゾーイ・キングによれば、彼は死体解剖の最中に自分の皮膚の切り傷を通して感染し、その結果、非常に気を滅入らせていた。それに、理由は不明ですが、彼は自分が共和主義者の友人たちから棄てられたと感じていた。人生がまったく空虚に思えたに違いありません。チューリヒでコンラートの舞台デビューが失敗に終わると、二人はけんかして、この若いパン職人のほうは故郷へ帰ってしまったのです。

それでベドウズはバーゼルに移り、自分の脚を傷つけた。動脈を切って失血死するつもりだったのかもしれない。あれほど解剖学を熱心に学んだくせに、なぜか急所をはずし、彼は病院へ担ぎ込まれた。そこで、わざと傷を化膿させて死のうとしたのだが、またしても部分的にしか成功しなかった。傷は右脚の膝から下にあり、壊疽が始まったために、脚は九月に切断された。

一月になると、彼は明るさを取り戻したかに見え、近所に宿をとっていた若いコンラートと仲直りしたうえ、病室から外出できるほど元気になっていた。そんなある日、外へ出たときになにかの毒薬を手に入れ――医師なら難なくできる――それで終わりだった。

なんとも悲しい話です――彼が死んだから、というのではありません。それは誰しも避けられないことですからね。そうではなく、あんなに才能があり、知性があり、機会のあった人が、あんなに鬱屈し、失望し、夢破れて、人生になんの意味も見出せなくなってしまったことがです。

彼は手紙を遺しました。人生に重要な役を果たしてくれた二人の男――どちらも弁護士だった――の一人にあてたものでした。ベドウズはその一人、サウサンプトンの事務弁護士トマス・ケルサルのもとで実務修習生をしていたことがありました。結局司法職には就かなかったものの、友情が生まれ、それはベドウズの人生で数少ない不変のものとなりました。この二人のあいだに交わされた手紙の数々がなければ、ベドウズの生涯はもっとわからなかったでしょうし、ケルサルが詩に対して利己的でない熱心さを持っていなかったら、手紙はほとんど残っていなかったかもしれません。

もう一人の弁護士、遺書の宛先となったほうは、ミドル・テンプル法学院のレヴェル・フィリップスという男で、どうやらベドウズの金融コンサルタントとなっていたらしい。もっとも、ケルサル同様、かれらの関係には明らかにもっと深いものがありました。この弁護士二人を合わせると、ある意味で、ベドウズがいつもさがし求めていた、幼いときに失った父親の代役となっていたのではないか、とサムは推測しています。

遺書の中で、ベドウズはサムの本のタイトルとなった言葉を書いています。

〝わたしは、数ある中でも、なにより、よい詩人であるべきだった。〟

そして、いかにも彼らしく、最後は無気味な冗談で終わっています。

〝ドクター・エックリン（彼の主治医）のために、リード社製胃ポンプの最高のものを買ってあげてくれ。〟

もちろん、次にエックリンに診られるときには、自分は服毒死しているとわかっていてのことです！

この手紙は、読むたびに泣けてきます。微笑も浮かびます。彼は本当に陽気で狂った悲劇的人物だった。

でも、ぼくの手紙は陰鬱な調子で終わらせるわけにはいきません。一年でいちばん陽気な季節に関わるものですからね！ あなたとご家族が、ぼくに負けないよいよいクリスマスを過ごされたことと期待しております。

愛をこめて、

フラニー

パスコーは眉根にしわを寄せて手紙を読み、エリーに投げてやった。彼女は読むなり、声を上げて笑った。

「なんだ？」

「おならの詩。わたし、ベドウズが好きになってきたわ。聖ギンゴーっていったい誰？ それとも、うまく韻を踏むようにでっち上げただけかしら？」

「そうだとしても驚かないね。自分の妙な目的にかなうよう、あれこれでっち上げる、まさにルートの好みそうなことさ」

「それで、彼がここでは何をでっち上げていると思うの？」

パスコーは考え、それから言った。「彼自身。あいつは自分をでっち上げているんだ。この明るく社交的な男、人づきあいがうまく、精神上のアドバイザーとまじめな会話を交わし、義務感にかられて仕事に出かける男。彼はこう言っているのさ。〝ほらね、ミスター・パスコー、ぼくはなんでもなりたいと思うものになれる。ぼくをつかまえようとしてごらん、空気をつかまえたとわかるだけだから〟」

「ああ、なるほど、わかったわ。つまり、前に彼がアルバコアの頭を殴って置き去りにし、学監公舎で焼け死ぬようにしたとあなたに話した、あれとおんなじ話し方ってことね？」エリーは言った。「ピーター、この問題をなんとかしなさいとは言ったけど、仕事として、という意味だったのよ。あなたときたら、ルートの手紙が来るたびに頭から飛び込んで、まるでノストラダムスの書いたものを読んで、自分の世界観に都合よく当てはまることばかり次々と見つける狂信者みたい」

「そうかい？　まあ、ノストラダムスも頭がおかしかった」パスコーは頑固に言った。「それに、手紙を見せたらポットルだって、この男には深刻におかしいところがあると同意したよ」

「ええ、それに、ハシーンはあの業界では立派な心理学者だとも彼は言っていたんじゃない、あなたが考えていたような間抜けじゃなくて？」

「ルートがいかに利口かわかるってもんさ」パスコーは言った。「父親についての大嘘を彼女は最初から最後まで鵜呑みにしたんだ」

エリーは父親を呑み込むという混乱したイメージを頭に浮かべ、ぞっとして言った。「じゃ、その大嘘をもろに真に受けたのはあなただったとしたら？」

「え？」

「ルートの子供時代とそのころの家族の背景について、あなたは実際には何を知っている？　そもそも、そういう情報をどこから仕入れたの？」

「さあね、記録からだろうな」

「いいわ。でも、記録の内容はどこから来たの？　そっちのほうが嘘で、フラニーがわざとそれを書いておいたのかもしれない。ミズ・ハシーンは腕が立って、フランからいくらかの真実を掘り出したのかも。それで、彼女の本にその真実が出ているのを見て、フランは自分がどれだけ漏らしてしまったかに気づいてすごく腹を立てた」

「うん、でも、その点にぼくの注意を振り向けたのはルート本人だぜ。だって、『暗い独房』の中に彼の名前は出てこないだろう？ あいつが教えてくれなきゃ、ぼくはあんな本のことなんか知りもしなかったね」

「ええ、でも、彼はあなたがお利口さんだと知っているわ、ピート。そりゃ、彼はあなたを尊敬しているっていうところを見せすぎるけど、わたしの解釈ではね、彼は本当に感じていることを大げさに表現しているだけよ。彼の目から見れば、あなたがあの本を見つけ出し、彼が関わっていることを調べ出すのにはなんの困難もない。だから予防線を張って、あなたの注意をあそこに向け、彼が知ることもなかった父親についていかにうまくハシーンを騙したか、見せつけたのよ。だって、彼は外の世界にはそう思わせておきたいんだもの。自分は父親を知らない、父親を敬愛するという親しい関係を持ったことはないし、父親が自分と母親を置いて去った、あるいはそのうえ死んでしまったために大きな心理的トラウマを負ったこともない」

パスコーはコーヒーを飲み干し、朝食のテーブルから立ち上がると、わざと驚きあきれた様子で首を振った。

「信じられないな」彼は言った。「行間を読むといってぼくを叱っているのはきみのほうなんだぞ！ ぼくはあいつの暗号を解読しようとしてあれこれこじつけることはあるとしても、きみは占星術の領域に入っているよ！」

彼はかがんで妻にキスし、ドアのほうへ向かった。

彼女は声をかけた。「シャンペンを忘れないでね」

二人は年越しは家で祝おうと決めたのだった。パーティーの招待状は二通ほど来ていたし、旧市庁舎で行なわれる市長主催の大晦日舞踏会《ホグマネイ・ホップ》に出たいなら、手を回して招待状を取ってやると太っちょアンディから言われていたが、二人はすべて断わった。ベビーシッターがいないから、という理由だった。それはたぶん本当だったが、実際には、そう懸命にさがしたわけではないとエリーは自覚していたし、ピーターはちっともがっかりした様子を見せなかった。中年とはこんなふうに始まるのかしら？　彼女は考えた。そんな陰気な考えを吹き飛ばそうと、家にいるからといって豪快かつ贅沢に祝えないというものではない、と彼女は言い張ったのだった。

「本物よ」彼女は彼の背中に向かって叫んだ。「くだらないキャヴァ（スペイン産発泡ワイン）なんかだめ！」

「味の違いがわかるっていうの？」彼は叫び返した。

「わからないかもしれないけど、ラベルなら読めるわ！」彼女はわめいた。

　彼女は二階へ上がり、書斎にいるロージーの様子を確かめた。クリスマスにもらった家系図キットは大いに気に入られていた。そのおもな理由は、前書きの中にひょうきんな調子で、家系を調べれば実はあなたは王子か王女なのだとわかるかもしれない、と書いてあったからだった。

「ママ」エリーが部屋に入ってくると、ロージーは言った。「いつかパスコーおじいちゃんに会える？」

　パスコーの父親は長女スーザンといっしょにオーストラリアに住んでいた。エリーは学生時代、ウォリックシャー州のピーターの実家に一泊し、そのとき一度父親に会っていた。彼は息子が警察に入る計画だという話を持ち出し、それに反対する陣営に彼女を引き込もうとした、そのやり方が彼女には気に食わなかった。彼女自身も、そんな職業ではピーターは人生を無駄にするだけだと思っていたが、それはどうでもよかった。父親は子供のことを心配するのが当然だが、暖かい目と理解を持つべきで、冷たく突き放し、自分ばかり正しいと思い込んで接してはいけない。彼女はときどき、口には出さないまでも考えた——パスコーが警察に入ると決心するに至った過程で、父親に反抗したいという気持ちはどのくらい大きな役割を果したのだろうか？

　あとになって彼女がまたパスコーとつきあうようになったとき、父親が退職後、お気に入りの娘と暮らすためにオーストラリアへ移住したと聞いても、ちっとも驚かなかった。その後、父親は一度もこちらに帰ってきていない。片方の祖父をアルツハイマーに取られたために、ロージーがもう片方の祖父のことを考え出したのは明らかだった。

「いつかきっとね」エリーは明るく言った。「それに、オーストラリアにいるいとこたちにもみんな会えるわ」

いとこたちなら大丈夫かもしれない。写真を見たかぎりでは、ごくまともなようだった。ともかく、家族とは明るく楽しいだけのものではないと、ロージーが学ぶまでにはまだ時間はたっぷりあった。

「どう、うまくいってる？」彼女は訊いた。昨日の印象では、論理的解明が失敗に終わり、単純な倦怠が勝ってきたようだった。

「まあいいんだけど、でもティッグが飽きてきちゃったみたい」ロージーは言った。

エリーはにやりとした。このごろますます、退屈したのはティッグ、おなかが空いたのはティッグ、疲れたのはティッグになってきている。この見事な転移戦術のおかげで、ロージーはあからさまに利己的な態度を見せずに自己主張できるのだった。誰しも一つ、ティッグを持つべきね、とエリーは思った。

デスクの下にすわっている小さな雑種犬は確かにじっと耐えている雰囲気で、家系図もいいけど、アクションはいつ始まるんだ？ と言っているようだった。

今だ！ という答えしかなかった。ロージーが名前を口にすると、犬は立ち上がり、首から体じゅうを震わせてしっぽを振った。

ロージーはするりと椅子から降りた。

「かたづけはあとでもいい？」彼女は言った。「ティッグがうんこしたいみたいだから」

自分のものをすっかりかたづけるというのは、ロージーが書斎を使うときの条件だったが、ティッグの糞の始末はそれより優先された。

「わたしがやるわ」エリーはまた騙されたと思いながら言った。

彼女はデスクに向かい、家系図のキットをまとめ始めた。子供向けの商品で、初心系図学者への前置きの宣伝文には、年上の親類の人たちから家族の歴史の詳細を聞き出すように、とあり、さらにこう書いてあった。「でも気をつけて。

人は年を取るにつれ、ちょっとした記憶違いをよくするものです。なんでも二重にチェックするのを忘れないで！」

　いい助言だ。

　ルートのことで彼女がピーターに与えていたいい助言とあまり変わらない。

　彼はあの助言に従うだろうか？　従うかもしれないし、従わないかもしれない。

　それはそれとして――と彼女は殊勝に考えた――人にいい助言を与えてまわるばかりで、自分がそのとおりにしないのじゃ、あまり意味がない。

　それから、殊勝の衣を着るといつもかゆくなるので、威勢よく掻くことにして、こうつけ加えた。わたしが自分でルートの背景を調べた結果をピーターの目の前に投げ出し、ほら、あなたちょっと見落としてたみたいよ！　なんて言うのは楽しいんじゃない？

　彼女はキットの中身の紙を順序正しくまとめると、最初から読み始めた。


旧市庁舎の時計台はまだ堂々と立っている。もっとも、かつてはなだらかにうねる北部の丘や谷まで遮るものなくまっすぐに見ていた大きな文字盤《フェース》は、今では膨れ上がる現代都市のジャングルを透して目を凝らさなければならないが。その時計が力を奮い起こし、鐘を鳴らした。

　静かな凍るような空気はその音にほとんど抵抗しなかったから、未開国ランカシャー（ヨークシャーと隣州ランカシャーはバラ戦争の昔から敵対関係にある）の住民たちすら気づいただろう。今この国では古い年が出ていき、新しい年が入ってこようとしている。

　初めは競争相手がいなかったが、やがて町じゅうの鐘が鳴り出した。打ち上げ花火が空高く上がり、色とりどりの光を滝のように降らせて星々をかすませる。車のホーンが鳴る。チャーター公園に立つ老偉人ヨーク公爵（一七六三～一八二七年。ジョージ三世の次男で軍人）の騎馬像はすでに色テープやトイレット・ペーパー、膨らませたコンドームという伝統的装飾をつけていたが、その周囲にわいわいと集まった人々は、どっと拍手喝采した。一方、旧市庁舎の中のもうすこし落ち着いた場所では、市長主催の大晦日舞踏会《ホグマネイ・ホップ》のゲストたちがいっせいに歓迎の声を上げ、それから新年最初の大事な仕事に舌を使い始めた。

キャップ・マーヴェルに関してダルジールが気に入っているところはたくさんあったが、その一つは、彼女は与えられただけのものを与え返すということだった。それで、二人はアレグザンダー大王に切断してもらわなければならないほど舌と舌を結び合わせていたのだが（アレグザンダー大王は誰も解けなかったゴルディオス王の結び目を剣で切断した）、そこに市長夫人マーゴがやって来て女主人の専権を行使し、彼の肩を叩いて言った。「公平にやろうじゃない、アンディ。猫の朝ご飯にちょっとは残しときなよ」

「いやあ、マージ、あんたとタッグ・チームは組みたくないね！」ダルジールは叩かれた肩をマッサージしながら言った。

彼女をマージと呼んだり、女子レスラーだった以前のキャリアにあからさまに触れるほど勇気のある人間は多くないが、マーゴはむっとするようなムードではなかった。彼女はネックロックでダルジールを押さえ込み、熱いジャム・ドーナッツみたいなキスをすると、「新年おめでとう、アンディ！」と言って、それから市長夫人としての役目をほかのゲストたちにも果たすため、離れていった。

ダルジールはキャップにウィンクしてから、知り合いの女性全員を次々に抱擁して新年の挨拶をするという古来の由緒ある儀式に入ることにした。挨拶の程度は全身を抱きしめて口に接触するというのから、貞淑に頬に軽くチュッとやるのまで、広範囲にわたっていたが、ありがたいことに、投げキスはまだ中部ヨークシャーの中核まで浸透していなかった。ダルジールはさわられたくない尻をさわるような男ではなく、それぞれの相手によって要求される圧力と皮膚接触の度合いを、たいてい間違いなく判断することができたが、突然ライ・ポモーナを前にして、ふと自信がなくなった。最前、この天井の高い大会議場（数年前に最新式の市民センターが建てられて以来、社交用催し物場としてだけ使われている）にボウラーが彼女をエスコートして入ってきたのを見たときには、ダルジールは驚いたとはいえ喜んだ。喜んだのは、ライが前回会ったときよりずっと元気そうに見えたからだし、驚いたのは、若いカップルが夜遊びするのに、もっとやかましくて、汗くさくて、若者向けの場所を選ばなかったからだ。その説明がついたのは、市長が歓迎のスピーチをしたときだった。市長はスティール議員が同席していない悲しみに触れ（「だが、おかげで接待用食費はぐんと浮いたな」とダルジールはキャップに耳打ちした）、それから続けた。「しかしながら、彼を殺害した怪物はとうとう捕らえられ、その快挙に多大な貢献をしてくれた若い方々を、本日は市長の個人的ゲストとしてお招きすることができ、光栄であります」

すると、若いボウラーはただで参加しているのだ。招待を受け入れたのも悪くは言えんな、とダルジールは市長のテーブルからポンポン飛び上がるシャンペンのコルクを見ながら思った。実際、夜が更けるにつれ、ゲストの平均年齢は下がっていくように思え（あるいはさまざまな不老の霊薬がどっさり消費されたというだけのことか！）、楽団もスコットランド民謡から社交ダンスのナンバー、果てはダーティー・ディスコまで、なんでもござれだった。

ライは貞淑な頬の領域だ、とダルジールは決めたが、その挨拶を実行しようと身をかがめると、彼女は首をまわし、彼の唇にキスしてきた。長くはなかったが、もっと長ければよかったのにと思わせるほどの長さはあった。

「望みがすっかりかないますように、ミスター・ダルジール」彼女はまじめに言った。

「そちらこそ。よいお年を」

彼の視線はライの隣に立っている女性のほうに移った。ややずんぐりしているが、そこが気に入った。不美人ではない。蜂蜜色がかったブロンド、その髪が形のいい肩に垂れている。体にぴったりした青いドレスはネックラインが低くカットされているので、スキーで滑降したらよさそうな胸の斜面があらわに見える。知った人物ではないが、まったく見覚えがないというのでもなかった。彼女の横には男がいた。こちらも知った人物ではないが、見たところ、酒飲みのようだ。細く尖った顔に落ち着きのない目、リュックサックの底に突っ込まれてホンコンから運ばれてきたみたいにしわくちゃのリネンのスーツ、鮮やかな花柄のシルク・シャツの下に乳首が透けて見え、ズボンはあまりぴっちりなので、ポケットになにか入れるには鑿《のみ》が必要そうだ。だからハンドバッグなんか抱えているのだろう。このごろなら、男の持つタイプにはきっとなにかマッチョな名前があるのだろうが、ダルジールは鋤なら鋤と呼ぶ（言葉を飾らない）主義だった。

「こちらにも、新年おめでとう」彼は言い、女の頬に軽くキスした。

「そちらこそ、警視」彼女は言った。

「お会いしたことがあったかな？」彼は訊いた。

「クリスマスの日にちょっとね。紹介はされませんでしたけど」彼女は言った。

「こちらはマイラ・ロジャーズ、わたしの隣のフラットに住んでいる人です」ライが言った。

「思い出した」彼は言った。「またお目にかかれてうれしいですよ」

「それから、こちらはトリス、わたしのエスコートです」ミセス・ロジャーズは言った。

エスコートのトリス！　じゃ、彼女は今夜一晩こいつを雇ったのか？　とダルジールは思った。返金保証つきだといいが。

年が明けたとたん、威勢よく〈楽しい日々が戻ってきた《ハッピー・デイズ・アー・ヒア・アゲイン》〉を演奏し出した楽団は、そろそろキスを終わりにするころだと決めて、バグパイプを鳴らし、〈懐かしい昔《オールド・ラング・ザイン》〉（スコットランド方言によるバーンズの詩。〈蛍の光〉の旋律で年越しに歌われる）の始まりを告げた。

キャップが彼の横に現われ、みんなは手をつないで輪になった。

「たっぷりキスを楽しんだかね？」ダルジールは彼女に訊いた。

「青あざはあれども屈服せずよ（ヘンリーの詩の一節のもじり）」彼女は言った。「さあ、始まり！」

〝昔ながらの知り合いを忘れてかえりみないでよいものか……〟

みんなは一度感情をこめて歌い、次には繰り返しの部分を速く歌いながら輪の中央へ押し寄せた。ダルジールは最近の事件で意地悪された社会福祉課の男に狙いを定め、相手が衝撃で息も絶えだえになったのを見て喜んだ。

「やれやれ、楽しかったわね」キャップは言った。

「まあな。一番しか歌わなかったのに、それでもみんな歌詞を間違えていた」ダルジールは言った。ホグマネイ（大晦日を祝うのはスコットランドの風習）というと、ちょっとスコットランド《S》国民《N》党《P》的になるのだ。

「じゃ、あなたは全曲知ってるんでしょうね？」

「もちろんさ。親父に叩き込まれた。それを証明するあざまであるよ。わたしが好きなのは最後から二番目の節だ——

——」

And here's a hand, my trusty fiere,
And gie's a hand o'thine;
We'll tak a right good willie-waught
For auld lang syne.

この手を取れ、信頼する友よ、
そしてきみの手をくれ
さあたっぷり飲むとしよう
懐かしい昔を思い出して。

「すてき」彼女は言った。「でも、〝right good willie-waught〟って、いったい何？」

「さあね、だが、うちに帰ったら、きみに一つやるつもりだよ。やあ、ボウラー。楽しんでるか？」

「はい、警視。すごく楽しんでます」

「そりゃいい。だが、無料シャンペンの味をしめるなよ。あとで高いものにつくからな。ほら、そう急いで出ていくな、〈粋な白服の軍曹《サージャント》〉が始まったばかりだ」

「それって、ウィールド部長《サージャント》刑事のことでしょうね、警視？」

「生意気を言うな。ガールフレンドを引っ張ってきて、ひとつ踊りっぷりを見せてくれよ」

「これはちょっと無理だと思いますが、警視」

「じゃ、習うんだな」

アンディ・ダルジールと同じ組に入るのは恐怖の体験だった。彼は大きな体で一見無考えに羽目をはずしているように見えるのだが、実はそれは完璧にコントロールされた動きなのだと、ハットはすぐに悟った。ハンプトン宮殿で踊るヘンリー八世さながら、彼はすべての動きの中心にあって、命令と範例をもって全体を指揮していた。そして、彼が王ならライは女王だった。いっしょにディスコに行った経験から、彼女には美しく体を動かす天賦の才があるとは知っていたが、もっとフォーマルなダンスをするところを見たのは今夜が初めてで、目を開かされたハットは自分がひどく無器用で無能だと感じた。

音楽が終わり、踊っていた人々が飲み物を求めて散ろうとすると、ダルジールは大きな音で手を打ち、怒鳴った。

「だめだめ、こっちはようやくウォーミングアップしてきたところだ！　さあさあ、もっとやってくれ！」権威ある声だとすぐに理解した楽団は同じ曲をまた始め、ハットもしぶしぶ踊りの輪に戻ろうとした。だが不思議なことに、抵抗したのはライのほうだった。ハットの手の中で、彼女の手は冷たくぐったりして、さっきまでは軽やかに浮かんでいたようだったのに、今ではこわばり、重く感じられた。

彼は言った。「ほら、行こうよ、もうくたびれて踊れないなんて、警視に思わせるわけにいかないだろう？」

彼女は彼を見て、微笑しようとした。ふいに、その顔が真っ青だと彼は気づいた。

彼は言った。「どうした、大丈夫？」

彼女は言った。「ええ、なんでもないわ」そして、確かに彼女は前と同じ軽く優雅な足どりで、ダンスフロアに戻った。

かれらは位置に着き、楽団は演奏を始めた。最初はわりに落ち着いていたが、ダルジールから「もうちょっと元気を出せ！」と轟くばかりの声で命じられた結果、拍子はだんだん速くなり、すごい勢いでくるくる回っているうち、ハットは頭がくらくらしてきた。ちゃんとステップを踏もうとするのはあきらめて、ただ同じ組のほかの人たちに遅れずについていくことに専念した。みんな、でぶの警官なんかに負けてたまるかと心に決めているようだった。だが、競争にならなかった。ダルジールは物に憑かれた男のように踊りまくったが、それでいて動きは完璧に掌中にあり、バランスを崩すことも、ステップをはずすことも決してなかった。ただ一人、ライだけが苦もない様子でついていった。動きのパターンでたまたまハットに近づくと、彼女はいつもウィンクしてみせ、ダルジールに会うと、彼女は口元にわずかにからかいのこもった微笑を浮かべて、その目をまっすぐに見つめた。

音楽は首の骨が折れそうな猛スピードに達し、ただひたすら巨漢に……あるいはライに……あるいは両人に……弱みを見せるものかというマッチョな決意だけでハットは踊り続けていた。ダルジールはライをつかまえ、くるくると回すと、次の相手のもとへ送り出した。彼女は女王のように動いている、なんて優雅、なんて……彼女が自分のものだと思うと、純粋な喜びが湧き上がってくるのをハットは感じた……いや、おれのものというんじゃない……支配とか所有という意味じゃなくて……ただ、おれと彼女は……

考えはしどろもどろになって止まった。なにかおかしい……いや、おかしくはない……ダルジールのせいだ……彼がライを放り出したとき、勢いが強すぎて……彼女はほかの踊り手たちから離れて、フロアをくるくる回っていった……すぐに優雅に止まって、笑顔で戻ってくるはずだ……だが、ふいに彼女の動きにはまるで優雅なところなどなくなった……きびきびした動きのダンスの女王から、ばねの壊れた機械人形に変わってしまった……まだ回り続けているが、今ではまるで襲いかかる蜂の群を追い払おうとでもするように、両腕を振りまわしている……と思うと、彼女は倒れた。

音楽は乱れて止まった。もだえ、のたうつ体にハットは駆け寄ろうとした。これはライではない。ライのはずがない。ライでなんかあるものか！　彼は全力で走ったが、水の中を走っているような感じだった。

彼女の口はあいていたが、言葉は出てこなかった。目は大きく見開かれ、じっと宙を凝視していたが、部屋にいるほかの人々に見えるものはなにひとつ見ていなかった。ハットは彼女のもとに達し、その脇にくずおれるように膝をついた。緊急事態に対応する訓練を受けているというのに、なんの行動も頭に浮かばなかった。ただここにひざまずいて、彼を包み込んで束縛する黒い闇を感じるばかりだ。自分が愛するもの、世界でいちばん美しいと思うものすべてが、まばたき一つするあいだにこんなふうに変わってしまうとは、認めたくなかったし、認めることができなかった。

そのとき、マイラ・ロジャーズが彼を押しのけてライの頭の横にひざまずくと、その口をこじあけ、舌が気管を塞いでいないのを確かめた。ダルジールもそばにいて、怒鳴っていた。マイラはよくわかって行動しているようだった。

「医者を呼べ。ここで少なくとも三人は見かけたぞ。バーに行くんだ。あいつらならそっちにいる」そして、キャップ・マーヴェルは携帯電話を取り出し、救急車を手配していた。

ライの動きが止まった。なんともたとえようのない一瞬のあいだ、ハットは彼女が死んだと思った。そのとき、彼女の胸が動くのが見えた。医師が一人やって来て、診察を始めた。マイラ・ロジャーズが優しくハットを立たせてやった。

「大丈夫よ」彼女は安心させるように言った。「きっと、この熱気の中で踊りまわったりしたせい……」

ダルジールは言った。「救急車がこちらに向かっている。ああ、サイレンが聞こえてきた。彼女なら、よくなるよ、ボウラー」

このときばかりは、巨漢の言葉が軽く、無価値に感じられた。

救急車が到着した。ハットは車輪つき担架について外に出ると、さっと上を見上げた。雲のない、凍るような夜だった。暗い空にびっしりと星が出ている。あの上に生命があるのだろうか？　そんなこと、誰が気にする？

どこか近くで酔っ払いが威勢よく叫んだ。「新年おめでとう！」

ハットは救急車に乗り込んだ。ドアが閉じられ、無関心な星々と幸福な酔っ払いたちをいっしょに締め出した。

第9部　酔いどれたち

エリー・パスコーの年越しはかなり気抜けしたものに終わっていた。いちばんぶくぶく元気がよかったのはパスコーが買ってきた発泡酒二びんだった。一本は本物のヴィンテージ未亡人《ウイドウ》（ヴーヴ・クリコのシャンペン）、もう一本はスーパーマーケットおすすめ品のキャヴァだった。パスコーは違いがわかるかどうか試してみるためだと称していたが、実際には、前者を買うのに、いくらだか知らないが、すごい金額を払わなければならず、それをもう一本とはとても思えなかったのだろう、とエリーは察した。二人はたがいに銘柄を隠して相手に飲ませるテストを大げさにやったが、楽しさは不自然なもので、その実験の唯一の重要な結果は、居間の床の上で妻とセックスしようとしたパスコーの試みが挫かれたことだった。昔なら、酒で思うようにいかなかったときは冗談で笑い飛ばし、ほかになにかおもしろいことを考え出してやったものだが、今回、彼は失敗が身にしみたようで、彼女が明るさをつくろおうとしても、人を安心させる決まり文句を並べたようにしか思えなかった。

　さいわい、酒が倒すものは眠りが再建してくれる。彼女は彼の朝立ちを利用して、昨夜の大失敗の記憶が甦って意気阻喪しないうちに楽しませてもらった。

「いい感じだったな」彼は言った。「でも、次回は最初から最後まで目を覚ましているほうがいいけど」

「あたしもそういう体験をしてみたいって、よく思うわ」彼女は言った。「でも、来年のためにおぼえておいて。シャンペンは少なく、安い発泡酒《コン・ガス》をたくさん」

「うん、それに、大晦日舞踏会《ホグマネイ・ホップ》に出るのもいいかな」

「いい考えだわ」彼女は言った。だが、その日の午前中に夫から電話があり、舞踏会でライ・ポモーナがあんなことになったというニュースを伝えられたときには、現場でそれを目にしないですんでよかったと、利己的な安堵を痛切に感じた。エリーはハット・ボウラーをとても好きになっていた。たいへんな経験を経て、さあこれからはいいことばかりだときっと思っていたときに、彼がまたいやな目にあうところなど、つらくて見ていられなかっただろう。ともあれ、ライの命に別状はなく、まだ意識を回復してはいないものの、深く眠っているだけで、それで癒されるだろうと医師団は期待している、と聞かされて、ショックは薄らいだ。

エリーは敬虔な無神論者だったが、たまに祈りの一つくらい口にするだけで完全な宗教心が再発してしまうほどの病的状態ではなかった。

彼女は自分の非技術的頭脳で考えて、これまでに見つけた中でいちばん説得力をもって超自然の存在を示す証拠、すなわちコンピューターの前にすわり、スクリーンに向かって言った。「神様、もしあなたがその中にいるのなら、ライ・ポモーナのことを、それにハット・ボウラーのことも考えてあげて。二人に与えられて当然の幸福を与えてあげてください。いいわね?」

彼女はキーボードを指でぐいと突いた。すると見る見るうちにスクリーン上にフラニー・ルートの名前が花開いた。

乙女の祈りに対する答えとはとても言えない。

それなら、乙女が祈っていなくてかえってよかったのかもしれない。

そのころ、中央病院の静かな脇の病棟では、ライ・ポモーナがふと気がつくとまた死んだ兄と話をしていてぎょっとした。

さらに悪いことに、彼の姿まではっきり見えるのだ。彼女の話を聞きながら、兄はいらいらと肌についた綿埃や陶器の細かいかけらをつまみ取っていた。

これは彼女とマイラ・ロジャーズがいっしょにクリスマスを祝うあいだに笑ってすませられるようになったことの一つだった。二人が教会墓地で初めて会ったときに蒔かれた友情の種は白ワインという肥料をもらって急速に芽吹き、赤ワインが入るとそれは満開に花開いた。

「わたしのこと、よっぽど変人だと思ってるでしょう」ライは笑って言ったのだった。「酔っ払いがドアをバンバン叩く、わたしは薬でラリってるみたいに墓地をふらふら……」

「まあ、正直いって、初めてあなたをあそこで見かけたときは思ったわよ、いやだ、こんなところに引越してきて、どういう人間とつきあうことになっちゃったわけ！　あなたが何をしていたのかは、結局わからなかったけど……」

「たいしたことじゃないの……ちょっと気落ちしていたっていうだけで……」ライは言った。アルコールの溶解力に抵抗する慎重さのかけらがまだ残っていた。

「あら、いいのよ、わたしの口出しすることじゃないもの。分かち合ったほうがいいトラブルもあれば、心に秘めておいたほうがいいトラブルもある、それはいやというほど承知してるわ！　黙して語らずっていう慎みはどこへ行っちゃったのかしらね？　主人が亡くなったとき、急にみんながカウンセラーになって、さあ、すわってあらいざらい打ち明けてしまえと言ってきた。こっちはただどこか静かなところへ行って、自分で心の整理をしたいとしか思えなかったときにね」

「ええ、わかるわ。ご主人はどうして亡くなったの？　あらいやだ、ごめんなさい……わたしったら……」

「いいのいいの。おかしなことに、今なら話せると思ったら、もう誰も訊いてこない。交通事故だったのよ。高速道路で多重衝突があって。死者は一人だけ。カール。わたし、狙い撃ちにされたみたいに感じたわ！　何十人も死んでいたら気持ちが軽くなったはずもないんだけど、この程度ですんだとはなんたる奇跡かと新聞が書き立てるのを見るのはつらかった」

そんな話に、さらにワイン一、二杯が加われば充分だった。すっかりさらけ出した。衝突事故、サージアスの死、壊れた壺……

「長く置きすぎていたのよ。あれがあそこにあると意識しているのと、すっかり忘れてしまうのと、どっちが悪いかわからない。そのことは考えていたの。ハット、というのはボーイフレンドだけど、彼とわたしが……カップルになったから、ね、なんだかいいことじゃないような気がしてきて……」

「あら、どうかしら。わたしの昔のボーイフレンドで、墓地でやるとすごく興奮するっていう人がいたわ。でも別れたの、だって、ある朝スカッシュ・クラブでシャワーを浴びていたら、友達に、どうしてわたしの左のお尻にＲＩＰ（「安らかに眠れ」の頭文字）が逆さまに書いてあるのかって訊かれたんだもの」

二人はこれで爆笑し、笑いがおさまったころには、彼女にすべて話してしまうのが楽になった。といっても、そのすべてはめちゃくちゃに変形している。彼女はその変形版が真実になるなら、何を犠牲にしてもよかったし、何度となく繰り返せばそれが真実に変わるかもしれないと、ほとんど信じてもいた。もし聖書が約束するとおり、われわれの肉体が最後の審判の日に再構成されるのなら、電気掃除機を使った結果、喜劇的なことが起きるかもしれないと、ジョークにしてしまうことさえできた。ほかの女性にこれほど率直に話をしたのはずいぶんひさしぶりで、ライは気分がよくなった。翌朝、ぼんやりした頭で昨日言ったことを思い出そうとすると、それほどいい気分にはなれなかったが、またマイラに会ってみると、彼女は明るく親しげで、その態度におせっかいなところや、訳知りらしいところはなかったから、いい気分が戻ってきた。

新年が近づくにつれ、ふいに未来が――そんなものが可能なはずはないのに――不可能とも思えなくなってきた。愛と友情と、それにもしかすると告白のせいで（しかし、ハットに告白することなど考えただけで彼女の心は千々に乱れた！）、なんらかの罪滅ぼしができそうに思えた……

今、その明るい新年の第一日目に、彼女は病院のベッドに横たわり、また死んだ兄と話をしているのだった。

「ねえ」彼女は勢い込んで言った。「あんたがそこにいないのはわかってる。今までいたことなんかなかったのはわかってる……あんなこと……わからない……わからない……あたしじゃなかった……誰かほかの人……」

だが、それは彼女だった。そして、サージアスはここにいる、彼女の前に立っている、黙って非難しながら。でも、何を？　ああなんてことだ、もう一息のところでやめてしまったからと非難しているのではない――行動を再開して、歯を食いしばって最後まで行け、たっぷり血を流せばぼくはしゃべれるようになるんだから、と彼女をせっついているのではない――いや、あの道をまた進むことなど、彼女にはできない、気が狂ってしまう。もしかしたら、もう狂っているのか……

「サージアス、サージアス」彼女は叫んだ。「頼んでこないで。あたしにはできない……あんたはほんとにここにいるんじゃない……」

それを証明しようと、彼女は片手を伸ばした。すると彼も手を伸ばしてきて、彼女がその手を取ると、彼は彼女の指をきつく握りしめた。彼女は目を閉じ、歓喜に歌い出すべきなのか、恐怖に叫び出すべきなのかわからなくなった。ふたたび目をあけると、そこにいるのはやはりサージアスではなかった。ハットがすわって、まるで自分がしっかり握っているから、なんとか底なしの穴に頭から落ちないでいられるのだとでもいわんばかりに、彼女の手をつかんでいるのだった。そのとおりなのかもしれなかった。

「ああ、ハット」彼女は言った。

「やあ」

「ハット」

「それはもう言ったよ。〝ここはどこ？〟っていうのが、こういうときの決まり文句だ」

「どこだっていいわ、あなたがここにいるんなら」

彼の目に涙があふれてきたのを見て、彼女の胸は痛んだ。

「泣かないで」彼女は頼んだ。「泣くようなことはなにもないわ。お願い。今、何時？　そういえば、何曜日？」

「まだ元日だよ。ぎりぎりね。お医者さんたちの診立てでは、何であれ、峠は越して、きみは深い眠りに入ったという話だったけど、かれらが考えていたよりずっと長く無意識だったよ」

彼は軽い口調を保っていたが、どれほど深刻に心配していたか、彼女にはわかった。

「ともかく、意識は取り戻したわ。じゃ、わたしはただ眠っていたの？」

「それに、しゃべっていた」

「しゃべっていた」今度は彼女が軽い口調を保つ番だった。

「わけのわかることを言った？」

「いつもと同じくらいはね」彼はにやりとして言った。

「まじめな話」

「たくさんじゃない」彼は言った。「ぼくをずっとサージアスと呼んでいた」

「ああいやだ。わたし……夢を見ていて……ごめんなさい」

「あやまることなんかない。また病院に入って、病院独特のにおいや音がしたから、きっと潜在意識の中で、きみはあの事故の直後の時期に戻ったんだよ」

「それを一人で考え出したの、ドクター・フロイト？」彼女は言った。軽やかさを、明るさを心がけた。「あなたはずっとここにいたの？」

「だいたいはね。それに、ぼくがいないあいだはマイラがいた。ずいぶん助けてくれたよ。あの人、すごく気に入ったな」

「ボーイフレンドが美人の未亡人をすごく気に入るっていうのは、うれしいとは言えないわね」彼女は言った。「ここには医者がいるの、それともゆうべの続きでみんなまだ酔っ払っているの？」

「肝心な人たちは、たぶんまだ酔っ払っているだろうな。ぼくより若く見える、子供みたいな医者がきみの担当だ。どこが悪いのかって、ぼくが訊くたび、そいつは検査がどうだとか、脳神経科の顧問医ミスター・チャクラヴァーティ（専門的助言を与える顧問医はドクターでなくミスターで呼ばれる）と話してみないとか、ごまかすんだ。きみの目が覚めたって、誰かに伝えたほうがいいな」

「どうして？　医者がわたしに睡眠薬を与えられるように？」

「こんなことをこれきりにするためになにかできることがあるなら、医者がそれをすぐに始められるようにさ」

彼女の手をそっとはずすと、彼は立ち上がった。

彼女は言った。「ハット、ごめんなさい。一年の始まりがとんだことになっちゃって」

彼は微笑を浮かべて彼女を見下ろした。

「これからの一年はよくなるしかないってこと。よくなるさ。ぼくの人生最高の年だよ、おぼえてるだろ。今年はきみと結婚するんだから。愛してるよ、ワキアカツグミさん」

彼はドアから出ていった。

ライは首を回し、カーテンのない窓を見つめた。その外にはなんとか押し入ろうとする黒い獣のように、夜が迫っていた。

彼女は言った。「サージ、この悪党、あたしに何をしてくれたのよ?」

そして、わっと泣き出した。

翌朝目を覚ますと、驚いたことに、だいぶよくなったように感じられた。肉体的にではない。もっとも、この一カ月の体調からすれば、とくに悪いほうではなかったが。だが、精神的によくなっていた。今年にせよ、今までの人生のどの年にせよ、新年の決意を定めたことはなかったが、まるで誰かが彼女のために一つの決意を定めてくれたみたいだった。

時間が流れ去っていった。看護婦たちはそれぞれ神秘的な業務を果たし、もうじきミスター・チャクラヴァーティが診にいらっしゃいますからね、と言った。子供っぽい担当医は彼女を診察し、ミスター・チャクラヴァーティはすぐに現われると念を押した。見舞い客があった――ダルジールはローガンベリーをドランビュイ・リキュールに漬けたものの大びんを持ってきて、一人でそれをティースプーンで食べた。図書館のスタッフは昼休みに本と噂話を携えてやって来て、まるで彼女がほんの半日ではなく(元日はもちろん休館日だから)何週間も休んでいるみたいにおしゃべりしていった。マイラ・ロジャーズは果物籠のほか、気をきかせて、衣類やその他の必需品をいっぱい詰めた小型旅行かばんを持ってきてくれた。それにもちろん、ハットも来た。花とチョコレートと愛を持って。愛を贈られたときだけは泣きたくなった。もっとも、ダルジールがローガンベリーの最後の一個を食べ終えるのを見たときにも、ちょっと泣きたい気分はしたのだが。

すこしうとうとして（一日中ベッドに横たわっているとひどく眠くなるというのがおかしい）、目を覚ますと、ハットが二人の看護婦と熱心に話し込んでいるのが見えた。嫉妬心はなく、ただ彼の若々しい魅力が若い女たちに明らかに影響を及ぼしているのがわかって、ぼんやりと誇らしく感じた。

またうとうとして目を覚ますと、あやうくミスター・チャクラヴァーティをつかまえそこねるところだった。彼はすごい高みから彼女を見下ろしていた。背が高く、すらりとして、肌は焦茶色、非常にハンサムだ。有名私立学校《パブリック・スクール》を出て、一九三〇年代にクリケットのイングランド代表選手だった――となにかで読んだ記憶がある――インドの王子の一人であったとしてもおかしくない。そして、まさに王子のごとく、彼は相手に崇める暇だけ与えると、すぐに離れていった。

ライは彼に訊きそこねたことを看護婦と子供っぽい医師に質問した。かれらはさまざまな検査やスキャンのことを話したが、そのどれも必要な設備があかないうちはできないらしい。どうやら順番待ちリストに載るための順番待ちリストがあるようだった。

お茶の時間ごろ、ようやく一人になった彼女ははっきり目を覚ましたまま横たわり、それやこれやを考えてみた。いくつか、非常に明確にわかったことがあった。

何をする必要があるにせよ、それには時間がかかる。それまでのあいだ、彼女は貧しい食客のように扱われる。そして、彼女の診断に関することならなんでも、ハットはにっこり笑いさえすればすぐさま手に入れることができる。

彼女は起き出すと、マイラが持ってきてくれた旅行かばんをベッドの下から取り出した。

病棟看護婦は子供っぽい医師を呼んだが、ライはただ言った。「署名しろというものならなんでも署名します、ただし、あと六十秒以内に目の前に置いてくれるならね」

それから階下の受付エリアに行き、そこにあった大きな案内図をしばらくじっくり眺めてから、すいすいと歩き出した。いかにも確たる目的があるという歩き方なので、その目的が何か訊く必要があるとは誰一人思わなかった。患者のごとき平民には許されていない領域に入っても、同じだった。

ようやく、彼女はさがしていた名前――ヴィクター・チャクラヴァーティ――のついたドアに到達し、中に入った。がっちりした古いデスクのむこうから、がっちりした若い女が気のない様子で彼女をじろりと見た。

「ミスター・チャクラヴァーティにお会いする予約をしたいんですが」ライは言った。「名前はポモーナ、イニシャルはRです。わたしの詳細はすべて先生がお持ちです。あるいはすくなくとも、第十七病棟にいらっしゃれば手に入ります」

「患者さんなんですか?」女はまるでそれが悪い病気であるかのような口ぶりで言った。「申し訳ありませんが、ここに来てもらっては困ります……」

「わたしは患者でした。今度はクライアントになりたいんです。私費で。これからいろいろな検査を受けなければならないと理解しています。なるべく早いうちの午前中にミスター・チャクラヴァーティとお会いする予約を入れたいんです。そうすれば、相談後すぐにそういう検査を受けて、その日のうちに結果と先生の解釈を聞かせていただけるでしょうから」

「先生はとてもお忙しくて……」

「それは察しています。ですから、あれこれは言いません。今日は二日の水曜日です。来週の初めではどうかしら。七日の月曜日ならたいへん都合がいいですわ」

国民健康保険の患者に迫られているという警戒心が和いだので、がっちりした女はすぐにいちばん重要な点に入った。

「民間の健康保険に入っていらっしゃいますか?」

「いいえ。治療費は自分で払います。頭金がいります?」がっちりした女の目は、それも悪くないと語っていたが、口は言った。「いえ、とんでもない……」

「じゃ、いいですね」ライは言った。「一月七日月曜日の朝九時、ということで？　これが自宅の番号ですから、問題があったら電話してください。職場の番号もお渡ししておきます。明日は九時から五時までそちらにいます。どうも」

　ドアのところで彼女は立ち止まった。

「もちろん、私費の患者ですから、個人情報は完全に内密にしていただきます。情報が誰かに――友人、親類、誰であれ――漏れたら、法に訴えることを考慮しますから」

　彼女は返事を待たずに出ていった。

一月五日土曜日の朝、エドガー・ウィールドは〈死体小屋〉を飾り立てているやたらと派手な装飾品を眺め、これも明日にはなくなるのだと思ってほっとした。年を越したらすぐはずしたいところだったのだが、急に伝統主義者として生まれ変わったパートナーが、十二夜（クリスマスから十二日目の顕現日の前夜）より前に飾り物に手をつけるとたいへんな悪運を招くことはよく知られている、と宣言したのだ。
　今、ディッグウィードは悲しげに言った。「これがなくなったら、すっかり違ってしまうね」
「そのとおりだ」ウィールドは皮肉を隠しもせずに言った。
　パートナーは彼をまじめな顔でじっと見た。

きっと、とウィールドは考えた。あいつはこう思っているんだ。二人のあいだで、適応するために調整するのはいつも自分のほうばかり、家じゅうにベルやガラス玉を飾るくらいの些細なことを受け入れてくれと頼めば、こいつはなんだかんだ騒ぎ立てる、とね。まあ、おれももうちょっと努力すべきなのかもしれない。努力してみせる！

「エドガー」ディッグウィードは言った。

「うん？」

「今夜、いっしょに出かけよう」

「オーケー」ウィールドは言った。「どこへ？」

「〈ティンクス〉」

もしウィールドの顔が唖然呆然を表わすことができたとすれば、その表情になっていただろう。

彼は言った。「〈ティンクス〉だって？　つまり〈クリスタベルズ〉？　あのクラブ？　エストーティランドの？」

「いつもながら、すべての点においてきみは正しい。〈ティンクス〉、あのナイトクラブだ」

ウィールドはそれでもまだ信じられなかった。ディッグウィードは彼に輪をかけて、流行のナイトスポットなどに興味のない男だ。ウィールド自身の場合は、職業柄、軽率なまねはできないという判断がおもにブレーキをかけていたが、ディッグウィードはたんにこういうものを深く嫌悪しているのだ。しかも、あまたあるクラブの中から、ディッグウィードなら死んでも行きたくないところをさがせと言われたら、ウィールドは〈ティンクス〉を選んだだろう。

エストーティ兄弟が最初からゲイ・クラブとして計画していたのかどうかは誰も知らない。だが、エストーティランドにオープンしてから数週間のうちに、店の通称は〈クリスタベルズ〉から〈ティンカーベルズ〉に、さらに縮めて〈ティンクス〉に変えられ、経営陣はこの店をストレートの人たちが想像するゲイ・クラブのパロディとしてやっていくと、断固と決めたようだった。このすべてをウィールドは人から聞いて知っていた。この場所を訪れるとすれば、仕事がらみになるだろうと思われた。彼とエドウィンが客としてあそこに行くなど、夢にも考えたことはなかった。

彼は言葉に気をつけて言った。「ほんとにいいのか？

そりゃ、あそこはナイトクラブだが、きみがおぼえているようなタイプの店じゃないよ」

「で、それはどういうタイプなんだ？　品のいい照明、ディナー・ジャケット、弦楽三重奏に合わせてダンス、それにフロアショーはウェスタン・ブラザーズかインクスポッツ？　心配無用だ、ぼくは現代の流行にすっかり通じている」

「それなら、なんで……？」

「親友のウィム・レーンダースがあそこで五十歳の誕生日を祝うから、パーティーによばれたんだ。それで、ぼくはきみという光をあまりに長いこと隠してきたから、必ずいっしょに連れてこいと言ってきた。まあ、たとえ彼がそう言わなくても、どのみちきみを連れていったよ。だってあんな場所、きみからの精神的支えなしにぼくが入れるはずないだろう」

　うまく加えられたお世辞も含めて、これですっかり説明がついた。

　二人がいっしょになって以来、ウィールドはディッグウィードの友達何人かに会っていた。その大部分は気に入ったし、概してむこうも彼を好いてくれるようだったが、彼は近づきすぎないようにしていた。長年のあいだに、ストレートの同僚たち同様、警察の外で友達を選ぶときは慎重になることをウィールドは学んでいた。だから、自分が知り合ったのでもない人たち大勢に急に取り囲まれるのはいやだと、彼は最初からはっきりディッグウィードに告げ、たいていパートナーの友人は一度に一人か二人だけ会うようにしていた。

　ウィム・レーンダースは身長六フィート半（約一九五センチ）、体重十六ストーン半（約一〇四キロ）、彫刻したような顎ひげのオランダ人だ。岩登りや山歩きが好きなので、二十年前にイギリスに移り住んだ。彼は登山や山歩きに関する古書を収集し、それでディッグウィードは彼と知り合ったのだ。アウトドア用品の店を経営していて、店が稼ぎ出すと思われる額よりかなりたくさんの金を持っているようだが、ウィールドが念入りに調べても（思い出すと恥ずかしくなるが）悪事らしきものはまったく出てこなかった。体が大きいことに自意識があるのか、ふだんの彼はとても物静かで、でしゃばらず、穏やかに礼儀正しい男だが、いったんくつろぐと、暴走トラックと化した。ウィールドが彼のこういう面を見たのは通夜の席だったから、自分の五十歳の誕生日パーティーでどう変身するか、考えるのも恐ろしい。すると、〈ティンクス〉を会場に選んだのは被害対策法であり、そこから彼の基本的な良識がうかがわれた。だが、エドウィンが招待を受けたとき、なぜ言い訳をして断わってしまわなかったのか、ウィールドにはまだよくわからなかった。

そこで、人間関係にはオープンな態度が必要と信じる彼は、まっすぐその質問をぶつけた。

ディッグウィードは言った。「数年前、きみと知り合うよりずっと前のことだが、ウィムはぼくを厄介な状況から助け出してくれた。もちろん、招待は断わろうと、まず最初に思ったよ。でも彼はぜひにと言うし、何日か考えてみて、これを拒絶するのは——なんと言ったらいいかな?——弱気のなせるわざだという結論に達したんだ。しかし、きみの言葉で言えばバックアップが、ぼくには本当に必要なんだよ、エドガー」

「もちろん行かせてもらうよ」ウィールドは言った。「ただし、一つ条件がある」

「なんだい?」

「クリームを添えたゼリーが出るよな?」

ディッグウィードは笑い、それからまじめに言った。

「ありがとう、エドガー。恩に着るよ」

これでウィールドはいい気分になったが、だからといって、その晩九時半ごろ二人を乗せて南へ向かうタクシーの窓から目をやり、暗い冬空を横切って〈クリスタベルズ〉の名前がくねくねしたネオン文字で書かれているのを見ても、楽しい一夜を期待するわくわくした気分にはなれなかった。

だが、人生には驚きがつきものだ。

二人がタクシーから降りたとき、クラブのドアがぱっとあいて、モヘアの長いコートを着た大柄な男が出てきた。男は携帯電話を耳に押しあて、顔は死人のように真っ青だった。その背後から、若い男が現われた。頭はファッショナブルに剃り上げ、ぴったりした黒いTシャツが筋肉質の上半身を引き立たせている。

「ねえ、LB、心配ないって。あの子のせいでそうきりきりしなさんな」彼は声をかけた。「そうだ、いっしょについてってあげようか？」

　大柄な男は聞こえた様子もなく、駐車場のほうへずんずん歩いていってしまった。

　いったんタクシーの中へ退却していたウィールドは、ここで外に出た。去っていく男には目をやらず、もう一人のほうに注意を集中させた。男はそれに気づいて言った。

「またいずれね、ブス顔ちゃん」それからくるりと踵を返し、店内へ戻っていった。

「ああ、また会おう」ウィールドはひとりごちた。

「友達かい？」ディッグウィードは言った。

「まだ宵の口だ」ウィールドはにやりとして言った。

　ふいに、さあパーティーだという気分になった。

L

　その同じ晩のしばらく前のこと、リアム・リンフォードもさあパーティーだという気分だった。

　警察はありとあらゆる遅延戦術を駆使し、マーカス・ベルチェインバーが最大の努力を払ったにもかかわらず、青年は拘置されたままクリスマス・ディナーを食べることになった。新年を迎える直前に釈放されたとき、彼の最初の衝動は、町じゅうをめちゃくちゃにして、自分をこんな目にあわせた連中にはこれからどうなるか思い知らせてやる、というものだった。

　だが、父親の考えは違った。

「おとなしくして、悪いことに手を出すな。この問題はわたしが解決してやるから、いいな？」

「ああ、カーンワスの姉貴の問題を解決したみたいにだろ?」青年はせせら笑った。「はっきり言ってさあ、親父、あんたには無理だ。おれがあいつの脚を折ってやろうとしたときにあんたに止められてなきゃ、あんな肥溜めでクリスマスを過ごすはめには……くそ！」

気がつくと、彼は床に尻餅をついて殴られた顎をさすり、今まで見たこともない機嫌のウォリー・リンフォードを見上げていた。

「そういう口をきくなら、出ていけ」父親はしゃがれ声で言った。「列を半インチでもはずれたら、あとはおまえ一人でやることになる。いいか、リアム、おまえを狼の群に投げ込むぞ。塀の中で二年ばかり暮らすのがちょうどいいのかもしれん。心を決めろ。わたしのやり方に従うか、自分一人でやるか」

リアムは無知な男だが、ウォリーの跡継ぎ息子だからこそ振るっていられる力がなくなれば、自分はゼロだということだけはわかっていたから、怒りに煮えくり返りながらも従った。

大晦日は静かに自宅で祝った。だが、年が明けて一週間たつと、こんなじゃ中で過ごしたって同じだった、あっちのほうがよっぽど楽しいことがあったろう、と言い出した。それでも父親の脅迫が効いて、はめをはずさずにいたのだが、それも土曜日までのことだった。その晩、ウォリー・リンフォードが家を出て、何かは知らないが、彼の奇妙な世界で娯楽とされているものを見つけにいくところをリアムは見た。車が車寄せを出ていくまで待ってから、彼は電話に向かい、いちばんの親友であり、彼を支持する主要証人でもあるロボを呼び出した。

ロボは自分なりの予定があったかもしれないが、断わるわけにはいかないと承知していた。二十分後、リンフォード邸に着いたとき、リアムは待っていた。ロボがポルシェのドアをあけて友人を入れようとすると、リアムは父親の教訓をすこしは身につけたらしく、こう言った。「だめだ。おれとおまえが酔っ払い運転でつかまったら、サツを喜ばせるだけだ。タクシーを呼んである。ほら来た。いいか、運転手、今日は一晩ぶっとおしだ、そう聞いてきたか？

よし、じゃ、まずは〈モリー・マローン〉だ！」

八時半になると、二人はすっかり酔っ払い、パブは混んできた。

「ちぇ、畜生」リアムは言った。「〈トランパス〉へ行こうぜ。女が欲しいな。それに、例の下種野郎カーンワスがまだあそこで働いてたら、つきあってもらおうじゃないかって声をかけてもいい」

ロボはそんなことをしちゃまずいんじゃないかと口をはさむくらいの理性を残していたが、怒鳴り返され、やがて二人は駐車場へ出ていった。

「ミスター・リンフォード。こちらです」パブのドアからやや離れてとめたタクシーから運転手が呼びかけた。

「さっきはふつうのセダンだったと思ったのに」ロボは乗り込みながら言った。今度の車は伝統的なロンドン・タクシーだった。

「こちらのほうがスペースがありますから」運転手は言った。彼は運転席に背を丸めてすわり、夜のじめついた寒さにそなえてウールの帽子を耳まで下げ、首にはスカーフを巻いていた。「どちらへ？」

「〈トランパス・クラブ〉」リアムは言った。「さっさとやってくれ！」

運転手はこの命令を肝に銘じたらしく、まもなく車はすごいスピードで走り始め、早くみんなといっしょに騒ぎたいとうずうずしている酔っ払いすら満足しないわけにいかなかった。

やがて、窓が蒸気で曇ってきた。ロボが窓を巻き下ろして冷たい空気を入れようとしたが、ガラスはぴくともしなかった。

彼は乗客と運転手を隔てる安全パネルを叩いて叫んだ。「おい、ちょっと空気を入れてくれよ！」

運転手が答えずにいると、リアムは言った。「無駄だよ、ロボ。おれたちが金を払わずに逃げるとわるいから、ドアと窓はロックされてるんだ。そんなことするはずないのにな」

彼はそう言うと、ふいに大声で笑った。かつて何度も二人で料金を踏み倒して逃げたことがあるのだ。

ロボは窓の曇りを拭っていたが、いっしょになって笑わなかった。

彼は言った。「こいつ、頭が変だぜ、どこへ連れていこうってんだ？　田舎に出ちまった。おい、運転手、いったいここはどこなんだよ？」

彼がまたパネルをどんどんと叩くと、運転手は言った。

「近道です」

今度はリアムも曇ったガラスを一部こすって外を見た。あたりは真っ暗で、たまに木や生垣が飛び去っていくのがぼんやり見えるだけだった。

「近道？」リアムは怒鳴った。「どこへ行く近道だよ？」

運転手は振り返り、彼を見た。その顔は髑髏だった。

「地獄へ行く近道ですよ」彼は言った。

彼はハンドルを切った。タクシーは生垣を突き破り、急な土手の斜面を下り、まっさかさまに川へ飛び込んだ。

車の後部では、血を流し、打撲で酔いの醒めた男二人が悲鳴を上げ、ロックされたドアと格闘していた。しばらくは繭のように外界から遮断され、空気があった。すると、運転手が前部の窓を巻き下ろして水を入れた。

やがて悲鳴はやんだ。

「やあ、誰かと思えば！　エドとエド！　これでぼくの杯は本当に満たされ、あふれる（聖書「詩篇」の一節）！」

後ろのほうの席にすわっていられるかもしれないというウィールドの希望はついえた。二人が部屋に入るなり、ウィム・レーンダースの大声がむこうから轟いてきて、かれらはテーブルに案内された。そこでは少なくとも二十人の客がもう一杯機嫌になっていたが、席を詰めてくれと頼まれ、新入り二人は陽気なホストの右と左にすわらされた。

ホストは二人の肩を抱き、〈ティンクス〉が提供する最高の品を味わってみてくれと言った。

シャンペンが最高の品だというのは、ウィールドは信じるしかなかった。味の違いがわかる訓練は積んでいないのだから。だが、注がれたぶんは飲み干して酔ったふうも見せず、タコスをつまみ、ダンスフロアで数回踊り、アンディ・ダルジールさえ日曜学校の先生みたいに聞こえるほど下品なことをまくしたてる漫談師に拍手喝采した。一時間もすると、彼はパーティーを本当に楽しんでいた。やがてカラオケの時間になり、ウィムがヴィレッジ・ピープルの名高い物まねをやるのに参加者を募り始めたとき、彼はそっと抜け出してトイレに行った。

ここではありがたいことに、クラブの音楽が流れてくるようになっていなかったから、彼は心地よい静寂の中にすわり、ふだんまじめで抑制のきいたエドウィンがくつろぐところを見るのはなんてうれしいんだろう、人生のいろいろ違う要素をこう完全にバランスさせられたおれはなんて幸運なんだろう、と考えた。

出てくると、中央の部屋からはまだ〈イン・ザ・ネイヴィー〉の楽しげなコーラスが聞こえてきたから、彼はしばらく新鮮な空気を吸おうと外に出たところ、あやうくさっきの黒いTシャツを着た筋肉質の若い男にぶつかりそうになった。

「失敬」ウィールドは言った。

「ああら、ブス顔ちゃん」男は言った。顔が青ざめ、息に甘い反吐のにおいがかすかにした。飲みすぎて、外に出て吐いてきたんだろう、とウィールドは察した。

彼は言った。「ウォリーは戻ってきてないのか?」

「うん。来ないでしょ」それから、不審そうな表情になった。「彼を知ってるの?」

「ウォリー? ああ、ずっと昔の知り合いだ。もっとも、もう長いこと会っていない。さっき挨拶してもよかったんだが、おしゃべりしたいって気分じゃなさそうだったから。きっと息子の心配だろうな」

「心配の種よね」若い男は沈んだ様子で言った。「あんなドラ息子、刑務所に置きっぱなしにしときゃよかったのよ。おかげでこっちは一晩台無し」

「どうしたんだ?」

「また事故を起こしたかなんか。あの間抜け。あんなトラブルのあとだもん、車になんか近づけちゃいけないってのに。でも一声叫べば、ウォリーが駆けつける」

「親父だからな」ウィールドは言った。「さっき、あいつをLBって呼んでたろう、なんのことなんだ?」

「知り合いかと思ったのに」また不審そうになった。

「言ったように、ずっと昔の話だからさ。そのころはただのウォリーだった」

「彼が使ってるネット・ネームってだけ。ランチ・ボックス。リンフォード(短距離走者リンフォード・クリスティーは局部の出っ張りが大きいのでマスコミからランチ・ボックスとあだ名された)。わかった?」

「わかった」ウィールドは言った。「おかしいな」

「うん」若い男は言い、値踏みするようにウィールドを見た。「あんたも棄てられたの?」

「いや、友達は中でカラオケをやってる。おれは苦手だから一休みしてるだけだ。悪いな」

若い男は中に戻っていった。ウィールドは携帯電話を取り出し、ダイアルした。

「ピート、わたしだ」彼は言った。「リアム・リンフォードが事故だって？」

「きみは今夜は非番だと思っていたがな」パスコーは言った。「乗っていたタクシーが川に落ちた。別の車の運転手が見ていたんで、救助はすぐに来たんだが、間に合わなかった。リアムは死んだ。彼の側の証人だったあの男、ロビンソンもだ。それに、運転手」

「くそ」ウィールドは言った。「神の業《アクト・オヴ・ゴッド》（不可抗力のこと）か、それとも……？」

「見ようによるな。運転手はジョン・ロングストリートだった。そうだ。奥さんを亡くした男。引き上げられたとき、彼はハロウィーン用のプラスチックの仮面をつけていた、髑髏のね」

　電話を切ったあと、ウィールドはまだしばらく外にたたずんでいた。ベルチェインバーのＬＢとはウォリー・リンフォード、大金を要する重大な犯行に金を提供する人物だとわかったときの高揚した気持ちはすっかり消えていた。この情報にアンディ・ダルジールはきっと大喜びするだろうが、彼は息子の悪い知らせを耳にしたときの父親の顔を見ていない。たとえ見たとしても、何が変わるというものでもなさそうだが。

　そんなあれこれを考えながら、彼はクラブの中へ戻り、一時静かになっていたカラオケ・ステージの前を通り過ぎたが、そこにいた若い男にはなんの注意も払わなかった。髪は鉄青色に染め、同じ色のシルク・シャツはウエストまであけ、その下は見ているだけで涙が出そうなほどぴっちりしたズボン。マイクを手に、自分の曲が始まるのを待って立っている。

　男はあたりを見渡し、そのときウィールドを見つけた。うれしい驚きに目を丸くして、ぱっと飛び出すと、部長刑事の手をつかんだ。

「マック！」彼は叫んだ。「やっぱりだ。やあ、うれしいな。おれ、次なんだ。いっしょに来て、応援してくれよ」

　リー・ルバンスキーだった。

　その傷つきやすさがウィールドの心の琴線をかき鳴らす青白い顔の浮浪児ではない。冷笑的な世界観がウィールドの気を滅入らせる訳知りの不良少年でもない。これはパーティー用に飾り立てたリーだった。なにかの薬でハイになっているリー。楽しくやるんだと必死のリー。思いがけず彼に会ったうれしさにあまりにも嘘がなかったから、ウィールドは抵抗しようと考えもせず、気づいたときは手遅れだった。

音楽が始まった。ウィールドにはなんの歌かわかった。八〇年代初期のヒット、〈トータル・エクリプス・オヴ・ザ・ハート〉だ。くそ、と思った。

むこうにウィムとその客一同のうれしそうな顔が見えた。かれらがはやしたてる声が聞こえた。彼はエドウィンの視線をとらえた。エドウィンはわざと大げさに驚愕して顎をがくんと落としてみせてから、励ますような微笑を送ってきた。今ここで逃げ出せば、舞台負けには見えない、恋人どうしのけんかと思われるだけだ。

「〝ときどき、人生最高の年が過ぎ去ってしまったのじゃないかと、ちょっと心配になる〟」リーは歌った。

歌によく合った声だった。ボニー・タイラーのハスキー・ボイスそっくりだ。大きく歌い上げる箇所に近づくと、彼はまだ黙ったままのウィールドに加わるよう促した。

「〝今夜はきみが必要なんだ、いつもよりずっと……〟」

ちぇっ、とウィールドは思った。こうなったらやるしかない。それで、彼は歌い出した。ともあれ、顔に似合ったごつごつしたひび割れ声で歌詞を唸った。

「〝……永遠は今夜始まる……〟」

最後の〝こちらを向いて、明るい瞳よ〟がフェードアウトすると、拍手が起こった。全体に熱のこもったものだったが、ウィムのテーブルでは全員が立ち上がり、手を叩き歓声を上げる大騒ぎだった。

「すごくよかったね、マック」リーは目を輝かせて言った。「アンコールには何をやろうか？」

「友達のところへ戻らなきゃならない。バースデー・パーティーなんだ。ごめんよ」ウィールドは言った。

失望が青年の顔から光を消し、その傷ついた表情がウィールドの心を刺し貫いた。

彼は相手の手をぎゅっと握ってから放した。

「新年おめでとう、リー」彼は言った。「会えてよかった。

また連絡してくれよ、いいな？」

　このわずかばかりの優しさが相手の顔にまた光を点すさまを見ると、ほとんど同じくらい心が痛んだ。

「うん、もちろんさ、マック。じゃあまた。パーティーを楽しんでね」

　帰りのタクシーの中でディッグウィードは言った。「当ててみようか。あれはリー・ルバンスキーだった？」

「うん。きみに恥ずかしい思いをさせたんなら、ごめんよ」

「親父と息子がいっしょにふざけあっているのを見るのが、なんで恥ずかしい？」

「親父と息子か」ウィールドは繰り返した。「親父が息子をだめにする、とかいう詩がなかったっけ？」

「今度は詩か？　もうちょっと頻繁にきみを外へ連れ出すべきだな。〝おまえをだめにするんだ、おふくろと親父は。そんなつもりはないけど、そうなんだ（ラーキンの詩「これを詩とせよ」の一節）〟。きみが考えているのは、それかな？」

「それだ。確かにそういうことはある。見て知ってるよ。それが気になるんだ、エド。おれはあの子をだめにするんじゃないかと思って、こわいんだ」

　ディッグウィードはウィールドの肩に手をまわした。

「あの子のほうが先にきみをだめにするんでなきゃ、それでいいさ、エド。あの子がきみをだめにしなきゃね」

第10部　托鉢修道士

手紙8　1月7日（月）受領。
P・P

アールガウ州
フィヒテンブルク‐アム‐ブルーテンゼー
十二月三十一日月曜日

親愛なるミスター・パスコー、

　無事フィヒテンブルクに戻りました、やれやれ。バーゼルではかなりひどい天気で、もしベドウズがあんな天気を経験したのなら、自殺したくなるのも無理はないし、ホルバインが〈死の舞踏〉をあそこでデザインする気になったのもよく理解できます。あるいは、本当の暗い気分はぼくの中にあったのかもしれない。奇妙です。ぼくは昔から一人でいるのが好きな性分でしたが、クリスマスにほかの人たちと楽しく過ごしたことが、ぼくの心に不思議な影響を与えたようで、生まれて初めて、本当に寂しいと思いました。

　二十四時間後に帰ってきても研究にたいして差し障りはなかったのですが、へこたれないと決めました。ぼくの今後のキャリアはサムの本を仕上げる仕事に大きく左右されますから、このチャンスをふいにするつもりは絶対にありません。それに、まったく時間の無駄だったわけでもないのです。バーゼルでは、サム自身の研究に追加するようなことはほとんど見つかりませんでしたが（空っぽの部屋に入って、出てきたときには長らく忘れられていた犯罪の犯人を見つけるカギを手に入れている、あなたのような推理技能があればいいのに！）、サムの推測のいくつかを確認しましたし、彼が（それに思い切って言わせてもらえば、ベドウズも！）ぼくの探求の進み具合をよしとしてくれている、という感覚を得てきました。

でも白状すると、ぼくは今日、急いでここに帰ってきて、さあこれで自分以外の人間といっしょに過ごせると思い、あのヴァイナハトフェスト（クリスマス！）にも負けないくらい陽気なジルヴェステルフェスト（ホグマネイ！）が始まるのが待ちきれないほどでした。

ですから、着いて最初に会った人物がフレール・ディーリックだったときのぼくの落ち込みは想像がつくでしょう！　彼は無作法でない程度に挨拶し、恐れていたとおり、ジャックとぼくに加わってシャレーに泊まるのだと言いました。しかし、たとえリンダが命令を下したって、あんたと同じ部屋には寝ないぞ！　とぼくは内心で言いました。ジャックも共同生活がいやになったらしく、ディーリックは母屋の客たちが解散するまでの二晩、居間の床で寝ることになっているとわかりました。充分ベッドとして使えるソファがあるのですが、彼は明らかに硬い床のほうが魂のためになると考えたようです。

ちょっと滅入っていた気分が即座に消えたのは、こちらに来て初めて、自宅の留守番電話をチェックしたときでした。ぼくがそんなものを持っている理由はただ一つ、リンダが以前一度ぼくに電話しようとしてつながらなかったことがあって、すっかり腹を立てた彼女は、なんらかの伝言サービスを入れて、費用はぼくの研究費につけるように、との勅命を下したのです。その彼女が目の前にいるのに、ほかに誰がぼくに電話なんかかけてくるでしょう？

でも、誰かがかけてきたんです！　それも、ほかならぬドワイト・ドゥアデン教授でした。二度も！　すぐに電話をくれと言っていました。当然、ぼくは即座に電話をかけましたが、聞こえてきたのは彼の伝言サービスの声だけでした。むこうも大晦日なのですから、きっと、カリフォルニア人が年越しを祝うのにするのが何であれ、それをしに出かけているのでしょう。

ぼくはシャレーの電話番号を残し、あと三日はここにいる、その後は次の目的地を電話で知らせる、と告げました。

きっといい知らせだ、とぼくは自分に言い聞かせています。そうでなければ、どうして連絡なんかよこすでしょう？　あるいは、彼はすごく礼儀正しい人間で、結果を知らせなければいけないと感じているのかも。すなわち、サン・ポル大出版局の考えでは、詩人（あまり人に知られていない）に関する本、著者は死んだ学者（同上）、その未完の研究を仕上げたのは前科者の学生（同上×２）というのはまさに金を払ってでも関わりたくない作品である！

でも、次に書くときには、なにかほんとに興奮するようなニュースがあるかもしれません。

では、パーティーに出る支度にかかります。

一月一日火曜日

ミスター・パスコー、また書き始めます。あなたとご家族に、新年おめでとうございます！

前の部分の最後に、なにかほんとに興奮するようなニュースがあるかもしれない、と書きましたが、ある意味で、そのとおりになりました。でも、ドワイトから聞いた話ではありません。カリフォルニアはここより七、八時間遅れていますから、彼はきっとまだ新年を迎えようとしているところでしょう。まあしかたない。忍耐は節制する人物の美徳です。

でも興奮はありました——いや、刺激、と言ったほうがよさそうです！

パーティーはすごく楽しいもので、音楽あり、ゲームあり、ダンスあり、それにみんなが自分の国、あるいは出身地に独特の風習を紹介してみせました。

ぼくは一般に知られていないサイクの風習を紹介したいという気持ちに駆られました。ジャガイモを使った蒸留酒にたっぷり医療用アルコールを加えたものを飲んで、（ときには文字通り）目がつぶれるほど酔っ払う、というものですが、やっぱり思い直しました！　十二時になったとたん、ぼくらはシャンペンのコルクをポンポン抜き、みんなで抱き合い、キスし合いました。またリンダから頬にあざができるほどのキスをもらうだろうと覚悟していたのですが、それどころか、驚いたことに彼女はぼくの口をまっすぐ狙ってきて、それから六インチもありそうな舌がさんざんかきまわしていきました。これにまだくらくらしていたとき、マウスからは頬に軽くチュッとされただけだったので、実にほっとしました。

しかし、たぶんご明察のとおり、話はそこで終わりませんでした。

夜も更けて、ようやく会場を出ると、歩いて五分のシャレーへ向かいました。こちらの天気もここ数日バーゼルと同じくどんよりと雨模様で、湖の表面《ぜー》が不安定になったため、スケートは禁じられていました。でも今夜は霜が戻り、空気はきりりと澄んで、熱気と煙のこもった城のパーティーから出てくるとなんとも気持ちよく感じられました。喫煙者を目の敵にする態度は、大陸ではイギリスほど強くなく、ふだん吸わない男たちさえ、太い葉巻に火をつけて口に突っ込まなければ大晦《ジルヴエステルナハト》日らしくならないと感じているようでした。

ぼくはたたずんで、新鮮な空気を何度も吸い込みました。シャンペンのようだ、というのは陳腐な比喩に聞こえますが、本当にそんな感じで、ひんやりした空気が泡立ちながらたっぷり血管に流れ込み、頭を爽快にしてくれました。

城から誰か出てきて、雪を踏む足音が背後から聞こえました。リンダでした。彼女は言いました。「やれやれ、これ以上あそこにいたら、窒息するかと思ったわ」

「ええ」ぼくは言いました。「でも、すごくいいパーティーでしたね」

「楽しんでくれた、フラニー？　よかった。わたしたちみたいな政治屋に混じって、退屈じゃないかと心配してたのよ」

「とんでもない」ぼくは安心させるように言いました。「最高でしたよ」

彼女は心からうれしそうな様子になり、ぼくの腕に自分の腕をからませると言いました。「熱さましに、わたしも森を抜けて途中まで歩くわ」

それで、ぼくたちは仲よく松林をぶらぶら歩いていきました。自分自身と世界に対して、あのときほど平穏な気持ちになれたことはめったにないと、正直に言えます。

やがて、廃墟となった礼拝堂に達しました。ぼくが到着した夜、すっかり迷信的な恐怖にとらえられた、あの礼拝堂です。ここでぼくたちは立ち止まりました。ふいにリンダは体を震わせました。こういう場所のせいか、体の芯まで冷えたせいか、ぼくにはわかりません。でも、組んでいた腕をほどいて彼女の肩にまわし、抱き寄せてぼくの体の温かみを分けてあげるのはごく自然なことに思えました。ところが、それは第三次世界大戦を始めるアメリカ国防総省《ペンタゴン》のボタンを押したようなものでした！

彼女はぼくのほうを向き、次の瞬間には、時計が十二時を打ったときぼくの喉の奥まで触れてきたあの舌が、今度はぼくの頭蓋骨から脳ミソを舐め取ろうとしていました。ぼくたちは廃墟の中を酔っ払ったワルツの踊り手みたいにくるくると回り、最後には回廊の壁に体を押しつけることになりました。この狂った動きの途中で、なぜかボタンもファスナーもホックもはずれ、突然、彼女の裸の胸の熱がぼくの胸を焦がし、氷点下の空気が尻に残虐な歯を立てるのを感じた！　まるで尻はダンテのコキュトス（ギリシャ・ローマ神話で、冥界の川の一つ）に、一物はプレゲトーン（冥界の火の川）に浸しているみたいだ、と思いました。そんな地獄のイメージは紳士的でないというなら、状況が状況だったと言い訳させてもらいましょう。なにしろ、二人がつながったとき、彼女の肩の向こうの壁にずらりと並んだフレスコ画の人物像が目に入り、かれらもみな同じような行為に励んでいるようだったのです。それどころか、ぼくが声高にクライマックスに達したとき、その中の一人、頭巾をかぶった邪悪な感じの人物がフレスコから出てきて、林の中へすっと影のごとく消えていったかに思えました。

事がすむと、ぼくたちは黙って服を着ました。手早かったのは、後悔の念だけでなく、寒さのせいだった（と思いたい）。それから彼女は手を伸ばし、ぼくの頬に触れて言いました。「ハッピー・ニュー・イヤー、フラニー。よく眠ってね」そして、城のほうへ帰っていきました。

ぼくは彼女を見送ってから、壁の端まで行き、雪の積もった地面を見下ろしました。

縄で編んだサンダルの新しい足跡が見えました。縄サンダルを履いている人間はフィヒテンブルクには一人しかいない。

フレール・ディーリックです。

ぼくは急いでシャレーに戻りました。十二時過ぎにすぐパーティーを抜け出したジャックは、ぼくが入っていったとき携帯で電話していましたが、すばやく話を終わらせました。電話の相手はエメラルドだったのか？　ぼくは考えました。ディーリックの姿はありません。ジャックはぼくとゆっくり話をしたいような様子でしたが、ぼくは疲れたと言って部屋に入りました。彼は観察眼と理解力が鋭いので、おそらくぼくを批判できる立場ではないにせよ、ぼくがわれわれのパトロンである女性とやってきた――それも、たぶん今も聖域とされる場所で――というのを知られたくなかったのです。ディーリックもすぐに彼に知らせることはあるまいと思いました。こういう情報は、いざというときに備えてしまっておくのがいちばんですからね。

驚いたことに、ぼくはぐっすり眠り、アルコールの二日酔も心理的二日酔もなく目を覚ましました。あれは一夜限りのことだったんだ、とぼくは自分に言い聞かせました。リンダは自尊心の強い人ですから、おもちゃにする男の子を手に入れたなどと人に気づかれたくないでしょう（そりゃ、ぼくはそこまで若くないですが、それでもウェストミンスターとストラスブールのおしゃべり階級の人たちがカクテル・パーティーで物笑いの種にするくらいの若さはあります）。ぼくがあのつかのまの情事を大げさに騒ぎ立てるつもりがないとわかれば、またもとのような関係に戻れる。ああいう共通の思い出があるからこそ、親しみが増して、関係がさらに豊かなものになるだけです。ディーリックのほうは、もし非難の言葉を撒き散らせばリンダの怒りを買う。彼女なら、ディーリックみたいな青二才は朝飯に食ってしまいますよ！

とはいえ、正直なところ、ひどく不安な気持ちのまま、ぼくは城へ行き、リンダとほかの客たちに混じってコーヒーを飲みました。予想は当たっていたようです。彼女は温かく挨拶してぼくを迎えましたが、温かすぎるというほどではありませんでした。ぼくと同様、彼女もパーティーの後遺症はほとんどなくすんだようで、打ち上げられた難破船みたいにぐったりした政治屋たちを眺めて、二人で優越感を分かち合い、にっこりしました。

ディーリックの姿はありません。こそこそした野郎め！ジャックすら、ぼくと同じ気持ちのようです。確かに、彼はこの青二才が到着する前のような、気楽でつきあいやすい男ではなくなってしまいました。

ともかく、ここでの最後の一日はのんびりくつろいで過ごします。晴れたカリフォルニアからの電話が来ることを祈りましょう！

一月二日水曜日、午前八時三十分

いいものにはかならず終わりが来る。ぼくにとって、この休暇は実にいいものでした。人生がなんと変化したことか。ほんの二カ月ほど前を振り返ってみると、そんなについ最近まで自分が将来の定まらない無一文の学生だったとは、思い出すのもむずかしいほどです。それに言うまでもなく、社会に借りを返している既決囚だった時代だって、さほど昔のことではありません。それからサムが悲劇的な死に方をして、ぼくはどん底に突き落とされました。

もちろん、彼を生き返らせることができるなら、すべてをあきらめても惜しくない。チャーリー・ペンのように、彼を殺した犯人はまだつかまらずにいる、とぼくも信じていたとしたら、法律が罰しえなかった相手をこの手で罰してやろうという欲求に負けて、また犯罪に走っていたかもしれない。でも、あのどん底からぼくは舞い上がり、今までずっと昇り続けているという事実を無視することはできません。

いくつかの幸運に恵まれて、ぼくはサムの頭脳が創り出した立派な子供を世に出す、いわば産婆役をつとめるだけでなく、わずかな関わりながらその子供の親だと名乗れるという希望を持つようになりました。それにうれしいことに、リンダの政治仲間と知り合って、新たにすごくいいコネがたくさんできました。

　というわけで、ミスター・パスコー、どちらを見てもすべて最高にうまくいっているみたいです！　でも、そろそろ筆をおいて荷物をまとめなければ。客たちはみな帰ろうとしています。ディングリー・デル（ディケンズの『ピックウィック・ペイパーズ』でピックウィックとその仲間が楽しいクリスマスを過ごす館のある場所）だって、現実世界をいつまでも寄せつけずにおくことはできません。政治屋たちはそれぞれうまい汁を吸える地元に戻り、ジャックはディーリックといっしょにいったん修道院に戻ってから、また著書のプロモーションのためにイギリスへ向かいます。

　ぼくのほうは、年が明ける前にすすめられて、まずはリンダとマウスといっしょにストラスブールに数日泊まり、それからフランクフルトとゲッティンゲン――どちらもベドウズのヨーロッパ生活で大事な役割を果たした都市です――に行くことになっていました。その話が出たとき、即座に承諾できなかった唯一の気がかりは、マウスのことでした。一人でいるときなら、彼女はもともとの無口で恥ずかしがり屋の女の子に戻っているとしても、ストラスブールではザジとヒルディが待ち構えていて、経過報告を聞きたがり、ゲームに戻れと彼女をせかすかもしれない。そりゃ、たぶんぼくはいい気になっているんでしょうが、今ではリンダも加わってしまったのですから、ぼくがルーピン家のゲストルームで寝ていると、母親と娘が二人して忍び足でやって来て、ねえ、やらない？　なんていうところを想像するとぞっとします！

　どうしてぼくの人生はこうも複雑なんだ？　ミスター・パスコー、もしあなたのように几帳面で、生活を完全に手中に収めた人間になれるなら、何を手離したっていいですが、残念ながら、ぼくの出生に立ち会ってくれた代母妖精が誰だったにせよ、そういう遺伝子をぼくのゆりかごに投げ入れてはくれなかった。母は欲しいものをはっきり知っていて、それを手に入れようと努力する人でしたから、ぼくの混乱した性格は、記憶にない父から受け継いだものに違いありません。母がわずかばかり語ってくれたところでは、父は根が放埒で、運に恵まれなかった。ぼくとしては、父が恵まれなかった運をすこしは手にすることを祈るばかりです。

今、朝食のテーブルにすわって、コーヒーを飲み終えようとしながら、これを書いています。フレール・ジャックとぼくのあいだにはたくさん共通点があるとわかったのですが、その一つは早起きするようにセットされた体内時計で、これは二人とも独房生活を経験した結果です！　ディーリックはもっと早起きです。今朝は彼の姿が見えませんし、感心にも昨夜ソファに寝た形跡もありません。昨日会ったときは、彼のぼくに対する態度に変わりはなく、疑い深い中立を保っていた！　だからぼくの状況判断に狂いはなかったのだと思います。

修道院で暮らしたジャックのほうが、サイクで暮らしたぼくより、いろいろな面でずっと規律が身についている、というのを刑罰学者は心にとめたほうがいいでしょう。荷造りをすませた彼のかばんはもう玄関ポーチに置いてあり、彼は別れの挨拶をしに城へ歩いていったところです。一方ぼくのほうはまだ荷造りもせず、ぐずぐずして、この前の手紙からあとの出来事をあなたに報告したいという思いに抵抗できず、椅子に貼りついています。それに、電話のそばにいれば念力でドワイト・ドゥアデンに電話させられるような、迷信的な気分もあります。だって、カリフォルニアではまだ深夜になっていないのですし、ぼくはここを今日発つというメッセージを残したのです。こんなわらにもすがる様子のぼくをみじめだとお思いでしょうが——あっ、神様、電話が鳴った！

あっ、神様！　とはまったくです。三十分たちました。千八百秒。そのあいだに、放っておかれるのが嫌いな運命の女神はぼくを高々と持ち上げたと思うと、次には楽々と投げ落としてみせてくれました！

確かにドゥアデン教授でした。彼はサン・ポル大に帰るとすぐ、いろんな人たちと話をし、かれらは非常に熱心に乗ってきた、と言いました。みんなぜひともぼくに会って、仕事の内容をよく知りたい、とのことです。ぼくは内心で自分に言い聞かせ続けなければなりませんでした、彼が電話してきているのは南カリフォルニアで、あそこではほとんどの人が英語を、かなりの人がスペイン語を話すが、全員が話すのは誇大語だと。しかし、彼が最後に大学のゲストとして来てほしい、経費は全額大学持ちだと言ったときには、とうとうぼくにもその興奮がすこし感染しました。いや、このことであまりイギリス人的になるのはよしましょう。ぼくの心はすっかり沸き立って、はじけそうでした！　なにも考えず、気がつくとそちらの気温はどのくらいかと尋ねていました。正直なところ、気持ちをきりりとさせる凍えるばかりの天気には少々うんざりしてきていました。引き締めるのも度が過ぎれば破裂します。がっかりしたことに、今、外の気温は四十八度（摂氏約九度）くらいだ、と彼は言いましたが、それから笑って続けました。「でも、今はほとんど深夜だ！　昼間なら、日が照れば六十度台（摂氏約十五〜二十度）の上のほうか、運がよければもっと高くなることもあるよ」

そいつはありがたい、と思いました。それから、あることを思いつき、ぼくの気持ちはがっくり落ち込みました。おぼえておいででしょうが、ぼくは既決重罪犯です。合衆国入国管理局はそういうことに厳しいのではないか？　おずおずと、ぼくはドワイトに無理だろうと言いました。すると彼は、そのことは承知しているが、調整はつけられる、と言いました。ワシントンにいる旧友と、現在ロンドンのアメリカ大使館にいる元教え子に話をしたところ、ぼくが釈放以来悪事に手を染めておらず、滞在中はドワイトが責任を持つと保証するなら、いわば大目に見てもらって入国できる。ぼくはただ、正式のビザ申請書を提出し、その後要求があったとき、グローヴナー・スクエア（ロンドンの米大使館所在地）に面接に行くだけでよい。それでオーケーか？

ぼくの気持ちはまたロケットのごとく上昇しました！　オーケーどころか、すばらしい！　とぼくは言いました。すると彼は、自分もそう思う、一月の末ごろ会えることを期待している、と言いました。

白状すると、ぼくは受話器を置くなり、ゴールを決めたサッカー選手みたいに拳固を突き出しました！

電話していたあいだに、シャレーの玄関ドアがあいて閉まる音が聞こえたようで、フレール・ジャックが戻ったんだと思いました。ぼくはうきうきした気分を誰かと分かち合わずにはいられませんでしたから、急いで彼の寝室に行きましたが、空っぽでした。勘違いだったらしい、と思い、体じゅうにわくわくとあふれるエネルギーを使って減らす必要があったので、荷造りをしようと、自室へ入りました。すると、ぼくの枕に頭がのっていて、二つの目がかなり緊張してこちらを見ています。口は招くような微笑をなんとかつくろうとしている。

マウスでした。

ぼくはぎくっとして足を止め、それから半歩後退しました。

ぼくが向きを変えて逃げ出すのを心配したのか、彼女は掛けぶとんをはねのけ、素っ裸の体をあらわにしました。それはじらしながらすこしずつ見せていくのではなく、すばやい発作的な動きで、しかも体全体の筋肉が目に見えて緊張し、彼女は両脚をぴたりとつけていましたから、どんなにナーバスで自信のない状態かがよくわかりました。

もちろん、ぼくはすぐに部屋を出るべきだったでしょう。でも、どんなにか頭と心で悩み、それを乗り越えてここまで来ただろうに、そんなふうに拒絶されてしまったら、気の毒なマウスはどれほど傷つくことか？

すみません、ぼくが自分の行動を正当化しようとしているとしか聞こえませんね。確かに認めます、もしドワイトからのあの電話がなかったら、ぼくはまたたくまに出ていき、彼女は蜃気楼だったかと思うところだったでしょう！でも、さっき書いたように、ぼくは喜びに沸いていて、その気持ちをみんなと分かち合いたかった。それで、第一の考えはもちろん第二の考え（思い直し）もなく（当然、自分の墓である第三の考え《サード・ソート》なんかぜんぜんなく！）ぼくは服を脱ぎ捨て、ベッドに飛び込みました。

ぼくのうれしい気分に感染したのか、彼女はすぐにリラックスしました。もっとも、見たとおりの未経験者でしたから、痛みはあったはずです。とはいえ、ぼくが中に入ったときに彼女が発した奇妙な叫びは（よく聞いていたわけではないですが、〝ワナンレダンエイエイエーイティー！〟というふうに聞こえた）苦痛というより勝利の声のように思えました。

こちらの利己的な観点からすると、ぼくはこれをすごく楽しみました。確かにぐんと期待以上のものだった。でも、**post coitum timidum est**（性交後に人は臆病になる）（ラテン語の格言「交合後すべての動物は消沈する」のもじり）。神経の末端から肉体的な喜びが消えていくのと同じくらいすばやく、麻酔の切れたぼくの頭にはこんな行動の結果として起きる可能性があれこれ押し寄せてきました。

まず最初に考えたのは、今にもジャックが帰ってくるかもしれない、ということでした。しかも、さっきマウスの要求に応えようと急いだあまり、ドアを閉めもしなかった！　ぼくは転がってベッドから出ようとしましたが、まだ体はからまりあっていて、彼女はくっついたままでいたいようです。おかげで、刺激がないとはいえないレスリングとなり、あいたドアのことなど忘れるところでしたが、ふと目の端に、敷居に死神のように立っている人影が見えたのです。

ディーリックでした。彼はにやりと笑いました。彼の微笑を見るのは初めてでしたが、目に快いものではありませんでした。それから、彼はゆっくりドアを閉めました。

マウスは彼を見なかった。ぼくは断固として体を離し、ベッドから出ると、紳士らしからぬあわてた様子は見せないようにして、急いで服を着ました。しばらくすると、マウスもぼくの例に従いました。すっかり服を着ると、ぼくたちはベッドの両わきに立ち、まっすぐたがいの目を見据えました。

なにか言わなければ、できれば賢明でいて愛情のこもった、それにちょっとなだめるような言葉を、と思いましたが、実際に口に出せたのは「Danke schön（どうもありがとう）」だけでした。

彼女は言いました。「Bitte schön（どういたしまして）」

ぼくらはそろって笑いました。

それから彼女は出ていきました。

それじゃ、今度はどうしたらいいんでしょう、主任警部？　またしても、あなたの賢い助言がぜひとも必要です。ぼくのことはきっと肉欲に支配されているやつだとお思いでしょうし、それをどんなにか非難されていることはわかっています。強い誘惑とひどく弱い肉体のせいだと弁解したら、ずいぶん軟弱に聞こえますね！　あなたのように魅力的な外見の持ち主なら、今までに――今も――卑俗な情熱に身を任せる機会はいくらでもあったでしょうが、潔癖感と意志力の両方が強くて、決して道を踏み外さないのですね。でも、だからこそぼくみたいな弱き者は力を求めるとき、あなたみたいな強き者に頼らざるをえないのです。

もちろん、鍵となるのはディーリックです。交渉を始めようと、ぼくは彼をさがしましたが、どこにも見当たりません。だからまだしばらくこの件では不安に耐えなければなりませんが、一つだけ、計画を変更することに決めました。

これから荷造りを終えたら、リンダのところへ行って、やっぱりストラスブールへのご招待はお断わりして、チューリヒとバーゼルでリサーチをすませ、そのあとフランクフルトとゲッティンゲンを訪れたあと、さんさんと日の照るカリフォルニアへ向かう、と告げます。

なんともゆうゆうたるジェット族！　ぼくは世界市民じゃないですか！

そりゃ、たとえディーリックからの脅迫がなくたって、もしマウスがさっきのことをリンダにちょっとでも漏らしたら、ぼくはもう家に帰る以外、ジェット機に乗る理由なんかなくなってしまいかねない。ぼくがサム・ジョンソンの遺著管理者と名乗れるのは、ひたすらリンダの善意によるものだからです。その善意は、ぼくらの年越しのお祝いの思い出のせいで今も存在する、いや、前より増したとさえいえるかもしれない。しかし、それからほんの二十四時間とちょっとのうちに、ぼくが彼女のお気に入りの娘にまで同じ好意を示したというのは、喜ばれないでしょう。

もう一度お願いします、ぼくの幸運を祈ってください。

ああ神様、運命はなんとすぐに借金を取り立てに来るものか！　まったく、人は墓に入るまでは自分を幸福と見なすことはできない（古代アテネの政治家ソロンの言葉）とは、そのとおりです。ぼくのフィヒテンブルク訪問は、いろんな面でうまくいったと思われましたが、どうも始まりと同じくまずい終わり方をしそうです。

考えをまとめさせてください。

さっき説明したように、ぼくは城へ行きました。

途中で、シャレーに戻ってくるジャックに会いました。

ぼくらは別れの挨拶を交わしました。彼はこれから二日にわたるドライブを前にして、できるだけ早く出発したがっていたのです。

しかし、城の中では、誰もそんなにあわただしくしていませんでした。泊りがけのパーティーがこんなにも楽しかったので、みんなが解散をしぶっているようです。

ぼくが今回はストラスブール行きは遠慮すると言うと、リンダは心からがっかりした様子でしたが、アメリカからのいい知らせを聞いて大喜びし、それが落胆を補ってくれました。ぼくらが話しているあいだにマウスが入ってきて、母親がニュースを伝えると、見たところ無関心な態度で聞いていました。ぼくとしては、そんな無関心にまったく満足でした。物事は次へ進む。きっと、今どきの女の子の人生で、処女を失うのは昔ほど大ごとではないんでしょう！

最後に、ぼくはリンダにさよならを言い、連絡は絶やさないと約束しました。ところで、実にほっとしたのですが、彼女の別れのキスは熱烈な舌のからむものなんかじゃなく、また前のように力強いヘンリー・クーパーのフックでした。

マウスはぼくと握手しました。意味ありげな握り方ではなく、声の調子もふつうで、こう言いました。「さよなら、フラニー。いろいろうまくいって、よかったわね。これからもがんばって」

それから、彼女はぼくに向かってウィンクした！

ふいに、ぼくのほうが童貞を失った若者で、経験豊かな年上の相手に励まされて送り出されるところ、みたいな気分になりました。

たぶんそれが刺激になって、謎を解こうという気になったんでしょう。主任警部、あなたなら職業柄持ち前の鋭い推理力で即座にわかってしまったでしょうが。すなわち、ぼくが挿入したときにマウスが漏らした、あの奇妙な叫びの意味です。

百八十《ワンハンドレッド・アンド・エイティー》！

投げ矢《ダーツ》のプレーヤーがトレブル・トゥエンティー（標的上で六十点に値する区画）に三本目のダートを当てたときに口にする、勝どきです。

「二人して、何をにやにやしてるの？」リンダは訊きましたが、甘やかすような口調でした。

というわけで、マウスがまずいことを言うおそれはなくなった。残るはディーリックだけです。彼なら今ごろはジャックといっしょに北へ向かっているはずだ、とぼくはほっとして考えました。

するとそのときジャックが部屋に入ってきて、誰かディーリックを見かけなかったかと、いらいらして尋ねました。最初は、彼がいないのはたんに苛立ちの種にすぎませんでした。しかしまもなく、どこにも見つからないとわかると、一大事になりました。

どこかですべって怪我でもしているのかもしれないという懸念から、ぼくたちは松林に入り、足跡をさがし、彼の名前を呼びました。みんなで最後に彼を見たのはいつだったかと思い出してみて、昨夜、ジャックとぼくがシャレーでおやすみを言って以来、誰も彼の姿を目にしていないとわかりました。もちろん、ぼくは例外ですが、そのことを説明するわけにはいきません。天気は大晦日にしばらく晴れて寒かったあと、また雲が低く垂れ込め、霧が渦巻いて、気温はやや上がり、雪が緩んでぐちゃぐちゃになっていました。今日の午後はいつもより早く暗くなるでしょう。われわれアマチュアが捜索するのはもうやめて、当局に知らせましょう、とリンダは決めました。それでぼくは今、シャレーに戻り、こうしてまたあなたに頼っているわけなんです、ミスター・パスコー。あとのみんなは城に帰って警察を待っています。ジャックだけはまだ地元の森林労働者二人といっしょに外にいて、断固として捜索を続けています。

外から呼び声が聞こえてきました。ディーリックが見つかったのかもしれない。そうであるよう、神に祈ります。

本当にひどいことになりました。外に出ると、騒ぎは湖畔から聞こえてくるのだとわかりました。ジャックが腰まで水につかり、森林労働者たちは必死になって彼を引き出そうとしています。

　どうやら、男たちの一人が氷の上まで続いている足跡を見つけ、ジャックは自分の安全も考えずにあわてて出ていったものらしい。緩んでいた氷はすぐに割れてしまった。ありがたいことに、ジャックは無事です。ぼくらは彼をシャレーに連れていき、体を乾かしてやりました。三十分後に警察が装備を整えてやって来ました。かれらが仕事にかかると、雪がやみ、雲が薄くなって、沈もうとしている夕日の瀕死の光が射し、湖面全体が錆びたようにいやなピンク色に染まりました。血の湖《ブルーテンゼー》だ、とぼくは思いました。その瞬間、最悪の事態だとわかり、ほんの一、二分後、指揮をとる警察官の大声でそれが確認されました。

　ジャックが達したところのすこし先、水面下ほんの数インチのあたりに、フレール・ディーリックの遺体がありました。

　彼がなぜ湖上を歩こうなどと思ったのかは推測するしかありません。雪が渦巻いていたので、氷の上を歩いているという自覚すらなかったのか。ぼくは罪悪感にとらわれました。ディーリックはマウスとぼくが裸でベッドにいる光景を目にしたために、すっかり取り乱し、わけもわからず歩いていったのかもしれないからです。でも、彼はあのとき微笑し、注意深くドアを閉めていったと思い出し、それはどちらにしてもひどく気持ちが乱れていたことを示す行為ではないと、ぼくは自分を慰めました。

　ともかく、またしても悲劇です。どうもぼくは悲劇につきまとわれているらしい。いや、もしかすると悲劇はトマス・ラヴル・ベドウズにつきまとっているのでしょうか。ベドウズの棺をあけようとしたとき、ブラウニングが不思議と迷信的な恐怖にとらわれたことをおぼえておいででしょう？　彼は正しかったのかもしれない。長年のあいだベドウズにとって親密で大好きな連れ合いだった〈死〉は、その友達の秘密を暴こうとする者のそばから今も離れず、ベドウズを理解するためには〈死〉とともに過ごすという犠牲を払わなければならないのでしょうか？

　しかし、ホラーはこれまで。もちろんこれから警察の取り調べがあり、みんな供述書を作らなければなりませんが、リンダとそのゲストたちの権力を合わせた重みがかかれば、事はすばやく進むでしょうし、遅くとも明日にはみんな出発できると、ぼくは疑っていません。

　またじきにお便りします。そうだ、もしCIAだかFBIだか、アメリカ大使館で入国管理のチェックをするのが誰であれ、問い合わせがあったら、ほかでもないあなたならきっと、ぼくが清廉潔白な人生を送っていると証言してかれらを安心させてくださることと、信頼しています!

フラニー

愛をこめて、

E

玄関ドアをあけたエリー・パスコーは、うれしいと感じるべきか悲しいと感じるべきかわからなかった。一月七日、伝統に従って十二夜のかたづけをすませ、クリスマスらしさのすっかり抜けた最初の日であり、新学期の第一日目でもあった。だから、ロージーを送って帰ってくると、家はあらゆる意味でがらんとした雰囲気だった。

　かがんでホールの床から郵便物を拾い上げ、さっと仕分けした。スイスの消印のものが一通あった。彼女はいやな顔をして、それをピーターのほかの郵便物といっしょにホールのテーブルに置いた。ルートの手紙に対して、彼女は表向きは無関心を示し、やや愉快がってさえいたものの、本心ではこんなものはもう来なくなればいいのにと願っていた。合理的な男が不合理に頭を悩ませているのを見るのは悩みの種だった。それに、長く続けば続くほど、彼女はフラニーの動機を疑うようになっていた。

手紙を書いて、どんな得があるのだろう？　最初は、相手をばかにしたジョークなのだと思った。だが、もうジョークというほどのおもしろさは薄れてきて、ルートがこうして手紙を書くのが自分の人生に必要な部分だと言うと、半分は信じられると思った。だから今、彼女は強迫神経症的行動を見せる人間二人を心配するはめになった。

ひょっとすると、もっと離れているせいで、夫の行動よりもルートの行動を理解するほうがやさしいかもしれない。

彼女は手紙を見下ろし、あけたい誘惑に駆られたが、抵抗した。夫の郵便物を開くような女は、そこにどんな不愉快なことを見つけても当然だ。もしピーターに自分の郵便物をいじられたらどんな反応をするか、彼女にはわかっていた。なにかするとすれば、いちばんいいのはこれを火にくべてしまうことだろう。だが、まだ手紙が続くのは間違いないし、ほかの手紙を彼女が夫より先に手にするかどうか、保証はない。

どのみち、火にくべるのも、勝手にあけるのとほとんど同じくらい悪い。

彼女は自分あての手紙三通を調べた。二通は慈善団体からの追いかけ状だった。このごろは誰も単純な礼状など書かない。ありがとう、しかしまだ足りない、と言ってよこすのだ。

三通目は事務的な手紙らしいが、慈善団体からのものには見えなかった。

彼女はそれをあけ、台所へ移動しながらすばやく読んだが、それからすわって、あらためてゆっくり読み直した。

彼女は断続的にルートの家系を調べていたが、すぐに暗礁に乗り上げてしまった。最初の取っかかりとして、フラニーが第一の手紙で自分はホープで生まれたと書いていたから、陸地測量局地図帳でその名前を引いたところ、驚いたことにホープという地名は全国に五、六カ所あり、そのほかにも青年のジョークが成り立つのに必要な程度に〝ホープ〟が混じった地名も五、六ヵ所あった。彼女はそのすべての登記所に手持ちの情報を添えて問い合わせ、ここ数日のあいだにぼつぼつ返事が来ているのだった。役所からの手紙は堅苦しいものから親しげなものまでいろいろだったが、一つ共通点があった——指定の時間枠内で、フランシス・ゼイヴィア・ルートという名前の子供の出生が登録された記録はない。

まもなく、残るは最後の希望《ホープ》だけになった。ピーク地方に位置するダービシャー州の村で、シェフィールドからそう遠くはない。今、彼女が手にしているのは、その州の登記所からの手紙だった。

彼女はそれを三度繰り返して読んだ。こうあった。指定の名前と時期に相当する記録がある。住所、ポスト・テラス七番地。母、アンセア・ルート（旧姓アサトン）、主婦。父、トマス・ルート——ここで彼女は思わずすわり直し、念のため三度も読み返したのだ——警察官。

彼女はピーターに知らせようと、電話に手を伸ばした。だが、何を知らせる？ ほらほら、驚くことがあるのよ……でも、驚かせるのと助けるのとは違う。これって本当に大事？ こんなことをしては、彼の妄執の火に油を注ぐだけじゃない、それを消そうとするのがわたしの役目なのに？

彼女はホールに戻り、またスイスの切手を貼った手紙を見た。

ええい、ルートに決めさせよう。これがクリスマスの楽しい騒ぎを書いたこの前の手紙くらい無害なものなら、どきどきして先延ばしにすることなんかない。別れの手紙って可能性だってある……〝親愛なるミスター・パスコー、ぼくの新年の決意は、もうあなたに手紙を書かないことです。これまでご迷惑をおかけしてすみませんでした。敬具〟。

彼女は手紙を破りあけた。こそこそしたってはじまらない。女が夫の郵便物をあけようというなら、湯気の立ったやかんなんかだめ。おせっかいなほじくり屋だと、おおっぴらに見せてしまえばいい。すくなくとも、隠れてなにかする卑劣漢じゃない！

手紙を読み終えると、彼女は言った。「いやだ」

また死人が出た。またしても、ルートの得になる死。本当にあの男はすごく運がついているか、あるいは……まさか！　そんなのは、沈む男を助けようとして流砂に飛び込むようなものだ。

だが、フレール・ディーリックが死んだ話を読んだときのピーターの反応がほとんど耳に聞こえるようだった。

知は力なり（F・ベイコンの言葉）。彼女はダフネ・オールダーマンといっしょにエストーティランドに買い物に行くよう、まんまと説き伏せられてしまっていた。悔い改める気などさらさらない買い物中毒のダフネの説では、クリスマス後のセールを狙うなら一月の第一月曜日がいちばんだという。「早いうちは」彼女は言った。「すごく人が出て、リンチ集団みたいになるの。それで翌朝目覚めると、前の日にしたことを思い出して愕然とする。だから、どっと来た人たちが慢性的セール商品みたいな屑をあらかた持っていっちゃうまで待って、店が違いのわかる客を惹きつけようと、本物のお買い得品を出してくるときに行くのよ」

エリーはその知の力に負けて言いなりになってしまったのだが、今ではそれがよかったと思った。エストーティランドはぐんとシェフィールドに近く、その向こうにホープがある。だから、ダフネといっしょに一時間買い物をして、そのあと南へ行く。運がよければ今夜、ピーターをぎょっとさせる種は、彼女は好きだが彼は大嫌いな大胆な柄のモヘア・セーターだけにとどまらないだろう。

実は、エストーティランドに行くのが役に立つ理由はほかにもあった。二週間後にロージーは〈ジュニア・ジャンボ・バーガー・バー〉で開かれる友達のスージーの誕生日パーティーに行くことになっている。エリーは手伝いを買って出ていた。同時に、バーガーと聞いて彼女の早期警戒警報には赤ランプがついていたから、今日出かけたついでに、サルモネラ菌、大腸菌、ヤコブ病の感染源となりうるものはないか、店の厨房を点検してくるつもりだった。

ダフネは我慢のため息をついたが、自分が恥ずかしがるところをエリーに見せて満足を与えはしないとずっと前に心を決めていたから、彼女は大胆な足どりでエリーといっしょに厨房に入っていった。二人は丁重な挨拶に迎えられ、調べたいものはなんなりと調べ、訊きたいことはなんなりと訊いていただきたい、と言われた。肉はすべて地元産だそうで、その証拠に出所の詳細を書いた書類を見せられた。衛生水準は模範的、若いスタッフは軍隊なみに厳しく監督されていた。

「言ったでしょ」店を出たあとでダフネは言った。「エストーティランドは復活したエデンの園なのよ。さ、リンゴを摘みに行きましょ！」

二時間たち、モヘアのセーターを二枚手に入れたころ、二人が商店街の上の階に着くと、ダフネは本能的にランジェリー売り場へ向かった。絹の肌着に興奮するのがダフネなのか、夫のパトリックなのか、エリーは知らないが、売り場に入るやいなや、友人の目にいつもの恍惚の色が浮かぶのを彼女は見た。それからふと立ち止まり、あれは伝染するものなのかしらと思った。目の前ですべてが震え、なんだかずっと深いところを地下鉄の電車が走り抜けたような感じがしたのだ。

「大丈夫？」ダフネは言った。

「と思うわ。ただ、なにかがわたしのお墓の上を歩いたみたいで（悪い予感がしたときの言い回し）。なにか大きなもの」

「きっと、かわいそうなピーターの上司のあの意地悪なおでぶちゃんよ。じゃ、すわるところを見つけて、コーヒーでも飲みましょう。早めのおひるでもいいし。今朝はちゃんと朝ごはんを食べてきた？」

慰安を与えるためならエデンの園の門前から立ち去ることすらいとわない友人の親切に心を打たれて、エリーは言った。「ううん、気にしないで。あなたは買い物を続けて。わたしはもういい。もしかまわなければ、おひるを抜いて出かけるわ。シェフィールドでちょっと用事があるの」

なぜか、ルートに関して詳しいことは話したくなかった。説明を始めたら、ピーターの妄執についてなにか言われるのは避けがたいと感じたからかもしれない。

一時間後、彼女はホープのポスト・テラス七番地の玄関先に立ち、マイヤーズという女と話をしていた。女は三年前にこの家をウィルキンソンという夫婦から買い、ルートという人物はまったく聞いたことがないという。

　がっかりしてその場を離れようとしたとき、薄気味悪い《エルドリッチ》金切り声《スクリーチ》が聞こえた。そんなふうに描写されるのはどんな音だろうと、今までによく思ったものだが、聞いたとたんにあれだとわかった。その源は、どうやら隣の家の窓らしい。さっき見たとき、寒くてじめじめした天候だというのに、窓が大きくあけはなたれているとエリーは気づいていた。

　覗き込むと、窓があいている理由がわかった。揺り椅子にすわった老婆が、ちょっとでもおもしろいことならなにも見逃すまいとしているのだ。老婆は前置きもなく、エリーに向かって言った――ウィルキンソン夫婦の前にそこに住んでいたミセス・アサトンの娘のアンセアはルートという男と結婚した、中に入ってくれたらすっかり話してあげよう。

　エリーは待ってましたとばかりに家に入った。するとすぐ、この情報提供者は最初の印象ほど年寄りでも、しわくちゃばあさんでもないとわかった。彼女の名前はミセス・イールといい、お茶とおいしいヴィクトリア・スポンジ（ジャムをはさんだ二段重ねのケーキ）を出してくれたが、それだけではない。彼女は今までの一生をここで過ごし、ホープに関して彼女の知らないことなら知る価値はない（ビーチングの戯れ歌のもじり）という人物なのだった。

　やや漫然とした語りの中から、エリーは古典的なプロットを引き出した。

　アンセア・アサトンの両親はやりくりして貯金し、美人の娘にいい教育を受けさせた。そういう教育を受ければ、彼女は上流の世界を動くことになる、そこでは標準語を話す裕福な若い男が大勢いて、大きな家に住み、レンジ・ローヴァーを運転し、あとは美しく理知的な若い連れ合いさえ得れば心地よい生活が完全なものになると思っている。

　ところが、娘はそんな夢を両親の顔に投げ返し、警官と結婚した。

　ミセス・イールがその決め台詞を吐いたときにこめた反感は、トニー・ブレアが自分の内閣の一員が社会主義者だと発見したところを思わせた。

「まあ、ひどい!」エリーは言った。「わたしも同じことをした女の子を知っていますわ。うまくいきっこない。それで、その警官ですけど、地元の人だったんですか?」

「それが違うのよ。たとえ地元だろうとうれしかないのに、そいつは南で働いていたの」

またまた衝撃と嫌悪。エリーは詳しいことを聞き出そうとしたものの、ミセス・イールはホープに関しては針のように鋭く正確だが、イギリス南部に関しては漠然としていて、二マイル離れたブラッドウェルから先はことごとく南と見なしているのだとわかった。だが、相手の警官の名前はトミー・ルートといい、部長刑事だったと彼女は知っていた。あるときアンセアが通っていた上品な寄宿学校でなにか事件があり、部長刑事はその捜査チームの一員だったので二人は出会ったのだ。アンセアは当時ほんの十七歳だった。

「子供をたらしこんで。そういうのを罰する法律がありゃいいのに」ミセス・イールはしめくくった。

「あると思いますけど」エリーは言った。

「そうでしょうよ、しかも警官なんだから、そのくらい通じていたはず。だからずる賢く、アンセアが十八になるまで待って結婚したのよ」

結婚の知らせはアサトン家で激怒と絶望の叫びに迎えられ、ミセス・イールに言わせれば、その声はブラッドウェルはおろか南にまで聞こえたという。

物語はそれから二年ほど飛び、アンセアが結婚後初めて実家に戻ったときのことになった。彼女は妊娠し、一人ぼっちだった。両親は彼女を家に入れてやり、しばらくすると、娘の夫はなにか特殊工作に携わっている、アンセアは子供がホープの人間として生まれることを願っている、という話を広めた。ミセス・イールは騙されなかった。これは結婚がうまくいっていないのだと彼女は見立て、それはその後の出来事で裏書きされた。

子供は早産で、アンセアを病院へ運ぶために呼んだ救急車に彼女を乗せないうちに生まれてしまった(すると、自分がホープで生まれたと言ったとき、フラニーは厳密に正確だったのだ、とエリーは思った)。それからまもなく、ルート部長刑事が姿を現わし、子供と妻を南の根城に連れ帰ってしまったので、どうやら表向きの話は本当だったように見えた。だが、ミセス・イールはそれでも騙されなかった。

「きっと涙で終わるとわかっていたのよ」彼女は言い切った。「アンセアはますます頻繁に帰ってくるようになった。いつも息子といっしょで、警官は一度もついてこなかった。あの子は早いうちに離婚したかったんだと思うけど、おかあさんとおとうさんが絶対反対だったの」

これにエリーは戸惑ったが、ミセス・イールがさらに明らかにしたところでは、アサトン夫妻はかなり原理主義的な非英国国教会の教派に属していて、愚かな結婚は家族の迷惑だとしても、気分しだいで離婚するのは神に対する罪だと考えていた。それで、今度は両親がなんとか事を運んでいこうと懸命になった。ところがそのあげく、なにか職業上の大災難がルート部長刑事のキャリアを襲い、アンセアも巻き込まれてしまった。正確にどんなことがあったのか、ミセス・イールは知らないと認めるしかなかったが、とにかくとても悪いことで、彼は年金なしに警察から追い出され、その後は坂を転げ落ちる一方、ほどなくして彼は死に（酒か自殺だろうというのがミセス・イールの仮説だった）、アンセアは一文無しで残された。

このあとの出来事に関しては、ミセス・イールが直接知っていることは断片的になってきたが、彼女は明らかにこまごました噂話をなんでも耳に入れるのが得意で、エリーは彼女が提供してくれたあれこれの話を自分がその後のフラニー・ルートの人生について知っていることに加えて、納得のいくモザイクを作り上げることができた。

その晩、彼女はそれをパスコーの前に広げてみせた。彼が例の手紙を読み、「あの野郎、またやりやがった！」という予想どおりの爆発がおさまると、すぐに話を始めたのだ。

彼はじっと耳を傾けたが、これだけのリサーチなら、わあ、とか、へえ、とか、驚きと感嘆の声が上がってもいいと彼女が思ったような反応は見せなかった。

だが、乗りかけた船だ。

「この、キャリアを終わりにした大災難というのが何だったのか、調べるのはあなたに任せるわ」彼女は言った。「彼の死後はこんなことだったんじゃないかと思うの。あとはホープでひっそり暮らすしかないのかと気づいたアンセアは、両親が与えてくれた高価な教育を実用に役立てようと決めた。彼女は昔の学友たちとのつながりを取り戻した。たぶん学友たちにとっては、美人で気の強い、おそらくはかなり鼻持ちならない昔の同級生が、自分はまるで間違っていた、人生はまったく災難続きだ、と認めざるをえない状況に陥ったというのは、あらがいがたい魅力があったのよ。やがて彼女はまたそういう上流の世界で動くようになった。ミセス・イールは確かにおぼえているの、幼いときのフランは（かわった、まじめくさった子供で、ちょっと現実離れしていたそうだけど）祖父母に面倒をみてもらう期間がだんだん長くなっていったって。もちろん、最後にはアンセアは友人たちに恩を仇で返し、彼女たちの鼻先から最高においしい、金持ちで魅力的なアメリカ人の独身者をさらって、二番目の夫にしてしまった。でも、フラニーは結婚取引のうちに入っていなかったみたい。彼はホープの祖父母の家にずっといることになったかに見えたんだけど、そうしたらミセス・アサトンが癌で死んで、ミスター・アサトンは体も心も弱ってしまって、一人で子供の世話をすることができなくなった。それで、彼はそれから長いあいだ英国寄宿学校制度に関わるようになったんだと思うわ。犯罪者、性格異常者、総理大臣をたっぷり輩出した、あの制度にね」

「じゃ、ルートはよくやったんだな。三つのうち二つとは、悪くない」パスコーは言った。「きみの結論は？　そうやって鼻の穴をふくらましてるところを見ると、結論があるんだろう」

「これで、フラニーが父親に対して愛憎関係にあることの完璧な説明がついたでしょう？　父親は少年にとって英雄よ——あの公園で襲われたという話は、ほとんど確実に事実に基づいている、昔の記憶だからちょっと色がついているにしてもね。でも、父親は家族を養えず、その結果フランは無視され、つらい育ち方をすることになった。彼は父親などほとんどまったく知らないと言って、彼を人生から消してしまおうとしたけど、ミズ・ハシーンがそんな防護の隙を突いた。それに、彼があなたと偏執的な関係を結んでいるのは、あなたが彼の人生に多大な影響を及ぼした第二の警官だから、というのがおもな理由よ。あなたは彼をサイクへ送り込んだ、というのは悪いことだけど、今では彼にとってすべてがうまくいっている、というのはいいこと。そのうえ、彼は生きた父親的人物をどうしても必要としているわ。それにもちろん、あなたが彼にこだわっているから、彼はあなたのほうもこれを特別な関係と感じている、と信じているのよ」

「あの野郎、そこは正しい」パスコーは感情をこめて言った。

「ねえ、ピート、ちょっとは思いやってあげなさいよ。そりゃ、手紙にはばかにしたり、からかったりしている要素はあるわ、でも、それ以上のものも含まれているって、わからない？」

「たとえば脅迫とか？　それに、ぼくがあいつを挙げてやれないような形で犯罪が行なわれたというほのめかしとか？」

「ううん。たとえば……必要性」

「エリー、あの手紙は助けを求める叫びよ、なんて言い出したら、おれはゲロを吐くからな」

「黙って、わたしがセールで買ってあげたプレゼントをあけなさい」

彼は薄紙を破ってあけ、愕然とした表情になった。彼に似合うと彼女が信じている、鮮やかな色を使った大胆な柄のモヘアのセーターだった。

「どっちみち、ゲロを吐きそうだ」彼は言った。

ますよ。今度そういう気持ちに駆られたら、抵抗する力を与えてくださいと祈りなさい。奇跡は起きます。それで、その最中には十字をつくること、ただし、両脚でね」

実際、クリスマスというもっとも奇跡的な時期に奇跡は起きていた。始まりは上々だった。彼女の愛人である交通警察の巡査部長は、午前中なんとか彼女といっしょに過ごしてくれた。当直だからと言い訳したというが、クリスマスの日に電車は走らないのだから、彼の妻はよほど鈍いのだろう。彼はノヴェロにデジタル・カメラを贈ってくれた。腕一本に脚一本を犠牲にしたはずだ（非常に値が張る）。だからお返しに、彼女は両腕と両脚、そのほか体じゅうのすべての部分を提供して、届くかぎり彼の体のすべての部分に接触した。家に帰ったとき、疲れ果てた状態を妻にどう説明したのか彼女は知らないが、ボクシング・デイの翌日にまた会うと、祭日のセックスの思い出に加えて、家族の過剰なお祝い騒ぎにくたびれたらしく、きみといっしょに天然林へ逃げ込み、柳の小屋を建てようとかなんとか、くだらないことをまじめな顔で言い出した。

S

シャーリー・ノヴェロは善良なカソリック教徒だった——もしカソリック的善良さとは、すべての戒律を信じ、自分が破裂しない程度でできるだけたくさんの戒律を守ることだとすれば。彼女がいちばん守りにくいと感じる戒律は、結婚の外でのセックスは罪である、というものだった。彼女がときどき既婚の男と関係するのは、おそらくはそれが理由なのだ。一度、ジョゼフ・ケリガン神父にその点を説明しようとして、こう言った——だって、それならある意味、半分は結婚の内でのセックスみたいなもんじゃないですか？

ジョー神父は首を振って言った。「イエズス会が女性を受け入れてくれるなら、わたしはあなたをすぐに送り込みそのとき、奇跡が起きた。まばたき一つするあいだに、彼は力強くハンサムで、いい感じに毛深い男盛りの愛人から、ビールの飲みすぎで突き出た腹、頭は禿げかかり、やかましくて行儀の悪い子供四人を抱えた中年男に変身してしまった。彼女は彼に別離を言い渡し、カメラを返そうかとすら考えたが、最終的には、ま、いいか、こっちが稼ぎ出したみたいなもんよ、ということになった。

それでノヴェロは新年を新年らしく迎え、過去を清算したきれいな人生と、熱烈な決意を鳥籠いっぱい手に入れた。その決意は翼をばたつかせながらも籠から出られずにいたが、それも十二夜までのことだった。パーティーのあとで目を覚ました彼女は、年頭の決意はすべて籠から飛び出してしまったと確信した。どういう順番だったかはわからないが。だが、その経験はすばらしく啓示的なものだったような記憶があった。言い換えれば、頭はぼんやりしていたが、体は元気いっぱいだった。

彼女はベッドから転がり出て――自分のベッドだった――彼女のトイレに誰かすわっていないか、彼女の台所で誰か料理していないかを確かめ――誰もいなかった――楽しく過ごしたあとで朝食を食べながらの会話という高い代償を払わずにすんだとは、我ながらよくやったと思い、いつもの二日酔治療薬である目玉焼きサンドイッチを食べ、アイルランド連合主義者の胸のうちみたいに黒いコーヒーを一リットル飲んだ。

それから、床に脱ぎ捨てたパーティー用の服のそばにデジタル・カメラがあるのに気づいた。

写真をチェックすると、ありがたいことにあまり猥褻なものはなかったが、一枚、口元にしわを寄せて感じよくほほえむ美形の男が彼女のソファにすわっているスナップがあった。名前は思い出せないが、その顔を見ると体の記憶が呼び覚まされ、性感帯にはっきりと震えが走った。

クローズアップにしたかったが、コンピューターに入れようとすると、機械がダウンしていた。まあしょうがない。署へ行けば、こんなものは山ほどある。

それから、仕事に出かけた。彼女は体力が自慢で、一日おきに署までジョギングする習慣だった。今日はその一日にあたっている。軟弱な女なら萎えるところだが、ノヴェロは違う。目が覚めたのもいつもの時刻だったし、いつものルーティンに従うと決めていた。着替えとカメラを小さなリュックサックに詰め込むと、トレーニングウェアを着て外に出た。

ダルジールに例の特別任務を与えられて以来、彼女はたいていペッグ・レーンを通るルートを選んでいた。

ライ・ポモーナが捜査ジャーナリストに追いかけられないよう見張るというのは、見ようによって、非常に簡単か、まったく不可能か、どちらかだった。一日二十四時間彼女にくっついているのは不可能だ。だが一方、彼女はすでに用心しているし、理知的な女性で（ノヴェロの見たところ、こわいくらい理知的だ）、自分で自分の面倒は充分みられる。だから、任務のうちの活動的部分はすぐわずかになり、毎日彼女に連絡して、かわったことがないかどうかチェックするほか、たまに朝こうして立ち寄り、低劣な人間が彼女を引きとめて話をしようと待ち構えていないかどうか、気を配るだけだった。なにしろこういう時間帯は、警察、執行吏、引きとめ屋全般が好んで活躍するときだ。

市長の大晦日舞踏会《ホグマネイ・ホップ》での出来事のあと、こんなささやかな仕事もしばらくは不必要になるかと思われたが、先週木曜日にハットは出勤してくるなり、大喜びで宣言した——ゆうべライが電話してきて、もうどこも悪くないと言われて退院したそうだ、今朝は仕事に戻った。

ダルジールなら自分が実際にそのニュースを耳にもしないうちに、ノヴェロが詳細に通じていることを期待するはずだ、と推測して、彼女はすぐ図書館へおしゃべりしに行ったのだった。

ライは旧友を迎えるように挨拶してきた。具合はどうかとノヴェロが尋ねると、病院では自分が急に倒れた具体的な原因を特定できず、ウイルスのせいかもしれないと、なんだかわからない注射を二本ばかり打って、かかりつけの一般医に診てもらうよう指示して家に帰した、と彼女は答えた。

ノヴェロは納得できなかった。彼女には女性ならではの鋭い観察眼と、一人前の刑事らしい懐疑心があり、そのどちらも心労と体の衰弱を示す明らかな徴候を見てとっていた。もし彼女がハット・ボウラーともっと親しかったら、心配だとさりげなく知らせる方法を考えたかもしれないが、それでもライが退院したときのハットの際限のない安堵と歓喜を目にしては、躊躇しただろう。実際には二人の関係はぎこちないものだったから、彼女が手離しで喜べないような態度を見せたりしたら、公然の侮辱と彼は受けとめたはずだ。

ノヴェロとアンディ・ダルジールとの関係には、そんな漠然としたところはなかった。彼に仕事を与えられたら、たとえまったくの時間の無駄だと思っても、実行し、いいかげんにはすませない。彼女はワードマン関連資料を一語一句おろそかにせず二度読んだ。結論を聞かれると、彼女は深呼吸して、巨漢に向かってこう答えた。「もしディーがポモーナを攻撃中につかまらなかったとすれば、彼には連続殺人の罪を着せるどころか、地域社会奉仕をさせる程度の軽罪で挙げるほどの証拠すらありません。それに、彼が逮捕に抵抗して殺された、というのがわれわれが発表した筋書ですが、もし彼がそれで死んでいなかったら、明らかにしたかもしれない話を五つや六つは考えられますし、公訴局は彼を起訴するのをまったく喜ばなかったでしょう」

「公訴局の居眠り野郎どもなら、ヒットラーをつかまえたって軽罪を申し立てられておしまいだ」ダルジールは言ったが、声にたいした力はこもっていなかった。

「ですから、もしこの事件を追うジャーナリストがいるなら、ポモーナ攻撃事件の穴をどうにかして見つければいいだけです。あとはまっすぐゴール。タブロイド紙二十点、警察無得点」

「よくサッカーをやるのかね?」

「六人チームで、ジムで」彼女は言った。

「世界はどうなっちまったんだか。さてと、きみはまだわたしの知らないことは一つも教えてくれていない。あの連続殺人事件で、不明のままぶらぶらしている部分をなにか見つけて、これならディーの首に掛けられると言って、このじいさんを喜ばせちゃくれないかね」

「わたしの見るところ、不明の部分は一つだけです。スタング湖で撃たれ、首を切られたパイクストレングラーという人ですけど。彼の釣り針の一つに血がついていた。人間の血で、AB型。パイクストレングラーのものではないが、ディーのものでもない。ほかの二人の容疑者、ペンとルートのものでもない。ところで正直なところ、警視、この二人が怪しいなら教皇だって怪しいくらいのものです。どうしてかれらが容疑者リストに入ったのか、わたしにはわかりません」

「希望的観測だ」ダルジールは唸るように言った。「年を取るにつれて、もっとそれをやるようになる。すると、一つ不明のままで解決できないことがあり、きみに言えるのは、それがディーには絶対に結びつかないということだけだ。そうだな？　わたしの気を引き立ててくれるようなことはなにもないのか？　〝警視、誰にも反論できないことがあります、あなたの考えが確実に正しかったので〟とか？」

「はい、警視、一つありますが……」

「さっさと言え」

「もし捜査ジャーナリストが仕事にかかっているとすれば、心配するのは確実に正しいと思います」

彼の凝視を受けて、彼女は大胆に過ぎたかと後悔し始めたが、そのとき彼は言った。「いや、その点をわたしは心配などしていない。こっちにはこの利口な刑事がいて、そのジャーナリストが一言でも印刷する前につかまえてくれるからな」

「はい、警視。で、それから……？」

「それから、わたしが殺してやる」ダルジールは言った。「だが、もし初めてそいつの存在を耳にするのが、わたしが〈デイリー・スキャンダル〉を開いたときだったら、殺す相手は別になる」

というわけで、この月曜日の朝八時二十分にノヴェロはペッグ・レーンをジョギングしているのだった。

かつてファッショナブルだったヴィクトリア朝のタウンハウスは、今では中を分割した共同住宅や小企業のオフィスになっていた。ガレージはついていないので（きっとファッショナブルなヴィクトリア朝の人たちは自家用馬車を近所の馬車屋に預けていたのだろう）、道路の教会側ではなく住宅側のほうには端から端までずらっと車が並んでいた。チャーチ・ヴューにさしかかり、彼女はスピードを落とした。外にはいつもと同じ車が駐車してある。正面ドアはしっかり閉まっているようだ。昼間は半開きになっていることが多くて、あまりいい警備状態とはいえない。あいていても、ロックしてあっても、ノヴェロには関係なかった。彼女はここの錠を調べ、犯罪捜査部のボーイスカウト（つまり〝そなえよ、つねに〟）の戸棚に入っているすごい数の鍵の中から合うものを手に入れてあるのだ。

よし、ペッグ・レーン戦線異状なし。任務を果たしたという気分になって、彼女はまたスピードを上げた。それで、あやうく見逃すところだった。

レーンのいちばん端のちょっと曲がりくねっているあたりに、古い白いメルセデスがとめてあった。中には二人、男と女。男はチャーリー・ペンだ、と彼女にはわかった。

二人は会話――だかなにか――に熱中していた。彼女が通りかかっても、目も向けない。彼女は道路を渡り、すこし走って戻ってから、聖マーガレット教会の周囲の古い塀に達すると、それを乗り越えた。

ここからメルセデスがよく見える。カメラがあればいいのに、と思い、そうだ、持っていたんだと思い出した。大喜びでカメラを荷物から出した。ダルジールからブラウニー・ポイント（ガールスカウトの幼少団員が功績により与えられる点）をもらうなら今だとばかり、野心的な女の子は貪欲に点数稼ぎにかかった。

女が車から出てきた。友好的な別れのようには見えなかったが、最後の瞬間にペンがなにか言い、二人は頬に軽くキスし合った。それから彼は町のほうへ向かって車を出し、女は反対方向へ歩き始めた。

ノヴェロはつかず離れず、女のあとを追い、たまに身を乗り出して写真を撮った。女はうわのそらで気がつかないようだった。

それから女はチャーチ・ヴューの石段にさしかかり、向きを変えて上がると、ドアを押しあけて中に入った。

ノヴェロは爆発的スピードで塀を飛び越えた。この瞬発力で学校時代は短距離のチャンピオンだったのだ。鍵を手にしていたが、ドアはきちんと閉まっていなかったので、必要なかった。女が階段を昇っていく足音が上のほうから聞こえてきた。

ライの階へ向かう途中、初めてノヴェロは何をすればいいのだろうと思った。ジャーナリスト、ことに捜査ジャーナリストというのは、充分な理由もなく逮捕すべき相手ではない。こういう状況で、ダルジールならかならずや豊富な経験からの確実なテクニックをたくさん持っているだろう。たとえば重大身体傷害を与えるとか。パスコーならきっと外交的才能を発揮するところだ。それに、ウィールドならしばらくにらみつけて、「おい!」と言うだけで結果が得られる。

しかし、若い野心的な婦人刑事が、のちのち警察本部長から罰点をつけられるような悪い評判を取らずに、こういう状況を処理するには、どうしたらいい?

そして、そんな利己的な考えのすこしあとに続いて、疑問が湧いた。そもそもこの女はいったい何をしようとしているんだ?

ライの階に着いた。誰もいない。くそ! 女はライのフラットの呼び鈴を鳴らし、話をして巧みに取り入り、中へ入る時間があったのだろうか? ノヴェロには信じられなかった。もしかすると、偶然ライがドアをあけたところに女が来て、そのまま押し入ったのか。だが、見知らぬ人間からそんなことをされて、抵抗の声が上がらないはずはない。彼女はライのドアに耳を押しあてたが、なにも聞こえてこなかった。では、どうする? 呼び鈴を鳴らし、中では何事も起きていないのを確かめる? あるいは、次の階へ上がる?

声がした。「なにかお役に立ちましょうか?」

ぎょっとして振り向くと、目のきらきらした狐顔の年齢不詳の女が右隣のドアから彼女を覗き見ていた。

これで決まった。

「いえ、どうも。ミズ・ポモーナに会いにきただけです」

ノヴェロは言い、ベルを押した。

だいぶたってからドアがあいた。

ライは木綿のガウンをはおっただけの姿で立っていた。ひどい様子だ。ノヴェロは相手の深く影のある目元、青ざめた頬、落ちた肩、生気のない髪に専門家の視線を走らせ、考えた——この人、あたしが出席したことを覚えてもいない十二夜のパーティーよりもっとすごくワイルドなパーティーに出たか、さもなきゃ病気だ。

「あら、ごめんなさい、起こしちゃった？」

「ううん、起きていたわ」

「入ってもいい？」

ライは断わりたいように見えたが、それからまだこちらをうかがっている隣人に目をやって、言った。「おはようございます、ミセス・ギルピン。ええ、どうぞ入って」

ライがジャーナリストらしき人物を中に入れただけでなく、寝室に隠したというのでなければ、いるのは彼女一人のようだった。

「で、なんのご用かしら……ハットになにかあったんじゃないでしょうね？」

初めて、どんよりした目に生命の光が点った。

「ううん、ハットとは関係ないわ。彼なら元気」

安堵の表情が見え、それから光は消えた。ほかのことで彼女に心配をかける必要はない。まずは写真を現像して、キングコングと話をしてからだ。

「ちょっと通りかかったもので、あなたに挨拶して、すべて無事かどうか確かめようと思っただけ」

「ええ、何事もないわ。どうして？」

「ほら、前に話したでしょ、ジャーナリストだとかなんだとか。誰かにつきまとわれたりしていない？」

ライは言った。「どうしてわたしが人につきまとわれたりするの？」

おかしな答えだが、彼女はおかしな女だった。それに、見たところ健康な女ではない。

「じゃ、お呼び立てしてすみませんでした。どうぞベッドに戻って」

「ベッド？　ううん、これから仕事に出るところよ」

「仕事？」ノヴェロは言った。それから、信じられないという思いが声に出てしまったのに気がついて、あわてて続けた。「月曜の朝って最悪よね？　ことに週末パーティーで騒いだあとだと。一時間前のわたしを見せたかったわ。調子を取り戻すには、コーヒーと朝ごはんがいちばん。もう朝ごはんは食べた？　手伝ってあげる。わたしもコーヒーをもう一杯飲みたいし」

「けっこうよ」ライは言った。「おなかが空いていないの。ちょっと胃の具合が悪くて」

いやだ、とノヴェロは思った。ハットはつい自制心を失って、彼女を妊娠させてしまったのだろうか？　とんでもないやつだ！　それとも、ひょっとすると（この世であわてて人を裁いてはいけない、あの世であわてて裁かれるのは誰だっていやだろう、とケリガン神父はいつも会衆に説教している）計画してのこと、二人とも望んだことなのかもしれない。ただ、女がつらい目にあい、男はいい思いをするのはいつものことだ。

「ね、おせっかいをやくつもりはないけど、あなたほんとに大丈夫？　だって、見たところ百パーセントとはいえないみたい……」

「そう？　じゃ、どのくらいだと思うの？　九十五パーセント？　五十？　もっと低い？」

このほうがいい。目にきらめきが戻り、頬にやや赤みがさしてきた。

「ごめんなさい」ノヴェロは言った。「じゃ、失礼するわ。支度があるでしょう。お元気で」

「ええ。寄ってくださってありがとう」

またおかしな言い回し、おかしな抑揚で、今度はイライザ・ドゥーリトル（ショーの戯曲『ピグマリオン』〔映画《マイ・フェア・レディ》の原作〕の主人公）が新しく習った社交上の決まりを暗唱しているみたいに聞こえた。

ノヴェロはフラットを出た。ありがたいことに、ミセス・ギルピンの姿はなかった。軽い足どりで次の階へ駆け上がった。最上階の踊り場は無人だった。女は追いかけてくる足音を聞きつけてここまで上がり、階下のやりとりを聞いてから、ノヴェロがポモーナのフラットで時間を無駄にしているあいだにそっと降りて出ていったのだ。すると、まずい決断だった。巨漢はそう見るだろうと、彼女は疑わなかった。とはいえ、この推定上のジャーナリストに面と向かって会っていたら、何をすべきだったか、今もってわからなかったが。

すくなくとも、叱られるのがこわくてぐずぐずしていたとは言わせない。警視が出勤してくるなり、彼女はそのドアをノックした。手にはカメラを持っていた。

「そりゃなんだね？　スクラップブックに貼りつけるのに、わたしの写真がほしいのか？」

何があったか、彼女は手短に説明し、カメラを持っていたという先見の明を目立たせ、謎の女を見失ったという失敗は目立たないように話した。話しながら、彼女は警視のサイドテーブルに未来の記念像のごとく鎮座しているコンピューターにカメラを接続した。

女の顔がスクリーンに現われると、彼は大きな拳固でデスクをバンと叩いた。これは自分の仕事ぶりががんがん攻撃される前の最初の一斉射撃だと思ったノヴェロは、びくっと身を縮めた。だが、彼はこう言っただけだった。「これを管を通してほかの場所へ送れるかね？」

「はい、警視」彼女は言った。「でも、アドレスが必要です」

「ジェンキンソン警視長、スコットランド・ヤード」彼は言った。

電話のわきに警察人名録があった。彼女はそれを取り上げ、ぱらぱらと調べて言った。「アナイリン・ジェンキンソンですか？　メディア部門の？」

「そいつだ」

「で、メッセージはなんと？」

彼はしばし考えてから、口述した。〝ナイ——この女は誰だ？——よろしく、アンディ〟。

彼女はメッセージをタイプし、写真を添付して送った。

ダルジールはスクリーンが見えるように回した。

ノヴェロは退学処分にされた修道院学校にいたとき、礼儀作法の先生だった修道女が語った話を思い出した。それはヴィクトリア女王がパリでウジェニー皇后（ナポレオン三世妃）主催の晩餐会に出席したときの話だった。食卓で席に着くとき、皇后はたいていの人がするように、召使が椅子をきちんと位置に着けるのを確かめるため、ちらと下を見た。ところが、フランス人の客たちがなんとも感嘆したことに、ヴィクトリアはためらわず、目を落としもせず、席に着いた。あたかも、万一召使が任務を怠ることがあれば、神ご自身が椅子を前に動かして女王の尻を受けとめてくれると、完全に確信しているかのようだった。

だから、巨漢は自分のメッセージに即座に返事が来るのは神が保証していると確信してコンピューター画面をにらみつけている、とノヴェロには思えたのだ。

二分ほどで返事が来たが、それでもあの巨大な石板のごとき顔にはもう苛立ちの影が落ちようとしていた。

マイ・リヒテル、ドイツ人ジャーナリスト。経歴添付。気をつけろ。噛まれるぞ。ナイ

ノヴェロは経歴をプリントアウトして巨漢に渡し、自分はスクリーン上でそれを読んだ。

マイ・リヒテルは三十九歳。学者になるつもりだったが、終戦直後のアメリカの政治的賛助に関する論文の執筆を申し出ると妨害され、その理由を掘り下げて調べると、大学の財布の紐を握っている一部の非常に高位にある国家官吏たちが、その時代を顕微鏡で細かく覗かれては困ると明らかにしていたとわかった。彼女は調べ上げた結果を全国紙に発表し、告訴され、闘って裁判は引き分けに持っていき、自分の学者としてのキャリアは港を出る前にもう暗礁に乗り上げたと悟ったので、かわりに物事を深く掘り下げる才能をジャーナリズムに振り向けた。

彼女の捜査記事のリストが続いていた。おもにドイツ国内だが、フランスとオランダも入っていた。彼女は外国語に堪能で、オランダ語、英語、フランス語は完璧だ。フリーランスで働き、適切な媒体の中でいちばん高値をつけた相手に記事を売る。政党の党員ではないが、左翼急進派に強く共鳴している。違法と合法のあいだのあやうい線上を歩き、二度逮捕されたために国際警察の記録に載せられたが、実際にはおそらくたびたびその一線を越えていると思われる。警察に知られるようになったもう一つの理由は、彼女を殺すという脅迫が再度あり、すくなくとも一回は暗殺未遂事件があったからだ。

「危険な商売みたいですね、この人のやってるのは」ノヴェロは言った。

「この次わたしが彼女をつかまえたら、どれほど危険か思い知らせてやる」ダルジールは唸るように言った。「もう一度見てみよう」

「この次……？　じゃ、一回目があったんですか、警視？」ノヴェロは言い、画面にまた映像を出した。

「ああ、あったさ。わたしは彼女とダンスして、ぶちゅっと濡れたキスをしてやった」ダルジールは言った。「この女、マイラ・ロジャーズと名乗っている。ライ・ポモーナの隣人で、大親友だ！」

ノヴェロの驚きは安堵に薄められた。彼女がやりそこなったわけではなかったのだ。女が姿を消したのは、たんに自分のフラットに入っていったからだった。

巨漢はまたメッセージを口述した。

噛まれるって？　それなら慣れっこだよ、このウェールズ野郎！　その証拠に、まだ傷跡が残っている。じゃ、スパイク・ヘアのちびはどうだ？　名前はトリス、つぶれたフェレット（イタチの一種。ウサギ等を狩り出すのに使う）みたいな顔、古いパブの天井なみに日焼けした肌、ポリネシアの梅毒医者みたいな服装で、ハンドバッグを持っているやつは？

返事はさっきよりまた早く返ってきた。

すくなくとも、あんたは傷跡を人に見せられる。おれがあんたにあそこを踏みつけられたときの靴の鋲のあとを見せびらかそうとしたら、逮捕されるよ！　フェレット（実にいい形容だ）とやらは、トリストラム・リリーのようだ。とすれば、たぶんすごいハイテクの監視が行なわれているはずだ。あいつがハンドバッグを持っていたんなら、きっとあんたは〝どっきりカメラ〟に撮られてるよ！　おもしろそうな話だ。こっちが知っておくべきことはあるか？

ダルジールの返事はこうだった。〝地元の些細な問題だ。ありがとうよ。いずれ一パイントおごらなきゃな。さよな《ヒュイル・フ》ら《アウア》（ウェールズ語の挨拶）！　アンディ〟

「じゃ、彼女は自分のフラットに入ったっていうだけだったんですね」ノヴェロは無罪を強調しても害はなかろうと思って言った。

「ああ。これを教訓にするんだな。目の前に明らかな答えがぶら下がっているときに、魔法をさがそうとするな」

巨漢の口調に力はこもっていなかった。というか、彼女のほうに向けられた力はなかった。彼はまた女の映像を出し（反機械化主義《ラダイト》を奉じてはいるが、警視はおぼえが早い、とノヴェロは観察した）、〈ハルズ・カフェ〉でチャーリー・ペンと会ったときのことを思い返した。彼がペンのテーブルに近づこうとしたとき、反対側から近づいてきた女が向きを変えて逸れていった。記憶に残るような女ではなかった――だが、それでマイラ・ロジャーズに初めて会ったとき、そのありきたりの顔がかすかにベルを鳴らしたのだ（ぴんと来た）。ベルに耳を傾けない男は自分の葬式に遅刻することになる、と彼は自嘲した。

もう一つ、頭に浮かんだことがあった。彼が買った〈ハリー・ハッカー〉シリーズの一冊に印刷されていた献呈の辞――An Mai - wunderschön in allen Monaten!（五月《マイ》に、きみはどの月にも美しい！）――そして、どの本か確かめたときのペンの疑わしげな目つき。あいつ、わたしが見破ったと思ったんだ！　まあ、ようやく見破ったよ、チャーリー！

ノヴェロはダルジールがデスクに落とした経歴のプリントアウトを拾い上げ、読み直した。それから、考えるように言った。「でも、おかしいですね。これって、彼女が追いかけるような事件とは思えないでしょう？　たいていは大きな政治的事件ですよ、内閣の不祥事とか、高官の汚職とか。〝中部ヨークシャー警察犯罪捜査部の捜査ミスか？〟なんて、世界中の新聞が飛びつく内容じゃないですよね？　じゃ、彼女にとってたいした事件でもないことに、どうしてそんなに時間と手間をかけるんでしょう、たとえなにかネタが見つかるとしたって？」

今度はダルジールが疑惑のまなざしを向ける番だったが、彼女は勇敢にそれを受けとめた。何を見つけられては困るのかと警視に面と向かって訊くつもりはなかったが、彼女は長いあいだじっくり考えた結果、なにかあるはずだという結論に達し、それが何であるか、かなりのところまで推測していた。ダルジールのチームに入っていると、警視所有の奴隷なみの扱いに耐えなければならないが、長所もあった。彼ほど自分の所有物を誇らしく思っている人はなく、もし誰かが子熊に手を出そうとすれば、パパ熊に手を出したのと同じことになるのだ。格闘のあげく負傷した警察官と死んだ容疑者がいて、容疑者は当然の報いを受けたのだと納得すれば、太っちょアンディはその殺人に関する曖昧さを取り除くため、ためらわず状況を整理整頓するだろう。彼女はこれまでにこの事件にまつわる写真を残らず目にし、書類は一枚残さず読んでいたが、最初に検死官、次には調査委員会に提出された資料が実にうまく取捨選択され、関わったトリオの役割――危難に見舞われた乙女、重傷を負った気高い救助者、一撃のもとに倒された悪鬼――がきちんと強調されているのには感嘆した。もし裁判沙汰になっていれば、優秀な被告弁護人がそんなうわべをつくろった工作のあらさがしをしていただろう。だが、死者は裁かれない。

「じゃ、リヒテルの興味をそそったのは何だと思うんだね、お利口さん？」警視は不機嫌そうに言った。

「お金？　ペンはかなりの金持ちでしょう、テレビとかあって」

「あの女は金のためならなんでもするような人間に見えるか？」

「いいえ、あんまり」ノヴェロは認めた。

「彼女の著作リストを見てみろ」

重要な捜査記事のほかに、いくつかの著書が挙がっており、社会や社会と文学をテーマにしたもののようだった。その一つのタイトルは『ハイネの背教――ドイツ人の選択』と訳されていた。

彼女はおずおずと言った。「ペンはそんな名前の人物に関する本を書いているんじゃありませんか？」

ダルジールは満足げに彼女を見た。部下の中で、高尚ぶった文学批評みたいなたわごとで頭をごたごたにしていない人間に向ける、とっておきの目つきだった。

「ああ。そのハインケルとかなんとかいうやつだ。賭けてもいいが、二人は以前からの知り合いだね。それで、チャーリーは醜聞をほじくり出そうなんてばかなことを思いついたとき、すぐフロイライン・ファッキング・リヒテルに頼もうと考えたんだ！」

「それでもまだ説明のつかないところが……」

「説明ならつくさ、最初に出会ったとき、二人が干し草の上で転がった仲ならな」ダルジールは言った。「いや、驚くな。あの男は油絵の肖像画ってほどの顔じゃないが、蓼食う虫も好き好きというだろう？」

彼女は目の前にだらりと広がった巨大な体を見て、キャップ・マーヴェルのことを考え、「はい、そのとおりです、警視」と言ったが、考えが顔に出てしまったと悟ったときは遅すぎた。

彼はおぼえておくぞというようににらみつけてから言った。「きっと彼女はチャーリーのところで一晩過ごし、彼の不規則動詞を直してやったんだ。彼は車で送ってきて、彼女がまた大親友のマイラに戻れるよう、家のそばで降ろしてやった」

ノヴェロは言った。「二人は口げんかでもしていたみたいでしたけど」

「けっこう。彼女は自分の得になることはなにもないと見切りをつけて、チャーリーにこれまでだと言い渡したのかもしれん」ダルジールは言った。「じゃ、仕事に戻れ。やることはないのか？」

彼女は棄てられたように感じた。ドアの前で立ち止まった。パルティア人の最後の一矢《パーシアン・ショット》（古代パルティアの騎兵が逃げながら馬上から射た矢。別れ際の捨て台詞のこと）くらい効くものはない、そうじゃない？

彼女は言った。「一つだけ、警視。ロジャーズはライの隣に住んでどのくらいになるんですか？」

「まあ、クリスマスの一週間前からだな。なぜだ？」

すると、すくなくとも三週間になる。彼女はクリスマスもずっと自宅にいた。チャーリー・ペンへの情熱が非常に強いのか。あるいは、たっぷり時間をかけるだけの内容が確実にあると思っているのか。そう口にして、あの容赦ない目に不安の影がよぎるかどうか見てみようかと思った。だが、そこまでする価値はあるだろうか？

パーシアンズのことはよく知らないが、いくら試合終了間際のショットを繰り返したって、かれらがワールド・カップの決勝戦に出場したことなんかないみたいだ。

「ちょっと思いついただけです、警視」彼女は言い、ドアへ向かった。

「カメラを忘れるなよ。ほら。きみがソルと知り合いとは気づかなかったな」

「ソル？」彼女が困惑して向きを変えると、今スクリーンに見えているのは、神経をくすぐる微笑を浮かべて彼女のフラットにいる、あの男だった。

「ああ。ソル・ワイズマン。ミルストン・ロードの革新派寺院《シナゴーグ》のラビだ」

「ラビ。ユダヤ教のラビですか？」ノヴェロは仰天して言った。

「ラビといえばたいていそうだ」ダルジールは言い、鋭く彼女を観察した。「ずっと前から知っているのか？」

「いえ、それほどじゃ……ろくにぜんぜん……ただカメラの試し撮りをしただけです」

彼女は次の告解を思ってぞっとした。「神父様、わたしはラビとやりました……」

ダルジールはまるで彼女が恐怖感を声に出したかのように、ふいににやりとすると、カメラの接続をはずし、彼女に渡した。

あらためて、彼女はドアに向かった。

ドアをあけたとき、彼の声がした。「もう一つある、アイヴァー。このことは黙っていろ。絶対にだ。例外なし。ジョー神父も含めてな。いいか？」

「はい、警視」

彼女は廊下に出て、ドアを閉めようとしたが、そのときダルジールは顔を上げもせずに言った。「いい仕事をしたな。実によくやってくれた」

ふいに、やっぱり事態はそう悪くないと思えた。

阿呆みたいににやけるのを防ぐため、唇を噛んで、ノヴェロは出ていった。

R

ノヴェロが走り去るのをライ・ポモーナは自宅の窓から見送った。

予約は九時三十分だった。九時四十分に、厳しい顔つきの男が診察室から出てきた。

「次のご予約が必要ですか、ミスター・マカイヴァー？」

受付係が訊いた。

「なんのために？」男は怒鳴った。そしていなくなった。

けっこうなスタートだ。

チャクラヴァーティが戸口に姿を見せた。カジュアルな装いで、シャツは目を射る白さ、クリーム色のスラックスにはナイフの刃のようにぴしっと折り目がついていた。あとはバットさえあればテスト・マッチ（クリケットの国際戦）を始められる。彼はライを招き入れ、詫びの言葉と魅力をふりまいた。

ライは無表情に聞き、それから腕時計に目をやって言った。「じゃ、これ以上時間を無駄にするのはやめましょう」

彼は意外な方向にバウンドしてきた球が鼻先をかすめたかのように目をしばたいて言った。「わかりました。あなたのカルテはここにあります。検査は予約しました。しかし、まずはあなたの観点から状況を見てみましょう」

彼は話を聞くのがうまく、質問をはさむのもうまかったが、三十分たつと、ライはやや苛立ってきた。彼女にしてみれば、自分の医療歴の中でいちばん重大な出来事は、兄が死に、彼女の髪に銀の筋が残った、あの事故なのに、医師はそれよりも昨年秋にディック・ディーが死ぬことになった、スタング湖での出来事のほうに焦点をあてているようだったからだ。

きっと下世話な好奇心で聞いているのだろうと思った彼女は切って捨てるように言った。「関連性があるとは思えません。わたしは軽い怪我をしただけですから」

「そのようですね。でも、これはあなたの心身全体にたいへんなショックを与えたはずです。それに、いろいろな徴候は事件以来目立って悪化しているようですし」

「先走っていらっしゃるんじゃありません？」ライは言った。「まるで、先生が質問なさったこと、わたしが口にしたことのすべてが一つの症候群に属するようなお話ですけど、必要な検査の結果を調べないうちは、それはたんなる仮定にすぎないでしょう？」

「むしろ診断と思いたいですね」彼は言い、さっと魅力的な微笑をひらめかせた。「これまでにあなたが教えてくださったのは、長年ひどい頭痛に悩まされ、それが頻繁になってきていること、ときどきめまいや感覚の混乱があり、それも頻繁になっていること、気分の変動があり、躁鬱病といえるほど激しくはないにせよ、話したほうがいいと思える程度に目立ったものであること。こういったことは一つのパターンを形成して、わたしが検査結果の中に何をさがすべきか、示唆してくれるかもしれません」

「じゃ、さっさと検査を始めません？」

彼はまた目をしばたいた。きっと、一回ぱちくりするごとに請求書の額が百ポンドふえるんだわ、とライは思った。まあ、私費の患者はそれだけ払っているからこそ、医者より高飛車に出る権利があるのだ。

彼女は質問にできるかぎり正直に答えていた。もちろん、サージとの会話のことは打ち明けなかったし、ワードマンの連続殺人に彼女が関わっていることはおくびにも出さなかった。サージの死の原因となった事故に関して責任を感じる、と話したが、実際に自分の責任だったのだとは認めなかった。それから、事故の怪我から回復したあと、舞台に足を踏み出したとたんにおぼえていた台詞が頭から消えてしまうようになり、そのため女優になる希望はなくなったことも説明した。非個人的な専門家に対してそんなにあれこれあらわにすると、告白の誘惑に駆られてすっかりぶちまけてしまうのではないかと、彼女は来る前に心配していた。だが、実際にはこの質疑応答の過程が彼女といろいろ恐ろしいことをしてしまった自己とのあいだに距離をつくり、そのもう一人の自己は、新聞で読んだり、法廷に連れていかれる姿をテレビで見たりする、遠い人物に変わってしまった。新聞を閉じ、テレビを消せば、しばらくはその怪物の印象が心に残っているかもしれないが、それで夕食が喉を通らなくなるとか、眠りが妨げられるとかいうほどの力はない。

脳スキャナーの墓のような空間に閉じ込められたときだけ、すべてが戻ってきた。サージアスも戻ってきて、風化しつつある体から綿埃を懸命に取り除こうとしながら非難がましい目を向けてくる。まるで彼女が彼とコンタクトしようと努力したことはすべて、彼の霊魂の上に煉獄の燃える炭を積み上げる結果になっただけだとでもいうようだった。スキャンがすんで、比較すれば大聖堂のように広大に思える病院の部屋に出ると、自分の頭の中の嵐のような活動はスキャンに記録されたのだろうか、と彼女は思った。専門家の目で見れば、脳壁に電子信号で走り書きされたメッセージの中に包み隠しのない告白を読み取ることは可能なのだろうか？

最初の相談と診察のあと、ミスター・チャクラヴァーティはいなくなった。おそらく金になる別の私費患者を診ているか、あるいは国民健康保険の患者十数人にちらと目をやっているのだろう。一方、彼女は残る午前中を使って検査を受けた。理解できるものもあったし、難解で歯が立たないものもあった。

検査がすっかりすむと、四時半にまた謁見に参内するようにと言われた。それまでにチャクラヴァーティは忙しいスケジュールが許すかぎりで、検査結果の予備的評価をすませているだろう。

彼女はフラットに戻りたいとは思わなかった。ハットは今日仕事に出ているが、だからといって、どこかの時点で抜け出して、図書館に彼女を訪ねてこないとはかぎらない。来れば、彼女が同僚たちに言っておいたとおり、ライはリーズで一月のセールを狙った買い物をするために一日休みを取った、という話を聞かされるだろう。彼は警官で、しかも彼女のセックスとショッピングに対する態度――どちらもけっこう、ただしショッピングは除いて――を知っているから、同僚たちよりも疑念が強く、まっすぐチャーチ・ヴューに行ってみるかもしれない。彼にフラットのドアを蹴破るようなばかなことをさせないために、彼女はマイラ・ロジャーズに事情を打ち明けていた。マイラは訪問者があるかどうか聞き耳を立てている、来る人には、ライならお買い得品を見つけようと今朝いちばんに勇んで出ていくのを見たと話す、と約束してくれた。それではチャーチ・ヴューから一日出られなくなってしまうとライが心配すると、たいていの経理の仕事はクライアントのごたごたしたオフィスにわざわざ出向かなくても自宅で簡単にできるのだ、と言った。

町の中心部でばったり出くわしてしまうのを避けるのも大事だと思い、彼女は車に乗ると、田舎へ出ていった。偶然のなせるわざか、潜在意識が選択したものかわからないが、ふと気がつくと彼女はリトル・ブルートンへ向かう道を走っていて、すぐ先に小さな太鼓橋が見えてきた。以前あそこで車が故障し、彼女が絶望してすわりこんでいると、祈りに答えるかのように黄色い自動車《A》協会《A》のヴァンがこちらに走ってくるのが見えたのだった。ここですべては始まった、ここで彼女の最初の犠牲者は死んだ――いや、犠牲者ではない、この人は違った……彼の死は事故だった……彼女がしるしと解釈した事故……。

　彼女は橋の上で止まった。あのとき、彼女にとって時間は止まっていた。その後、どう空想をたくましくしても事故とはいえない状況で何人もの人が死んだときにも、いつも時間は止まっていた。彼女はチャクラヴァーティにこういう時間を失ったエピソードのことをいくらか話していた。もちろん詳細には触れなかったが、日常生活の時間の流れから自分が切り離されているという感覚、自分がほかの世界にいるような感覚を伝えたかったのだ。今、彼女はあれをふたたび経験したくてならなかった……時間がゆっくりになり……止まる……ただし、今度また時間が動き出したときには、自動車《A》協会《A》の男は死んで水の中に横たわっているのではなく、ヴァンに乗り込んで、楽しく帰っていく……。

　だが、なにも起きなかった。彼女は橋の上に立ち、低い欄干越しに下を見た。水は流れ、時も流れた。彼女は車に戻った。過去は過去、決して変わらない。死者は死者、ふたたび会うには自分がその仲間に加わるしかない。彼女の目に涙があふれ、見えなくなった。運転を続けた。もっと速く、もっと速く。だが、涙が消えて目が見えるようになっても、彼女はまだ生きていて、まるで誰かほかの手がハンドルを動かしているかのように、狭く曲がりくねった田舎道をすいすいと走っているのだった。

　四時二十九分に彼女はチャクラヴァーティのオフィスに戻った。四時三十分きっかりに彼は姿を見せた。すると、教訓が効いたらしい。しかし、彼は時間を守ったことをチャーミングにユーモラスな言葉で触れなかったので、これから聞かされるのはいい知らせではないと彼女は推測した。

　彼女は言った。「ミスター・チャクラヴァーティ、お話の前に、これだけはご理解ください。なにも包み隠す必要はありません。はっきりした説明をしていただきたいんです。専門用語や知識で目をくらませたり、婉曲な言葉なんか使うのはやめてください」

まばたき一回。

「いいでしょう」彼は言った。「では、お気の毒ですが、あなたには脳腫瘍があります。最近の頭痛や、元日に痙攣発作を起こしたのは、これが原因です」

彼は話を続けた。滑らかに、雄弁に。彼女は話の趣旨を頭に入れ——即座に入院し、強力な放射線治療と化学療法の組み合わせを始めることをすすめる——同時に話の要点を理解した——腫瘍は手術で除去できるものではなく、治療はたんに症状を一時的に和らげるだけだろう。だが、彼女はよく聞いていなかった。リトル・ブルートンへ向かう道路で、彼女は超時間的感覚をまた手に入れたいと願い、今、それが手に入ったのだ。立ち上がり、服を脱ぎ捨てて顧問医のデスクの上で踊り、それから服を着て席に戻ることだってできそうな気がした。そのあいだじゅうずっと、医師は話を続けているだろう。彼は閉じ込められているのに、その次元から彼女が抜け出してしまったとは気づきもせずに。いやあるいは、彼は賢く経験豊富で、人間の脳と人間精神を長いあいだ研究してきた医師だから、そう簡単に騙されはしない。彼女が彼のそばを離れてどこか別の場所、別の時間に行ってしまったことはよく承知のうえで、いずれは彼女もこの檻に戻ってこなければならないのだから、それまでの時間潰しにだらだらと話を続けているだけなのかもしれなかった。

一つだけ、今彼女に確実にわかっていることがあった。檻の外に出たときと同じ時点から中に入らなければならない。過去へ逃れることはできない。

彼女はため息をつき、医師のよくバランスのとれたセンテンスの途中で檻の中に戻った。

「治療を受けなかったら、どのくらい生きられますか?」

まばたき一回。今度は料金増加の合図ではない、と彼女は思った。たぶん、ミズ・ポモーナには即座に請求書を渡すよう秘書に伝えること、とあとで思い出すための、頭の中のしおりだろう。

「よくて数ヵ月、しかし、もっとずっと短いかもしれません。この種の腫瘍は成長が早く……」

「治療を受けたら、どのくらい?」

彼は彼女を見ると、目を落とし、長いスピーチにそなえるかのように深呼吸して、また彼女のまばたき一つしない目を見据えると、言った。「もうすこし長く」

「だいぶ長くなりますか？」

「さあ、わかりません」彼は言った。不愉快げな声音だった。彼女の未来を思って、それとも、自分の無知に苛立って？「それでもいろいろ……する時間はできます」

「どんなことを？」

「心の準備……その、そんなことにはならないかも……そうすぐには、ということですが……それに、いろいろあるでしょう、実務的なこと、個人的なこと……このごろでは方法もたくさんあって……よく準備しておくことが可能ですから……」

彼女が単刀直入に話してくれと言い張ったものだから、医師がかえって最後にはためらいがちな、ぼやかした表現をすることになったのは奇妙だった。

「死ぬ準備、ですか？」

彼はうなずいた。

「死ぬ準備？」彼女はどうしても彼にその言葉を言わせようとして繰り返した。

「死ぬ準備です」彼は言った。

「わかりました。わたしの昔の怪我のことは、なにもおっしゃっていませんね」

彼は戸惑い、それからほっとした顔になった。これで彼女の短い未来の話をやめ、それよりはやや長い過去へ逃れる抜け道が与えられたのだった。

彼は言った。「ええ、もちろんそのことは考えてみました、あなたのおっしゃったいろいろな症状に照らしてね。実は、神経心理学専門の同僚とも話をしたんです。彼は脳の負傷の長期的結果として起き得る精神障害のさまざまなカテゴリーに関して、高く評価された論文を二つばかり書いています。当然ながら、あなたの病状を深刻な精神障害と考えていたのではありませんが、あなたの肉体的症状のいくつかが軽い情動障害という観点から説明がつくかもしれないという可能性を模索して……」

医師はまた饒舌と複雑な構文が築く防護壁のむこうに隠

れてしまった。これまで何年ものあいだ、これがさぞかし役立ってくれたに違いない。

ライは言った。「で、なんておっしゃいましたの、その同僚の先生は？　要点だけでけっこうですけど」

「あ、そうですね。でも、これはあなたの現在の病状とはなんの関係もない、ということはおわかりでしょうね」

「現在の病状というのは、つまり腫瘍のせいで頭痛や発作が起きて、最後には死んでしまう、ということ？　ええ、わかっています。それに、いったん腫瘍の存在がはっきりすれば、先生がわたしの昔の頭の怪我に対する興味を失うのも当然でしょう。でも、最初の仮説……失礼、診断……にそのことを含めていらしたんですから、わたしだって払うお金に見合ったものをいただいてもかまわないでしょう？」

「ええと、あなたが十五歳のときに経験したような脳の負傷後に起き得る精神障害のカテゴリーは非常に多岐にわたっています。さっき、情動障害と言いましたが、その中には躁病、鬱病、強迫神経症、パニック不安症などがあります。またこれに関連して、覚醒障害、動機障害があります。精神異常の症状が同時に見られることもあり、これに関連して、暴力や攻撃的行動に走る傾向が見られることもあります。しかし、こんなことはどれも、あなたの病状にはなんの関係もありませんが、ミス・ポモーナ……」

「もうしばらくおつきあいください。すごくおもしろいお話だわ」彼女は言った。「お忙しいのは承知していますけど、あとちょっと時間をいただければ、落ち着きを取り戻せますから……」

これはうまい戦略だった。

彼は微笑して言った。「もちろんです」

「精神異常というのは、たとえばどんなことですか？」

「一般的な言い方をするなら、幻覚経験ですね、視覚的あるいは聴覚的、両方のことも……」

「そこにいない人が見えるとか、その声が聞こえるとか？」

「ええ、そういったことです。これは妄想的信念に関連している場合もあります。妄想的信念というのは、状況や人間関係を誤った前提に基づいて理解し、しかも反証をいっさい受けつけない、ということです。思考障害から、言語機能や情報処理の不全も……」

「台詞を記憶できないというのは、それに当てはまりません？」

医師は好奇心をそそられたように彼女を見て言った。

「ええ、そうかもしれない」

「すごくおもしろいわ」彼女は言った。「あと一つだけ。わたしの腫瘍は……」

この所有格がなかなかいい、と彼女はふと思った。わたしのフラット。わたしの本。わたしの意見では。わたしのボーイフレンド。

わたしの腫瘍。

「……どこかであの昔の脳の怪我と関係している、ということはありうるでしょうか？」

医師は眉をひそめた。彼女に死が迫っていることを自分に思い出させるのは不公平だとでも感じているような表情だった。それから言った。「実のところ、まったくわかりませんん。ありそうにないとは思いますが、現在われわれが当たり前としていることだって、かつてはまさかと思われていたことがたくさんありますからね」

率直に答えてもらってうれしいと相手を安心させるように、彼女はうなずいた。

「では、事故で脳に怪我を負ったときと同じように、腫瘍が原因で精神障害が起きる可能性はありません？ あるいは、精神機能に影響があらわれるとか？」

「ええ、可能性はありますね。でも、その心配を始める必要はありませんよ」

「たとえわたしの態度に変化が起きても、大事に至らないうちに死んでしまうから、ということですか？」彼女は厳粛に言った。

彼はまた眉をひそめた。彼女はにこっと笑ってみせた。

「じゃ、悪いことばかりでもなさそう！」話を続けた。「でも、腫瘍はわたしの態度や思考過程になにかの影響を及ぼしているかもしれないわけでしょう？ それなら、腫瘍による新しい症状が怪我による古い症状を相殺して、消してしまうこともありえますよね？」

医師は困ったように肩をすくめた。弱みをさらしているようにさえ見えた。

「どんなこともありえます」彼は言った。「しかし正直なところ、結果としての影響を心配するより、今やらなければならないのは――」

彼女は立ち上がり、言った。「どうもありがとうございました、ミスター・チャクラヴァーティ。いろいろ教えていただいて、助かりました」

「――原因に対処することです」彼はかまわず言った。顧問医師対患者の関係に戻ると心を決めている。「ミス・ポモーナ、今後の治療ですが……」

「その話をしている暇はありません」彼女はぴしりと言った。「ご心配なく。請求書をいただきしだい、お支払いしますから」

それから、こんなふうに意地の悪い一言を投げて出ていっては気の毒だと思い直し、彼女は微笑して言った。「本当に感謝しています。では、お元気で」


駐車場に出た。奇妙だった。死を宣告されたというのに、歯科医院を出るときに経験するような陶酔感を感じる！

五時半だった。まだ家に帰りたくなかった。マイラの優しい質問に答えるのはいやだったし、まして玄関先にハットがすわっていたらと思うと気が引けた。カー・ラジオをつけ、しばらくカントリー・アンド・ウェスタンを聞いた。素朴に情緒に訴える音楽が今の気分に合っていた。六時にセンターへ行った。この時間なら、同僚はほとんど帰途に着いているだろうし、どのみち、職場では彼女は一日買い物をして過ごしたことになっている。

センター内の劇場へ行った。劇場の監督はワードマンに殺された被害者の一人だった。いや、わたしに殺された被害者の一人だ、と彼女は内心で言い直した。罪を告白する覚悟ができるかどうかはわからないが、すくなくとも罪を正面から見据えることはできる。監督の死後、専属劇団の中核メンバーであるリン・クレディトンという若い女性が代理をつとめていたが、クリスマス公演の『アラジン』（イギリスでは年末年始にお伽話をもとにした喜劇を子供向けに上演する習慣があり、これをパントマイムと呼ぶ）の評判は上々だったから、当局は彼女を正式に監督に任命してもよさそうだった。

小さな劇場の中は、あと一時間ちょっとで始まる夜の部の準備でいつものようにごった返していた。ライはリンが座席のあいだの通路に立ち、照明の調整をチェックしているのを見つけた。リンが大声で指示を出し終えるまで待って、ライは近づいた。

二人は以前二度ほど会ったことがあり、ライがワードマン事件に巻き込まれたために、出会いの印象が強くなっていた。

「あら」リンは言った。「早いお客さんかしら、それとも、ラクダの後ろ脚をつとめたいの？」

「どっちも、かな」ライは言った。「ね、ばかみたいに聞こえると思うけど、わたし、昔ちょっと芝居をやったことがあるの。台詞を何行か言ってみてもかまわない？」

「オーディションを受けたいの？」リンはまさかという目つきで相手を見たが、それから言った。「そうね、いいわよ。明日の朝、十時ごろに来てもらえるかしら？」

「いいえ、その、今すぐ舞台に上がって、やってみてもいいかなと思って。ほんの三十秒くらい。お忙しいのはよくわかるわ、でも、今ならできるって気がするものだから。誰もお仕事の手を止めることはないのよ、終わったらもうご迷惑はかけません」

リンは肩をすくめた。

「わかったわ、どうぞ好きにして。ただし、ちゃんと聞いてあげると約束はできないけど、たとえ三十秒でもね！」

ライは感謝をこめてにっこり笑い、低い舞台に上がった。しばらくたたずんで観客席を見た。思い出が甦った、あのころ……サージが死ぬ前は、こんなだった――光の中に立って、闇に目を凝らす。

今、彼女はそこに戻っていた。

光の中に立ち、闇に目を凝らして。

彼女は咳払いし、それから口をあけた。何が出てくるか、なにかがちゃんと出てくるのかさえ、まったくわからなかった。

気がつくと、うたい始めていた。

来い、来い、死よ、
そしてわたしを悲しい黒い紗に包んで。
行け、行け、息よ、
わたしは美しいつれない娘に殺される。
白い屍衣にイチイの枝を挿して、
準備しておくれ。
誰にも関わりはない、
わたしはただ一人で死んでゆく。（シェイクスピア『十二夜』で道化フェステがうたう歌）

うたい始めたとき、劇場はとてもやかましく、彼女の静かな声は家畜市場の上で鳴くヒバリの歌のようだった。だが、終わるころにはほかの雑音はすべて止まり、みんなの目が舞台正面にじっと立つこのほっそりした若い女に釘づけになっていた。

花一輪、かぐわしい花一輪さえ
黒い柩の上に投げないで。
友一人、友一人さえみじめな屍《しかばね》となったわたしを哀悼せず、
わたしは朽ちてゆく。
千ものため息はいらない。
わたしを人知れぬ場所に横たえておくれ、
心から愛する者が墓を見つけ
そこで泣くことがないように

彼女はうたい終えた。劇場はしんとしていた。

やがて、リン・クレディトンが拍手を始め、すぐにほかのみんなも続いた。ライは頰を紅潮させて舞台を降りた。

「すごくよかったわ」リンは言った。「『アラジン』の雰囲気にはそぐわないけど、でも日はほとんどぴったりね！」

「え？　ああ、十二夜、ということね。どうしてあれを選んだのか、自分でもわからない。学校でやったことがあるのよ」

「そのとき、フェステ役だったの？」

「ううん。わたし、あの劇が大好きで、ぜんぶ暗記してしまったんだと思うわ。わたしはヴァイオラ役、行方不明だったお兄さんを見つけた女の子よ。オリヴィアのほうをやるべきだったかもね、彼女は自分のお兄さんを弔った」

「その機会ならこれからまだたっぷりあるわ。さっき言ったけど、明日の朝来てもらえないかしら……あら、大丈夫？」

彼女は心配そうにライの目を見つめていた。その目には涙があふれそうになっていた。

「ええ、ええ、こんなにいい気分になったことはないわ……うれしくて、悲しくて……失って、見つけて……ごめんなさい、行かなくちゃ」

彼女はそそくさと出口へ向かった。後ろからリンが声をかけた。「じゃ、明日の朝、ちゃんとしたオーディションを受けに来てくれる？」

ライは肩越しに大声で答えた。「ううん。悪いけど、もうオーディションはなし、演技はなし。ごめんなさいね」


そう言うと、出口のドアを駆け抜けていってしまった。

残された監督は、自分が今、端役を演じたのは喜劇、悲劇、それともたんにお伽芝居《パントマイム》だったのか、釈然としなかった。

火曜日の朝、パスコーはトマス・ルート部長刑事（懲戒免職、死亡）に関する情報を求めて警察中央コンピューターをハッキングしようと何度か試みたが果たせず、結局、ハイテク関連事項とくれば分別ある男なら誰でもするように、エドガー・ウィールドに会いにいった。

ふつうなら、こういう特別なリクエストを受けると、部長刑事の顔のモザイクはわずかに変化し、それは経験豊富なウィールド・ウォッチャーの目で見ると、ダルジールの力でもパスコーの知をもってしても到達しえない場所へ行く機会をまた与えられたと、彼がいくらか喜んでいることを示している。ところが今日は、パスコーが「頼みたいことがあるんだがな、ウィールディ」と言ったとたん、彼は目を宙に上げ、歯ぎしりし、あからさまに苛立ちの表情を見せた。

「なにか気にさわることでもあるのか？」パスコーは訊いた。

「ここいらの人間はみんなして、わたしはやっちゃいけないハッキングをやるしか仕事がないと思っているような印象をときに受けるもんでね」彼は答えた。

「御大か？　まあ、わたしも同類だけどさ」

「うん、トリストラム・リリーなる人物に関して、できるだけの情報を掘り出せと迫られている。ただし、われわれが興味を持っていると、誰にも知らせずにね。どうしてこの男を追いかけているんですかと訊いたら、やっこさん、スズメバチの巣を呑み込んだ熊みたいに唸るばかりだった！　というわけで、こっちはまたやみくもに釣り針を投げているんだ。これでもしでっかいサメが目を覚ましたら、噛みつかれるのはわたしだけさ！」

「おいおい、ウィールディ、そんなことを言うなよ。みんなで刑務所病院にきみを見舞いに行くに決まっているじゃないか」パスコーは言った。「で、そのリリーってやつのことで、何がわかった？」

「コンピューターのハッキング、電話の盗聴、銀行口座の覗き見、親密な状況の隠し撮り、そういうことなら、こいつにくらべるとわたしなんか素人だ」

「おもしろい。でも、アンディは持ち札はしっかり隠しておいて、機が熟したところでロイヤル・フラッシュ（ポーカーで最強の組み札）をぱんとテーブルに出すってことがよくあるからな。で、どうしてこれがそんなにきみの気にさわるんだ？」

ウィールドは考えるようにパスコーを見てから言った。

「わたしも負けずに秘密主義になってきたな。もっとあるんだ。警視はマイ・リヒテル、別名マイラ・ロジャーズというドイツ人のことも調べるように頼んできた」

「どこか聞き覚えのある名前だな」

「そりゃそうさ。マイラ・ロジャーズはライ・ポモーナの隣に住んでいて、ハットの話じゃ、二人はこのごろ親友になったそうだ。彼女の公式情報は調べなくていいと警視は言ったから、それはもう手にしているんだろう。警視が知りたいのは、彼女がどうやって入国したのか、いつマイからマイラに変わったのか。まあ、わたしはかまわず彼女の履歴を見てみた。ジャーナリストだ、ピート。暴露屋さ。ヨーロッパ大陸でいくつか大きな記事をものにしている。じゃ、彼女はこんなところでうちの警官のガールフレンドに近づいたりして、どういうつもりなのか、それをわたしは知りたいね。知る権利はあると思う！」

「同感だ」パスコーは感情をこめて言った。「じゃ、知るとしよう」

彼はドアのほうへ向かった。

ウィールドは言った。「ピート、わたしに会いにきたのは、なんの用事だったんだ？」

「言いにくいけど」パスコーは答えた。「すくなくとも秘密じゃない。ルートさ。ああ、お説教を始めることはない、フラニーじゃなくて父親のほうなんだ。エリーが調べ出したことがあってね」

彼は説明した。

「そいつはおもしろい」ウィールドは言った。「やってみるよ。ただし、エリーのためにね。きみはなるべくあの男と関わらないほうがいいと、わたしは今でも思っているんだ」

「同感だ」パスコーは言った。「でも、誰しも自分のアホウドリ（コールリッジの詩「老水夫の歌」に出てくるアホウドリから、自分の愚行が原因となった執拗な不安の種のこと）を背負っているものさ。ルバンスキーにはもう会ったのか？」

これは反則技だったが、効いた。日曜日に、やや二日酔気味のウィールドはダルジールとパスコーに会い、リンフォード（LB）がメイト・ポルチャードのなんらかの計画を支援していると確認されたことがどういう意味を持つかを話し合っていた。巨漢はリアムとあと二人の死を知らされると、ウィールドの予想どおり、せいせいした、という反応を示した。彼はこの悲劇がベルチェインバーとリンフォードの関係に及ぼしうる影響にもっと興味を持っていた。

「親父は責任をなすりつける相手が欲しい。ベルチーはもう照準内に入っているし、新しい標的を狙おうって気分じゃないだろう」

「ベルチェインバーが保釈金を納めて息子を出してくれたからって、あいつを悪く言うわけにはいかないんじゃないですか？　息子が拘置されて以来、父親はそうしてくれとわめきたてていたんでしょうから」パスコーは言った。

「親父に息子といえば、論理性なんか窓から飛び出ていくよ、ことにどっちかが死んだとなればな」ダルジールは言った。「ウィールディ、若武者ロキンヴァー（スコットの詩「マーミオン」に登場する騎士）と会って、なにか聞きつけていないか訊いてくれ」

「はい。ただ、つかまえるのはちょっとむずかしいかもしれませんが」ウィールドは言った。リアムのことを聞いた数分後に自分がリーとカラオケでデュエットをやったという話は出さないでおくほうが賢明だと考えたのだった。

「つかまえるのがむずかしい？　なんだよ、レント・ボーイだろうが！」ダルジールは言った。

こんな経緯があったので、部長刑事は巨漢に腹を立てているのだった。

今、ウィールドはパスコーに言った。「あいつにはまだ連絡がつかない」

「ほう？」パスコーは言った。「ウィールディ、わたしが口を出すようなことじゃないが、きみ、その子に近づきすぎていないだろうな？」

一瞬、爆発寸前かと思われたが、それからウィールドは抑制を取り戻して言った。「助けてやりたいんだ、きみの言うのがそういう意味ならね。ああいう生活をやめさせて……」

「でも、彼にはそんな気がない？」

「いや、そういうんじゃない。生活を変えさせることはできると思うよ、ただ、そうしたらあいつはわれわれ二人のあいだになにかがあると思い込んでしまうだろう。セックスじゃない。それなら厄介なことにしないくらいの経験は積んでいるさ。そうじゃなくて、なにか真剣な関係だ。あいつがわたしにどうあってほしいのか、よくはわからないが、わたしがそんなものになれないのは確かだ。ずるずると希望を持たせておいてはいけない。ただ、今のままの生活を続けさせておくわけにもいかないんだ、わたしになにかしてやれるなら……」

「そういうことを彼には説明したのか？」

「それでどうなる？　わたしの話し方が個人的になればなるほど、あいつはうまくいった、親しみが増してきたと受け取る。だからわたしとしては警官役に徹して、なにかほんとにはっきりした話が出てこないうちはわたしの時間を無駄にするなと言ってやるしかない。だけど、それではあいつが不必要な危険を冒すばかりじゃないかとも思うんだ」

あまりに沈んだ話しぶりなので、パスコーは相手の肩に手を触れて言った。「そう気に病むなよ。どこに危険がある？　もしつつきまわっているところをベルチェインバーに見つかったとしても、せいぜい追い出されるだけだし、それならきみの望むところじゃないか！　ただ、そうなったら太っちょアンディはあんまり喜ばないだろうがね」

「あのでぶが喜ぶかどうかなんてことは、今わたしの優先リストの上位にはないね」ウィールドは言い返した。

パスコーはダルジールをさがしにいったが、警視は外出中、誰も行き先を知らなかった。オフィスに戻り、あの力強い足音がどすどすと近づいてきたら聞き逃さないようにとドアを半開きにしておいたが、巨漢は帰らないまま一時間たち、ドアがさっとあくと、ウィールドが紙一枚とフォルダーを手にして入ってきた。

「トマス・ルート」彼は前置きなしに切り出した。「どうやらいかにも昔ふうな警官だったらしい。まずはロンドン警視庁。勇気ある行動で二度表彰されている。犯罪捜査部、それから麻薬取締班に異動。サリー州にあるアンセア・アサトンの学校でドラッグ騒ぎがあって、二人は出会った。麻薬取締班が呼ばれたのは、アサトンのお上品な学友の父親がロンドンで売人をやっていて、娘も学校で家業に励んでいる疑いが濃かったからだ。結局なにも出てこなかったが、ルートはアンセアとつきあうようになった。そこで疑問が生じる。ディーラー容疑者を逮捕すれば、アンセアもつかまるところだったのか？　答え、その点は立証されなかった。だが、部長刑事はアンセアが十八歳になるやいなや結婚したんだから、警察内部で疑惑にさらされたのは確かだろうな」

「キャリアのためにならなかったわけだ」パスコーは言った。

「ああ。彼は早いうちに部長刑事になり、その後するすると梯子を昇っていきそうだった。ところがここで行き詰まってしまった。あのころ、警察そのものの空気が変化していて、広報の連中が支配力を握るようになってきたってこともあったかもしれない。トミー・ルート好みのやり方じゃないよな。表彰どころか、苦情を受けるようになった。公園で息子をつかまえようとした男をぶちのめした。訓戒だけですんだのは幸運てもんだ……なにか思い当たることでもあるのか？」

「まあね」パスコーはしぶしぶ認めた。「すると、ルート部長刑事は危険な生き方をしていた」

「そうだ。行間を読むなら、彼は職場ではますます依怙地になり、家庭では夫婦関係は切りもみ落下状態だった。酒も浴びるほど飲んでいた。運命の分かれ目に達したのは、ある大がかりな手入れで彼があまりに手荒なまねをしたというので、別の部長刑事が上司に言いつけたときだ。それを聞きつけたトミーは更衣室でその男に襲いかかった。ある警部が顔を出し、いったい何をやっているんだと訊いた。ルートはてめえには関係ない、引っ込んでろと言い、警部が引っ込まなかったので、彼は殴り倒した。一巻の終わりさ。泥酔して審問に現われ、年金をもらって早期退職するチャンスをふいにした。その後はどこまでも下り坂だ。こういう男には外にいくらでも敵がいて、警察官のバッジがなくなれば簡単に狙われる。最後にはパブの裏の小路で、あばらを蹴られて死んでいた。自分の反吐を喉に詰まらせて窒息。偶発事故死とされた。ここにぜんぶある」

　彼は紙を裏向きにしてデスクに落とした。

「いやはや。ひどい話だな」パスコーは言った。

「うん。まあ、ルートに関していくつか説明のつくことができたかもな」

「なぜ彼が警察を憎んでいるのか、とか？」

「なぜ彼が父親にそう複雑な感情を抱いているのか、ということさ。あ、戻ってきたらしいな」

　廊下に力強い足音と調子っぱずれの口笛がこだました。ウィールドの敏感な耳には〈トータル・エクリプス・オヴ・ザ・ハート〉のように聞こえなくもなかった。まもなくダルジールの巨体が戸口をふさいだ。

　二人の部下がいかにも歓迎しないという目つきで見つめたので、彼は一歩あとずさって言った。「おいおいなんだよ、そういう目で見られたのは、うちの奥さんが出ていって以来だな。わたしが何をした？　またビデに汚れた靴下を入れてたか？」

「むしろ、磨いたテーブルに汚れた指の跡を残したって感じでしょう、警視」パスコーは早速攻撃にかかった。「このマイ・リヒテルとやら、なんの話なんです？　またの名、マイラ・ロジャーズ？　いやそれより、ライ・ポモーナとどういう関係があるんですか？」

　ダルジールは答えずにウィールドに近づき、大きな片手を開いて差し出した。

「鶏が三度鳴く前（予想通り裏切った。ペトロがイエスを知らないとしらを切った聖書の挿話から）、ってやつだな？」彼は悲しげに首を振った。「そいつはわたしあてか？」

ウィールドはリヒテルとリリーについて調べ出した情報を入れたフォルダーを黙って渡した。

「何をしているのかと、わたしがウィールディに訊いたんです」パスコーは言った。

「ほう、そうかね？　このまえの週末に〈ティンクス〉で何をしていたかと訊くと、こいつは歌をうたう（「自白する」の意味もある）のか？」

「ライ・ポモーナとボウラーに関することならなんであれ、わたしには知る権利があると思ったまでです」

「で、それはなぜだね？」

「それは、犯行現場に手を入れ、ポモーナの調書を編集したとき、わたしはあなたといっしょだったからです」パスコーは大胆に言った。

巨漢はかかとでドアを蹴ってバシンと閉め、その反響で三階下の職員食堂にいた刑事たちは熱いコーヒーをあわてて飲み干し、数分早く仕事に戻った。

「いいや、きみはわたしといっしょではなかった」彼はきつい口調で言った。「きみの夢の中なら別だがね。それに、わたしならそのことは口外しない。たとえあのポットルの前でなにもかもぶちまけているときだろうとな」

なんてこった、とパスコーは思った。おれは盗聴されているのか？

ウィールドは窓から外の曇り空をひたと見つめ、その真剣な様子からすると、視覚以外のすべての感覚は停止中のようだった。

ダルジールはふいに緊張を解き、大きな頭を揺すりながら悲しげに微笑した。

「我が苦悩！」彼は言った。ふつうなら「いやはや」とでも言うところに、スコットランド高地地方の祖先から受け継いだとされる奇妙な表現を使っているのだった。「きみらが間抜けだからって、わたしまで間抜け扱いするなよ。教えておけばよかったのかもしれんが、たいして重要なことと思えなかったんでな。こういうことだ。ある外国籍の人物が偽名でわれわれの管轄内に住んでいるかもしれないと知らされた。入国管理の連中がどういうやつらかはご承知だろう。それで、一歩先んじてまじめに調べておくのがいちばんと思ったわけさ」

「ほう、それはずいぶん良心的なことですね、警視」パスコーは言った。「中部ヨークシャーで名無しの外国人が悪さをしようっていうのを許してはおけませんよね？　じゃ、教えてくれ、ウィールディ、その羊の皮をかぶった狼について、何がわかった？」

「一九六二年、ラインラントファルツ州のカウプ生まれ」ウィールドは昔の中学生が教室で暗唱してみせるときのような声で言った。「ハイデルベルク、パリ、ロンドンで学んだ。フリーランスのジャーナリスト、専門は全国レベル、地方レベルの政治腐敗事件、ことに環境問題に関心がある。ドイツでは治安紊乱、公務執行妨害、違法物件所有で前科がある。連合王国では前科なし。逮捕令状は出ていない……」

「わかった、わかった」ダルジールは言い、部長刑事から受け取ったフォルダーを掲げた。「そのくらい、きみの貴重な時間を無駄にしなくたってわかっていた。この中には

もっと役に立つ情報が入っているといいがね」

「なんとも言えませんね。なんのために情報をお使いになりたいのか知りませんから」ウィールドは言った。

ダルジールはこわい目でにらみつけたので、パスコーは急いで自分の体を二人のあいだに入れ、口をはさんだ。

「カウプか。たしかライン川沿いの町だ。ローレライから数マイル南の」

「そうかね？」巨漢は言った。「行ったことがあるのか？」

「ええ。何年か前、ツアーでラインを回ったんです。きれいなところですよ。すごくロマンチックだ、あらゆる意味で」

「意味なら一回に一つにしてくれ」ダルジールは言った。「で、みんなして情報を分かち合おうって気分のようだが、わたしが知っておくべきことはなにかほかにあるかね？」

彼の視線はルートの父親に関する新情報が書いてある紙に落ちていた。裏返しでデスクに載っていて、しかも数フィートの距離があるというのに、彼はまるで大掲示板のポ

スターを読んでいるような様子だった。

「いいえ、警視」パスコーはきっぱり言った。

「きみはどうだ、ウィールディ？　ボーイ・ジョージからなにか入ってきたか？」

「いいえ、警視」同じくきっぱりした返事だった。

「けっこう。それじゃみんなで仕事に取りかかれるな？」

彼は出ていった。

「どうして〝おまえが背中を掻いてくれたら、おれはおまえの皮を剝ぐぞ（「かゆい背中を掻いてくれたら、お返しに掻いてやろう」〔魚心あれば水心〕をもじったもの）〟と言われたみたいな気がするんだ？」パスコーは言った。

「同感だ」ウィールドは言った。「熊をペットにしてるようなもんだな。たいていはあったかくてふわふわしてかわいいが、ふと気がつくと、こっちは押し潰されて殺されそうになっている！」


マイ・リヒテルは故郷の町カウプに戻った夢を見た。美しい中央通りメッツゲルガッセに立ち、いやな色をした空を背景にシルエットを浮かび上がらせる町の塔のほうを見ている。それよりさらに上、どんなによく晴れた日にさえ無気味に迫ってくるように感じられるのはグーテンフェルスの岩山だ。そこには復元された廃墟があり、下界に住む人々に、かつてこの土地を支配していた本当の力がどこにあったかを思い出させている。

　だが、マイ・リヒテルの視線はもっとずっと下のほうに釘づけになっていた。塔の前で焚き火が勢いよく燃えている。炎が歯のように松材の枠の横木をかじり、その隙間から中に脈打つオレンジ色の心臓が見える。まわりには踊る人々の姿。マントを着て頭巾をかぶっているが、焚き火の光がその修道士頭巾の下にあたって、土気色の顔、じっと見つめる目、恐ろしい喜びにねじれた口がちらちらと見える。かれらは火の中に次々と本を投げ込んでいるのだ。火は口をあけ、がつがつと本を丸ごと呑みくだす。わたしの本だ、と彼女にはわかっていた。汗と涙と愛と献身で書いた本、すべての著書の存在する全冊、彼女が今までに書いたすべての言葉が目の前で灰になり、図書館から、書店から、そしていちばん悪いのは彼女の頭の中から、永遠に消えていく。

本のことなど考えていてもしょうがない。彼女の言葉をすっかり燃やしてしまったら、次にかれらが狙うのは彼女の体だと、明らかにわかっているのだから。むさぼり食おうと待ち構える炎の熱をもう感じとれるというのに、彼女には逃げる力も抵抗する力もない。どこか近くから力強いライン川の怒濤が聞こえてくるが、その冷たい水は助けてくれない。

今、音が変わっていた。まだずんずんと脈打っているが、どこか違う、なにかそれ以上のものがある……ふいに、これは暗く恐ろしい、ジークフリートの葬式の音楽だと気づき、愕然として目が覚めた。

焚き火のまわりで踊る人々の影は消えて、自分の寝室のただ白いだけの壁に変わり、焦げるほどの熱は消えて、イギリスの一月の夜のきつい寒さに変わっていた。

だが、音楽は続いていた。生者の世界の端から冥界へと転がり落ちていく、背筋が寒くなるほど陰鬱な音は、まだ彼女の頭の中に響いていた。そして、耳の中にも。

半身を起こした。

音楽はまだ消えない。

ゆっくりベッドを出ると、枕元の引出しをかきまわし、さがし物を見つけると、寝室のドアのほうへ移動した。ドアの下に細い線となって光が見える。すぐむこうに夢で見た焚き火があるかのように、その光は赤く、ややちらついていた。

恐れず取っ手に手をかけると、回し、ドアを押しあけた。

彼女のテープデッキから大きな音で音楽が鳴り、ガスストーブにちらつくオレンジ色の炎が放つわずかな光で、古い肘掛椅子にあふれんばかりにすわっている怪物のような人影の輪郭がなんとか見えた。

彼女は力の抜けた指で電灯のスイッチをさがしたが、見つけられなかった。

「だれ？」甲高い声で訊いた。「誰なの？　警告しておくわ、こっちには武器がありますからね」

「じゃ、こっちは丸腰、悪さをするつもりはなくてよかったってもんだ」相手は言った。「心配するな、わたしだよ、〝過去のクリスマスの亡霊（ディケンズ「クリスマス・キャロル」から）〟だ。入ってドアを閉めてくれ。ひどい隙間風だ」

その人物が身を乗り出すと、彼女にはちっともありがたくない歓迎の表情を浮かべたアンドルー・ダルジール警視の顔が見えた。

ダルジールは椅子にゆったりとかけ直し、女が部屋を歩きまわって音楽を止め、電灯をつけるのを眺めていた。特徴のない丸顔は、ああいう仕事には便利だろうが、今では不思議とその無個性さが消えてなくなっていた。ふいに目を覚ましてこの奇妙な闖入者を見つけたショックか、化粧をしていないせいか、あるいはいつものように髪をきちんとまとめていないせいかもしれない。丸顔が、今では彫りの深いきりっとした顔に変わっていた。寝るときに着ていた薄手の白いTシャツ一枚という姿だったから、彼が彼女を性的な存在として意識したことも、顔を変える一助になったかもしれない。彼女は時間稼ぎにあれこれのことをしながらも、ガウンを取ってこようとはしていない、と彼は観察し、頭のいい女だ、と思った。落ち着きを取り戻し、みっともないところは見せないが、同時におっぱいをちらつかせて気を惹けば得になることもあるかと計算している。

ようやく彼女は彼の向かい側に遠慮がちにすわり、Tシャツを膝が隠れるまで引っ張った。

「さてと」彼女は言った。「ダルジール警視、あなたは午前一時にわたしのフラットに押し入った。わたしのウィスキーを飲んでいるから、それは窃盗だし、わたしのテープをあさったのだから、非合法家宅捜索をしたことになりますね。まだなにか見落としたことがあるかしら?」

「いいや、まあそんなところだ。うまいウィスキーだな。シュナップスかなんか、ドイツの強い酒しか置いていないかと心配していたんだがね。あんたも一杯やるか?」

彼女は微笑して身を乗り出し、グラスにウィスキーを注いで言った。「上級警察官がこんなふうにキャリアを危うくするような行動に出た理由をぜひ知りたいですね」

「ああ、そいつは勝敗を決定する質問だな? 正直なところ、わたしはあんたがなぜ出ていこうとしているのか、それを明らかにしたくて来ただけだ」

「出ていく?」

「よせよ。あんたみたいな経歴の人間が飛行機の席を予約したら、ヨーロッパの警察の半数は知っているに決まってるだろう」

これは嘘だった。ウィールドの報告を聞いてからの三日間、巨漢は確かにかなりの時間を費やしてリヒテルをどうするか戦略を練ったが、彼女がドイツへ帰るつもりだというのは、ここでデスクの引出しに飛行機のチケットが入っているのを見つけて初めて知ったことだった。予約は明日の便、片道で、ファースト・クラスだった。

これを見た警視は、彼女のここでの仕事はすんだか、あるいは行き詰まってしまったのだろうと結論し、来たときと同じように静かに出ていこうかと思わなくもなかったのだが、それは一瞬だった。職業上も私生活上も問題だらけの人生を送ってきただけに、こういう人間がただ消えてなくなるなどと考えるのはあさはかな間違いだと彼は悟っていた。

それに、チャーリー・ペンはいなくなりはしない。

彼女は言った。「じゃ、コンピューターのデータベースに非合法にアクセスしていた、というのもあるのね?」

「どういう意味かよくわからんが、きっとそのとおりだろう。それじゃ、話を始めるとしようか、フロイライン・リヒテル。わたしがあんたについて知っていること、あんたから求めることはこうだ。あんたはチャーリー・ペンの古い友達だ。見たところ、仲よく寝る間柄らしい。あんたは彼にそそのかされてここまで来て、ディック・ディーが死んだときの状況をミス・ポモーナを通して探り出そうとした。さてそこで、わたしとしては、あんたが何を発見したと考えているのかを教えてもらいたい。そうしたら、みんなベッドに戻れる。わかったかね？」

彼女はあきれたという様子で首を振った。完全に演技というわけでもなさそうだった。

「チャーリーからあなたのことは聞きました、ミスター・ダルジール、でも半信半疑だったんです。あの人は間違っていたと、これでわかりましたわ。あなたは傲慢で容赦ない人間だと彼は言ったけれど、愚かでもあるとは教えてくれなかった。こんなふうにイギリスの法律を破り、わたしの権利を侵害して、何事もなくすませられると本気で思っているの？　わたしの過去を調べたとおっしゃる。それなら、わたしがあなたなんかよりもっと力のある重要人物を刑務所に送り込むのに一役買ったことが何度もあると、ご存じでしょう」

「すまんな」ダルジールはわざと誤解して言った。「ご婦人の言葉には逆らっちゃいかんと親父に仕込まれたが、これだけは言わせてもらうよ。刑務所に送り込んだやつの数でくらべるなら、わたしはあんたにズデーテン地方の半分の距離のハンディをやっても、あんたより先にプラハに着くね。だが、そんなことはどうでもいい。やったりとったりだ。あんたが助けてくれれば、わたしも助けてやる。それがなにより平等じゃないか」

「わたしを助けるって、どうやって？」彼女は嘲るように言った。「駐車違反の切符を反故《ほご》にしてくださるとか？」

「それもできるがね、こっちが考えていたのは、あんたが刑務所に入らないですむようにしてやるってことだ」ダルジールは言い、身を乗り出して、ウィスキーのお代わりを注いだ。

「刑務所？　どういう理由で？」彼女はきつい口調で訊いた。

「ドイツには法律ってもんがないのか？　まあ、こっちにはたっぷりある。まずは姓名詐称、文書偽造、詐欺。あんたは不動産屋に対して自分はマイラ・ロジャーズなるイギリス人だと言い、いかに立派な英国民かを示す照会書類を渡して、このフラットを借りた。もっと聞きたいか？　あんたの冷蔵庫には興味をそそられる白い粉が一袋入っている。それに、今そうやって振りまわしているしゃれた銃だが、本国では免許があるにしても、こっちでそれが合法だと示すものはなにもない。まだある。あんたはミスター・トリストラム・リリーを雇って、私宅に非合法な押し込みをやらせたうえ、違法な監視装置を設置させた。ああ、あいつとは話をしたよ。自己中心的な意気地なしだから、あいつの盗聴装置さえ間に合わないほどべらべらしゃべりまくったさ。もっと聞きたいか？　あんたに着せる罪状なら、まだその第一番にすら入っていない」

「無駄な脅しですね、警視」彼女は落ち着き払って言った。「プロにつきまとわれ、暴力で脅され、殺すとまで言われたことさえ何度もありましたけど、まだ生きていますわ。あなたがいくらわたしをつかまえたって、知り合いの弁護士なら事務所を離れもせずにわたしの自由を確保してくれますね」

「それは信じられる。そいつらが一日一頭去勢して、ほかのやつらも見習うようにすりゃいいんだ。ああ、法律はロバだ（愚かで融通がきかない。ディケンズ『オリヴァー・ツイスト』から）、確かにね。だがありがたいことに、喘息持ちで脚のきかないロバだ。まあ、わたしの推測じゃ、あんたがファースト・クラスで出ていこうと決めたのは、ドイツにいる誰かから天下国家を論じる本物の仕事をオファーされたからじゃないかな」

彼女は隠すのがうまいが、探り出すことにかけては彼のほうが上手《うわて》で、彼女の顔を見れば図星とわかった。

彼は続けた。「あんたを刑務所にしばらくぶち込んでやることはできる、それで故郷の友達があんたに見切りをつけ、ほかのマタ・ハリを見つけるまでね。それに、ヨーロッパじゅうにあんたのことが知れ渡って、今度覆面で取材するときにはひげをつけなきゃならないようにしてやるよ」

彼女はすこし考えてから、彼に向かって微笑した。

「おっしゃるとおりかもしれない」彼女は言った。「何がお望みか教えてください。そうしたら、お手伝いできるかどうか考えてみましょう」

それから、彼女は体を震わせ、話を続けた。「イギリスのフラットって、寒いったらないわ、そう思いません？ドイツ人は家の中を暖かくしておく方法に通じているのに」

しゃべりながら、彼女はガスストーブのほうに体の片側を向け、熱を求めるように半身をそらせたから、Tシャツの裾がずり上がった。

ダルジールはゆったりと椅子にかけ、うれしそうにうなずいてグラスを掲げてみせた。

やがてリヒテルはまたTシャツを膝の上まで引き下ろした。

「なかなかうまい策略だったな。だが、わたしには家で待っているお相手がいてね、帰りたいんだ」ダルジールは言った。「そっちはチャーリーのために取っておけよ。もっとも、あいつのどこがいいんだか、わたしにはわからんがね。あんたたちドイツ女はもっと肉のある男が好きなんだと思っていた」

「チャーリーはいい人です」彼女はまじめに言った。「それに、愚かな男ではない。彼が経緯を話して、助けてほしいと言ってきたとき、わたしが扱うような事件に思えなかったのは認めますけど」

「あんたが扱うのは、大規模な政界の腐敗だろう？」

「まあ、そんなところね」彼女は微笑した。「この話は個人的で、取るに足らないことのように聞こえた。たとえチャーリーの考えが当たっていたとしても、せいぜい、つまらない地方警察の警察官が間違ったことをしたのを隠しているというだけでしょう。イギリスの新聞では多少話題になるかもしれないけれど、こっちではなんだって話題になるものね。でも、チャーリーは古い友達だし、数週間故国を離れて静かに暮らすのは都合がよかった。だから来たんです」

「来た、見た、勝った。確かにライちゃんの愛情は勝ち取ったようだな」ダルジールは言った。「で、何を見つけた？」

彼女がためらったので、彼は胸の奥深くから唸るように言った。「いいか、真実を言うんだぞ」

彼女は言った。「嘘をつこうとしているんじゃありません。むしろ、よく考えなくちゃならないのは真実のほう。だって、正直なところ、自分でも何を見つけたのかわからないんです。ただ、ライがとても心を乱して、悩んでいるということは別としてね。ボーイフレンドの若い警察官は彼女をとても幸福にしてくれるけれど、同時に彼女を不幸な気分にもする。そんなことって、理解しがたいわ。わたしが初めて話しかけたとき、彼女は教会墓地で電気掃除機の中身をあけているところでした。あとで仲よくなってからわかったんですけど、そのとき撒き散らしていたのは亡くなったおにいさんの遺灰で、あの奇妙な空き巣事件のときに床にこぼれてしまったんだそうです」

「奇妙な空き巣事件？　どうして奇妙なんだ？　チャーリー・ペンがやったんだろう？」

「いいえ。違うんです。チャーリーがあの朝ここにいたのは、わたしと一晩いっしょに過ごしたからです。ライは出かけているとわかっていたので、危険はなかった。彼女が今夜留守だと、あなたが知っているのと同じよ。そうでなきゃ、あんなに大きな音で音楽をかけたりしないでしょう」

「ああ、彼女はボウラーのところへ行っている」ダルジールは言った。「で、何があったんだ？」

「わかりません。なにか壊れたような、がちゃんという音が聞こえました。隣から聞こえてきたようでしたが、フラットは空っぽだとわかっていました。チャーリーが出ていって、ドアに耳をあてて物音を聞こうとしました。そのときミセス・ギルピンに見られてしまったので、彼はわたしのところに戻らずに家に帰ったんです」

「あんたたちの仕業でなかったのは確かなのか？」ダルジールは疑うように言った。「誰かが彼女のコンピューターにローレライがどうのというメッセージを残していった。ローレライといえばチャーリーのお得意だろう。それに、あんたのふるさとからも遠くない、わたしの情報が正しいならね」

「深いところまで調べていらっしゃるのね、ミスター・ダルジール」彼女は言った。「ええ、彼女と仲よくなってから、メッセージのことは聞きました。すごく不思議だわ、ことにチャーリーとのつながりがあるから。もう一つ不思議なのは、音がしなかったこと」

「え？」

「ライの話では、フラットの中はめちゃくちゃに荒らされて、物が倒れたり、引出しの中身がぶちまけられたりしていた。でも、最初に一回がちゃんという音がしたほかには、なんの音もしなかったんです。それに、もう一つの盗聴器も不思議」

「なんだって？」

「トリスと話をされたとき、聞きませんでした？」彼女は言い、ダルジールに鋭い視線を投げたが、彼は落ち着いて受けとめた。実はリリーと話などしていないのだ。彼はロンドンに住んでいるから、警視庁に一言もなく引っ張り出すのはむずかしい。リリーとリヒテルに興味を持っていることは、できるだけ外に知られたくなかった。だが、リリーに関して読んだことや会ったときの印象からすると、自分が助かるためならためらわず取引するような男に思えた。

その点については、リヒテルも明らかにダルジールの言ったことを信じていた。

すると、リリーが口に出しそうなもう一つの盗聴器とやらは……。

彼は言った。「ああ、あれか。あいつが話していた。だが、わたしに興味のあるのはあんたなんでね」

彼女は勝ち誇ったように笑い出した。

「あのもう一つの盗聴器はあなたのだから、でしょう？　当ててみましょうか。ちゃんと機能していなかったんじゃない？　きっとトリスが見つけて、なにか細工したんだわ」

彼女は警視のためらいに気づいたとき、間違った結論に飛びついたのだった。それが困るところだ。陰謀を嗅ぎつけようと毎日狙っていると、そのうちそこにもここにも陰謀が見えてくる！

「現代のテクノロジーなんぞ信頼できないと、常日頃言っていたんだ」彼は言った。恥ずかしがっているふうな口調をつくったが、やりすぎないようにした。

「トリスもそう言っているわ。盗聴器は一つでは絶対に足りないって。もっと予算をくれと頼んでみるのね」

「ああ、そうするよ。だが、ひとまずあんたの知っていることに集中しよう。盗聴器はけっこうだが、物事の核心をつくには、親友になるのがいちばんだ」

彼女は頬を赤らめこそしなかったが、はっきりと不快げな表情になった。ジャーナリストが罪悪感を感じるなんてことがあるのか？　そりゃあるかもしれない。人間なんだから。人間といえるかいえないかの瀬戸際というやつもかなりいるが。しかし、リヒテルの過去の業績を見ると、個人的利益より道徳的信念が仕事の動機になっているようだ。それに今、もし警察がそのもう一つの盗聴器を仕掛けたと考えているなら、彼女は警視を捜査の対象というより、いっしょに捜査する仲間と見なしているはずだ。

彼は言った。「人を好きになるとやりにくくなるというのはわかるよ。わたしもライが好きだ。それにうちのボウラーのことも気に入っている。だから二人のためにいちばんいいことをしてやりたい。だが、何がどうなっているのかわからなきゃ、そうもいかないだろう？」

彼の口調はまじめで誠実で、自分に保険を売りつけられそうなくらいだった。

彼女はうなずいて言った。「わかりました。わたしが思うに、ライが悩んでいるのはたぶん、ワードマンについてこれまでに話したこと以上を知っているからです。これは彼女にとって、とても個人的なことなんです。たまにワインをたくさん飲むと、彼女は事件がおにいさんとなにか関係があるような言い方をしますけど、そんなはずはないんです。だって、彼は彼女がほんの十五歳のときに亡くなったんですもの。でも、こういうことが彼女の頭の中ではごっちゃになっています。兄が死んだのは自分の責任だと思っているようですし、あのディック・ディーという人が死んだのも自分の責任だと思っているのかも。彼女はディーが大好きだった、それは確かです。自分のそばにいると人は死ぬんだなんて、いったん思い込んでしまったら、ノイローゼになるしかないわ」

「だが、どうしてディーの死は自分のせいだなんて考えるんだ？」

「たぶん、彼女は彼がワードマンではないかと怪しみ始めていたのに、そう信じるところまでは行けなかった。それで彼女はなんとかして、彼が真実を暴露せざるをえなくなるような状況にもっていったけれど、まずいことになってしまった。そして、結局真実ははっきりと、疑う余地のない形では明らかにされなかったから、彼の死が頭につきまとっている。もし彼が無実だったらどうしよう？」

「彼女がそう言ったのか？」ダルジールは訊いた。「彼女はディーが無実だったと思っているのか？」

「彼女はある晩、わたしにこう言いました。〝もしワードマンが死んでいなかったらどう、マイラ？　もし彼は今も自由で、次の被害者に目をつけていたら？　みんなが警戒を緩めるまで待って、また始めるつもりでいたら？〟そんなふうに考える理由があるのかと、わたしは訊きました。わたしはただ彼女を慰めて安心させてあげたかっただけですけど、チャーリーのために質問しなきゃならなかったんです」

「で、彼女の答えは？」

「わたしの腕の中で眠ってしまったので、ベッドに寝かせてあげました」リヒテルは優しく言った。

「あんたはそのあとから同じベッドに飛び込まなかったのか？」ダルジールは気軽く訊いた。彼としては、女はなんでも好きなことをすればいい、町なかでやって、おまわりさんをおびえさせたりさえしなければ。あるいは、それが彼の部下の刑事と婚約しているも同然という女でなければ。

彼女はにやりとセクシーな笑顔を見せ、それから言った。

「いいえ、わたしは積極的に異性愛《ヘテロ》よ、ミスター・ダルジール。でも、その点はわたしの言葉を信じていただくしかないわね」

「バスに乗り遅れちまったかね？　いつもこのざまだ。だが、乗車賃を払えるという自信がなければ、絶対に乗らない主義だ。じゃ、話を続けてくれ」

「もうあまりなにもありません」彼女は言った。「彼女が一人でいるときのテープを聞くと、ときどきしくしく泣いている声が聞こえます。夜中に歩きまわっている足音も。

「あわてないでくれよ」ダルジールは言った。「そのスコッチのせいで、あんたはドイツ人になってきた。秘密を打ち明けるのは、絆創膏をはがすようなもんだ。やり方は一つ、手早く、一気にすませることだ」

彼女はうなずき、ゆっくり深呼吸してから言った。「月曜日に彼女は病院で検査を受けました。脳腫瘍があるとわかりました。じきに死ぬんです」

「なんだって、びっくりして彫像になっちまった、テート美術館に売ってくれ！」ダルジールは叫んだ。それまで何が飛び出すかと、ありそうな話を五つ六つ考えていたのだが、まったく的はずれだった。「打つ手はないのか？」

「彼女は何もしてほしくないと思っているんです」リヒテルは言った。

「なんてこった。誰か彼女と話をしたほうがいい」巨漢は興奮して言った。「このごろじゃ、なんだって治る、口蹄疫と政治家を除いてな。ボウラーは知っているのか？」

「誰も知りません。わたしのほかには。今はあなたもご存じですけど。おかげで、これからどうするかを決める責任

それに、彼女は声に出して死んだおにいさんと話をすることもあります。ひどく怒って、自分の不幸は彼のせいだと責めている様子で。ハットに話しかけることもある。そのときは愛情に満ちて、でも後悔したり、詫びる言葉も出てきます。なんだか、これからの生涯をともに過ごしたいと思う人に話しているというより、別れの挨拶みたいなの。でも、それはみんな、あんなことになる前……」

「あんなことになる前？」

彼女はウィスキー・グラスを干し、お代わりを注ぐと、またすぐ飲み干した。

「このことをあなたにお話しする権利がわたしにあるかどうかわかりませんし、もしわたしがずっとここにいて、彼女が思っているような友人であり続けるとしたら、お話しするわけにはいかなかったでしょう。わたし自身、彼女の友人である、あるいは友人でありうると思っています。だからここを離れることにしたんですし、彼女には二度とふたたび会わないつもりです。わたしが約束を破れると思うのも、それが理由です」

はわたしからあなたに移りましたわ。だから喜んで出ていけます。わたしの仕事は、そもそも引き受けるべきものじゃなかったんですけど、もう終わりました。これで本物の仕事に取りかかれます」

「逃げ出すってわけか、気の毒な女の子が一人で苦しんでいるのを見棄てて？　彼女を騙して近づいて、秘密を打ち明けさせたあげくに？　まったく！　あんたたちみたいな連中は、聞きしに勝る悪党だな！」

軽蔑の言葉に、彼女はびくともしなかった。

彼女は言った。「考え違いをしていらっしゃるわ、警視。わたしが彼女の立場だったら、さぞ落ち込んでしまうでしょうし、もし彼女がそんなふうだったら、わたしだってそう簡単に出ていく決心がついたとは思いません。出ていっていいと思うのは、このニュースで彼女はみじめになるどころか、喜んでいるからなんです！　なんだかまるで、癌を告知されると覚悟して病院へ行ったのに、思いがけず病気はありませんと言われたみたい！　絶望している人に慰めを与えることはできます。喜んでいる人に絶望を差し出すわけにはいきません。さてと、これで言いたいことはすっかり言ったと思います、警視。Aufwiedersehen（またいずれお目にかかりましょう）、でもあまりすぐではなくね！」

ダルジールはグラスを干して言った。「その前に一つだけ。そのねまきだかなんだかを脱いでもらいたいんだが……」

彼女は彼を見て、困惑した様子になったが、それからにっこり笑って立ち上がり、Tシャツをたくし上げて脱いだ。

「向きを変えて」彼は言った。

彼女は従った。

「よし」彼は言った。「また着ていい」

「あなたの気が変わったのかと思ったのに」彼女は言い、わざとらしくがっかりしたふくれっつらをつくってみせた。

「いや、侮辱されたと思わんでくれ」彼は立ち上がりながら言った。「なにもくっついていない、まっさらな体なのを確かめただけだ。目の保養になる体だったよ」

彼女は笑顔を見せた。彼は書き物机のところへ行き、彼女の銃を取り上げて調べ、安全装置を掛けると、自分のポケットに入れた。

「こいつを国外へ持ち出すことはできない」彼は言った。

「まあ、合法的にはね。だから、わたしが預かっておこう」

「じゃ、出国は許していただけるのね？」

「止める理由はない。ああ、もう一つだけ。あんたが入ってきて録音スイッチを入れたこのテープだが、わたしをまずい立場に追い込むような言葉がとれたとは期待せんでくれ。がっかりさせて悪いが、スイッチの接続を切っておいた。まあいいだろう、おかげでワグナーが損なわれずにすんだんだから」

彼がデッキをリセットすると、ふたたび滅亡の暗さに満ちた音楽が部屋じゅうに響き渡った。

「どっちみち、使いようがなかったでしょう？」彼女は無関心な様子で言った。「教えて、ミスター・ダルジール、どうしてこの音楽を選んだの？」

「さあね。なぜそんなことを訊く？」

「この中にはドイツ精神の最善と最悪の部分がすべて含まれている、と言う人もいます」彼女は言った。「わざわざそれを選んだのは、そこになにか意味を持たせたのじゃないかと思って。人種差別的なコメント、とすら考えられるわ」

「人種差別？　わたしが？」彼は怒って言った。「とんでもない。おぼえやすいメロディーが大好きだというだけさ。たとえ作曲したのが死んだドイツ野郎だとしてもね。出発前にチャーリーには会うのか？」

「ええ」

「何を話すつもりだ？」

「彼が知る必要があることだけ」彼女は言った。

「ガールフレンドからそれ以上は望めない」アンディ・ダルジールは言った。

そこから数マイル離れたところで、好きこのんでのことでもあり、しかたなしでもあるのだが、狭いシングル・ベッドの上で体をからみ合わせ、ライとハットは闇の中に寝ていた。

「起きてる？」ハットは言った。

「ええ」

「なにか心配事でもあるんじゃないだろうね？」

「ほしいものはすっかり手にしているのに、何を心配するの？　心配してるみたいに見える？」

事実、ここ数日のあいだ、彼女からは幸福感がにじみ出ている。

「いや、そういうんじゃ……」

事実、ここ数日のあいだ、彼女からは幸福感がにじみ出ているようだった。確かに、彼女が気づいていないときにちらと見ると、顔は前より青白く、目の下のくまは濃くなっているように思えた。だが、彼の存在に気づいたとたん、彼女は喜びに輝き、そうすると、そんな考えは冒瀆のように思えるのだった。

彼は彼女の体に両手を走らせて言った。「ちょっとやせてきたんじゃない？」

「かもね。クリスマスのあとは、あれだけのチョコレートで太ったぶんを減らしたいから、新年はダイエットで始めることにしてるのよ。でも、警官は太めの女が好みみたいだわ」

「ぼくは違うよ」ハットは力をこめて言った。「でも、木琴と寝てるとは思いたくない――いてっ！」

彼女は彼の尻の穴に指を突っ込んだのだった。

「わたしの体はわたしのもの」彼女は言った。「木琴が弾けるように勉強するのね。だいたい、あなたがハンバーガーやフレンチフライに頼るのをやめないなら、わたしはバグパイプの演奏を習わなきゃ」

「田舎に家を買ったほうがいいな。さもないと、セックスのたびに隣近所から文句が出る。そういえば……」

「もうまた？　あなた、薬でもやってるの？」

「違うよ、田舎の家ってこと……いつからいっしょに住む？　永久的にだよ、きみのとことぼくのとこを行ったり来たりするんじゃなく。うん、ほんとに永久的にね。結婚しようよ、どうだい？」

彼女は返事をしなかったので、しばらくして彼は言った。

「結婚のことを考えてるの、それとも、どうやって断わろうかと考えてるの？」

「結婚のことを考えているわ」彼女は言った。「警察官と結婚することはあまりすすめられない、というのがいちばんまともなアドバイスみたい」

「人からアドバイスを受けてるの？」彼は言い、わずかに傷ついたことを隠すために、わざと大げさに怒ったふりをした。

「まさか。でも、本はたくさん読んでるわ。警官が出てくると、たいてい結婚生活がうまくいっていないのよ」

「本だって！　作家なんかに何がわかる？　ああいう連中はもっと外に出て、現実社会を知るべきなんだ、家にこってあれこれでっち上げるのはいいかげんにして」

「でも本当よ」彼女は言った。「厳しい仕事ですもの。危険でもあるし」

彼女はできるだけ体を離した。とはいえ、床に落ちない程度だから、たいした距離ではない。「それだけは心配なの、ハット。あなたの仕事は危険だし、ますます危険になるばかり。あなたにもしものことがあったら、わたし、どうしていいかわからないわ」

「ばかだな」彼は言った。「そんなことになる確率は……わからないけど、宝くじに当たる確率より低いだろ」

「もうすこしでそうなるところだったじゃない、忘れてはいないでしょう？」彼女は言った。「危うくあなたを失うところだった」

「うん、でも雷が二度落ちることはないんだから、これでもう、ああいうことがまた起きる可能性は低くなった」

「そう信じられればいいんだけど。わたしにわかっているのはね、もしなにかがあったら、わたしはおしまいってこと。すべてがおしまい。わたしの人生もおしまいよ。それ以上生きている意味なんてないもの」

「やだな、そんなこと言っちゃだめだ」彼は熱をこめて言った。「なあ、なんにも起きやしないって……」

「でも、起きてしまったら？」

「そうしたら、耐えるしかないだろうな……」

「無理だわ」

「できるよ。きみは強いもの、ライ。ぼくより強い。きみなら、その気になれば、どんな経験だって耐えられると思う」

「そんな気になんかなれない」

「しょうがないよ。約束して！」

「なんて？　あなたのお墓にバラの花を撒いたら、すぐ独《シン》身者《グルズ》クラブへ行きますって？」

「違うよ、ばかだな。人生にもう一度チャンスを与えるって」

「なんだか、カレンダーに書いてある金言みたい！」

「しゃれた言い方ができなくてごめんよ。ただ、このごろみんな、死ぬ準備にばかりこだわっているみたいに思えてさ。ホスピスだなんだって。死ぬことはそんなに大きな問題じゃないと、ぼくは思う。たとえ問題だとしたって、すぐに解決するじゃないか。きちんとやるのがむずかしいのは、生きることのほうさ。生きるほうが大事だね」

　彼は口をつぐんだ。彼女はハットの顔に手を置き、闇の中でその目と口をなぞった。

「いいカレンダーを持っているのね」彼女は言った。「わかった、約束するわ。ただし、あなたも約束してくれなきゃ」

「え？」

「平等にね。わたしにもしものことがあったら、あなたは今お説教したとおりのことを実行すると約束して。悲しみと絶望とをごっちゃにしない。死を悼むけれど、いつまでも悲しまない。わたしのことは決して忘れないけれど、わたしにしてくれたこの約束も決して忘れない。あなたがまたしあわせになるまで、わたしは草葉の陰で休めないと理解すること。それだけ約束できる？　もしできないなら、わたしも約束しません」

　彼は手を出し、彼女の手を取った。

「約束するよ」

「わかったわ、じゃ、わたしも約束します」

　彼はライを引き寄せた。彼女の柔らかさ、香り、温もりが失われたエデンの園の空気のように彼を包み込んだが、彼は闇の中で眉をひそめ、なにか理解できないことが起きた、という妙な感覚を分析しようとした。

　彼の胸に頭を押しつけて横たわったライの唇には微笑が

浮かんでいた。

カリフォルニア州サンタ・アポロニア大学
人文学部
ゲスト宿泊所一号室

一月十六日水曜日

親愛なるミスター・パスコー、

なんという一週間だったことか！　なんともめずらしい気分です！　ぼくがこんなにアメリカをエンジョイしているとは、とても信じられないでしょう。なんだか映画の中

手紙９　１月18日（金）受領。
P・P

に足を踏み入れたら、じぶんがスターだったとわかったみたいです！　こちらにいらしたことはありますか？　きっとあるでしょうね――あなたのように教養のある洗練された方が、世界を見ずにまた聞きで満足してきたとは思えません。きっとあちこちを旅行し、観察し、試し、判断してきたのでしょう。ぼくがこうも感激しているのは、無邪気だ、うぶだ、青くさい、とさえ思っておられるかもしれない。でも忘れないでください、このすばらしき新世界（シェイクスピア『テンペスト』の一節）は、ぼくにとっては文字通り新しいものなのです。これまでアメリカといえば映画を通して知っていただけですから、なんでも映画のセットみたいに感じられるのも無理はありません！

もちろん、この明るく太陽の照り輝く世界にいい印象を持ったのは、あとにしてきた世界とあまりに対照的だったせいもあります。フランクフルトは雨に風、ゲッティンゲンは氷と雪に閉ざされていました。ドイツ人の性格の中のゴシックな陰気さを理解したかったら、あそこで一冬過ごせばいい！　もっとも、ぼくはリンダに言い含められて、ちゃんとした宿をとりましたから、とくにつらい思いをしたわけではありません。しかし、どちらの町でもリサーチにはこれという進歩がありませんでした。確かにフランクフルトではデーゲンという名前の人々を見つけました。ベドウズがいっしょに暮らし、旅の道連れにし、シェイクスピア役者に仕立て上げようとしたパン屋のコンラート青年につながる家系かもしれない。でも、そんなつながりを証明する書類や遺品などはなにもなく、家族に伝わる思い出話というのは、ベドウズの跡をたずねてここまでやって来た先輩たち（サム自身も含めて）から聞き出したことの受け売りではないかという印象を受けました。（とはいえ、若い金髪のデーゲンくんというのが、絹のようなまつげをぼくに向かってぱたぱたさせてみせました……ああ、ぼくたち伝記作家が対象との共感を求めてすることといったら！）

ゲッティンゲンはきれいな小さい町で、多くはベドウズの時代からそのまま残っています。それで希望を持ちましたが、大学の記録に彼の名前があったのを見たほかは、彼がここでの生活について手紙で書いた内容に加えられるようなことはなにも見つかりませんでした。サムは彼の「想像上の場面」の一つとして、同じ大学の学生であり、どちらも詩と急進的政治思想に興味を持っていたベドウズとハイネが出会い、口論するという話を書いたのですが、時期がうまく重ならず、結局サムはこれを没にしてしまいました。いくら想像力を羽ばたかせても、その翼に事実という羽がすくなくとも一枚なければ飛び立てない、という理由で。

ですから、天気はひどいわ、進歩はないわ、何につけても echt Deutchheit（真にドイツ的なるもの）の重みがのしかかってくるわで、ぼくは日に日にだれてぼうっとするばかり、時間は遅々として進まず、まるでアマチュア歌手が学校の楽団の伴奏でうたうワグナーの長いオペラに連れていかれ、体臭のひどい太った男二人のあいだに挟まれた居心地の悪い席に着けられたうえ、途中休憩はありませんと言われたみたいなものでした。

そんなとき、ぼくは思いましたよ、ミスター・パスコー、学問の世界より探偵の世界を選んだあなたはなんて賢かったんだろうとね。あなたが仕事で訪れなければならない卑しい町は、ぼくが訪れては迷子になる陰気な町々とはくらべものにならないと思いました。死に取り憑かれていたあの気の毒なベドウズが、おとなになってからの人生のほとんどをここで過ごすと決めたのも不思議はない。どこもかしこも明るい今の時代、イギリスやアメリカの大都市では、一度も星を見ることなく子供が育つのも可能だというときに、ここでは暗がりや毒気やゴシックな闇がいつもすぐそこにある。これが一八〇〇年代の初めにはどんなだったか、想像するのも恐ろしい！　ベドウズは科学の分野の中でももっとも社会に利益を与える医学を通して、また急進的な平等運動を支持する活動を通して、啓蒙を求めましたが、どちらの道を通っても、結局は同じ結論に戻ってしまった。すなわち、人は創造の失敗作で、その属すべき領域は闇、唯一の救済は死である、というのです。

あそこにいればいるほど、ぼくは彼に同意するようになりました！

ありがたいことに、そのときロンドンのアメリカ大使館から連絡がありました。ドワイトと話をして以来、ぼくは大使館と緊密にコンタクトしていたのですが、面接に来るようにと呼び出されたので、すごくほっとしてゲッティンゲンに別れを告げました！

イギリスに戻っても、状況がよくなったわけではありません。天気は悪いし、大使館の職員たちときたら、ぼくをまるで共和国の破滅を企てる社会の敵ナンバーワンみたいに扱うのです。いいことといえば一つだけ、フレール・ジャックがまたリンダのウェストミンスターのフラットに泊まっていました。ぼくらはもういい友達になっていましたから、今回はぼくが二晩ほど居間のカウチに寝ることに、おたがいに異論はありませんでした。彼は著書のプロモーションのために北へ向かう予定で、ぼくはアメリカへ行く前に中部ヨークシャーに戻って様子を見ておきたいと思っていたところ、彼はレンタカーでシェフィールドまで乗せていってやろうと言ってくれました。

おもしろい旅行でした。フレール・ジャックはどこか変わってしまったような感じでした。フレール・ディーリックの死が関係しているのかもしれない。ジャックの中では男である部分と修道士である部分とがいつも微妙なバランスを保ってきたのに違いないと思いますが、禁欲生活に専心すべきことをたえず思い出させるあのしゃれこうべが取り除かれて、彼は日の出の勢いです。エメラルドのことを話しました。近い将来、彼は修道の誓いを結婚の誓いに変える大きな一歩を踏み出そうと考え始めるかもしれませんん！（恥ずかしながら白状すると、一瞬、ひょっとするとジャックはディーリックの死の状況について、よけいなことを知っているのではないかというかすかな疑念が心に湧きました……。でも、そんな考えはすぐに押しやりました。根拠のない疑念は精神を蝕む癌です。友達は完全に信頼すべきです、そう思いませんか、ミスター・パスコー？）

リンダがそれをどう思うかはわかりません。そのときまで待つとしましょう。

ぼくが中部ヨークシャーにいたのはわずかなあいだで、

残念ながらあなたに連絡する暇はありませんでした。直接お目にかかって、これまでの手紙が二人のあいだに親しい関係を築き上げたとぼくが心霊力で確信していることが本当だと、あなたから言っていただけたらうれしいところだったのに。とはいえ、共通の知人の一人二人から、あなたのことは聞きました。だいたいはいい話でしたが、チャーリー・ペンは町であなたをちらと見かけたとき、ちょっとやつれて見えたと言っていました。どうぞ体には充分気をつけてください。お仕事柄、時間は不規則だし、どんな天候のときでも出ていかなければならない。でも、これから若くなるわけではないのですし、あの丈夫で長持ちなダルジールにこき使われるままではいけません。

さて、ぼくの大冒険に戻ります。とうとうあの雲に覆われたヨークシャーの丘をあとにし、どこまでも続く霧と汚れた空気の中を通り抜け、それからもっと長ったらしい合衆国入国管理の泥沼を抜けると、そこには若い男神と女神が待っていて、挨拶してきました。二人とも野球帽をかぶり、輝くような微笑を浮かべて（文字通り輝いていたんです。聖アポロニア様は信者の扱いがいい！）、ぼくの名前を書いた旗を振っていました。二人はぼくを出迎えるようにとドワイトが送り出した息子と娘、ティーンエイジャーの双子だとわかりました。これでもう苦労はすっかり消えたように思え、ぼくは二人に付き添われて明るい太陽のもとへ出ました。それから車で連れていかれた美しい家は砂浜の上に高く立てた土台柱にのっかった造りで、黄金色の砂浜は深い深い青色の太平洋へと続いています。雄々しいコルテスよ（キーツの詩「初めてチャップマン訳ホメロスを読んで」の一節「雄々しいコルテスは黙って太平洋を見つめた」から）、言いたいことはわかったよ！

最初の二日はドワイトの家族の懐に抱かれてリラックスし、環境にだんだん体を慣らしていきました。懐に抱かれて、といっても、文字通りじゃありません。家族は接触厳禁領域でした。もっとも、子供たちは友達といっしょに裸で泳ぐのが好きなので、ぼくの目の前にいつも誘惑がちらちらしていましたが。さいわい、日が射すと気温は穏やかなのですが、今の季節では海はまだかなり冷たく、おかげでぼくの興味は人目について恥ずかしいことにはなりませんでした。それでも、ドワイトの慧眼はなにかを察したのでしょう。ぼくの時差ボケが治り、出版局の彼の友人たちの前で堂々と話ができるくらいの状態になるやいなや、彼はこう提案してきたのです。新学期が始まったから（こちらの大学は始まりがすこし早いんです。あなたが慣れているオックスフォード——いや、ケンブリッジでしたか？　おぼえていません——とは違います）、きみはキャンパスに部屋を取ったほうが便利だろう。西海岸に住む現代のリベラルな学者であるパパさえ子供たちの道徳には気をつけている、と思うとうれしくなります。

キャンパス生活は最高です。ことに、ぼくは今、教授用ゲスト・ルーム——ゴッズの財務官公舎《クエスターズ・ロジング》ほど歴史的に壮観なものではないが、ずっとユーザー・フレンドリー——に泊まっていますし、いろんな人たちに、一時訪問中のちゃんとした学者として紹介されましたからね。ドワイトにすすめられて、ぼくは彼のクラスを二度ほど聴講し、それから特別に選ばれた学生グループに教授数人を加えたセミナーでベドウズの詩について講義することになりました。とてもうまくいき、学生たちはベドウズをすっかり気に入ったようで、まもなくありとあらゆるグループから、話をしてくれという声がかかりました。ドワイトは大喜びで、彼自身の計画に差し支えないかぎりはなんでもやらせてくれました。まもなくわかったのですが、彼がぼくにこんなことをさせていたのはPRのためで、ぼくが自著の原稿の売り込みのためにサン・ポル大学出版局のお偉方に会うころには、上々の評判が先行している、という目論見なのでした。

ぼくはこの計画に従い、パーティーに出席し、みんなと握手し、話をし、歩きまわりましたが、学生たちといっしょに過ごすことのほうが、ずっと楽しかった。われわれはみずからの若さに別れを告げるときが来たと、どんなにしぶしぶ認めることか！　どんなにのろのろと歩を進め、いつまでも名残惜しげに後ろを振り返りながら前進することか！　バイロンの詩（「音楽に寄せる詩」）の一節「世界が与えうる喜びの中でも、それが取り去る喜びほどのものはない」の真実をとうとう理解できるようになったら、長いお別れが始まったのだと思わなければなりません。こうして若い子たちと過ごしていると、フィヒテンブルクでザジ、ヒルディ、マウスといっしょにスケートをし、橇を走らせ、甘いコーヒーを飲み、クリーム・ケーキを食べた数日と同じような気分になりました。責任のない快楽、輪郭のない時間、終わりのない世界。きっと、ぼく自身の学生時代は残酷にも突然暗礁に乗り上げてしまったので（はいはい、ぼくが悪かったんです、恨みも非難もなし！）、ぼくはなおさら必死になって、難破船の周辺に漂うわらしべにすがっているのかもしれません。こんなふうに感じたことってありますか、ミスター・パスコー？　そりゃ、あなたはもうとっくにそんな子供じみた時期を過ぎていらっしゃるでしょうが、たとえば結婚後、かわいいお嬢さんがまだ産着にくるまれた声と食欲でしかなかったころ、自分が十八、十九、二十歳だった時代に戻りたい、いま手にしているものは、あのころの果てしない地平線、底知れぬ歓喜には替えがたい、と思ったことはありませんでしたか？　あるいはもっとあとになって、幼いお嬢さんが重い病気で臥せっていたときや、愛する奥様が危険にさらされたとき、こうなると知っていたら、運命にこんな人質を預ける（ベーコンの言葉。いつ失うかもしれないものを持つ）のではなかった、という考えが頭をよぎったことはありませんでしたか？

　たぶん、なかったですよね。あなたはぼくみたいに、弱気で世俗的ではない。それでも、二人はどこかとても近いところがあると、ぼくは思いたい。そして、今後ますます近くなりたいものと期待し、祈っています。

　ともかく、さっき書いたように、ぼくは若い人たちに出会い、いっしょに過ごすことで、また若返った気がしました。アメリカの学生は、同年齢どうしで比べるとヨーロッパの学生より物を知らない、というのは根も葉もない話だと思いますが、こちらの学生たちのほうがずっと知識欲旺盛なのは絶対に確かです！　かれらはぼくがベドウズについて話したことをなんでも感心して聞き、それから（彼が死に取り憑かれていたという話から、ぼく自身が死にどう対処する方法を選んだかに移行するのは簡単だったので）〈第三思考〉について教えてやると、かれらはこれもすっかり感心して受け入れました。こちらではこの運動のことはまったく知られていないようで、フレール・ジャックの本はアメリカではまだ出版社が見つかっていません。きっと、アメリカ全般、中でもカリフォルニアには、地元産の秘教的、形而上的、擬似宗教的流行や教派や修養法がいっぱいあるので、これ以上外国から輸入してくる必要をあまり感じないんでしょう！　でも、〈第三思考〉はすごく受けました。ぼくがいかにもアメリカ的な言い方で紹介したせいかもしれない。たとえば、死とともに生き、末永く幸福になる方法、とかね！　まもなく、ぼくたちは定期的に会合を持つようになりましたが、その始まりにはいつも〈ぼくのアイデアで！〉『エイシスとガラテア』（ヘンデル作曲、ジョン・ゲイ作詞のオペラ）の〝しあわせなわたしたち！〟を合唱しました。（この歌詞はもちろん男女の愛をうたったものですが、だからこそ〈第三思考〉が目ざす人と死との関係をよく示してくれるのです。それに、もしぼくがジャックについて怪しいと思っていることが本当なら、実にぴったりだ！）それから、ぼくはジャックの本の一部を朗読する。やがて、抜粋のコピーがソ連の地下出版物《サミズダート》みたいに回し読みされることになりました。そこで思ったのですが、どれだけテクノロジーが進歩しようと、直接人間にコンタクトすることはかけがえがない。すぐにこの噂はキャンパスじゅうに広まりました。新たに帰依した人たちどうしで、〝よい《ハヴ・ア・ナイス》死《デス》を！〟という挨拶を交わすようになったのも一助となりました（これもぼくのアイデア。もっとも白状すると、ベドウズがシャンペンを遺すときのジョーク、〝わたしの死を祝して飲むため〟というのがもとになっています）。

　これには副産物があります。ぼくがようやく大学出版局の人たちに売り込みをするよう呼び出されたころには、〈第三思考〉の噂はかれらの耳にも届いていて、みんなぼくの本と同じくらい、ジャックの本にも興味を持っているようだったのです（ぼくの本というより、サムの本ですね。でも、ドワイトの売り込み口上では、ぼくの果たした役割が不相応に大きくされていました。それでぼくがやや抵抗を示すと、彼はそれでいいんだと言いました。「きみは血が流れ、息をしている人間で、しかも現にここにいるんだから!」)。

とにかく、かれらは両方の本に非常に興味を持ち、話が終わるころには、ベドウズの本の出版条件を示すとともに、ジャックと連絡したいとも言ってきました。ぼくがすぐリンダに電話すると、彼女は大喜びでした。彼女はジャックをつかまえてぼくに電話させ、その結果、ぼくは自分とジャックの代理として、両方の本に関して最善と判断する行動を取る権限が与えられました。

というわけです。勝利。来た、見た、勝った。でも、ぼくの手柄とは感じられません。このところ、ぼくは勢いづいてずんずん転がっているようです。では、ぼくをそんなふうに転がしているのは誰なのか? ぼくは最初、かなり懐疑的な気持ちで〈第三思考〉に近づきました。おもしろい考えでしたが、ぼくが十代のころ凝っていたいろんなおかしな形而上学的教えよりことさらおもしろいわけではなかった。しかも、セックスやドラッグは含まれていないんだから、意欲がくじける! リンダが関係していることが、あきらめない理由にはなりましたが、フレール・ジャックとのつきあいが深まれば深まるほど、ここには本当にぼくのためになるなにかがあるかもしれないと、ますます信じるようになったのです。

あなたが宗教に関してどういう立場をとっていらっしゃるのかはよく知りません、ミスター・パスコー。なんとなく思うのですが、奥様のほうは……いやいや、また勝手に決めつけている。悪い癖だ。いつかあなたに直接お会いして、こんな話や、ほかにもいろんな話ができたらすばらしいですね。過去には、ぼくたちが会ったときにはいつもそこに——なんといったらいいでしょう?——法律上の問題がからんでいました。でも、ここ数週間のあいだ、あなたに手紙を書きながら、ぼくらがだんだん近づいてきたという感じを強く持つようになったので、あなたも同感だろうと信じないわけにはいかなくなりました。まあすくなくとも、そうだろうと期待しています。

ですから、ぼくが中部ヨークシャーに戻ったら、どこかの炉辺で会い、陰鬱な一日、いっしょに時間潰しでもしませんか? お願いします。

ところで、ドワイトから教授陣に許されている郵便サービスをいくらでも利用せよと言われているので、この手紙は速達で送ります。さもないと、ぼくのほうが先に家に着いてしまいますからね！

では、近々お会いしましょう！

愛をこめて、

フラニー

追伸。サン・ポルは本当に気に入りました。じめじめした古めかしいケンブリッジなんかより、よっぽどぼくに合っている！　機会を見つけては、ひとりで町をぶらぶらしています——ええ、アメリカの町にしてはめずらしく、地元警察の関心を惹かずに何マイルでも歩けるんです！　見るものはたくさんあります。もちろん大きなモダンなショッピング・モールがいくつもありますが、それとは別に、小さな個人商店も生き残っています。うまい食べ物を売るデリカテッセン、今でも掘り出し物を見つけられる骨董品店、それに書店は、読書しながらコーヒーとベーゲルを楽しめる大学の購買部から、すてきに雰囲気のある古本屋、古書売買業者まであります。

人生をおもしろいものにしてくれる偶然の一つで、こういう店の一軒を覗いていたところ、ふと、店名になんだか聞き覚えがあると気づきました。記憶をたどると、ゴッズでドワイトがアルバコア学監に向かって、サン・ポルには何にでも値段をつけられる書籍業者がいる、ダラムのレジナルドの『聖ゴドリックの生涯』のような稀覯本でも、と自信たっぷりに言っていた、あの晩に戻りました。その名前はファックマンだった。トリック・ファックマン。そして、ぼくが目の前に見ていたのはまさにその名前だったんです！

気紛れで、ぼくは中に入り、自己紹介しました。なんとも興味をそそられる人物でした。むこうが透けて見えそうなくらいやせていて、目は鋭くきらきらしている。博識で、学者的で、同時に世知に長けた人物のようです。

こういう組み合わせが見られるのはアメリカだけですね。イギリスの学界にはマキアヴェリなみの権謀術数家を志す人はたっぷりいますが——アルバコアもそんな一人だった——ファックマンなら同時に、中世の行者と現代マフィアの大ゴッドファーザーの相談《コンシーリエーレ》役にもなれたでしょう。

　ぼくはどうして彼の名前を耳にしたかを説明し、たんに興味本位で、あなたはドワイトの自慢を裏切らず、ダラムのレジナルドの『聖ゴドリックの生涯』の原本に値段をつけられるか、と訊いてみました。なんのためらいもなく、「問題ない」と彼は言いました。ぼくが「じゃ、いくらです？」と訊くと、彼は言いました。「それはわたしが売るか買うかによりますね」ぼくは笑いましたが、彼は言いました。「冗談ではありません。何にでも市場はある。所有には二種類あるんです。当たり前なのは、人目につく所有。持っているんだから見せびらかす！　もう一つは内密の所有。ある物を所有《ポゼス》し、それに取り憑か《ポゼスト》れてもいる。それが自分の手元にありさえすればいい、世間に知らせることはない」

「で、あなたはその市場をご存じなんですか？」とぼくが訊くと、彼はにやりとして答えました。「そういうものがあることは知っています。それを利用するのはもちろん違法ですがね。ほかのどんな市場とも同じですよ、人があふれ、屋台の店主たちはそれぞれ客を引こうと呼び声を上げる。おもしろいと思われますか？　いいですか、どういう種類であれ、骨董品がどこかで動くとなると、人は耳をそばだてる。証券取引所みたいなものです。動く、というのは、手に入れられる、ということだ。ここいらの骨董品ディーラーで、マリブのゲティ美術館がなにか購入するたび、十件以上も問い合わせを受ける店をいくつも知っていますよ。つい最近も、なにかイギリスのコレクションが大金で取引されたばかりだ。いったんゲティに入ってしまったらおしまいですがね。こっちに来るまでには移動があるでしょう。だから市場が動く」

　彼の言っていたのは、ぼくらヨークシャーの住民にはおなじみのエルスカー埋蔵品のことでしょう。まじめに話しているように聞こえましたから、しっかり見張っていたほうがいいですよ、ミスター・パスコー！（釈迦に説法でした——すみません！）

それはともかく、トリックとぼくは長々とおしゃべりし、ぼくは自分のことをすっかり教えてしまいました。ベドウズの名前を出すと、彼は書棚へ行き、一八五〇年出版のピッカリング版『死の笑話集』を一冊持って戻ってきました。出版部数はごくわずかで、今まで残っているものはもっと少ない。ぼくはそれを受け取り、手に持って眺めましたが、これが致命的だった。どんな値段を払ってもいいから自分のものにしたいという、燃えるような欲望を感じたのです。あなたのような教養ある方なら、きっと理解してくださると思います。値段はこわくて訊けませんでしたが、ぼくの目がその質問をしていたんでしょう、まるで今まで交渉をしていたみたいな様子で、彼は言いました。「よし、これが最後のオファーだ。これはあなたにあげますから、そのかわり、あなたのベドウズの本が出たら、初版にサインしてわたしに送ってください。その後、あなたが出す本はすべて同様にする。これでどうです？」

もごもごとどもりながらお礼を言うほか、何ができたでしょう？　あなたなら以前からよくご存じのように、これほど邪悪で利己的な今の時代にあってさえ、利他的な善行、愛ある親切というものがまだたっぷり隠れているのだと、ようやくぼくにはわかり始めたところです。ではまた近々お便りします。

愛をこめて、
フラニー

「こいつの言ってること、わかるだろう?」パスコーはせきこんで言った。

「お願いだ、わかると言ってくれ」

「まずきみが教えてくれたほうが、事は速やかに進むと思うがね、ピーター」ドクター・ポットルはやや苛立ちを見せて言った。

パスコーは予約なしに現われ、ポットルの秘書が、先生は明日開かれる心理精神医学会シンポジウムの開会演説の準備でお忙しいので無理です、と言うのをはねつけたのだった。

「会ってくれます」パスコーは断言した。脅迫めいた言い方だった。「二分でいいんだ。訊いてみてください」

まもなく彼は部屋に通され、ポットルから、百二十秒後にまだここにいたら秘書は警備員を呼ぶぞ、と念を押された。

「つまり、あいつはアルバコアの書斎に火をつけ、彼の論文原稿を破壊したとき、その機会を利用して、先に目にしていた『聖ゴドリックの生涯』をねこばばした、と言っているんです」

「本は火事で灰になってしまったと思われるだけだとわかっていたから?」

「そうさ」パスコーは勝ち誇って言った。「そのとおり。この野郎に何ができるか、ようやくわかってきたみたいですね」

「まあ、きみがなぜそう思い込んでいるのか、理由はわかる、とは言えるがね」

パスコーはこの答えをよく考えてみた。期待していた是認の言葉にはほど遠いものだった。

「どういう理由です?」彼は訊いた。

「彼は放火と殺人未遂で有罪だと確信している以上、窃盗なんていう些細なことを罪状に加えるのにきみがためらうはずはない」

「些細なこと？　この本はとてつもない貴重品なんですよ！」

「それで違ってくるのか？」

　ポットルは目の前の雑記帳にメモを書きつけた。逆から見ると、無意味な落書きのように見えた。パスコーはかつて一度、ポットルがオフィスから呼び出された機会を利用して、この雑記帳をさっと覗いてみたのだが、正しい方向から見ても、やっぱり無意味な落書きにしか見えなかった。実際、落書きでしかないのかもしれないが、この精神科医は彼のフラニー・ルートに対する態度が右に曲がり、左に折れるたび、それを書きつけているようにパスコーには思えるのだった。

「出ていく前に、話しておきたいことはまだあるかね？」ポットルは腕時計に目をやって言った。

　まだあると、こいつにはお見通しだ、とパスコーは思った。

　ありませんと答えようかと思ったが、それはばかばかしい。皿洗い機があるのに、鍋を手で洗うことはない。

　彼は言った。「ロージーがプレゼントに〝家系をたどってみましょう〟っていうキットをもらったもんで、エリーがルートの家系を調べてみたらおもしろいだろうと……」

「ほんとか？　エリーみたいな合理的人物にしては、ちょっとかわった思いつきなんじゃないか？」

「家内が合理的人物だと思うんですか？」パスコーは深刻な疑念を抱いてポットルを見た。

「きみはそう思わない？」

「彼女は理性《リーズン》と縁のない理由《リーズンズ》で動くようですがね」パスコーは気をつけて言った。「ともかく、これが彼女の調査の結果です」

　彼はファイルを渡した。中にはエリーからもらった情報のほか、彼自身がさらに調べた結果も入れてあった。

　ポットルはそれをぜんぶ読み、ひゅーっと口笛を吹いた。

「それって、フロイト的口笛かな、それともユング的口笛かな？」パスコーは訊いた。

「単純素朴な驚嘆の表現だ。非合理的な女性一人で、きちん《ん》と組織化された犯罪捜査部が何年も見過ごしにしてきたらしいことをこうも簡単に発見できたとはね」

「われわれは記録書類をそのまま受け入れていたんです。ところが、そういう記録のもとになった情報というのは、そもそもルート自身がシステムに入力してやったものだった。それも、早い時期からね」

「つまり、彼は非常に若いうちに、父親の思い出は、よいにしろ悪いにしろ、完全に秘密にしておこうと決めた、ということか。ミスター・ルートの真実がどういうものであれ、実におもしろい研究課題なのは間違いないな。ハシーンがどうして彼にそう興味を持ったのか、わかるよ。エリーの発見した内容から見ると、どうやらハシーンは騙されたどころか、彼を今までになくオープンにしたらしい。手紙の中で、父親のことをおぼえていないと言っているほうが嘘なんだ」

「信用ならない野郎だと、前々から言っていたでしょう？」パスコーは言った。それから、その言葉の不合理性を感じて、あわてて続けた。「彼が警察を憎んでいる理由は、これで確かにはっきりします。父親は警察からひどい目にあわされたと思っているんですからね。そうすると、彼がわたしにすり寄ってくるのを胡散臭いと思うのは、正しいってことになる」

「それでは、味噌も糞もいっしょに捨ててしまうようなものじゃないかな」ポットルは言った。「彼が父親について嘘をついた理由は、最初はきみが彼の私的な部分をどこまでも詮索してくるのを防ぐためだったが、やがてきみの役割と死んだ父親の役割とを混同するようになっていったのかもしれない。父親が立派な警察官で、家族をどんな危険からでも守ることができたという思い出は、彼の心に非常に強く残っている。それに、彼がきみをプロとしてすごく尊敬していることははっきりして……」

「よしてくれ！　あいつはわたしをからかっているんだ。どこまでも思い上がって、われわれみんなが束になっても自分の利口さにはかなわないと思っている」

「それは違うと思うね。彼はかつてそう感じていたことはあったかもしれないが、逮捕され、サイクに送り込まれて、自分が超人的頭脳の持ち主ではないんだと悟った。ハシーンがどれだけ探り出したか気づいたこともショックだったろう。彼はきみのプロとしての力を尊敬しているから、きみはきっとハシーンの本を読むだろうし、それだけではなく、本の中で仮名に隠れた彼の存在も見破るだろうと考えた。そこで、それをあらかじめ防ぐために、彼はさりげなくきみの注意をそちらへ向け、ミズ・ハシーンには父親の思い出をセンセーショナルにでっち上げて聞かせ、騙してやったのだと自慢してみせた。ところで、そう言われていなかったら、きみはあの本を読んだかな?」

「冗談じゃない」パスコーは言った。「たとえ偶然手にしたとしても、あの回りくどい文体じゃ、段落の半分もいかないうちに本を閉じてしまったでしょうよ。あいつ、利口すぎるんだ」

「それは、彼がきみのことをそれに輪をかけて利口だと思っているからさ」

「そのとおり。やつの考えでは、ぼくは行間を読んで本当のメッセージを受け取れるくらい利口だが、それに関してなにか手を打つ力はない! 心ゆくまで自慢して、告白したって罰は受けない。だけど、いずれやりすぎるんだ、そうしたらつかまえてやる!」

「でも、今までのところ、きみはそこまで近づいていないね?」

「ええ、でもいつか……きっとなにかが……サム・ジョンソンの学生だった、シェフィールドのあの死んだ青年かも……あいつ、いつもちらちらあのことに触れる……きっとなにかあるんだ……」

「かもしれない。でもね、ピーター、動機は不変のものではない。それをわきまえていなくちゃだめだ。なにかを始める理由と、それを続ける理由は、同じでないことが多い。両方の方向に働くんだ。必要に迫られて盗む無一文の男が、やがて欲に駆られて盗む裕福な男に変わる。あるいは、履歴書に箔がつくからと慈善活動をする野心的政治家が、やがてキャリアに傷がつくのもかまわず、なにかの慈善団体の熱心な支持者になる」

「そして、客観的精神科医はやがて宗教を信奉するようになりかねない」パスコーは言った。「持ち時間の二分は過ぎたな。礼拝式が終わる前に出ていくのはすまないが、いい説教でしたよ」

「礼儀正しい男の無作法は夏の嵐のようなものだ。花を生き生きさせ、埃を静める」ポットルはつぶやいた。

「フロイトか？」

「いや、わたしが考えたんだ。ピーター、この手紙をもう一度読んでごらん。ほかのもみんな、読み直してみるんだ。それで、きみの目の上にすでに印刷されているのでないパターンをさがしてみるんだな」

「わたしがあなたの立場なら、本職から離れませんよ」パスコーは助言した。「じゃ、急がないと」

彼は出ていった。一瞬後、またドアから顔をのぞかせた。

「ごめんなさい」彼は言った。

「無作法な男の詫びの言葉は冬の太陽のようなものだ……

……」

「勝手にしやがれ」ピーター・パスコーは言った。

E

その同じ金曜日の朝早く、ハル埠頭に着いたオランダのフェリーから大型コンテナ・トラックが出てきた。運転手は検問所で書類を差し出したが、係員からむこうの検査所へ行けと言われて悪態をついた。そこでは点検チームが道具と犬を用意して待ち構えている。

「気の毒にな」列の次についていた冷蔵トラックの運転手は言った。「あれで午前中いっぱい取られるだろう」

「聞いた話が本当なら、午前中が無駄になるくらいじゃすまないね」書類を点検する男は言った。「オーケーかい、ジョー？」

「ああ、オーケーだ」トラックを調べていた係員は言った。

「じゃ、安全運転で行ってくれよ」

冷蔵トラックは慣れた様子ですいすいと埠頭を出ていき、やがて中部ヨークシャー目指して高速道路を走っていった。運転手は携帯電話を取り出し、短縮ダイアルである番号にかけた。

「そっちへ向かってる」彼は言った。「うまくいった。問題なし」

安心するのは早すぎた。三十分後にはオイル切れの警告ランプが点滅しているのに気づいた。ダッシュボードを叩くと、点滅は止まったが、今度は真っ赤なランプがついたきりになった。

「くそ」彼は言い、トラックを路肩に寄せた。

「くそ、くそ、くそ！」とつけ加えたのは、運転席から出たとたん、数百ヤード後ろに高速道路パトロールの車が見え、こちらに来るとウィンカーで示していたからだった。

「トラブルかな？」助手席から出てきた警察官が言った。

「ええ。油圧です。たぶん、なんでもない」

「じゃ、見てみようか」

二人が見ているあいだに、パトカーの運転手はトラックの後ろへ回った。

「ああ」トラックの運転手は言った。「何が悪いのかわかった。すぐに直します。どうもありがとうございました」

「大丈夫か？」警察官は言った。

「ええ。どうってことない。二十分もあればかたづきます」

「よかった。われわれはあと三十分したら非番になるんでね、もし思ったより厄介なトラブルだったら、そのときにはほかの連中の仕事になる」警察官はにやりとして言った。

「ハリー。ちょっと来てくれるか？」

もう一人の警察官の声がした。

ハリーはそちらへ行った。

「なあ、聞いてみろ。音がするみたいなんだ」

「どんな？」

「なんか、ひっかくような」

二人は耳を澄ました。トラック運転手はそれを見守っていたが、やがて運転席に入った。

「ほら。聞こえたろう？」

「うん」

警察官はすばやくトラック沿いに移動し、運転席のわきの踏み段にのぼった。

運転手は携帯電話を手にしていたが、わざとらしく微笑すると言った。「ボスに電話して、ちょっと問題が起きたと知らせておこうと思って」

警察官は手を伸ばし、電話を取り上げると、ディスプレーされた番号を見た。それからスイッチを切った。

「こうしよう」彼は言った。「ボスに連絡するのは、その問題とやらがちょっとですむかどうか確かめてからだ」

その一時間後、五十マイル離れたところで、ウィールドは〈タークス〉にすわっていた。

リーが電話してきて会いたいと言ったとき、部長刑事はまた立体駐車場にしようと言ったのだが、若者は断わったのだった。「冗談じゃないぜ。こないだはきんたまが凍るところだったし、今日はもっと寒い。〈タークス〉だ」

あいつ、主導権を握っている、とウィールドはいやな気持ちで考えた。二人の関係がどういうものであれ、それはよくない。〝じゃ、そうしよう〟と答えるなんて、どういうつもりだ？ ルバンスキーは情報提供者、それだけだ。警官がソーシャル・ワーカーみたいに相手に近づき出したらおしまいだ。それに、いくら見かけが若いといっても、彼は危険にさらされる子供ではなく、自分から頼んできてはじめて保護が必要になるおとななのだ。

しかし今、差し向かいですわり、青年が彼と会っていかにも喜んでいる、その気持ちにいやいやながら引き込まれてしまうのを感じると、ウィールドはこの光景が蒸気で曇った窓ガラスを透かして通りがかりに覗き込む人の目にどう映るかを考えた。伯父と甥が一日いっしょに出歩いている。父と息子にさえ見えるかもしれない。二人が会ったのは、カラオケ以来初めてだった。ダルジールはさいわいほかのことに気を取られているようだったから、ウィールドはなんだかんだ口実をつけて、わざわざ会おうとはしないでいたのだった。

リーは彼をまっすぐ見つめていた。顔にはなにも表わしていないという自信はあったが、それでもウィールドはまずいコーヒーの入ったマグを持ち上げ、表情を隠した。凍えそうに寒い日だったので、まずくてもコーヒーを注文せずにはいられなかったのだ。

「で、何があるんだ？」彼はぶっきらぼうに訊いた。

「あわただしいな。デートでも控えてるのか？」リーは言った。だが、攻撃的な口調ではなく、挑発的ですらなかった。たんに友達相手のリラックスしたジョークというだけだった。

「仕事が控えてるんだ」ウィールドは言った。

「コーヒー・ブレークはあるだろ？　どっちみち、こいつは仕事のうちじゃないか」

たとえ条件つきでもいいから、否定してほしいのだ。

「そのとおりだ」ウィールドはぶっきらぼうに言った。

「だから、実のある話だといいがね。何があるんだ？」

青年の目に傷ついた色が浮かび、ウィールドはまた顔を隠すようにマグを上げた。

「あの男、ゆうべまた電話してきた」彼はぶすっと言った。

「どの男だ？」

「メイトってやつ」

「で、なんて言ってた？」

リーは紙切れを取り出し、読み始めた。

「彼は言った。おれのほうは来週にそなえてすっかり準備したが、金はどうした？　するとベルチーは、心配するな、ちゃんと来る、と言った。それからもう一人のほうに電話……」

「LBか？　彼には直接電話しないと言ってたんじゃなかったか？」

「ふつうはね。でも、ここしばらくネットでつかまえるのがむずかしかったらしい」

それは理解できる。悲しみは性欲減退剤だ。それに、合理的思考の大敵でもある。リンフォードはベルチェインバーがリアムの保釈を獲得したのが悪かったのだと、今では思っているかもしれない。

「で、接触できたのか？」

「うん。それに、まだある。LBが誰だかわかったんだ。ウォリー・リンフォード。先週末に死んだリアムの親父さ」

いかにも誇らしげな言い方だったので、それならもう知っているとはとても教えられなかった。

「どうやってわかった?」

「あいつが電話に出たとき、〝リンフォード〟と答えたんだ。それに、そのあとベルチーは彼をリンフォードと呼んでいた。たいした口げんかになった。リンフォードはわめきちらしてさ。ベルチーは絶対わめいたりしないんだけど、すごく緊張してたのはわかったよ。ちんぼこがぐったりしたもん」

リーはそう言いながらこちらをじっとうかがっているとウィールドは感じた。

自分が実際にベルチェインバー相手に何をしているかを口にすると、おれの気にさわるとわかったんだな、と彼は考えた。で、おれの気にさわるってことは、二人のあいだに関係が生じたってことだ。よくない。だが、彼は抑揚のない口調を保って訊いた。「かれらは何を言い争っていたんだ?」

「金。ベルチーはなにか支払わなきゃならないものがあるのを心配していて、リンフォードは今という今、そんなことにかかずらっていられないとわめいていた。ベルチーは、かかずらったほうがいいぞ、おれの仲間《メイト》は次の前渡金を受け取れなかったらすごく怒るからな、と言った。するとリンフォードは言い返した。その仲間《メイト》が怒ろうがどうしようが、おれには関係ない、おれはただの投資家で、依頼人からは安全な距離を保っている、ばかたれ弁護士と同じだよ、事態がめちゃくちゃになったら、おれはさっさと引っ込んで糞にはまみれない、あとは知ったことか、だからおまえの王冠にその糞を入れてかぶってろよ、陛下!」

これは実際の言葉どおりのようだった。ウィールドの頭の中で考えが急速にめぐった。リンフォードは息子の死にまだひどいショックを受けていて、ほかに相手がいないから、ベルチェインバーに当たり散らしていた。しかも、たんに依頼人が弁護士を解雇したというだけではない。なにかの理由でベルチェインバーが一線を踏み越えたのではないかというウィールドたちの疑念は明らかに当たっていた。ベルチェインバーはこの犯罪計画に関わっている。まずいことになったら登場するよう、裏に控えている弁護士としてではない。いやいやながら注文取りにまわっているのですらない。主犯、発起人として関わっているのだ。だが、何をする？　それに、どうして危険な一歩を踏み出したりするんだろう、法律の内側にとどまるのは癖になっていそうなものなのに？

それに、あの〝陛下《クィーン》〟うんぬんとはなんのことだ？　それジョークというだけ？　ゲイの男どうしだから？　それとも……？

「ちょっとは役に立った？」リーは言った。

「え？　ああ、ごめん。うん、すごく役に立ったよ。ほかになにか？」

「ううん。今のところはこれだけだ。心配ない、またなんか出てきたら、すぐ連絡するからさ」

ウィールドは言った。「リー、そろそろベルチェインバーとの商売はやめたほうがいいんじゃないかな」

「へえ？　どういうわけ？　またおれの魂を救おうとかっていうのかな、マック？」

彼は生意気な訳知り顔で言い、それがいやな感じに聞こえた。

ウィールドは言った。「魂じゃない。肉体かな、たぶん。きみがわたしにいろいろ知らせていると、もしあいつが気づいたら……」

「まさか！　おれは話を聞くだけだ。金庫をこじあけるとか、そんなことはしてない。どっちみち、ベルチーならなんとでもなる。ヤワだからな」

「かもしれない。だが、あいつがつきあっている男の中にはそうでないやつもいるし、そういう連中は倍も厄介だぞ」

「そうかな？　まあ、おれは厄介な人間にはたくさん会ってるからな、マック部長刑事。心配無用だよ」

「だが、わたしは心配なんだ、リー」

「ほんと？」

「ほんとさ」

「ふうん、じゃ、そういうのはあんたが第一号になるな」

彼は強がって軽く言った。

「そんなことはない」ウィールドは言った。「きみのおかあさんは心配していたはずだ」

「かもね。親父もだ。知っていたら、たぶん心配してくれたな」

父親が妊娠中の母親を棄てたのは、無関心からではなく無知からだったという考えにまだこだわっているんだ、とウィールドは思った。

彼は優しく言った。「きっとそうだよ、リー」

「うん。親父の写真かなんかがあればいいのにな。おふくろはなんにも持ってなかったんだ。たいしてハンサムじゃなかったって、おふくろは言ってた。それどころか、たいていの人に言わせれば、まるで醜男だった。でも、顔がすべてじゃない、すごくセクシーで、初めて会ったとき、あたしが待ってたのはこの人だとわかったって、おふくろは言ってた。二人ともまだ子供だったんだ、今のおれより若かったと思うよ。だから、親父は今せいぜい三十代だな。どこにいるかはともかく」

よしてくれよ、とウィールドはぎょっとして考えた。彼が若いころに女と関係したことはなかったかと、青年が興味を持っていたのをふいに思い出した。リーは彼を父親の代役と見なしているのかもしれないとエドウィンは忠告したが、今度ばかりは彼の鋭い目も深いところまで見通していなかった。

このみじめな子が求めているのは代役なんかじゃない、おれになんと実の父親役を振ろうとしているんだ！

リーはきょろきょろするのをやめ、ウィールドの醜い顔をまっすぐ見据えた。どうだといわんばかりの表情だったが、そこに絶望はなかった。希望はしつこいウイルスだ。どんなにワクチン注射を受けても、まだまつわりついてくる。

ウィールドは言った。「なあ、リー……」

そのとき、ぱっとドアがあいて、制服警官が数人、カフェになだれ込んできた。

一人はドアのそばに立ち、二人はカウンターのむこうまで行ってトルコ人の店主をつかまえた。抵抗を示さない相手に対してやりすぎと思えるほどの勢いだった。もう二人は店の裏手に消え、あと一人は五、六人いる客に向かって告げた。

「みなさん、そのまますわっていてください。名前と住所を控えさせてもらいます。目撃者というだけですから。そうしたら帰ってけっこうです」

リーは今、非難の目つきでウィールドをにらみつけていた。ウィールドは言った。「わたしとはなんの関係もないことだ」納得できない様子で、青年は立ち上がろうとしたが、その肩に手がかかり、泥の中から言葉をほじくり出すような重い口調の声が言った。「すわってろ」

あ、くそ、とウィールドは思った。顔を見るより先に声でわかった。ヘクター巡査だった。中部ヨークシャー警察の首に巻きついたアホウドリ（コールリッジ「老水夫の歌」から）、目の中の埃（聖書「マタイによる福音書」から）、直腸の痔だ。ダルジールに言わせれば、彼は署内でいちばん当たりはずれのない警官だ——例外なくやりそこなうから。もし彼が長いあいだ生き延びられれば、あっと驚く逸話の源泉として巨漢すら遠く引き離すかもしれなかった。

さっきまでウィールドの黒革の服を胡散臭そうに見つめていたヘクターの視線は、上に移動して部長刑事の顔をとらえた。一瞬、心の動揺があったが、それから誰かわかったという認識が中国からベンガル湾へ渡っていく雷のように（キプリングの詩「マンダレイ」の一節）やって来ると、彼は大音声で言った。

「やあ。部長刑事じゃないすか！ 何してるんです？ 覆面捜査ですか？」

その背後で、トルコ人がその言葉を聞きつけたことがウィールドに見てとれた。店主はリーにちらと目をやった。

ウィールドは立ち上がり、ヘクターの顔に顔を近づけて、低い声で言った。「コーヒーを飲んでいただけだ。それでまだよかった。もし仕事をしていたんなら、おまえの今の一声で台無しになっていたからな」

ヘクターはいかにも悄然として、見ていてほとんど気の毒になりそうだった。それから、彼は天井桟敷まで響き渡る脇台詞みたいなささやき声で言った。「すみません、部長刑事、考えが及ばなくて」

「いずれおぼえるだろうよ」それから、さっきカフェの客たち——なんの騒ぎか興味を示す人は一人もいなかったが——に席を立つなと告げた警官に向かって言った。「ジョンストン、何があったんだ？」

「高速道路で、ハルからのトラックが故障した。うちのやつら二人が助けようとパトカーを停めたら、中から物音が聞こえた。調べると、トラックは不法入国者で満杯だった。運転手は電話をかけようとしたが、つながる前に止められた。そいつがかけていたのがここの電話番号だったんです」

「なるほど。家宅捜索令状は取ったか？」

「これから届くことになってます。でも、まずあの男をつかまえておくのがいちばんだと思いまして」

「ああ。じゃ、令状が届くまで、あっちの二人を裏口から外に出しておけよ。なにか証拠が見つかったとき、ちゃんと法廷で認められるようにな」

「はい、そうします、部長刑事」

ウィールドはリーのほうに向き直った。リーは立ち上がり、ここを出たい様子でそわそわしていた。初めて会ったとき、トルコ人の出すサンドイッチの中身は生きてここまで来られなかった不法入国者の死体を料理したものだ、とかいうジョークをリーが口にしたことをウィールドは今になって思い出した。

「トルコ人が人間密輸業に関わっていると知ってたのか？」彼は訊いた。

「噂は聞いてた、それだけだ」

「で、話すほどのことじゃないと思った？」

「うん。だって、本物の犯罪じゃないだろ？　かわいそうな連中が大勢、入ってきたがってるっていうだけだ。まったく、ああいうやつらの故郷がどこまでひどいところなのか、考えてもみろよ、ここのほうがましな暮らしができると思ってるとはね！」

これは比較社会学上の興味深い論議事項だが、それはあとまわしだ。

ウィールドはリーを連れてドアまで行き、門番役の巡査に言った。「こいつは行かせていい。連絡先はわたしが知っている」

巡査はわきへのき、リーは籠から放たれたカナリアみたいにドアを抜け出た。

「あとで連絡するよ」ウィールドはその後ろ姿に向かって言った。

「失礼します、部長刑事」背後から声がした。

彼は振り向き、わきへのいて、トルコ人と彼にしっかり付き添っている二人の警官を通してやった。

ウィールドとカフェ店主の目が合った。そこに見えたのは、いつも店主がおそろしくまずいコーヒーを出すときと同じ、無表情、無関心な目だった。

害はない、とウィールドは出ていく警察車を見送りながら自分に言い聞かせた。今、トルコ人はおれが警官だと知った。リーがレント・ボーイだというのは、おそらくもう知っていただろう。二人の関係にどう想像をめぐらしているかは神のみぞ知るだが、だからどうだというんだ？　そんなことより、これから考えなければならないもっと深刻な事態がほかにいろいろある。

それでも、ウィールドは不安感が消化不良のように腹にじわじわ広がっていくのを感じた。

彼はしばらく居残り、すべて規則どおりになされているのを確かめてから店を出た。それまで頭の一部ではリーからもらった新情報をずっと検討していたが、今、そのことに完全に注意を向けた。〝王冠〟だの、〝陛下〟だの……。

ぼんやり記憶にあるなにかを思い出そうとするとき、たいていの人はまったく違うことに頭を振り向け、そこからいわば偶然さがし物にぶつかるのを期待するが、ウィールドの頭はそんなふうには機能しない。彼はむしろコンピューターの原理に頼っていた。プログラムにキーワードを入力し、〈検索〉をクリックして、結果を待つ。

答えが出たのは二分後、オートバイのエンジンをふかしながら信号待ちをしていたときだった。

彼は右側車線にいた。信号が赤と黄色を同時に示したとたん、彼はアクセルを踏み、左側車線にいた立派な古いモリスの鼻先を横切った。中には毛皮の帽子をかぶり、司教との昼食会にでも向かう様子の老婦人が三人乗っていたが、ベヴァリー・シスターズ（一九五〇年代に人気のあった歌手三姉妹）そこのけに息の合ったところを見せて三人いっせいに中指を突き出し、「くそったれ！」と叫んだ。

四十分後、ウィールドは警察署の駐車場にオートバイを乗り入れた。法の番人のそばだからといって安全とはかぎらないから、彼はしゃがみ込み、後部車輪と座席にチェーンを巻きつけた。

そのとき、外来者用駐車スペースに大きな黒いレクサスがとめてあるのが目についた。

ナンバー・プレートはＪＵＳ10。運転席には男が一人いて、電話をかけている。色つきガラスのせいで、誰かはよくわからなかった。だが、ウィールドがかちりとチェーン・ロックをかけたとき、男は車から出て、建物に入っていった。あの古代ローマ人のような頭、きれいに刈り込まれた髪は見間違えようがない。

マーカス・ベルチェインバーだった。

立ち上がって背筋を伸ばすと、ウィールドはまた腹の中にあの酸っぱい不安を感じた。

彼が受付デスクに着いたときには、ベルチェインバーは消えていた。当直巡査部長のデズ・ボウマンが顔を上げて言った。「やあ、ウィールディ。どうだい？」

「元気だよ、デズ。ついさっき入ってきたの、ベルチェインバーじゃなかったか？　あいつ、何をしてるんだ？」

「ヤシャー・アシフの弁護だ。アシフを知ってるか？　駅前で〈タークス〉ってカフェを経営している。不法入国者の密輸事件でつかまって、聴取に連れてこられた」

「そうか、ありがとう、デズ。じゃ、入れてくれ」

巡査部長は安全ロックを開錠し、ウィールドはドアを抜けると階段を駆け昇り、犯罪捜査部に向かった。パスコーのオフィスのドアがあいていて、覗くとパスコーがいたので、彼は入っていった。

主任警部は一通の手紙をじっと眺めているところだった。その筆跡が誰のものか、ウィールドには一目でわかった。フラニー・ルートだ。くそ、と彼は内心で言った。ピートもばかだ、まだこんなことで気を散らしているのか？

彼が口を開くより先に、パスコーは顔を上げて言った。

「ウィールディ、エルスカー埋蔵品のことで何を知ってる？」

頭の中を読まれたような感じだった。

「一時間前よりはずっとたくさん知ってるよ」ウィールドは言った。「どうして？」

「理由はないんだ……ちょっと思いついて……ああ、くそ、何をこそこそする必要がある？　ルートがこの手紙で言ってよこしたことなんだ」

「あいつ、今度は情報を流すようになったのか？　ベールに包んだ告白ばかりかと思っていたがな」

「それもありそうだ」パスコーは陰気に言った。「でも、それはわたしと彼とのあいだのことだ。ともかく、彼は高級故買人らしき人物と話をした、というところで、埋蔵品に触れている。それで考えたんだ。今、埋蔵品はシェフィールドで展示されていて、もうじきこっちに移ってくる…

……」

「二十六日、明日から一週間後だ」ウィールドは言った。

「よく知ってるな」

「怠け者が想像力で跳躍して着く場所に、警察の仕事をこつこつやって到達する者もいるのさ」ウィールドは言った。

「つまり、きみの言っているのがメイト・ポルチャードが計画している仕事のことだとしてだがね」

今度はパスコーのほうが、頭の中を読まれたと感じる番だった。

「まさにそれだ。そのこつこつやった警察の仕事とやらを教えてくれ。きみには妙に興味を惹かれる」

ウィールドはルバンスキーとの会話を手短に伝えた。

「王冠というのがきっかけで考えてみたんだ。それに、ベルチェインバーがいったいどうしてこの仕事にそんなに個人的に関わっているんだろうとも思った。そうしたら、一月に埋蔵品の展覧会があるというポスターをセンターで見たのを思い出した。それに、埋蔵品が売りに出されるのを憤慨してベルチェインバーが《ガゼット》に書いていた記事も思い出した。自分で読んだわけじゃないんだが、エドウィンはこういうことにむかつく人間で、晩飯の食卓でその記事のあちこちを引用して聞かせるのをやめないから、わたしはとうとう、ベルチみたいな阿呆の義憤はこっちの消化によくないと言ってやったんだ。ともかく、さっき参考図書室へ行って、バックナンバーを調べてみた。ポスターもあらためてよく見たよ。展覧会のオープニングの日に、ベルチェインバーが埋蔵品について講演することになっている。なんか妙だよな」

「どうして？　彼はこれにすごく気を入れて取り組んでいる。こないだはテレビに出ていたよ。あいつは糞野郎かもしれないが、古代史には強い」

「妙だというのは、あいつがほめたりけなしたり、くるくる変わっているからさ。今、見せてやるよ。ボウラーのガールフレンドがすごく手助けしてくれた。年越しパーティーのあの騒ぎ以来、会っていなかったんだが」

「どんなだった？」

「ちょっと顔色は冴えなかったかな。でも、そのほかは春の喜びにあふれていたよ」

実際には、ライはかなり冷たく挨拶してきたのだが、彼が来た理由が自分とはなんの関係もないことがはっきりすると態度を和らげ、具合はどうかと訊かれて、こう答えたのだった。「上々です。なにかのウイルスにやられたようなんですけど、もう治りました。そちらこそ、お元気ですか、ミスター・ウィールド？」

「元気だ。まあ、ちょっと春の陽射しが射せばもっとしゃんとするがね。春よ来い、だな」

「ええ」彼女は言った。「待ちきれないわ」

これをなぜか彼女は愉快がり、ころころと笑ったので、ウィールドもつられて笑わずにはいられなかった。

「その記事とやら……」パスコーは促した。

「ああ、じつは二つある。もう一つのほうはライが教えてくれたんだが、だいぶ前、ベルチがエルスカー一族とうまくいっていたころのものだ。コピーを取ってきた。こっちが前のほうのだ」

彼はコピーを渡した。パスコーはさっと見てから、あらためてゆっくり読み直した。

これはベルチェインバーと中部ヨークシャー考古学協会のほかの役員たちが許されて、埋蔵品を見にいったときのことを書いたものだった。エルスカー家が親切にもこの訪問を許可してくれたと、鼻につくほど感謝と称賛の言葉を並べ立てていた。埋蔵品の内容を描写した部分は学問的かつ客観的な書き方だが、そのあと個人的な調子に変わり、彼はいろいろな品物の出所やその所有者の背景、それが失われたときの経緯などについて、仮説を述べ始める。いやむしろ、ロマンチックに話をでっち上げている、というほうが当たっているかもしれなかった。

ローマ時代のヨークシャーについて私が以前書いた記事をお読みになった方はご記憶かもしれないが、あるとき私は自分の祖先をたどり、まずまず正当といえる程度で十五世紀までさかのぼることができた。その先は空想の産物に近いのだが、マルクス・ベリサリウスという人物にたどり着いた。地方長官所属兵站部将校で、タキトゥス（古代ローマの歴史家）の著作にちらと触れられている。さて、私は許されて蛇宝冠（ヴィクトリア朝の人々が誤ってカーティマンデュアの王冠と呼んでいたもの）を手にしたとき、その黄金の滑らかなねじれや重なりに触れ、ぞくぞくとした気分を味わったことを白状しなければならない。それは古代史のアマチュアなら誰しも自然に感じる喜び以上のものであるように思えた。こんな考えが頭に浮かんだ――こういうすばらしい品々を収集したのが、実は私の推定上の祖先マルクス・ベリサリウスであったとしたら？　蛇宝冠は彼が結婚したブリガンティーズ族の王女（かつてローマ系ブリテン人の家族のあいだでは、そのような結婚はめずらしくなかった）が持参金の一部として彼に与えたものだったら？　そして、なにかわからない危険から逃れようとした道中で埋蔵品は失われ、忘れられてしまったが、彼か彼の子供たちは生き延び、繁栄し、一家を築き、その不肖の子孫が十六世紀後に許され、こうしてその結婚の象徴を手にしているのだとしたら？

　そのとき、誰かが私の手から宝冠を取り上げ、私は現実世界に引き戻された。

「二匹の蛇がからみ合っている。ベルチェインバー家にはぴったりの象徴だな」パスコーは言った。

「あいつが埋蔵品、ことにあの宝冠にまるっきり取り憑かれているのがわかるだろう？」ウィールドは言った。「だから、それがアメリカへ行ってしまうと聞いて腹を立てたのは無理もない。こっちが二番目の記事、エドウィンを興奮させたやつだ」

　パスコーはそれをさっと見た。慎重な文章だが、気取った書き方も本心を隠すには至っていない。弱腰で日和見主義の政府がこれほどの宝物がわが国を離れるのを見過ごしにしていると、激しい憤りが表現されていた。結びはこうあった。

　職業柄、私はあらゆるタイプの犯罪を犯したあらゆる種類・身分の人々に出会うが、ここまで犯罪的な行為に直面したことはめったにない。弁護士として、この売却を申し出た一族と、それを許した政治家たちの描写に気をつけなければならないのは承知のうえで、これだけは言っておこう。すべての被告人は弁護の権利を有するという司法制度の基本的教義を私はむろん信じているが、個人的にはこういう人々の弁護は金輪際引き受けないだろう。

「すごいきつい言い方だな」パスコーは言った。

「まったくだ。だから妙なのさ、彼がそれからエルスカー一族と仲直りしたってのが。講演をやったり、この巡回展覧会をとりまとめる手伝いをしたり」

「展覧会の目的は、埋蔵品を国内にとどめておくのに必要な金を調達することだ」パスコーは言った。「彼の望みどおりにね」

「うん。それが望みだっていうのは確かだ」ウィールドは言った。「だけど、足し算のできる人間なら誰だってわかる。いくら入場料をかき集めたって、アメリカ人が出す値段の足元にも及びやしない」

パスコーは微笑を押し殺した。誰だってわかる、と言っているが、ほんの二時間前まで、そんなことは部長刑事の頭に浮かびもしなかったのだ。

彼は言った。「すると、きみが言っているのはこういうことか？　ベルチェインバーがこの巡回展覧会に関わっているのは、埋蔵品が外に出た機会を狙って自分のものにする腹づもりだから？　それはかなりの飛躍だぜ、ウィールディ。相手はほかならぬベルチェインバー、過去の判例を研究しないうちは屁もひらない男だ」

「執念に取り憑かれたら、なんだってやる」ウィールドはやや鋭い口調で言った。「それに、あいつは傲慢な野郎だ、そこははっきりしている。その二本の記事から受け取れる感情、彼の心変わり、それにリーが聞きつけたことを加えてやれば……」

「きみの考えるとおりかもしれないな、ウィールディ。そうだとすれば……。なあ、ルバンスキーはきみにすべてを教えたと思うか？　それとも、あとできみからもっとブラウニー・ポイントをもらおうと、出し惜しみしているとか？」

「ぜんぶ話してくれたと思う」ウィールドは言った。リーの名前を聞いて、また心配が始まった。「ベルチェインバーが署に来てるのは知ってるか？」

「ああ。外で会って、わたしが入れてやった。しばらくおしゃべりしたが、わたしがリンフォード青年の拘置手続のあとで彼にあんなことを言ったのをゆるしてくれていないようだな。今日は、制服部の連中が不法入国者密輸事件でついさっき連行してきた男の弁護みたいだ」

「知ってるよ。アシフだろ。〈タークス・カフェ〉の店主だ。連中があいつを逮捕したとき、わたしは店にいた」

「え、ルバンスキーと？」

「うん」

パスコーはこれをよくかみしめ、ウィールドの目に心配の色を認めると、その源泉を推察した。

「ああ。だけど、アシフはきみが警官だとは知らないんだろう？」

「知らなかったが、それもヘクターがあの大口をあけるまでさ。あのばか、外に出したらまわりが迷惑する！」

ウィールドが同僚警官についてここまで強く意見を出すのはまれなことだった。

「でも、アシフがルバンスキーとベルチェインバーのつながりを知っているらしいと思わせることがなにかあるか？　知ってるとは、あんまり考えられないだろう？」

電話が鳴った。パスコーは無視した。現時点ではウィールドをどうにかしてやるのが先決だった。

ウィールド自身がどうにかしてもらいたいという様子だったわけではないが。

「きみもよくご存じだろう、ピート、われわれが大金を払ってでも手に入れたい情報だって、それなりの世界にいれば共通の知識だ。たとえばの話、リーはトルコ人が不法入国者密輸をやっていると知っていた。いや、わたしに内報してくれたんじゃない。冗談の種にしたのを、わたしはぜんぜん気にとめなかったんだ。彼はみんなが知っていると思い込んでいた！　ピート、たった今、きみは外でベルチェインバーに会って、いっしょに中に入ったと言っていた。だけど、数分前にわたしが見たとき、あいつは駐車場にいて……」

パスコーは電話を取り、受付担当の巡査部長と一言話をした。

受話器を置くと、彼は言った。「うん。かれらは入国管理局の誰だかお偉方が来るのを待っている。ベルチェインバーはアシフと二分ばかり二人きりになったが、それから出てきた。車の中に忘れ物をしたらしい。取りに出て、戻ってきた。きみが彼を見たのはそのときだ」

ウィールドはこれをかみしめ、いやな味だと思った。

「あの野郎、車の中で電話していたんだ。くそ、まずいな」

ふだんは沈着冷静な友人がこうも興奮しているのが心配になって、パスコーは言った。「おい、ウィールディ、針小棒大に考えるなよ。留置場で何があったと思うんだ？　アシフはベルチェインバーに言った。〝ああ、ところで、あんたを呼び出したのは、おれが重大嫌疑をかけられてこんなところに閉じ込められちまったからだが、そんな当然の心配はひとまずおいて、教えておこう。あんたのおちんちんをしゃぶる例の男の子が、うちのカフェで警官にすり寄ってるところを何度か見たぜ〟。するとベルチは車に飛んでいき、知り合いのやくざに電話して言う。〝リー・ルバンスキーを殺ってもらいたい、即刻行動開始だ〟。そんなことを考えているのか、ウィールディ？」

部長刑事をからかって、不安を晴らしてやろうと思ったのだが、計算違いだった。

「きみは読心術の天才だな、ピート」ウィールドはくってかかった。「わたしの考えのどこが間違っているか、教えてくれ」

「だって、ここは中部ヨークシャーで、アメリカ中西部じゃない。ベルチェインバーみたいな男は金を儲けるためなら手段は選ばないかもしれないが、あの教養ある上品な紳士面は、たんなるうわべだけのものじゃない。彼はいろんなことをやってのけるとしても、人に頼んで平気でほかの人間を殺せるとは思えないね！」

「ピート、肝心のところを見逃しているよ。ベルチェインバーがリーを利用するみたいに少年を利用する男たちは、相手を人間と見なしていない。ただのおもちゃなんだ。だからリーがいるところで仕事の話を続けられる。リーは数のうちに入らない。彼はある機能を果たすが、その機能の外では彼は存在しない。で、もし彼がそこでも存在するとわかったら、このおもちゃは壊れた、ということになるだけだ。だから捨てて、新しいのを手に入れる！」

ウィールドの声はしだいに大きくなり、話がすむころには叫び声に近くなっていたから、パスコーは驚いて彼を見つめた。そのとき、ダルジールの大声がドアから響いた。

「なんだこいつは？　痴話げんかか？　ちょっとは他人のことも思いやったらどうだ。この建物の中には眠ろうとしているやつもいるんだぞ」

パスコーは手早く説明した。

巨漢はじっと聞き、それから言った。「じゃ、なんでこんなところでぶらぶらしているんだ、ウィールディ？　出ていって、あの子を見つけてこい。保護を申し出るんだ。で、もし彼が保護されたくないというなら、保護拘留扱いにして連行してこい。さっさと行け、ほらほら」

ウィールドはためらわなかった。許可が必要だったのではない。自分が情に流されて理性を失ってしまったのでないと認めてもらえればよかったのだ。

彼が出ていくと、ダルジールはドアを閉め、パスコーのほうを向いた。

「こう騒ぎ立てるだけの値打ちがあの子にあればいいがね。あいつ、今朝はなにかおもしろいものを見つけたのか？」

パスコーは話を伝え、二本の記事を見せた。巨漢は興味なさそうに読むと言った。「で、これがなんの手がかりになるというんだ？」

ダルジールが鈍感な反応を見せるのは、たいていそれで相手を挑発して正確な説明を聞かせてもらおうという魂胆だと経験から知っているパスコーは、考えをまとめてから言った。「こちらにわかっていることは二つあります。南部とわれわれの管轄にまたがったなにか大きな犯罪が計画されているというローズ警部の受けた内報、それに、リー・ルバンスキーがベルチェインバーの相手をしながら聞きつけたという話。メイト・ポルチャードが相手だったらしい電話と、確実にリンフォードが相手だった電話の会話からも、なにか大きな計画があると察しられますし、それは同じことである可能性が強い。謎はこうだ。なぜベルチェインバーはたんに法律上必要とされるときに登場するようスタンバイしているのでなく、犯罪の側についているのか？　可能な答えはこうです。彼自身がこの仕事の発起人だから」

「その仕事とは埋蔵品を盗むこと、なぜならよき愛国者らしく、彼はイングランドのためにそれを救いたいから？」

ダルジールは言った。神は女であると告げられた教皇みたいな口調だった。

「この記事からすると、確かに当初の反応はそうだったでしょうね。埋蔵品を国内にとどめておくために、なにか手を打たなければならない。なんだってやらないよりはましだ。しかしどこかの時点で、たぶん金を出せと国に訴え、愛国心から犠牲を払えとエルスカー家に訴えてもどうにもならないと気づき始めたころでしょうが、彼は自問するようになった。国のために埋蔵品を救ってやる、この国にはそれほどの価値があるのか？」

「で、彼の答えは……？」

「価値はない。なぜなら、この国はその文化遺産を充分重んじないから。ところが、このおれは重んじる。じゃ、おれのために埋蔵品を救えばいいじゃないか。だが、どうやって？　そこで、今まで長年泥沼を這いまわり、そこに棲息するやつらとつきあってきたことが役に立った。専門家が必要とあれば、どこで見つけてくればいいか知っているし、システムがどう動くかも知っている」

「なんのシステムだ？」

「金融システムですよ」パスコーはいらいらして言った。

巨漢は愚者の論駁という芝居をやりすぎることがある。

「彼は一流のプロを必要としている。それに、自分がコントロールしたい。利益の分け前をやるというんじゃない。これは利益の上がる仕事ではない。とすると、最高額の金を払うということだ。いまどき、どの程度の報酬ならポルチャードをベッドから引きずり出せるのか知りませんが、国民最低保証賃金よりはちょっと高いでしょうよ。それに、利益があろうとなかろうと、メイトは盗んでくれと頼まれた品物の概念的価値をよく認識している」

「じゃ、どうして自分で手に入れない？」

「彼は現金の男だから。こういう物件を売って金にするのはどれだけたいへんか知っているから。それに、サイクにぶち込まれた年月があれより長くならなかったのは、ひとえにベルチェインバーのおかげだと知っているから」

「感謝の気持ちってことか？」ダルジールは疑わしげに言った。

「いいえ。チェスですよ。手持ちのクイーン（ゲイの男の意味もある）以外はすべて犠牲にする」

「じゃ、どうしてリンフォードを連れ込む？　ベルチェインバーはかなり金持ちのはずだ」

「確かにね。でも、財産の大部分は投資などに縛られている。それに、ふいに資産を現金化して注目を集めたくはない。それでリンフォードに目をつけた。彼は使い古しの札を大量に供給する専門家だ」

「利息をつけて返せと言うだろう」

「利益から払いますよ」

「利益は出ないと言っていたんじゃなかったか？　ベルチは埋蔵品をうちの地下室に納め、たまにひそひそ見にいってはマスをかく、それが狙いだと思っていたがな」

「いいえ。彼の記事に書いてあったでしょう、最初のやつに。埋蔵品のかなりの部分は金貨で、非常に価値はあるが、もともと通貨だから唯一無二のものではない。これなら問題なくほとんど売りさばけますよ。それに、個人的所有という意味では、彼が喉から手が出るほどほしいのは蛇宝冠なんだと思いますね。それ以外のものは、似たように破廉恥なコレクターが金を出してくれれば、喜んで分かち合おうというんじゃないんですか」

「で、きみとウィールディはベルチが王冠をかぶるとかいう冗談を誰かが言っていたというんで、これだけ推理したのか？」ダルジールは懐疑的な様子で言った。

「それだけじゃありません。埋蔵品展覧会は今シェフィールド、つまりローズ警部の管轄で開かれていて、一月二十六日にはこっちのセンターに移ってきます」

「それでもすごい飛躍がある」ダルジールは言った。

「もっとましな塹壕があるというなら、そっちに飛び込んだらいいでしょう」パスコーはかみつくように言った。

巨漢は満足してにんまり笑った。

「いや、ピート、きみが反抗的になるほどそれを信じているとわかれば、わたしには充分だ」

ドアをノックする音がして、ノヴェロが顔をのぞかせた。

「ああ。お二人ともここにいらしたんですね」彼女は言った。

「いつも言ってるとおりだろう、ピート？　アイヴァーはじつに呑み込みが早い」ダルジールは言った。

「階下のボウマン巡査部長が、お二人のどちらかに来ていただきたいそうです。入国管理局の人が来たので」ノヴェロは言った。

「ああ。応接室にすわらせて、お茶でも出せと言っとけ」

巨漢はにやりとした。「いや、それよりいい考えがある。お茶出しはヘクターにやらせろと、ボウマンに言ってやれ」

「はい、警視」

パスコーは言った。「シャーリー、きみはたしか聖人にすごく詳しかったよな」

ノヴェロは修道院学校のシスター・アンジェラを思い出した。ちょっとでも間違えると、ものさしの薄くそいだほうの端を段平《だんびら》みたいに振り下ろしてくるのだった。

「ええまあ」彼女は言った。

「聖アポロニア。なにか歯につながりがある？」

「ええ。殉教したときの拷問で、歯をぜんぶ折られたり抜かれたりした女性です。歯が痛いときは、彼女に祈りを捧げるんです」

「ありがとう、役に立った」

ノヴェロは出ていった。

ダルジールは言った。「それはなんか関係があるのか、それとも、歯の詰め物がとれたってだけか？」

「ちょっと好奇心をそそられたことがあって」

「好奇心か、まったくな」巨漢は唸るように言った。「回心なんかでないといいがね。犯罪捜査部に実践カソリック教徒は一人いれば充分だ」

「入国管理局の人に会いにいかれたほうがいいんじゃないですか？　きっと今ごろは股ぐらを火傷して跳ねまわってますよ」

　ダルジールは大笑いして言った。「望みを棄てずに生きることだな。ああいうやつがもうちょっと良識ある人間性を見せてくれれば、この国に入ってくるには冷凍ハムといっしょにトラックの中で縮こまっているしか道はないなんて思う気の毒な連中の数が減るんだ。なんでそうおかしな歩き方をしている？　足首を捻挫でもしたのか？」

「いいえ、警視」パスコーは言った。「人情というミルク（シェイクスピア『マクベス』の一節）を誰かが床一面にこぼしたので、足を突っ込まないようにと思って」

「笑わせてくれるね。きみみたいなへなちょこリベラルはこれだから困る。人の心《ハート》という市場は独占したと思い込んでいるんだ」

「人の心といえば、警視、ウィールディがルバンスキーのことを心配するのは一理あると、ほんとに思われるんですか？」

「思わないな」ダルジールは言った。

「じゃ、どうしてあの子をさがしにいかせたりしたんです？」

「そりゃ、この埋蔵品の話に本気でかかるんなら、半時間ばかりわたしがあの小僧と会って、実際に何を知っているのか確かめてみてもいいと思ったからさ。ウィールディを母性愛のかたまりにしないであの子を連れてこさせるのには、いい方法に思えた。一人前のおとなの男が泣くのを見るのは耐えられん。困ったことだが、昔からそうなんだ。だから心配するな。三十分もすればナイスガイを連れて戻ってくるさ。そうしたら、そいつの口にわたしがおしゃぶりを突っ込んでやる！」

B

だが、めずらしくアンディ・ダルジールの予想ははずれた。一時間以上たって、ウィールドは一人で帰ってきた。

「住所にはいなかったし、行きそうなところをみんな当たってみたが、どこにもいなかった。車に乗り込むところを見たと思う、というやつがいたが、ぜったい確かとは言い切れなかった」

「じゃ、そういうことさ」パスコーは安心させるように言った。「客といっしょに出かけたんだろう」

「まっぴるまだぞ！」

「おいおい、ウィールディ！　それがなんだっていうんだ？　じゃあ、友達にでも会ったのかもしれないさ。目撃者は〝車に乗り込むところ〟と言ったんで、〝車に引きずり込まれるところ〟とは言わなかったろう。なら、今どこにいるにせよ、自分からすすんで行ったんだ。用事がすめば戻ってくるよ」

ダルジールは幸運にも火傷を免れた入国管理局の役人との会見をすませて帰ってきた。

「悪いやつじゃない」彼はもったいぶって言った。「狂ったような目つき、両肩は雄牛なみ。それが効いたのかどうか知らんが、アシフはまるで協力的だった。先生のお気に入りの生徒みたいにすすんで手を上げてな。ベルチが車から電話した相手は、きっとトルコ人の陰で糸を引いているやつだろう。ベルチはそいつと話をした、トルコ人は自分が罪を着たら黒幕はどうするつもりかを知りたがった、ベルチは相手の言葉を伝えた。で、トルコ人は手を上げ、責任をひっかぶることになった」

ウィールドは言った。「そのとおりだと期待しましょう」だが、あまり期待している声音ではなかった。

そして、六時になってもまだルバンスキーがどこにも現われないと、彼はさっきより熱心に最初の仮説に戻った。

「そろそろベルチェインバーと話をしたほうがいいと思う」彼は強く言った。

「で、彼はなんと言う？　はい、わたしはリーが誘拐されるよう手配しました？　現実的になれよ、ウィールディ」

「質問をどうもっていくかによるね」ウィールドは厳しい口調で言った。

パスコーとダルジールは目を見交わした。

巨漢は言った。「やってみたくなるってのはわかるよ、ウィールディ。ベルチをどこか静かな場所に連れていって、殴る蹴るで洗いざらい吐かせる。だが、それなら行くところまで行って、あいつを殺さなきゃいかん。いい警官にとって、告訴するといって追いかけてこられては困る相手が一人いるとすれば、それはマーカス・ベルチェインバーだからな」

パスコーはもうすこし高い理性に訴えようとして言った。

「もっと大事なことがある。もしきみの推測が間違っていて、ベルチェインバーはリーが自分のことをタレ込んでいるとは思いもよらないとしたら、これでリーはトラブルのど真ん中に投げ込まれることになる。それに、われわれだってすっかり手の内を明かしたも同然になるだろう」

ウィールドはこれを考えてみてから言った。「とりあえず、きみの言うとおりだとしておこう。じゃ、リーはどうして消えた？」

「簡単だ」ダルジールは言った。「おまえのやっていることは危険だと、きみは警告したんだろう？　気をつけろと言った」

「ええ、でも、あいつはまったく聞く耳を持たなかった」ウィールドは言った。

「そういう態度を見せたってだけじゃないのか？　ああいう若いのはつっぱって生きてるからな。おびえた素振りなんか見せたら、それでおしまいだ。だが、彼はきみを信頼しているよ、ウィールディ、きみの話のどこを取ってもそれがわかる。で、ほかでもないきみがなにか言った、それは身にしみたはずだ。そこで何が起きた？　きみといっしょに〈タークス〉にすわっていると、突然、店じゅう警官だらけになった。ああ、これは自分とは無関係だときみは説明した。だが、たとえ彼がそれを信じたとしても、こういうこともあるんだと、あらためて思ったろう。きみは賢い親父さん役かもしれんが、警官でもある。あの子は公衆の面前できみと仲よくしていたから、誰に見られたかわかったもんじゃない。なら、ちょっと休暇を取ったほうがよさそうだ。商売はうまくいっていて、銀行に多少の金がある。というわけで、今この瞬間にマルベヤ（スペイン南岸のリゾート）に向かっていたって、わたしは驚かんね」

論理的だ。説得力がある。ウィールドは巨漢の仮説を自分がルバンスキーについて知っていることのすべてと並べてみて、うまく当てはまると考えていると、パスコーには見ていてわかった。

それに、この仮説はウィールドに本物の希望を与えた。それはちょっとやそっとでは吐き出すことのできない釣り餌だった。

「わかりました」彼は言った。「おっしゃるとおりかもしれない。でも、もしそうでなかったら……」

彼は脅しの言葉を最後まで言わなかった。いや、具体的にはまだ決めていないが、それは世界を恐怖に震撼させるものになる（シェイクスピア『リア王』の一節）とだけわかっているのかもしれなかった。

「ほんとにあの子がスペインへ向かっていると思われるんですか、警視？」ウィールドが出ていくと、パスコーは言った。

「さあね。だが、かりに彼が誘拐されたと考えてみよう。なぜだ？ 彼がベルチの計画についてウィールディに何を伝えたか、心配になったやつがいるからだ。彼はベルチの計画についてウィールディに何を伝えた？ たいしたことは話していない。こっちがそのことで知っていると思っているのは、大部分がパンと魚（聖書で、イエスはわずかのパンと魚で何千人もの群衆を満腹させた）、わずかばかりの食料でこしらえた大きな食事だ。だが、たとえやつらが彼をつかまえて、さっききみがアイヴァーに訊いていた聖アスピディストラみたいに、彼の歯を引っこ抜いて口を割らせたとしても、出てくるのはパン屑だけだ。それに、ウィールディときみがどれほど生きのいい想像力を持っているか、やつらは知らないから、これなら疑われるはずはないと思うだろうさ」

「それじゃ、われわれの考えが正しくて、やつらの狙いがエルスカー埋蔵品だとしたら、来週土曜日、明日から一週間後には搬送されるんですから、あまり時間はない」

「ああ、ない。だが、証拠はまだ少ない」ダルジールは不服そうに言った。「誰か悪知恵の湧く、銀の舌（説得力がある）の持ち主が明日の朝シェフィールドへ行って、この推理をうまいこと売りつけ、もしはずれだったらぜんぶむこうの責任、もし当たりだったら大部分はわれわれの手柄になるように持っていく必要があるな」

「それにはとんでもない長さの銀の舌と、目がくらむほど深い悪知恵の井戸がいりますね」パスコーは言った。「誰か、心当たりがあるんですか、警視？」

「シートベルトを締めて、さっさと出発しろ」ダルジールは言った。

第11部　行商人

パスコーはシェフィールドが好きだった。美を見る目、刺激を嗅ぎつける鼻があり、バラエティを好む人なら誰でもシェフィールドが好きだ。ローマのように七つの丘の上に建てられているため、市境の内側にいるだけでも谷の春から峰の冬まで経験することができる。

もしかすると、シェフィールド独特のおもしろみは国境《フロンテイア》の町であることから来るものかもしれない。ここはヨークシャーが、そしてイギリス北部全般が終わるところなのだ。このあとは、どういう言い方をしようと、中部地方《ミッドランズ》に入る。ダービシャーのピーク山周辺は北部的なものを感じさせるとはいえ、こちらの丘陵風景は逆立ちしている。そこでは高みを見上げるのではなく、崖っぷちから下を見下ろすことになる。

スタン・ローズ警部は、確かに（北を）見上げるのではなく、（南を）見下ろしていた。彼が利用していたタレ込み屋は行方不明になっていたが、クレジットカードを盗用してロンドンでつかまった。ローズは彼に会いに南へ行った。相手は非常におびえ、しかも最近ひどい暴行を受けた形跡があった。

パスコーはこれを聞くと、いやな気分でリー・ルバンスキーのことを考えた。メイト・ポルチャードはいわれない暴行をはたらくという評判のある男ではないが、状況が要求すればなんでもやる。彼がどんな無考えな筋肉マンを雇っているか、わかったものではない。

そのとき、ローズがまったく自発的にエルスカー埋蔵品のことを口にしたので、失踪したレント・ボーイの心配はパスコーの心から消えてしまった。

ローズはタレ込み屋に向かって、シェフィールドの計画についてもっと情報をくれれば、警視庁がおまえをどう処分するか決める段になったとき、こちらから一言入れてやろう、悪いようにはしない、とさんざんほのめかしたのだが、いや、中にいるほうがよっぽどましだ、と言い返されるばかりだった。そこでローズは、それならぜひ条件つき保釈になるようにしてやろう、そのあと、おまえが吐いたとシェフィールドじゅうに広めてやる、と言った。

そこまでやっても、出てきたのは日付だけだった。一月二十六日、今日から一週間後、埋蔵品がシェフィールドから中部ヨークシャーへ搬送される日だ。

「でも、そもそもなんで埋蔵品が狙われると思ったんだ？」パスコーは訊いた。

「ポルチャードの前科を見て、獲物は警備会社のヴァンじゃないかと思ったんです。そこで、今月中の可能性をすっかり並べ上げて調べてみた」ローズは誇らしげに言った。「日付が埋蔵品搬送日と重なったんで、博物館から警備カメラのテープをぜんぶ取り寄せて見てみました。そうしたらですよ、ポルチャードのやつ、展覧会にすくなくとも二度来ていた。コートの襟を立て、帽子を目深にかぶっていたが、絶対にあいつでした」

「ローマ史に興味があるっていうだけじゃないのか」パスコーはドライに言った。「この話は伝えてくれるつもりだったんだろうな、スタン？　だって、問題の日は来週の土曜日だろう？」

「もちろん、そのつもりでしたよ。考えをまとめて、まず上司に相談しようと思っていたんですが、上司が例のカンフルーにやられて、今日やっと仕事に戻ったんです。それで、あなたにお電話しようと思っていたところでした。どっちみち、まだちょっと憶測にすぎないでしょう？」

「いや、憶測の域をやや越えていると思うよ、スタン」パスコーは言った。

訪問の理由を説明されると、パスコーが新情報をすばやく分かち合ってくれたのに対し、自分は手札を見せないというやり方をしていたことが明らかになり、ローズは正直に恥ずかしがった。

「ピート、こいつはすごい。これさえあれば、わたしの……いや、われわれの作戦に実行許可をもらえますよ」

「そりゃよかった。もっとも、やつらは搬送の途中を襲う計画だろうから、そうなると事が起きるのはどっちかというとアンディ・ダルジールの管轄区域になりそうだがね」

　彼は間を置き、巨漢との権力闘争という命がけの危険をローズがじっくり考える暇を与えてから、おもむろに続けた。「だが、カーテンコールを受ける者が主役として采配を振るう、というんじゃないか？　これはきみの舞台だよ、スタン。われわれ側は全力で後押しする——ただし、おたく側から情報をすっかりいただければね」

「ピート、それはいい。ほんとにありがとう。この作戦に関しては、いろいろアイデアがあるんだ。そうそう、〈蛇作戦《オペレーション・サーペント》〉と呼ぶことにしましたよ。合っていると思って」

　彼はほとんど挑戦するように言ったから、パスコーは笑いをかみころした。


「それじゃ、あなたがこちらにいるあいだに、具体的な計画を立てようじゃないですか」警部は続けた。

「正直なところ、わたしはそれより博物館へ行って、この騒ぎの元凶を見てみたいな」パスコーは言った。

　埋蔵品の写真はそれまでにいろいろ見ていたが、実物の絢爛たる美しさは想像を絶した。大規模なコレクションではないが、審美眼のある人物が集めたものであることは明らかだったし、自分の宝がこれだけ気を遣って展示されているのを見れば、その人物もきっと喜んだことだろう。指輪、腕輪、ブローチ、ネックレス、それぞれが黒いベルベットで覆ったゆっくり回転する台に載せられ、照明は明るい日光から柔らかな蠟燭の光程度まで変化して、品物の美しさを最高に引き出している。会場中央には、ファイバーグラス製の卵形のもの——のっぺらぼうなのに、見る人がもっとも美しいと思う顔をそこに見てしまう——に載せられて、蛇宝冠が展示されていた。

　じっと見ると、これを所有したいというベルチェインバーの欲望がパスコーにはほとんど理解できるように思われた。この宝物の国外流出を憤る気持ちには確かに同感できた。

パスコーとローズは展覧会の責任者に会い、展示期間後の搬送がどう手配されているか尋ねた。できるだけさりげない調子をつくり、貴重品が輸送されるときに警備状況を確かめておくのは慣例だから、と強調した。予防は治療に勝るとはいえ、警察が怪しんでいると一味が気づいて手を引いては困る。かつてダルジールが言ったように、相手が百戦錬磨のプロの場合、現実的な犯罪予防策はただ一つ、刑務所あるのみ。それ以外は犯罪の実行延期にすぎない。

情報の中の一点がパスコーの興味を惹いた。搬送担当はプリーシディアム警備会社だった。

ローズは人の反応に敏感で――今後のキャリアに役立ちそうだ――パスコーがちらと興味を示したのを認め、責任者のオフィスを出たあとでその点に触れた。

パスコーは以前プリーシディアムのヴァンが襲われたこと、ベルチェインバーが関係していることを話した。

「すると、それはリハーサルみたいなものだったと思われるんですか?」

「かもしれない。それなら、車に積んであった金はどうでもいいという態度の説明にはなる。もっとも、埋蔵品を運ぶ係員がみんなでお茶にしようとカフェで車をとめるなんて期待しているなら、とんでもない阿呆だけどな」

博物館の玄関ホールを抜けて歩いていたとき、パスコーは立ち止まった。掲示板に貼ってあるポスターに目を惹かれたのだ。大学でヨークシャー心理精神医学会の一日会議が開催されるとあった――もちろん、今日がその日だった。ポットルの開会の辞はうまくいっただろうか、と考えた。

彼は近づいて詳細を確かめた。

アマリリス・ハシーンの講演は午前中だから、もう終わった。だが、ルートの導師《グル》であるフレール・ジャックは昼食後、〈第三思考〉と彼の新しい著書について話をすることになっていた。

シェフィールドの警察本部に戻ると、彼はローズの上司に会った。具合がよさそうではなかったから、もう伝染しないと本人は言ったが、チェーン・スモーキングのせいでおそろしく咳込むたび、パスコーはなるべく風上にいるよう心がけた。

パスコーの情報が確実に近い将来の強奪計画を意味していると、上司は警部ほど納得しなかったが、それでもアンディ・ダルジールの態度については詳しく質問してきた。やはり巨漢の意見はどこでも重視されるのだ。とうとう彼はローズに条件つき祝福を与えた。パスコーにはおなじみのものだった。解釈すれば、こういうことだ――おまえの勝利はおれたちのもの、おまえの失敗はおまえだけのもの。

しかしスタン・ローズは大喜びだった。煙たい部屋を出ると、彼は言った。「ピート、昼飯をおごらせてくださいよ。恩があるんだ、そのくらいしなくちゃな」

パスコーは言った。「ありがとう、スタン。でも、これから大学へ行ってすることがあるんだ。ああ、大学といえば……あのフロビッシャーって青年のことをおぼえているかい？　だいぶ前にウィールド部長刑事がきみに尋ねただろう、例の講師がうちの管轄内で死んだ事件に関連して……？」

「ああ、おぼえていますよ。論文かなにかを終わらせるために目を覚ましていようとして、薬の飲み過ぎで事故死した」

「そいつだ。なあ、せっかくここまで来たんだから、彼が住んでいた家をちょっとつきまわって、まだそこに住んでいる仲間と話をしてみたいんだ、大げさなことはなにもしない――ただ、反抗的になるやつが出てきた場合、きみに話をつけてあると言えたほうがいいだろう」

ローズは貧しい親類から急に金のことを持ち出されたような顔でパスコーを見た。

「あのルートってやつとなにか関係があるんですか？」彼は訊いた。

「ほんのちょっとね」

「ピート、あの死因に疑問はなかった。すべてきちんとかたづいたんだ」

「きみの話からすると、彼の妹はそう思っていないんだろう」

「姉妹なら被害者意識を持つのはふつうですよ。ピート、時間の無駄だ」

「たぶん、きみの言うとおりだろう。そりゃ、今はこの埋蔵品作戦できみを助けることに全力を傾注すべきだとはわかっている……」

〝助ける〟というところをやや強調した。

ローズはため息をついた。

「好きにしてください、ピート。いざとなったら、あなたが階級をかさにきて迫った、と言えばいいんですから」

「次の一手はそうするつもりだったんだ」パスコーはにやりと笑った。

A

大学へ行き、パスコーが講堂に入ると、ちょうどドクター・ポットルがフレール・ジャックの紹介を終えたところだった。前のほうの列はいっぱいだったが、後ろのほうには空席がたくさんあった。インフルエンザのせいかもしれない。パスコーは最後列にすわった。同じ列の横には、外が寒いから入ってきただけだとでもいいたげな、世の中に倦怠した女子学生が三人いた。

ポットルは話を終え、舞台を降りて、正面に席を取った。隣の女性が彼に声をかけようと首を回したとき、本のカバーの写真で見ただけとはいえ、あれはアマリリス・ハシーンだとパスコーにはわかった。

フレール・ジャックは驚きだった。金髪を短く刈り、びったりした黒のタートルネックを着ているので、脂肪のない筋肉質の上半身が目立つ。修道士というより、スキーのインストラクターみたいに見えた。

「ああら、いい体してるじゃない」パスコーのそばにすわっている女の一人が言った。「ペニスもあれに負けないくらいかなあ？」

まったく自然な言い方で、若い男が胸の大きい女を見て、〝一個、半キロじゃきかねえな〟などと言うのと同じ調子だった。これは平等へ一歩前進したというべきか、それとも後退だろうか？　とパスコーは考えた。

ジャックは話を始めた。その英語は構造的に完璧で、ちょっとフランス語訛りがあるのがセクシーだった。彼はよどみなく、死について、また兵士だったときの自分の体験を語り、西欧人は長寿や奇跡の治療法にますますこだわるようになり、その結果、人間が打ち負かしえないたった一つの自然の事実を愚かしくも敵にまわしてしまった、という信念を語った。

「〝友達は慎重に選べ〟とは賢明なモットーです」彼は言った。「しかし、敵はもっと慎重に選べ、というほうがさらに賢明でしょう。友達を失うのは、敵を失うよりずっと簡単です」

彼はいろいろな考えを、宗教ではなく、かならず心理学や哲学の言語に託して語っていた。キリスト教の教義の方向にそれたのは一度だけで、そのとき彼はあの明るい青い目を皮肉にきらめかせて、英国国教会の祈禱書独特の慰めについて、こう言ったのだった。「埋葬式の祈りは会葬者にこう伝えます。〝人は女から生まれ、人生は短く、苦しみは絶えない。花のように咲き出ては切り取られる〟。お葬式のあとで誰かの家やパブに行き、この陽気なメッセージを消し去るのに必要なだけ飲みまくるという習慣が築かれたのも無理はない！」

死の意識は人生をめいっぱい豊かに生きるのに不可欠だと彼は論じ、より心地よく死を意識することができるようになるために、〈第三思考〉の実践者が従う戦略や規則を説明したが、そこにはかならずユーモアがあった。ただし、軽薄な話、わざとらしい話、たんなる強がりで言っている話は決してなかった。最後に彼はこう言った。「偉大な真理の多くが陳腐なものであるように、人生の奇跡を語ることもまた陳腐なものです。しかし、生まれることは、人間が関わる二つの偉大な奇跡のうちの最初の一つでしかありません。二番目の奇跡とは、もちろん死であり、いろいろな意味でこちらのほうがさらに偉大なのです。スコットランドの優れた詩人エドウィン・ミュアはこの点を理解し、《瀕死の子供》という詩の冒頭で説明してみせました。

　不親切で親切な宇宙よ
　ぼくはおまえの星々を財布に詰め
　おまえに別れを告げる。
　おまえを残して出ていく、
　すこしの疑いもなく、すっかり出ていってしまう、
　それが奇跡だと、父は言う」

　彼はすわった。熱心な喝采に迎えられた。女子学生三人はもう倦怠を忘れ、率先して拍手していた。ポットルは立ち上がり、これからフレール・ジャックは質問を受ける、そのあとは喜んで著書にサインする、と言った。

　まず質問してきたのは、例によって反撃好きな初心の学者たちだった。一人は皮肉たっぷりに、ミュアの詩のあとのほうの一節には「絶望のむこう側」とか「無に満ちた永遠」といった表現があると指摘し、フレール・ジャックは彼の教えに新たに帰依する人々にキリスト教的天国の代わりとなるこういう天国を約束しているようだが、それを彼の修道院の上の人たちはどう考えているのだろうか、と言った。パスコーの隣人の一人はまわりによく聞こえる声で「間抜け！」と言ったが、ジャックに外部からの保護は必要なく、彼はらくらくと矛先をかわして答えた——質問者が無神論者であれ、キリスト教徒であれ、ほかの何であれ、自分の信じることが疑われていると恐れる必要はない。〈第三思考〉は世俗のものでなく、人を改宗させるものでもなく、ただ生きている人々にのみ関わるものだからだ。

　さっき「間抜け」と言った女が次に質問し、セックスで人は「小さな死」を経験するが、〈第三思考〉の哲学でそ

れはどういう役割を果たしているのか、としごくまじめに訊いた。するとジャックは同じくらいまじめに、著書の第七章を読んでいただければ、その質問に答えているとおわかりになるだろう、と答えた。話を終えようとするころ、彼は微笑した。質問者に向かってではなく、パスコーの列の反対の端にすわっている人物に向かって。彼が身を乗り出してそちらを見ると、はっとするほど美しい金髪の若い女性が修道士に微笑を返していた。

そのあと、パスコーは著書を一冊買い、サインしてもらう列（そこにはあの若い隣人たちも三人そろって並んでいた）に入ろうかどうしようかと考えていたとき、ポットルが肩を叩いて言った。「ピーター、警察官の啓蒙追求が法医学実験室にとどまらないとはうれしいね。ご紹介しよう、アマリリス・ハシーンだ」

握手しながら、ルートの描写はちょっと大げさとはいえ、おおむね正確だったとパスコーは思った。彼女はやや派手でけばけばしいタイプだが、確かにセクシーだ。セント・ゴドリックスの研究員社交室でさぞ多くの男たちをそわそわさせたことだろうと想像できた。

彼は言った。「ご主人がお亡くなりになったと聞きました。ご愁傷様です、ミズ・ハシーン。サー・ジャスティニアンを失ったことは、学界にとって大きな痛手でしょう」

イギリスの男は弔意を表するのが下手だと悪名高いが、かなりよくできたとパスコーは自負した。ところが女はあらわに懐疑を示して彼を見ると言った。「主人をご存じでいらっしゃいましたの、ミスター・パスコー？」

「いえ、その……」

「でも著書は読んでいらした？　どれがいちばん印象に残っています？」

パスコーが助けを求めるようにポットルに目をやると、医師はかすかに微笑して言った。「じつはね、アマリリス、あなたと主任警部には共通の知り合いがいると思う。ミスター・フラニー・ルートという人だ」

話題が変わったのと、新しい話の糸口を与えられたことに感謝して、パスコーは言った。「あなたが『暗い独房』で彼について語っておられたこと、とても興味深く読みました。ええ、あの本には感心しましたよ。立派な作品だ。ちょっとお時間をとって、彼のことを話していただけたら、たいへんありがたいんですが」

お世辞で進路変更を試みたが、みじめな失敗に終わった。

彼女は冷たく言った。「クライアントのことはお話しできません、ミスター・パスコー。どのみち、本の中では一人も誰とわかるようになっていませんでしょう」

彼は言った。「ええ、でもフラニーは手紙で自分から教えてきたんです。囚人XR、というんじゃなかったかな。ですから、クライアントの秘密を守るという規則はもうあてはまらないでしょう。彼はあなたとのセッションの内容、それにサイクからバトラーズ・ロウに移るとき、あなたが助けてくれていかに恩を感じているか、とてもオープンに話していましたよ」

「鞭を手にしているなら」と聖ダルジールによる福音書にはある。「一度パシッと鳴らすだけで、たいていは事足りる——こっちが血を見るのもいとわないと、相手が納得していればな」

パスコーはダルジール的確信をこめたつもりの目つきで彼女をひたと見据えた。

追い詰めておいて脱出手段を示してやれ、というのも師の教える秘訣の一つだった。

「でも、最近になって彼とセント・ゴドリックスで再会なさったでしょう、彼がクライアントでなくなってだいぶたってから。すると、そのことを話すぶんには、倫理的問題はなにもありませんよね？ あの会議がとてもつらい思い出であろうことは承知しています。でも同時に、囚人だったときにあなたが助けた人物が優れた学者となり、論文を発表して喝采を受けるところを見たというのは、大きな喜びでもあったでしょう。感心しませんでしたか？」

「論文には感心しませんでしたね。文学の分析とかいわれるものはたいていそうですけど、無駄口ばかり多くて、厳密な心理分析をきちんと行なっていない。ランチを早めに切り上げてでも聞く価値があるというほどのものじゃなかったわ。でももちろん、あれはルートの作品じゃありませんよね？ わたしは亡くなったドクター・ジョンソンと彼との関係のほうによほど興味がありました」

「サムのことはご存じだったでしょうね、サー・ジャスティニアンがシェフィールドで教えていらしたころに？」

「ええ。会ったことがあります」

彼は言った。「わたしも彼と知り合いでした。とても頭がよくて、とても魅力的な男性だと思いました」

「魅力的だと思われましたの？」彼女は値踏みするような目でパスコーを見た。

「ええ、思いました。どうも、あなたのご主人となにかうまくいかなくなったようでしたが」

彼女は肩をすくめて言った。「たぶん、ジョンソンのほうが悪かったんでしょう。ジェイはジョンソンがベドウズの本を執筆するのをずいぶん助けましたが、あれだけ助けてもらうと、かえって相手を恨むようになる性格の人というのがいます。そういう人は、助けてもらったことを認めるより、助けてくれた人と仲違いするほうに走るものです。ジョンソンをよく知っていたわけではありませんが、非常にかっとなりやすくて、不安定といってもいいような性格の人だと、つねづね思っていました。彼がシェフィールドを離れた経緯を聞いても驚きませんでしたわ」

「ジェイク・フロビッシャーという学生が死んだことですか？」

「ご存じですの？　ああ、当然ですわね。あれもまた、親密なつきあいから拒絶へ、ジェイのときと同じパターンでした。もっとも、この場合の親密なつきあいというのは、学問上の協力ではなく、性的なものでしたけれどね。ジョンソンが死んだことはルートにとって、いろんな意味で幸運なブレークだったとわたしは思います」

「彼はそう見ているかどうか。ご主人とジョンソンとの断絶を彼がそういう形で見ていないのは確かですよ」パスコーは言った。この女に対して深刻な反感を感じ始めていた。相手もこちらを気に入ったとはいえないだろうと思ったが、今、それがはっきりした。

彼女は言った。「お名前はパスコー、とおっしゃいました？　なんだか聞き覚えがあるわ。ルートを刑務所に送るのに一役買った警察官の一人がパスコーという名前じゃなかったかしら？」

「それがわたしです」パスコーは言った。

「で、彼はあなたに手紙を書いている、とおっしゃるの？」彼女はいかにも満足げに微笑した。「さぞご心配でしょう、ミスター・パスコー」

「なぜです？」

「彼が自分の裁判のことを話すとき、復讐の思いはすべて昇華してほかの領域、ことに学問的リサーチに振り向けてしまった、とは言いながらも、いつもその底に恨みや、ひどい目にあわされたという感情が流れているのをわたしは認めましたもの。もちろん、それは何年も前のことで、確かに時間が変化をもたらしてくれる場合もなくはないですが……」

「まったくだ」ポットルが割って入った。「その手紙なら、一部はわたしも見ましたがね、ミスター・ルートは主任警部に、もう復讐心はないと安心させるために書いている、とはっきり言っていた」

アマリリスはまた微笑した。ボルジア家のホステスが、客がお代わりを求めてワイン・グラスを差し出したのを見たような顔だった。

「あら、それなら大丈夫ね。フラニー・ルートみたいに不明朗で複雑で利口な人物が、あなたに害を与えるつもりはないと言うんですもの、心配することはありませんわね？じゃ、失礼します。今日ケンブリッジに戻りますので、荷造りをすませないと」

彼女は去った。

パスコーはポットルに言った。「あれはルートの動機についてのぼくの解釈に投じられた賛成票のように聞こえたな。彼女、魅力を出し惜しみしていたね」

ポットルはにっこりして言った。「ピーター、きみは攻撃的、いや脅迫的といっていいほどの態度で、最近亡くなったばかりの彼女の夫に対する批判をあれこれほのめかした。精神科医は恨みや復讐心なんか超越していると思ったら大間違いだぞ。ああ、フレール・ジャックの本を持っているな。サインしてもらいたいのか？　彼も助け出してもらったら喜びそうだ」

サインを求める人の列は縮んで、三人の女子学生だけになっていた。彼女たちはジャックを取り囲み、彼の口にする言葉は一言残らずとらえて離さず、できるものなら彼のほかの部分もなんでもいいから握りしめて離したくないという様子だった。そのわきにやや距離を置いて、冷やかすような微笑を浮かべて見守っているのは、あの金髪の美女だった。

獲物を囲んだ三人はポットルとパスコーが近づくと、恨みがましい目で見上げた。

「お話し中をすみませんが、アポイントメントがありますよ、修道士。みなさん、またいずれ会話の機会が見つかるはずですから」

ジャックは女の子たちに別れを告げた。三人はそれぞれの本の書き込みを見比べながら帰っていった。

「アポイントメントですか……?」彼はポットルに言った。

「このミスター・パスコーとのね」ポットルは言った。

「パスコー主任警部は本にサインをいただきたいと思っているんです、ほかにもいろいろありますがね。どこかもうすこし静かな場所を見つけましょう」

ポットルに導かれて出ていくとき、ジャックは金髪の美女に詫びるような視線を投げた。ポットルは小さい無人のオフィスにジャックとパスコーを入れ、そのあとでドアを閉めた。

「パスコー?」ジャックは考えながら言った。「ひょっとして、フラニー・ルートのパスコー警部じゃありませんか?」

「〝ルートの〟という所有格をどういう意味で使われているのかによりますが」パスコーは言った。

「つまり、彼が自分の反社会的態度を正面から見据え、その動機を理解し、必要な法的刑罰を受け、最終的に現在のようなよりよい、より成熟した人物になった、それをすべて彼に強要した警察官、という意味です」

「それはずいぶん意味を広げているように思えますね」パスコーは言った。

「ええ、あなたはご自分が彼の人生に果たす役割を受け入れられない、それが問題なのだと彼は言っていました」

「わたしに問題がある！」パスコーは激しく首を振った。

「信じてください、修道士、わたしにとって唯一の問題は、ルートの問題を扱うことだけです！」

「で、ルートの問題とは？」

「要するに、彼は反社会的妄想家で、予想しがたい行動に走り、そのためわたしは自分と家族の安全について非常に不安だ、ということです」

話しながら、パスコーは自問していた。さっきまでは、この男とそのいかれた友人について静かにおしゃべりして、こちらがどういう興味を持っているのか気づかせないまま、そこからいろいろとおもしろい情報をつかむ、という計画だったのに、どうなっちまったんだ？

「脅しの言葉もない手紙数通をもとにしているにしては、ずいぶん大きな判断をいろいろなさっているようですが」

「どうしてそんなふうに決めてかかるんです？」パスコーは強い調子で訊いた。「そもそも、どうして彼がわたしに手紙を書いているとご存じなんですか？」

「彼がそう言ったからです。それに、前科者が警察官にあてて脅迫の言葉を書いたとしたら、すぐ逮捕され、訴えられるでしょうから、そんな言葉は書いていないんだと推測したわけです。それはともかく、ミスター・パスコー、こう申し上げて安心していただけるといいのですが、彼があなたの名前を口にするときはいつもたいへんな尊敬と憧れがこもっていて、そこには愛情に近いものがあるとわたしは感じていました」

「すると、あなたたちはわたしのことを話し合った」

「彼が話し、わたしは聞きました。わたしが受けた印象では、彼はある人に対する自分の感情を探り、そこでいろんなことを発見して自分で驚いている、という感じでした。わたしは心理学者ではありませんが——この件では、ドクター・ポットルにご相談なさるといいかもしれない——本能的に思うには、フラニーは知性の上ではごく若いうちに成熟したが、情緒や道徳の上ではまだ思春期の終わりくらいなのではないでしょうか」

彼はパスコーがこの分析にどう反応しているか確かめるようにしばし見つめてから、話を続けた。「彼の手紙の中からなにかわたしの悪口を引用してしっぺ返しをしてやろうとお思いかもしれませんね。しかし、初めのころは彼はわたしのことを――英語ではなんというのでしょう？――一種の宗教家のダメ男だと思い、自分の後援者であるミセス・ルーピンの手前、礼儀正しく扱っておこう、というくらいに考えていましたが、それはやや変わってきたようです。わたしのような仕事をしていますと、口先だけの人と、心から関わっている人との区別をつけることに長けてくるのです。フラニーは心から関わって変化を遂げたとわたしは思います」

「フラニーのお得意は、人の感情を自分に都合のいいほうへ向けることですからね」パスコーは冷たく言った。

「かもしれない。さて、その本にサインしましょうか、それとも、それは入場券というだけでしたか、主任警部？」

「いや、どうぞサインしてください」パスコーは言った。今日はもうこれ以上ぶしつけな態度を見せることはないと思った。

　修道士は本を受け取り、とびらをあけてさらさらと書き込むと、返してよこした。

　パスコーは書かれた部分を見た。著者のサインの下に〝テサロニケ　5・21〟とあった。

　彼は言った。「やられた、おぼえていませんよ。調べる手間を省いていただけませんか」

「〝すべてを吟味《プルーヴ》し、よいものをしっかりつかまえていなさい（新約聖書「テサロニケの信徒への手紙」の一節）〟」

「いい言葉だ。でも、警官の場合はちょっと違ってきますね」パスコーは言った。「すべてを証明《プルーヴ》し、悪いやつをしっかりつかまえて離さないこと。ありがとう、修道士」

　彼はドアをあけた。外であの金髪の美女が待っているのが見えた。ふいに、誰なのかわかった。

「じゃ、ミス・ルーピンについて心を決められたわけですか？」彼は言った。

　ジャックは驚いた顔をしなかった。

「ええ、心を決めました」

「おめでとうございます。お二人にとって、すべてがうまくいきますように」

「ありがとう。フラニーの言うとおりだ、あなたは鋭い、ミスター・パスコー。今のところ、このことは誰にも知らせずにおくつもりです。まず親しい人たちに知らせてから、というわけで。わたしの同僚修道士たちとか、エメラルドの母親とか」

「あなたの〈第三思考〉のお仕事に影響が出ますか？」パスコーは訊いた。

「とんでもない。わたしはほかの二つの思考の存在を無視したことは一度もありません」

「なるほど。ご幸運を祈ります。お元気で」

「そちらこそ、お元気で、ミスター・パスコー。神の祝福がありますよう」

外に出ると、パスコーはエメラルドに感じよく会釈し、ポットルをさがしにいった。

「どうだった？」精神科医は訊いた。

「祝福を受けた《ブレスト》よ。むこうの言語とぼくの言語と両方でね（「ブレスト」には「祝福された」と「呪われた、罵られた」の意味がある）」パスコーは言った。

ジェイク・フロビッシャーが死んだ家は大きな二軒続きの建物で、墓碑に使われる花崗岩でできているのが年月とまわりの空気のせいで黒ずみ、霊廟を思わせる灰色になっていた。場所は市の郊外のフルフォード地区の端だ。正面と側面の小さな庭は、同じ通りのほかの家々とくらべるとみじめにほったらかしで、ドアと窓のペンキはひびが入ったりはげたりしていた。

なにかというと二と二を足して結論を導くパスコーは、この建物の歴史を想像した。もとは裕福な商人の住居だったものが徐々に衰退して複数住宅になり、やがて購入か長期リースかによって学生寮になったのだ。おそらく隣近所の家の住人たちはこれに苛立っているだろう。見たところ、このあたりではこのごろまた一軒に一家族住んでいるようだった。前世紀最後の数十年に土地が値上がりして、当初の高級住宅地に近いものに戻ったのだ。

ドアの脇柱に呼び鈴のボタンがずらっと一列並んでいた。押しても鳴りそうには見えない。パスコーが色あせた名前を上から下まで見ていくと、五番の横にフロビッシャーの名前がなんとか読み取れた。青年が不運にも死んでしまった昨年夏から変えられていないのだろうと推察した。そのボタンを押したが、なにも聞こえない。ほかのボタンを試してみようとしたとき、正面ドアがあいて、一人の若い男が自転車を押しながら出てきた。パスコーが手を貸してドアを押さえていてやると、相手は明るく「あ、ありがと」と礼を言った。

彼は中に入った。

においで学生時代を思い出した。年数からいえばそう遠い昔ではないのに、記憶としては前世よりまだ前のように思える。カレーやそのほかのスパイス、古びた野菜のほのかな腐臭、下水がちょっぴり、汗もわずかに混じり、線香の煙にあるかないかの麻薬のにおい。暖房のない冷え冷えした玄関ホールと階段にこもっているから、鼻を襲い、喉に爪を立てるほどのにおいではなかったが、真夏に来なくてよかったと彼は思った。

彼は階段を昇り、最初の踊り場に5と記されたドアを見つけた。

半開きになっていた。

ノックしてみたが返事がないので、押しあけて「こんにちは」と声をかけた。

やはり返事はない。実際、大きなヴィクトリア朝の洋服だんすの中か、もっとありそうにないことだが、寝乱れたままのフトン（折りたたみ式の木枠に日本ふうの敷きぶとんを載せたベッド）の下に誰か隠れているのでなければ、返事が聞こえてくる可能性はなかった。

彼は戸口にたたずみ……何をしようというのだ？ ここで何をさがそうというのか、まるでわからなかったし、何が見つかるというのか、想像もつかなかった。確かに数カ月前に一人の青年がこの部屋で死んだが、これだけ古い家だと、その歴史上、誰も死んだことのない部屋を見つけるのはほとんど不可能だろう。

では、何を期待している？　墓からの伝言？　サム・ジョンソンの遺体を見つけたとき、その横に広げてあったベドウズの詩集の中の詩の一節がパスコーの頭に浮かんだ。

　甦らせる亡霊などいない、
　死の世界を出る道はない。

それなら、ただの部屋というだけだ。不吉な、あるいは超自然的な影響などありえないという思いを確かめるように、彼は足を踏み入れた。その足になにかが引っかかった。屈んでそれを足からはずすと、花模様のブラジャーだった。青と赤の模様が、床のほとんどを覆っているカーペットの柄に混じって目立たなかったのだ。ここまで入ると、フトンの上のくしゃくしゃの掛けぶとんにも、そのほかいろいろな女性用衣類が散らばっているのが見てとれた。

そろそろ退却してほかの部屋をノックし、フロビッシャーのことをおぼえていて、話をしてもいいという人を見つけよう、と思った。

「あんた、いったい誰？」背後で声がした。

振り向くと、戸口に若い女がいた。日本の着物ふうローブを着て、長い金髪をタオルで乾かしている。声と同様、表情もいかにも苦々しげだった。

それどころか、ちょっとでも間違った動きを見せたら、助けてとわめき出しそうだった。

パスコーはにっこりして、相手を安心させるような手振りをしたが、これがまずかった。手に持ったブラジャーに注意を惹きつけただけだった。

「すみません」彼は言った。「気がつかなくて」

「部屋に住人がいるってことを？　女の住人だってことを？」

彼は話の方向を変え、もっとしっかりした地盤を目指した。

「わたしは警察官です」彼は言い、身分証明書を取り出そうとした。おかげでさりげなくブラジャーを落とすきっかけになった。

彼は証明書を開き、彼女のほうには近づかないまま、それを掲げてみせた。

彼女はそれをじっと見てから言った。「なるほどね、じゃ、変態のうえに警官てわけ。そういうタイプって、刑務所ですごくいい扱いを受けるんでしょ」

「あの、申し訳ない。入ったりすべきじゃなかった。それに、ブラジャーに足を突っ込んでしまって……」

「それはめずらしい言い訳ね」彼女は言った。「法廷で受けそう」

どうもうまくいかない。単刀直入にいこう。

彼は言った。「ご存じかどうかわかりませんが、去年の夏、この家で人が死んだんです。フロビッシャーという学生……」

彼女はますます激昂して言った。「なんの話？　あんた、どういう警官なのよ？　さっきの身分証明、もう一度見せて！」

彼は証明書をまた取り出し、今度は相手のところまで持っていった。

彼女はそれをしげしげ見て言った。「中部ヨークシャー警察？　地元からずいぶん遠くに来てるんじゃない？　許可があるの？」

「もちろんです。ローズ警部……」

「あの馬鹿！」

「ご存じなんですか？」

「ええ。役立たずの薄のろ」

彼女はパスコーを押しのけて中に入り、化粧台の前のぐらぐらするスツールに腰かけると、髪を梳かし始めた。

「ローズ警部をご存じなら、フロビッシャーの死についても知っていらっしゃるでしょう……」

「ええ、すっかりね。でも、この部屋じゃなかったわ」

「すみません、玄関ドアの名前で……ああ」

はっと気がついた。あまりに明らかなことだったので、恥ずかしくなった。

「ジェイクの妹さんですね」彼は言った。「ソフィー」

「そうよ」

「でも、ここは彼の部屋ではなかった……」

「当たり前よ。いい、あたしは兄と大の仲よしで、あたしが秋に入学したらこの家に住めるよう、兄は手配してておいてくれたの。でも、まさか兄が殺された部屋にあたしが住もうとするなんて、思わないでしょ？　それじゃあんまり無気味な趣味ってもんだわ！」

「もちろんです。すみません。それに、こんなふうにお邪魔して、申し訳ありません、ミス・フロビッシャー……」

「あたしが苦情をおおやけにしたら、すみませんじゃすまなくなるわよ」彼女は言った。「不法侵入して、あたしの下着をいじくって、それってキャリアのためにならないわよね」

「覚悟しておきますよ」彼は言った。どう進めればいちばんいいのか、まだよくわからなかった。おにいさんの死に対する検死審理の判決に満足していないのだとほのめかして、彼女を味方につけるのはむずかしくないだろうが、彼女に味方よばわりされるのは、変態と非難されるよりもっとキャリアのためにならないだろう。

「じゃ、いったいなんの用なの？」彼女は強い口調で訊いた。

本心を見せるときだ、とパスコーは思った。

彼は言った。「ついさっき、〝兄が殺された部屋〟とおっしゃいましたね。どういう意味だったんですか？」

彼女は濡れた長い髪の途中で櫛を止め、彼のほうを向いた。

「意味がわかったらどうだっていうの？」彼女は言った。挑戦するような敵意のこもった台詞ではなく、本心からの質問のように聞こえた。

彼は気をつけて言った。「おにいさんの死の状況について、自分で確かめておきたいというだけです」

「そうなの？　もうちょっと教えていただきたいわね、警部。あら、ごめんなさい、主任警部。だって、あたしはばかな若い女で、しかもジェイクの妹ときちゃ、彼が死んだことですっかりぴりぴりしてヒステリックになるのも理解できるでしょ？　ローズ警部はそんなふうに言ってるはずだわ、まあ、言葉を慎んでるときはね。でも、あなたはほかの署の上級警官よ。それがなんで今になって、聞き込みになんか来るのよ？」

真実の全体を隠しておくためには、一部を見せるのがいちばんだ。弁護士ならそのくらい誰でも知っている。

パスコーは言った。「ジェイクの指導教官の一人、サム・ジョンソンが去年の秋、わたしの管轄地域で不審死を遂げたんだ。最初は、自殺の可能性があった。それに、彼はジェイクが死んだあと、かなりあわただしく中部ヨークシャーに移ったから、そこになにか関係があるのではないか、調べてみなければならなかった。自殺に至るような精神状態、とかいったことをね。あとになって、ドクター・ジョンソンは殺害されたとわかったので、おにいさんとの関連は重要でなくなったように思えた。でも、なぜかわたしはずっと彼の死のことを考え続けていて……」

薄弱な理由づけのように聞こえたが、女は目を輝かせて言った。「つまり、ジョンソンが死んだのは自殺じゃなくて殺人とわかったから、ジェイクのほうもそうじゃないかと思うの？　事故じゃなくて殺人？　ドクター・ジョンソンを殺したのと同じ人物がやったとか？」

「いや、それは絶対ない」パスコーは言った。〝学生の死に再捜査の手――これもワードマンの仕業か？〟などという新聞の大見出しを読んだときのトリンブル本部長の、ましていわんやダルジールの反応が頭に浮かんだ。「二人の死をつなぐものはなにもないんだ、ほんとに」

もちろん、ルートを別にすればだが……

しかし、ルートのことに触れるつもりはなかったから、説明はややむずかしくなる。そう思っていたとき、ソフィー・フロビッシャーがいらいらして言った。「じゃあ、あなたここでいったい何してるわけ？」

「ほかの用事でシェフィールドに来たら、あなたがおにいさんの死に不審を抱いていると、ローズ警部が教えてくれた。なくなった腕時計のこともね。わたしは前にもこの事件に関わったから、あなたと話をすればなにかの役に立つんじゃないかと思ったんだ。いわば、緩んだ端っこをきちんと縛ってかたづけるというかね」

これはさっきよりまだ薄弱な理由づけだったし、そもそも彼女に会う意図などなくここまで来たことは歴然としているのだから、嘘を見抜かれてもしかたなかった。

　だが、彼女は満足したらしく、言った。「そう、じゃ、縛る仕事にかかったら」

「ジェイクは論文を書き上げるために目を覚ましていようとして、つい薬を飲み過ぎてしまった、というのが事実でないと、あなたはどうしてそんなに確信しているのかな？」

　彼女は今、髪を梳かすために見ている鏡に映ったパスコーを見ていた。

　彼女は言った。「だって……まあ、ジェイクを知っていればね。まず第一に、彼はいつだって勉強のことになるとのんびり構えていた。あたしはときたま遊びにきて、兄のところに泊まったけど、字なんか書くとこ、見たためしがないわ。ちゃんとかたづいてる、って言うの。準備完了、あとは妹と遊ぶだけ、ってね。それにドラッグのこともある。ええ、みんなやるようなものはやってたわよ、でも、すごく慎重だった。出どころがはっきりしないとだめ。いつもあたしに、エクスタシーがほしかったらおれのところに来い、ディスコのトイレなんかで売ってるやつからへんなものをつかまされるような危険なことをしちゃいけないって言ってた。偶然に飲み過ぎるなんてこと、彼なら絶対ありえないのよ」

「ドラッグは判断力を狂わせるものだ」パスコーは言った。「最初は注意していても、いったん薬の効果があらわれると……」

「ついたくさんやってしまう？」彼女は嘲笑するように言った。「兄のことならよく知っています……知っていました……」

　目に涙があふれ、彼女は髪をまるで根こそぎ引っこ抜くような勢いで櫛を走らせた。

「そういう事故だったのかもしれない」彼女は半分すすり泣きながら言った。「あたし、兄が死んだことを受け入れたくないだけなのかも……兄は死んだ……どういう意味なのか、よくわからないんです……死んだって……」

　慰めと励ましの言葉がパスコーの舌に集まってきたが、口に出さなかった。この女が兄の死は事故だったことをようやく受け入れようとしているなら、彼自身のルートに対する執着を持ち出してその邪魔をするのは、利己的で間違っている。

事実の中からなにか方向転換になるきっかけはないかと考え、彼は言った。「なくなった腕時計のことを教えてもらえませんか」

彼女は手の甲で目を拭い、言った。「もらい物なの。誰がくれたのかは知らないけど、よっぽど兄に惚れ込んだ人だわ。大きなごついやつ、いかにも彼の好みのね。オメガだと思う。ゴールドのブレスレット——まあ、本物の金《きん》かどうかはわからないけど、確かにそれらしく見えた。それで、裏に文字を彫り込んであるの」

「そこに贈り主の名前は入っていなかった？」

「ええ。兄に訊いたんだけど、笑ってはぐらかされた。〝妹《リトル・シスター》のおせっかいやき《ビッグ・ノーズ》。くんくん嗅ぎまわるとぐんぐん鼻がでかくなるぞ！〟お得意の台詞なの、昔あたしたちが……」

涙が戻ってきた。

パスコーはその流れを止めようとして言った。「文字を彫り込んであるというの、なんて書いてあったか、おぼえている？」

「見せてあげるわ」彼女は言った。「かなり長いの。小さい字で、時計の裏をぴったり一周する円になってるから、読みにくいのよ。それで、拓本にしたの、子供のころコインに紙をあてて鉛筆でこすったみたいに」

彼女は引出しへ行き、しばらくさがしていたが、やがて一枚の紙を彼に渡した。

彼女の言うとおりだった。読み取るのは容易ではない。しゃれた字体で、字はきっちり詰まっているので、一語がどこから始まり、どこで終わるのか簡単には見分けられない。全体が円になってつながっているのだから、なおさらむずかしかった。彼はいつも持ち歩いている折りたたみ式の拡大鏡をポケットから取り出し、開いて、レタリングをあらためて見直した。

努力を要したが、最終的にこうだろうと決めた。

YOURS TILL TIME INTO ETERNITY FALLS OVER RUINED WORLDS（滅びた世界の上に時が崩れ落ち、永遠の流れに呑まれるまで、あなたのもの）

彼は言った。「これ、預からせてもらえますか？」

彼女は疑り深い目つきで彼を見た。

彼は言った。「コピーを取ったら、すぐ送り返します」

彼女は言った。「いいわ。興味を持つ人が出てきたってだけでもめずらしいもの」

「ええ、興味を持っています。でも、期待しすぎないでください。あなたが最後におにいさんと会ったのはいつでしたか？」

「兄が……死ぬ三週間前」

「そのとき、彼はこの腕時計を持っていた？」

「ええ、確実にね。どこかの警官がねこばばしたのかと思うと、ほんとに腹が立つわ。彼の隠してたドラッグもよ。誰もおかしいと思わなかったのかしら？　錠剤が二、三個見つかっただけだなんて？」

彼女は非難するようにパスコーを見た。

「最後に会ったとき、どんな様子でしたか？」彼は訊いた。

「論文が間に合わないと、そのころにはわかっていたはずでしょう」

「ふつうでした。兄の友達の一人がなにか言ったから、まずいことになっているのかと思いましたけど、ジェイクは例によって笑って、〝かたづいてるよ〟と言っただけでした。いつもとおんなじに」

「なるほど」パスコーは希望を残さずに去るための退場の台詞をさがした。残すような希望はなかったからだ。彼自身、わらに、いや、わらの影にすがっていたし、たとえなにかの奇跡でジェイク・フロビッシャーの死が他殺だとわかったとしても、それがソフィーの慰めになるはずもなかった。

彼は言った。「ここまで来たんだから、ジェイクの部屋を見ていきます。何号室でしたか？」

「十一。階上よ。でも、人がいるわ」

「かまいません。どうもありがとうございました、ミス・

フロビッシャー。あの、さっきも言ったように、ここから新たな証拠が見つかるとは思いませんが、どちらに転んでも、ご連絡します。じゃ、お元気で。おにいさんのことは、本当にお気の毒に思います」

「あたしもそう思うわ」彼女は言った。

彼女はじっと鏡を見つめていた。ローブの下の体が縮んでしまったように思えた。部屋を出ていきながら、なんだかロージーとさほど変わらない年ごろに見える、ロージーが母親のガウンを着て、おとなのふりをして遊んでいるところみたいだ、とパスコーは思った。

十一号室のドアをノックすると、あけたのは若い男だった。ラグビーのフォワードみたいな体格で、部屋の片隅に投げ出したシューズと、ラジエーターに掛けてある縞のジャージーを見ると、実際に選手らしいが、土曜日の午後、凍えるようなフィールドをほかの泥んこの馬鹿どもといっしょに駆けまわっていないのはなぜか、はっきりしなかった。

青年が口を開くと、それがはっきりした。


「はあ?」彼は言った。最初は強い外国訛りのように聞こえた。「なんか用?」

その一言で真実が明らかになった。外国訛りではなく、生粋のヨークシャー訛りだが、あの恐ろしいカンフルーにやられて、これから本格的にひどくなるか、よくなってきたところか、どちらかなのだ。

顔をそらして、パスコーは自己紹介した。伝染の危険はさておき、インフルエンザの効用が一つあった。ケネス・ロングボトムと名乗った青年は、パスコーが部屋を見せてくれと頼むと、なんの好奇心も示さず、ただ「どうぞ」と言うなり、乱れたベッドに倒れ込んだのだ。

パスコーはあたりを見た。無意味な行動だった。何が見つかるというのだ?

彼は言った。「ジェイク・フロビッシャーをご存じでしたか?」

ロングボトムは目をあけ、頭の中でその質問の周囲を二、三度歩きまわってから言った。「ええ。同じ家に住んでれば、誰が誰なのか、わかるようになる」

「じゃ、きみは去年もここに住んでいた？」

「ええ」

パスコーはこれをかみしめ、それから続けた。「でも、まさかこの部屋じゃないですよね？」

「うん。だって、ここはフロビッシャーの部屋だったでしょ」

「ええ、もちろんだ。じゃ、どうして……？」

「どうしてここに移ったか？　うん、前の部屋より広いし、前のとこはなにしろ地下だったからね、ここがあいたとき、いいじゃないかと思ったんだ。ちょっと気味が悪かったけどさ、ばかなこと言わないで、申し込みなさいよってガールフレンドに言われて。彼女の言うとおりなんだ、親しい知り合いだったわけじゃない。共通点がぜんぜんなかったからな。あいつはちょっと芸術家気取りで、英文学かなんかやってた。そういうタイプ、いるでしょう？」

これだけ長く答えたのですっかりくたびれたらしく、まぶたが下りてきた。

「で、きみは何を専攻しているんです、ミスター・ロングボトム？」

地理か、と彼は推測した。あるいはスポーツ負傷学。このごろは何をやったって学位が取れる！

「数学です」青年は言った。

人を見下したおっちょこちょいめ、とパスコーは自己批判した。彼の目は今、スポーツ用具類を通り越し、テーブルに散らばったり窓敷居に立ててある本に移っていた。

ドアがあいて、若い女がコートのボタンをはずしながら入ってきた。

女がパスコーを見てドアの前で立ち止まると、ロングボトムは言った。「やあ。夜まで来ないと思ってたのに」

「来られなくなったのよ。当番が長くなって」女は言い、コートを脱ぐと、下には看護婦の制服を着ていた。「それで、あなたがまだ生きてるか、確かめておこうと思って寄ったの。やれやれ、きたならしいったら！」

彼女はかたづけ始めたが、怪しむような目つきをパスコーにちらちら投げた。

ロングボトムは言った。「ガールフレンドのジャッキーです。ジャッキー、こちらはパスコー警部だ。フロビッシャーのことを訊きにこられたんだ、おぼえてるだろ……」

「おぼえてるわ」彼女はぴしりと言った。「あれはもうすっかりかたがついたと思ってたのに」

「そうなんです」パスコーは言った。「ただ一つ二つ、はっきりしないところがあって」

「彼の妹が今ここに住んでいるって、知ってました？」ロングボトムは言った。

「ええ、話をしてきました」

「彼女にいやな思いをさせたんじゃないでしょうね？」ジャッキーは洗面台で電気やかんに水を入れながら言った。

「そんなことにならないようつとめました」パスコーは言った。「ミスター・ロングボトム、あの事件の夜ですが、なにかかわったことがあったなんていう記憶はありませんか？　当時、誰かに訊かれたろうとは思いますが」

「ええ、サツ、いや警察がみんなと話をした。ぼくはなにも聞かなかったし、なにも見なかった。さっき言ったように、ぼくらはあのとき地下にいたから」

「ぼくら？」

「うん、ぼくとジャッキー」

パスコーが看護婦を見ると、彼女は二人分のコーヒーをいれていた。そのほうがいい。ロングボトムの唇のそばに寄ったかもしれないカップを使うのはいやだった。看護婦にはきっと自然に免疫ができているのだ。

彼女は言った。「わたし、ときどき泊まっていきますから」

「で、あの晩は泊まっていた？」

「うん」ロングボトムは思い出しながらにんまりして言った。「楽しい一晩だったな、そういえば。宅配のピザを取って、ワインを飲んで、テープを聞いて、それから……」

「警部さんに詳しい説明は必要ないと思うけど」ジャッキーは言った。

「ええ」パスコーは言い、彼女に向かって微笑したが、お返しはなかった。「ともかく、あなたがたはお忙しくて、なにか物音を聞きつけたり、誰かがうろついているのを見かけたりなんてことはなかったと。いや、どうもお時間を取らせて恐縮でした。それじゃ、もうお邪魔しませんから」

彼がドアをあけたとき、女は言った。「誰かいたわ」

彼は足を止め、振り返った。

彼女は言った。「わたし、一泊はしなかったんです。早朝当番が控えていて、寮に帰って着替えなきゃならなかった。一時半ごろ目が覚めて、また眠ったら寝過ごしてしまうと思いました。彼が起こしてくれるなんて、頼りにするわけにはいかないの。この人、いったん寝ついたら丸太みたいに眠っちゃうから」

ロングボトムは満足げにうなずいた。

看護婦は続けた。「それで、わたしは起きて服を着て、部屋を出ました。地下から階段を上がろうとしたとき、玄関ドアがあく音がして、男が出ていく姿が見えました。べつになんとも思わなかった。そんなに遅い時間じゃなかったし、あの人みたいな商売をしていたら、決まった開業時間なんてものはないですもの」

ロングボトムは突然ひどく咳込み、看護婦は心配そうに彼のほうを見たが、すぐ無関心な表情に変わった。パスコーも気づいたが、咳はインフルエンザの症状ではなく、彼女への合図だったからだ。

「あの人みたいな商売？」パスコーは言った。ソフィーの言葉を思い出した。ジェイクの隠していたドラッグがなくなっていた、周辺からは数錠の薬しか見つからなかった、エクスタシーがほしければ自分のところに来い……

「彼はドラッグを売買していた？」彼は言った。「供給者だったのか？」

「知らなかったの？　まったく、どこから雇われてきたのよ？」看護婦はうんざりして言った。

「大規模にやっていた？」

ロングボトムを見ると、青年は軽く言った。「いや。コネがあっただけだ。頼めばいつでもなんとかしてくれた」

「ああ、なるほど」だが、ソフィーの言ったとおりだ。在庫があったに違いない。彼が一人で使ってしまったならともかく、それはあまりありそうにない。とすると、どこかへ消えてしまったのだ。

「出ていくところを見たというその男について、わたしの同僚になにか話しましたか？」彼はジャッキーに訊いた。

「いいえ。どうしてそんなことを？　誰にも訊かれなかったのに。だって、あの気の毒な男の子が死んで見つかったとき、わたしはここにいなかったんです。それどころか、知ったのは何日もたってから。たしか、仕事がすごく忙しい時期だったんだわ。どっちみち、どうということじゃないでしょ。あなたがなにか隠しているなら別だけど」

鋭い女性だ、とパスコーは思った。

彼は言った。「いいえ、なにも。たぶん、おっしゃるとおりだ。どうということじゃない。出ていくのを見たという、その男ですが、この家に住んでいる人でしたか？」

「いいえ、違います」

「住人全員をよく知っているから確かなんですか？」

「いいえ、全員を知ってるわけじゃないわ」

「じゃ、彼が住人でないと、どうしてそうはっきり言えるんです？」彼は戸惑って訊いた。

「だって、知ってる人だったから。個人的な知り合いじゃないけど、職場で見かけていたんです」

「職場で？　病院で、ということ？」

パスコーの腹の中に突飛な希望がむらむらと湧いてきた。彼は幸運を願って人差指と中指を交差させながら言った。

「いちおううかがっておきますが、どこの病院で働いていらっしゃるんです？」

「南部総合病院」

フラニー・ルートが中部ヨークシャーに戻る前、シェフィールドにいたあいだに、雑用係として働いていたところだった。

「で、あなたが見かけた男ですが、病院でどういう仕事をしていたんでしょう？　看護人？　医者？」

「いいえ、遺体を載せたカートを押してまわる人。雑用係」

「彼の名前はご存じありませんか？」

「ごめんなさい、知らないわ。それに、もう何カ月も見かけていないから、きっとどこかに移ったのよ」

「でも、その男だったのは確かなんですね？」

「ええ。間違いっこないわ。死人みたいに青白い顔で、いつも黒い服を着ていた。いつだったか誰かが、あいつはカートを押すほうじゃなくて、自分がカートに乗ったほうがお似合いだって言ったことがあった。若い子たちは〝ドクター・死神《デス》〟ってあだ名で呼んでたわ」

死人みたいに青白い顔、黒い服。

ドクター・死神《デス》。

ああ、ありがとう、神様、とピーター・パスコーは狂喜した。

第12部　子供

バーソープ運河はヴィクトリア女王の時代に、南部ヨークシャーの炭鉱が産出する石炭をもっと北の新しい工業地に運ぶために建設されたものだが、二十世紀に入ってまもなく、改善された道路、トラック、発展しつつある鉄道との競争の最初の犠牲者となった。そのため、昔の運河を修復しようという時代が到来したときには、すでに荒廃が進んでいたし、そのうえ距離が比較的短く、ほかの航行可能な川につながっていないため、レクリエーション用水路としての魅力に乏しいということもあって、無視されたままになっていた。ただ、その水草に覆われた深みに巨大なコイがいるのを夢見る無鉄砲な釣り師がたまに来るだけだった。

　曳き船道はとうの昔に消えてなくなり、両岸は雑草が生い茂って、これが自然の産物ではなく、人工のものだとわかる証拠として残っているのは、州境を越えて中部ヨークシャーに入ってまもないあたりにあるチルベック・トンネルだけだった。低い小山の腹をえぐったもので（小山は実は青銅器時代の古墳なのだが、それはトンネルを作った技師しか知らない。契約遂行を遅らせられてはたいへんと、なんの気の咎めもなく、証拠をぴかぴかのレンガ壁の裏に埋めてしまったのだ）、長さは三十ヤード足らずだが、幼い少年たちや、そのほか穴居人的傾向の人々が入りたがるというので、公共の安全のため、両端は板で塞がれていた。

　だが、釘は錆び、木は腐る。一月のいちばんひどい天候にもめげないというのが自慢の元気な日曜釣り師二人が空が暗くなるのに気づいた。さすがに耐えられないほどの勢いで雨が降ってくると、かれらは板をはずし、トンネルの中に入って雨宿りした。

目が暗さに慣れると、水面にロープが浮かんでいるのを一人が見つけた。釣り師にとってはどんな紐でも興味の対象だ。ことに、その一方の端がぐっと深いところまで沈んでいれば。彼は釣り竿を使ってロープを引っかけ、岸まで近づけると、手繰り始めた。

しばらくすると、つっかえて動かなくなった。

「手ぇ貸してくれや」彼は友人に言った。

二人は力を合わせてロープを手繰った。

その先にあるのは何であれ、大きなコイよりまだ重いものだった。

最初に水面に現われたのは一足のスニーカーだったが、それより重いものであることは確かだった。

もう一度ぐいと引くと、スニーカーを履いた足があるのがわかり、それは脚にくっついて……

この段階で一人は手を離し、もう一人はまだ申し訳程度にロープを握っていようとしたが、それも一瞬だった。雨もかまわずに二人はトンネルから駆け出ると、警察に電話した。

一時間後、数台の警察車と一台の救急車が土砂降りの雨の中にライトをちかちか光らせ、百ヤードほど離れた道路にとまっていた。一見子供のように見える遺体が運河の岸に横たえられた。ロープはその両足首にしっかり巻きつけてあった。

警察医が到着し、誰も疑わなかったことだが、被害者は死亡と宣告した。トンネルの中と外で写真撮影のフラッシュが現場を照らし出した。無線がパリパリと雑音を立てた。雨がシャーシャーと降った。

そのとき、新しい音が聞こえてきた。オートバイの強力なエンジンを強く加速する轟音だった。

オートバイは濡れた道路上を横滑りして止まり、ライダーはすぐさま降りるなり、マシンを生垣に無造作に立てかけた。ヘルメットを取った。立入禁止だと諫めようと近づいてきた警官たちは、その顔を見るや退いた。

ライダーは警官たちを押しのけて進み、斜面をずるずる滑って下の原っぱまで降りると、よろめきながら草むらを横切り、運河の岸まで行った。

そこでしばしたたずみ、足元の小さな若い顔を見下ろした。

それから、壊れた板を抜けてトンネルの中に入った。一瞬後、すべての仕事が中断した。傷を負って激昂するミノタウロス（ギリシャ神話の人身牛頭の怪物）の叫びのような声が闇の中から響いてきた。


遺体が発見されたことをパスコーが知ったのは翌日の朝だった。日曜日に彼はエリーの母親を訪ねてリンカンシャーへ行っていた。シェフィールド訪問の公的な部分を要約した報告書は巨漢あてにファックスし、ここから考えられることを月曜日の朝一番に話し合おうと書いておいた。もしダルジールがそれより早く話し合いたいと思ったのなら、たとえ宇宙旅行に出ていたって追いかけられて連れ戻されたろうが、遺体発見のせいで偉大な頭脳はほかの問題を考えていられなかったのだ。

「ルバンスキーに間違いない」ダルジールは言った。「死んですくなくとも二日はたっている。水に浸かっていたから、正確なところを割り出すのはむずかしい」

「死因は？」パスコーは訊いた。

「溺死だ。だが、まず殴られた形跡がある。どうやらそのあと、誰かが足首にロープを縛りつけ、彼を掘割に投げ込んだ。しばらく水の中を引きずっては、引き上げた。何度かやったんだろう」

パスコーは眉をひそめ、言った。「質問しながら、でしょうかね？」

「かもしれない」

「じゃ、やつらは彼を殺すつもりはなかったが、ついやりすぎてしまった？」

「あるいは、聞きたいことはすっかり聞いてしまったから、彼を落として溺れるにまかせた。どちらにせよ、わたしの常識で判断すれば殺人だ」

「同感です。ウィールディはどう受けとめていますか？」

「訊くまでもないだろうが？」ダルジールは嚙みつかんばかりに言った。「縄でもかけて引き止めなきゃ、まっすぐベルチャーのところへ行って、殴る蹴るの騒ぎを始めそうなところだった」

「実行するのも悪くないですよ」パスコーは言った。

「ほう、そうかね？　昔のミスター人権、抜き足差し足の顔色うかがいが、突然殴る蹴るのエキスパートに変身か？　まあ、その部門でわたしは金メダルをいくつも取っているから、信じるんだな、これはやっていいことじゃない。そんなことをしたら、ベルチェインバーは警戒して計画を中止するし、ウィールディは刑務所行きだ。それで何になる？」

「もしかれらがルバンスキーの口を割らせたんなら、どっちみちもう警戒しているんじゃありませんか？」

「状況によりけりだな。彼がウィールディに教えたことしか知らなかったんなら、たいした情報じゃないだろう？　それにどうせ、ウィールディの話から判断すると、あの子はなにも漏らさなかったんじゃないかな。ウィールディは自分の客だ、とは言ったかもしれんがね。それなら相手は簡単に信じるだろう。ウィールディがゲイであることは、ベルチェインバーなら絶対に知っている。ぴちぴちの黒革のつなぎを着たゲイの警官がレント・ボーイを連れて〈タークス〉に乗りつける。犯罪の世界の人間なら、あの警官は道徳的にも性的にもゆがんだ男で、地位を利用してただで遊ぼうとしている、としか考えないね。ああ、あの子はその筋書で押し通しただろうと思う」

「ルバンスキーみたいな人間がそれだけ堅い決意を貫けるとお思いですか？」

「ルバンスキーみたいな人？　なんていう言いぐさだ、主任警部。まあいい、あのちびに気高い気持ちはなかったときみは思うんなら、自己利益はどうだ？　いかれた野郎につかまって、おまえはサツに情報を流していたろうと訊かれる。イエスと答えれば、死ぬのは絶対に確実だ。ノーと言い張っていれば、もしかすると、運がよければ、助かるかもしれない。だが、そうはいかなかった。それだけさ。いかれた野郎の計算違いだったか、本格的にいかれた殺人鬼だったか。どっちにしても変わりはない。われわれとしては、こうする。新聞発表は、掘割で死体が発見された、水中で腐敗が進んだため被害者の割り出しは困難、捜査は進行中」

「それで、ウィールディですが、その線でやってくれますかね？」

「やらせるさ。わたしはあのディッグウィードに連絡して、彼を家に連れ帰って、しばらく引きとめておくよう頼んだ。たとえベッドにチェーンでくくりつけなくちゃならなくても家から出すなとな。まあ、あいつならきっとチェーンくらい持っているだろうよ」

警視は実際にディッグウィードに向かってそんなことを言ったのだろうか？　パスコーは答えを聞きたくないと思い、ただこう言った。「ウィールディは喜ばないでしょうね」

「喜ばんでいい。あいつには役にはずれたことをしてほしくないんだ。その役とは、無理強いして無料セックスの相手にしていた少年が死んで発見されたんで、すっかりぶってる悪徳警官さ。それならベルチャーの手下どもは、ルバンスキーはわれわれになにも話していなかったと思い込む」

パスコーはこれをよく考えてみてから言った。「じゃ、ベルチェインバーがエルスカー埋蔵品強奪を計画しているという推理には充分根拠があると思われるようになったんですか？　金曜日にはかなり懐疑的だったでしょう。わたしのシェフィールド訪問で納得なさったんですか？」

ダルジールは歯を見せてにやりとした。

「一助にはなったがね、決め手は遺体の身元が確認されたという電話だ。何事にもいい面はあるものさ、ピート。ルバンスキーが生きていて、ウィールディの笑顔を見たいばかりにちびちび情報を流している、というのにはなんの意味もない。ルバンスキーが拷問されて死んだんなら、確実になにかある。おそらくはベルチーが埋蔵品に手をつけようとしている、という意味だ。だから、ルバンスキーに神の祝福あれ、だな。だが、わたしがそう言ったとウィールディには教えるなよ」

パスコーは不快感を隠そうともしないで上司を見た。彼はときどきエリーに対して、巨漢の無神経さはもちろん、たまの人種差別や性差別、そのほか政治的に不適当とされる言動全般は、人格に根深く染み込んだものというより、わざと相手を挑発しようとしてやっていることだ、と弁護することがあった。

「あるいは、いやな事柄を処理するとき、助けになる安全弁かもしれない。外科医が患者を切り開きながらまずい冗談を言ったりするようにね」彼は仮説を述べた。

「あるいは、そんなふうに考えるのは、あなたなりのテクニックかもしれない。あのでぶ野郎のきんたまを蹴りつけないでいるためのね」エリーは言った。

「そんなことしたら、きっと足の骨が折れるよ」パスコーは言った。

だが、いま巨漢の言葉を聞くと、そのくらいの危険は覚悟で実行してみようかと思わずにはいられなかった。

しかし一方、彼自身がこんなふうに反応しているのは、もって生まれた繊細な感受性のせいというより、むしろ（a）ウィールドと若者の関係について、自分の態度が煮え切らなかったこと、（b）昨夜よく眠れなかったので、気分がすぐれないこと、のせいかもしれなかった。インフルエンザが蔓延していたシェフィールドを訪れてから二日たっていた。風邪の潜伏期間はそのくらいだ。朝食にはオレンジ・ジュースと、市販のインフルエンザ用カプセルを飲んだ。消費者テストによれば、この薬はただのアスピリンほどの効き目もなく、値段は六倍だが、彼はその効験にほとんど迷信的信頼を寄せているのだった。

ダルジールは彼をにらみ返して言った。「どうした？　ゆうべエリーにベッドから蹴り出されたのか？」

「なんでもありません」パスコーはぴしりと言った。「ところで、例のドイツ人ジャーナリストとライ・ポモーナの件で何がどうなっているか、いずれ教えていただけるんですか？　それとも、国家公安に関わるので、他人には知らせられない？」

「かもな。きみとルートみたいなもんだ」

このカウンターパンチは効いた。フラニー・ルートに今も関心と懸念を抱いていることは秘密にしていたし、ルート元部長刑事の過去を調べたことをウィールドがわざと告げ口したはずはなかった。だが、この建物の中では、まっすぐシェロブ（トールキン『指輪物語』に登場する巨大なクモ）の巣につながっている糸を鳴らさずになにかするのはむずかしかった。

「そちらのを見せてくだされば、こちらも見せます」彼は言った。

「それで平等な取りかえっこだと思うのか？」ダルジールは疑うように言った。「お釣りがほしいね。だが、まあいい。お道具も二人分合わせれば一つよりまし、と女優がシャム双生児について言ったようにな」

いやそうなふりをしているものの、マイ・リヒテルとの会見の詳細を人に話せると思うとほっとする、とダルジールは内心で認めないわけにいかなかった。あれからの一週間、彼は聞いたことをあらゆる角度から検討してみたが、どういう意味なのかまるでわからなかった。パスコーに打ち明けようかとも考えたのだが、そう決めるたび、反対意見が心にどっと湧いてくるのだった――甘ったれているだけだ、自分から背負い込んだ重荷を他人に渡してほっとしようなんて。どっちみち、女はもうとっくにジーグフリートとローレライの地へ帰ってしまったじゃないか。

だが、自分の弱みを知っているというのが彼の強みの一つで、さいわい、彼の弱みはある程度パスコーの強みなのだった。確かに、あの細い繊細な鼻につくようにと、わざと嫌味なこともする。たとえば、ソア・ラースとラスティ・バムとアラル海の詩を自慢げに暗唱してみせたときだ。二人には違いがある。彼はいろんな詩を丸暗記しているが、詩のこと、詩とはどういうふうに働くものなのか、なんのためにあるのかはぜんぜんわからない。パスコーにはこういうことがわかる。感受性、勘、想像力、といったものが贈り物として赤ん坊のパスコーのゆりかごに投げ入れられた。ダルジールのゆりかごの中では、きっとそういうものは鋳鉄の腹とハンマーの意志という重たい贈り物の下敷きになって壊れてしまったのだろう。否定はできない、パスコーは有用で、おそらくは必要な片割れ、二人は補足し合っているのだった。ありがたい、最初は反感を持ったが、それからこいつを気に入るようになったとはな！

というわけで、今、彼は安堵とともに、これまでにしたこと、わかったことのすべてをパスコーと分かち合った。

パスコーは集中して聞いた。体の具合が悪いとき、痛みを伴ってさえいなければ、頭がいつもより鋭く研ぎ澄まされるようなのはいつものことだった。巨漢は自分の思考過程をあまり説明しなかったが、パスコーは出来事の大ざっぱな描写にらくに肉をつけ、ディック・ディーが死んだとき、その現場とのちの目撃者証言調書の両方を〝整理〟した（タブロイド紙に暴露されていたら、見出しにはかならず〝隠蔽〟と書かれたはずだった）ことの全責任を警視が一人で負う覚悟だと気づいたので、感動した。だが、そういう形で非難される危険性はもう過ぎ去ったようだし、残されたのはまったく違う種類の問題だったから、ダルジールがここで助けと、おそらくは慰めを必要としていると暗に認めたことにはもっと感動した。

もっとも、暗に認めただけであって、表面にあらわれるにはほど遠かった。

「というわけだ」彼は唸るように言って、しめくくった。

「どう思うね、お利口さん？」

「忘れることです」パスコーは言った。

「なんだって？」

「それがお利口さんの答えです。ライが死んだら、粉々に砕けたボウラーのかけらを拾い集めて元どおりにしてやる、それは覚悟していなきゃならないが、それまでは忘れること。そのときにはいやというほど悲しみにまみれる。その前にわざわざよけいな悲しみをさがすことはないですよ」

形勢逆転だな、と彼は思った。おれはこうして実務的で地に足をつけたところを見せている。ところがあっちは疑念と苦闘し、ひょっとすると良心にもさいなまれているのかもしれない！

だが、ダルジールが本当に苦闘している相手が何なのか、彼にはわかった。それは、これだけ違いがあるにもかかわらず、二人を結びつけているものだからだ——真実を知る必要。

「ただし……」彼は言った。

「〝ただし〟が出てくるだろうと思っていたよ」ダルジールは言った。

「ただし、ほかのみんなも忘れるんでないかぎり、われわれが忘れてもしょうがない。そのロジャーズないしはリヒテルという女ですが、どんなふうに見えましたか?」

「形のいいおっぱいだった」ダルジールは懐かしむように言った。

パスコーは誘いにのらずに言った。「記事にするのはやめると思われますか?」

「ああ。彼女のやるような内容じゃない。それに、ポモーナのことを好きになったんで、気が咎めてきたんだ。あと、フェミニストの団結みたいなこともあるな、姉妹《シスターズ》、姉妹《シスターズ》……そんな歌がなかったっけか?」

ダルジールがまた急にうたい出してはたいへんと、パスコーはあわてて話を続けた。

「じゃ、彼女はリストからはずしましょう。チャーリー・ペンは?」

「チャーリーは金輪際だまりゃしないが、あいつは時計みたいなもんでな。チクタクいわなくなって初めて、みんなその存在に気がつく」

「そうすると、まだリストに残っているのは、もう一人の盗聴者だ。第二の盗聴器があったでしょう? そういえば、どこについていたんです?」

「寝室、ベッドのヘッドボードの裏だ。わたしはチャーチ・ヴューを出る前に中に入って見てきた。リリーがリヒテルに教えたところでは、電池式、声に反応するもので、受信可能範囲はせいぜい五十ヤード、おそらく二週間で電池が切れただろう。だから、そいつはペッグ・レーンにとめた車の中で聞くことができたわけだ。あるいは、一晩中すわっているのがいやなら、ラジカセをセットして、どこか手ごろな場所に残していけばいい。向かい側は聖マーガレット教会の墓地だから、そういうようなものを下に隠せる草に埋もれた墓石には事欠かない。わたしはそのあたりをつつきまわってみたが、なにも見つからなかった。おい、どうしたんだ?」

パスコーはがばと立ち上がり、二人のあいだにあるデスクの電話をつかんでいた。

ダイアルし、相手の声を聞いてから言った。「あの、パスコー主任警部です。ドクター・ポットルをお願いします。

ええ、緊急の警察の用事です。あるいは臨床の用事。彼が電話に出てくるなら、なんでもいい」

しばらく間があり、それからパスコーはまた話した。

「ええ、すみません、癖になってきましたよね？　あの、ハシーンの携帯の番号を教えてもらいたかっただけなんだ。うん、どうやって知ったか、彼女には言わない」

彼はデスクに書きとめ、またダイアルした。

「ミズ・ハシーン、どうも。パスコー主任警部です。土曜日にシェフィールドでお目にかかりました。またお呼び立てしてすみません。ただ、このまえフラニー・ルートの話をしていたときに、おっしゃったことで……」

ダルジールは唸り、目を宙に上げて、〝ああやれやれ、いつまで続くんだ？〟の身振りを見せた。

「いいえ」パスコーは言った。「個人的なこととか、秘密のことではありません。彼が『死の笑話集』における笑いについてのジョンソンの論文を発表するのを聞いた、という話の中で、ランチを犠牲にする価値はなかった、とおっしゃったでしょう。でも、学会のプログラムによれば、ルートの出番は土曜日の朝九時でした……ええ……ええ……わかりました。たいへん助かりました。どうもありがとうございます。お邪魔してすみませんでした」

彼が電話を置き、誇らしげな顔で向き直ると、ダルジールは言った。「まさか、これにルートを引きずり込む方法を見つけたというんじゃなかろうな。いいかげんにしてくれよ、ピート、次にはあいつは切り裂きジャックだったとでも言い出すんだろう、もちろん、塔の二王子（幼いエドワード五世とその弟。一四八三年に叔父によりロンドン塔に幽閉され、殺されたとされる）を殺してかたづけたあとで、だがな」

「あいつの出番は本人の申し出で朝九時から変更されていたんです。前の晩にひどい歯痛に見舞われて、土曜日の朝一番に緊急の予約がなんとか取れたというのでね。一時半のセッションに予定されていたドゥアデン教授が喜んで交換してくれた。ルートはさぞかし感謝の念をふりまいたことでしょうよ！　でも、アマリリスは腹を立てた。というのは、彼女はルートの発表を聞きたかったんですが――彼女自身に心理分析医としての理由があったのか、ルートの精神状態についての彼女の専門的意見をご亭主が聞きたがったのか、そんなところでしょうがね——そのためには、誰かほかの人間が金を出した豪華なランチを途中で切り上げなければならなかった」

「ピート、いったいなんの話をしているんだ？」ダルジールは言った。

「わたしはあの朝、彼を見たんですよ、聖マーガレット教会の墓地で。きっかり九時に。幻視か、悪くすると心霊現象かと思ったんです。彼が手紙をよこして、午前九時に発表を始めたとき、わたしの幻影を見た、と書いてきたときにはね。ところが、あいつめ、自分の動きをごまかしていただけだったんだ、わかりませんか？」

「待てよ。つまり、ルートはあの朝早く、こっちにいた、というのか……どうやって？」

「車でここまで来たんです」

「きみが受け取った手紙に、汽車の中で書いたやつがあったろう？　あいつの車は修理に出ていたんじゃなかったか？」

「よく読んでいらっしゃいますね、警視」パスコーは言った。「なら、彼はレンタカーで……いや、待てよ、ブレイロックが、あのケンブリッジの主任警部ですが、たしか言っていた。うっかり者の学者があの朝、車を盗まれたと届け出てきたんだが、あとになって、カレッジの反対側に駐車してあるのが見つかった、というんです。ルートが盗んだんだ。それを運転して、たぶん七時半ごろにはこっちに着いたでしょう。すべきことをして、車で戻った……十時半か十一時には着いただろうから、顔を見せ、昼食後の出番にそなえる時間はたっぷりあった」

「どうしてそんなことをした？」ダルジールは訊いた。

「ディック・ディーは無実だとペンがくどくど言い立てるのをずっと聞かされているうち、そうかもしれない、大事な友達のサムを殺したやつは自由に歩きまわっているのかもしれないと思い始めたんですよ。それで、警察が事実を隠蔽したというペンの推理を自分で確かめてみることにした。あの晩、ライは留守だと彼は知っていて、自分は学会に出席しているんだから、たとえまずいことになってもアリバイがある、そこで、彼女のフラットをつつきまわって盗聴器を仕掛けるのには絶好の機会だ、と思った。わたしがあいつを見たのは、墓地にカセットを隠した直後だったに違いありません。きっと、このまえこっちに帰ってきたとき、それを取り戻したんだ。すべてぴったり合う！」

ただし、一つか二つの穴を除いて。その穴とは、たとえば、彼はなぜフラットの中をめちゃくちゃにしていったのか？　盗聴器を仕掛ける人間は、出入りの跡を残さないよう気をつけるのがふつうなのに？

ダルジールは穴をさがそうとはせず、ただ半信半疑のおももちで首を振ると、言った。「きみの考えが正しいか正しくないかはわからんがね、どっちでも違いはない。つまり、何者かがまだこそこそ嗅ぎまわっているんなら、そいつより先にそのにおいの出どころをつきとめるのがわれわれの仕事だ、ということだ」

「あるいは、そいつをつかまえて、その鼻がわれわれの迷惑にならないようなところに入れてやる」パスコーは言った。

彼はシェフィールドで手に入れた最新情報を伝えた。

「すると、彼はフロビッシャーとジョンソンの関係に嫉妬したから、フロビッシャーを殺した？」

「あいつはこれまでにも殺しています。もっと薄弱な理由でね」

「かもしれん」ダルジールは言った。「で、今回、きみの証拠は何だ？　早朝当番に出る看護婦が見たかもしれないもの？　ボーイフレンドと一晩過ごしたあとだ、きっとくたくたで、病人用便器をどっちに向けるんだったかもわからなかったさ！」

「なくなった腕時計のことがあります。それに、なくなったドラッグも」

「ほう？　ルートが盗んだというのか？　なぜだ？」

「ドラッグのほうは明らかです。使うか、売って儲けるか。時計のほうは、ジョンソンがジェイク・フロビッシャーに愛の証しとして贈ったものだから。ルートはトロフィーのつもりで取っていったんでしょう、たぶん」

「たぶんな。その彫り込んだ言葉というのが手元にあるのか？」

パスコーはすでにコピーを取り、拓本は約束どおりソフィー・フロビッシャーに送り返していた。彼は今、コピーを出した。自分が読み取ったものを下に書き込んである。

「また詩か」ダルジールは陰気に言った。

彼はデスクに手を入れ、宝石屋の単眼鏡を見つけると、拓本をしげしげ見た。

「きみは間違ったようだな」彼は満足感をちらつかせて言った。

「間違った？　どこをです？」

「YOURS TILL TIME INTO ETERNITY FALLS OVER RUINED WORLDS ではなくて、TILL TIME INTO ETERNITY FALLS OVER RUINED WORLDS YOUR S（滅びた世界の上に時が崩れ落ち、永遠の流れに呑まれるまで。あなたのSより）だと思うがね」

「見てみましょう」パスコーは言った。

単眼鏡をはめて覗いてから言った。「おっしゃるとおりのようです。それなら、サムからの贈り物だったことがさらに確実になる！」

「あるいは、サイモンか、シッドか、サンタ・ファッキング・クロースか」

「いいえ、絶対にサム・ジョンソンです。この引用句を確かめたんです、というか、エリーに確かめてもらった。『死の笑話集』の一節なんです。ベドウズが書いた戯曲ですよ。で、サムはベドウズの伝記を書こうとしていた。ルートはその伝記を仕上げる仕事をリンダ・ルーピンに与えられた。彼女は……」

「おいおい、後生だ、もういい！　お粥用の玉杓子で脳ミソをかきまわされているみたいな気分だ。わかったよ。時計はジョンソンからフロビッシャーへのプレゼントだった。それはいい。だが、それで何が証明できる？　あいつをサイクへ戻してやるのに必要な証拠集めをきみに頼っていたら、一日じゅう外野から動けない。これじゃ、闇の中で小便してるようなもんだ。靴を濡らさずにすませたかったら、いちばんいいのは、わたしがミス・ポモーナと打ち明けた話をすることだな。何がどうなっているのか聞き出す。たとえ彼女が話そうとしなくても、胸に秘めたことが何であれ、そいつを墓場まで持っていくのにどのくらいかかるか、ヒントくらいはわかるだろう！」

パスコーはげんなりして首を振った。

「ほら、また」彼は言った。「ルバンスキーのときと同じだ。あなたにとっては、死は計画実現の道具でしかないんでしょう？　われわれが話題にしているのは、現実の人間なんですよ！」

「いや」ダルジールは言った。「ルバンスキーは違う。彼は死んだ人間だよ、ピート。もう現実の人間ではない。彼がいたところは空間になってしまった。だからこそウィールディはあんなに悲しんでいるんだ。死んでしまったら、いくら追悼式をやろうが、記念碑を建てようが、人の思い出の中に生き続けるとかご立派なことを言おうが、こっちはもう存在しないんだ。われわれがいたところは空間になる。そこで象がおならをしたって、われわれはにおいに気づかない。歯を抜かれるようなもんさ。しばらくは痛む。それからしばらくは空間を意識する。それからだんだんと歯茎で噛んだり、口の反対側を使ったりするようになって、やがては歯のことも、空間のことも、すっかり忘れてしまう。さて、説教はこれまで。わたしはミス・ポモーナに会って、父親ふうに迫ってみる。みんなパパが大好きだ、とフロイトが言っていたんじゃなかったか？　じゃ、もっと大事なことにかかろう。例のローズ警部だが、きみは評価しているんだな？」

「はい、警視。ちゃんとした男だと思います」

「まあ、〈蛇作戦《オペレーション・サーペント》〉なんて名前を考えつくような人間を、わたしは信用しないがね。映画ばかり見てるんじゃないのか？　わかった、わかった。きみの判断を受け入れるよ。これは彼の舞台だ。だが、こっちの管轄でまずいことになったら、非難されるのはわれわれだぞ。わたしはもうじき豪傑ダンに会う。彼の許可がおりるとすれば、それはわたしがこの仕事はきみが監督すると言うからだ。ダンのやつ、きみの尻から太陽が輝き出ると思っているからな」

「ありがたいですね」パスコーは言った。

彼は立ち上がった。わずかにふらっとした。だが、ダルジールの目は見逃さなかった。

「ほんとに大丈夫なのか？」彼は言った。

「と思います」

だが、それは嘘だった。土曜日にカンフルー・ウイルスだらけの空気を吸い、今その菌はすさまじいアジア的金切り声を上げ、手刀で斬りつけ、突き刺し、蹴りつけながら、彼の体を襲っていると確実にわかっていた。

だが、負けてたまるか！　まさか……だめだ……だめだ……

死がなければ生は無に等しい。なぜなら、死こそが生を定義し、それがまったく無意味に思えるときにさえ、それに意味を与えるからだ。自問してみればよい。死のない生より無意味なものがありうるだろうか？

苦痛のベッドに横たわったピーター・パスコーは、絶対に死ぬのだと思った。体じゅうの骨の一本一本に独特の痛みがあるようだ。今まで、自分が骨からなる存在、関節で接合された構造物だと、これほど意識したことはなかった。美術で死がしばしば骸骨として表わされるのがひどく奇妙に思えた。生命が——痛い、みじめな、耐えがたい生命が

――まだしつこく残っているのは、彼の骨の中だ。肉も頭も魂も、みんな降伏の白旗を振りたくてたまらないのに、反抗的な骨だけはまだ死の拷問に逆らっている。彼は包囲されたレニングラードのように横たわっていた。彼を破壊しようとする攻撃の苦痛だけで生かされている。

骨は痛む以外に使い道がないわけではなかった。火曜日の朝、彼はベッドから這い出て、こんなに具合が悪くてはダルジールの相手すらできない、とエリーが説得しようとするのを、女だからつまらないことでやきもきしているだけだとしりぞけたのだった。彼は車に乗り込み、しばらくすわったまま、なにかがおかしいと思いながら、それを見きわめることができないでいた。おもな問題は、イグニションキーを差し込む場所を見つけることのようだった。そういえば、自分は後部座席にすわっていると、徐々にわかってきた。この過ちを正そうとしたとき、四肢があてにならないことが完全に明確になったのだった。彼が体をへんにねじ曲げる様子を心配を募らせて家から見ていたエリーは、とうとう出てくると、彼を半分導き、半分引きずるようにして、中に連れ戻した。

死はわれわれが生まれた瞬間から絶えず付き添っている連れ合いだ。心臓の鼓動一拍分も離れることはない。それでいて、われわれは死を他人に仕立てる。それも、危険な他人、憎い敵に。

おれは違うぞ、とパスコーは熱心に言った。おれは違う。さあ来い、連れ合い。おれはすっかりおまえのものだ。出かけよう、丘を越えて、ずっと遠くへ(古謡の一節)!

二階の踊り場で、入ってはいけないとエリーに止められているロージーの声がした。

「どうして?」彼女は訊いた。「パパは死にそうなの?」

「まさか」エリーは言った。「インフルエンザにかかっただけよ」

どうして嘘をつくんだ? 子供に嘘をついちゃいけない。真実を教えろ。もちろん死にそうだ! こんな気分で、瀕死でないなんてことがありうるだろうか? 体の大部分はそれを知っている。このいまいましい骨ども、不滅の、不死の部分、こいつらさえ多数決を受け入れ、おれを平和のうちに死なせてくれればそれでいいのに！　おれの病気がどれほど深刻か、すくなくとも娘は理解している。

「もしパパが土曜日より前に死んだら、あたし、エストーティランドのスージーのパーティーに出られなくなるの？」ロージーは心配そうに訊いた。

「そんなこともないわ」エリーは言った。「〈弾むお城〉の一角に、遺体を寝かせる場所をきっと見つけられるでしょ（ブルックの詩「兵士」の一節「もしわたしが死んだら思い出してくれ、異国の戦場の一角に、そこだけは永久にイギリスだという場所があると」から）」

> 太陽が輝き、空は青く、希望に燃えるとき、われわれは生命を神に感謝する。嵐の雲がすべての光を消し、希望がついえたとき初めて、われわれは死に向かい、先制攻撃として感謝を捧げる。だが、あの美しく晴れた朝にこそ、われわれは死にも感謝すべきなのだ。

あとになって回復すると、こんな弱虫な自己憐憫を思い出して、彼は当然ながら恥ずかしくなった。どの時点でフレール・ジャックのサイン入りの本を枕元のテーブルから取り上げたのかわからないが、カンフルーの攻撃者たちに立ち向かう戦略が見つかるのではないかと、ときどきでたらめに本を開いては、あちこち拾い読みした。

> 生きているあいだ、第三の考えはいつもわれわれの墓であるべきだが、死のうとしているときには、第三の考えはわれわれの生であるべきだ。

彼はこれを試してみて、複数形所有格のついた〝われわれの生〟というのはとても的確な表現だと思った。病気のあいだほぼずっと、熱に浮かされた悪夢のような世界に住んでいたが、そこではときどき意識の閃光がひらめき、そのときには周囲で何が起きているか、完全にわかるのだった。エリーが言ったことからヒントをつかんだのかもしれない。それに、ダルジールとウィールドが距離を保ちつつ、短時間見舞いに来てくれたときに聞いたこともあった。ウィールドはもう仕事に戻り、見たところ、落ち着きを取り戻したようだった。

たとえば、彼はダルジールがライ・ポモーナと話をしたことを知っていた。彼はダルジールが見舞いに来たとき教えてくれたからだが、なぜかパスコーはたんに要約を聞かされたのでなく、二人の会話を自分ですっかり経験しているのだった……

「ちょっと話があるんだが、時間をもらえるかな?」アンディ・ダルジールは言った。

「あら、警視のためでしたら、いつでも喜んで」ライは言った。

ダルジールは彼女を見て、わたしがなぜここに来たか知っているんだ、と思った。

〝ここ〟とは彼女のフラットだった。彼は以前一度、違法に、ここを訪れていた。隣のマイ・リヒテルのフラットに不法侵入したあとだ。光と、彼を歓迎する彼女の存在とで、今はだいぶ違って見えた。彼女自身も、彼がこのまえ会ったときとは違って見えた。確実にやせている。顔色も悪くなった。だが、その透明感のある肌の奥から光が輝き出ているようで、そのために青白さが目立たなかった。この光、彼女のいきいきした動き、明るい物腰のせいで目がごまかされ、あるいはすくなくとも逸らされてしまうのだが、実際には、彼女は深刻な病人らしさを見せ始めていた。

彼はライの向かい側にすわった。二人はにらみ合った。いや、視線を交わした、というべきだろう。たがいを見合っただけで、そこに不和や敵対の影はまったくなかったのだから。

彼は気がつくとこう言っていた。「隣のマイラ・ロジャーズだがね、彼女はじつは捜査ジャーナリストのマイ・リヒテルだった。知っていたんだろう?」

「あたりはつけていました。まあ、だいたいは。でも、出ていったあとでようやくね。彼女は南のほうで仕事のオファーがあったって言ってましたけど、裏になにかあるとわかりました。彼女本人にもなにかあると」

「彼女はあんたが好きだった。あんたがじきに死ぬ、しかも誰にもなんにもされるつもりはないと聞いたあと、こっちにいるのに耐えられなくなったんだ」

彼はこんなことを言うつもりで来たのではなかった。すくなくとも、こんな言い方をするつもりはなかった。それより、自分が彼女より多く知っているという利点をできるだけ長く維持する予定だったのに。

「わたしもあの人が好きでした」

「わたしもだ」ダルジールは認めた。「彼女の気持ちはわかる。わたしだって、あんたが死ぬというときに、手をこまねいていたくはない」

「うむを言わさずわたしを押さえつけて手術をするおつもりなら別ですけど、ほかにはできることって、あまりなさそうです」彼女は微笑して言った。

「ボウラーはどうだ？　あいつはどう感じるかな？」

「つらい思いをして、それでも生きていく人なら誰でも感じる程度のつらさでしょう」彼女はまじめに言った。「でも、彼はそのあとちゃんと生きていきます。あなたが真実を知っていらっしゃるので、うれしいです、ミスター・ダルジール。だって、それならそのときが来たとき、ハットを助ける準備ができているでしょう。あなたとミスター・パスコーと。彼はあなたがたお二人をすばらしいと思っています。そのとおりだと証明するいい機会になるわ」

彼は決意を変えさせるための議論をすべて考えてみたが、どれも退けた。取調室で尋問していると、これ以上やってもしかたがない、というのはたいてい二、三分でわかる。今、それがわかった。

彼は言った。「やりたいようにやるんだな。わたしの経験では、若い女というのはだいたいそういうもんだ。だが、一つだけ——あとにラブレターを遺していくつもりはあるのか？」

「わたしの経験では、あなたならもうちょっと単刀直入なおっしゃり方ができると思いますけど」彼女は言った。

「わかった。チャーリー・ペンやらなにやら、ワードマンが死んだと思っていない連中がいる。あの日、スタングで、あんたとディーが何をしていたのか、そんなことには興味がない。だが、あんたの考えが知りたいんだ。ワードマンは死んだのか？」

ライはだいぶ長いあいだこれを考えたので、彼は不安になるほどだった。それから、彼女は低い声で言った。「ええ。死んだと思います。それに、彼が自分のしたことを振り返って見たら、たとえどんなに罪を軽減する抗弁をしてもらおうと、やはりぞっとして、死を歓迎するでしょう。でも、チャーリー・ペンは正しいわ。ディック・ディーはいい人でした。彼をそういうふうに記憶しているチャーリーは正しい。人は死んでしまったら、あとはどうなろうと関係ない。でも、なにかちょっとでも意味のあることがあるとすれば、それは友人たちがどう記憶していてくれるか、でしょう。それじゃ、このへんで、ミスター・ダルジール」

彼女は警視を見送った。そしてパスコーは熱に浮かされた目を通して、見舞いに来てくれた警視が帰っていくのを見送った。気がつくと、自分はライ・ポモーナの冷たい茶色の目を通して見ていたし、彼女の考えることを考えていた。その彼女の考えはあまりにも思考を絶したことだったから、彼は乱れ騒ぐ思考の中で身をよじり、溺れる男のように遠く届かぬ岸辺に向かってもがくと、やがてエドガー・ウィールドの痛みの真ん中に来ていた……

「ごめん」ウィールドは言った。「ばかげてる。こんなふうじゃいけないんだ。ばかげてるどころじゃない。不公平だ。きみに対してこんなことをしちゃいけない」

「じゃ、ほかの誰に対してそんなことをすればいいんだ？」ディッグウィードは言った。「だから黙ってフリカデルを食べなさい。台所でせっせと料理した本人がこう言っちゃなんだが、見事な出来だ」

ウィールドは電子レンジで温めた冷凍ミートボールと区別がつかないと思ったが、恩義を感じて一つ口に入れた。

「どうしてこんなふうに感じるのかわからない」もぐもぐやりながら彼は言った。「おれたちのあいだには、ほんとになんにもなかったんだ、エドウィン、それはわかっているだろう？」

「いや、あったさ」ディッグウィードは言った。「たいした子だったに違いない。クリスマスに言ったろう、彼は父親を求めているんだって。そして、およそ見込み薄だったのに、彼は成功した。きみは恋人を失った男じゃないよ、エドガー、子供に先立たれた父親だ。それはかまわない。奇妙だが、べつにいい。だが、今度ばかりはぼくもあの臓物を詰め込んだ衣装かばん、あの丸焼きにしたマニングトゥリーの雄牛（シェイクスピア『ヘンリー四世第一部』の一節）、ダルジール警視と同感だ。復讐の女神みたいに振る舞うのだけはやっちゃいけない。弁護士を襲って得する人間はいない。それに、マーカス・ベルチェインバーについてぼくが知っていることからすれば、彼がこんな残忍な攻撃を黙認したとは思えない」

「警備員を残忍に攻撃することになりかねない計画を、あいつは黙認している」ウィールドは言い返した。

ふだん、仕事の内容については、彼は聴罪司祭のごとく口外しないのだが、悲しみと怒りのせいで口が開いていた。

「それは直接関わらず、執念の追求のため、知らない人間が相手の攻撃だからね」ディッグウィードは言った。「今度のことで、彼ははっとしたんじゃないかな。リーの死にショックを受けたというのもあるし、リーがきみに何を暴露していたかとこわくもなったろう。だから、計画そのものがキャンセルになってもおかしくない」

「そうならないといいがね」ウィールドは言った。「だって、もしこの事件であいつをしょっぴけなきゃ、おれはあいつの事務所へ行って、ぼこぼこに殴ってやらずにはいられない」

彼はタフな言い方をしたが、気分はそうではなかった。復讐は英雄がやることだ。彼は英雄的な気分ではなかった。誰に対して何をしようと、二つの思い出のどちらも消えはせず、彼は生きるつらさを泣いて忘れようとする疲れた子供のように弱い気持ちになってしまうのだから。第一の思い出は、もう一人の疲れた子供の顔、痛めつけられ、溺れて、運河の岸で彼を見上げていたあの顔。第二の思い出は、誘うように、愛をこめて微笑しながら、カラオケ・スクリーンの歌詞をうたい上げていたその同じ顔。

今夜はほんとにきみが必要なんだ……永遠は今夜始まる……

パスコーはこれをウィールドがぽつりぽつりと言葉少なく語った話から拾い上げたのかもしれない……あるいは、部長刑事は昔からエリーと親しくしてきたから、彼女に打ち明けたのか……だが、自分の頭の中と他人の頭の中との区別がつかなくなる、こんな状態でなぜこんなことがわかるのか、説明がもっとずっとむずかしいものもほかにあった……

かつてリー・ルバンスキーがよく訪れた居心地のいい書斎にすわって、マーカス・ベルチェインバーは蛇宝冠を手にしたときに感じたぞくぞくする崇高な気分を取り戻そうとした。できなかった。目に浮かぶのは、リーの細い体がバーソープ運河の冷たい泥水から引き上げられる光景だけだった。それまで、あの少年に対してはなんの感情も抱いていなかった。彼は男娼だった。ホテルの部屋みたいなものだ。その体を金を払って借り、出した金に見合うものがすべてそこにあるのを確かめ、そこですっかりくつろぐが、そこが自分の家だとは決して思わない。賃貸期間がすんだら、振り返りもせずに立ち去る。だがそれでも……

もし少年が交通事故で死んだのなら、不便だという以外にはなにも考えなかったろう。行きつけのホテルが火事で焼けてしまったようなものだ。別の滞在場所をさがさなければならない。

これは違った。責任を認めることは拒否したが、彼自身とあのきたならしい死とのあいだに因果関係の鎖が途切れずに続いていることは否定できなかった。少年が死んでしまったのは彼のせいではない。だが、彼はこの死によって、あまりに多くの汚点を負っていた。

最初に考えたのは、あの仕事をすっかりキャンセルしようと話してみることだった。

ポルチャードはいつもの冷たい微笑を浮かべて、たとえキャンセルしても彼とそのチームは全額支払ってもらう、と明確にした。すでにリンフォードは悲しみのあまり約束を無視し、支払い期日の来た分の金を出していなかったから、ベルチェインバーはポルチャードに、埋蔵品の中で処分できるものを売った上がりのかなりの部分をやると約束せざるをえなかったのだ。それだけでもいやなことだったが、今ではもっといやなことが予想できた。リンフォードの契約不履行のせいで当初の合意が破られてしまったから、ポルチャードは埋蔵品をそっくり持ち逃げし、らくに処分できるようにと、個別の品々を容赦なく溶かしてしまうかもしれない。

あるいは、あの宝冠は多くの盗まれた芸術品と同じ運命をたどり、薄ぎたないドラッグ取引でいつも担保物件として使われるはめになるのか。

そんなことは考えるのもいやだった。

結局、彼はポルチャードの口約束——いや、口約束ではない。あの男は約束で相手を安心させる必要など感じない。たんに言いたいことを断言するだけだ——すなわち、合意した分け前をもらえればいい、というのを受け入れるしかなかった。それで、次の断言を受け入れるのがすこしは容易になった。すなわち、リーが死んでしまったのは手下の熱心が過ぎたせいだし、若者は最後まで、自分とあの醜い警官との関係は仕事上のものでしかないと言い張っていた。つまり、きたならしいチビは保護してもらう見返りにただで相手をしてやっていたのだ。だから、あんなやつのことは忘れろ。問題はない。

それで、彼は進行許可を出した。まだ自分が主導権を握っているという幻想を手放したくなかったから。そして書斎にすわり、蛇宝冠を手にしたときに感じたスリルを呼び戻そうとした。

できなかった……

死はすばらしい大冒険だが、多くの人々にとって、ことにパッケージ・ツアーさえつらい体験だと感じる人々にとっては、冒険に出るなど、考えるだに恐ろしい。だが休暇旅行では、目的地に着いてしまえば、たいていみんな楽しく過ごす。それに、距離を置いてみれば、われわれは誰しも期待に胸躍らせるのではないだろうか？

意外な見舞い客があった。チャーリー・ペンだ。見舞いというより、彼はパスコーが病気とは知らずに訪ねてきたのだった。なぜ来たのかははっきりしなかった……なにかライ・ポモーナに関係したこと……いや、マイ・リヒテルだったか……あるいは、答えをさがしているうちに、もともとの質問に確信を持てなくなってしまったのかもしれない……

チャーリー・ペンは図書館にすわり、翻訳している一篇の詩に集中しようとした。

詩は *Der Scheidende* と題されている。文字通りには「わかれゆくもの」だが、彼は「出ていく男」と訳していた。しかし、分離という意味でのわかれの概念を残しておくべきかもしれない。それは瀕死のハイネの頭の中にきっとあったはずだ。ドッペルゲンガーに取り憑かれていたのだから。

冒頭の六行を訳したのは、ディック・ディーがまだ生きていたころだった。

わたしの胸の中、わたしの頭の中で
この世の喜びはすべて死んでしまった、
悪を憎む気持ちも
もうすっかり死んでしまったし
わたしの人生の痛み、他人の人生の痛みも感じない、
わたしの中に生き残っているのは死だけだから。

だが、ディックの死後、彼はこの詩に戻ることができずにいた。今までは。

どうしてマイはあんなに唐突にいなくなってしまったのだろう？

時間の無駄だった、見つけるべきことなどなにもない、こんな考えに凝り固まるのはよして生きていくべきだ、と彼女は言った。だが、本気で言っているようには聞こえなかった。

ポモーナの魔法にかかったのだ。彼はマイほど明晰な女性をほかに知らない。彼女のことは非常に尊敬し、それは彼がこれまで女性に対して抱いた感情の中でいちばん愛に近いものだった。ところが、その彼女が魔法にかかってしまった。

彼は椅子の上で体をねじり、デスクのほうを見た。彼女はいつもの場所にいた。仕事に熱中しているようだ。だが、ほんの一秒後、彼女は目を上げ、彼の目をとらえた。彼はかつて、非難の視線を彼女に意識させる能力が自分にはあると思い、それを自慢にしていたが、ここ数日、こんなふうに目と目が合うのは彼の意志によるものではなく、むしろ彼女に予知能力があるせいではないかと思うようになっていた。

目を逸らし、詩の第二節に戻った。

幕が下り、芝居は終わる、
あくびをしながら家路につく
麗しいドイツ人の観客のみなさま。
このかたがたには良識がある。
かれらは歌と笑いのうちに夕食を食べ
そのあとに来るものは決して考えない。

やや自由な訳だが、雰囲気は出ている。詩にあっては、意味の大半は雰囲気が表わしているのだ。彼は最後の六行の下書きを見た。韻を踏むのにネッカル川よりマイン川のほうが都合がいいからと、シュトゥットガルトをフランクフルトに変えてしまったのはまずかったろうか？　シュトゥットガルトの住民にことのほか俗物根性があるという証拠は見つけられなかった。一方、フランクフルトは一八五〇年代にさえ、確実にドイツの大都市だった。ゲーテは〝秘められた首都〟と呼んだ。もっとも、ハイネはここで短期間働き、最初は銀行、次は食料品店だったが、それはあまり快い経験とはいえなかった。まあいい。本が出版され、どこかの学者が手紙をよこして、この詩においてはシュトゥットガルトに特別な意味があるのだと教えてくれるなら、それで衒学者は楽しみ、こちらは啓蒙されることになるではないか。

　彼は一つ二つ些細な変更を加えると、清書を始めた。

あの偉大な英雄が
ホメロスの叙事詩で言ったことは正しかった
「マイン河畔のフランクフルトに住む
無考えな俗物のほうがよっぽどしあわせだ、
このわたし、死んだアキレスのように、闇へ投げ込まれ、
冥界の死者たちのあいだで殿様となっているより」
（ホメロス『オデュッセイア』で、冥界のアキレスは死者の上に君臨するより地上で貧しい者に仕えるほうがましだと嘆く）

　彼は向きを変え、またライのほうに目をやった。今度は彼女はもう彼を見つめていた。彼女の顔は確かに前よりずっと青白くなった。持って生まれた地中海的な浅黒い肌の色もそれをごまかせない。前から大きくて黒い目は、今ではさらに大きく、さらに黒く見える。だが、これは病気による顔色というより、殉教の瞬間の聖人を描いた古大家の絵に見られる冷たい輝きのようだった。

　まあ、なにかそんなようなもの、と彼は妙に非現実的なことを考えてしまった自分を戒めるように内心で言った。だが、この女にはどこか、男の考えをそういうエキゾチックな方向へ進ませるものがある。ほかとは違う存在だという感じ。ふと現実が途切れる感じ。いつもと違った風景が眼前に展開したと思うと、まばたきするあいだにまた元に戻ってしまい、あれは気のせいだったかと思う。

　彼女とハット・ボウラーにどんな将来が待ち受けているのか、想像もできなかった。ボウラーは直線と原色の世界に住む、ややこしいところのない青年だと彼には思えた。みんな、なにかのドラマの役者で、そこではディック・ディーの死に傷ついた彼自身の痛みはもう重要な役を果たしていないのだ、という気がした。

　彼女は口元にかすかに優しい微笑を浮かべていた。あれは彼に向けられたものだろうか？

　確信は持てなかったが、そうだといいとチャーリーは思わずにいられなかった。

もしかすると、彼も魔法にかけられているのだろうか？

丘の上から降りてくる霧。昇る月の光で銀色に輝く静かな海。人の多い都市の静けさと寂しさ。地下鉄の中で人と目を合わせ、誰だかわかったと思った瞬間に目を逸らす。人生最大の偉業を成し遂げ、送られる拍手がやんだとき、〝これからどうする？〟と思う。飼い犬がふいにもう子犬ではなくなっている。かならず胸をしめつける曲の一節。廃墟となった城。気軽い別れの言葉。明日の計画――われわれに死を考えさせるきっかけになるものをリストにしていったらきりがない。生はそれらをわれわれに倦まず与え続けるのだ。無視してはいけない。利用しなさい。それから、生きていきなさい。

一月二十五日金曜日の夕方遅く、ピーター・パスコーは水面にようやく顔を出した。奇妙な夢や幻影の逆巻く海で、三日間もがいていたのだ。そして、熱いスコッチ・パイ（牛肉と玉ネギのパイ）にグリンピースを添え、グレイヴィーをかけたものを頭に描いた。そして、また目を閉じるまでたっぷり五分間、ほとんどがっかりした気分で、やっぱり死ぬわけではなかったのか、と考えた。

第13部　審判の日

一月二十六日土曜日、ライ・ポモーナは浴室の床で目を覚ました。夜のあいだに吐き気がしたのでベッドを出たことはおぼえていたが、それ以上は思い出せなかった。

立ち上がると、着ているものを汚してしまったのに気づいた。

ねまきを脱ぎ捨てて浴槽に足を踏み入れ、シャワーを全開にした。

氷のように冷たい水が勢いよく噴き出し、ゆっくり湯に変わっていくと、手足と頭に生命が戻ってくるのを感じた。

ふと気がつくと、歌をうたっていた。言葉はないが、心に残るメロディーだ。これは不思議だった。最近、物事を思い出すのになんの問題もなく、ごく幼いころのことまでさまざまとよみがえるようになっていたからだ。

それからわかった。言葉を思い出せないのは、もともと知らなかったせいだ。メロディーすら、たった一度耳にしただけだった。クレイドル・ストリートのギリシャ料理店〈タヴェルナ〉で、バゾーキ奏者の青年がうたったものだった。あの晩のリクエストの中で、本物のギリシャの歌らしく聞こえたのはこれ一つだった。彼女には言葉がわからなかったが、さざなみのような音の流れは強い印象を生み、青い空、青い海、太陽を浴びてひび割れた丘の斜面のオリーヴの木の下にすわった羊飼いの少年が目に見えるようだった。

彼女は服を着て、フラットの中をかたづけ、帰ってきたときにこうあってほしいと思う状態にすると、慎重にドアをロックして外に出た。

ミセス・ギルピンが朝配達された牛乳を手にして、階段を上がってきた。

「ご出勤?」彼女は言った。

「いいえ、今日は非番なの」ライは微笑して言った。「おたくのウィンドー・ボックスがきれいで、感心していたんです。冬のさなかにあんなに鮮やかな色で花を咲かせるなんて、たいしたものね。それで、これからカーカのあの大きなガーデン・センターへ行って、わたしもなにかきれいな花を買ってこようかと思って」

ミセス・ギルピンは隣近所の人たちがごく短い挨拶以上の言葉をかけてくるのに慣れていなかったから、お世辞を言われて頬を染め、言った。「訊きたいことがあったら、いつでも訊いてきてね」

「ありがとう。そうします」ライは言った。

彼女は階段を駆け降りた。さっきのやりとりが一語残らずミセス・ギルピンの頭の中の磁気テープに記録されると思うとうれしかったし、これまですすんであの人に友好的な顔を見せてあげたことがなかったのを、ちょっとすまないと思った。

ミセス・ギルピンに会うまで、これからどこへ行くか、まったく決めていなかったのだが、これではっきりした。その理由もわかった。もっとも、だんだんわかってきたのは、市境を越え、ローマ街道の高くなった部分へ続くゆるやかな坂道を落ち着いたスピードで登り始めたころだった。坂のてっぺんで、彼女は路肩に車を寄せ、待った。

眼下にはローマ街道が伸びていた。カーカ村までの五マイルのほとんどが、年ふりたブナの並木に挟まれた、矢のようにまっすぐな広い道だった。あそこにすわって、彼女はバゾーキ奏者の青年を待ち受けたのだった。彼のオートバイのライトがぐんぐん近づいてくると、彼女は自分の車のヘッドライトをつけて出ていき、彼の行く手をはばんだのだ。

犠牲者たちの中で、あの青年はおそらく彼女がいちばん後悔した相手だった。若く、罪もなく、純真で、その指先には音楽があった。手を下して殺したのではないが、彼女は彼の死を引き起こし、狂気の中でそれを殺しのライセンスと解釈したのだった。

もし誰かを甦らせることができるなら……

そんな考えを持つのはサージアスを裏切ることになるような気がした。兄サージアスも彼女が車で殺したのだ。わざとではなく、たんに身勝手と不注意からだったけれど。でも、彼は理解してくれるだろう。

彼女は目の前の道に誰もいなくなるまで待った。バックミラーを見ると、後ろの遠くのほうから車が近づいてくるのが見えた。ひょっとして……？　やっぱり！

自《A》動車協《A》会の黄色いヴァンだ。

これよりふさわしい目撃者は望めない！

だが、何を目撃する？　それが問題だった。まっすぐな、ほかに車のいない道路で、どうして事故が起きる？

だが、なぜかそんなことは問題でないように思えた。

彼女はローマ街道に車を出し、アクセルをぐいと踏みつけた。

加速するにつれ、時間が遅くなっていくような感じがした。びゅんびゅん飛び去っていくはずのブナの並木はゆったりと行列をつくって動いていく。これは彼女の凶行に先立っていつもあらわれていた霊気《オーラ》の一部分だった。医学用語でいう、てんかんその他の発作に先立つ前兆《オーラ》と同じものだ。現在の彼女の場合は、どちらともいえる。腫瘍が脳を破壊しているしるしか、あるいは彼女の最後の殺人の先触れか。彼女としては、病気が自分の死の一要因になるのはうれしくなかった。どっちみち病気で彼女を失うところだったとわかっても、ハットにとって慰めになるはずはないし、健康状態に関して彼女が真実を隠していたとわかったら、彼がどんな気持ちになるかは想像がついた。

だが、もしそういう運命なら、そうなるしかない。

そのとき、左側の野原を横切って道路のほうに向かってくる鹿が見えた。

かなりの速さで走っているはずだが、彼女ののんびりした目には、ゆったり駆けているように見えた。

ハットといっしょにスタング湖へ行く途中、目の前の道路にふいに鹿が現われたのを思い出した。小さなＭＧは横滑りして路肩の草地に乗り上げ、それが引き金となって記憶が次々に湧き上がり、彼女とハットは危険なほど親しくなった。そのとき生まれて初めて——すでに遅すぎたが——彼女は幸福な人生が可能かもしれないと考えたのだった。幸福なら味わった。どんなに短く、どんなに汚れたものであったにしても。

鹿に始まり、鹿に終わる。

それはいい。ハットの記憶に残るだろう。運命のそんなパターンは打ちひしがれた者に慰めとなる。無意味に見えるものに意味があり、終局に見えるものが新しい始まりの前の中休みにすぎないという証拠になるものなら、われわれは何にでもすがりつく。

鹿は生垣に近づき、ひらりと飛び越えた。あまりに美しい動作で、その隙のない見事さに、彼女の心臓は止まった！

次の瞬間、鹿は道路にいた。彼女はハンドルを急に切り、ブレーキを軽く踏んで、今では視界に入っている自動車協《A》会《A》の男に事故らしく思える証拠を与えてから、ほとんどスピードを落とさずに道路の反対側へ突っ走った。それでも、時間の感覚のなくなった彼女の世界では、彼女を殺すことになる木に接近するまで暇があり、その幹についた傷がはっきり見てとれたから、これはバゾーキ奏者の青年が激突して死んだ、まさにあのブナの木だとわかって、歓喜が胸にあふれた。

検死官が即死と表現するだろう死さえ時間がかかったから、彼女には踏み越えなければならない線が見えた。線のこちら側には青い顔のハットが打ちひしがれてひざまずき、むこう側にはサージアスとバゾーキの青年が重なり合い、一つになって、歓迎の微笑を浮かべて立っていた。

それから暗くなった。ハットが埋蔵品引き取りに送り出されたヴァンの動きを追っているプリーシディアム警備会社のコントロール・ルームでも、すべてが暗くなった。

「どうした？」経営者のベリーはハットを見て心配そうに訊いた。若い刑事は椅子から立ち上がり、真っ青な顔を両手で挟みつけていた。

「なんだろう。なんでもない。停電しましたか？」

「え？　それなら気がついたと思うがね」

「いや、なにかが……ほら、あそこ！　シグナルが消えた」ベリーはコンピューター上の地図に目をやり、にっこりして数をかぞえ始めた。

「……十四、十五、十六、十七……ほら来た！」

スクリーンに点滅する光が現われ、南へ向かっていた。

「エストーティランドの脇の地下道だ」彼は言った。「シグナルがさえぎられるんだ。交通量によるが、たいがい十二秒から二十秒で出てくる。どっちみち、なにもやきもきすることはないさ。おたくらの予想している大悪人どもの襲撃は、ヴァンが埋蔵品を積み込んで戻ってくる途中だろう。あっちへ向かっている空っぽのヴァンなんか目じゃない。警察学校でなんにも教わらなかったのか？」

ハットは答えなかった。頭の中でなにかが吹き消されたような感じだった。こんな若さで脳梗塞に見舞われる可能性はあるだろうか？　だが、体の片側が麻痺していないし、口がねじ曲がっていないし、思考と言葉のあいだの接続が失われたとも思えなかった。

しかし、なにかが確かに失われていた。

「具合が悪いみたいだな」ベリーは彼をしげしげ見て言った。「まあ、すわれ。お茶をいれてきてやるよ。例のカンフルーにやられた人間のそばに寄ったんじゃないだろうな？」

「え？　ああ、寄りました。主任警部がやられたので」

「じゃ、きっとそれだ。主任警部はいくつだ？　死ぬ人もあるそうだぜ」

しかし、ピーター・パスコーはずっと具合がよくなっていた。

五日目にして初めて、墓から無理に呼び出されたような気分でなく目が覚め、過去数日の混乱した幻影の中で、わずかながら頭に残っているのはスコッチ・パイの記憶らしきものだけだった。

彼は部屋に一人で寝ていた。そのほうが楽だし、エリーをウイルスから守るためでもあった。掛けぶとんを押しやり、足を床に下ろしてベッドにすわった。よし。めまいはしないし、急に体が熱を持つこともなかった。

ドアがあいて、エリーがトレーを持って入ってきた。

「あらまあ、ラザロ（聖書で、イエスの奇跡により死から甦った男）」彼女は言った。

「どうしたの？　緊急にトイレに行きたくなった？」

「そんなようなもんだな。ゆうべ、ぼくに何を食べさせた？　なんだかスコッチ・パイのかすかな記憶があるんだけど。奇跡の治療でなおったみたいだ」

「スコッチ・パイ？　いやだ、まだ錯乱状態ね。立ってみて」

彼は立ち上がり、倒れた。

「じゃ、ほんのちょっとの奇跡ってわけね。助け起こして寝かせてあげましょうか、それとも空中浮揚するつもり？」

彼はむっつりして掛けぶとんの下に這い戻った。

「でも、ほんとにぐんと気分がよくなったんだ」彼は逆らって言った。

「もちろんよ。どうしてあなたの病気って、いつもこういう大げさな放物線《ハイパーボリカル》をたどるのかしら？　ただの風邪で、死のドアの前からオリンピック・スタジアムまでひとっとび」

「ただの風邪？　冗談じゃない。それに、双曲線の放物線《ハイパーボリカル》は同義語反復だと思うね」

「あなたがわたしの文体にけちをつけるようになったら、具合がよくなってきた証拠よ。うれしいわ」エリーは言い、トレーを置いた。「これで、あなたを置いて出ていっても気が咎めない」

「置いて出ていく？　作家は感じやすいものだとは知ってるけど、ちょっと極端なんじゃない？」

「あなたを一人で勝手にさせておくってこと。そのあいだわたしのほうは、権力に飢えたあなたの子供がエストーティランドのスージーの誕生日パーティーを乗っ取らないよう、目を光らせているわ」

「典型的だな。ぼくが苦痛のベッドに横たわっているときに、きみは楽しくほっつき歩く」パスコーは言った。

「奇跡はどうなったのよ？　それに、もし本気で役割交換したいんなら……」

パスコーは目をつぶり、パーティーの様子を想像して——

—わめき声、けんか、ゲロ——言った。「ぶりかえしてきたみたいだ」

だが、玄関ドアが閉まり、エリーとすっかり興奮している娘が出ていったあと、彼はまたベッドから出た。今回はもう体はぴんぴんだと見せつける必要がなかったから、まっすぐ立ち上がり、数歩おずおずと歩くことができた。結果は酔っ払いみたいな千鳥足だったが。

ガウンをはおって階下へ行った。コーヒーをいれながら、警察の無線受信機をつけた。このごろではもうコーヒーに砂糖は入れないが、自宅にいる男にとって、せっせと働いている同僚の様子をうかがうくらい美味な甘味料がほかにあるだろうか？

一般用の周波数からは、たいした事件は聞こえてこなかった。繁華街で万引き。駅前でけんか。午後サッカーの試合があって、観戦に訪れたファンが地元チームのファンから好意的出迎えを受けたのだ。それに、ローマ街道で交通事故。車は一台だけで、救急隊が大破した車を切って被害者を出そうとしているところだった。

彼は犯罪捜査部がふつうは専用にしている周波数をいくつか試してみた。二つ目から、サーペント3報告せよというダルジールの声が聞こえてきた。〈蛇作戦《オペレーション・サーペント》〉。すっかり忘れていた。おかしなものだ、ウイルスはとてつもなく重要に思える事柄を目に見えないほど小さなものに変えてしまう。プリーシディアムのコントロール・ルームにいるはずのボウラーは、品物を引き取りに行くヴァンはシェフィールド市内に入った、と報告した。この作戦で中部ヨークシャー側に落ち度がないように見張っているのがパスコーの仕事のはずだった。すくなくともスタン・ローズに電話して、幸運を祈ると言ってやるべきだった。彼は自分が警部に昇進して最初の大仕事を思い出すことができた。間違いがないようにし、ちゃんとやり抜けるとみんなを——中でも太っちょアンディを——安心させようと、どんなに気を遣ったか。もうこの仕事に手を出すには間に合わないが、せめて真っ先におめでとうを言ってやろうと心に決めた。

電話が鳴った。

居間へ行き、電話を取った。

「パスコーです」彼は言った。

「ミスター・パスコー！　お声が聞けて、すごくうれしいです！」

彼はすわった。意志的な動作ではなかったが、さいわい、尻が下がった場所に都合よく椅子があったのだ。だが、たとえなくてもすわり込んでいただろう。

「もしもし？　もしもし？　ミスター・パスコー、まだそこにいらっしゃいますか？」

「ああ、いる」

「ああよかった。切れてしまったのかと思った。フラニーです、ミスター・パスコー。フラニー・ルートです」

「誰かはわかっている」パスコーは言った。「なんの用だ？」

「話がしたくて。すみません。ご都合の悪い時間でしたか？」

おまえと話をするのに？　いつだって都合は悪いよ！

彼は言った。「どこにいるんだ、ミスター・ルート？

アメリカ？　スイス？　ドイツ？　ケンブリッジ？」

「マンチェスターのそばです。今朝アメリカから戻りました。飛行機が遅れて。くたくただったんで、しばらくぶらぶらしてシャワーを浴びて、たっぷり朝食をとって、これから家に帰ろうというところです。あの、ミスター・パスコー、なによりまず、お詫びを言わせてください。あんなに手紙を次々と送りつけたりして。あまりご迷惑にならなかったと思いたいですが、あなたがそうおっしゃる機会はついに差し上げませんでしたよね。おびえていたのかもしれない。だって、ぼくから手紙を受け取るのは腹が立つと直接言われなければ、これでいいんだ、ひょっとしたらおもしろく読んで、次を楽しみにしてさえいるかもしれないと空想できる……ええ、そりゃちょっと行き過ぎでしょうね。でも、あの手紙を書くのはぼくにとって大事なことだったし、自分にとって大事と思えることをするのを正当化するためなら人間がどれほど策略を駆使するか、そこを理解していなければ、あなたのようなお仕事はできないでしょう」

「その点はよく理解していますよ、ミスター・ルート」パスコーは冷たく言った。「自己正当化でいちばん説得力ある話を聞かせてくれたのは、妻と二人の子供を肉切り包丁でばらばらにしたばかりの男だった」

間があった。それからルートは言った。「あ、まずいな。ほんとに腹を立てていらっしゃるんですね？　すみません。あの、それならもう手紙は出しません、約束します。でも、せめて話をしてくれませんか？」

「しているようだがね」パスコーは言った。

「面と向かってってことです。驚きますよね、なんだかあなたのことをすごくよく知っているような気がする……なんというか、ほんとによくね。でも考えてみると、面と向かって話をした機会というのはだいたいいつでも、あなたが公的な用事でぼくをさがしにきたときだった。そういう状況だと、たいした会話はできませんよね？　一度だけ会っていただければいいんです。それだけでもぼくにはすごく意味がある。こちらからお訪ねしてもいいですが……いや、あんまりよくないですね。個人的スペースを侵害するというか。じゃ、会いにいらしていただけませんか？　ぼくのフラットの場所はご存じでしょう――ウェストバーン・レーン一七番地aです。ご都合のいいとき、いつでも。あるいは、ふらっと寄ってください。今度帰ったら、ぼくはたいていうちにいます。サムの本を完成させるのに、すごくがんばらなきゃならないんです。編集作業がずいぶんあるし、ほぼ一からぼくが書かなきゃならない章も二つある。〝想像上の場面〟すら、いくつか書いてみましたよ。ほら、出来事や会話を想像して再構成した部分です。もちろん、すごく注意して使うべき手法ですが、ご存じでしょう、ミスター・パスコー、物理的な証拠があまり存在しないときには、プロの技能を駆使して、出来事のもっともらしいシナリオをまとめざるをえない。あ、いやだな、べちゃくちゃとしゃべりまくって。もし会いにきていただけたら、言葉に表わせないほどうれしいです。たとえ留守でも、帰ってしまわないでくださいよ。遠くに行ってはいませんから。隣のミセス・トマスにスペア・キーを預けています。彼女は神経痛持ちなので、ぜんぜん外に出ないんです。フランシスから入っていいと言われた、と言ってください。彼女はぼくをいつもフランシスと呼ぶんですよ。だからそうおっしゃれば、ぼくと話がついていると彼女にわかります。それじゃ、ノーと言われないうちに切ります。どうぞ来てくださいね」

電話は切れた。

パスコーはかなり長いあいだすわったまま、考えていた。青年の声に心から嘆願するような調子があって、つい感動せずにはいられなかった。

だが、騙すのはあいつの得意技じゃないか？　ずる賢い悪党め、人が騙されると快感をおぼえるのだ。やつは今、あの青白い顔をいつものように無表情ににたにた笑つくってすわっているだろう。だが、心の中では死神みたいにっているはずだ。おれの頭の中に恐怖と不安の小さな種を蒔いてやったと考えながら。

彼はふいに決心をかため、立ち上がった。その決意が全身の血管に新しい力を送り出し、弱くなった四肢が甦るようだった。

「ご招待ありがとうよ、悪党」彼は言った。「心配無用、ちゃんと行ってやるからな！」

彼は二階へ上がり、服を着た。もしここで台所に戻っていたら、エドガー・ウィールド——コードネームはサーペント5、サンダーバードにまたがって南部と中部ヨークシャーの境界線上にいる——がサーペント4（アンディ・ダルジール）に向かって、サーペント1（ローズ警部）から連絡があった、積み込みは完了し、埋蔵品はシェフィールドから北へ向かっている、と報告するのが聞こえたはずだ。

そして、もし彼が最初のチャンネルに戻っていたら、ローマ街道で大破した車の登録所有者はライ・ポモーナであり、ミス・ポモーナと思われる若い女性の遺体がたった今、車から取り出されたところだ、というのも聞こえていただろう。

だが、パスコーは自分の頭の中の声しか聞く耳を持たなかった。

〈ジュニア・ジャンボ・バーガー・バー〉でのパーティーはとてもうまくいっていた。

エリーはトイレに行くと口実をつけてまた厨房をチェックし、このまえここを訪れたあとで、新鮮な地元産の食材が再生廃物なんかに取り替えられていないのを確かめていた。

結果に満足してパーティーに戻ると、ロージーが先頭に立って隣の〈弾むお城〉を攻撃しようとするところだったから、なんとか戦闘開始前に止めた。隣は幼い少年の一群が占領しているのだが、かれらは愚かにも、女はばかだから、エストーティランドに入るのを永久に禁止されればいいんだ、と息巻いたのだった。

女の子たちが退却を余儀なくされたので、男の子たちは歓声を上げた。ところがそのとき、ふいに喜びはショックに変わった。かれらの〈弾むお城〉から空気が抜け始めたからだった。エリーはなんの根拠もないのに、非難の目つきで娘をじろりと見ずにはいられなかった。

「そうなったらいいなって、願っただけよ」ロージーは自己弁護するように言った。

いやだ、とエリーは思った。よしてよね、あたし、ああいうのを一人抱えちゃったんじゃないでしょうね！

十マイル離れたところでは、エルスカー埋蔵品を載せたプリーシディアム警備会社のヴァンが着々と北へ向かって進み、その後ろにつかず離れず、スタンリー・ローズ警部と南部ヨークシャーの同僚四人を乗せた覆面車が続いていた。付近のあちこちの脇道にもさまざまな警察車がいて北へ向かっている。主要高速道路とほぼ並行に動いているので、みな数分以内に増援に駆けつけられるし、万一まずいことになった場合は、逃走ルートはすべて早急に塞ぐことができる。

数日前なら、エドガー・ウィールドはこんな戦略に強く反対したところだった。彼の考えでは、予防はつねに治療に勝るのだ。もちろん、メイト・ポルチャードとその仲間を現行犯で逮捕できれば、確かに統計の数字はよくなり、警察の帽子、とくにスタン・ローズの帽子に、でかい羽を飾る（名誉となる）ことになる。だがトラブルが起きれば、どれだけ急いで駆けつけても、警備員が負傷する可能性はかならずある。彼の意見では、ヴァンの前後を点滅するライトとやかましいサイレンで固め、きたならしい割れ目から這い出てきた低級な連中があわてて逃げ戻るようにしてやるほうがずっといいのだ。

だが、それはリーの死体が発見される前のことだった。

今、サンダーバードにまたがって南部ヨークシャー警察の車を追いながら、予期される待ち伏せ攻撃が起きてくれればいいと彼は願っていた。そうしたら、この手で犯人どもをつかまえてやる。

前方に巨大な標識が見えてきた。矢印がついて〈エストーティランド――一般入場者入口〉と書いてあり、その四分の三マイル先に左へ折れる高速道路退出路があった。うまく設計したものだ、と彼は思った。エストーティランドそのものはまだ五マイルも先だが、入場者をこれだけ早く出してしまえば、高速道路の中まで長い行列が続いて危険な状態になる可能性がずっと減る。交通整理についてのこんな考えが頭をよぎるあいだも、彼はエストーティランドの標識が自分にとって本当に意味することにわざと水をかけようとしているのだと自覚していた。〝今夜はきみが必要なんだ……いつもよりずっと〟……きたない運河の水がリーの喉に無理やり流れ込み、腹へ、肺の中へ……

彼はあたかも水を振り落とすかのように激しく頭を振り、強いて〈蛇作戦《オペレーション・サーペント》〉に注意を戻すと、危険の前兆はないかと、進路の先を見渡した。

ピーター・パスコーはフラニー・ルートのフラットの玄関先に立っていた。

鍵を手に入れるのは簡単だった。鍵の管理者ミセス・トマスから逃れるほうは、もっとむずかしかった。感じのいい若い隣人フランシスを称える長々しい賛辞が切れ目なく続いた。彼女の話だと、フランシスはまるで美徳の詰め合わせで、救援物資としてそのまま送り出せそうだ。パスコーがようやく解放されたのは、テレビで次の競馬が始まるというアナウンスがあったおかげだった。

今、敵の巣窟と思うものを目の前にして彼は立ち、自信喪失というより驚嘆の思いで、また考えていた——人はなんとも騙されやすい。どうしておれはいつもルート愛好症の潮流に逆らって泳いでいるみたいなんだ？

それに、こんなところに来て、いったい何を手に入れられると思っているんだ？

実際、スペア・キーがあるとルートが口にしたのは、彼をここまでおびき寄せ、時間を無駄にさせるという、あの男が大好きな作戦だったのかもしれない、と彼は気づいていた。

なるほど、時間の無駄だというなら、さっさと無駄にしてやろうじゃないか！

彼は中に入り、順序立った捜索を開始した。

マーカス・ベルチェインバーは書斎でいちばん貴重な宝物の一つの前に立った——等身大のマネキンに後期ローマ帝国の軍団司令官の制服を着せ、装備をつけてある。

デスクの上には違法に警察の周波数を受信する強力なラジオがあり、彼はあちこち試してみて、興味を惹いたチャンネルに合わせてあった。

〈蛇作戦《オペレーション・サーペント》〉だって！どういうのろまなおまわりが考え出したんだ？強奪防止作戦の進行状況を知りたければ、このチャンネルをお聞きください、と言っているようなものじゃないか。

しかし、シェフィールドのタレ込み屋か、かわいそうなリーか、どちらかがなにかしゃべって、さすがにのろまなおまわりさえ立ち上がった、という意味ではある。

だが、ポルチャードに言わせれば、警察が知っていてもどうということはない。実際、計画はつねに警察に知られていることを前提にしている。もっとも、かれらがすべてを知っているわけではないが。

ポルチャードはあんな恐ろしい男にしては、人を安心させていい気分にするのがうまい。

それでも、ベルチェインバーは旅行かばんに荷物を詰めてレクサスのトランクに収め、グラブボックスにはスペイン行きの航空券を入れてあった。トラブルが持ち上がったとき、プロの犯罪者はお抱えの利口な弁護士に電話する。だが、利口な弁護士は誰に電話すればいい？ 事がうまくいかなくなりそうな徴候が見えたらすぐ、彼は姿を消し、安全な距離から展開を見守るつもりだった。

軍服は折衷にならざるをえなかった。あれこれの部分を何年もかけ、何万ポンドも金をかけて、すこしずつ集めたのだ。オリジナルでないのは布と、兜につけた立派な紫の羽飾りだけだった。彼はことのほか兜が気に入っていた。危機に至ったとき、これをよくかぶる。もちろん、一人のときだが。この軍服をぜんぶまたは一部身につけた彼を見たことがあるのは、死んだ若者だけだった。

あいつのことは考えるな。


兜をかぶると、彼は自分があの仮想上の祖先マルクス・ベリサリウスだと想像することがあった。確かに、兜をかぶったときのほうが、物事を明晰に見られるようだった。兵士を何人失い、それで領土をどれだけ獲得したか、差し引きを考える容赦ない軍略家の目になるのかもしれない。

彼は今、兜をマネキンからはずして下ろした。なにか起きているのか？ 無線上の声は、もうさっきほど退屈な決まりきった口調ではなくなっていた。

彼は兜を高々と掲げ、かぶった。


スタンリー・ローズは汗をかき始めていた。同僚に気づかれなければいいと思ったが、大男が五人、中型サルーンに詰め込まれていれば、汗を隠しておくのはむずかしい。もしかれらが汗に気がつけば、その理由もわかるはずだ。そして、表は厳しい無表情な顔をしていても、その裏でにんまりするだろう。〈蛇作戦《オペレーション・サーペント》〉の実行許可が出たとき、ローズはボスになったのがうれしくて、隠し切れなかった。どう努力してもつい、概況説明の席ではまくしたて、決定的なことはかならず自分が言い、主役は誰か、みんなにわからせた。トイレに行ったって、チームの人間がいれば、いつもより権威をもって小便をしたくらいだ！

論理的には、もし埋蔵品が無事に中部ヨークシャーへ送り届けられれば、仕事はうまくいったということになる。だが、シェフィールドではそんなふうに受け取られないだろう。彼が今までもう少しおずおずとこの作戦にかかっていたのなら、さんざんからかわれるくらいですんだところだ。だが、ボスとして威張りかえっていたあとだから、時間と努力と人力を無駄にしたあげく何事も起きずに終われば、強奪が成功したのとほとんど同じくらい、彼の失敗として記憶される。

かれらはエストーティランド脇の地下道に近づいていた。そのあと二十分たったら、シェフィールドに帰ることになる。

ポルチャード！　彼は心の中で叫んだ。貴様、いったいどこにいるんだ？

百五十ヤード先で、メイト・ポルチャードはプリーシディアム警備会社のヴァンのバックミラーに映るローズの車を見た。

警官《ブタ》どもはまだ距離を保っている。彼はそれを当てにしていたのだった。埋蔵品をエスコートして無事に中部ヨークシャー文化遺産センターまで送り届けるなどという簡素な食べ物をブタは望まない。何人も逮捕し、刑務所にぶち込み、新聞の大見出しになる、そんなうまいもののてんこ盛り、湯気の立つやつに鼻先を突っ込みたいのだ。だが、空のヴァンを中部ヨークシャーからシェフィールドにエスコートすることまでは、かれらは考えつかなかった。そのヴァンを無理やり高速道路から出し、地下道のそばにあるエストーティランドの業務エリアに入れるのは簡単だった。そして、彼のチームの腕っぷしの強いのが運転手と警備員の始末をしているあいだに、コールサインのシグナルを念入りに調整して同じにした代わりの車が地下道の南の端から出てきたのだった。

その手はずを逆にするのは、もうすこし策略がいった。

「急な動きは見せるな」彼は運転手に言った。

ここ十五分ほどのあいだに車は徐々にスピードを落とし、今では時速四十五マイルになるかならずだった。ブタどもは怪しんでいるか？　まさか。どっちみち、もう遅い、と彼は後ろからついてくる車のさらに先に目を据えて思った。

家具運搬用大型トラックが外側の車線をぐんぐん走ってきて、すぐに警察車を追い抜いた。ヴァンが地下道に向かって緩い傾斜を下り始めたときだった。停止・追い越し禁止、と標識は警告しているのに、大型トラックは警察車を追い抜いたあとウィンカーを光らせ、前に割り込もうとした。

「馬鹿野郎め！」ローズは叫んだ。「あいつの先へ行け、いいな」

運転手はウィンカーを光らせて隣の車線へ出ようとしたが、そちらでは今、白い運送用ヴァンがじりじりと警察車を追い越そうとしているところで、道を塞がれて出られなかった。

ポルチャードはこのすべてをバックミラーで見守っていたが、やがて警察車が完全に視界から消えると、「行け」と言った。

運転手はアクセルをぐいと踏んだ。

前方には左向きの矢印のついた標識が見え、〈エストーティランド業務エリア入口――公認車輛専用〉とあった。警備会社のヴァンは轟音を上げて退出路を走った。さらに先にある業務エリアの出口からは、最初のプリーシディアムのヴァンが出てきて、ゆったりしたペースで地下道に入っていった。

「大丈夫です、警部、あいつ、外へ出ます」ローズの運転手は安心させるように言った。「心配無用ですよ。大型トラックは退出路に移ろうとしていた。ヴァンはあそこにいる」

「あそこ以外、どこにいると思っていたんだ？　煙のごとく消えちまった？」ローズは歯をむかんばかりに言った。心配をこうもあらわに見せてしまったことに苛立っていた。「もうちょっと距離を詰めてくれ。誰もあいだに割り込まないように気をつけろ」

「……十五、十六、十七、十八……ほら来た」コンピューター画面に点滅する光がまた現われると、ベリーは言った。「あとちょっとだ。なんだか、空騒ぎだったみたいだな？」

「ええ」ハット・ボウラーは言った。「空騒ぎ」

この作戦が一刻も早く終わってほしいと、彼はうずうずしていた。一時間以上前に彼を襲った、なにか病気の発作めいたものの極端な症状は、その後繰り返されていなかったが、それでもまだ体が冷たく、ぞっとするような気分が抜けなかった。それに、あの発作のせいでライの声を聞きたいという欲求、いやほとんど必要に駆られていたから、ベリーがコントロール・ルームから呼び出された数分の隙を利用して、彼は図書館に電話したが、ライは今日は非番だと告げられた。

これには驚いた。彼が今度の土曜日はずっと仕事があると話したとき、彼女もその日は働いているという印象を受けていたのだ。次に、彼女のフラットに電話した。留守番電話が答えただけだった。

すると、彼女は出かけている。おれがそばにいないとき、彼女は何をすると思っているんだ？ うちの中でふさぎ込む？

だが、理由はわからないが不安だった。

コントロール・ルームのドアがあいた。

「やあどうも、警視。点検ですか？」ベリーは言った。「おたくら、ずいぶん真剣にやっておられますな。でも、ここまでのところ、快調そのものですよ」

ハットはスクリーンから顔を動かさなかった。さっきの症状がすべてどっと戻ってきた。部屋に入ってきたのはダルジールではない、死だ、と彼にはわかった。

死は役を演じるベテランでありながら、つねに自分自身だ。さまざまな衣装をまとって現われる。看護婦、親友、鈴つき帽子をかぶった道化、あるいは大きな太った警察官。でも、そのおちくぼんだ目、にやにや笑いを浮かべた顎の骨は見間違えようがない。

だから、彼はすわったまま、心臓の鼓動のように点滅するライトがスクリーン上を横切っていくのを見つめていた。

「ハット」ダルジールは言った。「ちょっと外に出てくれないか。話がある」

「ヴァンの見張り中です、警視」ハットはぶっきらぼうに言った。「博物館に着くまで、もうたいしてかかりません」

「ミスター・ベリーが代わりに見張っていてくれるよ」ダルジールは優しく言った。「さあ、出よう。話があるんだ。ここはお任せしていいですね、ミスター・ベリー？」

今では経営者も、灰色に曇った一月の夕暮れより深い闇が部屋に入ってきたと悟っていた。

「ええ」彼は言った。

ハットは立ち上がり、まだ巨漢に目を向けないまま、部屋を出た。

「彼、戻ってきますか？」ベリーは言った。

「いいや」ダルジールは言った。「戻らないだろう。あんた一人で、ここは大丈夫だろうな？」

「大丈夫もなにも、することがないですよ」ベリーはスクリーンに目をやって言った。「もうすっかり終わった」

「そうだな」ダルジールは言った。「すっかり終わった」

パスコーはやっぱりベッドから出るんじゃなかったと思い始めていた。

椅子にすわり、フラニー・ルートのフラットをいやな気持ちで見渡した。

ふだんなら、彼は実に細心に家宅捜索する。何をさがしているにせよ、可能な隠し場所は一つも見落とさず、しかも、あとを乱さないように同じくらい気を遣う。実際、それほどうるさくない同僚のあいだでは、整理整頓したい部屋があったらパスコーに捜索させろ、というのが昔から冗談になっていた。

だが、今日はどこかがおかしくなってしまった。

ルートのフラットは、ヤク中のティーンエイジャーが初めて空き巣に入ったあとみたいに見えた。

なんの結果も出ず、エネルギーを消費しただけで、彼は汗びっしょりになっていた。上着を脱ぎ、額を拭った。

どうしようか？　彼は絶望的になって自問した。

逃げて、ヤク中のティーンエイジャーの仕業と思われるのを期待する？

居すわって、もしルートが現われたら、ずうずうしくしらをきる？

それとも、かたづけて、立ち寄った痕跡をすっかり消す？

それはむずかしそうだ、と彼はあたりを見ながら考えた。めちゃくちゃにしてしまったのだ。それは病気のせいばかりではないと、彼にはわかっていた。今までよく、空き巣狙いが家の中を荒らしていった様子を見るたび、どうして盗みを働くだけでなく、手当たりしだい破壊して出ていく必要があったのだろうと考えたものだ。今、彼にはその心理がわかり始めた。ある人々にとっては、ただ盗むだけでは充分でないのだ。かれらは盗む相手を憎み、責任さえ押しつけずにはいられない。

パスコーはルートを有罪にする証拠をなにも見つけていなかった。だが、いやはや！　あのろくでなしをおれがどう思っているか、これでたっぷり見せつけてやれる！

こんなことをしてしまったとは恥ずかしい、まったく言い訳はきかない。

だが、ありがたいことに、限界はあった。

一つの壁際に本棚があった。装飾的というよりは実用的なもので、葬式のような黒一色に塗ってある。彼が暴力を振るっていないのは、本だけだった。

本を抜かしたのは意識的に決めたことではなかったが、理由はわかると思った。

彼は本棚へ行き、本を一冊取った。やっぱり。見返しに書き込まれた名前はサム・ジョンソンだった。ルートが友人であり指導教官であったジョンソンから受け継いだ遺産の一部だ。ルートに関してパスコーが信じることが一つでもあるとすれば、それは彼がジョンソンの死を心から悲しんでいたことだった。

それにもちろん、これは彼の推理を支持する材料だった。ルートがジェイク・フロビッシャーの死に関わりがあるというのは、ルートがジョンソンを愛し、そのために人殺しに走るほどの嫉妬に駆られたならの話だ。

だが、ルートが愛の対象となる人物の最愛のものを破壊するほど、本格的な病的憎悪にまでは達していないことがわかって、彼はややほっとした。

ベドウズの詩集の二巻本があり、見覚えがあるとパスコーは思った。とても古いもので、マーブル模様の厚紙の装丁だ。その一冊を取り、開いた。やはりファンフロリコ出版社版だった。これは第二巻だ。死んだ学者の膝の上に開いて置いてあった、まさにあの本だった。

彼はその本を注意深く元に戻そうとしたが、そのとき初めて、棚の奥になにかあるのが目に入った。黒い絹のハンカチに包まれた細いもので、棚の黒い木と重なって、ほとんど目立たない。

彼はそれを取り出し、そっと絹の布を開いた。

入っていたのはオメガの腕時計、ゴールド・ブレスレットつきの、とても高価そうなものだった。

ひっくり返し、時計の裏を見た。

あった。円周に沿って文字が書いてある。このきらきらした表面よりソフィー・フロビッシャーの拓本で見たほうが読みやすかったが、どのみち、彼はその文を暗記していた。

TILL TIME INTO ETERNITY FALLS OVER RUINED WORLDS YOUR S

そう、今では二人のどちらにとっても、時は崩れ落ち、永遠の流れに呑まれてしまった。そして、誰の死も同じだが、あとにはぼろぼろになった世界が残された。

そして今ようやく——自分の推理の正しさが認められた瞬間にしては、思ったより喜びは少なかったが——フランシス・ゼイヴィア・ルートの世界がどういうものであれ、自分にはそれを永遠に滅ぼしてやる力があるのだ、とパスコーは思った。

背後でドアがあいた。

あまりすばやく振り向いたので、カンフルーのめまいにまた襲われた。

視界がはっきりすると、彼はフラニー・ルートを見ていた。

「こんにちは、ミスター・パスコー」青年は微笑して言った。「来ていただけて、すごくうれしいです。ちらかっていてすみません。あの、ちょっと顔色が悪いみたいですけど。ほんとに大丈夫ですか？」

大型トラックがローズの車の前に割り込んだとき、ウィールドは反射的に隣の車線に出て追い越そうとしたが、彼も白い運送用ヴァンに行く手をはばまれた。

ようやく車と中央分離帯のあいだの狭い隙間を通って前に出たとき、大型トラックは退出路に出ようとし始めたところだった。ずっと先のほうに、警備会社のヴァンの後部が見えた。

ひどく先のほうに。

加速したのだろう。だが、なんのために？　もしエスコートの車が一時的にバックミラーに見えなくなったら、スピードを緩めるのが自然な反応だろう。

彼はスピードを上げ、ヴァンのすぐ後ろまで近づいた。

運送用ヴァンもスピードを上げ、彼の脇を過ぎていった。ああいう運転手はよくいる。追い越されるのが大嫌いなのだ。ことに相手が年寄りのロック・ミュージシャンで、黒革のつなぎの背中に銀の鋲で〈あばよ〉と書いてあるときては。追い抜きざま、助手席の男が窓を下ろしたから、ウィールドは侮辱のしるしに指を突き出されるだろうと半分覚悟した。ところが、見せられたのは同じ指でも、親指を上げる勝利のしるしだった。

しかも、それは彼を狙ったものではなく、運送用ヴァンがかなりの速さで追い抜いていくプリーシディアムのヴァンに向けられたものだった。

いったいどういう意味だ？　路上の友情、働く運転手から別の運転手への挨拶というだけかもしれない。朝、出勤途中で会う見知らぬ人に会釈して、おはよう、などと言うようなものだ。

だが、運送用ヴァンがまた内側車線に入り、スピードを緩めて警備会社のヴァンと並ぶようにしたとき、彼はどきっとした。

ふいにリー・ルバンスキーの内報を思い出した。プリーシディアムが狙われるというものだったが、大騒ぎのあげく、結局ヴァンが一台消えただけに終わった。たいていの犯罪者は抜け作だという説の新たな証拠にみんなで大笑いしたが、もしかれらの計画はそもそも車を手に入れることだけで、それが完全にうまくいったのだとしたら？　そうだとすると……

彼はスピードを緩め、ローズの車が近づいてくると、またスピードを上げて並び、助手席の警部に向かって口を動かしてみせた。

ローズは窓を巻き下ろした。

「なんだ？」彼は大声で言った。

「あいつら、車を取り換えたんだと思う」ウィールドは叫んだ。「あそこにいるのは、われわれのヴァンじゃない」

まるでどこかの気の毒な男の家のドアをノックし、奥さんが交通事故にあったと告げたようなものだった。ローズの顔は真っ青になり、聞いた言葉を信じまいと懸命になった。

これは若い警部の大きなテストだった。彼は怒りをあらわにするか、信じるのを拒否するか、何も起きなかったかのようにこのまま続けるか、それとも……

「ばかを言うな」彼は嘲るように叫んだ。〈蛇《ペント》作戦《オペレーション・サー》〉が自分の尻尾を呑み込んで消えてしまうところは見たくないと、必死になっている。

「われわれのヴァンはエストーティランドだ」ウィールドはねばった。「あの囮《おとり》の車は先に立って町に入り、信号で止まる。運転手と仲間は飛び出し、角を曲がって、あの運送用ヴァンに乗り込んでどろんだ」

確信はなかった。確かめようがない。だが、ローズに機動隊を召集してもらうには、確信がありそうに聞こえなければだめだとわかっていた。

今はもう地下道を出ていた。エストーティランドは後ろへ遠のいていく。地上に出ると、道路は低い土手のあいだをカーブして走り、土手のむこうは草原だった。

決断のときだ、討論の暇はない。

「わたしは戻る」彼は叫んだ。

ぐいと加速し、舗装した路肩を横切って、草の生えたでこぼこの斜面をばりばり登っていった。

「ひゃあ、あいつ、バイクの腕前はたいしたもんだな」ローズの運転手はのんきに感嘆して言った。彼には冷静でいる余裕があった。命じられたことを素直に実行しさえすればいいのだから。

それと同じ精神で、後部座席に詰め込まれた三人の男たちはリーダーを見た。その無表情な顔はこう言っていた。ここがあんたの腕の見せどころだぜ、ボス。

「黙れ」ローズは腹に据えかねたように怒鳴った。それから無線を取り、言った。「サーペント1から全員に告ぐ……」

「終わったよ、フラニー」パスコーはぐったりして言った。ルートはうれしそうににっこりした。

「ぼくをフラニーって呼んでくださったのは初めてですよね」彼は言った。「何が終わったんですか？」

「ゲームさ」パスコーは言った。「これが終了式だ」

「じゃ、まず賞の授与だな」青年は言った。「飲み物はいかがです？　ティーバッグしかないですけど。コーヒーは切らしてしまったみたいだ」

彼は悲しげに台所の流しの中を見ていた。パスコーがコーヒーの粉をびんからすっかりあけてしまったのだった。

「賞は判事に任せるよ」パスコーは言った。

「いやだな、まさか、またぼくがやったと想像することをなにか見つけたんじゃないでしょうね」ルートは叫んだ。

「そういうのはもうすっかり過去の話になったと思っていたのに。いや、あなたは本気だ。わかりました、はっきりさせましょう。そうしたら、ほんとに話ができる。じゃ、今度は何なんです？」

彼は表情も口調も、まったく心配している様子はなかったが、いつだってそうだったではないか？

パスコーは考えをまとめた。利口なやり方は、彼を署へ連行し、取調室に入れ、きちんと警告して、テープを回すことだろう。

だが、ルートが相手だと、利口なことをしてもどうにもならない。だからオープンになろう。こちらに何があるか教えてやり、それで彼がどういう手に出るかを見ておく。そうすればすくなくとも、物事が公式になったとき、彼の戦略に対抗する準備が多少はできている。

彼は怪しいと思った点のすべてを頭の中で復習してみた。手紙に書いてあったことは、ここではまったく役に立たない。ルート本人が彼の頭に植えつけたのだし、どうせ言い抜ける用意はしてあるだろう。予期せぬ事柄をぶつけるとしよう。

「きみはライ・ポモーナのフラットで押し込みを働いた」

「そうです」ルートはためらわず同意した。「もっとも、押し込みなら犯意が含まれているはずでしょうけど」

「きみには犯意がなかった？　でも、器物破壊は否定できないだろう」

「そうですねえ」ルートは言い、めちゃくちゃにされた部屋を見まわしてにやりとした。「その点は、あなたの専門家としてのご意見に従いますよ、ミスター・パスコー」

パスコーは顔を赤らめて言った。「では、きみはどういう意図を持っていたんだ、盗みが目的でなかったんなら?」

「きっと推測なさったでしょう。チャーリー・ペンのせいなんですよ。友達のディーは無実だったとあんまり言い募るから、とうとうぼくも考え始めたんです。ディーのことはどうでもいいけど、もし彼がワードマンでなかったというのが本当なら、サム・ジョンソンを殺したやつはまだ自由の身でいるということだ。もちろんチャーリーはあの考えに取り憑かれているし、そういう執着を持った人間は病的な食欲で万事を味わうものだ。それはご存じでしょう、ミスター・パスコー。はっきりいって、ぼくはいつもなにか……ふつうでないものをミズ・ポモーナについて感じていました。奇妙な霊気《オーラ》というか。ともかく、何をさがそうというのか、自分でもぜんぜんわからないまま、恩あるサムのためにちょっとつつきまわってやろう、と思ったんです」

「で、つつきまわる場所として、一人暮らしの女性のフラットを選んだ?」

「ほかにどこから始めればよかったんですか、ミスター・パスコー? チャーリーは警察陰謀説に凝り固まっていた。あなたが陰謀に加担するような人でないのは当然だし、ミスター・ダルジールの家に押し入るのはぼくだって気が進まない。だが、ミスター・ボウラーはどうだ? 一目見れば、彼ならミズ・ポモーナのために魂すら売りかねないとわかる。それなら、彼女が出発点だ。あの晩、彼女が留守にすることは知っていたし、ぼくは学会に出席中という最高のアリバイがあった。ぼくの出番はちょっと早かったんですが、変えてもらうのは簡単でした。正直いって、あなたにばったり出会ったときはぎょっとしましたよ。あなたは幽霊を見たような顔をしていらっしゃったから、考えようによっては確かに幽霊を見たんだと、あなたを納得させることができるかもしれないと思いました。それで、あの第二の手紙を書いたんです。もしあそこで出会っていなかったら、手紙を書いただろうか? それはわかりません。最初の手紙は、二人のあいだのわだかまりを解こうと心から願って書いたものです。でも、二通目以降は、思うことを人に話して荷を軽くするのが楽しくなってきました。ある意味で、ぼくたちがあのとき出会ったのは神様が肘でつついてくれた結果だと思っています。でも、もし手紙がご迷惑だったんなら、申し訳ありませんでした」

こいつがこれ以上誠実に聞こえたら、中古車だって買ってやる、とパスコーは腹を立てて考えた。

彼は言った。「すると、きみはそこでなにも見つけなかったが、盗聴器はつけていった、というわけか？」

「あれを見つけましたか？ たいしたものだ。ぼくはもちろん、出入りした痕跡を残さないつもりでした。でもたまたま壺を倒してしまったんです。それは遺灰を入れた壺とわかりました。ミズ・ポモーナが普通人と違うというぼくの勘はやっぱり当たりだったんだ。死人を自分の寝室にキープしている人間なんて、ふつうじゃないですよ。きれいにかたづけるのは無理だったから、ありきたりの空き巣の仕業に見えるよう、そのへんを荒らしました。あなたがここでやったようにね、ミスター・パスコー。それから、出る前に念のためドアの覗き穴から外を見ると、誰あろう、チャーリー・ペンが廊下をうろついていた！ おかげで、アイデアが浮かんだんです、彼女のコンピューターにチャーリー・ペンが第一容疑者にされるようななにかのメッセージを残していこうとね」

「ローレライだな」パスコーは言った。

「気がつきましたね。よかった。それから教会墓地へ行って、かなり下品なお墓の陰に受信用カセットを隠しました。そのとき、あなたを見たんです。そういえば、時間の無駄でしたよ。効果音がいくつかと、セックスの前後の会話があって、あとはあの役立たずの機械ときたら、だめになってしまった。というわけで、この件では言い逃れの余地はありません。そうはいっても、ぼくが公開の法廷に出て、衆人環視のうちに自分の行動を詳しく説明するのがいちばんと、ミスター・ダルジールは熱心に考えるでしょうかね？ ぼくらみんな、先へ進んだほうがいいのかもしれない。そうやってその腕時計をしっかり握っていらっしゃるところを見ると、まだなにかあるんでしょうね？」

どうしていつもおれはあいつが書いてくれた台詞をしゃ

べっているような気がするんだ？　パスコーはうんざりして思った。どうしておれは昔ふうな鈍重で想像力のない警官になって、あいつに昔ふうな鈍重で想像力のない一蹴りをくらわせ、追っ払ってやることができないんだ？　おれはここで何をしているんだ？　行きたいところならほかにいくらでもあるのに。うちのベッド。〈蛇作戦《オペレーション・サーペント》〉に加わってあちこち走りまわる。エストーティランドの〈ジャンボ・バーガー・バー〉で幼い女の子二十人が大騒ぎするのを見張っているのだって、まだましだ！

いったい何がどう狂って、おれはこんなところにいるんだ？

　子供たちがジャンボ・バーガーをせっせと食べるあいだ、あたりは比較的静かになった。ロージーすら、肉汁たっぷりの極上牛肉と玉ネギのみじん切りを丸めた分厚いバーガーに真っ赤なケチャップをかけたものに歯を立てているときは、しゃべるのがむずかしかった。エリーは自分のバーガーをすこし食べ、質がいいと認めた。それから、またブラック・コーヒーをひとしきり飲んだ。こちらはバーガーの水準に比べるとだいぶ劣ったが、今のところ強壮剤としてはこれしかないのだから、いずれラージ・サイズのジン・トニックに襲いかかって破壊する距離に到達するときまでは、我慢しておこう。ほかの母親たちの何人かはまだいきいきと元気のいいところを見せようとしていたが、疲れているしるしがエリーには見てとれた。

　ロージーはバーガーを食べ終え、飲み物を飲み干した。藤色の蛍光色をした四分の一パイントの液体で、壁紙はがしに使えそうに見える代物だった。それから母親に近づいて言った。「メアリといっしょに〈ドラゴン〉で遊んでもいい？」

　〈ドラゴン〉は遊び場の目玉で、エリーの意見では、変態のセックス用具として商品化できそうなものだった。柔らかいがしっかりしたプラスチック製で、色は反吐みたいな緑と血のような赤、頭を地面につけて脅すようにうずくまった怪獣だ。子供はその肛門から中に入り、臓物を通って上に上がると、背骨のてっぺんに出る。それから脚を広げ、怪獣の首を滑り降り、こぶをどすんどすんと過ぎると、やがて体重でなにかの仕掛けのスイッチが入り、クライマックスの吠え声が轟き、オーガズムの深紅の煙が噴き出て、子供はその大きく開いた口の上から砂場へ飛び出す。

ロージーはこれが大好きだった。

エリーがメアリの母親に目をやると、むこうも見返してきた。二人はうなずき合い、すぐに女の子二人は期待にわくわくしながら、歓声を上げて飛び出していった。

エリーは目尻を下げて子供たちを眺め、コーヒーをすった。エンジンの轟音が聞こえ、見ると、歩行路の脇をオートバイがすごいスピードで走っていった。黒革のつなぎを着た馬鹿者。警備員はいったいどこにいるのかしら？子供のいる場所の周辺は完全に歩行者専用になっているのに。誰かをきつく叱ってやるべきね、と彼女は心にとめた。でも、今は気にしない。休めるあいだは休んでおこう。どうせ、オートバイはもうとっくにいなくなっていた。

ウィールドは原っぱを突っ切って、エストーティランドの進入路に達した。中央入口には車の列ができていた。彼はそのあいだを縫うように突っ走ったが、やがていらいらした顔の警備員に止められた。

さいわい、警備員は警官あがりだった。ウィールドの身分証明を一目で見分け、状況を手短に説明されると、同じくらい簡潔明瞭に業務エリアへ行く道を教えてくれた。ウィールドが泥だらけのサンダーバードで走り出したときには、警備員はもう無線連絡にかかっていた。

教え方は的確で、一分後には半地下の業務口へ続くカーブした傾斜路に来た。最初のカーブを曲がった瞬間、ウィールドの心臓は跳び上がった。下に紛れもないプリーシディアム警備会社のヴァンがちらと見えたからだ。

だが、埋蔵品を別の車に移し、出口から地下道に入って逃げるだけの暇はあっただろうか？

最後のカーブを横滑りして曲がると、間に合ったことが見てとれ、ほっとした。プリーシディアムの制服を来た二人の人間がエストーティランドの警備員と話し合っている。

ウィールドは三十ヤードほど離れたところでオートバイを

止め、状況を判断した。

家具運搬用大型トラックが警備会社のヴァンの横に駐車してある。別に二人いて、一人はずんぐり、もう一人は長身で筋骨隆々の男だが、運送用の箱をヴァンからトラックへ運んでいた。二人とも紺のオーバーオールを着て、毛糸の帽子を目深にかぶっている。たぶんエストーティランドの警備員が認可されていないこの二台の車輌に目をつけ、何事かと訊きにきたのだろう。かれらはできれば面倒は避けようとするだろうし、今のところ、会話は友好的に見えた。だが、警備員の無線からいつ警戒を促す声が流れてきても不思議はないし、そうしたらやばいことになるかもしれない。早急に支援の警官が必要だ。ローズ警部は何をしている？　ここで立ち上がる勇気が彼にはあるだろうか？

機動隊はどこだ？

それより何より、いざ必要だというときに、アンディ・ダルジールはいったいどこにいるんだ？

アンディ・ダルジールはハット・ボウラーの体に両腕をしっかり巻きつけて立っていた。慰めを与えているのか、押さえつけているのか、自分でもわからなかった。彼はひどく奇妙な感情を経験していた。まったく助けになれない、ふがいなさ。

あとになって、ライ・ポモーナの死の状況についての情報をすっかりかき集めたら、口にするのも恐ろしい結論を導いたそのほかの切れ切れの情報やヒントや勘の合計に加えて、これが最善の道だった、と自分に言うことができるだろう。これで、ここから先へ行くことはないという線が引かれた。

だが、ごたごたした事務室の中で若者を腕に抱き、いま霊安室に横たわっているあの悲しい遺体と同じくらいその体が生命を失っているのを感じると、この二人にまた命を吹き込んでやれるのなら、何を犠牲にしても惜しくないと思った。

ポケットの中で携帯電話がコウモリの鳴き声みたいな音を立て始めた。

無視した。

鳴き声は続いた。

「電話だ、出てください」ハットが命じた。

なにもかも、とんでもない間違いでした、というメッセージじゃないかとこいつは思っているんだ、とダルジールは考えた。これまでの人生であまりにも多くの死に出会ってきたから、必死の人間がどれほど頼りないわらにもすがろうとするか、彼は理解していた。

片手を自由にすると、電話を取り出した。

「ダルジール」彼は言った。

電話から漏れてくる声を聞こうと、ハットは耳をくっつけていた。

「警視、ノヴェロです。つかまえるのに苦労しました。サーペントがまずいことになりました。かれら、エストーティランドの中で車を交換したんです。埋蔵品が今どこにあるのか、誰にもわからないみたいで……」

「なんてこった！」ダルジールは叫んだ。

彼はハットを放し、コントロール・ルームに向かった。

ベリーは新聞から顔を上げた。

「もうじきですよ」彼は明るく言い、点滅するライトが市境を越えようとしているスクリーンのほうへ顎をしゃくった。「歓迎委員会に加わりますか？」

「馬鹿野郎！」ダルジールは唸るように言った。

また外に出ると、ハットが事務室から出てくるところだった。

「どこへ行くつもりなんだ？」彼は強い口調で訊いた。

「病院です、ほかにないでしょう？」青年は言い返した。

わらが一本だめになれば、次のにすがりつく。

「わたしも行こう」

「ばかを言わないでください」ハットはきつく言った。

「やるべき仕事があるのに」

彼は巨漢を押しのけ、階段を駆け降りていった。

ダルジールはその姿を見送った。あの不慣れな感覚がさっきより強力になって戻ってきた。

それから電話を耳にあて、言った。「アイヴァー、まだいるか？」

「はい、警視」

「わたしはすぐ現場へ向かう。いいか、きみはすぐ病院の霊安室へ行ってくれ。ボウラーが今そっちへ行くところだ。毛布にくっついた糞なみに彼にひっついて離れるな、いいな？　目の届かないところへ行かせてはだめだ。トイレに行ったら、十まで数えてドアを蹴りあけろ。わかったか？よし」

彼は電話をポケットに突っ込み、若い刑事の足どりにも劣らない速さで階段を降りた。なんともひどい一日だ。すくなくとも彼の見るかぎり、これ以上悪くはなりようがなかった。

パスコーは言った。「ああ、まだある。さらに深刻なことだ。ジェイク・フロビッシャー。おぼえているか？」

ルートの表情が硬くなった。

「ええ。ちょっと知っていました。頭のいい青年だった。悲劇的な事故で死んで、みんなが悲しんだ」

「ことにサム・ジョンソンがね」

「そうです。サムはジェイクととても親しかったから、彼が履修科目の論文を間に合わせるために目を覚ましていようとして薬を飲み過ぎたとわかったときは、当然すごく悲しんでいました」

彼は教科書を朗読する子供のように、一語一語はっきりと発音した。

「ああ、それが公式な検死評決だったことは理解している」パスコーは言った。「それに、ああいう状況ではサムが悲しみのあまり、シェフィールドをすぐにも離れたかった気持ちはわかる。だからずいぶんそそくさと中部ヨークシャー大学へ移ったわけだし、そこから悲しい結果が生まれた。おかしなものだな。もしジェイクが死ななければ、サムもまだ生きていただろうに」

痛いところをついてやった！　パスコーはうれしくなって思った。礼儀正しい興味を見せていただけのルートの顔に、ふたたび痛みが走り、仮面にひびが入ったからだ。

「ぼくもよく同じことを考えました」青年は静かに言った。

「そりゃそうだろう」パスコーは言った。「悲劇的皮肉について、なかなかいい論文が書けるんじゃないかな、ミスター・ルート？　悲劇的皮肉と永遠の三角関係、F・X・ルート（修士）著。復讐を極め尽くしたら、次の研究テーマだな」

「何をおっしゃりたいんです？」

「はっきり言おう。サムとジェイクは恋人どうしだった。それがきみの気にさわった。きみは自分だけがサムの一番弟子でありたかった。きみはジェイクと仲よくなり、二人の関係を壊すチャンスを待った。きみはあの子に、サムと親しいんだから大学が学生にふつう要求するだけの勉強なんかしなくても大丈夫だと、信じ込ませるようなことまでしたかもしれない。とにかく、とうとう大学側はサムに対して、ジェイクの尻を叩け、履修課程をきちんとすませなければ退学だと告げろと命じた。任務達成、ときみは思っただろう。ただし、ジェイクが実際に論文を書き上げる可能性があったか、あるいはサムが彼の点数を水増ししないと信じ切れなかったのかもしれない。それで、ジェイクを助けるふりを装って、きみは締切前夜に彼の部屋に行き、頭をはっきりさせておくようにと覚醒剤を飲ませた。ほかに何を混ぜたのかは知るよしもないが、ついに彼は倒れた。ジェイクは小規模にドラッグ売買をやっていたから、使える薬は周囲にいくらもあった。きみはそっと部屋を出た。ただ、二つミスを犯したんだ、フラニー。一つは、きみは姿を見られ、目撃者はあれがきみだったと確実に証言できる。二つ目は、きみは彼が貯め込んでいたドラッグを取っていかずにはいられなかった。それと、この愛の贈り物もね。こっちのほうが意味は大きい。ジェイクがこれを見せびらかすたび、はらわたをかきむしられる思いだったんだろう」

彼は腕時計を掲げた。

ルートが罪ある者のごとくぎくりとする（ワーズワースの詩「不滅を暗示するもの」の一節）とはもともと予期していなかったが、もっと驚くべき反応が返ってきた。彼は腕時計を見るなり、顔をくしゃくしゃにし、目には涙があふれてきた。ようやく告白の時間か？　とパスコーは自問した。

警備員の無線が音を立てた。彼はそれを口元へ持っていき、送信ボタンを押して言った。「はい、どうぞ」

それから相手の話を聞いた。

ウィールドには言葉は聞き取れなかったが、その必要はなかった。ボディ・ランゲージがすべて伝えていた。

警備員はプリーシディアムの男たちから一歩下がった。

無線から出る緊急メッセージはまだ彼の耳に流れ込んでいる。

英雄になんかなろうとするなよ、とウィールドは心の中で言いながら、オートバイを静かに前進させた。

警備員は送信ボタンを押してなにか話し始めた。

箱を運んでいた男のうちの背の高いほうが大型トラックの運転席に半身を入れた。体を出し、背筋を伸ばしたとき、その手にはなにかがあった。

ウィールドはそういう種類の頭の持ち主だったから、距離があっても、あれはモスバーグ500型ATP8Cのショットガンだと見てとった。

彼は轟音を上げてサンダーバードを出した。

大男はプリーシディアムの制服の二人を押しのけ、銃を警備員に向けると、発砲した。

警備員は酔っ払ったようによろよろとあとずさり、数歩横に動いて、倒れた。

ウィールドはその体をよけるために急に曲がらなければならず、オートバイが尻の下から離れていくのを感じた。コントロールを失ったおかげで、おそらく命が助かった。大男は近づいてくるウィールドのほうへさっと銃を向け、今また発砲した。ウィールドは散弾がコンクリートに跳ね返る音を聞き、そのいくつかが自分の革の服に当たって埋まるのを感じた。プリーシディアムの男の一人が怒って怒鳴っていたが、その言葉はぐんぐん近づいてくるサイレンの音にかき消された。同時に、数人の警備員が傾斜路を駆け降りてきた。

ウィールドはころころと転がり、ヴァンの前部車輪の前で止まった。ぱっと立ち上がり、あいたドアから中へ飛び込むなり、ドアを閉めた。その瞬間、ヴァンの装甲した横腹にまたばりばりと散弾が当たった。キーはイグニションに入っていた。彼はキーを回し、アクセルを踏み、ハンドルを大きく切って車を回転させ、大型トラックの正面にぶつけた。

「出られるんなら出てみろ」彼は大男に向かって口を動かした。大男は今度はヴァンの窓を撃った。ガラスは膨れてクモの巣模様ができたものの、割れることはなかった。

警察のヴァンがスピードを上げて高速道路の退出路をこちらに向かってきた。

強盗たちはどうしようか迷っているようだったが、大男だけは大型トラックの後ろから箱を出し、今はそれを引きずりながら、ほかの連中に手を貸せと叫んでいた。搬入口へ運び、業務用エレベーターのほうへ向かっている。

ほかの男たちも彼のあとに従った。警察官と警備員も走り出した。大男は片手でかれらに向けて発砲した。誰にも当たらなかったが、英雄的行為をあきらめさせるには充分で、追跡者たちは身を低くし、隠れ場所を求めて散った。

逃亡者四人と箱はエレベーターの中へ消え、ドアが閉まった。

地上では、警察のサイレンの音には気づきながらも、足の下でどんなドラマが展開しているか、さいわいにも知らないエリー・パスコーは、このパーティーの主催者であるスージーの母親が、参加者たちは食べきれるだけのものを食べた、と言ったので苦笑した。次は〈パンチとジュディ〉ショー（パンチが妻のジュディを殴って殺したりする、大昔からある滑稽な人形芝居）だ。政治的に正しいとはいいかねるが、チビどもが食事でふたたび取り戻した攻撃的エネルギーのはけ口としてはぴったりだった。

子供たちをほぼ一列に並べるのはほかの母親たちに任せ、エリーはロージーと友達を呼び戻しに外へ出た。メアリはすぐ飛んできたが、ロージーは「もう一回だけ」と叫んでドラゴンの中へ消えてしまった。サイレンの音はますます近づき、あたり一面から聞こえてくる。エリーが遊び場のむこうの歩行路に目をやると、四人の男が走ってきた。うち二人はなにかの制服を着ている。制服の男の一人と、オーバーオールを着たずんぐりした男はいっしょに箱を運んでいた。もう一人の制服の男は、別のオーバーオール姿の男と並んで小走りに駆けていた。こちらはひどく大柄で、右手になにか持っている。

銃のようだ。

「うそ」エリーは言った。それから、金切り声を上げた。

「ロージー！」

娘はドラゴンのてっぺんに出ていた。母親に向かって手を振ると、こぶの並んだ首を滑り降りた。怪獣は吠え、深紅の煙を吐き、ロージーはその中へ消えた。煙を抜けてふたたび現われたとき、彼女は大男の左腕の下に押さえ込まれていた。

「ママ！」少女は叫んだ。

エリーは走り出した。かれらのところまで行くのだ。銃が彼女のほうに向けられたが、かまっていられなかった。銃くらいで今の彼女は止められなかった。

だが、身の危険もかえりみない勇み肌が試される前に、背後にサイレンの音がして、〈ジャンボ・バーガー・バー〉の横に警察車が着いた。

逃亡者たちは方向を変え、遊び場から離れると、エストーティランドの混雑したショッピング・エリアに向かった。

エリーは追いかけたが、かれらがガラスのスライディング・ドアのむこうへ消えたとき、後ろから誰かにつかまれるのを感じた。

彼女は振り返り、つかまえた人間に向かってこぶしを振り上げたが、すぐに抵抗はやめた。紛れもないエドガー・ウィールドの顔を認めたからだった。

「ロージーがつかまったの」彼女はすすり泣いて言った。

「大丈夫だ、エリー」彼は真剣に言った。「あいつらに逃げ場はない」

彼女はその言葉を信じたかった、娘のあとを追いかけていきたかった……それに何より――フェミニズムなんか糞くらえだ――夫に会いたかった。

「ウィールディ」彼女は言った。「ピーターを呼んで、わたしのために。お願い。ピーターを連れてきて！」

「おかしいですよね」ルートは言った。

「この引用句の出典をご存じですか？」

「『死の笑話集』」パスコーは言った。

「そのどこがそんなにおかしい？」

「文脈です。サムから愛を伝える言葉。でも、引用句の文脈を見ると、さっきおっしゃっていた悲劇的皮肉に戻るんですよ、ミスター・パスコー。ほら、ここです」

彼はベドウズ作品集の別の一巻を取り出し、便箋らしきものをしおりとして挟んであったページを開いた。

彼は言った。「公爵の息子アサルフが兄アダルマーに話をしている場面です。彼が〝ぼくは不滅となる薬を飲んだ〟と言うと、兄は〝毒を盛られたのか？〟と訊く。するとアサルフは言います。

ぼくは恵まれている、アダルマー、自分でやったのだ、
そろそろ効いてきたらしい、耳に聞こえるのだ
奇妙な甘い音、そしてごうごうと岩を打つ波の音、
そこでは滅びた世界の上に時が崩れ落ち
永遠の流れに呑まれる。

きれいですよねえ？」

「美学を論じるためにここまで来たんじゃない」パスコーはくたびれた様子で言った。「言いたいことがあるんなら、さっさと言ってくれ。そうしたらわたしはきみを逮捕する」

「はい、すみません。要するに……あの、これを読まれたほうがいいと思います、ミスター・パスコー」

彼はしおりをはずし、差し出した。

パスコーが見ると、それは確かに一枚の便箋で、透明ビニールの袋に収めてあり、なにか書いてあった。

彼は顔を上げ、ルートを見た。ルートは促すようにうなずいた。同情もこもっていた。

読むな、とパスコーは自分に言った。この邪悪な魔法使いがまた呪文をかけてきたのだ。連行して、魔女狩り長官太っちょアンディに引き渡せ！

だが、読むなと自分に言い聞かせるあいだも、目はなぐり書きされた言葉を読み取っていった。

愛するサム、もう耐えられない、勉強だけじゃない、いや勉強だってきみが約束どおり助けてくれなきゃとてもやり抜けないけど、それよりきみに言われたことだ、ぼくをもっと愛してくれてると思ってたのに、今これを書きながらぼくはきみにもらった時計を見ている、ああぼくの世界はもうほんとにめちゃくちゃになってしまった、どうしてこんな仕打ちに出たんだ、この二年間ぼくを支えてくれた、自分がついているかぎりぼくは成績なんか心配することはないといつも言ってくれた、何が変わってしまったんだ、サム、もうぼくを愛していないのか、いやそもそもぼくは簡単にヤクを手に入れるための道具でしかなかったのか、それ以外には説明がつかない、もう耐えられない、耐えるつもりはない、ジェイク

「これがなんだというんだ？」パスコーは言った。嘲るように懐疑的な態度を見せようとしたが、だめだった。どのみち、ルートはそんな頼りない武器の届かないところにいるようだった。彼は低い、ものうげな声で早口に話し出した。どこかいやな場所に戻り、なるべく早く出ていきたいと思っているかのようだった。

「ぼくはあの晩、サムの家に行きました。ぼくの論文の見直しをする予定だったのですが、彼はとてもそんな状態ではなく、見直しができるのは自分の心だけでした。酒を飲み、ジェイクのこと、彼が自分にとってどういう意味があるか、とりとめもなく話しました。学問の世界にはいやなやつらがたくさんいるものですよ、ミスター・パスコー。ジェイクの履修課程の評価対象論文がひどく遅れているこ

とが知れると、大学側はサムにはっきり告げました——今度の締切は絶対的なもので、延期はきかないし、もしサムが執筆を手伝ったり、成績評価に手心を加えたりした様子が少しでもあれば、首を切られるのはジェイクだけにとどまらない。それで、サムはジェイクがショックで目を覚まし、自力でなんとかするしかないと悟るようにと、きつく言ってやったんです。ところが、今度は彼のほうが言い過ぎてしまったと後悔し始めた。愛する人間に向かって、あんなしゃべり方をするものじゃない。彼はフロビッシャーに会いにいき、あやまろうと思った。たかが学位くらい、なんだ？　二人はいっしょに暮らして、ジェイクはサムの研究助手になったっていい、末永い幸福の可能性はまだある、そんな感傷的なばかげた話がたっぷり続いた」

「それがきみの心の琴線に触れたことは想像がつく」パスコーは嘲笑するように言った。

「二人の関係が暗礁に乗り上げたのを残念に思ったという ふりをするつもりはありません」ルートは言った。「ぼくはサムが出ていこうとするのを止めました。彼は飲み続け、結局、真夜中ごろにぼくが寝かしてやりました。そのとき、電話が鳴り出した。出ると、フロビッシャーだった。彼はぼくをサムと思い込んで、支離滅裂なことをべらべらしゃべり始めた。こう思ったのをおぼえています——まいったな、自己陶酔した一人語りがやっと一つ終わったと思ったら、またこれだ。それから、ジェイクの言っていることがだんだんわかってきました。薬を飲んだ、それもあれこれたくさん飲んだらしい。ぼくはまず、せいせいするぜ！　と思いました。恥ずかしい反応ですが、正直なところです。とうとう彼はしゃべらなくなった。それでぼくは、これがどういう意味になるかと考えました。で、彼のところへ行かなくちゃだめだと思ったんです」

「きちんとやりとげたことを確かめるためか？」パスコーは言った。

ルートは力なく微笑したが、パスコーの嫌味は無視した。

「部屋へ行くと、ドアに鍵はかかってなく、彼は床に横たわっていました。死んでいた」

「そりゃ、好都合だったたな」

「悲惨でした」ルートは冷たく言った。「この遺書が見つかった。ジェイクの自殺でサムがひどいショックを受けるのは目に見えていました。しかも、大学は彼を罰しようと手ぐすね引いていたから、フロビッシャーに薬を供給してもらっていたことがばれたら、彼の学者生命は絶たれる。だから、ぼくはできるだけのことをして、整理整頓したんです。ジェイクをテーブルの前にすわらせ、書きかけのページをすっかり出してきてまわりに散らし、本当に論文をまとめようとやっきになっていたように見せかけました。それから、コップと水差しを彼の手元に置いた。薬びんもいくつか置いておきました。覚醒剤数錠が残っているだけで、あとは空っぽのびんをね。いかにも事故のように見えるのを確かめてから、ぼくは部屋を出ました。遺書を持ち出したのは明らかな理由からだし、腕時計は、それでどこかの利口な警官がサムとの関係に気づくといけないと思ったからです。薬を取っていったのは、あの家のほかの連中が答えにくいことを訊かれないようにだ。あとはご存じのとおりです」

パスコーは長いあいだ黙ってすわっていた。またしても彼はタンタロス（ギリシャ神話の王。神からの罰として焦燥に苦しむ）の役を振られたようだった――獲物に近づけば近づくほど、それを目の前からさらわれる苦しみが強くなる。

彼は言った。「で、遺書を今まで取っておいた理由は……？」

「万一、ぼくがあの晩あそこにいたことがばれた場合、この話の裏づけとなるものが必要だったからです。それがフロビッシャーの筆跡であることはチェックできますし、もちろん、彼の指紋がそこらじゅうについている。同意していただけるでしょうが、ミスター・パスコー、これがなかったら、ぼくが窮地にある友達を助けただけだと主張したって、納得してくれない人もいるでしょう」

「それはそうだ」パスコーは言い、考えながら遺書をじっと見た。

ルートは微笑した。

「ほかの人、たとえばミスター・ダルジールだったら、この遺書をなくしたいという誘惑に駆られるかもしれませんよ。あるいは、焼いてしまうか」

「どうしてわたしは違うと思うんだ?」

ルートは答えず、パスコーの抵抗しない指のあいだから遺書を取ると、ビニールのカバーをはずした。それから、さっきパスコーがカーペットの上にぶちまけたデスクの引出しの中身をあさって、ライターを見つけると、かちりと炎を出した。

「何をしているんだ?」パスコーは必要もないのに訊いた。これから何が起きるのかはわかっていたが、止める力がなかった。

「かたづけてるだけです」ルートは言った。

彼は炎を紙のすぐ下に持っていき、やがて紙はちりちりと燃えて灰になってしまった。

「さてと」ルートは言った。「これで異説が出てくる危険なしに進めますよ、ミスター・パスコー。ぼくが有罪だと確信を持っていらっしゃるなら、もう邪魔物はない。ぼくがあそこにいた証拠はお持ちだ。現場をいじったことは認めます。あとは、前科者の言葉があるというだけ。有罪に持ち込めそうな事件ですよ。じゃ、これから署へ行きましょうか?」

いつもおれのほうが審判を受け、おれのほうが試される、とパスコーはやけになって考えた。これがあいつの空威張りなら、こっちは開き直ってやろうか? あの遺書を燃した本当の理由は、これで誰にも筆跡と指紋が確認できないようにするためだったのかもしれない。こういうときに備えて、あいつが自分で書いておいたってこともある。今じゃ、あれが存在したと証言できる生身の人間はおれ一人だ!

頭がぼうっとして重かった。ベッドから出てはいけなかったのだ。こういう種類の判断を下せる状態ではない。どうする? どうする?

どこかで電話が鳴った。

「出ないのか?」彼は訊いた。

「いや」ルートは言った。「あなたのだと思いますよ」

パスコーはポケットに手を入れ、携帯電話を出した。

誰とも話したくはなかったが、ルートと話さないですむなら、誰でもましだった。

「はい」しゃがれ声で言った。

「ピート、きみか？」ウィールドの声が言った。

「うん」

「ピート、いまエストーティランドにいる。まずい状況だ」

パスコーは耳を傾けた。しばらくすると脚ががくがくして、どさりとすわってしまった。質問が次々と頭に押し寄せてきたが、言葉にできなかった。

彼は言った。「すぐ行く」

なんとか立ち上がった。

ルートは相手の血の気のない顔を心配そうに見ると、言った。「ミスター・パスコー、具合が悪いんですか？」

「行かなきゃならない」

「どこへ？　どうぞ、すわって。医者を呼びます」

「エストーティランドへ行かなきゃならない。娘が……」

彼は土星の上を歩いている男みたいにふらふらとドアのほうへ向かった。

「運転は無理ですよ」ルートは言った。「キーがないんじゃね」

彼はパスコーの脱ぎ捨てた上着を拾い上げ、ポケットを探ってキーを取り出した。

「こっちによこせ」パスコーは唸るように言った。

「冗談じゃない」ルートは言った。「自殺行為だ。そうだ、こうしましょう。ぼくが運転します。いいですね？　さあ、ミスター・パスコー。ぼくが正しいとおわかりでしょう」

「いつもそうだよ、フラニー、それがきみの問題だ」パスコーは抵抗せずに言った。「きみはいつだって正しい」

ルートの運転ぶりは、パスコーにそれを観察する気力があったら、予想どおりだと思ったに違いないものだった。なめらかで、効率よく、決して明らかに危険なまねはしないのだが、信号が変わればつねに一番に飛び出し、交差点ではどんなに狭い隙間でも入り込み、のろい車はすぐに追い越したから、かれらは最短時間で町を抜け、エストーティランドへ向かう高速道路を飛ばしていた。

運転しながら、彼はいろいろ質問した。パスコーは精神的にも肉体的にもくずおれてしまわないよう、意志力を振り絞っていたから、尋問に抵抗する力はもうなく、訊かれれば自動的に答えた。話の全体がしだいに明らかになっていった。ルートがふつうに相手を安心させるようなことを言おうとしたのは一度だけで、それはポルチャードの名前が出たときだった。

「メイト？」彼は言った。「じゃ、心配ないですよ。必要な暴力のみ。あいつなら、お嬢さんを傷つけても得にならないとわかります」

「リー・ルバンスキーを溺死させることのどこに得があったんだ？」パスコーはぼんやりと答えた。「それでも彼はやった」

エストーティランドに近づくと、ルートは言った。「あっちは警察だらけみたいだ。例の点滅ライトを持ってますか？　さもないと、永久に通り抜けられない」

パスコーは後部座席に手を伸ばし、ライトを見つけた。この前これを使ったのは、ロージーをクラリネットのレッスンに遅刻させないようにと、バス専用車線をぶっ飛ばしたあの朝、彼がルートの幻を見たと思った、あの朝だった。

ライトをちかちかさせていてもなお、進行を止めようとする警官が二人いたが、ルートはほかの車のあいだを縫って速度を落とさずに進んだから、警官はあわてて飛びすさった。

「どこへ行けばいいか、問い合わせなきゃ」パスコーは言い、携帯を出そうとした。

「大丈夫です。ミスター・ダルジールのあとを追いかけていますから」

パスコーはすぐ前の車を意識していなかったが、そう言われて初めて、誰が乗っているか気がついた。

見守る前で、その車はショッピング・モールが入っている建物の脇のドアのそばに横滑りして止まった。巨漢が出てきて、中へ向かった。パスコーは運転席のほうに身を乗り出してホーンを鳴らした。ダルジールは足を止め、あたりを見た。それから、かれらが出てくるまで待った。不思議そうな視線がルートに落ちたが、警視はパスコーのほうを心配していた。

「ピート、ひどい顔色だ。しかし、エリーのためにはきみが来てくれてうれしいよ。わたしにわかるかぎりでは、今のところ変化なしだ。中に入って確かめよう」

二人は中に入った。数歩後ろからルートが続いた。

階段を昇っていくと、〈警備部——通行証ない者は立入禁止〉と書いたドアまで来た。制服の巡査が外に立っていた。一瞬、三人を入れるまいとしたが、ダルジールの顔を一目見ると心を変えた。

中に入り、広いオフィスを通り抜けると、もっと広いコントロール・ルームがあり、一つの壁全体にテレビ・モニターがずらりと並んでいた。ここには何人も人がいた。ウィールドとローズ警部。それにエリーも。

彼女は夫を見るなり飛んできた。二人は沈みゆく船に乗った恋人たちのようにひしと抱き合った。ばらばらになっていく世界の中で、たがいだけが最後の希望だった。

ダルジールは言った。「状況は?」

彼はウィールドに訊いたのだった、ローズではなく。

部長刑事は言った。「むこうは四人、最上階にいます。建物の奥のほう、ランジェリー売り場です」

「ランジェリー!」

「意味はありません。屋根のほうへ向かって進むと、たまたまそこに出るんです。かれらは屋上に出るつもりなんでしょう。平屋根で、非常階段がいくつもある。でも、かれらがあそこまで来たときには、非常階段はこっちがすっかりカバーしました。ローズ警部がすばやく気づいて手配しくれたおかげです」

初めてダルジールは南部ヨークシャー警察の警部を見た。「スタン、だったな？」彼は言った。「サーペントのスタン。この状況をどう思うね、シュルシュルのスタン？」

かわいそうにな、とウィールドは思った。こいつ、アンディ・ダルジールのカーペットに泥足の跡をつけ、これから鼻先をその泥に押しつけられるんだ。

ローズは言った。「武装機動隊を位置に着け、出口はすべてカバーしました。責任者はカーティス警部、現在は偵察に出ています」

パスコーとエリーは今では離れていた。

パスコーは言った。「コンタクトは？　やつらはなにか要求してきたか？」

まだひどい顔色だ、とダルジールは思った。だが、さっきよりはましだ。筋肉を引き締め、血を沸き立たせる（シェイクスピア『ヘンリー五世』の一節）には、前線に出るのがいちばんだ。

「まだです。あっちには電話があります。さっきからかけているんですが、まだ誰も取らない」

「防犯ビデオでなにか見えるか？」パスコーは訊き、必死の様子で壁に並んだスクリーンを見つめた。

「すみません。あの二つ、Ｂ３とＢ４が最上階のあの部分をカバーしているんですが」

「かれらがカメラを撃って壊した？」

「違うようです」黒いスーツの男が言った。「キルロイと申します、エストーティランド警備部長です。どうやら電子機器に強いやつがいるようで、接続を切ったのだと思います」

エリーはパスコーに言った。「でも、モニターがだめになる前に、かれらが到着したところは見えたんですって。ロージーはいっしょにいて、無事らしかった、そうでしょう？」

夫のためばかりでなく、彼女自身のためにも、もう一度安心の言葉を繰り返してもらいたかった。

スクリーンを見ている警備員の一人が振り向き、安心させるようにうなずいた。

「ええ、あの子はやつらの一人といっしょに歩いていました、手を握られて。でも、こわがっていたとかじゃない。元気におしゃべりしていたみたいでしたよ」

「そうこなくちゃな」ダルジールは言った。「ロージーなら平気だ」

警視を無視して、パスコーは言った。「ほかに人質は？ ここにはぎっしり人がいただろう」

「火災報知器を鳴らしたんだ」ウィールドは言った。「全員をすばやく外に出した。やつらがどこへ向かっているかわからなかったから、エストーティランド全体からみんなを避難させるのが最善に思えた」

「訓練のかいありましたよ」キルロイは言った。「八分半で全員が無事外に出ました」

「おたくの火災避難訓練がそう役に立ったとはけっこう」ダルジールは嫌味を言った。「きっとボーナスをもらえるだろう」

「警視、ミスター・キルロイの部下の一人は入院しました、危篤です」ウィールドは警告するように言った。

「そうかね？ それはお気の毒に、ミスター・キルロイ」

ウィールドが手にしている無線に音が入った。

「コントロールからサーペント5へ」

ダルジールはそれをひったくって言った。「サーペントはもういい。ダルジールだ。なんだ？」

「四人全員をおさえました。最初の二人は警備会社のヴァンを乗り捨てたときにつかまえ……」

「こっちがわかっていることを話して時間を潰すな！」ダルジールは吠えた。

「すみません。運送用ヴァンの二人はむこうの二人が逮捕されるのを見て逃走した。五十マイル追跡のあげく、A1号線で衝突。重傷者は出ていません」

「残念だな。それだけか？」

「今、ミスター・ベルチェインバーのところへ聞き込みに行ったボウマン巡査部長とそのチームから連絡が来ているんですが、ちょっとへんです」

「へん、とはうれしいじゃないか」ダルジールは言った。

「つないでくれ。ボウマン、ダルジールだ。どういう状況だ？」

「われわれはベルチェインバーの家の外にいます。彼の車があって、あけっぱなしになっている。現金をたっぷり入れたかばんと、マラガ行きの航空券があります。玄関ドアを破ってもかまいませんか、警視？」

「ブルドーザーでもなんでも使え」ダルジールは唸るように言った。

彼はほかの面々を見た。パスコー夫婦の顔には、これは不必要な寄り道だという思いが表われていた。おれには必要なのだ、これで次にいったいどうしようか、決める時間を稼いでいるのだと打ち明けるつもりはなかった。

「警視、ボウマンです。中に入りました。ミスター・ベルチェインバーを発見しました。仮装しています。古代ローマの兵士の服装みたいです。それで、腹に刀が刺さっています。救急車を呼びました」

「じゃ、まだ死んでいないのか？」ダルジールは言った。

「まだですが、長くはないと思います」

「それじゃ、好きなだけ時間をとっていいと言ってやれ」ダルジールは言った。「また連絡してくれ」

彼は無線をウィールドに投げ返して言った。「それではミスター・キルロイ、あんたは現場のエキスパートだ。この状況をどう見ますかね？」

「封じ込めという観点からすれば、やつらをすっかり閉じ込めました」警備部長は言った。「出口はありません。ただ、こちらから入って奇襲をかけるのもむずかしい。防衛には、かれらはエストーティランドでいちばんいい場所を選びましたね」

「そのとおりです」新たな声がした。

ドアがあき、機動隊の装備で身を固めた男が入ってきていた。

「カーティスか？」ダルジールは言った。

「はい、そうです」

「何が問題なんだ？　四人しかいないんだろう？」

新入者は髪を短く刈り込み、ワークアウトの合間にもワークアウトで鍛えているような体格だったが、眉をひそめてエリーのほうに目をやった。

「いいんだ」ダルジールは言った。「ミセス・パスコーの前で話してくれてかまわない。彼女はわれわれの仲間内だ」

言い換えれば、とウィールドは思った。彼女をここから出せるものなら出したいところだが、そうはいかないから、このままさっさと進めようじゃないか！

「四人でも多い。うち何人が武装しているかによりますがね」カーティスは言った。

「武器は一つしか見なかった」ウィールドは言った。

「そのほかにはないってほうに金を賭けたいか？」

ウィールドは首を振った。

「同感だ。状況はこうなんです。かれらのいるところには窓がない。事務室があって、そのドアは売り場につながっている。事務室の奥にはいくつかの商品貯蔵室と業務用エレベーターが一台。かれらはエレベーターを止めたので、われわれが接近するには、売り場を抜けて事務室のドアに真正面から向かうしかない。ところが、その売り場全体をかれらは防犯ビデオですっかり見ているらしい」

「小売部門は万引き防止などのために、おのおのモニターをつけているんです」キルロイは説明した。「やつらは中央警備部につながるものだけ接続を切ればよかった」

「電源を切ることはできますが、むこうの誰かが〝電気の配線に手を触れたら、女の子を先頭に出てきて撃ちまくってやるからな〟と叫んだのを聞いていまして」

カーティスは詫びるようにエリーのほうを見た。

「すると、あっちにはわれわれが見えるが、こっちにはやつらが見えない？　なんともけっこうな話だ」ダルジールは言った。「じゃ、どういう手を薦めるね、警部？」

「残念ながら、ごく限られています。長期戦か、真正面から直接攻撃か……」

「てことは、催涙手榴弾に催涙ガス？」エリーは言った。

「アンディ、お願い、やめさせて！」

「心配するな、ロージーを傷つける危険のあるようなことは絶対にしない」巨漢は請け合った。「盗聴器は？　盗撮カメラは？　あっちで何がどうなっているか、知る必要があるだろう」

「努力しています」カーティスは言った。「さっき申したとおり、どういう方法でも接近はむずかしいんです」

「あいつはなんとかやってるようですよ」モニターの前の警備員の一人が言った。

みんながそちらを見た。スクリーンの一つに、紳士用アウトドア衣類の売り場を大胆な足どりで抜け、エレベーター乗り場のほうへ向かう人影が映っていた。私服警官が彼を呼び止め、話をした。彼はポケットからなにか取り出して見せ、二言三言話すと、エレベーターの一つに入り、ドアが閉まった。

「なんてこった、ルートじゃないか！」ダルジールは驚いて叫んだ。「あいつが話をした相手はどこの間抜けだ？」

「うちの警官です」ローズは言い、携帯電話を取り出した。短縮ダイアルでかけた。スクリーン上の男が自分の携帯を出し、耳にあてた。

「ジョー」ローズは言った。「たった今、エレベーターに乗るのを許した男だが……」

彼はしばらく聞いてから言った。「あれはパスコー主任警部だったと言ってます。身分証を見せた」

パスコーはポケットをぱんと叩いた。

「くそ！」彼は言った。「あの野郎、わたしの上着を持っていたんだ」

「あいつ、どこへ行く気だ？」ダルジールは言った。

「あ、あそこにいる、最上階です。ランジェリー売り場へ向かっているようです」キルロイは言った。

「すぐに止めます」カーティスは言い、無線を持ち上げた。

「だめ！」エリーが叫んだ。

カーティスは彼女を見て、ダルジールを見た。

「アンディ」エリーは言った。「彼はなにかしているわ。ほかには誰も動いていないときに」

巨漢は言った。「ピート？」

パスコーは片手で顔をこすった。今までも青白かったが、この手の動きで色がすっかり消されてしまったようだった。

彼は言った。あきらめた様子だった。「あいつなら、行かせてやればいい。ひょっとしたら……やりたいようにやらせてください」

「警部、あの男の邪魔をするなと、きみの部下たちに伝えてくれ」ダルジールは命じた。

「あなたの決断ですよ、警視」カーティスは言った。その口調は明らかに〝あぶなくなるのはあなたのキャリアですよ〟とほのめかしていた。

彼は無線で話した。みんなの見守るなか、ルートはスクリーンの端へ消えていった。

「切れたカメラがカバーしている範囲に入りました」キルロイは言った。

カーティスは無線を耳につけたまま言った。「警視、うちのやつらが彼を視野に入れています。彼は立って、事務室のドアのほうを見ている。むこうから見られたいと思っているような様子だ。歩き出した。売り場を抜けた。ドアの前に着いた。ドアがあいた。彼は中に入った」

「じゃ、こっちはどうします？」スタン・ローズが言った。

みんながダルジールを見た。

彼はモンテ・クリスト伯爵が独房の壁を削り出したような勢いで左の尻を掻いた。

「待とう」彼は言った。「ピート、きみはいつも言っていたろう、あのルートのやつなら、口先ひとつでラビを説得してポーク・スクラッチング（豚の皮をかりかりに揚げたスナック）を食わせることだってできるってな。じゃ、今度ばかりはあの悪党についてきみの考えが正しいことを期待しよう！」

「フラニー・ルート！　ほんとにおまえだったのか。ほら、どう思う？」

メイト・ポルチャードはデスクのむこうにすわり、目の前に磁石つきの駒を並べた旅行用チェス盤を置いていた。

床の上では、開いた梱包用ケースに寄りかかってロージー・パスコーがすわり、チョコレートを食べていた。頭には二匹の蛇をかたどった黄金の輪がのっている。彼女は新入者にちらと目をやったが、おもしろそうな人ではないと判断し、またチョコレートに注意を戻した。近くにはずんぐりしていかにも頑丈そうな体に青いオーバーオールを着た男がいて、二つのスクリーンを見つめている。そこにはランジェリー売り場全体が見渡せた。ギャングのあとの二人は姿がなかった。

ルートは前に進み出て、チェス盤の上の駒の配置を見た。中盤戦初期の状態で、駒は展開し、どちら側にもまだ喪失はないが、黒は中央でやや苦戦していた。

「サミッシュ対カパブランカ、一九二九年」彼は言った。

「黒はもうだめだ」

「そう言い切るのはちょっと早いんじゃないか？」ポルチャードは眉根にしわを寄せて言った。

「カパブランカはまさにそう思った。そのあとさらに五十手プレーした。それでも負けた」ルートは言った。「いさぎよく降参して、昼寝でもしたほうがよかったのに」

「おまえにはそう見えるのか？」

「それが現実だよ、メイト」ルートは言った。「前にあんたが言ったようにさ、チェスってやつは、事が起きる前に、それが起きてしまったところを見る力をつけてくれる」

「おれがそう言ったのか？　真実に違いないな。どうしてた、フラン？　一度もウェールズに会いにきてくれなかったじゃないか」

「わかってるだろう」ルートは言った。「仮出所のあいだに犯罪王とつきあっているところを見られたら、いくらいっしょにチェスをやってるだけだと言ったって、聞いちゃもらえない。そのあと、ぼくは新生活を始めたんだ。今は学者だよ。一種の教師みたいなもの」

「学者が何かぐらいはわかっている」ポルチャードは言った。

「そうかい？　ぼくもわかるといいんだがな」ルートは懐柔するように言った。

「金は儲かるのか？」

「見るべき場所を知っていればね」

「それが秘訣だな。見るべき場所を知っている。そこにいる女の子はおつむに大金をのっけているよ。おまえが一生かかってもお目にかかれないような金をな」

「ぼくはなんとかやってるよ」ルートは落ち着いた微笑を浮かべて言った。「あの子が誰か、知ってるんだろう？」

「パパはなにやらＶＩＰで、もうじきやって来ておれたちのケツに鞭をあてるとか、さっきから言ってるよ。すごいおしゃべりな子だ、たいしたもんさ。どうやって黙らせようか困っていたんだが、このデスクを使ってる人間がチョコレート狂だとわかってね。マース・バーでも一つ、どうだい？」

「いや、けっこう。あの子はパスコー主任警部の娘だよ」

「そうかね？」ポルチャードは無関心そうに言った。「じゃ、やばいのを選んじまったな。まあ、もっとやばいことだってありうる。あのでぶ野郎の娘だったとかな」

「それにしても、いい状況じゃないな、メイト。そういえば、撃たれた警備員はまだ生きてるよ」

「そりゃよかった。まあ、おれとはぜんぜん関係ないんだがね。このごろは手伝いを雇うのがむずかしい」

「そうかい？　やったのは、運河で若い男を殺したのと同じ、いかれた悪党か？」

「よく知ってるな」ポルチャードはいろいろ推しはかるようにルートを見た。「あれは確実におれとは関係ない。とにかく、おまえはこんなところで何してるんだ？」

「友達を助けているのさ。友達二人だな、あんたも含めるならね、メイト。考えてみろよ。いい弁護士をつければ、ほんの数年、チェスの腕を磨いて過ごすだけ、苦労はない」

「いい弁護士ね」ポルチャードは力なくほほえんだ。「前にはそういうのがいたがな。今度は別のが必要になりそうだ。終盤戦はどう予想しているんだ、フラニー？」

「ぼくは女の子といっしょにここから出て、あんたも出てくるとかれらに言う。二分くらいしたら、あんたは姿を現わす。銃で武装した連中はわめきたてるが、発砲はしない。またたくまに、あんたは税金の心配のない場所でゆったりくつろぐことになる」

ポルチャードはチェス盤の上にひとしきり頭を垂れていた。それから、人差指で黒のキングをはじいたので、磁石のついた根元が盤からはずれて駒は落ちた。

「じゃ、行きな」彼は言った。

「よし」フラニーは言った。「銃は？　ぼくが銃も持っていったほうがいいかな？」

ポルチャードは笑った。

「銃はあの一挺きりだし、それだって、発砲されるまで、おれはなにも知らなかった。いや、フラニー、銃はおれに任せてくれ。ここでいつまでもぶらぶらして、昔なじみにそいつを渡せと説得しようとは思わないだろう？」

「昔なじみ？」フラニーは困惑して言った。

初めて、ポルチャードはびっくりした顔になった。

「知らなかったのか？　おやおや。こっちは、なんて大胆不敵なやつだと感心していたってのに！　あいつはそこいらを歩きまわって、出口をさがしている」ポルチャードは商品貯蔵室のドアのほうへ目をやり、声を低めた。「あいつが戻ってこないうちに、出ていったほうが身のためだ」

「でも、だれ……？」

「今のうちに出ていけ！」

ポルチャードがこれだけせっぱつまった口調になると、チャペル・サイクの看守たちすら跳び上がったものだった。

彼はロージーのところへ行き、手を取った。彼女は立ち上がった。口がチョコレートで汚れている。蛇の王冠は子供の小さい頭にはゆるくて、斜めにかしいでいた。彼女はほろ酔いのキューピッドみたいに見えた。

「おとうさんから言われて迎えにきたんだ」彼は言った。

彼女は値踏みするように相手を見た。同じ表情を、彼は父親の目の中に見たことがあった。今回は、続いて信用と受容の表情があらわれた。パスコーにはそんなことが一度もなかったが。

二人は手をつないでドアまで歩いた。彼はゆっくりドアをあけ、一瞬立ち止まって、売り場のむこう端からこちらを監視している警官たちに誰が出てきたのかわかるようにした。

その一瞬が長すぎた。

「ルート！　おまえか！　ルートの糞野郎め！　このときが来るのをずいぶん待ったぜ！　その子を中に戻せ」

冷静な見かけの裏でつねに活発に動いているフラニーの脳は、ポルチャードが話していた男が誰か、すでに推理していた。むずかしくはなかった。自分がサイクで出会った人間のリストに上から下まで指を走らせ、首領メイトの指示にさえ逆らって仕事にひそかに銃を持ち込み、使うような狂人をさがせばいいだけだった。

彼は下に手を伸ばして少女の頭から蛇宝冠を取ると、低い声で言った。「ロージー、ぼくが走れと言ったら、すぐ走るんだよ！　でも、まっすぐじゃない。右へ走るんだ。いいね？」

「オーケー」少女は言った。なあんだ、このおじさん、やっぱりおもしろい人みたい、と思った。

ルートはゆっくり体をまわし、商品貯蔵室のドアのところに立っている男と向き合った。

大男だった。すごく大きい。葬儀場のティーポット・カバーみたいな黒い毛糸編みの帽子をぐっと眉毛のところまで引き下ろしている。それに、ショットガンを手にしていた。

フラニーの注意をすっかり惹きつけたのを見てとると、彼は武器から片手をはずし、帽子をぱっと脱いだ。現われたのは禿げ頭で、鷲の刺青を入れてあり、その左右の鉤爪が目の上をつかまえていた。

ルートは思わず口をあけ、大きくにやりと笑った。

「いや、デンドー、まさか……それ、本物なのか？　気の毒なブリロに哀悼の意を表して刺青を入れた！　そいつは感動するね。立派な墓石だ！」

「中に入れ！　ブリロならゆっくりなぶってやりたがるところだ！」

「そりゃそうだ」フラニー・ルートは言い、自分の体がガンマンと少女とのあいだに来るよう、前に出た。「あいつはなんでもゆっくりでないとだめだったろう、かわいそうにな。走れ！」

ロージーは右へ走った。ルートはブライトのほうへ蛇宝冠を転がし、自分は左へ飛び出した。最初の一発が肩をかすったが、彼は走り続けた。ブライトは事務室のドアまで来た。激怒のあまり顔が赤黒くまだらになり、どこで刺青が終わり、どこからなにもない肌が始まるのか見分けにくいほどだった。そのとき、待ち構えていた狙撃手たちの一斉射撃が彼の体に新しい、最後の模様を彫り込んだ。だが、それでもなんとか彼はもう一度発砲した。

ルートは背中の真ん中に一撃を感じた。たいしたものではない、やたらと元気なスポーツマンが、うまくやったなと仲間をほめるとき、背中をばんと叩くような感じだった。だが、これで脳と手足の接続が切れ、彼は斧を振り下ろされた雄牛のように倒れた。

戦闘服を着て銃を持った警官たちがフロアを横切り、商品貯蔵室のほうへ走った。ロージー・パスコーはエリーの腕の中へ飛び込んだ。あまりの勢いに、二人そろって床に倒れてしまった。しっかりくっついて転がっているあいだにも、少女はもうすごい冒険の話を聞かせていた。ダルジールは抵抗しないメイト・ポルチャードをつかまえた。ウィールドはまるで犬の糞を避けるようにデンドー・ブライトの死体をまたぎ、かがんで蛇宝冠を拾い上げた。どこが美しいのかわからなかった。彼にとっては曲がった金属というだけだ。こんなものにはリー・ルバンスキーの命の一秒分の価値もない。

一方パスコーは、娘の髪にしばし顔を埋めたあと、彼女は母親に任せて、まっすぐフラニー・ルートのもとへ行った。

彼はルートがらくになるようにと腕をまわしてやり、すると指のあいだから温かい血が染み出すのを感じた。

「救急隊を呼べ！」彼は叫んだ。「助けが必要だ！」

「もう心を決めましたか、ミスター・パスコー？」若者はささやくような小声で言った。「ぼくを裁判にかけるつもりですか？　いや、まさか。あなたはそんなことをするような人じゃ……」

「自信過剰になるなよ。わたしだって悪党になろうと思えばなれるんだ」パスコーは軽い調子を心がけて言った。「それはきみが回復してから話そう」

「回復？　無理ですよ」

彼の目は一瞬どんよりしたが、またはっきりした。周囲の状況を見てとったようで、それから苦しげに笑い出した。

「前にお話しした墓碑銘、おぼえていますか？　変更が必要だ。フラニー・ルート……希望《ホープ》に生まれ……婦人肌着に死す……そのほうがいいじゃないですか、ねえ？」

救急隊員が一人到着し、負傷した男の脇にひざまずいた。パスコーはのこうとしたが、ルートの指がどこからか力を得て、彼を離そうとしなかった。

「今日、何月何日かわかります？」彼は言った。「一月二十六日。ベドウズが死んだのと同じ日だ。おかしいですね」

「死ぬなんて言うな」パスコーはぴしりと言った。「まだ死んじゃだめだ。そんな時期じゃない」

「ぼくを生かしておきたいんですか、ミスター・パスコー？　それができたらたいしたものだ。ぼくはときどき思うんですよ、あんなに死のことばかり話していたけど、ベドウズは本当は死を征服したかったんじゃないかって。でも、裁判にかけるつもりがないなら、どうしてぼくを生かしておきたいんです？」

「きみにお礼を言えるようにさ、フラニー」パスコーは必死になって言った。「だから、死んじゃだめだ」

「ぼくのことはご存じでしょう、ミスター・パスコー……いつもああしろこうしろと教えてくれる人をさがしている」ルートは微笑して言った。

救急隊員はできるだけの応急処置を施し、そのあいだも

ずっと襟元につけた無線に向かってあわてててしゃべってい
た――担架はいったいどこだ、ヘリコプターが必要だ、救急車では時間がかかりすぎる。フラニーは救急隊員の声にも、その手が触れるのにも、注射器の針が刺さるのにも、反応を示さなかった。だが、パスコーの手をまだしっかり握りしめ、目は一度もその顔から離さなかった。パスコーはまるで念力だけでその目を今のまま明るく保っておけるかのように、青年の目をしっかり見つめ返していた。

二人の周囲はやかましかった。人々がせかせか動き、大声で命令し、無線が音を立て、遠くからはサイレンがむせぶように響いてくる。だが、たとえそんな音が耳に入っていたとしても、かれらはひっそりと二人きりですわった人影も同様だった。その頭上には寂しく月がかかり、静かなコラズミアの荒地をオクサス川が長いうねうねとした旅を続け、アラル海へと流れていく。

想像上の場面

『数ある中で――トマス・ラヴル・ベドウズを求めて』より抜粋

サム・ジョンソン（文学修士、博士）著

（フランシス・ゼイヴィア・ルート（文学修士、博士）改訂、編集、完成）

一八四九年一月二十六日。バーゼルの市立病院で、トマス・ラヴル・ベドウズは目を覚ます。朝早い。窓から下に見える広い庭はまだ暗く、ここで冬を越す鳥たちも暁の歌をさえずり始めていない。

彼は右脚にずきりと痛みを感じる。膝関節のすぐ下だ。顔をしかめ、やがて痛みが薄れると微笑する。滑稽無気味な様式の詩の着想がふと頭をよぎる。詩の中では、病院の死体置き場の炉に投げ込まれた切断された腕や脚が歌をうたい、あるべき場所から無理やり島流しにされたことを恨み、自分たちを裏切った体に別れの言葉を送る。

ベッドの中で体を動かすと、本が一冊、床に落ちる。ベッドには何冊もの本がのっていて、彼の興味の向くまま、その内容は広範囲に及ぶ。医学論文から、現代ドイツ小説、古典の翻訳、はてはフラウ・フォン・シュタインにあてたゲーテの書簡集の新刊まで。そこにないのは、若いころの急進派政治論文だけだ。彼はそんなものにはもう別れを告げていた。

横たわって闇を見つめているうち、分厚いカーテンの端からしだいに光が忍び入ってくる。彼は掛けぶとんをはぎ、そのひょうしにベッドからばらばらと本が落ちる。寝返りを打ってベッドから出る。

松葉杖を使って、彼はドクター・エックリン、ドクター・フライ、それに病院の職員たちみんなが驚くほど機敏に動けるようになっていた。おおむね明るく振る舞っているから、医師たちは肉体と同様に精神も回復しそうだと希望を持っている。彼の冗談はどちらかというと無気味だが、それは昔から同じだ。

その日しばらくして、彼は足早に病院を出る。出会う人人に彼は明るく挨拶を返す。かれらはしばしば足を止め、感嘆の目で彼の動きを見守る。

町へ出る途中、彼はコンラート・デーゲンが寄宿している家の前を通るが、立ち止まらない。これも終わっていた。デーゲンはかつてのパトロンの回復に力を添えるようにと共通の知人に説得されて、フランクフルトからバーゼルに戻ってきたのだ。だが、真の友人なら説得など必要としないはずだ。息子なら、病気の父親を慰めるためとあれば熱い石炭の上を這ってでもやって来るだろう。

静かな脇道で彼は足を止め、知った人間に見られていないことを確かめる。それから薬種商の店に入る。〝Herr Doktor Beddoes（ベドウズ先生）〟とうやうやしく挨拶され、椅子をすすめられる。彼はすわり、必要な処方薬が調合されるまでのあいだ、自分の医学研究のことをしゃべる。

病院に戻ると、彼は付添人に、外出は楽しかったがくたびれたので、これから数時間休むと告げる。

ドアに鍵をかけ、ポケットから今しがた手に入れたあれこれの薬を出す。使えるのはそのうち一つだけだ。彼はグラスに注いだ強いライン・ワインに薬を混ぜ、一口飲み、顔をしかめ、もうすこしワインを加える。また一口飲んでから、窓際のテーブルの前にすわり、ペン先を削る。そのあいだ、頭の中では手紙を書く相手として可能性のある人物の名簿をあらためる。彼には文字の上だけでなく、上演できる戯曲を書くのに必要な才能は乏しいのだが、それでも、人生最後の手紙を一通以上書くのはやりすぎで、悪くすればばかげて見えると判断する程度のドラマ感覚はある。

相手は決まった。フィリップスだ。気高い立派な男、幸福な家族の長で、模範的父親だ。

紙の上端に〝ロンドン、ミドル・テンプル御内、ミスター・レヴェル・フィリップス〟とさらさらと書いてから、本文に移る。ときどき手を止めてワインを飲みながら、書いていく。

外では、もう日が暮れようとしている。

親愛なるフィリップス、

わたしは蛆虫の餌食だ、それがわたしに似合っている。

餌食《フード・フォー》……似合う《グッド・フォー》……これは使える。書きとめておく？　無駄だ！　ホットスパーの死に際の台詞（シェイクスピア『ヘンリー四世第一部』「もう塵だ、蛆虫の餌食だ」）に似ていて、彼はコンラートを思い出す。そんな考えを押しやる。

遺言を作成したので尊重してほしい。さらに、主治医ドクター・エックリンへの寄付二十ポンドを加える。

W・ベドウズはモエ一八四七年のシャンペン一ケース（五十本）を手に入れ、わたしの

彼はペンを止める。わたしの健康を祈って？　まさか。それから微笑し、また書き始める。

死を祝して飲むこと。

これまでの親切を感謝する。二百ポンドは借りてくれ。きみは気高い立派な男で、子供たちはきみを見習わなくてはいけない。

きみの友

（自分の友でもあっただろうか）　T・L・B

彼はペンを投げ出す。

終わった。

だが、引退する役者は何度も振り返らずに舞台を去ることはないし、引退する歌手は最後にもう一度アンコールをと言われれば断われない。そして、本物の作家は決して本格的に引退することはない。

だから、彼はまたペンをとり、さらに数行書き足した。

アナ、ヘンリー、ロングヴィルのベドウズ家の面々、ゾーイとエメリーン・キングによろしく――

抜けた人物があるだろうか？　そうだ、いちばん大事な人を忘れていた。

それから、ケルサルにもよろしく。彼にはわたしの原稿に目を通し、出版するなり、しないなり、適当に判断してもらいたい。わたしは、数ある中でもなによりも、よい詩人であるべきだった。脚が一本、それもろくでもないものときては、人生の退屈な重さを支えきれない。

これではちょっと自己憐憫が過ぎる？　かもしれない。冗談で終わらせよう。死はそうこなくては！　彼は毒薬の効き目で胃が痙攣するのを感じ、顔をしかめる。それからまた微笑する。しめくくりはちょっとした医者のジョークだ。

上記のドクター・エックリンのために、リード社製胃ポンプの最高のものを買ってあげてくれ。

もっとよく説明するべきかもしれないが、今ではペンが手に重く感じられ、まぶたも重くなってきた。

彼はペンをおき、書いた遺書を取り上げ、着ているシャツに注意深くピンで留めつける。ワイングラスを干し、片足でぴょんぴょん跳んでベッドまで行くと、大の字に横たわる。

今では外は真っ暗だ。それとも、これは彼だけの暗さだろうか？　わからない。人生を思い返す。大きな希望の数々――自分への希望、人類への希望――それが失望に終わったこと。今、人生を離れようとするこの瞬間、挫折はそれほど大きいものに思えなかった。幻想的なイメージが脳をくるくるとよぎり、彼は本能的に手を伸ばして、それらを言葉の網でとらえようとする。今、彼には死が見える。墓石の上ではない、舞台の上ではない、印刷されたページの上ではない、本物の、活動する死が目の前に立っているのだ。今までに彼が死を描写しようとして使った何万という言葉は、みじめにも役に立たなくなってしまった——壊れたガラスの破片、燃えた絵画の灰、遠い音楽のこだま。今、ペンを持ち上げられさえすれば、よい詩人どころか、偉大な詩人になれるかもしれないのに。

もう遅すぎる? さあ、わかるものか。死は冗談を言うだけでなく、冗談を受け入れることもできるのだろうか? 彼の唇が開く。虚脱する肺がなんとかしわを伸ばして元に戻り、あの豊かな、癒してくれる空気を中へ入れようとする。空気があれば生き返れると彼にはわかる。だが、もう力がない。死の笑話は完結した。

こうしてトマス・ラヴル・ベドウズは、最後の息とともに、最後の言葉を吐き出す。

「牛を連れてこい……牛を連れてこい……」

終わり

訳者あとがき

質、量ともにますます重厚になってきたレジナルド・ヒルの〈ダルジール&パスコー〉シリーズ。本書『死の笑話集』(*Death's Jest-Book* 2002)はその長篇第十八作にあたる。独立して読める小説とはいえ、内容は前作『死者との対話』に直接つながる部分を多く含み、続篇と見なしてよい作品だから、二冊を合計すると、なんと千二百ページ以上という超大作になる。前作の最後のあっと驚くオープン・エンディングに息を呑んだ読者は、次はどうなるのだろうと待ちに待ったことだろう(本書では、前作の事件の真相が明らかにされているので、あらかじめその点を警告させていただく)。

タイトルの『死の笑話集』は、トマス・ラヴル・ベドウズ(一八〇三~四九年)の詩劇の題をそのまま借用したもの。この戯曲は、基本的には殺された父の仇を討とうとする兄弟の復讐悲劇なのだが、兄弟の決裂、恋の鞘当て、魔法による死者の復活等々、さまざまな要素がからんだ奇妙な物語だ。本書冒頭に描かれているように、ベドウズは医師だった父親の方針で、ごく幼いころから遺体解剖に立ち会わされるなどして育ったらしく、生涯、死の観念に取り憑かれていた。人間のもろい生、科学をもってしても止められない死、この世に呼び戻せない死者、その現実に絶望すると、死（死神）は人をあざ笑い、生を冗談にしてしまう道化、としか思えなかったのかもしれない。

ヒルはベドウズのそんな人生と作品を背景に据え、その舞台の上に自分の登場人物を配して、かれらの生と死、復讐と赦し、赦しえない罪の重さ、愛とその終焉、といったドラマを展開し、いくつもの筋を織り合わせて、壮大なタペストリーを見せてくれる。この舞台上で生き、死ぬ人々それぞれのドラマもまた、死神の笑話集に集められた冗談にすぎないのだろうか？

クリスマスを目前にした年の暮。〈ワードマン〉連続殺人事件が解決し、負傷したハット・ボウラー刑事もようやく回復して、まもなく仕事に戻ることになった。そんなころ、パスコー主任警部はフラニー・ルートから手紙を受け取る。ルートはかつてパスコーが刑務所へ送った犯罪者だが（シリーズ第二作『殺人のすすめ』）、服役を終えて社会復帰して以来、なぜかパスコーの関わる事件の周辺に登場するようになっていた（第十六作『武器と女たち』、第十七作『死者との対話』）。

現在、大学院で英文学を研究するルートは、恩師サム・ジョンソンの遺作となった未完のベドウズ評伝を引き継ぎ、完成させようとしている。ケンブリッジ大学で学会に出席しているという彼はパスコーに対し、自分は恨みを抱き続けて復讐を意図しているのではないと言い、過去の獄中生活、その後の発展ぶりを書き連ねた長い手紙を送ってよこしたのだった。それからも手紙は続々と届き、パスコーはその裏の意味をはかりかねて、ほとんどノイローゼ状態。妻のエリーは気が気でない。

一方、〈ワードマン〉事件の解決に不満を持つ作家のチャーリー・ペンは、警察が真相を隠し、都合よく決着をつけたのではないかと疑い、独自の調査をするとにおわせている。ペンとは旧知のダルジール警視は、事件の生存者ライ・ポモーナが狙われるのではないかと考え、ノヴェロ刑事にライの身辺を監視させることにした。

同じころ、ウィールド部長刑事はふとしたきっかけでリー・ルバンスキーという若者と知り合う。小柄で子供のように見えるが、彼は実は男娼だった。ウィールドを慕うようになったリーは、顧客の一人から聞きかじった犯罪計画らしいものの情報を彼に伝える。そんなことをしてはリー自身が危険にさらされるだろうと、ウィールドは不安にさいなまれるが、やがて思いがけない大事件が浮かび上がってきた——

二〇〇三年夏に北ヨークシャーのハロゲートで開かれたミステリ作家とファンの集い〈クライム・ライティング・フェスティヴァル〉に参加していたレジナルド・ヒルは、フランセス・ファイフィールドとの壇上対談の席で、このごろ作品が長くなってきたと指摘されると、「よけいな材料を書き入れて長くしているわけじゃない。五百ページの作品なら、七百ページの原稿を切り詰めていって出来上がったものだ」と説明していた。長く伸び広がった物語でも、スリリングにぐんぐん収斂させ、詩的に、感動的にまとめ上げる手並みはヒルならではのものだ。

「三つのプロットが交錯し、長い小説なのにぐいぐい読み進める……ヒルは一つとして退屈な文章を書くことはない。『死の笑話集』は見事なエンターテインメントだ」（《オブザーヴァー》ピーター・ガトリッジ）、「読むのがうれしい本だ。ウィットがあり、言語を大切にする人が書いたものとわかる。それはこのジャンルではめずらしい、ほとんど彼独特のユニークな成果といっていい」（《イヴニング・スタンダード》T・

J・ビニヨン）など、本書とヒルの力量を称賛する書評がイギリスの各紙に見受けられた。

ところで、同じ対談で、ヒルは本書に登場するフラニー・ルートのキャラクターに触れ、「以前の作品からの生き残りだが、だんだん好きになってきた。人物を理解すればするほど、おもしろいやつだと思えてきた」と語っていたので、またいつか、パスコーはフラニーに出会う（悩ませられる？）ことがあるのかもしれない。

次作 *Good Morning, Midnight* は、ヨークシャーのある家の密室で自殺死体が発見されるところから話が始まる。パスコーが捜査にかかるが、ダルジールが死者の継母と親しいため、家族内のもつれた糸を解きほぐそうとするパスコーの障害となる。そんな事件が一九九一年の湾岸戦争と二〇〇三年のイラク戦争のあいだに挟まれて描かれている。

このシリーズは、ヒル自身の言う〝ダルジール＆パスコー・タイム〟に従って進み、初登場から三十年以上たってもキャラクターはさほど年を取っていないが、それでいて、各作品が時代と社会の出来事を鋭くとらえていて、いつも新鮮な読みごたえがある。次作もどうぞお楽しみに。

〈ダルジール警視シリーズ〉長篇著作リスト

1 A Clubbable Woman（1970）『社交好きの女』秋津知子訳　ハヤカワ・ミステリ１３８９
2 An Advancement of Learning（1971）『殺人のすすめ』秋津知子訳　ハヤカワ・ミステリ１３５６
3 Ruling Passion（1973）『秘められた感情』松下祥子訳　ハヤカワ・ミステリ文庫200－2
4 An April Shroud（1975）『四月の屍衣』松下祥子訳　ハヤカワ・ミステリ文庫200－3
5 A Pinch of Snuff（1978）
6 A Killing Kindness（1980）
7 Deadheads（1983）『薔薇は死を夢見る』嵯峨静江訳　ハヤカワ・ミステリ１４５９
8 Exit Lines（1984）『死にぎわの台詞』秋津知子訳　ハヤカワ・ミステリ１５０８
9 Child's Play（1987）『子供の悪戯』秋津知子訳　ハヤカワ・ミステリ１５３６
10 Under World（1988）『闇の淵』嵯峨静江訳　ハヤカワ・ミステリ１５６５
11 Bones and Silence（1990）『骨と沈黙』秋津知子訳　ハヤカワ・ミステリ１５８５　ハヤカワ・ミステリ文庫200－1　英国推理作家協会賞ゴールド・ダガー賞受賞
12 Recalled to Life（1992）『甦った女』嵯峨静江訳　ハヤカワ・ミステリ１６４８

13 Pictures of Perfection（1994）『完璧な絵画』秋津知子訳　ハヤカワ・ミステリ１６６４
14 The Wood Beyond（1996）『幻の森』松下祥子訳　ハヤカワ・ミステリ１６６７
15 On Beulah Height（1998）『ベウラの頂』秋津知子訳　ハヤカワ・ミステリ１６９０
16 Arms and the Women（2000）『武器と女たち』松下祥子訳　ハヤカワ・ミステリ１７１０
17 Dialogues of the Dead（2001）『死者との対話』秋津知子訳　ハヤカワ・ミステリ１７３８
18 Death's Jest-Book（2002）『死の笑話集』本書
19 Good Morning, Midnight（2004）

HAYAKAWA POCKET MYSTERY BOOKS No. 1761

松《まつ》下《した》祥《さち》子《こ》

上智大学外国語学部英語学科卒
英米文学翻訳家
訳書
『パディントン発4時50分』アガサ・クリスティー
『武器と女たち』レジナルド・ヒル
『パズルレディと赤いニシン』パーネル・ホール
（以上早川書房刊）他多数

この本の型は，縦18.4センチ，横10.6センチのポケット・ブック判です．

検印
廃止

〔死《し》の笑話集《しようわしゆう》〕

2004年11月20日印刷　2004年11月30日発行

著者	レジナルド・ヒル
訳者	松下祥子
発行者	早川浩
印刷所	星野精版印刷株式会社
表紙印刷	大平舎美術印刷
製本所	株式会社川島製本所

発行所　株式会社　**早川書房**
東京都千代田区神田多町2ノ2
電話　03-3252-3111（大代表）
振替　00160-3-47799
http://www.hayakawa-online.co.jp

〔乱丁・落丁本は小社制作部宛お送り下さい
送料小社負担にてお取りかえいたします〕

ISBN4-15-001761-1 C0297
Printed and bound in Japan

ハヤカワ・ミステリ〈話題作〉

1743 刑事マディガン　リチャード・ドハティー　真崎義博訳

〈ポケミス名画座〉紛失した拳銃を必死に追う鬼刑事と、苦悩する市警本部長――ドン・シーゲル監督が映画化した白熱の警察ドラマ

1744 観月の宴　R・V・ヒューリック　和爾桃子訳

中秋節の宴席で若い舞妓が無残に殺された。友人に請われて事件を調査するディー判事ははるか昔にさかのぼる因縁を掘り当てる……

1745 男の争い　A・ル・ブルトン　野口雄司訳

〈ポケミス名画座〉血で血を洗う宝石争奪戦の行方は……パリ暗黒街を活写しJ・ダッシン監督で映画化されたノワールの古典的名作

1746 探偵家族／冬の事件簿　M・Z・リューイン　田口俊樹訳

謎のホームレス集団、美女ポケベル脅迫、そして発掘された白骨などなど……親子三代で探偵業を営むルンギ一家のユーモラスな活躍

1747 白い恐怖　F・ビーディング　山本俊子訳

〈ポケミス名画座〉人里離れた精神病院に着任した若き女医。だが次々に怪事件が！　巨匠ヒッチコック監督が映画化したサスペンス

ハヤカワ・ミステリ〈話題作〉

1748 貧者の晩餐会 イアン・ランキン 延原泰子・他訳

リーバス警部もの七篇、CWA賞受賞作、ローリング・ストーンズの軌跡を小説化した「グリマー」など、二十一篇を収録した短篇集

1749 リジー・ボーデン事件 ベロック・ローンズ 仁賀克雄訳

俗謡として今なお語り継がれる伝説的事件の不可解な動機と隠された心理を〝推理〟によって再構築した、『下宿人』の著者の代表作

1750 セメントの女 M・アルバート 横山啓明訳

〈ポケミス名画座〉沈没船探しで見つけたのは、ブロンド美人の死体……知る人ぞ知る、マイアミの遊び人探偵トニー・ローム登場！

1751 ピアニストを撃て D・グーディス 真崎義博訳

〈ポケミス名画座〉過去を隠し、場末の酒場でピアノを弾く男は、再び暴力の世界へ……F・トリュフォー監督映画化の名作ノワール

1752 紅楼の悪夢 R・V・ヒューリック 和爾桃子訳

大歓楽地・楽園島を訪れたディー判事。確保した宿は、変死事件のあった不吉な部屋だった。過去からの深い因縁を名推理が暴き出す

ハヤカワ・ミステリ〈話題作〉

1753
殺しの接吻

W・ゴールドマン
酒井武志訳

〈ポケミス名画座〉死体の額に口紅でキスマークを残す連続絞殺魔を孤独な刑事が追う。マニアが唸ったサイコ・スリラー映画の原作

1754
探偵学入門

M・Z・リューイン
田口俊樹・他訳

探偵家族のルンギ一家、パウダー警部補、のら犬ローヴァー、アメリカ合衆国副大統領らが探偵役で登場する全21篇を収録した傑作集

1755
ドクトル・マブゼ

ノルベルト・ジャック
平井吉夫訳

〈ポケミス名画座〉混乱のドイツに忽然と現われた謎の犯罪王。フリッツ・ラング監督映画化。映画史に残る傑作犯罪映画の幻の原作

1756
暗い広場の上で

H・ウォルポール
澄木　柚訳

江戸川乱歩が絶讃した傑作短篇「銀の仮面」の著者が、善と悪、理想と現実、正気と狂気の間で揺れる人間を描いたサスペンスの名品

1757
怪人フー・マンチュー

サックス・ローマー
嵯峨静江訳

〈ポケミス名画座〉東洋の悪魔、欧州に上陸す！　天才犯罪者と好漢ネイランド・スミスの死闘が始まる！　20世紀大衆娯楽の金字塔